Zu diesem Buch

«Die Suche nach der Krone des Kolumbus auf einer karibischen Insel entwickeln die beiden Autoren zu einer immer spannender werdenden Geschichte. Abwechselnd lassen Louise Erdrich und Michael Dorris die mit Tatendrang beseelte Vivian und den weltfremden Roger zu Wort kommen. So wird das historische Rätsel aus zwei völlig unterschiedlichen Blickwinkeln gelöst. Das ungewöhnliche Unterfangen, eine Geschichte von zwei Personen erzählen zu lassen, verleiht dem Roman einen ganz besonderen Reiz. Ein schönes, spannendes und durchaus auch amüsantes Buch zweier begabter Geschichtenerzähler.» («Main-Post»)

Louise Erdrich, geboren am 7. Juni 1954 in Wahpeton/North Dakota als Tochter eines deutschen Lehrers, der für das Bureau of Indian Affairs arbeitete, und einer Indianerin vom Stamm der Turtle Mountain Chippewa, studierte amerikanische Literatur an der University of Dartmouth. Sie lebt mit ihrem Mann, dem Anthropologen und Schriftsteller Michael Dorris, der indianisch-irischer Abstammung ist, und sechs Kindern in Cornish/New Hampshire.

Von Louise Erdrich sind in der Reihe der rororo-Taschenbücher drei weitere Romane erschienen: «Liebeszauber» (Nr. 12346; auch in der Reihe «Literatur für KopfHörer», gelesen von Elisabeth Trissenaar), «Die Rübenkönigin» (Nr. 12793) und «Spuren» (Nr. 13148), die alle in der mystischen wie nur allzu realen Welt der Chippewa-Indianer spielen. «Märchenhaft, melodramatisch, grotesk und tragisch geht es zu in den bisher drei Romanen, in denen Erdrich... vom Wandel der Zeiten rund ums Dakota-Städtchen Argus berichtet, aus der kleinen Welt der Trickser-Typen, der Querköpfe, Schlitzohren, Streuner und ewigen Versager, der Raufbolde und Saufbrüder, der entlaufenen Sträflinge, psychisch defekten Vietnam-Veteranen und dilettierenden Wunderheiler, verlorene Seelen allesamt am Rande der weißen Zivilisation. Den hartgesottenen Frauengestalten besonders, die sich zäh durch die Tristesse des Lebens und der Liebe schlagen, widmet die Chronistin ihr kühnes Erzähltalent.» («Der Spiegel»)

«Die Krone des Kolumbus» stand auf der Bestsellerliste der «New York Times».

Michael Dorris
Louise Erdrich

DIE
KRONE DES
KOLUMBUS

Roman

Deutsch von
Edith Nerke und
Jürgen Bauer

Rowohlt

Die Originalausgabe erschien 1991 unter dem Titel
«The Crown of Columbus» bei Harper Collins, New York
Umschlaggestaltung Bernhard Kunkler

Veröffentlicht im Rowohlt Taschenbuch Verlag GmbH,
Reinbek bei Hamburg, November 1993
Copyright © 1991 by Rowohlt Taschenbuch Verlag GmbH,
Reinbek bei Hamburg
«The Crown of Columbus» Copyright © 1991
by Michael Dorris and Louise Erdrich
«Blessing Way» von Leland C. Wydman,
Copyright © 1970 by University of Arizona Press
Gesamtherstellung Clausen & Bosse, Leck
Printed in Germany
1490-ISBN 3 499 13366 0

Für unsere kleinen Violets

Wir danken den Bibliothekaren am Dartmouth College für ihre Ideen und ihre wertvolle Hilfe bei den Recherchen und beim Besorgen von Büchern aus anderen Bibliotheken sowie ganz besonders Charles Rembar, dem Freund, Schriftstellerkollegen und scharfsichtigen Kritiker, der uns mit vielen guten Ratschlägen und unerschütterlicher Begeisterung half, alle Klippen zu umschiffen.

. . . Zu jener Zeit überreichte dann Kolumbus der Königin Isabella das Original-Logbuch. Ohne lange zu zögern, ließ sie für den Admiral von einem Kopisten eine genaue Abschrift anfertigen . . .
Seit dem Tod von Königin Isabella im Jahr 1504 ist das von Kolumbus verfaßte Original nicht wieder aufgetaucht. Es besteht noch immer eine geringe Wahrscheinlichkeit, daß es eines Tages irgendwo aufgefunden wird.

> Das Logbuch des Christoph Kolumbus
> von Robert H. Fuson

Am meisten schmerzen mich meine Schriften, die er mir weggenommen hat, ohne daß ich auch nur eine einzige wiedererlangen konnte, und jene Schriften, die zu meiner Entlastung dienen, hielt er ganz besonders versteckt. Daran mögt Ihr ermessen, ein wie gerechter und ehrlicher Richter er ist! Nichts von allem, was er unternahm, geschah nach Recht und Gerechtigkeit. Aber Gott, unser Herr, ist allgegenwärtig in Seiner Macht und Weisheit, und Er pflegt jegliches Unrecht und allen Undank zu strafen.

> Brief des Admirals an die Erzieherin
> des Erbprinzen Johann

Vier Entdeckungen

1

I.

Im **warmen Goldrosa** eines Nachmittags in der Karibik spülte das Meer etwas Herrliches an. Die Finderin, ein Mädchen namens Valerie Clock, war als Nichtsnutz bekannt, der lieber faul am Strand herumlungerte, als seiner Aufgabe nachzukommen und den Sand sauber zu rechen. Auch an diesem Nachmittag tat Valerie das, was sie am besten konnte: nämlich nichts. Die Sonne stand noch so hoch und schien doch nicht allzu warm – warum also nicht abwarten, bis die Flut alles antrieb, und dann erst zum Rechen greifen. Weit draußen im Meer sah sie einen kleinen gelben Punkt auf und ab hüpfen, bestimmt ein Stück Treibgut, das sie dann später würde aufsammeln müssen.

Langgestreckte Brecher aus durchsichtigem Türkis stürzten wuchtig auf den Strand. Valerie hatte jede Menge Zeit, solange der Wind kräftig genug blies, daß die Sandflöhe nicht herauskamen. Sie kratzte sich am Fußgelenk und hob mit den Zehen eine vom Wasser blankpolierte Gummisandale hoch, die irgendein Fuß in Florida oder sonstwo weggekickt haben mochte. Valerie probierte sie an. Paßte nicht schlecht.

Jetzt war der gelbe Punkt größer geworden. Er sah ein bißchen so aus wie eines der Boote, mit denen die Fischer draußen jenseits des Riffs ihre Reusen einholten. Daß es so groß war, machte Valerie neugierig. Sie stand auf und harkte eine Weile, bis das Ding endlich so nahe gekommen war, daß sie ins Wasser waten und es herausziehen konnte. Es war tatsächlich ein Boot, ein Schlauchboot. Sie rief ihre Mutter, die in der Hütte das Essen kochte, warf den Rechen weit hinaus auf den Strand und watete, gefolgt von der herbeieilenden Frau, die sich im Laufen die Hände an einer bunten Schürze sauberrieb, hüfttief in die Brandung. Dann zog sie die schlaffe Seitenwand des Bootes zu sich heran, reckte den Hals, um hineinsehen zu können – und erstarrte. Sie hatte nichts Besonderes erwartet, höchstens die halbverrottete Beute eines Sportfischers, doch der Anblick war so überraschend, daß sie nicht sofort begriff, was sie da sah. Das war der Tag, an dem die Leute anfingen, sie «Tochter des Pharao» zu nennen.

Valerie konnte gar nicht aufhören, auf den Boden des Bootes zu starren. Sie streckte die Hand aus und berührte das Baby, doch das kleine Kind mit den rosigen Wangen schlief weiter, eingelullt vom Rauschen der Wellen.

2.

11. *Oktober 1492*

SAMANA CAY, BAHAMAS

Der Admiral ließ sich in der bewaffneten Schaluppe, die die Königsstandarte gesetzt hatte, an Land rudern, ebenso Martin Alonzo Pinzón und sein Bruder Vincente Yánez, der Kapitän der *Niña*. Der Admiral stellte das königliche Banner auf, und die Kapitäne die beiden Flaggen mit dem grünen Kreuz, die alle Schiffe mit sich führten, mit den Buchstaben *F* und *Y* links und rechts des Kreuzes, und über jedem Buchstaben eine Krone. Am Ufer angelangt, sahen sie die grünen Bäume und vielen Teiche und verschiedenerlei Früchte. Der Admiral rief die beiden Kapitäne und die anderen, die an Land gesprungen waren, darunter Rodrigo Descobedo, den *escrivano* der Flotte, und Rodrigo Sánchez de Segovia; und er sagte ihnen, sie sollten bezeugen, daß er, im Angesicht aller, dieses Land, wie er es dann tatsächlich tat, in Besitz nehmen würde für Ihre Hoheiten, den König und die Königin, wobei er die vorgeschriebenen Formeln sprach, die in voller Ausführlichkeit in den dort angefertigten schriftlichen Zeugnissen nachzulesen sind. Bald hatten sich viele Menschen auf der Insel versammelt. Was jetzt folgt, sind die ureigensten Worte des Admirals in seinem Buch über die erste Reise und die Entdeckung von Indien.

In der Erkenntnis, schreibt er, daß es sich um Leute handle, die man weit besser durch Liebe als mit dem Schwerte retten und zu unserem heiligen Glauben bekehren könne, gedachte ich sie mir zu Freunden zu machen und schenkte also einigen unter ihnen rote Kappen und Halsketten aus Glas und noch andere Kleinigkeiten von geringem Werte, worüber sie sich ungemein erfreut zeigten. Sie wurden so gute Freunde, daß es eine helle Freude war. Sie erreichten schwimmend unsere Schiffe und brachten uns Papageien, Knäuel von Baumwollfaser, lange Wurfspieße und viele andere Dinge noch, die sie gegen das eintauschten, was wir ihnen gaben, wie Glasperlen und Glöckchen. Sie gaben und nahmen alles von Herzen gern – allein mir schien es, als litten sie Mangel an allen Dingen. Sie gehen nackend umher, so wie Gott sie erschaffen, Männer wie Frauen, von denen eine noch sehr jung war. All jene, die ich erblickte, waren jung an Jahren, denn ich sah niemand, der mehr als dreißig Jahre war. Dabei sind alle sehr gut gewachsen, haben einen schön geformten Körper und gewinnende Gesichter. Sie haben dichtes Haar, das fast Pferdeschweifen gleicht und über der Stirn kurz geschnitten ist bis auf einige Haarsträhnen, die sie nach hinten werfen und in voller Länge tragen, ohne sie jemals zu kürzen. Einige von ihnen bemalen sich mit grauer Farbe (sie gleichen den Bewohnern der Kanarischen Inseln, die weder eine schwarze noch eine weiße Hautfarbe haben), andere wiederum mit roter, weißer oder einer anderen Farbe; einige bestreichen damit ihr Gesicht oder nur die Augengegend oder die Nase, noch andere bemalen sich am ganzen Körper. Sie führen keine Waffen mit sich, da sie ihnen nicht einmal bekannt sind; ich zeigte ihnen die Schwerter, und wie sie aus Unkenntnis die Schneide anfaßten, so schnitten sie sich. Sie kennen kein Eisen. Ihre Spieße sind aus einer Art Holz, das an der Spitze mit einem Fischzahn oder einem anderen harten Gegenstand versehen ist. Im allgemeinen haben sie einen schönen Wuchs und anmutige Bewegungen. Manche von ihnen hatten Wundmale an ihren Körpern. Als ich sie unter Zuhilfenahme der Gebärdensprache fragte, was diese zu bedeuten hätten, gaben sie mir zu verstehen, daß ihr Land oftmals von den Bewohnern der umliegenden Inseln heimgesucht werde, die sie einfangen wollten und gegen die sie sich zur Wehr setzten. Ich war und bin auch heute noch der Ansicht, daß es Einwohner des Festlandes waren, die herkamen, um sie in die Sklaverei zu verschleppen. Sie müssen gewiß treue und kluge Diener sein, da ich die Erfahrung machte, daß sie binnen kurzem alles, was ich sagte, zu wiederholen verstanden; überdies glaube ich, daß sie leicht zum Christentum übertreten können, da sie allem Anschein nach keiner Sekte angehören. Wenn es dem Allmächtigen gefällt, werde ich bei meiner Rückkehr sechs dieser Männer mit mir nehmen, um sie Euren Hoheiten vorzuführen, damit sie die Sprache erlernen.

Christoph Kolumbus' Bordbuch,
Bartholomé de Las Casas

25. Dezember 1990
ELEUTHERA, BAHAMAS

Hilda und **Racine Seelbinder** standen früh auf und machten sich ohne große Hoffnung an der dem Atlantik zugewandten Küste der Insel auf die Suche. Um die schlimmsten Gedanken zu verscheuchen, füllten sie ihre Taschen mit kleinen, gewölbten Muscheln. Racine bückte sich und zeigte seiner Frau einen bohnenförmigen Kiesel. Sie nahm ihn zur Hand, drehte ihn hin und her und ließ ihn dann fallen. Als Geographie-Professorin interessierte sie derlei Treibgut nicht. Racine, der eingefleischte Mediävist, war hingegen recht unkritisch in seiner Begeisterungsfähigkeit. Es oblag Hilda, ihr Gepäck unter dem erlaubten Höchstgewicht zu halten oder zu entscheiden, was ungewöhnlich genug war, daß sie es den Kindern mit nach Hause bringen konnten. Und so wies sie in rascher Folge seine Angebote einer abgeschlagenen Wellhornschnecke, eines vierarmigen Seesterns und – mit verzweifeltem Gesichtsausdruck – eines teerverklebten orange Spielzeugeimers zurück. Racine schmollte ein wenig und ging ihr voraus, entschlossen, fortan nichts mehr aufzuheben, weil sie ohnehin alles ablehnen oder lächerlich finden würde.

Die ganze Zeit suchten sie den Ozean nach Hinweisen ab. Weit vor ihnen lief der Junge und tat es ihnen gleich.

Da Racine sich fest vorgenommen hatte, den Mund zu halten, was immer er auch finden mochte, gab er keinen Laut von sich, als er den Umriß wahrnahm. Allerdings beschleunigte er seinen Schritt und joggte fast auf das Ding zu, von dem er zunächst hoffte, es sei ein kleiner Baum, entwurzelt, vom Meer dorthin getrieben. Doch je näher er kam, desto mehr begann der Baum einem Menschen zu gleichen. Im schräg einfallenden Sonnenlicht schien der Stamm mit jedem Wellenschlag zu atmen, und schlaffe, armähnliche Äste hoben und senkten sich. Das eine Ende versank jedesmal in der Gischt, wenn die Unterströmung das Ding wieder zurückzuziehen drohte.

Erst als Racine fast davor stand, gestand er sich ein, daß es in der Tat der Körper eines Menschen war, der da nackt im knöcheltiefen Flutenwirbel lag.

Im nächsten Augenblick stand Hilda hinter ihrem Mann. «Dann stimmt es also.» Sie war sich so sicher.

Er trat einen Schritt beiseite, als die kurzsichtige Hilda sich bückte, um den Fund gründlich in Augenschein zu nehmen.

«Aber das ist ja ein *alter Mann*», sagte sie laut. Selbst in ihren eigenen Ohren klang der Satz närrisch, deshalb versuchte sie sich aus der Affäre zu ziehen, indem sie etwas tat, das noch närrischer gewesen wäre, wenn es nicht Wirkung gezeigt hätte. Die Grundübungen aus ihrem Erste-Hilfe-Kurs kamen ihr wieder in den Sinn. Sie ertastete mit zwei Fingern die Halsschlagader und stellte erstaunt fest, daß sie schwach pulsierte. Der nächste Schritt war die Wiederbelebung. Schnell: dem Gehirn blieben nur ein paar wichtige Minuten. Mit einem Ruck, der Racine aus seiner Trance aufrüttelte, zog Hilda den Mann zu sich heran und versuchte, seine zusammengepreßten Kiefer auseinanderzubekommen. Als ihr das nicht gelang, zögerte sie einen Augenblick, bis ihr die Nase-zu-Mund-Variante einfiel. Doch sie anzuwenden war unnötig. Der Mann blinzelte und schlug dann die Augen auf, die von einem so überfließenden wäßrigen Blau waren, daß ihnen gut und gern das frühmorgendliche Meer hätte entsprungen sein können.

Hilda und Racine trugen ihn gemeinsam auf trockenen Sand. Der ungefähr eine halbe Meile entfernte Junge begann auf sie zuzulaufen.

Der Körper des Alten war lang, muskulös und blaß. Sein Haar war weiß, und die Koteletten klebten ihm am Kopf, so daß er Racine vorkam wie die Büste eines römischen Senators mit ihren ins Leere starrenden Marmoraugen.

Schließlich wandte der Mann, dessen Körper ganz steif

war, weil sich die Muskeln im kalten Wasser aufs äußerste verkrampft hatten, den Kopf und sah Racine an. Der war wie gebannt unter dem forschenden Blick. Dann verzerrte sich das Gesicht des Mannes. Es wurde so puterrot, mit einem Stich ins Schwärzliche. Die Augen schimmerten in ihren Höhlen, die Halsmuskeln wölbten sich und standen in dicken Strängen hervor. Er versuchte, den Mund zu öffnen.

«Er steht unter Schock», sagte Hilda. Sie strich dem Mann über die Stirn, doch als er fortfuhr, Racine anzustarren, stand sie nervös auf.

«Ich kann hier nichts weiter tun. Wir haben nicht viel Zeit. Bleib du hier. Ich werde weitersuchen und Nash sagen, er soll Hilfe holen. Vielleicht weiß er ja auch, wer das hier ist.»

Racine nickte nur. Er hielt den Mann weiter fest und sah ihm in die Augen, als sich plötzlich die Lippen mit einem Schnalzen öffneten, als würde ein Gummiband reißen. Racine beugte sich zu ihm hinab. Die Verkrampfung im Unterkiefer des Mannes löste sich, er öffnete den Mund, und zwischen seinen Zähnen entdeckte Racine ein zerknittertes Stück Plastik.

Nichts schien klarer, als daß der Mann wollte, daß Racine es herauszog.

Also tat er es, zog sachte an der kleinen Tüte – eine von denen, in denen man für gewöhnlich Sandwiches frisch hält –, bis er sie ganz draußen hatte. Der Mann schloß die Augen und atmete tief durch. Racine zog die Öffnung der Tüte auseinander, holte ein zusammengefaltetes Stück Papier heraus und glättete das Blatt auf dem Sand. Die Tinte war dick, im Wasser etwas verlaufen, doch irgendwie kam ihm die Schrift bekannt vor, war nicht schwer zu entziffern.

Wunderbar sind die stürmischen Mächte der See.
Wunderbar ist Gott in den Tiefen.

Racine betrachtete das Gesicht des Mannes und versuchte verzweifelt, darin einen Hinweis auf den Sinn dieser Worte zu erkennen, doch der Mann sackte halb bewußtlos vor Erschöpfung weg, und sein Körper zitterte. Racine steckte sich den Zettel in die Tasche, und als das Zittern nicht nachließ, zog er den Alten an sich und wiegte ihn im Schoß wie ein Kind. Seine Haut war kalt, so kalt, daß sie Racine die Wärme entzog, und während der nächsten zwanzig Minuten saßen die beiden zitternd und eng umschlungen da und warteten auf Hilfe.

4.

VIVIAN TWOSTAR

Nichts erscheint mehr wichtig, wenn man auf das Einsetzen der Wehen wartet. Ganz bestimmt nicht wissenschaftliche Recherchen. Als ich mich in die Bibliothek quälte, drückte ich so heftig gegen die Drehtür, daß ich dabei ein erstauntes Erstsemester hinauskatapultierte. Die Studentin stolperte nach draußen auf die sprießende Spätsommerwiese und stieß einen empörten kleinen Schrei aus. Ich blieb stehen und versuchte, mich zusammenzureißen. Im neunten Monat meiner Schwangerschaft war ich merkwürdigen Stimmungen unterworfen, war abwechselnd streitlustig und abwesend.

Tagsüber war ich Assistenzprofessorin Twostar, erstklassige Anthropologiedozentin, eine Autorität, Akademikerin und zugleich fürsorgliche und verantwortungsbewußte Mutter eines rebellierenden, exzentrischen Sechzehnjährigen. Abends war ich meistens einfach nur Vivian, saß zu Hause mit Grandma, die mich großgezogen hatte und nun bei mir lebte, und korrigierte langweilige Referate über den Sonnen-anbetungstanz oder «General Custers letzte Schlacht: Eine neue Perspektive». Zu meiner Linken stand eine Schale voll Popcorn, rechts lag die Fernbedienung des Satellitenempfängers, den ich auf den Nostalgiekanal eingestellt hatte. Hin und wieder warf ich einen Blick auf einen der Schwarz-weißfilme, während Grandma mürrisch eine Babydecke zu-sammennähte.

Heute war ein besonders anstrengender Tag gewesen, des-halb versuchte ich es mit einer Entspannungstechnik, die mir meine Hebamme Sara Thompson beigebracht hatte. Ich hielt die Luft an, ließ sie dann langsam wieder ausströmen. Flie-ßen, sagte ich mir. Denke, daß dein Puls langsamer wird und daß dein Herz für das Baby schlägt, für euch beide. Alles geht durch die Plazenta, vom Bier bis zur Wut. Saras Worte. Bei meiner ersten Schwangerschaftsvorsorgeuntersuchung hatte sie zudem verlangt, daß ich ihr meine Zigaretten aushän-digte. Sie hatte sie ins Waschbecken geworfen und den Was-serhahn aufgedreht.

Und nun lebte ich ekelhaft gesund und war stinksauer.

Warum sauer? Christoph Kolumbus war schuld daran. Vor fünf Monaten hatte man mich gebeten – nein, *beauf-tragt* –, einen wissenschaftlichen Artikel über den Seefahrer zu schreiben, und ich war noch nicht sehr weit damit gekom-men. Kaum zu glauben, aber trotz meines Erbes, einem Sam-melsurium alter und neuer Welten, interessieren mich andere Dinge im Leben, und zudem sah ich der Fünfhundertjahr-feier der Entdeckung ohnehin mit sehr gemischten Gefühlen entgegen. Zuerst hatte ich, wie jeder vernünftige Mensch, der ganz oder teilweise indianischer Abstammung ist, die Sa-che instinktiv abwimmeln wollen. Außerdem war ich wü-tend, weil das einzige Kleidungsstück, in das ich noch hinein-paßte, ein überdimensionaler Baumwollpullover war. Ich war sauer, denn ich war einfach... sauer.

Ich schaute auf die Wanduhr über der Ausleihe, stellte fest, daß es schon nach fünf war, und ließ den Blick über das Schild

«Rauchen verboten» wandern. Wie immer rief dieses Verbot ein heftiges Verlangen in mir hervor, und ich verspürte den Drang, mir eine anzuzünden. Während der ersten drei Monate dieser Bilderbuchschwangerschaft hatte ich mir immer eine Notzigarette aus Plastik hinters Ohr geklemmt, um mich in Momenten wie diesem zu beruhigen. Wenn ich während der Vorlesung angespannt war, klopfte ich damit gegen den Rand eines Pappbechers, wie um die Asche abzuschnippen, und irgendwie stärkte mich diese banale Handlung, gab mir das Gefühl, alles unter Kontrolle zu haben... bis zu dem Tag, als mir mein Sohn Nash sagte, er müsse den ganzen Sommer über zur Nachhilfe, wenn er die Prüfung im nächsten Frühjahr schaffen wolle. Da habe ich den Plastikfilter durchgebissen.

Immer noch sehnte ich mich danach, den Mentholgeschmack zu inhalieren und die nervösen Finger meiner rechten Hand zu beschäftigen, doch ich sagte mir, daß ich keine Krücke brauchte. Ich mußte diese kleinen Abhängigkeiten überwinden, mußte darüberstehen, vorankommen, ohne mich von den Hürden des Lebens, den Hormonschüben und meinem schwerfälligen, lächerlichen Leibesumfang unterkriegen zu lassen.

Ich walzte auf die Treppe zu, stieg Stufe für Stufe hinauf. Während ich mich durch den Korridor in Richtung Toilette schob, versuchte ich einen freundlichen Gesichtsausdruck aufzusetzen, weil mir die Studenten in weitem Bogen auswichen. Ich ging an der Wand mit den Fresken vorbei, die José Clemente Orozco in der unglücklichen Zeit seiner Verbannung aus Mexiko nach New Hampshire Mitte der dreißiger Jahre geschaffen hatte. Es war eine äußerst beeindruckende, alptraumhafte Galerie: Konquistadoren und Bauern, Azteken und Jesuiten. Die einzige bedeutende weibliche Figur in dem Werks war eine niederträchtig dreinblickende Schulmeisterin, die das Haar zu einem Knoten zusammengebunden trug; dennoch sprach mich Orozco irgendwie an. Vivian Ernestine Begay Manion Twostar: Cœur d'Alene-Navajos, Iren und eingeheiratete Sioux. Mir gefiel der Gedanke, daß diese wuchtige Namensfolge ein Abbild der gesamten amerikanischen Geschichte beinhaltete.

Die Damentoilette lag hinter dem Bild eines wütenden, durchgedrehten Jesus, der sein Kreuz zertrümmert hat und soeben ein letztes Mal mit der Axt ausholt. Ich erreichte mein Ziel, einen beruhigenden kleinen Raum mit kaputtem Inventar, einer Toilette, einem Waschbecken und einem Pappbecherautomaten. Ich ließ mich auf einen Stuhl fallen und wartete, bis meine Gedanken mir nachkamen. Es gab nämlich noch eine Frauengestalt im Werk Orozcos, in der «Totgeborenen Erziehung». Auch sie war schwanger, beziehungsweise sie kämpfte mit den Preßwehen, ein Skelett in schwarzem Gewand, den Kopf von Flammen umhüllt, und um sie herum stand eine gleichgültige Gruppe ausgezehrter, grauer Professoren. Ihre gepanzerten Sprößlinge – Skelette unter Glasglocken – trugen Doktorhüte. Empörte Ehemalige schimpften noch immer lautstark, Orozco beiße die akademische Hand, die ihn ernährt habe, und einige puritanische Eltern blickten voll Entsetzen auf diese Szene, doch ich fand, es war ein herrlicher, kathartischer, absurder Insider-Witz, der mir, wann immer ich daran vorbeiging, meine Bürde erleichterte. Seiner Zeit weit voraus, hätte dieses Motiv ein gutes Emblem für meine sogenannte Disziplin, den «Studienbereich Amerikanische Ureinwohner», abgegeben.

Ich schlug die Hände auf die Knie und verzog mein Gesicht zu der hochnäsigen Maske, die ich eine Stunde vorher gern aufgesetzt hätte, als mich der Redakteur der Ehemaligenzeitschrift in sein mit Teppich ausgelegtes Büro gebeten und nach dem Artikel gefragt hatte.

«Vivian», hatte er mich genervt. «Wir hoffen immer noch, daß Sie für die Ausgabe zur Abschlußfeier 91 einen erfrischenden Beitrag über Kolumbus schreiben werden. Sie wissen schon, aus der Perspektive der Indianer, äh, ich meine natürlich der indianischen Ureinwohner unseres Kontinents.»

«Ich habe zu tun.» Ich deutete auf meinen beachtlichen Bauch, doch sein Blick wagte der Handbewegung nicht zu folgen.

«Wir sind sehr gespannt darauf, Vivian.»

Dieses Gespräch hatten wir schon einmal geführt.

«Sie wissen, daß Sie hervorragend sind», fuhr er fort. «Sagen Sie schon – wie sieht Ihre erste Zeile aus, der Einstieg?»

«Wie wär's mit ‹Ausländer raus›?» Ich war sauer, aber natürlich lachte er bloß höflich, noch immer zufrieden mit sich, daß er daran gedacht hatte, an den «Indianer» noch schnell den weniger diskriminierenden «Ureinwohner» anzuhängen. Ich hatte mich schon an all die Varianten gewöhnt, die meine wohlmeinenden Kollegen durchprobierten: «Nordamerikanische Indianer», «indianische Ureinwohner», einfach nur «Ureinwohner» oder den gestelzten, pedantischen Begriff «Amerind».

Vielen Dank, Christoph.

«Aber ich bin aus Idaho», legte ich ihm dar. «Zum Teil Navajo, zum Teil Cœur d'Alene. Kolumbus ist nie in unsere Gegend gekommen. Er hatte alle Hände voll damit zu tun, Arawak-Indianer einzufangen und sie in Maulkörben wie Hunde an den spanischen Hof zu bringen.»

Er klatschte tatsächlich in die Hände. «Genau! Das ist genau der revisionistische Ansatz, den ich haben will.» Dann bemerkte er meinen Gesichtsausdruck.

«Nun ja», fuhr er fort, diesmal mit gespieltem Ernst, «da wir leider keine leibhaftigen amerikanischen Ureinwohner vom Stamm der Arawak ohne Maulkörbe hier am College haben...»

Was für ein Witzbold.

«Es ist ein Jahr der Trauer für die amerikanischen Ureinwohner», teilte ich ihm mit, ohne zu lächeln.

«Phantastisch!»

So kam ich nicht weiter. Er stellte sich auf eine fröhliche, wenn auch nicht aggressive Art dumm. Ich mußte dringlicher werden.

«Sie wissen ja, dies ist mein Probejahr. Ich habe den Termin für meine Publikation schon überzogen, und der Stichtag für die Geburt ist auch diesen Monat.»

Schließlich betrachteten wir beide den Hügel, in dem das Baby unter dem ausgewaschenen, verblichenen Baumwollzelt lebte. Ein Kind zu bekommen ist eine überraschend öffentliche Angelegenheit. Mich haben schon Fremde auf der Straße angesprochen und gefragt, ob sie meinen Bauch anfassen dürfen, als würde ich Glück bringen. Doch der hochverehrte Redakteur der Ehemaligenzeitschrift war da viel feinfühliger, und so nahm er, als er erschreckt feststellen mußte, daß sein Blick auf meinem Bauch verweilt hatte, unter geräuschvollem Aktenverschieben wieder Haltung an.

«Dann gehen Sie ja bald in Mutterschaftsurlaub. Das paßt doch wunderbar. Wir wären Ihnen überaus dankbar, wenn Sie uns Ihren Artikel in den nächsten paar Wochen hereinreichen könnten, Vivian. Niemand anderes könnte diesem Thema so gerecht werden wie Sie.»

Ich suchte verzweifelt nach weiteren Ausflüchten, doch wir wußten beide, daß ich nachgeben würde. Schließlich galt auch ein Artikel in der Hauszeitschrift als Veröffentlichung, und in diesem Jahr, in dem die Weichen für meine Karriere gestellt wurden, zählte alles.

Meine Beförderung war kein Kinderspiel, wie mir der Dekan in Erinnerung gerufen hatte. Mein Lebenslauf strotzte nur so von Lehrerfahrungen an vier unterschiedlichen Colleges, hatte aber wenig von dem aufzuweisen, was er als wissenschaftliche Produktivität bezeichnete. Das machte ihm schwer zu schaffen, auch wenn er meine Entschuldigungen schon vorwegnahm, ehe ich den Mund öffnen konnte: eine alleinerziehende Mutter; nicht meine Schuld, wenn die Programme, die ich an anderen Institutionen ins Leben gerufen hatte, aus Geldmangel im Sande verlaufen waren, noch ehe ich meine Ergebnisse in einer wissenschaftlichen Arbeit oder wenigstens einigen ertragreichen Artikeln verwerten konnte; und natürlich waren da noch die diversen beratenden Tätigkeiten, die ich für die Studenten indianischer Abstammung wahrnahm – die Zeit, die ich dafür aufwendete, war nicht unerheblich. Die Rubrik «außeruniversitäres Engagement» platzte aus allen Nähten – jeder Berufungsausschuß, dem es an Frauen oder Minderheiten mangelte, hätte sich auf mich gestürzt –, doch summa summarum war uns beiden klar, daß gute Arbeit allein nicht zur Anstellung auf Lebenszeit führte. Der Dekan hoffte, daß ich meine Zeit außerhalb des Unterrichts wohlüberlegt nutzte, das hoffte er inständig. Es würde ihm nicht leichtfallen, seine einzige Assistenzprofessorin indianischer Abstammung rauszuwerfen.

Und ich muß gestehen, der Gedanke an eine Anstellung auf Lebenszeit war verlockend. Es erschien mir wie eine Trennlinie, die ich wirklich langsam überschreiten sollte. Bis jetzt war mein Leben eher in «freien» Bahnen verlaufen, immer recht unsicher. Ich nahm die Dinge, wie sie kamen, und vertraute darauf, daß auf jede Enttäuschung eine ausgleichende Glückssträhne folgen würde. Doch mit vierzig und diesem Kind, das bald zur Welt kommen würde, konnte ich schon ein wenig Sicherheit gebrauchen. Eine Anstellung auf Lebenszeit erschien mir wie ein sicherer Hafen, in dem ich mein Leben endlich in aller Ruhe ordnen konnte. Das war einen Kampf wert, war es wert, sich unter Druck zu setzen, doch die Anstrengung mußte sich auch auszahlen. Und so hatte ich keine Wahl, als Kolumbus an meine Tür klopfte.

Doch am Eingang zum Magazin ging die Sperre nicht auf. Ich wurde zurückgewiesen. «Kein Zugang» flimmerte es mir in Augenhöhe in grünen Flüssigkristallbuchstaben entgegen, ein wütender Summton erklang und zog die Aufmerksamkeit einer schmallippigen jungen Bibliothekswache auf mich, die ich nicht kannte, einer Studentin in einem schwarzen Kleid mit grellgrünem Kragen. Ihre Brille, die sie wie eine Kette an einem Band trug, baumelte ihr um den Hals, als sie sie losließ. Sie bedeutete mir, es noch mal zu probieren. In ihrem Nicken lag zugleich eine Frage und eine Aufforderung, und ihr Verhalten ärgerte mich. Streng ermahnte ich mich: Mach nicht aus allem ein Drama. Ich zog die Karte aus dem Automaten, vergewisserte mich, daß das Foto oben war, und schob sie vorschriftsmäßig wieder hinein. Nichts. Der Studentin zuliebe zuckte ich die Achseln, zwang mir ein Lächeln ab und schob die Karte nochmals hinein.

«Sesam, öffne dich», sagte ich laut.

Kein Zugang. Man hätte meinen können, ich wolle in eine Bank einbrechen.

Die Frau streckte die Hand aus, und ich gab ihr die Karte.

«Ah», sagte sie zufrieden. «Sie sind in diesem Sommer noch nicht im Magazin gewesen, Frau Professor...» Sie kniff die Augen zusammen. «Twostar.»

«Doch, natürlich», log ich. «Ich war erst neulich drin.»

Vergebens hielt ich nach einem bekannten Gesicht Ausschau, nach jemandem, der für mich bürgen konnte.

«Dann wüßte ich gerne, wie Sie reingekommen sind.» Sie glaubte mir kein Wort. «Auf Ihrer Karte fehlt der neue Code.»

«Aber ich bin reingekommen. Die Sensoren kennen mich schon und öffnen die Sperre automatisch, wenn sie mich kommen sehen.» Ich kam mir vor wie in einem alten Kinofilm – wie Ida Lupino als Angeklagte im Kreuzverhör. Ich durchforstete mein Hirn nach einem Alibi, nach dem Titel eines Buchs, das ich letzte Woche ausgeliehen haben könnte, doch die Studentin ritt nicht länger darauf herum. Sie hatte bereits klargestellt, daß ihr die Bücher gehörten und ich nur eine unbedeutende Professorin war.

«Jedenfalls brauchen Sie einen neuen Code.» Sie griff in eine Schublade und zog einen selbstklebenden Strichcode-Sticker heraus. Unnötig heftig drückte sie ihn mit beiden Händen quer über meine Unterschrift. «Da», sagte sie, «jetzt sind Sie auf dem neuesten Stand.»

«Was man nicht von jedermann behaupten kann.» Wir sahen beide auf ihr Kleid, doch noch während ich die Worte heraussprudelte, war mir klar, daß ich hier völlig grundlos einen Streit provozierte, einfach Dampf abließ. Das Baby trat mich, fest, direkt unter die Rippen, als wolle es mich zum Schweigen bringen. Die Augen der Bibliothekswache verengten sich zu Schlitzen, und der Student hinter mir sog alles in sich auf, ein unausgesprochenes «Leute gibt's!» wartete zwischen seinen geschürzten Lippen darauf, daß ich hinter der Sperre verschwand.

«Vielen Dank.» Ich nahm die Karte und betrachtete sie, den Rücken zur Theke gewandt. Das Foto war an meinem ersten Tag am Dartmouth College gemacht worden, und ich hatte mich passend zu dem gekleidet, was ich – zu Recht – für meine Rolle hielt: statt Kontaktlinsen eine dezente Sonnenbrille, die Haare sorgfältig in der Mitte gescheitelt und mit Perlenspangen zusammengebunden, ein traditionelles oranges Kattun-Oberteil mit weißer Satinpaspelierung. Mein strenger Gesichtsausdruck war ein Versuch, dem der Indianer auf den allgegenwärtigen Proträtaufnahmen von Curtis zu entsprechen, die so dreinblickten, wie man es von ihnen erwartete – ein schwermütiger Blick in die Vergangenheit, entrückt und harmlos.

Doch dieser Versuch war fehlgeschlagen. Mein Gesicht ähnelte vielmehr dem Mondgesicht eines Kindes, eines wütenden Kindes, das beim Malen schräge Balken für Augenbrauen und einen geraden Strich für die Lippen zog, das Nasen nicht gut beherrschte und die Halsdicke einer Frau deutlich überschätzte.

Und jetzt stand quer über meinem Mund in grellgrüner Schrift: «Gültig bis 92», gefolgt von einer Reihe schwarzer Balken.

«Jetzt müßte es klappen», forderte mich die Bibliotheksaufsicht auf.

Und das tat es auch, und damit wäre die Sache erledigt gewesen, wenn es da nicht das unbedeutende Problem meines Umfangs gegeben hätte. Ich paßte nicht mehr durch. Die Sperre war kleiner als die Drehkreuze am Eingang zur

U-Bahn, und jetzt war klar, daß ich gelogen hatte: Ich hatte schon *seit Wochen* nicht mehr versucht, durchzukommen. Anstatt hämisch zu grinsen, zuckte meine Peinigerin die Achseln und erbarmte sich meiner. Wortlos winkte sie mich herum, und ich durfte durch den Ausgang hinein, dessen Sperre angenehm breit war.

Als ich im Magazin stand, umhüllt von der plötzlichen Stille, ahnte ich bereits, daß ich bei der Suche nach den Signaturen der Bücher, die ich mir aufgeschrieben hatte, auf gähnende Leere stoßen würde: Alle Bücher, die ich ausleihen wollte, waren schon weg. Und das Schlimmste: ich wußte, wo sie waren.

Bis jetzt ist das Bild noch nicht vollständig. Frau. Kind. Und was noch? Dies war keine Unbefleckte Empfängnis, doch Roger Williams war unlängst aus dem Bild gefallen. Ja, genau der Roger Williams, der bekannte Prosadichter, Liebling der Kritiker und pathetische Medienstar, den das Magazin *People* kürzlich porträtiert hatte, wie er vor der Gipsbüste seines Themas Kolumbus brütete und einen edlen Mont-Blanc-Füller gegen sein anmutiges Kinn drückte.

Dort waren die wichtigen Bücher, die ich dringend brauchte – beim Vater meines Kindes. Und das erschwerte meine Last mit dem elenden Artikel noch weiter. Von Anfang an war ich damit in Rogers Terrain eingedrungen, hatte Hand an sein anderes Kind gelegt – das, zu dem er sich öffentlich bekannte. Mein ehemaliger Lebensgefährte arbeitete nämlich schon seit Jahren an einem Prosamonolog über Kolumbus – in einer decouvrierenden Stimme wie in Robert Brownings Gedicht *My Last Duchess*. Roger hatte vor, sein Opus rechtzeitig zur Fünfhundertjahrfeier der Entdeckung zu vollenden.

Jetzt, als ich mit den Signaturen auf einem Zettel in der Hand vor den Regalen stand, bemerkte ich, daß er zwar die meisten guten Bücher mitgenommen, mir aber ein paar alte Schinken dagelassen hatte.

Und da standen sie, dicke und dünne, eingebunden in alles mögliche, von weichem Leder bis zu fleckigem Karton. Ich legte meine Tasche hin, drückte auf den Zeitschalter der Beleuchtung und begann, Rogers Hinterlassenschaft Stück für Stück herauszuziehen und anzusehen, eine entmutigende Aufgabe. Zum Glück konnte man mich selbst nicht dazurechnen, denn technisch gesehen war ich diejenige, die unsere Beziehung beendet hatte.

Zwei enge Treppen hinunterzugehen war in meinem Zustand kein Kinderspiel gewesen, darum ruhte ich mich erst einmal aus und füllte meine Sauerstoffreserven wieder auf. Ich hatte den Körperbau meiner Großmutter – schmale Knochen, dünn –, und obwohl ich immer zuviel geraucht und überhaupt alles im Übermaß getan hatte, war ich doch nie dick gewesen oder hatte mich richtiggehend schwach gefühlt. Aber diese Schwangerschaft war nicht leicht gewesen. Ich hatte auf alle angenehmen Laster verzichten, fast alles aufgeben müssen, was ich gern tat, und wurde dennoch runder, schläfriger und fülliger. Meine Füße waren so breit geworden, daß mir keine Pumps mehr paßten und ich gesunde flache Schuhe anziehen mußte, was bei einer kleinen, schwangeren Frau einfach lächerlich aussieht. Manchmal kam ich mir wie ein Gnom vor – eine mollige Märchenfee, unerträglich gütig, mit rosigen Apfelbäckchen. Ich wollte flippig sein, mußte diesen Wunsch jedoch unterdrücken.

Vielleicht war ich nicht so oft dort gewesen, wie ich es hätte sein sollen, aber in den Jahren, seit ich am Dartmouth College unterrichtete, war diese Bibliothek zu meiner privaten Zuflucht geworden, zum Ort der Beruhigung bei schlimmster Verzweiflung und intellektueller Panik, sowohl bei den großen Problemen als auch bei den kleinen, alltäglichen Mißlichkeiten. Die graue Baker Library mit ihrer trockenen Luft, der ständig gleichbleibenden, angenehm kühlen Temperatur, dem Geruch von alterndem Papier, Leder und Leim war allein schon Grund genug, sich nach einer Anstellung auf Lebenszeit zu sehnen. Bücher zum Anfassen.

Ich griff nach dem *Columbus Memorial Volume*, einem schweren roten Wälzer mit großen goldenen Prägelettern und dicken Seiten, die nach angesengter Baumwolle rochen, als seien sie einzeln glattgebügelt worden. Es war 1893 vom *Catholic Club of New York* herausgegeben worden, zweifellos der Grund, warum Roger es verschmäht hatte. Als Protestant hatte er sicher erwartet, daß dieses Buch linientreu und langweilig sei, und damit hatte er nur allzu recht. Doch als unbedeutendes Relikt vom vierhundertsten Jahrestag der ersten Reise stand es für ein ganzes Genre und diente als bescheidene Erinnerung. Sollte es einmal eine Sechshundertjahrfeier des Jahres 1492 geben, sollte die Welt so lange bestehen, dann würde vielleicht irgendein Langweiler genau an diesen Ort kommen und meinen Artikel herausziehen, der dann in einer kleinen braunen Aktenmappe mit der Signatur E 119 oder so steckte.

Doch ich war als Katholikin geboren und zur Katholikin erzogen worden, auch wenn ich diesen Glauben nicht länger praktizierte, deshalb verstand ich den Ansatz dieses Buchs – ich wußte, wie eindeutig katholisch dieses ganze Entdekkungsunterfangen war, von den ersten Spenden der katholischen Herrscher Ferdinand und Isabella bis hin zu dem katholischen Auge, das als erstes Land erblickte, zu dem katholischen Fuß, der es betrat, und dem hölzernen Kreuz, das sogleich aufgestellt wurde. Diese Kolumbusritter aus dem neunzehnten Jahrhundert versetzten mich zurück in das Klassenzimmer der Missionsschule in DeSmet, Idaho, zurück in die Tage katholischer Arithmetik (Gottes Ordnung der Dinge), katholischer Geographie (zwei Kapitel über Irland im Gegensatz zu fünf Seiten über das heidnische Afrika und Asien zusammen), katholischer Geschichte (ich weiß alles über die Kreuzzüge) und katholischer Wissenschaft (das Urteil gegen Galilei war noch immer nicht widerrufen).

Als nächstes entdeckte ich ein Exemplar vom *Logbuch des Christoph Kolumbus* in einer, wie auf dem Schutzumschlag angepriesen wurde, hervorragenden neuen Übersetzung. Ich wußte, warum Roger es nicht genommen hatte. Es war zu nah an seinen eigenen Vorstellungen. Er wollte ein Bordbuch schreiben, ein fiktives Tagebuch, und wahrscheinlich wollte er sich nicht von authentischen Worten stören lassen. Der Gründlichkeit halber zog ich noch ein paar weniger bekannte Biographien heraus, und bald hatte ich so viel, daß ich damit kaum bis hoch zu meinem Arbeitsplatz im vierten Stock würde gehen können.

Schon der Gedanke daran ermüdete mich. Ich war überwältigt von alldem, was da auf mich einstürmte, die Regale, die Bücher, das Thema, Roger. Meine Augenlider brannten vor Erschöpfung, und dann übernahm, wie schon oft, mein Körper einfach das Ruder und machte, was er wollte. Ohne meine ausdrückliche Zustimmung ließ er sich auf den angenehm kühlen Fliesen nieder.

Da ich durch mein Gewicht gut gepolstert war, fühlte sich der Boden nicht hart an. Während ich mich in der angenehmen Kellerdüsternis erholte, dachte ich ans Essen, besonders an ungesunde Sachen mit vielen Kalorien, und zu meiner Erleichterung fiel mir ein, daß ich mir in weiser Voraussicht eines solchen Notfalls etwas Proviant eingesteckt hatte. Ich drehte mich mühsam auf die Seite, zog den Reißverschluß meiner Tasche auf und umfaßte die Plastikverpackung der gerösteten Erdnüsse. Ich riß sie mit den Zähnen auf und schüttete mir eine Lawine Nüsse direkt in den Mund.

Natürlich war essen in der Bibliothek strengstens verboten, deshalb ließ ich nicht eine einzige belastende Erdnuß liegen. Nachdem der Inhalt der Tüte entsorgt war, knüllte ich das Beweisstück zu einem Ball zusammen und leckte mir die letzten Salzkörner von den Fingern. Ich blieb noch eine Weile im Dunkeln sitzen, obwohl ich nicht besonders müde war. Um neun mußte ich Nash vom Nachsitzen in der High-School abholen, wo er den Sommer über Trigonometrie wiederholte, und es war noch nicht einmal sechs.

Im Korridor des Magazins wurde es dunkler. Es kamen keine weiteren Besucher hierher und schalteten das Licht ein, das nach zehn Minuten wieder ausging, um nach Antworten auf ihre Fragen zu suchen. Mein Kind drehte sich, und ein Gelenk – ein Ellbogen oder ein Knie – ließ eine Welle unter meiner Hand herlaufen. Ich hatte keine Vorahnungen, keine Wünsche, auch keine Vorlieben bezüglich des Geschlechts, hatte nicht einmal einen Namen ausgesucht. Ich bekam ein Kind, weil ich Gesellschaft brauchte, und ich erhoffte mir von ihm nichts weiter als zehn schöne gemeinsame Jahre. Nash hatte mich gelehrt, meine Erwartungen nicht zu hoch zu schrauben. Nach unseren vielen Auseinandersetzungen in den letzten Wochen klopfte mein Herz beim Gedanken an ihn schneller, und ich wälzte mich auf die Seite und zog das Knie an. Ich rappelte mich auf alle viere hoch, um mich aus dieser Position ganz langsam zu erheben. Doch nun befand sich mein Kopf auf gleicher Höhe mit dem untersten Regal, und da kam mir die Idee, schnell noch die Bücher durchsehen, zu denen ich mich später nicht mehr würde hinabbeugen können. Und so kroch ich hinüber, kniff im Halbdunkel die Augen zusammen und schaffte es so, noch ein paar weitere Titel auszusortieren. *Kolumbus, ein Traum wird wahr* überging ich, doch *Das Geheimnis des Kolumbus* interessierte mich, genauso wie *Colón: Der erste Botschafter im Land der Heiden*. Dann entnahm ich der Stelle, an der ein bestimmter Band stehen sollte, einen buchgroßen Holzklotz. Sie sind mir ans Herz gewachsen, diese Eichenquader, mit denen im Dartmouth College gelegentlich angezeigt wird, daß ein Buch nicht an seinem üblichen Platz steht, sondern an einem speziellen Ort oder im Handschriftenmagazin. Sie wecken eine Art Jagdinstinkt. Die kleinen, maschinengeschriebenen Hinweise, die am Rücken kleben, sind oft undurchschaubar, formal zwar präzise, doch erfüllt vom Geist der neuenglischen Bibliophilie, das heißt, von absoluter Autorität und Rechtschaffenheit. Am Ende der Suche, zu der sie anregen, findet man bestimmt ein Buch von ungewöhnlichem Wert, Umfang oder Inhalt.

Einmal ging ich einer Fährte nach und entdeckte die Welt-
karte des Ptolemäus, eingebunden in geschmeidiges gelbes
Schweinsleder, so hoch und breit wie ich selbst, auf einem
Stahlblechregal ganz für sich allein.

Ich nahm den Klotz erwartungsvoll heraus, hievte mich
hoch und schaltete das Licht wieder an, damit ich meinen
Fang genauer betrachten konnte.

Doch der Block war enttäuschend glatt, vielleicht nur eine
Art Platzhalter. Trotzdem gab ich nicht auf. Ich betrachtete
ihn von allen Seiten und fand schließlich eine rauhe, leicht
klebrige Stelle, wo ein Schildchen hätte aufgeklebt sein müssen. Die Nachricht schien abgefallen oder entfernt worden zu
sein, und zwar schon vor längerem, denn die Stelle war
schwarz vor Staub und Schmutz. Trotzdem schaute ich sicherheitshalber überall auf dem Boden nach, und als ich mich
mühsam wieder hinabbeugte, um den Klotz zurückzustellen,
verrückte ich die anderen Bücher auf dem Regal, um zu sehen, ob das Schild irgendwo anders steckengeblieben war.
Keine Spur davon.

Ich war, wie Großmutter sagt, wenn sie frustriert ist – was
sie fast immer ist –, «aus der Fassung». Ich hasse es, wenn ich
nicht finde, wonach ich suche, selbst wenn ich nicht genau
weiß, was ich überhaupt suche. Dieser Holzklotz war so
enervierend wie ein Name, der einem auf der Zungenspitze
liegt, er irritierte mich, und deshalb legte ich ihn zu den Büchern, die ich in meinen kleinen Arbeitsraum mitnehmen
wollte. Vielleicht würde ich ihn am Ausgang abgeben oder
als Briefbeschwerer benutzen oder mir einfach nur mit Phantasien darüber die Zeit vertreiben, auf welche faszinierende
Rarität er wohl hinweisen mochte.

Die mir zugeteilte Arbeitsnische, ein grandioses Zimmer-
chen weiter oben, war ein kleiner Raum am Ende eines leeren
Ganges, geschützt durch ein vom Boden bis zur Decke
reichendes Stahlgitter. Vollbepackt hineinzugelangen war
schwierig – ich mußte nach zwei Schlüsseln suchen, die dazugehörigen Schlösser aufschließen, eines zum Gang selbst und

das andere zu meinem Büro, ehe ich schließlich die Tür hinter mir schloß und mich in den Aluminium-Klappstuhl fallen ließ, den ich im vergangenen Frühjahr hineingeschmuggelt hatte. Ich kann mich nur konzentrieren, wenn ich bequem sitze, und in diesem soliden, mit Kunststoff bezogenen Gartenstuhl kann ich mit einer Decke und ein paar Kissen stundenlang lesen oder schreiben, eine Art Vorgarten-Colette. Ich zog an der Kordel meiner Versandhaus-Stehlampe, griff nach unten und nahm das erste Buch vom Stapel.

Christoph Kolumbus, Seefahrer ist die gekürzte Version von Samuel Eliot Morisons sehr detaillierter Biographie *Admiral des Weltmeeres*. Roger hatte natürlich die gebundene Version, mir blieb diese dünne Taschenbuchausgabe. Doch sie bot eine übersichtliche Zusammenfassung und lieferte mir, was ich brauchte – einen Überblick über das Leben meines Studienobjekts, eine Art geistiges Sieb für die dichteren Textströme, an die ich vielleicht später herankommen würde, wenn ich in Rogers Büro im Englischen Seminar einbrach oder einfach *alles*, was er benutzte, vorbestellte.

Es gibt offenbar nicht viel zu sagen über die ersten zehn Jahre von Kolumbus' blondem, sommersprossigem Leben, also läßt sich Morison lang und breit über den Namen Christoph aus, wie ungeheuer prophetisch und passend er doch gewesen sei. Erster Hinweis auf die Zukunft: Kolumbus wurde nach dem heiligen Christophorus benannt, dem Schutzpatron der Reisenden. Mit diesem Wink konnte ich etwas anfangen. Als Magnetmedaille am Armaturenbrett schützte Christophorus unsere Familie auf der traditionellen langen Urlaubsreise nach Idaho, New Mexico und South Dakota vor Reifenpannen. Er gehörte zu meinen Lieblingsheiligen, und ich verspürte einen leisen Groll, als er vor ein paar Jahren aus dem Verein der katholischen Superhelden hinausgeworfen wurde. Der heiligen Mutter Kirche waren plötzlich Zweifel gekommen, ob er überhaupt jemals existiert habe. Zweite denkwürdige Tatsache: in der Geschichte, die nun die «Legende» vom heiligen Christophorus war, trug der freundliche alte Herr das Jesuskind auf dem Rücken über einen Fluß. Dafür wurde er, wie Kolumbus später auch, «Christusträger» genannt. *Quel coincidence!* Kolumbus hätte eigentlich Wollweber werden sollen – das war seine Bestimmung. Seine Eltern waren biedere Tuchmacher aus der Genueser Mittelschicht. Doch anstatt ins elterliche Unternehmen einzutreten, fühlte sich der Junge vom Meer angezogen. Er half seinem Vater auf Handelsreisen, unternahm ein paar längere Fahrten durchs Mittelmeer und diente bei einer Auseinandersetzung zwischen Herzog René von Anjou und dem König von Aragón auf einem Kriegsschiff. Mit 25 überlebte er vor der Küste Portugals seinen ersten Schiffbruch. Das flämische Schiff *Bechalla* wurde vom Feuer französischer Bombarden zerfetzt, sank, und Kolumbus mußte sich an einer dahintreibenden Spiere festhalten und zum europäischen Festland zurückstrampeln.

Hätte er sich doch nur *damals* schon in die entgegengesetzte Richtung gewandt.

Zu jener Zeit war Lissabon die Hauptstadt der Forscher und Entdecker, ein richtiges Cape Kennedy, ein Himmelreich für Kartographen, Unternehmer und Möchtegern-Seefahrer. Dort lernte Kolumbus lesen, dort kam er schließlich auch auf seine großartige Idee. Ob der Durchschnittsportugiese glaubte, daß die Erde eine Scheibe war, sagt uns Morison nicht, doch macht er deutlich, daß die Gebildeten ziemlich sicher waren, auf der Oberfläche einer Kugel zu leben. Der Streitpunkt war ihre Größe: Wie groß war ihr Umfang? Wie weit war es um sie herum? Kolumbus hatte sich erst spät zu dieser Vorstellung bekehren lassen, doch als er sich einmal in sie verbissen hatte, gab es kein Zurück mehr, ließ er nicht mehr davon ab, wurde besessen davon. Er nutzte jedes bißchen an biblischem, apokryphem und nautischem Wissen, dessen er habhaft werden konnte, um sich selbst zu beweisen – und um dann potentielle Geldgeber davon zu überzeugen –, daß die Erde ein ganzes Stück kleiner sei als sich tatsächlich herausstellte, viel kleiner als die meisten geachteten Geographen seiner Zeit errechnet hatten. Kolumbus war sicher, daß Marco Polos sagenhaftes Cipango (sprich «Japan»), die Pforte zum Land der Gewürze, direkt hinter dem Horizont lag, nur 2400 Seemeilen im noch unerforschten Westen.

Natürlich war er auf dem Holzweg. Tokio ist, wie Morison darlegt, über 10000 Meilen Luftlinie von den Kanarischen Inseln entfernt, von wo aus Kolumbus seine Reise ins Ungewisse antrat. Doch egal, auf wie viele Gegenbeweise Kolumbus mit der Nase gestoßen wurde, sein Leben lang hat er die Tatsache nicht akzeptiert, daß er über einen völlig neuen Kontinent gestolpert war. Im Gegenteil, noch auf seiner letzten Reise trieb er sich und alle um ihn herum schier zum Wahnsinn, indem er versuchte zu beweisen, daß die Küste von Venezuela nur einen Katzensprung von den Reichtümern des Orients entfernt sei.

Zweifellos ein kleiner Umweg.

Ich ließ den Zeigefinger an der Stelle im Buch, an der ich innegehalten hatte, und legte den Kopf zurück. Linda George, meine Freundin und Mitarbeiterin im Studienprogramm für amerikanische Ureinwohner an der Universität Washington, hatte mich letzte Woche aus Seattle angerufen, um zu erfahren, wie es mit dem Kind so gehe.

«Langsam», sagte ich ihr. «Langsam und zäh.»

«Hat jemand von der Nationalstiftung bei dir angerufen?» wollte sie wissen.

«Wovon redest du?»

«Von Tips zum Fünfhundertsten und nützlichen Hinweisen. Den Idioten in D. C. dämmert es langsam, daß die Indianer übernächstes Jahr vielleicht auch eine Rolle spielen könnten. Sie haben mich gefragt, auf welche Weise sie sich engagieren könnten, um dem Standpunkt der indianischen Ureinwohner gerecht zu werden.»

«Und was hast du gesagt?»

«Ich hab ihnen vorgeschlagen, in den Reservaten ein paar ‹Entdecken Sie Spanien›-Rundreisen zu verlosen. Achtundzwanzig Tage, Flamenco inbegriffen. Ich hab gesagt, die

Regierung sollte vor Samana Cay ein riesiges Neonschild aufstellen, auf dem Tag und Nacht ‹Keine Durchfahrt nach Kalkutta› blinkt.»

«Die müssen ja wahnsinnig froh gewesen sein, daß sie dich angerufen haben.»

«Versprich mir eins», sagte Linda, ehe sie einhängte. «Wenn es ein Junge wird, nenn ihn Innozenz. Dieser Papst hat schließlich entschieden, daß wir Menschen sind.»

Ich schlug den Morison wieder auf, las und machte mir Notizen. Sechs Jahre lang trug Kolumbus seine Bitte dem Spanischen Hof vor, der ohnehin schon für Papierkrieg, Bürokratie und Verzögerungstaktik berüchtigt war und bald das Hauptquartier der Inquisition werden sollte. Königin Isabella ließ sich vom Kampf gegen die Mauren ablenken und machte ihm ein wenig Hoffnung, doch die Talaverakommission, die die Königin in Sachen runde Welten beraten sollte, ließ Kolumbus eiskalt abblitzen.

Christoph begab sich ins Franziskanerkloster La Rábida bei Palos, und 1491 bat der Priester Juan Pérez die Königin, ihre ablehnende Haltung neu zu überdenken. Kolumbus wurde wieder an den Hof gerufen – diesmal kam er in neuen Kleidern und mit einem Maultier – und zum zweitenmal ganz offiziell abgewiesen. Doch irgend etwas an ihm muß einen guten Eindruck hinterlassen haben. Isabella traf eine private Abmachung mit Luis de Santángel, dem Verwalter der königlichen Schatulle, und schickte einen Boten los, der Kolumbus zurückholen sollte. Und beim drittenmal klappte es dann.

Ich schloß die Augen und dachte: «Und was wäre gewesen, wenn...», doch als ich weiterlas, hatte Morison die Antwort schon parat. Wenn es nicht Kolumbus gewesen wäre, dann eben ein anderer, ungefähr zur gleichen Zeit – vielleicht sogar jemand Schlimmeres. Ein Nürnberger namens Martin Behaim hatte einen Globus entworfen, der auf den gleichen falschen Annahmen beruhte wie die Berechnungen von Kolumbus, und 1493 ging er Johann II. von Portugal an, ihm eine Entdeckungsreise zu finanzieren. Die Portugiesen waren den Spaniern in Sachen Sklaverei und Morden schon ein gutes Stück voraus, da sie bereits begonnen hatten, die Westküste Afrikas auszubeuten. König Johann überlegte noch, ob er Behaim grünes Licht geben sollte, als Kolumbus mit der Nachricht zurückkam, er habe neues Land gesichtet.

Und wenn nicht so, dann die französische Variante. Kolumbus hatte nach seiner letzten Zurückweisung am spanischen Hof vorgehabt, nach Paris zu gehen und seinen Bruder Bartholomäus zu unterstützen, der bei Karl VIII. vorsprach, damit der die besagte Reise absegnete. Ich überlegte: *Amérique*, entdeckt von Christophe Colombe, und dieser Gedanke erschien mir viel angenehmer. Schließlich haben sich die Franzosen, nachdem sie endlich hier angekommen waren, nicht mit endlosen Debatten darüber aufgehalten, ob die Indianer nun Seelen besaßen oder nicht. Die Frauen der Huronen hatten ganz offensichtlich das, was unter französischen Trappern zählte, und diese Damen machten viel mehr Franzosen zu Indianern als umgekehrt.

Die erste Überfahrt des Kolumbus war nicht, wie ich in der Schule gelernt hatte, ein opernhaftes Sturm-und-Drang-Epos. Er war so klug, mit den Passatwinden zu segeln, die sanft, doch so beständig wehten, daß die drei Karavellen auf Geschwindigkeiten kamen, die auch heute noch für Segler beachtlich sind. Zweifellos grummelte die Besatzung öfter mal, aber während der etwa fünfwöchigen Reise drohte niemand damit, den Kapitän über Bord zu werfen. Mehrmals gab es Hinweise auf Land – Vögel, Gräser, Holzstücke. Es war fast schon banal. Und dann kam die Nacht, in der Land gesichtet wurde. Ich schrieb Morisons eigene, bedeutungsschwangere Worte in mein Notizbuch:

«Angeführt von der *Pinta*, fegten die drei Schiffe dahin mit ihren im Mondschein wie Silber glänzenden Segeln. Ein tüchtiger Passat blies und trieb die Karavellen rollend und auf- und niedertauchend in der spritzenden Gischt vorwärts über die letzte unsichtbare Schranke zwischen der Alten und der Neuen Welt hinweg. Nur wenige Augenblicke noch, und ein Zeitalter würde versinken, das seinen Anfang im grauesten Altertum genommen hatte.»

So ein Schmalz! Ich gab mich der Vorstellung dieses schicksalsschweren Ereignisses aus der entgegengesetzten Perspektive hin.

Auf der kleinen Insel Guanahani schlafen ein paar Familien der Lucaya-Indianer, schaukeln träge in ihren Hängematten aus Hanf. Sie sind ein gesunder, fröhlicher Haufen, lässige Strandtypen und Surfer, ohne jede Zerstörungswut. Wenn sie und ihre benachbarten Rivalen in der Karibik überhaupt miteinander kämpfen, werfen sie mit hölzernen Fischerspeeren aufeinander. Es ist ohnehin nicht viel da, um das sich zu zanken lohnt, da sie sich ein Land teilen, wo es jede Menge Nahrung gibt, schönes Wetter und eine phantastische Landschaft.

Es gibt nicht mal großes Getier, das man jagen könnte, und selbst wenn, würden diese Menschen es langsam angehen lassen und lieber nach Fischen tauchen, Meeresschnecken sammeln, Yams anbauen und stärkehaltige Wurzeln ausgraben. Sie leben von Maniokbrot, töpfern, spinnen und weben Baumwolle, obwohl sie selbst keine tragen. Als Naturliebhaber gehen sie lieber *au naturel*. Ein einziges langes Strandleben, von einem Tag zum nächsten. Die Menschen werden groß, lieben sich, bringen Kinder zur Welt, essen, sterben. Die Sonne geht unter. Die Sonne geht auf. Ein endloser Sommer voller Wellen und sternklarer Nächte: ein tropischer Rhythmus, den die zahlenden Kunden der diversen Ferienclubs in der Karibik noch heute schätzen.

Und eines schönen Morgens gibt es dann was Neues. Die Segel dreier spanischer Karavellen tauchen am Horizont der Welt auf. Das ist ein neuer Spaß, und genauso, wie man es von Menschen erwarten würde, die sich noch nie groß um etwas sorgen mußten, rennen sie alle zum Ufer hinunter, um die Schiffe zu begrüßen. Sie haben keinen Grund zu der Annahme, daß da nichts Gutes kommt.

2

VIVIAN

*I*ch erinnere mich daran, daß ich das Buch weglegte, vielleicht sogar noch daran, daß ich die Lampe ausschaltete. Ich erinnere mich daran, daß ich einnickte, nachdem ich zuversichtlich meinen inneren Wecker gestellt hatte. Normalerweise schrecke ich dann nach zwanzig Minuten auf, bin wach und munter, doch während der Schwangerschaft spielt einem der Schlaf Streiche. Es war kein Verlaß mehr auf meinen Körper und meine innere Uhr. Der Schlaf war zu einer Zauberhöhle geworden, zu einem Ort unter Wasser, zu tief für Träume. Das Element, das ich dort einatmete, schien mir so stärkend, so aufbauend, daß ich manchmal gar nicht genug davon bekommen konnte. Aus welchem Grund auch immer – der frustrierende Tag, der Gedanke an die Probleme mit Nash oder die bevorstehende Geburt – es war wieder einmal soweit. Eine ganze Weile tauchte ich überhaupt nicht mehr auf. Dann kreiste ich, ganz langsam wie ein Taucher, der einen Drucksturz vermeiden will, wieder nach oben, befreite mich von der dunklen, summenden Last der Bewußtlosigkeit und gelangte nahe an die Oberfläche. Ich bin wohl mehrmals wieder untergetaucht, mit plötzlicher Gelassenheit hinabgesunken, ehe ich einen Ruck verspürte, eine kleine Erschütterung, als habe sich der dunkle Sauerstoffschlauch verklemmt.

Nash. Ich sollte ihn doch abholen. Ich schüttelte die Decke

ab, griff hastig nach meiner Armbanduhr, die ich auf den Schreibtisch gelegt hatte, und warf blinzelnd einen eher ungläubigen als überraschten Blick darauf. Wahrscheinlich habe ich mir die Uhr sogar ans Ohr gedrückt, wie ein Schauspieler in einem Stummfilm. Das konnte doch nicht wahr sein – halb eins. Aber vorgegangen war meine Uhr noch nie. Als ich meine Tasche packte und mich in den Mantel zwängte, kam es mir – noch – nicht seltsam vor, daß die Bibliothek zu dieser späten Stunde noch auf hatte.

Hatte sie auch nicht.

Im Korridor war es stockfinster. Ich tastete mich an der Wand entlang, bis ich zum Lichtzeitschalter an der Gittertür kam. Ich schloß auf und betrat das gleichfalls dunkle Magazin, zog eine Lichtspur bis zum Ausgang hinter mir her. Dort an der Ausleihe stand, wie ich mich erinnerte, ein Telefon. Abgesperrt. Jäh, als habe sich mein Traum verselbständigt, als sei ich diesmal durch Schichten von Büchern, Wörtern und Bedeutungen aufgestiegen, stand ich vor einer dicken Plexiglasscheibe. Während ich dort wartete, ohne zu denken, eingehüllt in die Stille, die hinter mir gähnte, hörte ich, wie die Lampen, die ich eingeschaltet hatte, eine nach der anderen nach der festeingestellten Zeit wieder ausgingen. Und so kam die Dunkelheit auf mich zu, Stockwerk für Stockwerk, bis das letzte Licht direkt hinter mir mit einem Klicken verlosch. In dem kurzen Augenblick, den meine Augen brauchten, um mit soviel Dunkelheit fertig zu werden, verspürte ich einen Anflug von Panik; dann breitete sich vor mir in dem Teil des Hauptganges, den ich einsehen konnte, die graue Düsternis aus.

Alles, was mir zu tun blieb – *eingeschlossen*, wie mir jetzt klar wurde –, war, an der Tür zu warten, bis ein Nachtwächter auf seinem Rundgang vorbeikam. Dann würde ich gegen die Glasscheibe klopfen, das Licht einschalten, den Wächter auf mich aufmerksam machen, und dann kam ich hier raus. Es überraschte mich, daß man mich nicht längst gefunden hatte. Denn als ich einmal, in der Stadt von einem Schneesturm überrascht, beschlossen hatte, in meinem Büro im Institut zu übernachten, wurde mir schnell klar, daß ich etwas Unmögliches versucht hatte. Pünktlich zu jeder vollen Stunde weckte mich ein unnachgiebiger Campus-Polizist, der aus versicherungstechnischen Gründen dafür zu sorgen hatte, daß niemand in einem Gebäude schlief, das nicht ausdrücklich für diesen Zweck vorgesehen war.

Wo war dieser nächtliche Eiferer jetzt? Damals hatte er sehr energisch mit dem Griff seiner Taschenlampe gegen meine Tür geklopft und seinen fröhlichen Gruß, für mich eine Folter, herausposaunt. Am Morgen war ich nahe daran gewesen, loszuheulen, alles zu gestehen, jedweden Anklagepunkt zuzugeben. Mein Wille war gebrochen. Jetzt drehte ich den Lichtschalter hinter mir. Ein Uhr. Punkt zehn nach eins ging das Licht wieder aus. Ich blieb weiter hinter der dicken Glasscheibe stehen. Ich ließ meine Gedanken arbeiten, lauschte auf Schritte und wünschte mir jemanden herbei.

Ich machte mir Sorgen um Nash.

Bis vor drei Jahren waren wir einander so nah gewesen, daß ich Schwierigkeiten gehabt hätte, ihn zu beschreiben, doch in letzter Zeit war ich dankbar für alles, was ich objektiv an ihm feststellen konnte. Wo ich zuvor alles an ihm einfach akzeptiert und gebilligt hatte, mußte ich meinen Sohn nun verstehen lernen. Ich konnte noch immer Eigenschaften von ihm aufzählen, die jeder bewundern würde: Humor, Charme, Neugier. Doch er war auch nachtragend und neigte zur Ungeduld. Er nahm gern Dinge auseinander, um zu sehen, wie sie funktionierten, setzte sie dann jedoch selten wieder zusammen. Bestimmte Gegenstände im und ums Haus hatte er ins Herz geschlossen. Als kleinem Jungen war ihm eine riesige, verbeulte schwarze Keksdose wertvoller gewesen als seine Stofftiere, und überallhin mußte er einen kleinen Schemel mitschleppen. Besen, Gummistampfer, Eimer, Schrubber und Schwämme hatte man seinen widerspenstigen Händen erst nach gutem Zureden und vielen Versprechungen wieder entwinden können. Nicht daß er schon in frühem Alter besonders reinlich gewesen wäre – derlei praktische Utensilien bedeuteten Nash einfach mehr als normales Spielzeug.

Er war ein ungewöhnliches, aber liebenswertes Kind, hatte sonderbare Vorlieben und betete Grandma förmlich an. Die Nahrungszubereitung nahm er sehr ernst, und bereits mit acht half er ihr jeden Abend beim Kochen, während ich den Tisch deckte. Er sammelte Streichholzbriefchen, Muscheln, Federn, Flaschendeckel, Schnürsenkel, in Papier gewickelte Zuckerwürfel und, in einem Anfall von Normalität, Spielzeugautos. Er konstruierte labyrinthische Legostädte, band sich aber nicht selbst die Schuhe zu. Lange glaubte er an einen bedächtigen kaukasischen Gott mit weißem Bart und an Engel mit Harfen – nicht ein Wort meiner verzweifelten Agnostikerlehren hinterließ Spuren. Wenn er mit Grandma den Rosenkranz betete, mochte er die freudenreichen Geheimnisse am liebsten, sie die schmerzhaften. Er glaubte an gute und böse Geister, wußte jedoch ganz genau, wie Strom erzeugt und in eine Glühbirne geleitet wird.

Sehr oft hielt er meine Hand, drückte sich vor der Schule – indem er Krankheiten vorschützte –, aß Götterspeise und lernte alle Navajo-Wörter, die Grandma ihm beibrachte. Sie nahm diesen Unterricht ernst, und so konnte er schon als kleiner Junge einige der alten indianischen Lieder singen.

Mit zwölf überraschte Nash sich selbst, indem er Ordnung in sein Leben brachte. Mit dreizehn fing er an zu wachsen. Plötzlich war er so riesig wie sein Vater, schloß sich dem Footballteam an und verwandelte sich von einem verwöhnten Kind der siebziger Jahre, das für seine seltsamen Vorlieben bekannt war, in einen Mädchenschwarm, der seinen Pferdeschwanz unter den Footballhelm zwängte und die Gegner vor den Augen der kreischenden Zuschauer einfach niederwalzte. Der Schulsport trug eine Menge dazu bei, daß er sich einen Weg aus seiner, wie er es nannte, «Welt der Illusionen» bahnte. Doch die Welt, die er als «real» bezeichnete, beunruhigte mich zusehends.

Nashs Freunde redeten zu schnell oder schoren sich den Kopf kahl, schwitzten an kalten Tagen auffällig und rochen nach verbranntem Hanf. Seine magersüchtige blonde Freundin hatte gefährlich leere Augen – riesig wie die der MTV-Ansagerinnen – und trug einen kleinen silbernen Nasenclip. Doch sie sei *anständig*, beharrte Nash. Er versuchte, ihr aus einem pubertären Tief herauszuhelfen, und gemeinsam kämpften sie gegen die Vermarktung von Tierfellen. Doch gerade als sich ihre Beziehung zu vertiefen begann, zerbrach sie plötzlich, und das Mädchen ging mit seinen Freunden aus – mit allen gleichzeitig. Nash wurde verschlossen, besann sich trostsuchend auf sein eigenes Erbe und vertiefte sich in ökologische Fragen. Er wollte zurück zu den Ursprüngen des Lebens, und da kam ihm sein eigener Ursprung sehr gelegen. Doch daß er in einer College-Stadt großgeworden war und Indianerreservate nur von gelegentlichen Besuchen her kannte, hatte auch seine Nachteile: Nash neigte dazu, erst seine Abstammung zu verherrlichen und dann, selbstzufrieden, auch sich selbst.

Er brannte darauf, in jeder glatten, reflektierenden Oberfläche sein Spiegelbild zu betrachten. Wenn wir die Main Street entlanggingen, verrenkte er sich ständig den Kopf nach den Schaufenstern oder den glattpolierten schwarzen Fassadenverkleidungen der Geschäfte. Der Badezimmerspiegel verführte ihn zu trunkener Selbstbetrachtung. Er konnte Stunden davor zubringen, Mienenspiele üben, sich durchs Haar fahren und das Gesicht hin und her drehen, um die Nuancen seines Profils zu studieren.

Er war eine Mischung aus Zuversicht, Unschuld und Zweifel, und das verhieß Ärger. Der heutige Nachmittag bestätigte das: man hatte ihn in der Mädchenumkleidekabine erwischt.

«In der Mädchenumkleidekabine?» Ich mußte einen kleinen Schrei unterdrücken. «Ich dachte, du wärst Feminist!»

«Ich hab Scheiß gebaut», gab er zu. «Ich hatte was mit diesem Mädchen abgemacht, Mom, ich meine nicht, was du denkst. Das war nämlich so. Sie hatte ihre Tage und war nicht so gut drauf, deshalb wollte sie beim Turnen nicht mitmachen, und sie hat mir gesagt, sie hätte keine Lust, einfach nur rumzuhängen und in der Umkleidekabine zu lernen. In den Arbeitsraum konnte sie nicht gehen – der war zu voll.»

Ich sah ihn an. Sein Gesicht war offen und ehrlich. Soviel ich wußte, hatte er mich noch nie richtig angelogen.

«Halt dich bloß von der Mädchenumkleidekabine fern», hatte ich ihn ermahnt. Ich wußte, daß da noch was war, daß ich ihn nicht aus der Reserve gelockt hatte; andererseits hatte er ein Recht darauf, manche Sachen für sich zu behalten. Und so war er heute abend zum Nachsitzen gegangen, zwar unter Protest, aber nicht verdrießlich. Wer weiß, wo er jetzt steckte.

Der Uhr des Baker Towers nach waren jetzt zwanzig Minuten verstrichen, und kein Nachtwächter war vorbeigekommen. Halb zwei. Ich setzte mich auf den Boden. Eine weitere Viertelstunde kroch so schwerfällig dahin, daß ich wieder aufstand und entschied, das Licht in meinem Arbeitszimmer würde sicherlich jemand sehen, vielleicht ein Campus-Polizist, und meinen Gartenstuhl brauchte ich jetzt dringend. Mein Rücken fühlte sich an, als seien Nägel hineingetrieben worden. Mein Steißbein schmerzte, und die überstrapazierten Bauchmuskeln waren verspannt. Als mein Kind sich gedreht hatte und der Kopf ins Becken gerutscht war, hatte ich mir einen richtigen Watschelgang angewöhnt, den ich normalerweise durch schnelle, entschlossen wirkende Körperbewegungen kompensierte. Doch nicht jetzt, wo ich allein war. Ich watschelte wie eine Ente zurück in mein Zimmer, das mir nach den endlosen Bücherreihen wie eine Zufluchtsstätte erschien. Ich hatte eine Notpackung Rosinen in der Schreibtischschublade liegen, und die wollte ich jetzt aufessen. Auf der letzten Treppe hielt ich inne, da ich eine ungewöhnlich heftige Kontraktion verspürte – schon die ganze Woche hatte ich sie gehabt, diese ersten Anzeichen des Unausweichlichen: Der Körper bereitete sich auf die Ge-

burtswehen vor. Deshalb machte ich mir über diese eine Vor-
wehe keine besonderen Gedanken, sah allerdings, nachdem
ich oben angekommen war und das nächste Licht eingeschaltet hatte, auf die Uhr. Mehr aus Routine. Ich glaubte nicht,
daß ich mir Sorgen machen mußte. Keineswegs. Dennoch
begann ich, während ich mich die letzten Treppenstufen hin-
aufschleppte, einen von Grandmas Navajo-Gesängen vor
mich hin zu flüstern. «Jetzt winkt mir langes Leben, Glück,
denn ein schönes Wesen kam in meine Hände...»

Als ich auf meinem Stuhl saß, überdachte ich meine Situation. Ich dachte an Grandma, die sich die ganze Nacht aufre-
gen, aber nicht dazu herablassen würde, jemanden anzurufen. Im Lauf der Jahre hatte sie sich mit gewissen Rätseln in
meinem Leben abgefunden. Als ich ihr vor ein paar Tagen
erzählte, daß Roger mir in der Allen Street begegnet war,
hatte sie ihre Reaktion hinter heftigem Teigkneten verborgen. An Kleinigkeiten konnte ich erkennen, daß sie verärgert
war – daran, wie sie das Brot klopfte, als es fertig war, am
gereizten Unterton in ihrem Summen. Damals hatte sie
nichts gesagt, doch jetzt ließ sie ganz bestimmt die Perlen
ihres Rosenkranzes durch die Finger gleiten, während sie
wach im Bett lag und Gott heftig einzureden versuchte, daß
aus der Wiedervereinigung, die in ihrer Vorstellung jetzt
wohl stattfand, nichts Gutes erwachsen würde.

Ich riß die Tüte auf und schob mir eine Rosine nach der
anderen in den Mund. Sie waren rund, süß und beruhigend.
Die Aufregung hatte mich hellwach gemacht, und da an
Schlaf nicht zu denken war, überlegte ich mir, daß ein Akade-
miker, der sein Geld wert war, sich aus dieser Klemme wahrscheinlich durch harte Arbeit retten würde.

Roger Williams hätte es jedenfalls getan. Er war jedes Geld
der Welt wert, zumindest was ihn als Wissenschaftler anbelangte. Trotz seines lässigen Habitus war sein Arbeitseifer in
der Bibliothek geradezu phänomenal. Ich muß es wissen, da
uns nichts anderes als dieser Arbeitseifer zusammenbrachte.

Roger war mir in einem besonders schönen Sommer auf

dem Campus aufgefallen. Das war unvermeidlich – er war zurückhaltend, doch allgegenwärtig. In jenen Tagen Ende August war sein Stammplatz die weite grüne Rasenschürze vor dem Gebäude des Englischen Seminars. Dort saß er, gegen eine riesige, romantisch geneigte Ulme gelehnt, und las Spenser, hatte die Beine weit von sich gestreckt und die Zehen graziös aufgestellt wie ein Tänzer, das klassische Profil in wirksamem Kontrast zur Baumrinde. Manchmal scheitelte er sein braunes Haar und kämmte es zurück wie der Polospieler in der Ralph Lauren-Reklame, der, soeben der Dusche entsprungen, mit einem silbernen Taschenmesser eine neue Kerbe in seinen Poloschläger ritzt. Roger besaß tatsächlich ein Taschenmesser und auch eine Taschenuhr. Später fand ich heraus, daß er seine Kleider auf Holzbügel hängte. Und er hatte einen Kleiderkodex: keine synthetische Faser kam ihm an den Körper, ja nicht einmal ins Haus, es sei denn auf der exotischen Haut eines Menschen, der einer ethnischen Minderheit angehörte oder aus dem Mittleren Westen kam, was die Sache verzeihlich machte. Seine Kleider konnten alt sein, sogar kaputt – und nie geflickt –, solange sie aus schwerster Baumwolle bestanden, aus dickster Wolle, weichstem Leder.

Der Spätsommer wurde frostig, die Erde drehte sich, und im Lauf eines Jahres lernte ich die Gewohnheiten von Roger Williams kennen. Als es kälter wurde, verlegte er seinen Stammplatz etwas weiter südwärts, zur einladenden Veranda des Hanover Inn, und an stürmischen Tagen ins gemütliche Innere des Lokals, wo es am späten Nachmittag Tee und Törtchen gab. Bei warmem Wetter blieb er draußen, sooft es ging, und heftete den Blick auf die Buchseiten. Der Winter ließ ihn den Blick erheben, und er sah wachsam drein. Seine Ohren waren gespitzt wie die eines Springerspaniels. Auf dem Kopf trug er eine wunderschöne Tweedmütze, die fast, aber nicht ganz zum Stoff seines weiten Mantels paßte. Um den Hals hatte er einen dicken Schal aus cremefarbenem Lanolinflor geschlungen, von der Art, wie sie die alten Damen auf den Kanalinseln stricken. Gegen den Schmutz in den Seminarräumen und draußen trug er Stiefel aus echtem India-Gummi und Leder. Bei schneidender Kälte sehnte er sich nach Gesellschaft, verbrachte seine Freizeit in der offenen, gartengrünen Snackbar des Hopkins Center und redete mit Studenten und Kollegen, wobei er oft diese seltsamen Gesten mit zwei ausgestreckten Fingern einer Hand machte, wie Christus auf biblischen Illustrationen.

Erst zum Ende des Winters, als es draußen allzu deprimierend wurde und Hanover in Nebel und grauem Schnee versank, als jeglicher Gesprächsstoff bereits dreimal aufgewärmt und ungenießbar war, als die Kommentare der Studenten nicht mehr wie der Hoffnungsschimmer der Jugend, sondern nur noch hirnverbrannt klangen, erst da kam Roger Williams endlich ganz nach drinnen.

Wo ich dann auf ihn wartete, vielleicht nicht direkt wartete, doch zugegebenermaßen neugierig war, da ich gerüchteweise vernommen hatte, sein Arbeitszimmer im Magazin liege direkt neben dem, das mir zeitweilig zur Verfügung gestellt worden war.

Ich hatte ihn noch kein einziges Mal auf dem winzigen Korridor zu sehen bekommen, doch gelegentlich hörte ich ein Geräusch aus dem Nebenzimmer. Da ich mir täglich Aufzeichnungen mache – ein simpler Katalog von Tagesabläufen und Ereignissen, nichts Ausgefeiltes oder gar Literarisches –, weiß ich, daß es ungefähr an den Iden des März war, als ich an meinem graugrünen Metallschreibtisch saß und seine Gegenwart spürte. Nicht, daß ich etwas gehört hätte, doch ich spürte potentielle Geräusche, so wie man weiß, daß man im Dunkeln nicht allein ist. Ich blätterte geräuschlos in meinem Buch und vermied es, mit den Schuhen zu scharren. Plötzlich war ich befangen, obwohl ich an sich allein war. Es war wohl meine vollkommene Geräuschlosigkeit, die Roger zu der Annahme verleitete, die Wand zwischen uns sei schalldicht. Da ließ er sich gehen. Wie ein Mönch begann er, tonlos und leise vor sich hin zu murmeln. Betete er? Ich konnte zu dem Zeitpunkt nicht wissen, daß Roger einfach gern vor sich hin

murmelte, was er dann aufschrieb, um die Worte vorher auszuprobieren, wie in einem zweitklassigen Kinofilm. Für
mich hatte das etwas von einer Beichtstuhl-Atmosphäre:
eine leise Stimme hinter dem Gitter, verborgene schlüpfrige
Sünden wurden aufgezählt und erlassen. Ich konnte es mir
nicht verkneifen zu lauschen.

Er war fast jeden Nachmittag da, und ich auch. Ich schlich
mich leise hinein und setzte mich so vorsichtig an meinen
Schreibtisch, daß er nie auf den Gedanken kam, ich könnte
seine Bewegungen und seine Stimme hören. Ich arbeitete –
manchmal ließ sich das nicht vermeiden –, doch öfter noch
ertappte ich mich dabei, daß ich mir ausmalte, wie er an seinem Schreibtisch saß, fast wie mein Spiegelbild. Seine Lippen bewegten sich, meine nicht. Er war der Bittsteller, ich
der Priester, oder Gott, denn ich war mir seiner Anwesenheit
in einer Weise bewußt, wie er sich der meinen nicht bewußt
sein konnte.

Darin liegt die Gefahr einer Phantasiebeziehung. Zum Beispiel reimte ich mir zusammen, Roger sei Katholik, obwohl
er in Wirklichkeit ein typischer Vertreter der protestanti-
schen Bostoner Nobelschicht war, die man in akademischen
Gefilden ja seltener antrifft als in philanthropischen Kreisen
oder in der Finanzwelt. Roger war zwar kein hochrangiger
Brahmane, doch der Geldadel, von dem er abstammte, war
alt genug, um ihm einen Platz in einer der oberen Kasten
von Boston zu sichern. Nichts davon war mir damals klar,
geschweige denn wichtig, obwohl es das besser gewesen
wäre. Ich war naiv und egalitär gesinnt, ich kam aus dem
Westen. Ich hatte keine Ahnung. Roger Williams schien clever, romantisch, zugänglich und nicht zuletzt berühmt. Ich
war einsam; so einfach ist das. Sein Aufzug narrte mich mit
seinen düsteren Farben und der verknitterten, abgetragenen
Eleganz. Ich gewöhnte mich an Rogers Gemurmel und das
Rascheln seiner Unterlagen. Einmal roch ich den strengstens
verpönten Duft von frischgekochtem Kaffee, und meine
Brust schwoll an vor Machtgefühl. Ich hätte dafür sorgen

können, daß er deshalb hinausgeworfen wurde! Doch ich tat nichts. Es bot sich keine Handlungsmöglichkeit, bis zu jenem Nachmittag Ende April, als Roger Williams hustete.

Die Woche davor hatte ich selbst eine Erkältung gehabt. Hatte er sich irgendwie angesteckt? Ich hatte meine mit Vitamin C, Orangensaft, mehreren Saunagängen und vielen Päckchen kleiner schwarzer Rachenpastillen bekämpft. Doch mein Husten war nicht so schlimm gewesen wie seiner. Der war ein trockenes Bellen, unerträglich regelmäßig, unendlich störend und ablenkend. Eine Zeitlang ertrug ich ihn mit gelassenem Mitgefühl, doch das legte sich bald. Warum unternahm Roger Williams nicht etwas? Warum erhängte er sich nicht einfach? Wie kam er zu der Annahme, Dichter oder ordentliche Professoren dürften anderen Menschen ihr Leid derart aufbürden? Er war gedankenlos, befand ich nach einer Stunde, richtiggehend arrogant. Der Narzißmus der Kunst! Ich fühlte mich belästigt.

Was störte es ihn schon, daß er *mich* störte? Was war *meine* Arbeit im Vergleich zu seiner?

Ich legte den Stift hin, und in einem Anfall von verhaltener Wut sah ich auf mein berühmtes unveröffentlichtes Buch über eine panindianische Religion, ein Meisterwerk aus Bruchstücken, die in einem Pappkarton mit der Aufschrift Bananen-Nuß-Mischung für Muffins lagen. Weitere Kartons mit Unterlagen standen zu Hause, unter meinem Bett. Doch hier, direkt in meinem Arbeitszimmer, hatte ich die Zutaten für ein zündendes erstes Kapitel, das einschlagen würde. Wie eine Bombe! Doch angesichts der Sprengladung, die jeden Moment hinter der Wand loszugehen drohte, konnte ich unmöglich nachdenken. Wie sollte ich so mit dem Werk anfangen, das mir den Pulitzerpreis bringen würde? Ich saß reglos zehn, zwölf Hustenanfälle aus – wie oft er sich räusperte, weiß ich nicht mehr –, ehe ich aufsprang. Welches Recht hatte er, mich bei meiner Arbeit zu stören, welches Recht, meine Gedanken in diesem wichtigen Moment durcheinanderzuwirbeln, welches Recht hatte er dazu?

«Ruhe, verdammt noch mal!»

Ich schlug mir die Hand auf den Mund. Hinter der Wand herrschte betretene Stille. Sofort schämte ich mich. Ich fühlte mich lächerlich, klein und dumm. Ich durchwühlte meine Tasche, zog ein halbvolles Päckchen Pastillen heraus, öffnete meine Tür, klopfte an seine und stürzte hinein.

Da stand er, mit weit geöffneten Augen und einem Taschentuch vor dem Mund. Vom unterdrückten Husten war sein Gesicht rot angelaufen. Ich hielt ihm die Hustenbonbons unter die Nase.

«Danke», sagte er automatisch. Und dann: «Ich bitte um Entschuldigung. Ich hatte ja keine Ahnung.»

«Ich hätte nicht so aus der Haut fahren dürfen. Letzte Woche war ich nämlich auch erkältet. Ganz schlimm.» Ich redete und redete, konnte einfach nicht aufhören.

«Ja.»

Sein Gesicht war so blaß, so bleich. Sein kariertes Taschentuch sah gestärkt aus und kratzig, das Haar war ihm in die Stirn gefallen und enthüllte eine Tolle. Er schien harmlos zu sein, besonders ohne diese Försterstiefel und den Mantel, doch wer weiß? Trotzdem...

Er bugsierte mich auf den Korridor, auf neutralen Boden.

Wäre dies ein Kinofilm gewesen, hätten wir einander tief in die Augen geblickt, wären einen Schritt vorwärts gegangen, einen zurück, immer wieder hinaus und hinein ins Magnetfeld, und irgendwann wären wir einander unwiderstehlich nahe gekommen. Doch da wir uns im Dartmouth College befanden, beäugten wir einander mißtrauisch, drehten uns um und zogen die Türen hinter uns zu. Doch erst, nachdem ich viel zuviel gesagt hatte. Danach vernahm ich kein Husten mehr, nur immer wieder das vorsichtige Auswickeln der Hustenbonbons. Ein paarmal hörte ich Gurgeln, erstickte Geräusche und unterdrücktes Räuspern, was mich mit Schuldgefühlen erfüllte. Doch die überwand ich. Die Scham unterdrückte mein bisheriges Interesse, so daß ich ein paar Tage später völlig unvorbereitet war, als ich auf einem matschigen Weg über den weiten, grünen Campusrasen ging und plötzlich Roger Williams neben mir herlief. Für ihn in seinen wetterfesten Stiefeln war das kein Problem. Ich jedoch trug meine Lieblingspumps, die mich etwas größer machten. Gerade erst war ich mit dem Absatz in einem vereisten Loch hängengeblieben und bis über den Knöchel eingebrochen. Jetzt rutschte ich wieder aus und grub mit dem anderen Absatz eine Furche ins Gras.

«Würde es Sie kränken, wenn ich Ihnen meine Hilfe anböte?»

Ich kam wieder ins Gleichgewicht und richtete mich auf. Meine Stöckel versanken im Matsch. Durch die Schuhspitzen drang noch mehr Wasser ein.

«Kränken Sie mich ruhig», sagte ich und nahm seinen Arm.

Es war mir unmöglich, Rogers Telefonnummer zu vergessen. Im wahrsten Sinne des Wortes unmöglich, denn sie stimmte genau mit meiner Sozialversicherungsnummer überein. Jedesmal, wenn ich einen Krankenschein ausfüllte oder meine Karte in den Bankautomaten schob, sprang sie mir entgegen.

Da unser gemeinsamer Weg durch die Rasenanlagen zu keinen weiteren Intimitäten geführt hatte, wagte ich nicht mehr, ihn bei der Arbeit zu stören. Doch eines Abends suchte ich Rogers Namen und Adresse im Studienverzeichnis heraus – aus reiner Neugier –, und der erstaunliche Zufall mit der Telefonnummer sprang mir ins Auge. Ich nahm es als Zeichen und rief ihn ohne Zögern an.

«Ja», sagte er entschlossen, als sei er bereits mitten in einer Unterhaltung. Seine Stimme war so gleichmäßig im Tonfall, daß ich dachte, ich sei mit seinem Anrufbeantworter verbunden.

«Ja», sagte er noch mal. Er formulierte es nicht als Frage.

«Äh, Professor Williams?» Mir wurde klar, daß ich nichts Unverbindliches zu sagen wußte und auch keine arbeitsbezogene Ausflucht für diesen Anruf hatte. Wenn ich ihm rundweg anvertraute, daß er meine Sozialversicherung war, würde er das vielleicht etwas seltsam finden.

«Ja», sagte Roger zum drittenmal. «Am Apparat.»

«Hier spricht Professor Twostar. Vivian Twostar. Sie erinnern sich? Ich bin Ihre Nachbarin im Magazin.» Ich improvisierte weiter, um einem vierten Ja zuvorzukommen. «Sie werden es nicht glauben, aber...»

«Nein!»

«Nein?»

«Oh, Verzeihung. Das ist der pure Zufall. Noch vor einer halben Minute habe ich an Sie gedacht, und jetzt sind Sie da.»

Ich starrte auf die Muschel, als erwartete ich, daß Rogers Gesicht durch die kleinen Löcher auftauchen würde. Wir sagten beide nichts, wurden uns aber schnell der Stille bewußt.

«Was haben Sie denn gedacht?» fragte ich.

«Ich fürchte, es waren keine sehr wissenschaftlichen Gedanken», warnte Roger.

«Nur keine Hemmungen.»

«Ich... hm... dachte darüber nach, ob auch ein Mr. Twostar existiert.»

Ich liebe hochgeschraubte Sätze.

«Nur mein Sohn Nash, der ist sechzehn.»

«Nur Nash...»

«Nur Nash.» Ich stellte mir vor, wie sich Rogers kleiner netter Mund zu einem Lächeln verzog.

«Nun gut. Nun, das beantwortet *meine* Frage», sagte Roger. «Und jetzt sagen Sie mir, was Sie dazu bewogen hat, mich zu kontaktieren.»

Mich zu kontaktieren! «Das hat Zeit. Ich würde lieber Ihre nächste Frage hören.» Ich hatte es nicht eilig. Ich stellte mir den Augenblick in nicht allzu ferner Zukunft vor, wo ich meine Sozialversicherungskarte lässig in Rogers Schoß fallen lassen würde und er in der Zahlenfolge eher ein Zeichen als einen Zufall sehen würde. Ich würde sie ihm eines Tages vorbeibringen wie einen Blumenstrauß oder Pralinen: unser unauflösliches Schicksal, das mir von einer desinteressierten Regierung und ihm von der Telefongesellschaft zugewiesen worden war. Jetzt jedoch würde ich ihn den nächsten Schritt tun lassen.

Er servierte ein As.

«Wären Sie zufällig heute abend frei?»

Jetzt, in meinem winzigen Büro, wo alles begonnen hatte, versuchte ich, mich als Opfer zu sehen, als einen der heiligen Märtyrer. Es klappte nicht. Von Anfang an wußte ich, daß es Probleme mit sich bringt, wenn man sich in einen gutausse-henden Mann verliebt, der eine Menge von der Welt weiß, aber nur wenig über sich selbst. Und trotzdem zog ich nicht den kürzeren, denn für mich war bei der Affäre auch dieses tretende Baby herausgesprungen – dem ich die einzige Stütze sein würde. Durch diesen Gedanken angespornt, tröstete ich mich damit, daß es, wenn ich schon in der Falle saß, kaum einen angenehmeren Ort dafür gab als die Baker Library und meinen kleinen Raum mit einem ganzen Stapel ungelesenen Materials über Christoph Kolumbus.

Meine Gedanken waren umhergeschweift, während ich mit den Fingern auf die Schreibtischplatte trommelte, mir die Rosinen einteilte und versuchte, mich von den beiden drän-genden Fragen abzulenken: Erstens, wohin war Nash gegan-gen, als ich ihn nicht abgeholt hatte? Und zweitens, würde ich regelmäßigere Kontraktionen bekommen?

Nach genau zwanzig Minuten, als das nächste Zucken in meinem Becken einsetzte, beschloß ich, daß Nash, des Wartens müde, hinüber zu meinen Freunden Hilda und Ra-cine Seelbinder gegangen war. Ich stellte mir vor, wie er jetzt auf einer Futonmatratze schlief, neben dem kleinen Holzofen in ihrem neuen, holzgetäfelten Gästezimmer. Die Kontraktion dauerte anderthalb Minuten, während deren ich mir einredete, daß ich Nash nicht abgeholt hatte, sei eine positive Lernerfahrung für ihn, die er eines Tages noch zu schätzen wissen würde. Er verließ sich zu sehr darauf, daß ich immer zur Verfügung stand und ihn immer ernst nahm, ich, die nützliche Idiotin. Wurde es nicht langsam Zeit, daß er selbst herausfand, wie es war, wenn man im Stich gelassen wurde?

Ich stand auf. Diese Gedanken mußten aufhören, ich mußte etwas tun. Ich machte ein paar Dehnübungen und rollte mit den Hüften, um das Blut ins Laufen zu bekommen, ging dann zum Schreibtisch hinüber und hob den glatt lackierten Eichenklotz auf, den ich im Magazin gefunden hatte. Ich drehte ihn in den Händen. Vielleicht war das Buch, dessen Platz er eingenommen hatte, verlegt worden, vielleicht war es durch ein Loch in der Wand gefallen oder lag schon jahrelang unter einem Stahlregal. Ich notierte mir die Signaturen der Bücher, die ich rechts und links von dem Platzhalter mitgenommen hatte. Was sollte ich sonst tun, außer suchen? Ich ging wieder nach unten.

Ich begann mit den logischen Möglichkeiten, den Regalen für Bücher mit Übergröße und mit den Seitenschränken, die an weißen Ziegelmauern im Erdgeschoß standen. Einige waren zum Herausziehen zu schwer, doch ich konnte hinter die schauen, die sich bewegen ließen, und in die Freiräume darunter und dahinter greifen. Ich ließ nichts aus. Ich durchsuchte den ganzen Stock, bei grellem Lichterschein und in der Erwartung, jeden Moment entdeckt zu werden, doch eine Stunde und zwei etwas weniger intensive Kontraktionen vergingen, ehe ich den ersten Plan aufgab und auf den zweiten zurückgriff, der wesentlich anspruchsvoller war.

Meine Entschlossenheit ließ die Wehen anscheinend weniger oft und vor allem weniger heftig auftreten. Im Verlauf der vergangenen sechzig Minuten hatte ich mich gut mit dem Ablagesystem vertraut gemacht. Wie jemand, der aus seinem Glauben Kraft schöpft, setzte ich meine Suche hinter den Heizungsrohren fort, in der Bücherunterwelt, zwischen den abgegriffenen Reihen mit Plinius-Texten und den zerfledderten Lateinfibeln. Ich ließ die Finger über jedes Buch in jedem Regal gleiten und verglich die Nummern mit meinem geistigen Index. Schließlich hatte ich alle Zeit der Welt und zuviel Adrenalin, als daß ich mich hätte ausruhen können. Getrieben von der Angst vor den Geburtswehen, arbeitete ich mich von Anaximander zu Plutarch und von Seneca zu Zeno vor. Ich blieb nicht stehen, um nachzudenken oder einen der nüchternen, gehaltvollen Titel zu öffnen. Ich hatte plötzlich auch keine Kontraktionen mehr. Und aus diesem Grund zögerte ich nicht, als ich gegen halb fünf das allerletzte Regal durchsucht hatte und an der Treppe zum ersten Stock stand. Ich ließ den Gedanken an die Unmengen von Reihen und Regalen voller Bücher, die sich im kühlen Staub über mir erhoben, gar nicht erst Gestalt annehmen. Ich ging einfach hinauf, als sei meine Besessenheit völlig normal. Oben angekommen, wandte ich mich nach rechts und schaltete alle Lichter im Gang neben den düsteren Regalen an.

Vielleicht war es eine Art starrköpfiger Gleichmut. Vielleicht bereitete ich mich auch darauf vor, das Kind zu bekommen, indem ich auf körperlichen Overdrive schaltete. Jedenfalls gab ich nicht nach. Ich inspizierte das erste Regal für Bücher mit Übergröße. Dann das zweite. Dort machte ich einen Fund.

Kein Buch, sondern eine dicke braune Aktenmappe aus Pappe, im Lauf der Zeit glänzend und brüchig geworden, mit der Aufschrift «Cobb» und vor allem deshalb auffällig, weil keinerlei Signatur daranklebte. Da sie ganz am Ende einer Reihe alter Atlanten stand, war die Mappe wahrscheinlich deshalb nicht erfaßt worden, weil sie der Maserung des Holzregals so ähnlich sah.

Etwas benebelt zog ich das Ding heraus, knotete das brüchige rosa Band auf und zog aufs Geratewohl etwas heraus. Ich hielt ein Pamphlet in Händen, dessen Papier so dick war, daß es wie handgeschöpft aussah. Der Titel bestätigte meine Theorie, daß mein geheimnisvoller Holzklotz der Platzhalter dieser Mappe war: «O Seefahrer! Ein Gedicht in zwanzig

Teilen zum Gedenken an die Leidenschaft von Christoph und Beatriz», von Harrison Cobb II. Ich schob das Ding zurück und zog «Im Schatten des Besanmastes: Eine freudsche Analyse von Christoph Kolumbus' Tagebuch der ersten Reise» heraus.

Nach der anfänglichen Erregung – darüber, tatsächlich etwas gefunden zu haben, von dem ich beim Suchen nicht einmal gewußt hatte, was es war – wurde ich wieder nüchtern. Schmerz raste mir von den Füßen bis zum Oberschenkel, meine Schultern waren wie zerspaltenes Holz, und die Augen brannten. Ich fühlte mich benommen und verwirrt, fast benebelt vor Erschöpfung, als ich mich wieder zum Schreibtisch in meinem Büro schleppte. Das, weswegen ich mich so verausgabt hatte, war kein Schatz, sondern ein verschüttgegangener Teil jener Geschenke von Ehemaligen, die ihren Speicher entrümpelten. Manche dieser Nachlässe sind wunderschön und kostbar, die meisten sind wertlos. Was ich da in der Hand hielt, war aller Wahrscheinlichkeit nach das gesammelte Gekritzel eines Spinners.

Dennoch konnte ich mich eines Funkens Mitgefühl nicht erwehren. Mein eigenes Manuskript hatte jahrelang nur in meiner Vorstellung existiert. Die Bibliothek, die meine Pappkartons akzeptierte, mußte noch gebaut werden. So gesehen hatte der verblichene Kolumbusfanatiker mir einiges voraus.

Der Name Cobb klang allerdings vertraut. Es gab am College einen Cobb Room, in dem Dichterlesungen abgehalten wurden, Cobb Hall, ein Wohnheim für Erstsemester, und den Cobb Memorial Pool im Keller der Sportanlage. Eine ganze Herde Cobbs hatte an diesem College studiert, alle zwanzig Jahre ein paar, und alle schienen sie sowohl diesem Ort als auch der Vorliebe für weitschweifige Aufsätze über Christoph Kolumbus unverbrüchliche Treue geschworen zu haben.

Ich schloß die Augen. Der Ordner glitt auf mein Baby herab, und als ich diesmal einschlief, war das mit einer übermächtigen, umfassenden geistigen Leere verbunden. Vielleicht hatte ich dabei Kontraktionen; ich kann es nicht sagen. Nichts weckte mich auf, bis ich das Klappern der Metallpapierkörbe hörte, die der Hausmeister von der Frühschicht in die große Mülltonne leerte.

3

ROGER WILLIAMS

Der einzige Sieg über die Liebe ist die Flucht», lautete ein Leitsatz, den man Napoleon zuschrieb und den auch ich mehr als einmal beherzigt hatte. Falls es tatsächlich die «Liebe» war, der ich damals entfloh. Liebe war für mich immer ein hypothetisches Gefühl gewesen, wie das Wissen um den Tod, der auch nur rückblickend festgestellt werden kann, bei dem es aber per definitionem niemals die Möglichkeit eines Epilogs gibt. Liebe ist, falls es sie denn gibt, ein andauernder, ruhiger und stabiler Zustand, die Antithese der Leidenschaft – mit der sie oft verwechselt wird. Liebe ist etwas Solides, sie ist ohne jeden Riß mit dem Kern unseres Planeten verbunden. Leidenschaft dagegen ist flüchtig, eine stets zu Eruption und Davonlaufen bereite Schmelze. Sie erfordert Energie und Aufmerksamkeit und hat, meiner Erfahrung nach, nur eine kurze Halbwertzeit. Ihr bin ich dankbar und mit derselben Gleichgültigkeit gegenüber den Folgen entflohen, mit der ich anfänglich Augenblick für Augenblick ihre offensichtlichen Freuden genossen hatte. Leidenschaft war eine Glockenkurve, oder besser noch, eine ganze Reihe davon. Wenn die Seekrankheit allzu schlimm wurde, suchte ein Mann mit Verstand trockenes Land auf.

Als einen Mann mit Verstand konnte man mich seit dem Tag, an dem Vivian Twostar zum erstenmal an die Tür meines Arbeitsraums gehämmert hatte, wohl nicht gerade bezeichnen. Ich kämpfte damals mit einer Erkältung, bemühte mich, ihr nicht zu erliegen. Konzentriertes Arbeiten war, wie ich glaubte, das beste Mittel gegen jede Krankheit. Ich hatte mich gerade in meine Gedanken vertieft, suchte mit geschlossenen Augen nach einem Verb, das in den Rhythmus meines Epos paßte. Es mußte zweisilbig sein, mit genau der richtigen Betonung, und es mußte Sehnsucht nach etwas ausdrücken, allerdings etwas schwächer und gesprochener als «begehren» klingen. Ich flüsterte Möglichkeiten laut vor mich hin, experimentierte vor allem mit den Partizip-Präsens-Formen: wünsch*end*, sehn*end*, woll*end*, hoff*end*. Nichts paßte. Alles klang zu manieriert, zu poetisch, als stamme es von einem metaphysischen Dichter, was nicht weiter überrascht, da John Donne eines meiner Spezialgebiete ist. Weshalb diese Tyrannei der ersten Silben? Sicher würde ich in meinem großen Wörterbuch das gesuchte Wort finden, die exakte Bezeichnung für Kolumbus' Hoffen auf eine positive Antwort auf das Gesuch um Finanzierung seiner Reise. Ich hatte in meiner Vorstellung ein klares Bild von ihm, wie er vor den rohen Brettern saß, die ihm in La Rábida als Schreibtisch dienten, und auf die Risse in der Wand vor sich starrte. In jenen Tagen vor dem Zeitalter der Vernunft setzten alle Menschen übertriebene Hoffnung auf das Glück und die eigene Fähigkeit, es zu beeinflussen. Sie waren abergläubisch, würde ich sagen. Wenn ich A tue – ein Büßerhemd anziehe, mir Kieselsteine in den Schuh lege, mich während des Offertoriums vor dem Altar niederwerfe –, dann wird B passieren. Oder umgekehrt, wenn ich etwas nicht tue – eine bestimmte Zeitlang kein Fleisch esse, nicht spreche oder kein Glied rühre –, dann wird ein vorhersehbares Ereignis eintreten.

Es fiel mir nicht ganz leicht, mich in die Lage des Admirals zu versetzen, denn ich selbst sehnte mich, ehrlich gesagt, nach nichts. Oh, natürlich, auch ich hatte meinen Wunschzettel. Ich suchte einen guten Verleger, legte Wert auf die Anerkennung meiner Mitmenschen, auf einen gewissen materiellen Wohlstand. Doch all diese Dinge konnte ich, bei entsprechender Anstrengung, aus eigener Kraft erreichen. Wenn ich – wo immer auch – versagte, dann beruhte das eher auf mangelnder Intensität dieses Wünschen-Sehnen-Wollen-Hoffens als auf einer ungünstigen Konstellation der Sterne. Für mich als modernen Menschen war das Schicksal etwas, auf das man Einfluß nahm, wenn man es auch nicht beherrschte. Die Ereignisse folgten aus der geschichtlichen Entwicklung, nicht umgekehrt. Ich war ein ergebener Anhänger der Theorie des Anthropologen Alfred Kroeber, demzufolge es keine «großen Männer» gab, sondern lediglich den richtigen Mann zur richtigen Zeit. Wenn eine Kultur reif war für Veränderungen, dann brachte sie mehrere als Katalysatoren fungierende Kandidaten hervor, von denen, unter geeigneten Umständen, jeder Erfolg haben konnte und würde. Der Mensch war nicht Agens, sondern Träger. Die Entwicklung einer Kultur verlief autonom.

Kolumbus, der lange vor der Aufklärung lebte, hätte dies natürlich nicht verstanden. Er glaubte, was er tat oder nicht tat, sei von Bedeutung. Er erkannte nicht, daß bei einem Ausbleiben der königlichen Mittel für seinen Plan irgendein anderer europäischer Seefahrer – ein Venezianer, Franzose oder Portugiese – etwa zur gleichen Zeit nach Westen segeln und auf den Rest der Welt stoßen würde. Er meinte, es sei ihm allein vorbehalten, die Westroute nach Indien zu finden, Grund genug, wirklich zu lech-zen, zu gie-ren, zu schmachten? Auch das bot mir mein Synonymwörterbuch an, aber war «schmachten» nicht zu kitschig? Kolumbus war sicher auch zu dramatischen Gefühlen fähig, aber würde er sich hinreißen lassen zu «schmachten»? Das klang nach Troubadouren, nach edlen Recken und tugendhaften Fräulein. Ich genoß diese Vorstellung und versuchte mich lauthals an einer Alternativversion meines «Tagebuchs eines Verlorenen».

«O edle Herrin, ein Schmachten wühlt in meiner Brust, Euch mit Cipangos Reichtum, edelsten Gewürzen zu beschenken.»

«RUHE!» donnerte eine weibliche Stimme. Ich hörte,

wie nebenan jemand eine Tür zuknallte und dann auf die zu meinem Zimmer einhämmerte. Ich wäre beinahe mit meinem Stuhl hintenübergekippt, sosehr war ich in meine Phantasien, in mein Zwiegespräch mit mir selbst vertieft. Ohne nachzudenken schob ich den Riegel zurück, öffnete die Tür und erschloß mir einen Anblick, der mir zunächst wie ein Bild des Wahnsinns vorkam. Ihre Augen funkelten vor Wut. In einer Hand hielt sie, wie einen Dolch, einen gespitzten Bleistift, die andere schnellte mir mit einer Packung Hustenbonbons entgegen. Die fing ich auf, als der Schwung ihres Armes, der nicht auf den erwarteten Widerstand getroffen war, die Frau buchstäblich zu mir hereinfallen ließ.

So ein Arbeitsraum ist nicht sehr geräumig, da er eigentlich nur für eine Person gedacht ist. Nach ihrem überstürzten Eindringen waren wir plötzlich auf Tuchfühlung zueinander und schreckten instinktiv zurück, ohne jedoch unsere vor Entsetzen und Überraschung verschränkten Blicke voneinander zu lösen; dann gingen wir, in unausgesprochenem Einvernehmen, hinaus auf den Flur. Dort fingen wir augenblicklich beide zugleich an zu reden.

«Entschuldigung!» stieß ich hervor. Ich hatte gehustet. Hatte sie das gehört?

«Tut mir leid», erwiderte sie keuchend.

Das war kein vielversprechender Anfang.

«Nein, wirklich», fuhr sie fort. «Das war unmöglich von mir. Ich hätte nicht so aus der Haut fahren dürfen. Letzte Woche war ich nämlich auch erkältet. Ganz schlimm. Ich weiß nicht, was mit mir los ist. Vielleicht sind's die Hormone oder der Stress wegen der unbefristeten Anstellung, oder was weiß ich.»

Ich sagte kein Wort, unterdrückte einen Hustenreiz und wartete auf weitere Informationen.

«Ich bin Vivian Twostar, Professor Twostar, Ihre Zimmernachbarin.» Mit einer Kopfbewegung deutete sie nach links. Sie hatte lockiges schwarzes Haar und war vor Verlegenheit errötet.

«Natürlich», erwiderte ich. «Ich habe Sie bei Institutsversammlungen gesehen.» Sie war mir aufgefallen, doch ich hatte Abstand gehalten. Sie war mir wie ein Kolibri vorgekommen – klein, keck, exotisch bunt, absolut furchtlos und sehr schnell. «Sie sind... bei den Soziologen, nicht wahr?»

«Beinahe. Studienbereich Amerikanische Ureinwohner. Mein Problem ist, daß ich am Schreibtisch sitze und nur darauf warte, daß mich irgendwas stört. Typische intellektuelle Vermeidungsstrategie, nicht wahr?» Sie erwartete ein Zeichen der Zustimmung, bekam aber keines zu sehen.

«Na ja, vielleicht passiert Ihnen das nie. Sie sind schließlich ordentlicher Professor. Das wird man ja nicht umsonst. Sie mußten ordentlich dafür arbeiten, haben Ihr obligatorisches Buch geschrieben, Ihre wissenschaftlichen Artikel veröffentlicht.» Sie nickte beim Sprechen, bestätigte sich ihre Beobachtungen, die schließlich auch durchaus zutrafen.

«Ich dagegen! Ich bin fast vierzig, immer noch Assistenzprofessorin und ganz schön unter Druck. Haben Sie Maxine Hong Kingstons *Schwertkämpferin* gelesen? Nein? Na, das bin ich. Immer im Schützengraben, Attacke im Morgengrauen, und vor mir ein leeres Blatt Papier. Keine Kugel im Lauf.»

Ich war völlig perplex, doch zugleich auch fasziniert. Die Frau hatte Ausstrahlung, aber sie wußte nicht, wann sie sie besser wieder abschaltete. Ich trat einen Schritt näher.

«Jedenfalls», fuhr sie fort, «sind die Wände hier dünn, auch wenn man das in einem so alten Gebäude nicht erwarten würde, aber was soll's, sie sind eben dünn. Und manchmal spricht man eben mit sich selbst, oder man hustet, so wie heute, oder man räuspert sich. Ich meine, da ist nichts schlimm dran, das ist völlig in Ordnung, Ihr gutes Recht. Das Problem bin ich. Ich brauche Stille, ansonsten adieu, Konzentration. Das blockiert mich. Ich sitze da und warte darauf, daß Sie Ihren Stuhl verrücken, daß Sie atmen! Und wenn Sie das dann tun – ich meine natürlich, völlig klar, daß Sie es tun, wie sollten Sie auch nicht? –, dann drehe ich durch.

Diesmal, als Sie angefangen haben, vor sich hin zu murmeln, laut genug, daß ich's hören konnte, aber nicht so laut, daß ich die Worte verstehen konnte... Es ist mein Problem. Ihnen kann man keinen Vorwurf machen. Wirklich. Bitte entschuldigen Sie. Vergessen Sie, was ich gesagt habe.»

Sie trat einen Schritt zurück, zog die Tür ihres Arbeitsraums hinter sich zu, und ich war allein, abgesehen von einem Hauch ihres Parfüms, vom Echo ihres Monologs, von dem Vakuum, das ihre Abwesenheit hinterließ. Nichts als die Stille und Gelassenheit grüner Fliesen und vergipster Wände. Ich kehrte an meine Arbeit zurück, doch diesen ganzen Nachmittag war ich in einer Phantasievorstellung gefangen, die mich nicht mehr losließ.

Das passiert mir oft – daß ich ein Ereignis im Geiste noch einmal durchspiele und das tue, was ich besser hätte tun sollen, das sage, was ich besser gesagt hätte. In diesem Szenario stand Vivian nun da, mit bebenden Schultern, den Kopf gegen die Wand gelehnt. Ich versuchte sie zu trösten, ihr zu sagen, daß sie sich keine Vorwürfe zu machen brauchte, und berührte sachte ihren Arm. Doch die Wendung, die meine Phantasie dann vollzog, überraschte mich. Alles wurde anders. Ihr Körper war jetzt nicht mehr von Demütigung, von unterdrückten Tränen gezeichnet. Sie drückte ihr Gesicht an meine Brust und lachte. Was sollte ich tun? Ich legte die Arme um sie, umarmte die weichen Maschen ihres Pullovers, zog sie an mich. Ihr Haar berührte mein Kinn, unsere Körper berührten sich an allen möglichen und unmöglichen Stellen, und ich spürte, wie mich ihr Lachen ansteckte, wie ich unweigerlich einstimmen mußte.

«Was war's denn nun?» stieß Vivian in meinem Tagtraum mit von meiner Krawatte gedämpfter Stimme keuchend hervor. «Was war denn so wichtig, daß Sie es laut vor sich hin sagen mußten?»

«Schmachten», versuchte ich zu erklären, hielt mir aber den Mund zu, so daß sie es im Nebenzimmer nicht hörte.

Ein paar Wochen danach forderte Vivian mich körperlich, auf dem Jackson-Pollock-Design-Teppich vor meiner Leder-couch. Sie war sich ihrer selbst und meiner Absichten so sicher, daß ich ihre Bemerkung «Du hast meine Nummer» hinnahm, ohne nachzufragen. Doch eine Beziehung, bei deren Beginn einer der beiden Betroffenen einen Schritt hin-ter dem anderen her ist, ist nie ausgewogen. Die Kommuni-kation ist immer ein wenig gestört, wie beim Anruf eines Kollegen aus Budapest oder Helsinki: eine kleine Verzöge-rung, nur der Bruchteil einer Sekunde – ein klein wenig zu-viel Zeit zwischen Frage und Antwort. Man ist sich nie sicher, ob man nicht eigentlich zuhören sollte, wenn man ge-rade spricht, und so neigt man bei allen Äußerungen zum Stakkato, zu einer Art Telegrammsprache. Merkwürdiger-weise erstreckte sich dieser Synchronisierungsfehler nicht auf unsere körperliche Beziehung. Auf diesem Gebiet harmoni-sierten Vivian und ich perfekt und immer wieder, in der Re-gel ohne das gerade stattfindende Ereignis zu kommentieren. Ich hatte von Frauen schon hin und wieder zu hören bekom-men, ich sei zu intellektuell, ein «Kopftyp», wie es eine Kommilitonin einmal genannt hatte, doch in den ersten sechs Monaten mit Vivian schien sich mein Gehirn beinahe völlig aus der Sache herauszuhalten, registrierte lediglich das Ver-gnügen. Ich vergaß einfach, zu analysieren oder mir Sorgen zu machen. Ich erlebte Vorfreude, schwelgte in Erinnerun-gen, aber *in medias res* existierte ich einfach, funktionierte so gut, daß man mich als «Lustmaschine» hätte bezeichnen können, und dachte, wenn ich überhaupt dachte, eher in Far-ben als in Worten. Eine Erfahrung war orange, die nächste grün, eine andere blaßblau, und wieder eine andere ein tiefes Purpurrot. Ich stolperte durch das ganze Spektrum, ohne je meinen Pinsel zweimal in die gleiche Farbe zu tauchen.

Bis zu einem ziemlich violetten Nachmittag im Februar, an dem sich Vivian über meine Brust beugte, mich auf die Schulter küßte und mir mitteilte, was als nächstes passieren würde.

«Höchste Zeit zu gehen», flüsterte sie.

Ich nahm an, sie wolle mir sagen, daß sie zu irgendeinem Treffen zu spät zu kommen drohte, und so nickte ich. «Wo mußt du hin?»

«Ich? Nirgends. Du. Meine Periode ist schon zweimal ausgeblieben, und ich denke, das wird wohl das letzte Kind sein, das ich bekommen kann. Ich habe einen Termin für eine Fruchtwasserpunktion gemacht, und wenn alles in Ordnung ist...» seufzte sie, tätschelte meinen Arm und setzte sich auf. «Ich weiß, das paßt dir nicht in den Kram, und es ist schon gut so. Ich kann mir dich sowieso nicht beim Windelnwechseln vorstellen. Kein Problem.»

Sie schwang die Beine vom Bett und begann sich, mir den Rücken zugewandt, anzuziehen. Ich war perplex, als hätte ich meinen Teil eines wichtigen Gesprächs, das jetzt vorüber war, nicht mitbekommen. Vivian setzte mich gleichzeitig über zwei Ereignisse in Kenntnis: über ihre Schwangerschaft und das Ende unserer Beziehung. Sie schien nicht den geringsten Zweifel daran zu haben, daß diese beiden Ereignisse unauflöslich miteinander verbunden waren, und ich fragte mich warum. Wir hatten selten über unsere Zukunft gesprochen, noch viel weniger über die Möglichkeit, Kinder zu bekommen. Ich befragte mich selbst und stellte fest, daß ich keine feste Meinung dazu hatte, und Vivian forderte auch keine von mir. Was ich davon hielt, schien für sie bedeutungslos zu sein, und für dieses Verhalten fiel mir nur ein einziger, ärgerlicher Grund ein. Ich redete, ehe ich dachte, und ich stellte die falscheste aller möglichen Fragen.

«Wer ist der Vater?»

Sie antwortete mit einem traurigen, verkrampften Lächeln und ging.

Mir war kein Vorwurf zu machen, und doch war ich der Angeklagte. Über mein Kapitalverbrechen war zwar nur in dem Gerichtssaal in Vivians Kopf ein Urteil gefällt worden – dort hatte man mich im Schnellverfahren abgeurteilt –, und doch, es lautete auf lebenslange Einzelhaft. Sie war überzeugt, daß ich mich, wenn sie mir die Chance gab, blitzschnell davonmachen würde, wie ein Libellenmännchen: drauf und davon.

«Ich werde verhindern, daß ich noch einmal sitzengelassen werde», sagte sie und ließ mich sitzen. Wochen waren vergangen, und wir saßen unversöhnt bei einer Tasse koffeinfreiem Kaffee im Hanover Inn, mit den letzten Bissen dessen beschäftigt, was ich sowohl für ein Versöhnungsmahl als auch für ein Essen mir zu Ehren gehalten hatte. Eine avantgardistische Literaturzeitschrift hatte sich für einen Ausschnitt meines im Entstehen begriffenen Epos interessiert, und als ich Vivian das am Telefon mitteilte, reagierte sie darauf zunächst ebenso befriedigt, als ginge es um ihre eigene Arbeit, und lud mich zum Essen ein.

«Wieso sitzengelassen? Ich bin doch noch da», protestierte ich gegen ihr Urteil und versuchte dabei mit den Augen, die von unserem nicht ganz billigen Muschelgericht für zwei Personen geschaffene Stimmung von eben wieder zum Leben zu erwecken.

«Du wirst verschwinden. Das weißt du ganz genau.»

«Erzähl du mir nicht, was ich weiß!» Ich warf einen letzten sehnsüchtigen Blick auf die Dessertkarte. Eben, als mir alles egal gewesen war, nicht zuletzt wegen der Begeisterung des Redakteurs der Zeitschrift – er hatte sogar die eventuelle Honorierung meiner Dichtung angedeutet –, hätte ich mich beinahe für ein Mousse au chocolat entschieden. Jetzt konnte ich die Hoffnung darauf natürlich begraben.

«Roger.» Der Blick, mit dem mir Vivian antwortete, war voller Verzeihen, und es machte mich wütend, wie sie den Treuebruch, den sie von mir erwartete, hinnahm. «Sag mir, daß du dieses Kind willst. Sag mir, daß du Vater werden willst.» Sie machte eine Handbewegung hinüber zum geschmackvoll eingerichteten Foyer des Hanover Inn, als hätte ich es möbliert, und richtete es in ihrer Vorstellung neu ein, während sie weiterredete. «Figuren aus der Sesamstraße auf den Parkettböden. Wachsmalkreide an den Wänden. Einzelne Socken.»

Ich muß zusammengezuckt sein, denn sie nickte. «Du würdest durchdrehen, also verschwenden wir keine Zeit. Sparen wir uns die häßlichen Szenen. Wir wollen einander nicht noch ewig böse sein. So ist es am besten.»

«Du beraubst mich meiner Rechte als Vater», hielt ich dagegen. «Es gehören immer noch zwei dazu, ein Kind zu zeugen, wenn ich nicht im Biologieunterricht etwas verpaßt habe. Ich hab da auch ein Wörtchen mitzureden.»

«Du wirst nicht...»

«Hör auf, mir irgend etwas zu unterstellen.» Die Heftigkeit meiner Entgegnung – wie ich gestehen muß, teilweise durch das Gefühl bedingt, um eine Nachspeise betrogen worden zu sein – brachte Vivian einen Augenblick aus dem Konzept. Sie verschränkte die Arme und blickte mich ruhig an.

«Okay», sagte sie. «Was für ein ‹Wörtchen› hättest du denn mitzureden?»

Jetzt mußte ich klein beigeben. «Ich habe nicht einmal gewußt, daß ich zeugungsfähig bin», leitete ich meinen Rückzug ein.

«‹Zeugungsfähig› ist gar kein Ausdruck», hielt Vivian mir entgegen.

Ich sah sie mißtrauisch an, aber ihr Gesicht war verschlossen, ihr Blick ausdruckslos. Ich wußte nicht, ob sie diese Schwangerschaft geplant hatte oder nicht, und ich empfand eine merkwürdige Scheu davor, ihr diese Frage zu stellen, als wäre das etwas, was ich auch ohne zu fragen wissen mußte. Doch ich wollte Klarheit darüber, was für eine Funktion ich hatte, ich wollte Vivians Verhalten verstehen, und so wagte ich es, weiter nachzuforschen.

«Du bist ein richtiges Fruchtbarkeitswunder, Produzent von Superspermien», antwortete sie in sarkastisch absackendem Ton. «Von den Millionen kleiner Rogers hat es einer geschafft, alle Hürden zu überwinden und einen Volltreffer zu landen.»

«Du vermischst deine Metaphern», kritisierte ich, fühlte mich aber dennoch ein wenig wie Odysseus.

«Du meinst, *ich* tue das?» Vivian lächelte, nicht im geringsten belustigt. «Dann stell dir mal unser Kind vor. Glasperlenbesetzte Nadelstreifen, der Look der neunziger Jahre.»

Die Worte «unser Kind» riefen bei mir eine merkwürdige Reaktion hervor, ein Gemisch aus Stolz und Furcht. Ich hatte noch nie ein Baby im Arm gehalten und hielt sie für so etwas wie Larven, allzeit naß und schutzbedürftig, bis sie schließlich aufblühten und Lesen und Schreiben lernten. Ich hatte keine klare Vorstellung davon, wie lange dieser Prozeß dauerte und was während dieser Verwandlung von einem Vater verlangt wurde. Würde es von mir erwarten, daß ich ihm vorsang? Daß ich ihm frische Sachen anzog? Daß ich mit ihm Baseball spielte?

Als könnte sie meine Gedanken lesen, streckte Vivian einen Arm über den Tisch und legte ihre Hand auf meine. Diese Geste hatte etwas Herablassendes, Ärgerliches, und dann wurde mir klar, daß es ein typisch männlicher Trick war. Ich hatte oft gesehen, wie Männer in ähnlichen Situationen den Arm über den Tisch streckten und die Hand auf die ihrer Partnerin legten, um deren Aufmerksamkeit auf sich zu lenken.

«Es ist doch nicht zu leugnen, Roger», meinte Vivian, «du und Nash, ihr seid ja nicht gerade Feuer und Flamme füreinander.»

«Du bist etwas voreilig», wandte ich ein und zog meine Hand unter der ihren weg. «Die Verständigung klappt zusehends besser.»

«Du bemühst dich, das ist mir klar, aber mit teuren Geschenken wirst du ihn nie für dich gewinnen.»

«Aber es ist doch nichts Schlimmes daran, wenn...»

«Der silberne Füllhalter, Roger. So was paßt einfach nicht

zu Nash. Und die grüne Seidenkrawatte mit den aufgestickten Tennisschlägern...»

«Er mag Tennis. Du hast mir gesagt, er spielt Tennis.»

«Aber er trägt dabei keine Krawatte. Er benutzt dein Geschenk als Stirnband, um das Haar aus dem Gesicht zu halten.»

«Nein!»

«Und die Bücher. Du meinst es ja gut, aber erwartest du allen Ernstes von Nash so viel Durchhaltevermögen, daß er einen Roman von Jane Austen oder Charles Dickens liest?»

«Ich habe sie gelesen», beharrte ich, doch ich wußte, daß sie recht hatte, und es machte mir kaum etwas aus. Ihr Sohn war für mich unerreichbar, ein hoffnungsloser Spinner voller haarsträubender Theorien, ein nuschelnder Holzklotz, der Tag für Tag stundenlang vor dem Fernseher saß und seine Mahlzeiten völlig gleichgültig in sich hineinschaufelte. Er machte sich bei jeder passenden Gelegenheit über meinen Namen lustig, rümpfte die Nase über meine Zuneigung zu seiner Mutter und gönnte uns keine ruhige Minute zu zweit.

«Aber mein Sohn wäre natürlich ganz anders», argumentierte ich.

«Dein Sohn», begann Vivian, ergriff wieder meine Hand und tätschelte sie, «wird wohl eine Tochter werden. Ich hab das Untersuchungsergebnis. Früher oder später wird auch sie ins Teenageralter kommen. Und dann?»

Eine Tochter.

Ehe ich mir weitere Gedanken machen konnte, brachte der Kellner die Rechnung – von der Vivian unbedingt genau die Hälfte bezahlen wollte, jetzt, wo wir für sie kein romantisches Paar mehr waren. Bisher hatte immer einer von uns den anderen eingeladen, jetzt aber lag ihre Kreditkarte neben meiner auf dem weißen Tischtuch – eine endgültigere Aussage als ein klassischer Abschiedsbrief, wie uns beiden klar war.

«Werden wir uns überhaupt nicht mehr sehen?» fragte ich.

«Bist du fest entschlossen, Schwangerschaft und Geburt

allein durchzustehen?» Diese Frage beschwörte die unausweichlichen Schilderungen geteilter Wehen herauf, mit denen ich immer wieder von jüngeren, häuslich orientierten männlichen Kollegen bedacht wurde – Schilderungen, die Aussagen enthielten wie «Sechzehn Stunden lang haben wir gepreßt» oder «Wir haben gar nicht viel Blut verloren mit der Nachgeburt».

«Ich hab schon mit Hilda und Racine gesprochen», erklärte Vivian. «Die werden mir abwechselnd zur Seite stehen. Ist schon alles klar.»

«Hast du ihnen gesagt, daß ich nicht für dich dasein würde?» Ich war entsetzt. Die beiden waren meine ältesten Freunde am College. Was würden sie sich denken?

«Ich brauchte nichts zu sagen. Sie *kennen* dich, Roger. Sie akzeptieren deine Schwächen ebenso wie deine Stärken, genau wie ich.»

Ihr herablassendes Gebaren war unerträglich. Nun gut. Wenn man mich kollektiv als feigen Jammerlappen einschätzte, wohlan denn. Sollte Vivian ihr Baby der Welt doch als Resultat einer jungfräulichen Geburt präsentieren, sollte sie als tapfere ledige Mutter zur heiligen Johanna des Studienbereichs Frauenfragen werden, sollte ihr selbstbefruchtender Körper zu einer immer eindringlicheren Manifestation weiblicher Stärke werden und zugleich männlicher Niederträchtigkeit.

«Was wirst du sagen, wenn das... Mädchen... nach seinem Vater fragt?» wollte ich wissen. «Muß die Frage nicht früher oder später kommen?»

Vivian gab mir die schlimmste und unverzeihlichste Antwort, die man geben konnte: «Ich werde ihr die Wahrheit sagen.»

Ich stürzte mich in die Arbeit, durchforstete lateinische Texte nach Stellen, an denen Kolumbus erwähnt wurde, bis mir die Augen brannten, las jedes Buch, von dem man wußte, daß es Bestandteil der kleinen Bibliothek des Admirals gewesen war – Sir John Mandeville, *Imago Mundi*, Plinius, Esra, die Bibel, entdeckte in unterschiedlichen Ereignissen brillante und subtile Gemeinsamkeiten, flüchtete mich immer wieder in die perfekten Worte der Poesie. Im sechsten Monat begann Vivian Schwangerschaftskleider zu tragen, und der Grund für ihren Zustand wurde Gegenstand zahlreicher Spekulationen unter den Kollegen. Verschiedene Kandidaten wurden vorgeschlagen und wieder verworfen, und wenn ich darunter war, so bekam ich es zumindest nicht zu Ohren. Wir hatten unsere Beziehung geheimgehalten, anscheinend mit Erfolg. Abgesehen von den enervierend verständnisvollen Seelbinders sah niemand in Dartmouth in mir die Ursache für Vivians ausufernde Proportionen.

Nachdem etwas Zeit verstrichen war, sprach ich mit Hilda über die Angelegenheit.

«Aber mich hat Vivian doch nie gefragt», verteidigte ich mich. «Mir wurde es einfach als *fait accompli* vorgesetzt. Was ich davon halte, hat nie interessiert!»

«Und wenn es interessiert hätte?» fragte Hilda nach. Wir saßen in ihrer Küche, die mit den mattglänzenden Metallschränken und der großen Arbeitsfläche aus dickem Holz laborähnlich wirkte, und sie hatte eine Kanne Tee gemacht. Jetzt hob sie eine Porzellantasse an die Lippen und wartete auf meine Antwort.

«Hm, ich weiß nicht», sagte ich. «Ich hätte die Möglichkeiten abwägen, die jeweiligen Folgen in Betracht ziehen müssen.»

«Und was hat dich daran gehindert?»

Nichts, wurde mir klar, außer meinem eigenen Widerwillen dagegen. Ich goß mir noch eine Tasse Tee ein, gab Milch und Blütenhonig hinzu, rührte mit langsamen Bewegungen um und versuchte, mir eine Zukunft vorzustellen, in der ein kleines weibliches Wesen mich mit «Daddy» ansprach. Es gelang mir nicht, und ich blickte recht hilflos zu Hilda auf.

«Siehst du?» begann sie ihre Frage selbst zu beantworten. «Das ist der Gesichtsausdruck, den Vivian an dir lieber nicht sehen wollte, und wer könnte ihr das übelnehmen? Sie ist nicht böse auf dich. Im Gegenteil, sie vermißt dich ganz schön. Aber irgendwie – sei mir bitte nicht böse – kann sich keiner von uns Roger Williams als männlichen Hauptdarsteller in diesem Film vorstellen.»

Es war alles sehr gesittet, sehr postmodern. Man hatte mich zur Diskussion gestellt, für unzulänglich befunden und verworfen. Wahrscheinlich hatten sie recht, meine Großinquisitoren. Biologie war nicht Schicksal, und mein Spermium hatte sich weiter vorgewagt, als mein Gehirn ihm folgen konnte. Nun gut, ich wusch meine Hände in Unschuld. Ich fand mich damit ab, wer ich war, akzeptierte dieses Bild von mir. Wenn ich nicht domestiziert werden konnte, würde ich mich eben noch mehr in die Kunst vertiefen. Wildentschlossen stürzte ich mich auf mein «Tagebuch eines Verlorenen», mit geradezu väterlichem Sendungsbewußtsein. Kolumbus würde mein Kind sein, seine Exegese mein nächtliches Stillen. Ich erwachte mit ganzen Strophen im Kopf, fertig zur Niederschrift, und das Epos wuchs, übertraf meine optimistischsten Erwartungen. Der Inhalt paßte sich der Form an, und ich unterwarf die historischen Fakten meinem Willen. Die Nachwelt würde mir für den Mann, den ich erschuf, dankbar sein.

Zu sagen, daß ich mich in meine Arbeit zurückzog, in sie eintauchte, geht nicht weit genug. Mein Epos war, wie mir die Reaktion des Kritikers bescheinigt hatte, nicht nur Zerstreuung. Doch es ist wahr, wenn ich am Schreibtisch saß, eine neue Seite aufschlug und eine Zeile schrieb, ließ ich das zwanzigste Jahrhundert hinter mir. Mit geschlossenen Augen und nach innen gerichteten Ohren schwebte ich in einer Unterwelt der reinen Form, ein Platon am Ausgang der Höhle, eher bereit, Schatten wahrzunehmen als Substanz. Mir ging es nicht um Tatsachen – die waren bekannt und hinreichend diskutiert –, ich war auf der Suche nach einer neuen Interpretation. Da war ein Mann, dieser Christoph Kolumbus, dessen Name allein – ob er nun fiktiv war oder nicht – viel mehr beinhaltete als nur ein einziges Leben. *Nominae temporis pulvis.* Namen sind nichts als der Staub der Zeit. Friedhöfe sind voller Namen, dem einzigen, was von Menschen übrigbleibt, deren Taten und Jahre nicht nur vergessen, sondern auch für die Gegenwart von keinerlei Bedeutung sind. Anonyme Vorläufer, Fleisch, das zu Knochen, die zu Staub wurden, sind sie bestenfalls Leitfeuer an einem Weg, markieren die Route einer Reise, deren einzige bemerkenswerte Ereignisse Abfahrt und Ankunft waren.

Ich will mich nicht gänzlich von diesen traurigen Massen distanzieren. Schließlich werden, in ein-, zweihundert Jahren, die meisten von uns zu ihnen gehören – unsere Sammlung von Ambitionen und Täuschungen, Erfolgen und Fehlschlägen wird sich bestenfalls auf wenige in einen Granitblock eingemeißelte Lettern reduzieren. Diese Einsicht ist nicht originell, aber ich vermute, dem modernen Menschen ist bewußter, was sie impliziert. Vielleicht sind die elektronischen Kommunikationsmittel und die Volkszählungen schuld daran. In einem kleinen Dorf scheint jedes Leben es wert zu sein, sein Gedenken zu bewahren. Stammbäume leben und werden zum Stoff für Unterhaltungen, werden am Mittagstisch immer wieder erzählt, in Totempfähle eingraviert oder in Ahnenschreinen verehrt. In kleinen Städten blühen die Friedhöfe. Jede Grabstätte ist ein Wallfahrtsort, Auslöser von Familienfehden, ein wartender, gähnender Ruheplatz für die Hinterbliebenen.

Doch wir modernen Menschen, müssen wir es nicht besser wissen? Wo uns doch der Globus allabendlich als wimmelnder Ameisenhaufen gezeigt wird, seine Bewohner so dicht gedrängt wie in Tokio die Passagiere in der U-Bahn? Zu viele Namen, zu viele Gesichter, zu viele Geschichten. Und die Schlußfolgerung lautet unausweichlich: Wenn sie mich kaltlassen, diese flimmernden Bilder von aufgebrachten Mengen, von Opfern von Kriegen und Hungersnöten, bin ich ihnen dann nicht ebenso egal? Kein Wunder, daß Feuerbestattungen groß in Mode gekommen sind, daß sie sogar von der römisch-katholischen Kirche gebilligt werden. Aufs Meer verstreut werden, im Wind davonfliegen, sich in Vergessen auflösen. Warum nicht? Der Verstand widersetzt sich der apokalyptischen Vision, die immer so tröstlich und zugleich so erschreckend war: der Vorstellung vom Zusammenkommen aller Toten, die für das ewige Leben in ihre stofflichen Hüllen zurückgekehrt sind. Als Kind machte ich mir Sorgen wegen des Jüngsten Tages, an dem jeder meine Sünden kennen und sich dafür interessieren würde.

Heute kann ich diese egozentrische Besorgnis kaum noch nachempfinden. Anstelle dicht zusammengedrängter vertrauter Gesichter, die sich über meine kleinen Diebstähle und Schwindeleien entsetzen, anstelle von Großelternhänden vor aufgerissenen Mündern, die einst bei meinem Anblick gelächelt hatten, sehe ich andere Szenen: ein Einkaufszentrum am ersten Tag des Winterschlußverkaufs; die Eröffnungsmeile des Boston-Marathon, auf der sich das Feld Schulter an Schulter über eine sechsspurige Stadtautobahn schiebt; die New Yorker Börse bei Hochbetrieb, wenn alle gleichzeitig schreien. Da ist man doch besser ein kleines Päckchen Asche, ein Staubkorn in einem blinzelnden Auge oder der Inhalt einer dekorativ auf einem Regal stehenden Urne.

Manche Menschen allerdings entgehen diesem Schicksal. Ihre Namen werden zu unsterblichen Symbolen, zu einem Bestandteil unseres Alltagsvokabulars. Sie und ihr Biographen-Gefolge strahlen wie Leuchtfeuer, wie Straßenlaternen im Rückspiegel. Carl Sandburgs Lincoln. Vergils Aeneas. Shakespeares Julius Caesar. Christoph Kolumbus, gegenwärtig an Samuel Eliot Morison entliehen, war noch zu haben, und er würde mir gehören. War er erst einmal in mein Epos gegossen, dann würden unsere Namen für immer verbunden sein, und wir würden Arm in Arm die Zeit durchschreiten. Ich mochte nur der Rankenfußkrebs an seinem Walkörper sein, doch wer dachte jemals an Samuel Johnson, ohne zugleich an Boswell zu denken, an Satan und nicht zugleich an John Milton, an Moby Dick, aber nicht an Melville?

War die Angst vor dem Tod mein Antrieb, mein Motor? War es so einfach? Dürstete mich nicht nach der Wahrheit? Ich wußte es nicht, und, wenngleich ich ein klein wenig Neugier verspürte, es interessierte mich auch nicht. Leidenschaftliches Interesse kann man sich nicht zusammenzimmern oder am Ende eines Regenbogens finden. Es war für mich, als Emotion, so selten, daß ich nicht nach seiner Quelle fragte. Manch einer behauptet, die Gattung Mensch werde von der fleischlichen Begierde beherrscht, andere setzen auf den Hunger oder auf die Besitz- oder Machtgier. Wenn Angst vor dem Tod meine Triebkraft war, sei's drum. Jedenfalls wurde mein Ordner noch mit neuen Seiten gefüttert. Die Zahl der Strophen nahm befriedigende Ausmaße an. Ich hatte auch die mir zugedachten zwei Minuten Ruhm erlebt, als ich in der Zeitschrift *People* als Vertreter einer seltenen Spezies bezeichnet wurde, als ein Dichter, auf dessen zukünftiges Schaffen sich die Leser freuen konnten. Sollten sich in künftigen Zeiten Studenten fragen, wer meine Muse war – niemals würden sie auf Vivian kommen, deren oberflächlicher Kolumbus lediglich etwas Wiedergekäutes zu werden versprach, geeignet als Füllsel zwischen Immobilienanzeigen und endlosen Reihen von Jahrgangsnotizen.

Ich hatte von Racine gehört, daß sie an einem Artikel für die Ehemaligenzeitschrift des Dartmouth College arbeitete. Ein Redakteur, der immer auf der Suche nach kontroversen Standpunkten war, hatte sie gebeten, einen Artikel zu verfassen. Ich kannte ihn, und ich konnte mir vorstellen, worum es ihm ging. Er ging davon aus, daß Vivian ein giftiges Klagelied anstimmen, Kolumbus die volle Schuld am Elend der Indianer anlasten würde. Ich traute ihr mehr zu als das, aber was konnte sie in so kurzer Zeit in Erfahrung zu bringen hoffen? Ihre Niederkunft und der Abgabetermin fielen in denselben Monat, und Fleiß war nicht ihre hervorstechende Eigenschaft. Um zu vermeiden, daß ich ihr begegnete, begab ich mich früh in meinen Arbeitsraum und blieb lange, was mich zum Wächter über ihre benachbarte Arbeitsnische machte. Ich hörte, wenn sie sie betrat, anfangs kaum häufiger als zwei- oder dreimal pro Woche und am Ende fast überhaupt nicht mehr. Ich sah auf die Uhr, wenn sie nach Hause ging. Ihr Durchhaltevermögen reichte im Durchschnitt nicht einmal für zwei Stunden, und als es auf den sechsten Monat zuging, bekam ich Mitleid. Wie hoffnungslos mußte ihre Suche scheinen. Wer hätte besser gewußt als ich, wie viele Informationen es aufzunehmen und zu sieben galt? Ich überlegte, ob ich ihr helfen sollte. Jede direkte Hilfe würde sie ablehnen, nur weil sie von mir kam, aber vielleicht gab es noch andere Wege.

Früh am Morgen durchstreifte ich das Magazin, auf der Suche nach den nützlichsten und komprimiertesten einführenden Quellen. Die zog ich ein bißchen aus der Reihe der Bücher heraus, dachte, das würde ihre Aufmerksamkeit auf sie lenken. Doch wenn ich am Abend wiederkam, standen sie meist noch unberührt da. Statt dessen hatte Vivian nach den reißerischen Titeln gegriffen, nach den phantastischen Theorien, den an den Haaren herbeigezogenen Spekulationen. Ich verstand jetzt, nach welcher Methode sie vorging, und das war eine Enttäuschung. Offensichtlich zog das Merkwürdige sie an, nicht das Verläßliche, und ich konnte mir nur vorstellen, welch einen Unsinn sie da zusammenbraute.

Ich hätte sie gerne beraten, ihr freundschaftliche Ratschläge gegeben, sie auf den richtigen Kurs gebracht, doch das war natürlich nicht möglich. Statt dessen mußte ich mich auf den unbeständigen Strom von Rückgabemahnungen verlassen, die ich von der Bibliothek erhielt. Ich hatte die wertvollsten und gelehrtesten Werke der Kolumbus-Literatur bei mir gehortet, und hin und wieder wurde ich aufgefordert, eines davon zurückzugeben. Ich wußte, wer es wollte, und versuchte, indem ich diesen Fußspuren in einem dichten Datenwald folgte, zu rekonstruieren, welchen Weg Vivian entlangstolperte. Sie irrte hin und her, verfolgte nie einen roten Faden zu Ende, eine Idee bis an die Quelle. Es gab keine Methode, die ich hätte feststellen können, und ich war versucht, hilfreiche Zettel in die Bücher zu legen, die sie lesen wollte.

«Ignorier das Geschreibsel über Mallorca», hätte ich einer ansonsten nützlichen Untersuchung beifügen können, einer anderen: «Das Kapitel über Savoyen ist redundant». Doch ich widerstand der Versuchung und tat, als wüßte ich von dem ganzen Projekt nichts. Ich gab nicht den geringsten Laut von mir, wenn Vivian in ihrem Arbeitszimmer saß, hielt mir die Nase zu, wenn mich der Staub zum Niesen zwang, und saß stundenlang da, ohne den Stuhl zu verrücken, um ihr keinen Hinweis auf meine Anwesenheit zu liefern. Ich wußte, wie wachsam sie sein konnte. Jetzt war ich das Abhörmikrophon, der heimliche Lauscher, die Rückseite einer Einwegscheibe. Auf Kosten meines Epos wurde ich zum professionellen Vivian-Beobachter, während sie ihrerseits in der Geschichte herumtapste. Ich wartete schon beinahe auf ein forschendes Klopfen, das Pochen eines Bleistifts gegen die Wand zwischen unseren Arbeitsräumen, wo wir wie Strafgefangene in Einzelhaft saßen, doch ich machte mir ganz bewußt keine Gedanken darüber, wie ich auf ein derartiges Signal antworten würde. Ich war einfach bereit zu jedem Schritt – unterwürfig oder gnädig, streitsüchtig oder nachsichtig zu reagieren –, doch ich versteckte mich zu gut und bekam nie die Gelegenheit dazu.

Hilda und Racine bedeuteten für mich nicht nur eine Verbindung zu Vivian, sondern natürlich noch viel mehr. Sie paßten gut zueinander, durch ihre intellektuelle Leistungsfähigkeit, ihre europäischen Wurzeln, ihren Geschmack und ihre Empfindsamkeiten. Hilda war die respektlosere von den beiden, zumindest stellte sie sich selbst so dar. Ihre beiläufigen Bemerkungen waren absolut unvorhersehbar und riefen ebenso häufig Gelächter hervor wie Einsichten. Sie verfügte über eine ordentliche Portion Galgenhumor, und den hatte sie auch gebraucht in ihrem Leben, denn sie war die einzige

Überlebende einer vornehmen slowakischen Familie, die die Nazis ausgelöscht hatten. Sie war als Kind auf wunderbare Weise zuerst in England gelandet, dann in Australien und schließlich in den Vereinigten Staaten, wo sie an einem College in Georgia zu studieren begann. Kein Wunder, daß sie einen Hang zur Geographie verspürte. Als Zögling einer ganzen Reihe brillanter Flüchtlinge sprach sie mehrere Sprachen – Slowakisch, Tschechisch, Französisch, Deutsch, Jiddisch und Englisch mit etwas unsicherem Südstaatenakzent – beeindruckend flüssig, und irgendwie schien sie auch eine Art Weltklugheit, ja fast Weltüberdruß auszustrahlen, eine Eigenschaft, die bei einer viel älteren Frau weniger überrascht hätte. Trotz alledem zeigte sie Begeisterung für populäre Kulturformen: banale Fernsehsendungen, Essen aus der Mikrowelle, Sportergebnisse.

Hilda war eine Koryphäe auf ihrem Gebiet, hatte sich auf interkontinentale Platten und Verwerfungen spezialisiert. Doch sie besaß durchaus auch Modebewußtsein. Die Haare hatte sie zu einem Knoten hochgesteckt, der in keckem Winkel auf ihrem Kopf saß. Sie bevorzugte weite Kleidung, breitschultrige Mäntel und lange, aus Ballen roher, rot und violett gefärbter Baumwolle geschnittene Röcke. Ihr Lieblingsparfüm war Musk, ein überwältigend süßer Duft, der sie wie eine Aura umgab, ein Halo um ihren Körper, der Strahlen und Schatten aussandte. Sie trug stets lange und kompliziert geformte Ohrringe, die bei jeder Bewegung leise klirrten und so in den Sitzungen der Institutsausschüsse, denen sie angehörte, als warnender Gong jede energische Meinungsäußerung von Hilda ankündigten.

Racine dagegen war ebenso zurückhaltend und beherrscht wie seine Frau überschwenglich. Sein rätselhaftes vornehmes Lächeln kam mehr in seinen Augen als durch die Lippen zum Ausdruck. Er war bekannt für seine Liebenswürdigkeit, sein Einfühlungsvermögen, die Zurückhaltung, mit der er seine Meinung stets erst dann äußerte, wenn danach verlangt wurde – was dazu führte, daß ständig Nachfrage nach seinen

Anmerkungen bestand. Mit seinem zierlichen Körperbau und gepflegten Äußeren war Racine ein Mann, dem das Alter nichts anhaben konnte, der sich mit den Jahren lediglich zu einer immer perfekteren Version seines jüngeren Ichs entwickeln würde. Er war ein unaufdringlicher Geselle, ein charmanter Gastgeber, ein solider, wenn auch nicht bahnbrechender Mediävist. Er entfaltete in jedem Rahmen einen beruhigenden, ausgleichenden Einfluß, und Hilda und er zusammen bildeten eine Art Yin und Yang, das vollständig schien, zu einem Ganzen vereint.

Es war deshalb beunruhigend zu beobachten, wie sie sich jetzt in ihrer Reaktion auf Vivian und mich entzweiten und stritten. Sie hatten unsere Beziehung aus ganzem Herzen gutgeheißen, hatten sie gefördert, indem sie uns zu exquisiten Abendessen im intimen Kreis einluden und unsere zögerlichen Schritte in Richtung Öffentlichkeit mit dem Schirm ihrer unbeschwerten Häuslichkeit begleiteten. Selbst was den rüpelhaften Nash anging, beruhigten sie mich.

«Denk mal zurück, wie du als Teenager warst», mahnte mich Hilda. Ich folgte ihrem Rat. Im Sommer meines vierzehnten Lebensjahres bekam ich von der Bibliothek ein Wörterbuch geschenkt, weil ich pro Tag ein Buch gelesen hatte. Ungefähr zur gleichen Zeit versuchte ich, auf der Grundlage des ersten Kapitels der Genesis, ein Schauspiel in Versen zu schreiben. Den Titel fand ich, in Form der portugiesischen Redensart *Esa la herencia d'Adan* («Es ist das Erbe Adams»), in einem Glossar fremdsprachiger Zitate. Unser Koch, ein erfahrener Bäcker aus Martinique, weihte mich in die Geheimnisse der Herstellung knuspriger Baguettes ein. Ich schrieb Liebesbriefe an meine zwei Jahre ältere Nachbarin Harriet Wells, die ich nie abschickte. Auch mit dem Aufstand der Hormone bekam ich zu tun. Mit zwanzig reiste ich allein nach Florenz und übernachtete in der Jugendherberge. Das für Mussolinis Geliebte errichtete Gebäude war mit Rokoko-Amoretten und Faunen verziert. Ich hatte eine flüchtige Beziehung zu einer schwedischen Radfahrerin, die bei Überquerung der Alpen stramme Schenkel bekommen hatte. Und mit meinen Eltern führte ich oft erhitzte Wortwechsel über politische Themen. Sie wählten Nixon, ich hingegen agitierte für Kennedy, der wie ich aus Massachusetts kam. Den mochten sie, da war ich sicher, wegen seiner Religion nicht.

Keine dieser Aktivitäten schien jedoch auch nur entfernt mit Nashs griesgrämiger Gleichgültigkeit vergleichbar. Als Vivian uns miteinander bekannt machte, streckte ich ihm die Hand zur Freundschaft hin, doch er schüttelte nur schnaubend den Kopf und ging in sein Zimmer. Wenn ich ihn – bei späteren Versuchen, ihn für mich zu gewinnen – nach seinem Befinden, seinen Interessen und Vorlieben fragte, legte er nur den Zeigefinger an die Lippen und sah mich an wie ein Exemplar einer seltenen Spezies, wie etwas reichlich Unansehnliches aus seinem Botanik-Labor. Und doch wirkte er, wenn ich ihn einfach nicht beachtete, gleichermaßen verblüfft. Nichts an mir war augenscheinlich für ihn interessant.

«Sei nicht beleidigt.» Racine war, wie üblich, um Versöhnung bemüht. «Er steckt in einem schwierigen Stadium, und selbst im Idealfall ist er... schwer zu durchschauen.»

«Vielleicht hat er das geerbt», überlegte ich laut. «Grandma...»

Hilda schwang ihren großen Kopf hin und her und erfüllte dabei das Zimmer mit dem Klirren ihrer Ohrringe – heute zwei Miniaturnachbildungen der Masken der Komödie und der Tragödie. «Um Angelines Zuneigung muß man sich bemühen, sie muß man nach und nach gewinnen. Die Frau bildet sich behutsam eine Meinung. Sie hat schon einmal mitansehen müssen, wie Vivian verletzt wurde, und ist natürlich argwöhnisch.»

«Es ist mehr als das», sagte ich. «Immer, wenn ich meinen Mantel in den Wandschrank hänge, nimmt sie ihn wieder heraus und legt ihn auf einen Stuhl neben der Haustür. Sie räumt meinen Teller weg, bevor ich zu Ende gegessen habe, und geht dann zu Bett, nachdem sie verkündet hat, daß sie nicht schlafen kann, wenn es nicht still ist im Haus.»

«Hast du es schon mal mit einem Geschenk versucht?» erkundigte sich Racine. «Irgendwas, um ihr Herz zu erweichen?»

«Beim erstenmal war es eine Flasche Wein», sagte ich. «Den hat sie in den Ausguß gekippt. In ihrem Haus gebe es keinen Alkohol, hat sie gemeint. So weit, so gut. Am nächsten Wochenende versuchte ich es mit Blumen, mit einem hübschen Strauß, den ich ihr formvollendet überreichte – ich glaubte, sie erwarte vielleicht einen gewissen Respekt vor ihrem Alter und ihrer fremdländischen Abstammung.»

«An ihr ist nichts Fremdländisches», berichtigte mich Hilda. «Wir sind die Fremden.»

Ich hätte ihr widersprechen, ihr meinen verästelten neuenglischen Stammbaum vorführen können, der bis ins siebzehnte Jahrhundert zurückreichte, doch ich verstand, was sie sagen wollte.

«Wie hat sie auf die Blumen reagiert?» Wenigstens Racine erkannte meine gute Absicht an.

«Sie ist mit dem Strauß in die Küche gegangen, ich dachte, um ihn in eine Vase mit Wasser zu stellen», berichtete ich. «Dann kam sie mit leeren Händen zurück und setzte sich in ihren Schaukelstuhl. Sie schaukelte und blickte finster drein, schaukelte und starrte vor sich hin, und als ich mit Vivian zu reden versuchte, stellte sie den Fernseher lauter. Ich wartete weiter darauf, daß die Blumen wieder auftauchten – warf sogar einen verstohlenen Blick ins Eßzimmer –, aber sie waren nirgends zu sehen. Ich glaube, sie hat sie weggeworfen.»

Meine Stimme klang angespannt, ungehalten, doch Hilda mußte ein Lachen unterdrücken. «Grandma ist eine eigenwillige Persönlichkeit», warf sie ein. «Mir hat sie einmal erzählt, da, wo sie herkommt, habe die Frau das Sagen. Vielleicht stellt sie dich auf die Probe.»

«Dann bin ich durchgefallen.» Das war nicht übertrieben. Vivian war auf der Seite der älteren wie der jüngeren Generation von Menschen flankiert, dir mir gegenüber eindeutig feindselig eingestellt waren, und der Enthusiasmus, mit dem ich sie anfänglich für mich einzunehmen versuchte, hatte nachgelassen. Wie kamen sie eigentlich dazu, so unfreundlich zu mir zu sein?

Und jetzt, Monate danach, schien sich auch Hilda dem erlesenen Kreis der Roger-Hasser angeschlossen zu haben. Obgleich sie es nie aussprach, spürte ich, daß sie meine Entfremdung von Vivian mißbilligte, auch wenn sie ganz genau wußte, daß ich das weder gewollt noch verschuldet hatte. Racine verhielt sich typisch neutral, und so ergaben sich nach Geschlechtern getrennte Bündnisse. Männlein gegen Weiblein. Ich wies Hilda auf diese rückständige Haltung hin – sie schien mir so banal.

«Du hast recht», stimmte sie mit einem Nicken zu. «Wie im Fernsehen. Lucy und Ethel auf der einen Seite und Ricky und Fred auf der anderen.»

Ich brauchte einen Augenblick, bis ich verstand, auf welche Fernsehserie sie anspielte, und dann wies ich den Vergleich zurück.

«Ricky war Kubaner», wandte ich ein, «und Musiker.»

«Nimm nicht alles so genau. Dann bist du eben Fred.»

Ich stellte mir Fred vor, kahlköpfig und dick, ein ehemaliger Vaudeville-Sänger. Er war noch schlimmer. Er und seine blonde Frau waren die Nebenrollen. Doch ehe ich widersprechen konnte, verbesserte sich Hilda.

«Nein, du kannst nicht Fred sein. Schließlich bekommen ja Lucy und Ricky gerade ein Kind.» Sie sah mich streng an und begann dann laut zu lachen.

«Roger ist ziemlich durcheinander», meinte Racine. «Ich finde, du solltest etwas einfühlsamer mit ihm umgehen.»

«Vielleicht solltet ihr zwei mal zusammen auf die Jagd gehen oder so was, *mon petit chou*», erwiderte Hilda. «Das festigt die Männerfreundschaft.»

4

ROGER

Für einen Wissenschaftler, der sich der Lehre widmet, ist der Herbst eine Zeit der Wiedergeburt. In der Natur indes verläßt Persephone die Unterwelt im April oder Mai, und Bonvivants lassen, im Anklang an die alten Riten zur Wintersonnenwende, am 1. Januar die Sektkorken knallen. Nicht so der pedantische Menschenschlag. Seit dem Kindergarten war der Schulbeginn für mich der Anfang eines neuen Jahres, schlug ich an diesem Datum eine neue, unbeschriebene Seite auf. Alles ist möglich, das einzig Vorgegebene meine Lehrpläne – diese im Grunde sehr flexiblen Abrisse der Veranstaltungen, die ich durchführen will, und die Anforderungen, die ich in bezug auf Lektüre und anzufertigende Referate an meine Studenten stelle. Der Rest ist Zufall, wiederholt sich nie. Wenn die vorläufigen Teilnehmerlisten in meinem Fach liegen, ordne ich die Namen der Studenten den Gesichtern in den Immatrikulationsunterlagen zu, voller Neugier, wie bei einem Rendezvous mit einer Unbekannten. Sie haben sich für mich entschieden – oder zumindest für mein Fachgebiet – und besitzen so einen anfänglichen Vorteil. Sie haben eine Woche Zeit zum Herumschnuppern, ehe sie sich endgültig festlegen, und wenn ich sie irgendwie enttäusche, können sie meine Domäne wieder verlassen, ohne Sanktionen oder gekränkte Reaktionen von mir befürchten zu müssen. Wenn sie sich hingegen dafür entscheiden zu bleiben, dann verändert sich das Kräfteverhältnis. Dann müssen *sie* tun, was *ich* erwarte.

Innerhalb des Instituts besteht eine unausgesprochene Rivalität, die in den ersten paar Tagen jedes Semesters zutage tritt, wenn die Teilnehmerlisten veröffentlicht werden. Bei wem haben sich mehr Studenten eingetragen, bei wem weniger? Es wird endlos über die Gründe spekuliert, und wie so oft im Leben ist eine unauffällige Mittelstellung das ideale. Eine hohe Teilnehmerzahl ist suspekt: Warum ist Professor X mit einemmal so beliebt? Benotet er zu gut? Stellt er zu niedrige Anforderungen? Trends werden sorgfältig beobachtet: Haben sich Studenten en bloc eingetragen? Allzuviele Football- oder Hockeyspieler führen mit hoher Wahrscheinlichkeit zu Gekicher im Dozentenzimmer. Professor Y hat offensichtlich den Massen nachgegeben. Er muß Qualitätsanforderungen geopfert haben.

Niedrige Teilnehmerzahlen sind andererseits nicht unbedingt nur ein negatives Zeichen. Wie eine leicht durchgescheuerte Manschette kann ein gewisser Mangel an Studenten vornehm und ehrenwert wirken, solange er keinen Trend anzeigt. Kleingruppenveranstaltungen sind eine Art göttlicher Segen, etwas, das an Oxford und Cambridge erinnert, etwas höchst Exklusives. Es wird gesagt, je länger und spezieller der Titel eines Seminars sei, desto geringer seine Anziehungskraft. Mein Seminar «Flora in der weniger bekannten Lyrik von John Donne» zum Beispiel ist notorisch unterbesetzt, ganz wie es sich gehört, während das Fastfood-Angebot eines sich schamlos anbiedernden Assistenzprofessors – eine Veranstaltung zur klassischen und modernen Kriminalliteratur, die bei den Studenten unter dem Titel «Sherlocks Kinderstunde» läuft – von Muskelprotzen wimmelt, die frisch aus der Turnhalle kommen.

Natürlich kann man es auch übertreiben. Es ist öde, eine brillante Vorlesung zu erarbeiten und sie dann vor drei Studenten im zweiten Jahr zu halten, die nicht in ihre Erste-Wahl-Veranstaltungen gekommen sind, weil sie sich zu spät in die Schlange vor dem Sekretariat eingereiht haben. Und natürlich ist ein Absinken der durchschnittlichen Teilnehmerzahl in allen Veranstaltungen eines Dozenten auf unter zehn Grund zur Besorgnis und für ein ernstes Gespräch mit dem Institutsleiter. Die Pflichtveranstaltungen, die man geben muß – meist von der Art «Einführung in...» –, sind die Spreu, die den Weizen ermöglichen. Mein diesbezügliches Purgatorium ist das abscheuliche «Von Beowulf bis Byron», ein berechenbares Potpourri, das ich mir immer fürs Frühjahr aufhebe, wenn ich ebenso erschöpft bin wie das Material. Im Herbst sage ich mir, belebt von der sommerlichen Erholungspause: Pfeif auf die Teilnehmerzahlen!

Jetzt, als ich nach Hause zurückkam, freute ich mich auf den Vorlesungsbeginn und auf die erste Sitzung meines experimentellen Seminars «Heroische Verse, heroische Paare: Menschheitsgeschichte in der erzählenden Versdichtung». Als Anschauungsmaterial für das zu untersuchende Thema würde ich Ausschnitte aus meinem eigenen Werk wählen, ein ungewöhnliches Vorgehen. Die Studenten würden sich mit dem lebendigen Wort herumzuschlagen haben, mit einem im Entstehen begriffenen Poem. Als Abschlußarbeit, kündigte ich in meiner Kurzbeschreibung an, würde jeder Seminarteilnehmer fünfzig selbstgedichtete Verszeilen abliefern müssen. Natürlich hegte ich nicht im Ernst die Hoffnung, einen angehenden Milton oder Vergil unter den Söhnen und Töchtern von Winnetka, Scarsdale und La Jolla zu finden, und doch, es war schon Unwahrscheinlicheres passiert. Ich bin ein gutes Beispiel. Wozu war ein Studium gut, wenn einen niemand bis an die Grenzen der eigenen Leistungsfähigkeit forderte?

Ich drehte den Schlüssel im Schloß, öffnete die Tür, knipste das Licht an und hielt inne. Wenn man allein in einer Wohnung lebt, dann hat die eine besondere, beinahe greifbare Ausstrahlung. Jeder Gegenstand hat seinen bestimmten Platz, seine genau festgelegten Nachbarn, einen Standort, an dem er die Symmetrie des Ganzen nicht stört. Alleinlebende Tiere haben sicher auch einen solchen Wahrnehmungssinn in bezug auf ihre Höhle. Es ist ein Instinkt, der sowohl dem eigenen Schutz als auch dem des Besitzes dient, eine Wahrung des Gebietsanspruchs durch eine Art inneres Radar, das jede Unregelmäßigkeit in ein hörbares Piepen verwandelt. Der Ort, an dem man schläft, bewußtlos und verletzlich, muß unbedingt vor unliebsamen Eindringlingen geschützt sein, und als ich in diesem Moment den Blick durch meine Räumlichkeiten schweifen ließ, fühlte sich irgend etwas, eine winzige, aber deutliche Veränderung... falsch an.

Rein äußerlich schien alles wie immer. Das Pendel in meiner alten Standuhr schwang hin und her, doch ansonsten ertönte kein Laut. Nichts schien von seinem Platz gerückt worden zu sein. Es gab keine verräterischen Dellen in Kissen, und meine Postablagekörbe – Korrespondenz berufl., Korrespondenz privat, Rechnungen – waren so sauber aufgeräumt, wie ich sie zurückgelassen hatte. Die Schubladen der Anrichte, die das Besteck meiner Großmutter enthielten, steckten genauso weit wie immer in dem Kirschholzrahmen, und mein Fernsehgerät ruhte auf seinem Rolltisch.

Und doch, irgend etwas war da. Schneewittchen war hier gewesen, so sicher, als hätte sie ein halbleeres Tellerchen stehenlassen. Es hing kein Geruch im Raum, aber die Moleküle waren durcheinandergebracht worden. Lag der Vorleger da zu weit vom Sessel weg? Hatte ich ausnahmsweise das Glas dort auf der Anrichte stehenlassen? Stand die Tür zum Schlafzimmer, die am oberen Ende der Treppe zu sehen war, etwas weiter offen als sonst? Ich drang langsam, verstohlen in mein großes Zimmer vor, ließ den Blick über die Bücherreihen in den Einbauregalen, die Dosen im Küchenbereich und die Cloisonné-Ausstellung auf dem Kaminsims streichen. Alles war in Ordnung, stand an seinem Platz, nichts war gestohlen. Und doch...

Das Telefon klingelte, schriller als sonst, weil ich so konzentriert auf ein ungewöhnliches Geräusch gelauscht hatte.

«Ich will Vivian sprechen!» knarrte Grandmas unverwechselbare Stimme.

Nur wenige Augenblicke zuvor hatte ich mich noch auf einen gemütlichen Abend gefreut: mein bequemer Sessel, ein Glas Brandy, die Leselampe so eingestellt, daß blendfreies Lesen möglich war, ein Buch aufgeschlagen auf dem Schoß. Jetzt mußte ich alle Hoffnung fahrenlassen; die grantige Unterbrechung durch eine Frau, die mich von Anfang an nie gemocht hatte, war der entscheidende Tropfen gewesen.

«Haben Sie die richtige Nummer gewählt?» gab ich zurück. «Falls Sie die letzten Monate nicht mitbekommen haben sollten, Ihre Enkelin und ich sind nicht mehr unter demselben Anschluß zu erreichen. Versuchen Sie's mal im Frauenzentrum.»

«Sie ist nicht da?» Ein neuer Ton schwang in ihren Worten mit, eine Unsicherheit, die mich augenblicklich meine unfreundliche Reaktion bedauern ließ. Sie klang... Ich suchte nach dem richtigen Wort, dann kam es mir: besorgt.

«Ich habe lange keine Gelegenheit mehr gehabt, mit Vivian zu sprechen», sagte ich. «Was ist los? Geht es Ihnen nicht gut?»

Sie antwortete nicht auf meine Frage, sondern redete einfach weiter. «Nicht bei Hilda und Racine. Nicht im Institut. Nicht bei Ihnen», hakte sie eine Möglichkeit nach der anderen ab. «Wo dann?»

Ich warf einen Blick auf die Uhr von Urgroßvater Williams. Viertel nach zehn. Eigentlich kein Grund zur Beunruhigung, es sei denn, die vermißte Person hatte immer Bescheid gegeben, wenn es einmal später wurde. Es sei denn, die vermißte Person war hochschwanger.

«Vielleicht im Kino?» schlug ich vor, bemüht, meiner Stimme einen möglichst beruhigenden Klang zu verleihen.

«Sie geht nicht gern allein ins Kino», erwiderte Angeline geistesabwesend. Ihre Antworten verrieten mir, was ich insgeheim hören wollte: daß Vivian nach wie vor allein war.

«Was ist mit Nash?» erkundigte ich mich.

«Sie sollte ihn in der Stadt abholen. Schon vor Stunden.

Er hat zweimal angerufen, aber wo er jetzt ist, weiß ich auch nicht.»

Ich verstand ihre Besorgnis. Hanover, New Hampshire, war weiß Gott keine Großstadt, wo hinter jeder Straßenecke Gefahr lauerte, aber ein Junge wie Nash konnte überall in Schwierigkeiten geraten, und deshalb wurde er kurz gehalten.

«Sie darf nicht erfahren, daß ich angerufen habe», sagte Angeline und legte auf. Ich hielt den Hörer einen Moment in der Hand, ehe ich Racines Nummer eintippte.

«Was ist mit Vivian los?» fragte ich, als er sich meldete.

«Roger. Hast du sie gesehen? Habt ihr euch wieder gestritten?»

Hervorragend. Jetzt ging man also davon aus, daß auch Vivians Verschwinden auf mein Konto ging. Und was meinte er mit «wieder»? Nicht ein einziges Mal hatten wir die Stimmen erhoben.

«Ihre Großmutter hat mich angerufen. Das allein deutet schon auf einen Notfall hin.»

«Roger, was ist denn los? Ist sie bei dir? Wißt ihr denn nicht, daß sich andere um euch Sorgen machen?» Hilda hatte ihrem Mann den Hörer entrissen; sie war offensichtlich verärgert.

«Sie ist nicht bei ihm», mischte sich Racines ruhige Stimme aus dem Hintergrund ein. «Angeline hat ihn angerufen.»

«*Ihn* hat sie angerufen?» Hildas Stimme wurde lauter. «O mein Gott!»

«Vivian ist eine erwachsene Frau», sagte ich. «Es ist erst halb elf. Wir sind hier nicht in Istanbul.»

«*Istanbul*?» rief Hilda aus. «Was hat *Istanbul* damit zu tun?»

«Nichts», räumte ich ein. «Das war nur ein Witz.»

«Er macht Witze», meldete Hilda dem hinter ihr stehenden Racine, der nun wieder den Hörer übernahm.

«Das ist nicht witzig, Roger», meinte er.

«Das habe ich auch nicht behauptet», verteidigte ich mich. «Ich habe nur...»

«Sie könnte in die Wehen gekommen sein», fuhr er fort, «aber wir haben auf der Entbindungsstation angerufen, und da ist sie nicht.»

«Leg auf», verlangte Hilda. «Womöglich versucht sie gerade, bei uns anzurufen.»

«Gebt mir Bescheid», rief ich in die Sprechmuschel, doch bevor ich die Worte heraus hatte, war die Leitung bereits tot. Ich griff nach der Brandyflasche, hielt inne, überlegte es mir dann anders. In einer Krise sollte man kühlen Kopf bewahren, und plötzlich war ich mir sicher, daß Vivian oben war. Offenbar war sie die Person, deren Anwesenheit ich gespürt hatte, und ich ging hinüber zur Treppe, nahm immer zwei Stufen zugleich. Aber klar, natürlich. Nicht *ich* hatte die Schlafzimmertür offengelassen. Mein Puls begann zu rasen. Das sah ihr ähnlich, so eine Überraschung. Ich sah bereits ihren Gesichtsausdruck: halb beschämt, halb trotzig würde sie warten, wie ich reagierte. Und diesmal würde ich sie nicht enttäuschen.

«Vivian!» rief ich aus und betrat mein – unser – Schlafzimmer.

Es war leer, die Tagesdecke militärisch glatt und unberührt. Ich fühlte mich, als hätte mich jemand von hinten k. o. geschlagen. Dann ergriff die Angst Besitz von mir. Ich stellte mir vor, wie Vivian, allein im Wald, von wilden Tieren mit glühenden Augen beobachtet, ohne jede Hilfe unsere Tochter zur Welt brachte. Ich erwog, die Polizei zu alarmieren, doch dann dachte ich daran, wie ich dastehen würde, wenn Vivian einfach mit einer mir unbekannten Freundin eine gemütliche Tasse Kakao trank. Doch wie dem auch sei, ich konnte nicht einfach hier herumsitzen und gar nichts tun. Ich stellte die Aktenmappe auf den Boden, ging zu meiner Kommode und zog einen Pullover an. Dann, nach einem letzten Blick durchs Zimmer, beinahe als erwartete ich, daß Vivian sich im Wandschrank versteckt hatte oder, wie sie es so oft tat, am Fenster stand, rannte ich die Treppe hinunter und aus dem Haus.

Spät in mondlosen Nächten herrscht im Norden Neuenglands eine beinahe absolute Dunkelheit. Es gibt keine großen Städte, deren Widerschein den Himmel über den Hügeln am Horizont erhellt, und Hanover ist seinen Bewohnern so vertraut, daß die vereinzelten Straßenlaternen vor allem der Dekoration dienen. Es konnte jederzeit ganz plötzlich ein Student, der mit nächtlichen Gedanken befaßt oder noch mit einem eben gesehenen ausländischen Film beschäftigt den Rasen überquerte, in Armeslänge Abstand an mir vorbeikommen.

Die Luft war feucht heute nacht, ungewöhnlich drückend, gesättigt mit Nebel vom Fluß. Ich war stundenlang umhergeirrt, und die Main Street war menschenleer. Noch einmal näherte ich mich, aus einer anderen Richtung, dem Gebäudekomplex am Campus und war angenehm überrascht, als mir aus einem Wohnheimfenster Opernmusik entgegenwehte – *La Bohème*, zweiter Akt, registrierte ich sofort. Die Musik war beruhigend, ein willkommener Weggefährte, und meine Schritte wurden schneller, obwohl ich kein klares Ziel vor Augen hatte. Wegen der Abgeschlossenheit, in der wir gelebt hatten, kannte ich die öffentliche Vivian, ihre Lieblingsplätze nicht. Es wäre ein erstaunlicher Zufall gewesen, wenn ich ihr begegnet wäre, und dennoch konnte ich nicht einfach nach Hause zurückkehren. Ich hätte mir sonst Vorwürfe gemacht. Ich ließ mich von der romantischen Vorstellung leiten, daß ich, wenn Vivian mich brauchte, sie auch finden würde, und so blieb ich an jeder Ecke stehen, aufmerksam wie ein Wünschelrutengänger, der auf ein winziges Zucken in den Händen wartet.

Als das Zeichen schließlich kam, war es unmißverständlich. Links von mir knallte mit der Wucht einer Explosion eine Tür zu, und irgendwo vor mir durchbrachen eilig davonrennende Schritte den gleichmäßigen Rhythmus der

Nacht. In einem Zimmer im zweiten Stock ging Licht an, doch keine Verfolgungsjagd begann, und das Geräusch verstummte ebenso abrupt, wie es eingesetzt hatte. Doch es war noch jemand in unmittelbarer Nähe. Ein zwar unterdrücktes, aber nicht völlig zurückgehaltenes Keuchen rieb sich an der Stille. Ich bemühte mich, die Umrisse des Flüchtigen zu erkennen, doch ich sah nur die noch etwas schwärzeren Stämme der in regelmäßigen Abständen gepflanzten Bäume. Das einsame Licht war wieder ausgegangen, das Atmen wurde regelmäßiger, und schließlich verschwand es ebenfalls.

«Hallo», rief ich ins Leere. «Alles in Ordnung?»

Die Antwort war ein leises, aber so charakteristisches, so irritierend vertrautes Geräusch, daß es keinen Zweifel über seinen Ursprung gab: Ich kannte nur einen Menschen, der fähig war, spontan ein Schnauben auszustoßen, das zugleich Verachtung, schlechte Kinderstube und Sprachlosigkeit zum Ausdruck brachte. Es war eine unwillkürliche, aus einem dumpfen Urkern ans Licht gezerrte Reaktion, die als Barriere zwischen ihm und allem geistreich und kultiviert Scheinenden wirkte. Der dort, in Hörweite von mir, im Dunkeln lauerte, nichts Gutes im Schilde führend und nicht bereit, sich zu erkennen zu geben, war Nash.

Wie zwei beunruhigte Steppenbewohner blieben wir reglos stehen und fügten uns in unsere Umgebung ein. Doch wer war in diesem Abenteuer des wirklichen Lebens der Jäger, wer der Gejagte? Hatte er meine Stimme erkannt, oder richtete sich seine unartikulierte Feindseligkeit ungezielt gegen die ganze Menschheit?

Er scharrte mit dem Fuß – sicher um mich aus der Reserve zu locken. Diese Bewegung entsprach dem Versuch, einen Verfolger dadurch dazu zu bringen, seinen Standort zu verraten, daß man seinen Hut in die gegenüberliegende Ecke des Zimmers warf. Ich war nicht so leicht zu übertölpeln und bewegte mich nicht. Er machte einen plattfüßigen Schritt in seinen wie immer nicht zugeschnürten Schuhen, und als das gleichfalls keine Reaktion hervorrief, stieß er noch einmal, jetzt lauter, ein verächtliches Schnauben hervor, aus dem diesmal das Wort «Scheiße» herauszuhören war. Wider jede Logik – ein normal denkender Mensch hätte niemals angenommen, daß die Quelle meines «Hallo» sich in Luft aufgelöst hatte – glaubte der Junge, er hätte seinen Verfolger ausgetrickst, und empfand für diese anonyme Erscheinung – mich! – jetzt nur noch Verachtung.

Ich unterdrückte das Verlangen, ihm die Füße unter seiner Großspurigkeit wegzuziehen. «Du hast das Recht, keine Aussage zu machen», kam mir in den Sinn, doch ich beherrschte mich. Kluge Worte würden ihn allenfalls in die Enge treiben, die Synapsen in seinem Gehirn wahllos mit Reizen bombardieren und seine Reaktion noch unvorhersehbarer machen. Ich wartete ab, ob seine Wachsamkeit noch weiter nachlassen würde, und er enttäuschte mich nicht. Drei Bäume von mir entfernt flackerte ein Streichholz auf, und sein verschlagenes, unangenehmes Gesicht folgte einer Zigarette in dessen Schein. Er hätte, so wie ich ihn jetzt sah, ein Schützling des Diebes Fagin sein können, ja sein Erbe.

O ja. Und nicht etwa eine gewöhnliche Zigarette. Der süßliche Duft von Marihuana durchzog die feuchte Luft. Feierte er eine bereits begangene Missetat, oder machte er sich Mut für die nächste? Vivian, wo immer sie auch sein mochte, konnte nicht eingreifen, und so mußte ich als ihr Vertreter fungieren, als ihre Kamera. Ich schlug eine neue Seite in meinem geistigen Notizbuch auf und notierte pflichtbewußt die wachsende Zahl seiner Vergehen – sicher war Pot rauchen auch bei Jugendlichen strafbar. Wovon sprachen sie immer in Fernsehkrimis? Von einem Vorstrafenregister? Herumtreiberei, illegaler Drogenbesitz, Hausfriedensbruch, Aussageverweigerung. Ich hatte mehr als genug Gründe für eine Festnahme durch eine Zivilperson, und doch zögerte ich. Wenn ich Nash offiziell fand und in meinen Gewahrsam nahm, würde ich meine Aufmerksamkeit wieder Vivians unerklärlichem Verschwinden zuwenden müssen, und da hatte ich nicht die geringste Spur. Ich entschied, es sei besser abzuwarten, ihm weiter dicht auf den Fersen zu bleiben. Ich vertraute auf die angeborene Fähigkeit einer Mutter, ihr Junges zu finden, wenn es in Gefahr schwebt. Wenn Vivian dazu in der Lage war, würde sie Nash schließlich mit ihrem inneren Radar orten, so als verfüge er über einen genetischen Signalgeber, dessen Frequenz nur sie empfangen konnte. Ich würde sie finden, indem ich sie uns finden ließ.

Im gleichen Augenblick, in dem ich diesen Plan gefaßt hatte, verwarf ich ihn wieder. Warum war ich immer so passiv, besonders in unserer Beziehung? Vivian führte, ich folgte. Sie machte Vorschläge, ich widersprach oder stimmte widerwillig zu. Mehr und mehr behandelte ich Vivian, als ob sie allein einen Plan für unsere Zukunft besäße. Sie war die Indianersquaw Sacajawea, und ich war Lewis oder Clark, wurde von dieser Fremden durch unbekanntes Gebiet geführt, auf der Suche nach Gott weiß was. Sicher war ich mir dieses Verhaltensmusters bewußt, doch das schien mich auch nicht daraus zu befreien.

Ich stellte mir all die unangenehmen Fragen: Hatte ich einen Mutterkomplex? Ließ ich mich von Vivians Herkunft einschüchtern? War ich einfach von ihrer sexuellen Ausstrahlung hypnotisiert? Sicher all das, doch was noch? Hatte es mit meinem Alter zu tun? Ich hatte die Stromschnelle vierzigster Geburtstag so glatt hinter mich gebracht, daß mich alle fragten, wie ich das bewerkstelligt habe. Ich hatte ein Alter erreicht, das man als Mitte des Lebens bezeichnen konnte – statistisch gesehen, würde ich wohl kaum viel älter als neunzig werden –, doch mußte das zwangsweise mit einer Midlife-crisis verbunden sein?

Ich registrierte kein Abnehmen meiner körperlichen Leistungsfähigkeit, keine Verstärkung des Zugs der Schwerkraft an meinen Muskeln, und was die geistige Gesundheit anging, da lief ich auf Hochtouren. Ich wurde in meinem Beruf respektiert, wenn nicht sogar verehrt, und ich war mehr und mehr in die vorgegebenen Konturen meines Gesichts hineingewachsen. Mit deinem Knochenbau, Roger, hatte meine Mutter mir von frühester Kindheit an gesagt, wirst du immer besser aussehen, je älter du wirst. Daß ich Vivian so attraktiv erschien, hatte diese Vorhersage nur bestätigt.

Warum trat ich dann nicht entschiedener auf? Warum drückte ich mich hier im Dunkeln herum, anstatt Nash beim Schlafittchen zu packen? Hatte ich Angst, ihn zu kränken? Vivian zu verärgern, indem ich überstürzt beziehungsweise ohne Autorisierung handelte? Was für eine Rolle spielte ich letztendlich für ihn oder für sie? «Mutters Freund» – eine absurde Rolle für einen ordentlichen Professor, für einen Mann, dessen Lebenslauf acht bescheidene, einzeilig beschriebene Seiten füllte.

Und dann kam es mir, unbestreitbar, brennend und ausgesprochen prosaisch: Ich hatte zu lange außerhalb des wirklichen Lebens gelebt. Die Dynamik, die ich beobachtete, kritisierte und über die ich schrieb, gehörte der Vergangenheit an und war auf bedrucktem Papier fixiert. Meine Erfahrung bezog sich hauptsächlich auf die Form, nicht auf Inhalte. Ich handelte retrospektiv, ich reagierte, reflektierte, rekapitulierte, rekonstruierte, nahm nie Einfluß auf gegenwärtig ablaufende Entwicklungen. In der Gegenwart werkelte ich vor mich hin, unfähig, tätig zu werden, bevor etwas geschah. Vivian und ihr wildes Gefolge hielten mich an einer Leine, die so unnachgiebig zog, daß ich nicht Tritt fassen konnte.

Es war, dachte ich plötzlich, wie jung zu sein. Und jetzt hatte es vollständig von mir Besitz ergriffen, als würde ich von einer Naturkraft gezwungen, unabhängig davon, ob es mir gefiel oder nicht, ohne die Möglichkeit zu wählen oder abzulehnen. Und als Nash die letzte Glut wegschnippte und, ermutigt von Drogen und Arroganz, wieder zum Wohnheim hinüberging, das er doch erst vor kurzem fluchtartig verlassen hatte, blieb mir keine andere Wahl, als brav hinter ihm herzutrotten.

Es war merkwürdig, aber in all den Jahren am Dartmouth College hatte ich nie ein Studentenwohnheim betreten. Das Leben der Studenten war für mich ein fremdes Land, das ich zuletzt besucht hatte, als ich selbst noch Student in Chicago gewesen war. Das Wort Studentenwohnheim verband sich deshalb für mich mit einem nostalgischen Erinnerungsgemisch aus frustrierten, ins Kraut schießenden Hormonen, angehäuftem Krimskrams, durchgelegenen Matratzen, unsympathischen Mitbewohnern und einem permanenten Mangel an Privatleben. Und als ich zögernd die unversperrte hölzerne Eingangstür durchschritt, rief der schwache Geruch, der in der Luft hing – nach schmutziger Wäsche und Desinfektionsmittel –, einen Schwall Erinnerungen in mir wach. Die Würdelosigkeit der Gemeinschaftsduschen und Waschräume, die geräuschvollen Nachtsitzungen der Studenten, die erst am Tag vor dem Abgabetermin an einem Referat zu arbeiten begannen, das laute Summen fremder Radiowecker. Jeder meiner Schritte führte mich weiter zurück in einen Abschnitt meines Lebens, in dem es nicht viele Höhepunkte gegeben hatte. Ich war ein ernsthafter Student gewesen, ein unentwegtes, gewissenhaftes, ängstliches Arbeitstier, das jedes Referat rechtzeitig ablieferte. In den ersten vier Jahren an der Universität war ich weder brillant noch beliebt gewesen, und meine guten Noten waren mir nicht in den Schoß gefallen, sondern hart erarbeitet. Erst im Graduiertenstudium begann ich, gefördert von einem anspruchsvollen Professor, der sich von meiner Arbeit etwas versprach, schließlich meinen intellektuellen Höhenflug.

Und so stieg ich mit dem Gefühl einer gewissen Entfremdung auf Nashs Spur die Treppe hinauf. Nachts um halb zwei war das Gebäude still, alles schlief, und so war es leicht, Nashs Schritte im Flur über mir zu verfolgen. Unmöglich war es jedoch festzustellen, was er dort wollte. Er ging ein paar Schritte, hielt an, zerriß irgend etwas aus Papier Gemachtes, dann das Ganze von vorn, ein ums andere Mal. Ich ließ den Abstand zwischen uns anwachsen, wartete, bis ich

Nash eine weitere Treppe hochgehen hörte, ehe ich den ersten spärlich erleuchteten Korridor, dem er einen Besuch abgestattet hatte, untersuchte. Auf den ersten Blick wirkte alles ganz normal – eine Reihe geschlossener Türen, eine wie die andere –, doch dann bemerkte ich etwas Ungewöhnliches. Über jedem Türknauf war in Augenhöhe ein von Hand beschriebener Zettel angeklebt. Mein erster Gedanke galt Luthers an die Tür der Schloßkirche zu Wittenberg genagelten fünfundneunzig Thesen, doch das war absurd. Ich trat zu dem ersten der Zettel, ging so nah heran, daß ich ihn lesen konnte, und mir stockte der Atem. Die Handschrift kam mir einen Sekundenbruchteil vor den Worten bekannt vor. Ich stand vor einem Blatt, das aus meinem Tagebuch herausgerissen worden war.

Ich riß es ab, drückte es an die Brust. Ich hatte nur wenige Worte gelesen: «...besitzt keinerlei Liebenswürdigkeit», doch ich erkannte voller Entsetzen den Kontext – Selbstmitleid. Meine Erniedrigung war umfassend, meine persönliche Schwäche zur Schau gestellt, und dann heulte in meinem Kopf eine Sirene los, und ich sah den langen breiten Gang hinab. Wie Reklameplakate an einer Landstraße hing da in regelmäßigen Abständen ein solch gräßliches Blatt nach dem anderen und wartete auf das Tageslicht. Ich kannte ihren Inhalt: Tagebucheinträge und Gedankenschnipsel aus meinem Poem, gelegentliche Inspirationen, *pensées* und abgeschriebene Aphorismen, Telefonnummern und Einkaufslisten. Und langatmige Spekulationen über meine ungeborene Tochter. Mein Tagebuch war das zu Papier gebrachte Chaos in meinem Gehirn, unbedacht, aufgeblasen, grausam und kleinlich und – und das war das Schlimmste – voll von offensichtlichem Liebesschmerz.

Langsam zuerst, dann rastlos und manisch, rannte ich im Zickzack von Tür zu Tür. Ich riß meine Worte ab, stopfte sie in die Tasche, zerknüllte damit die Tage, die ich erst dann erneut hatte durchleben wollen, wenn die Glut der Ereignisse durch die verstrichenen Jahre, wenn nicht Jahrzehnte abgekühlt worden war. Über mir hörte ich, wie eine Tür geschlossen wurde, wie Nashs Füße eine dritte Treppe hinaufstiegen. Jetzt konnte ich entweder ihn fangen und meine Tagebuchseiten der Entdeckung durch einen Fremden preisgeben oder sie einsammeln und ihn entkommen lassen.

Mir blieb keine Wahl. Meine Geheimnisse, so klein und lächerlich sie jedem anderen erscheinen mochten – vielleicht auch gerade, *weil* es so war –, hatten Vorrang vor der Gerechtigkeit. Das Tagebuch, das er aus meiner Schreibtischschublade gestohlen hatte – der aktuelle Band, den ich als einzigen nicht in meinem Stahlschrank verwahrte –, umfaßte zweihundertachtunddreißig Tage, das ganze Jahr seit Januar. Ich mußte vier große, schlafende Gebäude durchwandern, um sie alle wieder einzusammeln. Beim Verlassen des letzten stieß ich auf die verstümmelten Überreste meines in Leder gebundenen Tagebuchbandes 1990. Der unbeschriebene Herbst war unangetastet, war noch vollständig, seine Hoffnungen und weiteren Enttäuschungen erst noch in Erfahrung zu bringen.

Als ich dann endlich zu Hause war, zog ich die Schreibtischschublade heraus, als wolle ich mir bestätigen, was ich bereits wußte. Mein Tagebuch war das einzige, was fehlte, und ich erkannte voll Bitterkeit, daß ich Nash in jeder Hinsicht zu wenig zugetraut hatte. Er war zugleich durchtriebener und klüger, als ich gedacht hatte. Irgendwie hatte er aus unseren wenigen, zähen Gesprächen auf meinen wunden Punkt geschlossen und systematisch darauf herumgetrampelt. War es Rache? Vergeltung? Bedauern? War es Gekränktsein oder Grausamkeit, was ihn dazu veranlaßt hatte? Oder war es einfach wichtig für ihn, dem Baby seiner Mutter meinen Namen zuzuordnen?

Es drängte mich, meine geschändeten Seiten zu zerfetzen, sie im Kamin einzuäschern, doch mir war klar, ich würde kein Streichholz anzünden können. Welche Gefühle sie auch immer im Moment in mir hervorrufen mochten, sie waren doch die einzige Aufzeichnung über das Fortschreiten meines Lebens. Sie durften nicht verlorengehen, aber in der vorliegenden Form waren sie nicht zu retten. Kein noch so langes Glattstreichen und Pressen würde ihnen ihre Frische wiedergeben, keine noch so dicke Rolle Klebeband konnte sie wieder richtig aneinanderfügen. Geistesabwesend griff ich nach meinem Füllhalter, dem wertvollen Instrument, das ich immer voller Stolz benutzte, wenn ich etwas Wichtiges zu schreiben hatte, und legte ihn wieder zurück. Ich würde nicht Zeile für Zeile abschreiben, so sehr mich der Anblick auch beruhigen würde. Was einmal gefunden worden war, konnte wieder gefunden werden.

Mein Blick glitt über den Schreibtisch und hielt inne. Es gab eine Alternative, ein Mittel, das mir ermöglichte, alles zu bewahren, und das in tragbarer Form. Ich drückte auf den Einschaltknopf, und der Monitor meines Computers begann himmelblau zu leuchten. Ich eröffnete eine neue Datei und tippte, noch halb im Stehen, das erste Datum ein. Dann rekonstruierte ich mein Jahr, nicht ohne nach jeder Woche zu sichern. Als ich in der Gegenwart, beim 26. August angekommen war, hätte ich mit Fug und Recht einen neuen Eintrag beginnen können – der Tag war bereits so alt –, doch ich ließ es. Sollte ruhig eine Unterbrechung die Grenze markieren zwischen mir, wie ich war, und mir, wie ich sein würde. Ich holte die Diskette aus dem Laufwerk und steckte sie in die Brusttasche.

Endlich dieses Zwanges entledigt, blickte ich im Zimmer umher. Das rubinrote Auge meines Anrufbeantworters blinzelte. Wie konnte mir das so lange entgehen? Die zwei Mitteilungen ergaben eine vollständige Geschichte. Der erste Anruf war von Hilda.

«Roger, wenn du zu Hause bist, heb bitte ab», wies sie mich an und wartete darauf, daß ich gehorchte. Als ich nicht abhob, wurde sie ärgerlich. «Wo bist du denn?» wollte sie wissen. «Vivian ist immer noch nicht aufgetaucht, und Nash auch nicht. Angeline ist verzweifelt, auch wenn sie gar nicht so wirkt. Sie ist zu ruhig, allzu gelassen. Ruf mich zurück. *Was machst du bloß?*»

Es folgte ein Piepsen, eine Pause und dann der zweite Anruf, der ebenfalls gekommen sein mußte, als ich noch auf meinem Rundgang über den Campus war.

«Roger, ich bin's, Racine. Noch immer kein Lebenszeichen von Vivian. Ist bei dir alles in Ordnung? Roger? Wenn es dir lieber ist, komm rüber und warte zusammen mit uns. Zum Schlafen werden wir eh nicht mehr kommen.»

Sonst war nichts mehr auf dem Band, doch das Gerät lief weiter, auch wenn es jetzt keine Botschaft mehr mitzuteilen hatte außer dem flüsternden Knirschen seiner Mechanik. Ich ließ es sich weiterdrehen und knipste die Schreibtischlampe aus. Das Band würde sich weiter aufspulen, bis kein Platz mehr war für Mitteilungen, und dann würde es alle Anrufe beim vierten Klingeln mit einem langgezogenen Klagelaut beantworten, der für keinerlei Hoffnung Raum ließ. Falls Vivian versuchte, mich anzurufen – und wer konnte schon sicher sein, daß sie das nicht tun würde? –, blieb ihr nichts anderes übrig, als es mit der nächstbesten Nummer zu versuchen, der Privatnummer der Seelbinders, und da würde ich sitzen und warten.

Hilda fiel die Kinnlade herab, als sie sah, daß ich es war. Sie trug einen blaukarierten Flanellmorgenrock und hatte ihr blondes Haar nach dem Duschen ungekämmt trocknen lassen. Sie wirkte jünger, weniger imposant als sonst.

«Racine hat mich angerufen», versuchte ich zu erklären.

Sie nickte, trat zur Seite, blickte dann, nachdem ich eingetreten war, einen Augenblick hinaus in die Nacht, als erwarte sie, dort, im Gebüsch versteckt, Vivian und Nash zu sehen.

«Nichts?» fragte ich.

Sie schüttelte den Kopf. «Racine ist in der Küche, er backt irgendwas. Ist Therapie für ihn, meint er. Ich nehm meine Angst pur.»

Ich schnupperte, sah sie dann ratlos an.

«Richtig», meinte sie und nickte. «Irgendwas mit Erdnußbutter aus einem westafrikanischen Kochbuch, Kuchen à la Kano. Jetzt sind zwar alle unsere Töpfe schmutzig, aber so bleibt er bei klarem Verstand. Geh zu ihm, Händchen halten.»

Racine schaute gerade in das Sichtfenster des Backofens, ob der Teig richtig aufging. Die Spüle war mit Schüsseln vollgestapelt, und den Boden vor der Arbeitsfläche bedeckte eine dünne Schicht gesiebtes Mehl.

«Riecht gut», sagte ich von der Tür aus.

«Das will ich ihm auch geraten haben. Du wirst nicht glauben, was in dem Rezept stand. Jasmin. Zitronengras. Koriander.»

«Erdnußbutter.»

«Eigentlich nicht, aber das kam der Sache am nächsten. Ich hoffe, sie schmeckt nicht zu stark vor. Was meinst du?» Er schien zu überlegen, dann fragte er: «Und wo bist du gewesen? Sie suchen?»

«Auf dem Campus.» Ich zögerte, wollte nicht erzählen, daß ich Nash begegnet war. Die Erinnerung war zu frisch und zu schmerzlich.

Die Zeituhr am Herd klingelte, und Racine nahm einen Topflappen und drehte vorsichtig die Backform; dann drückte er die Backofentür zu. «Wie machen die das bloß in ihren Lehmöfen?» fragte er sich laut. «Und wenn wilde Tiere in der Nähe sind? Der Teig verträgt keine Erschütterung, steht ausdrücklich im Rezept.»

Hilda kam zu uns und setzte sich an den Tisch. «Ich hab bei der Campus-Polizei angerufen», erklärte sie, «aber es war niemand da. Sie werden zurückrufen.» Sie zwickte sich in den Nasenrücken, kniff die Augen zusammen und atmete aus.

Racine zog sich einen Stuhl heran, und wir saßen alle drei schweigend da, jeder in Gesellschaft seiner eigenen Gedanken, und starrten auf die Backofentür wie auf einen Fernseher. Wir warteten auf ein Signal, einen Stoß, der uns über diese nächtliche Flaute hinweg in die Geschäftigkeit eines neuen Tages befördern würde. Dann war der Kuchen fertig und wurde zum Abkühlen auf ein Gitter gelegt. Schließlich schnitt Racine, nachdem er ihn mit dem Finger abgetastet hatte, drei Stücke ab, legte sie auf Teller und kramte in einer Schublade nach Kuchengabeln und Servietten. Der erste Bissen war ein Schock – ein exotischer und köstlicher Geschmack, eine üppige Mischung ungewöhnlicher Aromen.

«Zuviel Erdnußbutter?» erkundigte sich Racine. Er wollte Komplimente hören.

«Phantastisch, mein Schatz.» Hilda bemühte sich, die Stimmung zu lockern. «Du bist unser Dschungel-TV-Koch, der James Beard von Bamako, der Escoffier von Kumasi.»

Ich erhob die Gabel zu einem Toast auf den Küchenchef, der sich mit einer Verbeugung revanchierte. Wir nahmen alle noch ein zweites Stück. Die Morgendämmerung war nicht mehr weit.

«Roger, du bist ganz grau im Gesicht. Und Racine, du siehst auch übel aus. Wir müssen uns nicht alle drei völlig verausgaben. Frauen sind stärkere Naturen. Wir haben mehr Ausdauer. Legt ihr beide euch mal ein bißchen hin – du drunten im Gästezimmer auf dem Futon, Roger. Ich mache hier Ordnung und schlage Alarm, falls sich irgendwas tut.» Sie streckte den Arm aus, die Handfläche nach vorn gerichtet, um eventuellen Widerspruch zum Verstummen zu bringen. Ihr Entschluß stand fest, und ich war zu müde, um mit ihr zu streiten. Ich hielt mich, als ich langsam hinabging, am Treppengeländer fest, geriet trotzdem ins Stolpern, fing mich wieder, stolperte noch einmal – wie ein Modell für ein Braque-Gemälde. Auf dem mit braunem Kord bezogenen Futon lagen ganze Stapel von Büchern. Ich packte sie auf den Boden und ließ mich bäuchlings auf die Kissen fallen. Ihre Umarmung war wohliger als die des weichsten Bettes, bot mir genau die Zuflucht vor der Angst um Vivian und dem Gedanken an den feindselig und außerhalb meiner Reichweite im Dunkel umherstreifenden Nash, die ich brauchte.

5

VIVIAN

*E*s war noch so früh, daß kaum einer der Bibliotheksangestellten bereits arbeitete, deshalb endete die lange
Nacht schließlich auch nicht mit einem dramatischen Höhepunkt. Als ich aufwachte, hatten die Hausmeister bereits die
Türen aufgeschlossen und mit Gummikeilen am Zufallen gehindert. Ich packte einfach meine Bücher zusammen, faltete
die Decke und verzog mich, indem ich durch die Türen im
vierten Stock ging, wie schon tausendmal zuvor, und keine
Menschenseele traf.

Ich trat hinaus in einen feuchten, klaren Morgen, in eine
Luft, die beinahe wie Nahrung war, reich an Feuchtigkeit
und Sauerstoff, und ging die drei Blocks zu dem Parkplatz
hinter dem Krankenhaus, wo ich meinen Wagen geparkt
hatte. Ich fühlte mich wie neugeboren, war entschlossen,
Nash zu suchen und nach Hause zu bringen.

Ich warf alles, was ich aus der Bibliothek mitgenommen
hatte, auf den Rücksitz des Subaru und wurde mir des nicht
sehr wichtigen, aber peinlichen Umstands bewußt, daß ich
aus Versehen auch die Cobb-Mappe mitgenommen hatte.
Entweder war die Alarmanlage um diese Zeit noch nicht eingeschaltet, oder die Dokumente waren dem Infrarot-Mar-
kiersystem der Bibliothek entwischt. Ich sagte mir, daß ich
das ganze Zeugs irgendwann wieder zurückbringen würde,
aber nicht jetzt.

Ich mußte den Sicherheitsgurt ganz herausziehen, damit er um mich herumreichte – kein Spielraum mehr. Ich fuhr direkt zum Haus von Hilda und Racine am Rande eines ruhigen Viertels von Hanover. Sie lebten in einem dieser typischen, etwas spießigen Bungalows aus den vierziger Jahren, in denen der amerikanische Drang zum gesunden Leben urwüchsiger und exzentrischer zum Ausdruck kommt als in den Ranchhäusern der fünfziger. Die Erkerfenster der Kinderzimmer im zweiten Stock waren perfekte Nischen zum Lesen und Aufhängen von Modellflugzeugen. Natürlich saßen Hildas und Racines Sprößlinge, diese Bilderbuchkinder, auch tatsächlich oft darin und lasen stapelweise Bücher. Ihre Vorzeigbarkeit war ein Affront, eine entmutigende Erinnerung an das, was Nash nicht war.

Sie waren bereits auf und schaufelten sich eine gesund aussehende Pampe hinein, als ich an die Hintertür klopfte. Mark, Hildas Sohn aus erster Ehe, der gerade sein erstes Studienjahr in Georgetown mit Glanz und Gloria hinter sich gebracht hatte, ließ mich hinein; sein Gesicht glühte.

«Mom», rief er nach hinten, «da ist sie!»

Er legte den Arm um mich und tätschelte das Baby in meinem Bauch. Solche Kinder gibt es eben, dachte ich bei mir, Kinder, die nicht ständig im Mittelpunkt stehen müssen. Ich versuchte, das weder ihm noch seinen Eltern vorzuwerfen.

«Wo ist Nash?» fragte ich in der Hoffnung, ihn durch meine Willenskraft hierhergelotst zu haben.

«Was meinst du damit? Wo warst *du* denn?»

Die Erschöpfung machte mich benommen.

Hilda stolperte in einem karierten Morgenrock in die Küche, ihre scharfen, fuchsähnlichen Gesichtszüge waren verquollen, und sie sah unwirsch drein. Wie ich war sie keine Frühaufsteherin, und dafür war ich ihr heute besonders dankbar. Sie legte die Hände auf meine Schultern, und ihr Griff war nicht sanft.

«Du hast uns zu Tode erschreckt. Ruf sofort Angeline an, und dann sind wohl einige Erklärungen fällig.»

Sie reichte mir das Telefon und deutete auf die Kaffeekanne auf dem Tisch. Dann schlurfte sie so unvermittelt wieder aus dem Zimmer, daß es schon beinahe unhöflich war. Ihre Bewegungen verrieten ein verhaltenes Zögern, etwas, das sie zurückhielt, ganz abgesehen von ihrem offensichtlichen Ärger. Normalerweise war sie stets gastfreundlich, auch unter Stress. Jedenfalls setzte ich mich Mark gegenüber an den Tisch. Rachel schüttete mir Cornflakes in eine Schale und schob mir die Milch zu.

Grandma antwortete nach dem ersten Klingeln.

«Sag nichts», sagte ich. «Ich war die ganze Nacht in der Bibliothek eingeschlossen.»

«Mit wem?»

«Bruce Springsteen.»

Das brachte sie einen Augenblick aus dem Konzept, doch jetzt war sie sicher froh, daß ihr Rosenkranz zumindest die befürchtete Wiedervereinigung mit Roger erfolgreich abgewendet hatte.

«Ist Nash heimgekommen?»

«Ist er denn nicht bei dir? Hast du ihn verloren?»

«Vielleicht hast du die Tür zugesperrt, und er wollte dich nicht aufwecken. Vielleicht ist er durchs Fenster eingestiegen. Sieh mal in seinem Zimmer nach. Ich warte solange.»

Sie legte den Hörer hin. Als sie wieder zurückkam, hatte ich eine halbe Tüte Orangensaft hinuntergestürzt.

«Nein.»

Ich schloß die Augen. Ein geballtes rotes Nichts trommelte hinter meinen Lidern. Meine Sorge um Nash, eine stumpfe schwarze Keule, schwebte über mir und drohte mich jeden Moment niederzustrecken. Ich spürte den Luftzug, als sie an meiner Wange vorbeisauste. In den letzten zwei Jahren hatte ich gelernt, aufzupassen und ihr auszuweichen.

«Na gut», sagte ich, «dann ist er wohl zu einem Freund gegangen.»

«Oder von einem Verrückten gekidnappt worden», sagte Grandma mit bebender, vorwurfsvoller Stimme.

«Kommt aufs gleiche raus.» Ein paar Freunde von Nash waren kürzlich wegen Vergehen von der Schule verwiesen worden, die nicht in der Zeitung erwähnt werden durften, weil sie noch minderjährig waren.

«Kein Grund zur Panik», beruhigte ich Grandma und versuchte, meinen Worten zu glauben.

Hilda kam herunter, in Wollhosen und einem grellgelben Pullover, der an jeder anderen Person fürchterlich ausgesehen hätte, doch er betonte das kräftige Grün ihrer Augen. Nachdem sie Rachel, die babysitten mußte, zur Tür hinausbugsiert hatte und ihr Mark mit dem Versprechen gefolgt war, vor dem Fußballspiel überall dort nachzusehen, wo sich die Sommerschüler normalerweise herumtrieben, richtete Hilda ihre Scheinwerfer auf mich. Doch sie sagte kein Wort.

«Was ist denn eigentlich los?» wollte ich wissen. «Ich war neun Stunden in der Bibliothek eingesperrt, wo ich in die Wehen hätte kommen können, verdammt noch mal. Und dann das mit Nash. Er war die ganze Nacht weg, vielleicht auf einer Fete, vielleicht bewußtlos im Straßengraben, vielleicht total bekifft in einem Partykeller. Und du stehst bloß da und starrst mich an.»

Hildas Gesichtsausdruck verriet Unsicherheit. Sie wandte sich ab.

Ihre Befangenheit machte mich nervös. «Es geht doch um Nash, oder?»

«Im Vergleich zu Nash ist es gar nichts. Vergiß es.» Ihr Mund verzog sich voller Schuldbewußtsein.

«Was?» Ich erhob die Stimme.

«Also gut. Roger ist hier, er schläft unten. Er hat dich gesucht, ist durch die ganze Stadt gelaufen. Ich hab ihm gesagt, er soll herkommen.»

Das Bild von Rogers freundlichem Gesicht stieg in mir auf und erwischte mich unvorbereitet.

«Na und?»

Hilda rührte Zucker und Milch in ihren Kaffee. Sie gehörte zu denen, die rot werden, wenn jemand wütend ist, und die harsche Worte tunlichst vermeiden. Sie war, und das zeichnete sie aus, ein ausgesprochen toleranter Mensch.

«Was denn, bist du etwa von der Heilsarmee?» sagte ich. «Das Arschloch hat mich verlassen.»

Sie sah mich an, fest und sehr ernst, denn sie wußte es besser. «Dein Kind regt sich mit auf.»

Es gab zu viele Probleme an diesem Morgen. Rogers Besorgnis war im Moment das letzte, worüber ich mir Gedanken machen wollte.

«Ich ruf jetzt in der Schule an und geh dann.»

Hilda umschloß die leere Kaffeetasse mit beiden Händen und senkte den Kopf. Durch ihr feines blondes Haar zog sich eine harte graue Strähne. Dieser Anblick rührte mich, brachte mich wieder ein wenig ins Gleichgewicht.

«Es ist nicht deine Schuld.» Der Biß war weg, meine Worte flach. Roger war schon vor mir mit den beiden befreundet gewesen. Sie hatten sich strikt geweigert, sich in unsere Trennung hineinziehen zu lassen, hatten weder Stellung bezogen noch versucht, Vermittler zu spielen.

«Ich glaub, ich hab 'ne Hormonattacke», fuhr ich fort und durchwühlte meine Tasche nach einem Taschentuch. «Ich muß mich erst wieder fangen, ehe ich den Direktor erschrecke.»

Hilda griff hinter sich, nahm eine Rolle Küchentücher und stellte sie auf den Tisch. Ich las die Aufschrift.

«Supersaugfähig. Meine Güte, das kann ich brauchen.» Ich fing an zu lachen, und das war meine Rettung, denn im nächsten Moment öffnete der Vater meines Kindes die Kellertür und rubbelte sich mit einem Handtuch die Haare trocken. Er sah so ruhig aus, so frisch und proper, daß meine Stimmung sofort in heftigen Ärger umschlug, der mir die Sprache raubte. Doch ihm ging es genauso. Wenn ich eine Bestätigung für meinen beeindruckenden Leibesumfang gebraucht hätte – was nicht der Fall war –, so lieferte mir die sein Gesicht. Ihm fiel buchstäblich die Kinnlade herab. Seine blauen Augen wurden ausdruckslos, und die

Hand krampfte sich um das Handtuch. Wir hatten es monatelang geschafft, einander aus dem Weg zu gehen, und zuletzt hatte er mich mit graziösen 55 Kilo gesehen, als ich die Reste des Abschiedsessens wegräumte, zu dem ich ihn eingeladen hatte.

Dieses Essen hatte, wie all die anderen, die ihm gefolgt waren, an meinen Hüften aufgetragen, und jetzt saß ich da, fast zwanzig Kilo schwerer, genau die Comicfigur, die ich in seinen vorausschauenden Augen gesehen hatte, als ich ihm mitteilte, daß ich schwanger sei.

Dann holte die Keule wieder aus, und diesmal traf sie.

«Ich geh dann los.» Meine Stimme war auf so kaltblütige Weise freundlich, daß Hilda sich mit ihrer Kaffeetasse ins sichere Schlafzimmer zurückzog. Ich stellte sie mir an diesem gemütlichen Ort vor, der mit gerahmten Postern und teuren Kissen dekoriert war. Sie würde Racine wecken, und gemeinsam würden sie den Sturm unter sich toben und wüten lassen.

Sie waren in Sicherheit.

Das Telefon klingelte.

Roger stand da, legte sich das Handtuch um die Schultern und steckte das Hemd in die Hose. Er machte sich immer ordentlich zurecht, wenn er sich auf eine Auseinandersetzung vorbereitete, fuhr sich durchs Haar oder entfernte unsichtbare Fusseln. Am besten konnte man ihn dann überrumpeln, wenn sein Äußeres noch zu wünschen übrig ließ. Einmal gestand er mir, er müsse sich, um schreiben zu können, erst vollständig ankleiden, von der Unterwäsche bis zu den Manschetten. Jetzt bekam er Gelegenheit, sich zu sammeln, und das war nicht fair. Hilda rief von oben, der Anruf sei für mich. An ihrem Ton hörte ich, daß es Nash war. Ich holte tief Luft und nahm den Hörer ab.

«Wo bist du?» Die erste Elternfrage, nach der dann die ganze Situation eingeschätzt wird.

«Schule.»

Ich stieß die Luft aus.

An seinem Ende herrschte langes Schweigen, dann folgte ein nonchalantes, nahezu selbstgefälliges: «Ich hab schließlich Unterricht.»

«Ich weiß.»

«Dann mach ich mich besser auf.»

«Nash, wo bist du gewesen?»

«Bei einem Freund.»

«Bei wem?»

«Du kennst ihn nicht.»

«Wie heißt er?»

«Was soll das, willst du seine Mutter anrufen? Wo warst *du* überhaupt?»

Ich legte auf. Und obwohl Roger kein Wort gesagt hatte, war jetzt alles anders. Während des Gesprächs mit Nash hatte ich meinen Vorteil eingebüßt.

«Was hat er gesagt?»

«Das übliche Drumrum.»

Roger sah erleichtert aus, doch dabei konnte er es nicht bewenden lassen. Mit wehmütiger Stimme fragte er, wie es mir gehe.

Ich gab keine Antwort.

«Wie *geht* es dir?» beharrte er, als habe er ein Recht, es zu erfahren.

Ich sah ihn fest an. Er war nach wie vor vielversprechendes genetisches Material. Sein glattes Gesicht war vollkommen ebenmäßig, doch das erschreckend gleichmäßige Lächeln war, wie ich plötzlich vermutete, das Ergebnis einer teuren kieferorthopädischen Behandlung. Ich würde weiter arbeiten gehen müssen, um die Zahnspangen unseres gemeinsamen Kindes bezahlen zu können.

«Wie heißt dein Zahnarzt?» wollte ich wissen.

Roger sah mich mißtrauisch an und schluckte heftig.

«Bitte», sagte er. «Du hast alle meine Briefe zurückgeschickt. Du bist auf die andere Straßenseite gegangen, um mir auszuweichen. Jetzt mußt du doch mittlerweile wissen, daß ich...»

«Daß du was? Mich geheiratet hättest? Wir sind keine Teenager mehr, und außerdem habe ich keinen Vater, der dir die Pistole auf die Brust setzen könnte.»

Die Kaffeemaschine klickte und zischte, als sie einen neuen Schwall ausspuckte. Ein Vogel hüpfte ans Vogelhäuschen vorm Fenster und biß einen Sonnenblumenkern auf.

«Hast du gut geschlafen?» Geräuschvoll betrat Hilda die Küche und wandte sich an Roger, als sei nichts geschehen. Sie war wieder in die Rolle der perfekten Gastgeberin geschlüpft. Sie zog sich ihre Jacke an. «Vivian jedenfalls nicht. Sie war in der Bibliothek eingeschlossen – stell dir das mal vor! –, wo doch im Moment jede Aufregung Gift für sie ist. Ich fahr sie jetzt nach Hause.»

Ihre Windjacke hatte große, aufgesetzte Taschen. Sie hatte ihre Bücher gepackt und hielt die Schlüssel in der Hand.

«Ich könnte sie hinbringen», bot Roger an. «Ich würde es gern tun», sagte er in vertraulichem Tonfall zu mir. «Du solltest nicht...»

«*In diesem Zustand* fahren?» beendete ich seinen Satz und hörte in meiner Stimme eine unbezähmbare Wut aufsteigen. Ich war fest entschlossen, ruhig zu bleiben. «Ich kann allein fahren, und ich werde es auch tun, laßt euch das alle beide gesagt sein.»

Sie standen da wie die Ölgötzen, als ich mich erhob – und größer wurde, immer größer und größer, wie mir schien. Ich öffnete die Tür, drehte mich um und zwang mir ein Lächeln auf die Lippen.

«Übertreib's nicht», sagte Hilda.

«Ganz bestimmt nicht.»

Ich winkte und ging vorsichtig die Treppe hinunter, und erst als ich sicher hinter dem Steuer saß und der Motor lief, ließ ich mich gehen. Ich wußte, daß ich nicht weinen sollte, es tat meiner Haut nicht gut, ich würde nur Kopfschmerzen bekommen, mein Kind würde die Sorgen irgendwie spüren, und nützen würde es ohnehin nichts. Ich legte den Rückwärtsgang ein, fuhr aus der Auffahrt und steuerte geradewegs auf Dunkin' Donuts zu. Bayerische Schlagsahne. Ein Schlag in den Magen.

Die nächtlichen Wehen hatten längst aufgehört, und als ich zu Hause ankam, war ich überzeugt, daß überhaupt nur die Aufregung sie ausgelöst hatten. Ich war erst in zehn Tagen fällig und mußte noch die letzte Unterrichtsstunde für dieses Semester abhalten, oder besser gesagt, die Gastgeberin spielen, denn ich hatte die Studenten zu mir nach Hause eingeladen.

Mein Zuhause ist meine Zufluchtsstätte, und ich sehnte mich nach der Stille, die dort herrschte. Es ist ein altes Haus, weiß gestrichen, mit einem Blechdach und schiefhängenden schwarzen Fensterläden, die mit ausgeschnittenen, silbernen Monden verziert sind. Ich ging in den Garten. Grandma stand vor der Haustür und goß die wuchernden Zaunglokken, die sie über die Tür ranken ließ. Mit neunundsiebzig war sie noch immer eine eifrige Gärtnerin, die allein durch die unwiderstehliche Kraft ihrer Erwartung die Pflanzen aus der Erde schießen ließ. Jetzt stand sie da und wartete, eine kleine, feingliedrige Frau mit den perfekten Proportionen einer Puppe; in ihre weiche braune Haut hatten sich anmutige Fältchen gegraben, die strahlenförmig von den Augen- und Mundwinkeln ausgingen. Sobald sie sah, daß ich wohlauf war, grub sich ein Stirnrunzeln in ihr Gesicht, und die schwarzen Pupillen blitzten wie Bachkiesel. Ich war erleichtert, als sie die Gartenschere in ihre Tasche gleiten ließ. Sie legte den Kopf schief, um Ausgleich für die von ihr geheimgehaltene Taubheit ihres rechten Ohres zu schaffen. Wir tauschten unsere üblichen Höflichkeiten aus, wobei sie zunächst zwecks größerem Nachdruck Navajo sprach.

«Du hast es dir selbst zuzuschreiben, wenn du eine Fehlgeburt hast.»

«Dir auch einen wunderschönen guten Morgen.»

Dennoch war sie erleichtert, mich zu sehen. Das merkte ich daran, wie sie mir die Tasche aus der Hand riß und mich durch die Tür schob.

«Immer langsam voran!» Ich versuchte es mit einem kleinen Witz, doch meine Stimme ließ mich im Stich. Sie knallte den Teekessel auf den Herd.

«Nash ist in der Schule», sagte ich. «Ich hab schon gefrühstückt.»

«Ich hab den Zucker um deinen Mund schon gesehen. Das reine Gift.» Sie warf mir ein Geschirrtuch ins Gesicht, griff ein paarmal in ihre verschiedenen Teedosen und streute die Blätter mit der schwungvollen Handbewegung einer Zauberin auf das kochende Wasser. Sie setzte mir eine dampfende Tasse vor, und ich atmete widerwillig den Geruch ein. Es war das abscheuliche Gebräu, das ihrer Meinung nach den Uterus entspannt. Noch stundenlang danach würde ich den bitteren Geschmack im Mund haben, doch da ich in ihren Augen eine nachlässige Mutter war, mußte ich die Tasse wohl heben. Ihr Blick ließ mir keine andere Wahl, als zu trinken.

«Also, wenn Nash sich jetzt ein paar Tage lang am Riemen reißt, kann ich dieses Kind bekommen», meinte ich versöhnlich.

Grandma beäugte mich, erinnerte sich dann an ihre Brille und zog sie aus der Tasche. Durch die dicken Gläser wirkten ihre Augen riesig und fragend. Ich konnte ihrem Blick nicht ausweichen. Ich wußte, daß sie mich auf Anzeichen von Ermüdung inspizierte. Die waren natürlich da, unübersehbar – schwere Augenlider, zerknirschter Blick, zerzaustes Haar, das sich aus der Spange gelöst hatte.

«Heute abend kommen meine Studenten», rief ich ihr in Erinnerung. «Jeder soll mir ein dreißigseitiges Referat abliefern.»

Sie schwieg mißbilligend. Ihrer Auffassung nach tat ich zuviel. Zuviel von einigen Dingen und zuwenig von anderen, wie immer.

«Ich kann nicht mehr absagen.» Ich war in der Defensive. «Wir brauchen nicht zu kochen, sie bringen was zu essen mit. Weiß der Himmel, was sie anschleppen werden: einen Brokken Cheddar, ein paar Flaschen Cider und ein Paket Hafergebäck. Und wenn sich die vegetarische Gruppe ins Zeug legt, vielleicht sogar ein Ratatouille.»

Grandma schlug mit der Hand auf den Tisch.

«Und wann gedenkst du zu schlafen?» Immerhin hatte sie jetzt auf Englisch umgeschaltet.

Ich hievte mich vom Stuhl hoch, und wie eine Gefängniswärterin begleitete sie mich zur Treppe.

«Mach dir keine Sorgen», sagte ich und sah von halber Höhe auf sie hinunter. «Ein paar Stunden, und ich bin ein neuer Mensch.»

«Gut», sagte sie.

Das Seminar war lebhaft, eines der besten des ganzen Semesters, und wenn ich nicht so müde gewesen wäre, hätte es mir wirklich gut gefallen. Aber selbst nach dem Schläfchen war ich noch erledigt, und Nash war immer noch nicht zu Hause. Ich versuchte, mir keine Sorgen zu machen. Pünktlich um sieben ergoß sich ein fröhlicher Haufen Studenten aus drei Autos. Sie hatten das politisch korrekte Essen dabei, einschließlich Obst aus biologischem Anbau und einem selbstgebackenen Brot mit gemahlenen Nüssen. So heterogene Gruppen hatte ich immer in meinen Seminaren, einschließlich der paar skeptischen, scharfsinnigen Betriebswirtschaftler, die damit ihr Kontingent an Wahlpflichtfächern erfüllten. Ihre Beteiligung am Abendessen bestand aus sechs verschiedenen Kekssorten. Dann gab es die fünf oder sechs ernsten Studenten, die sich wirklich für präkolumbianische Zivilisationen interessierten, und schließlich noch die ein, zwei Fanatiker, die sich künftig der Sache der Indianer verschreiben würden.

Einer meiner Fanatiker dieses Seminars würde das nicht lange durchhalten – er war zu niedlich, trug sein Herz auf der Zunge, hatte das Engelsgesicht und die weißblonden Locken von Art Garfunkel und war felsenfest davon überzeugt, einmal an einer zeremoniellen Versammlung der Lakota-Indianer teilnehmen zu müssen. Stets trug er *Schwarzer Elch spricht* bei sich. Die Sioux würden ihn kalt zum Frühstück verspeisen. Dann war da noch Kate, ein nüchterner Rotschopf aus Tulsa, die ausschließlich Jura machen und sich auf wasser- und abbaurechtliche Fragen spezialisieren wollte. Sie bei der Stange zu halten hatte ich vor.

Am Tisch begann Kate sofort ein hitziges Gespräch mit Grandma, während sich die anderen aufs Essen konzentrierten. Schwarzer Elch sah angesichts des Fehlens traditioneller Kost traurig drein. Offenbar hatte er sich Wurzeln und Beeren erhofft.

Mein Kurs hatte einen Überblick über nordamerikanische Indianerstämme vor 1492 gegeben, doch in der letzten Unterrichtsstunde versuche ich immer, der Gruppe zu vermitteln, welche Auswirkungen der erste Kontakt mit der Alten Welt hatte. In Ermangelung einer Schriftsprache war es den nordamerikanischen Indianern nicht möglich gewesen, genaue Aufzeichnungen über ihre ersten Begegnungen mit Europäern anzufertigen, und deshalb mußte ich mich aufs Hörensagen verlassen und zwischen den Zeilen der oft pompösen und stupide selbstbeweihräuchernden englischen und spanischen Überlieferungen lesen. Einige meiner Hypothesen basierten auf simpler Logik: Wie dürften Leute, die bekanntlich mehrmals täglich badeten, wohl reagiert haben, wenn sie eines Tages plötzlich auf Tuchfühlung mit einem Menschenschlag kamen, der sich monate- und jahrelang nicht gewaschen hatte, ja nicht einmal an den Wert des Waschens *glaubte*? Europäische Chronisten gingen gemeinhin davon aus, daß die ersten Indianer, auf die sie stießen, aus reiner Ehrfurcht den Kopf senkten und das Gesicht mit den Händen bedeckten, doch ich tippte darauf, daß sie sich die Nase zuhielten.

Ich hatte noch einen Grund, erst jetzt mit meinen Studenten über diesen ersten Kontakt zu reden. Die letzten zehn Wochen hatte ich damit verbracht, die größten Hits des alten Amerika vorzustellen: geniale Tauschsysteme, differen-

zierte und komplizierte Religionen, blühende Landwirt-
schaft, politische Gleichstellung von Mann und Frau. Meine
Studenten waren ein dankbares Publikum, waren hingeris-
sen von der Ethnologie, beeindruckt von den traditionellen
Künsten und fasziniert vom Reichtum und der Schönheit, die
ich ihnen entdeckte. «Warum haben wir das nicht gewußt?»
hatten sie immer wieder gefragt. «Wohin ist das alles verschwunden?»

Jetzt mußte ich es ihnen sagen.

Nach dem Essen begann ich damit, Karikaturen zum
Thema «Die Entdeckung Amerikas» zu verteilen, die ich mir
aus verschiedenen Zeitungen und Zeitschriften zusammen-
gesucht hatte. Immer ist Kolumbus ein unschuldiger Naiv-
ling, der von ein paar versteckten, müden Indianern beobachtet wird. Christoph hat sich verirrt, ist verwirrt, auf dem
falschen Dampfer, und die Indianer sind die Cleveren, nicht
wie in den alten Geschichtsbüchern, wo sie sich überschla-
gen, um die Schiffe mit den wolkenähnlichen Segeln anzu-
beten.

«Haben Sie reserviert?» fragt ein hochnäsiger Eingebore-
ner den Entdecker auf dem ersten Bild.

«Für die Indianer war diese Begegnung eine andere Erfahrung als für die Europäer», sagte ich. «Hier gab es Hunderte
von Gesellschaftsformen, Millionen von Menschen, die die
Erfahrung gelehrt hatte, daß die Welt sehr unterschiedlich ist.
Man marschiert einen Tag lang in eine Richtung, und worauf
stößt man? Auf einen Stamm mit ganz neuen Göttern, auf
eine Sprache, die sich von der eigenen so sehr unterscheidet
wie das Tibetanische vom Holländischen – es gibt wenig,
was einem auch nur annähernd bekannt zu sein scheint. Die
einzige Gemeinsamkeit ist, daß beide einander ganz seltsam
vorkommen, und man sagt sich, na gut, jedem Tierchen sein
Pläsierchen, und läßt es dabei bewenden. Es gibt eh zu viele,
und jeder Stamm ist anders. Vergeßt das Aussenden von
Kulturbotschaftern, vergeßt die Prämisse, daß über grund-
sätzliche Dinge Einigkeit bestehen muß, abgesehen von der

eigenen Gruppe. Als die Indianer nun die Jungs aus Frankreich, Portugal oder Spanien kennenlernten, hieß es nur: ‹Na wunderbar, noch ein Haufen komischer Käuze in einer unbegreiflichen Welt. Nichts Aufregendes.›»

«Aber sie haben doch mit ihnen Handel getrieben», warf Kate ein. «Das Interesse war doch da.»

«Natürlich», sagte ich. «Die Europäer hatten tolle Sachen im Angebot. Wie lange brauchte ein Arawak-Indianer wohl, um aus einer Muschel einen Nagel herzustellen? Und wenn der dann kaputtging? Und erst Spiegel! Versucht ihr mal, die Haare ganz kompliziert zusammenzustecken, und das nur im Spiegelbild einer Wasserlache.»

«Sie meinen Technik», bemerkte einer der angehenden Wirtschaftswissenschaftler. «Die Erfindungen aus Europa waren sehr verlockend.»

«Das galt aber auch umgekehrt», konterte ich. «Die Indianer haben genausoviel gegeben wie bekommen, doch es wurde ihnen selten als Verdienst angerechnet. Was ist ein Hamburger ohne Pommes, also ohne *Kartoffeln*, und *Tomaten*ketchup?» Sein Gesichtsausdruck verriet, daß ich gerade sein Lieblingsgericht erwähnt hatte. Ich redete weiter.

«Ein Drittel der Medikamente, die wir heute benutzen, wurde hier entwickelt, und zwar lange vor dem fünfzehnten Jahrhundert. Ganz abgesehen vom parlamentarischen Regierungssystem der Irokesen oder der Gleichstellung von Mann und Frau.»

«Wenn die Indianer so schlau waren, warum sitzen wir dann nicht hier und sprechen ihre Sprache?» Der Wirtschaftsexperte, dem vorhin das Wasser im Mund zusammengelaufen war, steckte noch nicht auf. Wie gut, daß es auch phantasielose Menschen gab.

«Sprachen», korrigierte ich ihn. «Tausende davon, was ein gewisses Problem bei der internen Kommunikation darstellte, wenn man den einzelnen Stämmen vermitteln wollte, was los war. Aber das läßt sich im Grunde auf einige wenige Dinge reduzieren. Nummer eins: Die Europäer waren gut organisiert und selbstsicher. Nach Hunderten von Jahren kriegerischer Auseinandersetzungen hatten sie Waffensysteme entwickelt, die allem überlegen waren, was die Indianer hatten – deren ‹Armeen› selten aus mehr als ein paar hitzköpfigen Stammesgenossen bestanden. Dazu die Tatsache, daß die europäischen Mächte nicht nur den *Willen* zum Sieg hatten, sondern auch noch glaubten, das *Recht* sei auf ihrer Seite. Ein Gott, eine Familie, von der all ihre Sprachen abstammten, eine Schöpfungsgeschichte, ein Ziel: die Welt zu beherrschen. Man darf die Macht von Chuzpe und positivem Denken nicht unterschätzen. Sie glaubten felsenfest, daß die Welt ihr Sonntagsbraten war.»

Schwarzer Elch war todtraurig. Er in seinen Sandalen und seinem Nicaragua-T-Shirt hatte doch den Reizen der Alten Welt widerstanden, wieso waren die Indianer ihnen dann erlegen?

«Warum konnten sie sich nicht wehren?» fragte er bekümmert. «Warum haben sie ihr Land so widerstandslos aufgegeben?»

Es war Zeit, die eigentliche Bombe platzen zu lassen.

«Es war nicht die Kavallerie», sagte ich. «Es waren Bazillen. Der Angriff begann unsichtbar, rein zufällig, durch die Luft, wurde durch Berührung, Fliegen und Blut übertragen, durch ein Händeschütteln. Der erste Europäer, der in Nordamerika stand und hustete, hat indirekt wahrscheinlich mehr Indianer getötet, als George Armstrong Custer es sich in seinen feuchtesten Träumen vorstellen konnte. Schätzungen zufolge lebten 1491 mehr als hundert Millionen Menschen in der westlichen Hemisphäre, und fast alle starben sie an Sachen wie Pocken, Masern und anderen Infektionen, die aus Übersee importiert wurden. Sie wußten nicht, was sie sich da gefangen hatten. So etwas hatte es noch nie gegeben, keine Medizin half. Das Ende der Welt war nah. Ein paar Menschen hatten aufgrund eines genetischen Zufalls so etwas wie eine natürliche Immunität, und die wurden die Vorfahren der heutigen Indianer.»

Ich machte eine Pause.

Vielleicht war es die Schwangerschaft, die Masse meines Kindes, die gegen meine Lungen drückte, jedenfalls fühlte ich mich benommen. In der Stille, die nur durch das Atmen und Mitschreiben meiner Studenten unterbrochen wurde, hörte ich auf der Straße ein Auto anhalten und kurz darauf das dumpfe Geräusch einer zuschlagenden Tür. Dann fuhr das Auto wieder los. Das mußte Nash sein.

Meine Studenten beobachteten mich, hielten den Stift bereit, um abfragbare Fakten niederzuschreiben, und hatten die Augenbrauen konzentriert zusammengezogen, einige ernsthaft, andere aus Effekthascherei. Jeden Moment rechnete ich damit, daß Nash direkt hinter mir auftauchen und verwundert ins Fenster schielen würde, um zu sehen, was hier los war.

«Schließt die Augen», sagte ich, einer plötzlichen Eingebung folgend.

Ich sah mich einem Raum voller ruhiger, vertiefter Gesichter gegenüber. Am liebsten hätte ich mich jetzt durch die Tür davongestohlen, wäre nach oben gerannt und hätte mich unter der Bettdecke verkrochen.

«Jetzt versetzt euch in eine andere Zeit», sagte ich. «Ihr seid Teil einer Gesellschaft, zum Beispiel dort, wo ihr aufgewachsen seid, voller Menschen, die so sind wie die, die ihr dort gekannt habt. Menschen, die sich lieben. Verheiratete Paare, die sich mit ihren Verwandten streiten. Kinder, die sich nachts nach draußen stehlen, um Ausschau nach Sternschnuppen zu halten, so wie ihr es getan habt. Menschen, die sich wegen einer Beleidigung an ihren Nachbarn rächen wollen. Menschen, die sich vom nächsten Tag eine bessere Wiederholung des vergangenen erwarten. Dann, aus heiterem Himmel, werden sie furchtbar krank. Schorf am ganzen Körper. Hohes Fieber. Wahnsinn. Sie probieren jede Medizin, die sie kennen, Medizin, die immer geholfen hat, doch egal, was die Heilkundigen, denen sie vertrauen, auch versuchen, das Sterben nimmt kein Ende. Alte Menschen und

Kinder zuerst, dann auch die Starken. Fast alle sterben. Die, die nicht sofort sterben, sind so einsam, daß sie sich nach dem Tod sehnen.»

Die wohlbehüteten jungen Gesichter sahen traurig aus, verrieten Selbstmitleid. Ich hörte Nash näher kommen, hörte es im Gebüsch rascheln, als er versuchte, ins Haus zu spähen. Ich konnte sein Gehirn heißlaufen sehen, als er die Studenten beim Meditieren beobachtete. Die Zahnräder liefen jetzt bestimmt auf Hochtouren, während er nach einer plausiblen Erklärung suchte. Waren wir in seiner Abwesenheit zu Buddhisten geworden? Per Gedankenübertragung versuchte ich, ihn dazu zu bringen, daß er hereinkam, uns begrüßte und in sein Zimmer ging, ohne eine Szene zu machen.

Doch Eltern haben einen sechsten Sinn, weniger eine ersichtliche Verbindung, als vielmehr ein Gespür dafür, was ein Kind tun wird, und irgend etwas stimmte mit Nash nicht. Er stand einen Augenblick zu lang am Fenster und zögerte. Es war nicht nur dieses Zimmer voller Spinner – er mußte etwas verbergen und wußte im Moment nicht, wie. Ehe einer meiner Studenten blinzelte, redete ich weiter.

«Und wenn die ganze Medizin und Wissenschaft versagt, fangen die Menschen an, nach religiösen oder politischen Erklärungen zu suchen. Gott zürnt, das Schicksal ist grausam. Manche glauben, es sei das Werk von Feinden, von irgendwelchen Hexen. Packt sie, bevor sie uns packen. Doch wenn ihr eure Nachbarn angreift, wird die Krankheit nur weiter übertragen. Alles, was ihr versucht, macht es nur noch schlimmer.»

Nashs Füße kratzten an der Rinde des Baumes neben seinem Fenster, als er sich im Geäst hochzog. Ein Zweig brach ab, und mein Kind trat mich. Dann war er auf dem Vordach, und ich hörte schwere Fußtritte über meinem Kopf.

Ich hatte zu lange gelauscht, und die Studenten hatten die Augen wieder geöffnet. Ihre Gesichter waren nach oben gewandt, auch sie lauschten, und sie sahen mich erschrocken an, als Nash auf den Boden seines Zimmers fiel. Es krachte mehrmals, und ich stellte mir den Domino-Effekt vor, mit dem die Bücher, der Computer, seine Töpferscheibe, die Lampe und das Radio den jeweils nächsten Gegenstand umstürzen ließen.

Grandma stürmte aus der Küche an uns vorbei und die Treppe hinauf. Dann hämmerte sie gegen seine Tür. Meine Studenten hatten noch immer die Notizblöcke aufgeschlagen, und ich sah ihnen hilflos in die Augen.

Was mögen sie wohl denken, fragte ich mich, als ich die Stufen hinaufging. Schwarzer Elch dachte sicherlich an einen Wandschrank-Schamanen, einen indianischen Poltergeist. Wenn es nur das gewesen wäre – doch Mrs. Rochester kam der Sache schon näher: der Drogenteufel auf dem Speicher.

«Geht nach Hause», rief ich ihnen zu. «Das Semester ist vorbei. Die Referate sind am Montag fällig. Schöne Ferien.» Es hatte keinen Zweck, die Situation zu erklären. Hier saßen gesetzestreue Teenager, denen ihr Lebenslauf die Tür zum Dartmouth College geöffnet hatte. Motivierte, rechtschaffene Hausaufgabenmacher. Die Nachkommenschaft stolzer Eltern, die mich an mein eigenes Versagen erinnerten.

Grandma stand mit gesenktem Kopf vor Nashs verschlossener Tür.

«Er antwortet mir nicht», sagte sie kleinlaut.

Der Form halber bat ich ihn herauszukommen. Keine Antwort.

«Warte hier», sagte ich zu Grandma und ging ins Badezimmer, zu der Schublade mit dem Werkzeug. Wieder auf dem Flur, steckte ich den Schraubenzieher in die Türscharniere, hämmerte kurz, und das Metall gab sofort nach. Von drinnen kam kein Ton.

«Nash», warnte ich ihn, «geh von der Tür weg.»

Ich hob mit Grandmas Hilfe die Tür heraus, legte sie auf den Boden und betrat das Zimmer meines Sohnes. Er lag halb auf dem Bett.

«Nash?»

Er rührte sich nicht. Meine Stimme klang normal, doch ein ängstliches Zittern durchfuhr meine Arme und ballte sich in meinem Magen, hinter dem Baby. Dann öffnete Nash die Augen und starrte mich an.

«Oh, Scheiße, Mom.»

Meine Furcht verwandelte sich in Ärger, eine Woge von Erleichterung, vermischt mit Zorn, überkam mich so heftig, so mächtig, daß mir die Knie schlotterten und ich mich auf die Bettkante setzte. Nash lächelte verträumt und drehte sich von mir weg, verhedderte sich in den zerwühlten Decken. Er schlief sofort wieder ein, atmete in tiefem, gleichmäßigem Rhythmus. Ich packte ihn am Fußgelenk und zerrte fest an seinem Bein.

«Was ist los mit dir?!»

«Hä...?»

Ich zog seinen Fuß zu mir her und schüttelte ihn kräftig.

«Mom, hör auf.» Seine Augen waren noch immer geschlossen. «Was soll denn mit mir los sein, wenn ich schlafe?»

Ich ließ seinen Fuß fallen, stand auf und sah auf ihn hinab. Das lange Haar bedeckte die Wangen; er hatte einen Teil der Bettdecke über sich geworfen und dann ein Bein auf die Überdecke gelegt. Er schlief wie ein Kind, doch sein Körper war der eines Mannes, eines breitschultrigen, kräftigen Mannes.

«Er hat wohl irgendeine Droge genommen», sagte ich zu Grandma. «Völlig abwesend.»

Sein Puls war normal, der Atem regelmäßig, doch der Schlaf kam zu plötzlich und war zu tief. Grandma machte das Licht aus, und wir standen auf der herausgehebelten Tür, im Flur, und sahen in sein Zimmer. Für alles gibt es ein erstes Mal, eine Schwelle, die überschritten wird. Ein kühler Luftzug strömte durch das eingeschlagene Fenster herein. Nash verströmte den muffigen Geruch eines Tieres, den Geruch von Drogen und Dreck. Kaputte Gegenstände lagen auf dem Fußboden verstreut, darunter seine zerbrochene Kindheit. Seine Zukunft schwebte düster über uns, und ich war von

Gefühlen überwältigt, zu schwach, um die Tränen aufzuhalten.

«Wird schon wieder werden», sagte ich zu Grandma und faßte sie am Ellbogen. Sie legte mir die Hand auf den Arm und sagte ausnahmsweise einmal nichts.

Ich versuchte, den Vorfall einzuordnen. Selbst wenn Nash betrunken, bekifft, high gewesen war, so war dies das erste Mal, daß ich damit konfrontiert wurde. Ich sagte mir, diese Dinge geschehen eben, das ist ein Ritual des ausgehenden zwanzigsten Jahrhunderts. Doch um Mitternacht überlegte ich noch immer, ob ich zum mittlerweile zehntenmal nach ihm schauen, ihn aufwecken und anschreien oder einfach aufgeben und in mein Kissen weinen sollte. *Wie konnte er mir das nur antun, wie konnte er nur, gerade jetzt?* Ich war so überwältigt von der Wut auf seinen Egoismus, daß ich schließlich nur noch einen Ausweg sah, nämlich das Pfund Eiskrem, das unten in der Gefriertruhe lag. Ich überlegte allen Ernstes, was ich tun mußte – das Bett verlassen, im Dunkeln den Flur entlanggehen, das Eis in der Mikrowelle aufweichen –, als ich eingeschlafen sein muß. Acht oder neun Stunden später erwachte ich bei hellem Tageslicht von einem rhythmischen, ziehenden Gefühl, einer echten Kontraktion, und da wußte ich, daß mein Körper nun bereit war, das Kind zu bekommen.

Ehe die Geburtswehen einsetzen, ist es, als würden sie nie kommen. Wenn sie einmal eingesetzt haben, ist es, als wären sie schon immer dagewesen. Nashs Geburt war lang und schwierig gewesen, zuckende Blitze des Schmerzes und dann ein Nebel von Narkotika. Er kam mit dem Hintern zuerst auf die Welt, die Füße an den Ohren, eine Position, die ich seitdem als Metapher seines Lebens ansah. Doch Sara hatte mich davon überzeugt, daß dieses Kind mit dem Kopf nach unten lag, und sofort hatte ich mir Gedanken über Rogers Hutgröße gemacht. Ich meinte, sie sei durchschnittlich, vielleicht sogar etwas kleiner, und war beruhigt. Ich hatte meine Übungen gemacht, Hüftrollen, Katzenbuckel, Kegel und die Atemtechnik. Und wenn ich Hilda oder Sara nicht sofort anrief, so lag es wohl daran, daß ich trotz meiner nicht eben glänzenden Verfassung, trotz meines Alters und der Ängste der letzten Wochen ruhig und zuversichtlich war.

Alle Furcht, alle Sorgen waren von mir gewichen. Die Sonne schien durch meine verstaubten Fenster und malte einen Zauberbogen voller brennender Staubkörner darauf. Der Himmel war zartblau, und ein träger Wind blies dicke Wolkenbäusche durch die Luft. Ich sah zu, wie sich im Digitalwecker neben dem Bett zwölf rote Minuten auflösten und neu bildeten. Jede Zahl setzte sich aus demselben Satz gerader roter Striche zusammen, der einzige Unterschied zwischen einer Minute und der nächsten lag darin, welche Striche beleuchtet waren und welche nicht. Während einer Wehe, die so stark war, daß ich schon meine ausgeklügelte Atemtechnik anwenden mußte, lag ich ganz still. Ich wollte dieses Bett nicht verlassen, dieses Zimmer mit all meinen Lieblingsbildern. Und auch nicht das Rechteck aus zartem Hellblau hinter meinem Fenster, nicht die kleinen grünen, bestickten Seidenkissen, die ich in Bostons Chinatown erstanden hatte, nicht die Bücher und das Regal voller Rosebud-Sioux-Keramik, auch nicht Grandma, die unten mit ihren bitteren Tees und ihrem Chili wartete, und Nash, nicht einmal ihn; ich wollte meine tröstliche und bekannte Umgebung nicht verlassen.

Ich rief Sara an.

«Geh unter die Dusche, wenn du willst, und entspann dich, während Hilda zu dir rausfährt. Wir sehen uns dann im Kreißsaal.»

Ich wartete verträumt eine weitere Wehe ab, ehe ich die Nummer der Seelbinders wählte. Das Telefon klingelte fünfmal. Grandmas unfreundliche Katze kam ins Zimmer, sah sich um und spazierte wieder hinaus. Wenn Roger ans Telefon kam, überlegte ich, würde ich auflegen und das Kind zu Hause bekommen.

Racine hob ab. Das wissenschaftliche Spezialgebiet seines Vaters war die Geschichte des französischen Theaters; seine Mutter ist eine Charakterdarstellerin im Fernsehen. Vor diesem familiären Hintergrund hatte Racine einen Hang zum Komödiantischen entwickelt. Überdies stellte er seine Intelligenz nicht zur Schau, besaß eine aufgeweckte Stimme und einen wachen Geist und war ein äußerst liebevoller Vater und großer Bewunderer von Frauen in jedem Stadium der Reproduktion. Kurzum, der ideale Mann für meine Situation.

«Hilda hat gerade Unterricht, ich fahr sofort los.»

Das war unser Ausweichplan, und Racine klang so erfreut, daß das Glücksrad bei ihm stehengeblieben war, daß ich mich direkt geschmeichelt fühlte, und dann überrollte mich die nächste Wehe. Die war seltsam, als würde ich gegen eine Mauer prallen, nicht schmerzhaft, aber urplötzlich. Ich ließ den Hörer fallen. Ich war zu benommen, um mich auf die Atmung zu konzentrieren, und gab seltsame Laute von mir, die Racine so nachhaltig beeindruckten, daß ich, als ich mich wieder beruhigt hatte, den Hörer wieder aufnahm und «Entschuldigung» sagte, nur noch einen Summton hörte.

Ich duschte mit Sandelholzseife, hielt mich dabei an Grandmas Haltegriff fest, zog dann eine Art Kaftan an, ein Kleid aus dicker grüner Baumwolle, das mich in einer Boutique für Frauen mit Übergröße angelacht hatte und das ich vorn bereits ausgebeult hatte, das mir aber morgen, wie ich glaubte oder besser hoffte, genau passen würde. Die Tasche hatte ich bereits gepackt. Langsam ging ich damit die Treppe hinunter, ins Wohnzimmer, wo Grandma aufrecht in ihrem Korbschaukelstuhl saß.

Sie döste, wie alte Menschen es tun, sanft und ruhig, ohne Haltung und Anmut zu verlieren. Die Füße standen ordentlich nebeneinander auf dem Boden, die Hände ruhten fest auf den Armstützen. Ich setzte mich ihr gegenüber in den Liegestuhl aus Vinyl und beobachtete sie. Am besten kamen wir miteinander aus, wenn sie schlief, wenn ich so tun konnte, als sei sie eine gütige, freundliche alte Dame. Ihre Haut war weich wie Wasser, das mit Rosen bedruckte Hemdkleid, das sie sich neulich genäht hatte, reichte ihr bis über die Knie. Der kleine Kopf paßte genau in die Delle des Kissens auf der Kopfstütze. Sie wirkte wie die angehaltene Zeit selbst, ruhig im warmen Schein der Sonne, im geräuschlosen Wind, der durch die Kiefernäste auf der anderen Straßenseite wehte.

Mit zwölf Jahren verwaist, war sie von katholischen Nonnen erzogen worden und als Siebzehnjährige mit einem romantischen Eisenbahner indianisch-irischer Abstammung durchgebrannt; ihre Hochzeitsreise war eine Fahrt in einem Güterwagen nach Tensed, Idaho. Angeline Begay Manion hielt sich für wild, bis meine Mutter zur Welt kam und sie so lange noch übertraf, bis sie schließlich mich bekam. Grandma hatte den starken Willen des Autodidakten. Inmitten des Chaos in ihrem Leben hatte sie sich, wie sie behauptete, durch Abendschulen und Fernkurse geboxt und gemogelt. Sie hatte unterrichtet, über alle möglichen und unmöglichen Themen in indianischen Zeitungen geschrieben, und sie war herumgekommen. Sie war in Adak, Alaska und in Philadelphia, Mississippi, gewesen. Manchmal konnte ich die Spuren ihrer Lebensgeschichte erkennen, an bestimmten Redewendungen, daran, wie sie mit Nash umzugehen verstand, wie sie urplötzlich wach werden konnte – wobei sie niemals verschlafen wirkte wie normale Menschen, sondern feindselig, wie ein Kriegsgefangener, ein streunender Hund, immer auf der Hut.

Sie öffnete die Augen, schaute mich klaren Blickes an, spreizte die Finger und sah meine Tasche.

«Wurde auch Zeit», sagte sie.

Auf Wiedersehen, freundliche alte Dame. Guten Tag, Angeline.

«Die Wehen kommen immer noch alle zehn Minuten, kein Grund zur Sorge. Racine ist schon unterwegs.»

Er war sogar schon da. Er hatte die Strecke, für die ich in meinen besten Tagen über eine halbe Stunde brauchte, in achtzehn Minuten geschafft. Ohne zu klopfen war er ins

Haus gekommen, so schnell, als habe er sich durch die Wand gezaubert. Grandma, die es ärgerte, daß sie sein Auto weder gehört noch ihn hereingebeten hatte, war durchaus imstande, ihn wieder hinauszuschicken, damit er hochoffiziell noch mal hereinkam, doch die Gelegenheit gab ich ihr nicht.

«Ich muß jetzt ganz schnell los», erklärte ich und schob mich zwischen den beiden durch. Vor der nächsten Wehe war ich schon im Auto. Grandma folgte mir und drückte mir einen kleinen Beutel aus dem gleichen Stoff wie ihr Kleid in die Hand. Racine glitt hinters Steuer, und der Volvo, dessen Motor noch immer lief, setzte sich in Bewegung. Ich winkte etwas heftig, als wir um die Kurve bogen und ein Wäldchen die Sicht aufs Haus versperrte. Sie stand da, den Arm steif in der Luft, eine winzige Gestalt zwischen verschwommenen grünen Blättern.

«Du brauchst keinen Strafzettel zu riskieren», sagte ich. «Es dauert noch Stunden.»

Racines dickes, struppiges rotes Haar kräuselte sich hinter seinen Ohren und über dem Kragen seiner Jacke. Ich sah auf seine Hände, die das Steuer hielten, auf die kantigen Wurstfinger. Es könnten die eines Zimmermanns sein, kräftig und zugleich behutsam.

«Soll ich Musik machen, etwas Ruhiges, vielleicht Chopin?»

«Nur zu», sagte ich, «mir geht's blendend.»

Doch dann kamen die ersten fünf Minuten des Regentropfenpräludiums, und mir war, als sähen wir einen ausländischen Film mit melodramatischer Begleitmusik. Die Monotonie raubte mir den Atem, und ich mußte mich in den Sitz sinken lassen, tief in meinen Mittelpunkt, mußte die Augen schließen, um der Lage wieder Herr zu werden. Ich drückte die Kassette heraus.

«Ist alles in Ordnung?»

«Es ist komisch», murmelte ich, überwältigt von einer weiteren Wehe, die nicht aufhörte, sondern gleich in die nächste überging. Ich drückte mich gegen den Sicherheitsgurt und hielt mich am Armaturenbrett fest.

«Gib Gas!» sagte ich, als ich wieder Luft bekam, und das tat er. Die Welt huschte vorbei – das merkte ich, obwohl ich fast nichts sehen konnte. Ich drückte mir den geblümten Beutel gegen die Stirn und atmete den Zedernduft ein. Bäume verschmolzen ineinander, Häuser und Scheunen, weiße Striche, rote Striche, Zäune, hingeschmiert wie die Signatur eines Malers, und dann kam die Stadt, ein Kaleidoskop aus Lärm und Einzelheiten, dann wieder Landschaft... Hupen ertönten, als Racine eine rote Ampel überfuhr, und schließlich hielt der Wagen vor dem überdachten Notfalleingang.

Ein junger Mann, eine junge Frau und ein Rollstuhl tauchten auf. Die junge Frau versuchte, mir Grandmas Beutel wegzunehmen, doch ich klammerte mich daran fest. «Ist schon gut, ist ja schon gut», beruhigte mich die Krankenschwester. «Halten Sie ihn nur weiter fest.» Einmal, zweimal verspürte ich den nahezu unerträglichen Drang zu pressen. Ich war ganz und gar in Schmerzen versunken. Für Befürworter der natürlichen Geburt ist «Schmerz» ein Tabuwort, doch was ich spürte, war weit von dem beliebteren «Unwohlsein» entfernt. Ich tastete nach Racine.

«Geh nicht weg.»

Er drückte mir die Hand. Immerhin war ich sofort gesprungen, ohne mich erst ans kalte Wasser zu gewöhnen. Dort war die Tür des Kreißsaals... da stand Sara, die mir den Anästhesisten vorstellte. Nach wochenlangem Hin und Her hatte ich mich schließlich für eine Epiduralanästhesie entschieden. Nur war ich jetzt schon so weit, daß die nicht mehr in Frage kam.

Ich versuchte zu scherzen, den Überblick zu behalten und mich auf weiteres vorzubereiten, egal was es sein mochte. Doch ich war niedergeschlagen, feige, hatte Angst vor der nächsten Wehe. Es gab keine Pause mehr dazwischen.

«Der Muttermund ist bei acht Zentimetern», verkündete

Sara. «Das Kind kriegen wir. Was hast du denn so lange gemacht?»

«Recherchen», war alles, was ich herausbrachte.

Dann bestimmte das Kind, der Körper eines anderen Menschen übernahm die Führung, viel Drama, viel Lärm, das Klirren von Gegenständen. Als habe sich mein Körper ablenken lassen und interessiere sich jetzt dafür, was in ihm und um ihn herum geschah, ließen die Kontraktionen nach.

Ich konzentrierte mich darauf, Racines zitternde Finger zu beruhigen, und erwiderte seinen festen Griff.

«Ich fall dir nur zur Last», entschuldigte ich mich.

Racine beugte sich herab, legte mir den Arm um die Schultern und hielt mich fest, half mir. Ich schwamm in Luft, in gleißender Luft, in der es vor Blitzen summte und sang.

«Macht das Scheißlicht aus!» rief ich. Doch das Licht war nicht an, und als die Wehe nachließ, sah ich, wie sich die Dunkelheit ausbreitete, wie ein betäubender Schleier, doch zugleich auch bedrohlich.

«Wunderbar, die Eröffnungsphase ist fast geschafft», sagte Sara. «Hör mir zu, Vivian. Kurze Geburten können schlimm sein. Alles kommt so plötzlich. Tief durchatmen.»

Doch ich hatte keine Puste mehr, als sei ich von einem schäumenden Brecher auf den Meeresgrund gewirbelt worden. Ich versuchte, wieder aufzusteigen, wegzuschwimmen, doch Welle um Welle türmte sich über mir auf, brach sich und schleuderte mich aufs Krankenhausbett. Ich war wie eine Ertrinkende, hatte nur eine Zuflucht: Racine mit seinem festen Griff, den ein Teil meines Ichs wahrnahm und voller Hoffnung erwiderte. Seine Hand, seine schlichte Menschenhand, war ein Anker, an dem ich festmachen konnte. Seine Anwesenheit bedeutete, daß dies ein Ende nehmen würde, erinnerte mich daran, daß dieses Ende alles wert war. Dann verlor ich die Orientierung, wurde wieder weggespült. Die Düsternis verschluckte mich.

«Jetzt pressen», rief Sara.

Ich preßte. Ich preßte wie verrückt. Als wollte ich irgend-wohin.

«Das müßte reichen», hörte ich mich müde sagen und fiel zurück.

Es war still. Ich konzentrierte mich auf die Technik, versuchte zu verhindern, daß sich meine Muskeln verkrampften. Ich sog Kraft aus materiellen Dingen, sah immer wieder auf die Wanduhr. Die verstreichende Zeit war mein Freund. Das Kind bewegte sich zentimeterweise, doch manchmal zog es sich wieder zurück, wenn ich mit Pressen aufhörte. Ich war der Mittelpunkt einer kleinen Gruppe, die mich anfeuerte.

Ich erinnerte mich an den Beutel, den Grandma mir mitgegeben hatte, und bat Racine, ihn zu öffnen. Dann umströmte mich der Geruch von Süßgras und Salbei, von Zedernholzrinde. Einen Augenblick lang verließ ich den Raum und war wieder im Reservat, in der geschlossenen, dunklen Schwitzhütte, und murmelte die richtigen Gebetsworte. Ich sah die glühenden Steine, hörte Wasser zischen, das aus einer Kelle gegossen wurde, und der Dampf war so heiß, daß mir die Wimpern auf den Wangen brannten, daß mein Atem mir die Hände verbrühte. Ich schöpfte Kraft aus dem körperlichen Frieden, dort zu sein, wo ich hingehörte, der Erde nahe. Ich holte tief Atem, und bei der nächsten, endlos langen Preßwehe, bei der ich alles hergab, was ich war, bei der ich spürte, wie sich mein Körper unerhört streckte, eine Brücke zwischen dieser Welt und der nächsten, ließ ich locker, und mein Kind kam auf die Welt.

Sie kam gesund auf die Welt, war kräftig und stämmig. Sara legte sie mir auf die Brust und bedeckte sie mit einem sauberen Klinikhandtuch. Ich tastete nach ihr, und sie sah mir unverwandt in die Augen, sah mich an wie Grandma, wachsam wie ein Landstreicher auf einem Rangierbahnhof.

«Violet Twostar», sagte ich, «guten Tag.»

Als Nash den Hörer abnahm, schwang ehrliche Aufregung in seiner Stimme mit, echte Gefühle. Manchmal sind wir wie zwei Batterien in einem Taschenlampengehäuse, und für diesen unerwarteten Kontakt kämpfe ich, zahle die Rechnungen, mache mir Sorgen, erfinde Ausreden und streite mich herum.

«Du bist jetzt ein großer Bruder», verkündete ich. «Die Sache ist ausgestanden.»

«Hab's schon von Racine gehört. Sie ist Jungfrau, hart im Nehmen.»

«Ich komm nach Hause, sobald sie mich hier rauslassen.»

«Wie geht's dir?»

«Ich liebe dich, Nash.»

Ich reagiere zu eifrig, zu heftig, schrecke ihn ab, wenn er den ersten Schritt tut. Er zögerte nur einen winzigen Augenblick und entrang sich dann ein leises «Ich dich auch, Mom».

Dann kam Grandma ans Telefon.

Ich hatte mich nicht getraut, ihr zu sagen, daß ich das Kind nach meiner Mutter, ihrer sündigen Tochter, nennen wollte; die Jahre, die seit ihrem Fortgang verstrichen waren, hatten Grandmas Herz nicht erweicht. Jetzt kam ich nicht mehr darum herum.

«Ich werde sie Violet nennen.»

«Violet *Marie*.» Grandma fing sofort an zu handeln. «Auch nach meiner Mutter.»

In unserer Familie gibt es ein willkürliches Gen, einen beharrlich leichtsinnigen Charakterzug, unbekümmert und rücksichtslos, der in jeder Generation auftaucht. Grandmas Vater, Grandma, meine Mutter, ein Cousin, der auf schlimme Weise umkam, und vielleicht Nash, sie alle neigten zu ständigem Anecken. Während ich zuhörte, wie Grandmas Visier herunterklappte, inspizierte ich meine Tochter. Ich war eindeutig nicht ihr einziger Elternteil.

Ihre Haare, bleiche, feine Stoppeln, standen an manchen Stellen senkrecht vom Kopf ab. Die Finger waren lang und liefen nach unten spitz zu; sie hatte sie zur Faust geballt, als warte sie schon sehnlichst darauf, damit den ersten Füller zu umschließen. War sie vor dem wildgewordenen Gen verschont geblieben? Hatte das blaue Blut dominiert? Nein. Sie hatte nur geschlafen. Jetzt öffnete sie den Mund und erfüllte den Raum mit einem lauten Schmettern.

Es bestand kein Zweifel, daß sie Rogers Tochter war, doch dem BMW waren noch Heckflossen, Chrom und ein bedrohlicher Kühlergrill hinzugefügt worden. Dieses Kind war eine Turboausführung.

Sollte Rogers Name überhaupt erwähnt werden, wenn Hilda und Racine mich besuchten, so wußte ich, daß ich diejenige sein mußte, die ihn aussprach. Sei's drum.

«Weiß Roger es?»

Racine mußte den Kopf drehen, um Hilda anzusehen, wodurch sein Zögern offensichtlich wurde. Immer ließ sie ihn die unangenehmen Nachrichten, die schwierigen Nuancen in Worte fassen.

«Er hat sein Wachlager bei uns aufgeschlagen.»

«Habt ihr es ihm gesagt?»

«Ja, ich», gab Hilda zu. «Ich hab ihm auch gesagt, er soll *dich* entscheiden lassen, wann du – falls du möchtest – auf ihn zukommen willst. War das richtig?» Hilda war zuversichtlich, daß sie genau in meinem Sinn gehandelt hatte.

«Absolut.» Ich sagte es mit Nachdruck, verspürte jedoch schmerzliche Enttäuschung. Wenn Roger es einfach nicht ertragen hätte, diesem Ereignis fernzubleiben, wenn er spontan in den Kreißsaal gerannt und ans Fußende des Bettes gestürzt wäre, dann hätte ich ihn vielleicht nicht hinausgeworfen. Doch er hatte es nicht getan.

«Nicht daß es wichtig wäre, aber wie hat er eigentlich reagiert?»

Wieder diese Pause, in der sich meine Freunde kurzschlossen und ihren Eindruck per Blickkontakt verglichen.

«Er ist stoisch geworden», ließ sich Racine schließlich vernehmen.

«Was soll das heißen?»

«Na ja, er fühlt sich schon ein bißchen schuldig», fuhr Hilda fort, als sie meinen Gesichtsausdruck sah.

«Er fühlt sich nicht schuldig. Bestenfalls hat er das Gefühl, moralisch versagt zu haben. Das sind zwei völlig verschiedene Dinge.» Vor Monaten hatte ich Roger gesagt, er solle wegbleiben, doch seinen Gehorsam verzieh ich ihm nicht.

Spätabends lag ich benommen in meinem Bett und hörte abwesend zu, wie die frischgebackene Mutter neben mir einen langen Vortrag über Tupperware hielt, mit deren Verkauf sie sich ihren Lebensunterhalt verdiente. Sie erklärte mir die Geheimnisse des Vakuumverschlusses, des patentierten «Rülpsers», erzählte von den Plastikgerätschaften zur Herstellung von Eiskrem, den Behältern für Kuchen und Götterspeise und dem «gattensicheren Verschluß». Gegen ein Uhr morgens hatte ich jeden Widerstand aufgegeben, war völlig munter und fing an, mich dafür zu interessieren. Gegen halb drei war ich froh, daß nunmehr meine Küche gut zu organisieren war und daß diese Ordnung irgendwie auch die anderen Bereiche meines Lebens beeinflussen würde, daß ich durch den simplen Erwerb dieser außergewöhnlich vielseitig verwendbaren Plastikdosen und -behälter das Chaos in den Griff bekommen würde. Gäbe es doch auch ein unzerstörbares Produkt, das Teenager unbeschadet durchs Leben brachte. Gegen vier nickten wir beide ein, unsere Kinder lagen gut eingepackt in ihren rosa und blauen Häkeldecken, ihres passenderweise in einem Kinderwagen mit Plexiglasfenster, meines neben mir. Violet atmete leicht und schnell und kaum merklich. Ihr Herz war nicht länger mit meinem verbunden.

Ein Teil von mir wollte aus dem Krankenhaus heraus, dem anderen graute davor. Als ich mit Nash nach Hause gekommen war, hatte er stundenlang geschrien und seinen Protest nur dann unterbrochen, wenn er gefüttert oder schnellen

Schrittes durchs Haus getragen wurde. Gegen Ende des dritten Monats ging seinem Vater, Purvis Twostar, buchstäblich die Puste aus, worauf er sich dazu entschloß, ein Botschafter des guten Willens zu werden, mit einer internationalen Organisation nach Genf reiste und nie zurückkehrte. Später tauchte er dann bei einer Konferenz über die Rechte der Eingeborenen in Australien auf, lernte dort die sonnenverbrannte, ihn anhimmelnde, strohblonde Fanatikerin aus Melbourne kennen, die seine zweite Frau wurde, und ließ sich mit ihr in Sausalito nieder.

Da ich nun mit dem Kind allein war und mich zugleich um meinen Abschluß in Anthropologie bemühte, fiel das Gewicht, das ich während der Schwangerschaft zugelegt hatte, wie ein Wintermantel von mir ab. Auf den Fotos aus dieser Zeit sehe ich abgehärmt und verzweifelt aus, wie eine unterernährte Katze. Nash indes wurde mit jedem Schrei kräftiger und entwickelte sich prächtig, so daß er, als Grandma es sich nicht nehmen ließ, zu uns zu ziehen, ein riesiges, wohlbehütetes Energiebündel war. Sie konnte partout nicht verstehen, was für Probleme ich gehabt hatte. Er war der Sohn, den sie immer gewollt hatte, und er betete sie an.

Nash vermißte Purvis keineswegs, das sagte ich mir jedenfalls zu Anfang. Doch ich konnte nicht umhin, meine Meinung zu ändern, als er die Tage bis zu den Sommerferien zu zählen begann, wenn er nach Kalifornien flog, und hinterher noch wochenlang von seinem Vater, Betsy und dem Meer erzählte. Die Einladungen wurden spärlicher, als Betsy eigene Kinder bekam. Nash sagte, es sei ihm egal, doch ich wußte, daß er sich abgeschoben und verlassen vorkam – das konnte ich ihm nachfühlen –, und ich beschloß, das diesmal nicht geschehen zu lassen.

Er machte es mir nicht leicht.

Ich hielt es keine Minute länger im Krankenhaus aus, wollte aber nicht ständig um Gefallen bitten, deshalb nahm ich mir ein Taxi. Grandma trat allein vors Haus, um mich zu begrüßen. Ihre Augen blitzten besitzergreifend auf, als sie

Violet sah, und ich gab kampflos auf. Diesen Strauß würden wir später ausfechten, und mehr als einmal.

«Setz dich, nein, leg dich hin.» Grandma gab vor, entsetzt zu sein, daß ich herumgelaufen war, aber ich ließ mich nicht an der Nase herumführen. Sie wollte mich nur aus dem Weg haben, um sich das Kind genau anzusehen. Ich ließ mich auf dem Sofa nieder, legte die Füße hoch und wartete darauf, daß Nash aus seinem türlosen Zimmer kam.

Doch er kam nicht herunter. Grandma runzelte die Stirn.

«Ich konnte ihn nicht überreden, hierzubleiben.»

Die ersten Wochen von Violets Leben sind mir nur in vager Erinnerung, abgesehen von dem Festessen, das Hilda und Racine mir am ersten Donnerstag, den ich zu Hause war, unbedingt zubereiten wollten. Sie kochten den ganzen Morgen, marinierten den ganzen Nachmittag, und dann, am Abend, wurde das Festmahl auf kleinen Tabletts an die Couch gebracht, so daß ich gemütlich essen konnte, während ihr Patenkind sicher auf meinem Schoß ruhte.

Hilda stellte mir einen kleinen Teller mit einem winzigen, heißen *Croque Madame* hin. Sie goß ein Glas kaltes Quellwasser ein, legte mir die Serviette vor, stieß dann mit Racine an und verzehrte rasch hintereinander drei der kleinen Sandwiches. Sie war eine treffliche Esserin, und was für Mengen sie so nebenbei verdrückte, erstaunte mich jedesmal aufs neue.

«Violet ist ein kleines Wunder», sagte sie überschwenglich. «Ein göttliches Kind.»

«Und was ist mit der Erbsünde?» Grandma sah mich streng an. Das erste Sakrament schob sich drohend zwischen uns. Wie Pascal ging sie lieber auf Nummer Sicher und befürwortete die Taufe. Ich war noch unschlüssig.

«Man kann noch einen Hauch von Sünde erkennen, um ihre Mundwinkel.» Racine streichelte die weiche Häkeldecke. «Ich liebe Babysachen.»

«Einer der wenigen Männer, die so was noch zugeben», sagte Hilda zärtlich. «Der Trend scheint sich verschoben, oder besser gesagt, umgekehrt zu haben. Diesen Sommer haben meine Studenten mehr in den Muskeln als im Hirn. Ich vermisse diese gefühlvollen jungen Werther mit den Stoppelbärten, ich sehne mich nach diesen sexy *fleur du mal*-Blicken. *Die* waren richtig in ihre Erbsünde verstrickt.»

«Unsere gute Hilda», bemerkte Racine, «ist natürlich ohne jeden Makel auf die Welt gekommen.»

«Jüdische Babies haben genug andere Sorgen.»

«Besonders wenn sie 1943 in Bratislava geboren wurden.» Racine berührte ihren Arm.

«Der heilige Augustinus glaubte, die Erbsünde werde durch den Zeugungsakt weitergegeben», sagte ich. «S-e-x.»

Grandma warf mir einen zutiefst mißbilligenden Blick zu, und ich dachte bei mir, wenn je ein Paar die Möglichkeit hatte zu beweisen, daß Augustinus recht hatte, dann Roger und ich. Wir hatten der Erbsünde ausgiebig gefrönt, doch die Leidenschaft hatte sich verändert, und ich fragte mich, ob sie sich, wären wir zusammengeblieben, zu gemütlicher Routine entwickelt hätte. Vielleicht würden wir jetzt gemeinsam im Bett Popcorn essen und uns alte Filme ansehen. Ich war froh, daß ich die Sache beendet hatte, als die Leidenschaft noch dagewesen war.

Ich fragte mich, wie lang verheiratete Paare es schafften, den «Funken am Glühen zu erhalten», wie es in der Regenbogenpresse so schön heißt. Hilda und Racine behalfen sich nicht mit Therapie oder aufreizender Wäsche und ganz bestimmt auch nicht mit solchen Tricks wie, was ich irgendwo mal gelesen habe, den Partner ganz in Zellophan gekleidet an der Tür zu begrüßen. Vielleicht brauchten sie über derlei Dinge nicht einmal nachzudenken. Oder doch? Wer wußte schon, was andere Menschen hinter verschlossener Tür taten? Wer von unseren Kollegen am Dartmouth College hätte Roger Williams erkannt, als er sich Efeu um den Kopf wand und den Satyr auf einer griechischen Vase mimte?

Und doch wirkte Hilda ganz normal, als sie ein Tablett mit eisgekühlten Schalen brachte, die geformt waren wie ledrige

Avocados. In jeder Schale lag eine echte Avocadohälfte, angemacht mit Zitronensaft und Olivenöl, gefüllt mit einer Mischung aus Krebsen, Shrimps, Reis und Pinienkernen. Beim ersten Bissen strömten mir Freudentränen in die Augen.

«Meine Familie hat Avocados angebaut, als ich noch ein kleines Mädchen war», sagte Grandma. «Meine Großeltern stritten darüber, ob ich getauft werden sollte. Großvater war katholisch und wollte, daß ich zur Kirche ging. Grandma war Heilerin. Großvater machte sich Sorgen, daß ich, wenn ich nicht getauft würde, in der Vorhölle umherirren und für immer dort bleiben würde.»

«Fleischeslust in alle Ewigkeit. Genau das richtige für dich», sagte ich.

«Und das war eine Strafe?» fragte Racine verwirrt.

«Ich war neun Jahre alt, als ich getauft wurde.» Grandma ignorierte uns, war in ihre eigene Geschichte vertieft. «Von da an mußte ich mein ganzes Leben lang gut sein.» Sie sah mich herausfordernd an, wohlwissend, daß ich durch den Klatsch ihrer Bekannten erfahren hatte, daß sie durchaus nicht immer auf dem Pfad der Tugend gewandelt war.

«Jetzt ist sie fromm», sagte ich. «Keinerlei fleischliche Freuden mehr.»

Hilda gab ein erwartungsvolles Geräusch von sich und erstarrte mit der Gabel in der Hand. Doch Grandma hatte vorübergehend jedes Interesse verloren und konzentrierte sich ganz auf die Vorspeise. Um das Schweigen zu beenden, machte Racine einen lahmen Witz darüber, daß er in seiner Jugend ein Frauenheld gewesen sei.

Ich sah ihn ungläubig an.

«Natürlich», wiegelte er ab, «hat Sünde als Begriff an sich nichts mit richtig und falsch zu tun, sondern mit Gehorsam. Man muß sich einer übergeordneten Autorität beugen, Gott, der Kirche, der Gemeinde, wem auch immer. Sünde ist abweichendes Verhalten.» Er lächelte versonnen, stapelte die leeren Teller auf das Tablett und verschwand in der Küche.

«Ich denke, im Moment ist Racine gerade dabei –» Hilda lehnte sich verträumt zurück und drehte das Glas in der Hand – «das Lamm zu schneiden. Er schmeckt die Sahnesauce mit etwas Senf ab und backt die kleinen Kartoffelpfannkuchen auf, die wir von zu Hause mitgebracht haben. Ich könnte ihm zur Hand gehen, aber in diesem Stadium werkelt er lieber allein in der Küche. Ich wäre ihm nur im Weg.»

«Ich übernehme das Geschirr», sagte Grandma. «Ich wasche später ab.»

Und so saßen wir, da ich wegen Violet aller Pflichten enthoben war, ruhigen Gewissens gemütlich beisammen, während Racine fieberhaft mit Töpfen und Pfannen klapperte. Gelegentlich wehten Dampfwolken und erlesene Gerüche zu uns herüber.

«Ich weiß, daß du dir Sorgen um Nash machst.» Hildas Stimme bot mir Trost, und ich nahm ihn an. Ich hatte ihr schon erzählt, was während des Seminars bei mir zu Hause vorgefallen war, doch da hatte es sie nicht weiter beeindruckt.

«Racine und ich hatten vor ein paar Jahren schreckliche Probleme mit Mark», sagte sie.

«Mit Mark? Eurem wohlerzogenen Sonnenschein?»

Hilda nickte. «Sogar mit dem. Die Pubertät macht offenbar allen das Leben schwer. Es ist wirklich verwirrend. Ich weiß noch, daß Racine auf den Ausweg der körperlichen Ertüchtigung gekommen ist. Er war der Meinung, Mark brauche eine wirkliche Ablenkung, etwas anderes als Drogen. Also sahen wir eines Abends in die Zeitung und stellten fest, daß es alle möglichen Kurse gab – Singen, Bauchtanz, Steptanz, Reiten und dergleichen mehr. Wir wollten uns für einen Karatekurs für Eltern und Kinder anmelden. Doch statt dessen hat sich Mark dann für Tropenfische interessiert.»

«Ein Junge, der Neonfische züchtet, anstatt Koks zu sniefen. Wenn du dich noch ein einziges Mal über dieses Kind beklagst, geh ich dir an die Gurgel.»

Sie wechselte das Thema. «Racine hat mir erzählt, daß du

an einem Artikel über Kolumbus schreibst. Was stimmt denn nun? War er wirklich Jude, wie Roger behauptet?»

Ich versuchte im Geiste, die wenigen obskuren Beweise zusammenzustellen, auf die ich in der Bibliothek gestoßen war. Obwohl sie so sorgfältig gesammelt und aufgelistet worden waren, schienen sie mehr über die Kolumbus-Biographen auszusagen, als daß sie die eine oder andere Theorie objektiv bestätigten, und ich hatte keineswegs vor, Roger in irgendeiner Hinsicht recht zu geben.

«Ich weiß noch nicht. Ich kann dir sagen, daß er Spanien in dem Jahr verlassen hat, als Isabella alle nicht konvertierten Juden auswies, aber das mag reiner Zufall gewesen sein. Es ist übrigens gut möglich, daß er an dem Boot vorbeigesegelt ist, auf dem Spinozas Großvater unterwegs nach Amsterdam war.»

«Glaubt das ja nicht», widersprach Grandma. «In dem Kloster, in das sie mich geschickt haben, hatten die mexikanischen Nonnen ein altes Buch, mit dem wir Spanisch üben mußten. Nur deshalb kannst du es sprechen und schreiben, Vivian. Ich mußte so oft Teile von Kolumbus' *Lettera Rarissima* abschreiben und übersetzen, daß ich sie noch heute aufsagen könnte. Kennst du den Brief von Kolumbus an die Erzieherin des Erbprinzen Johann? ‹Für eine Frau›, das heißt natürlich für eine Indianerin, ‹geben sie hundert Castellanos.› O ja, dieser Mann war Katholik bis ins Mark. Egal, wie viele Frauen er verkaufte, er begann sein Leben arm und beendete es auch so.»

Ich knallte das Tablett auf den Tisch, um sie zum Schweigen zu bringen. Ich konnte es nicht ertragen, wenn sie unhöflich zu meinen Freunden war. Hilda und Racine hatten ein wunderbares Abendessen zubereitet, und sie kam daher und ließ antisemitische, antiklerikale und unsoziale Bemerkungen fallen.

«Vielleicht war er doch Italiener», sagte Hilda. «Die Russen behaupten übrigens auch, er sei ein Landsmann von ihnen gewesen. Und die Norweger. Vielleicht hat es ihn ja gar nicht gegeben.»

Grandma rollte mit den Augen, wie sie es immer bei Roger

tat, wenn der über sein Opus sprach. Egal wie bewandert jemand auf einem Gebiet sein mochte, sie wußte es besser. Sie war so selbstsicher, so verdammt selbstgefällig.

Ich drückte Violets kleinen, kompakten Körper an mich und beschloß, das Kolumbus-Projekt mit neuem Eifer anzugehen und zu beweisen, daß sie unrecht hatte, selbst wenn ich damit Roger Williams rehabilitieren mußte.

Die Ankunft eines Babys relativiert alles, wiegt einen in der trügerischen Sicherheit, daß alles irgendwie geregelt ist. Alle zukünftigen Komplikationen erschienen mir recht unbedeutend im Vergleich zu der langen, wackligen Brücke von Schwangerschaft und Geburt. Ich gab mich einer lässigen Zuversicht hin, daß das Leben schon irgendwie für sich selber sorgen würde. Die einsamen Monate waren so schlimm gewesen und noch immer so deutlich in meiner Erinnerung, daß ich glaubte, jede Schwierigkeit, mit der mich das Leben noch konfrontieren würde, sei im Vergleich dazu ein Klacks.

Natürlich rechnete ich nicht mit meiner Ermüdung, mit meinem Bedürfnis nach einer Ruhephase. Ich rechnete nicht damit, daß die nächsten drei Wochen in einem brennenden Nebel verstreichen würden, als durchquerte ich eine reale Landschaft mit tiefen Quellen der Freude darin, in denen ich mich um mein neues Kind kümmerte, doch dazwischen auch lange Strecken der Reue, auf denen ich meinen Sohn wiederzugewinnen versuchte. Ich rechnete nicht damit, daß Violet sich ihres Charakters bewußt werden und den Einfluß des Merkur auf ihre Empfindungen deutlich erkennen lassen würde. Ich rechnete nicht damit, daß ich Roger vermissen würde.

6

VIVIAN

Als Violet sechs Wochen alt war, wählte ich wieder einmal Rogers vertraute Telefonnummer. Ich hatte mich zu der Überzeugung durchgerungen, daß es ihm zustand, von mir zu hören, aus erster Hand Nachrichten von unserem gemeinsamen Kind zu erhalten. Ich redete mir ein, dies sei eine Art Dienstleistung meinerseits, eine einmalige Sonderzuwendung. Doch während die Zahlen im Hörer tickten, zitterte ich vor Aufregung, als sei das, was ich tat, gefährlich.

Das war es auch.

«Ja!»

Ah, Verläßlichkeit. Noch immer die gleiche Anrufbeantworterstimme. Ich bemühte mich um einen beschwingten, lässigen Ton.

«Bin ich mit der Sozialversicherung verbunden?»

«Vivian.»

«Richtig. Die alte Nummer, stets zu Diensten.»

«Ich wollte dich schon so oft anrufen. Wie geht's dir? Wie geht's *ihr*?»

«Sie hat deine Nase. Hast du sie noch nicht vermißt?»

«Ich habe *dich* vermißt.»

Ich schluckte.

«Wären Sie zufällig heute abend frei?» schlug ich vor. Während der Monate, die wir gemeinsam verbracht hatten, war diese Einladung zu einem intimen Scherz geworden, zu einem versteckten Wink, unseren ersten Abend zu wiederholen, an dem der Tisch, den Roger im Dozentenclub reserviert hatte, unbesetzt geblieben war, weil wir gar nicht erst sein Haus verlassen, sondern jeder nur einen Cräcker mit dänischem Brie zum Abendessen gegessen und dann mit der Schauspielerei aufgehört hatten.

«Die ganze Nacht. Die ganze Woche.»

«Meine kleine Freundin und ich», sagte ich, «wir dachten, wir kommen einfach mal vorbei, auf ein paar Käsecräcker.»

Ich fuhr langsam am Haus vorüber, hielt jedoch nicht an. Unten brannten alle Lichter, und ich sah Roger kurz durchs Fenster. Er war auf dem Weg in die Küche und hatte etwas in der Hand, was nach der Sonntagsausgabe der *New York Times* aussah. Ich fuhr einmal um den Block und blieb an der Einbiegung zu seiner Straße stehen. Ich schalt mich alles mögliche – zuerst, weil ich überhaupt hergekommen war, und dann, weil ich mich nun, da ich einmal hier war, nicht entschließen konnte. Ich schloß einen Pakt mit dem Schicksal. Wenn Roger inzwischen nicht aus der Küche gekommen war, würde ich nach Hause fahren, ihm eine Karte mit einer Entschuldigung schicken und mein Leben weiterleben. Ich würde ihn den Buchrezensionen, der Kunstkritik und dem Feuilleton überlassen und meine Gefühle in den Griff kriegen. Ich würde bei Ben and Jerry's anhalten und mir eine Kalorienbombe genehmigen, einen doppelten Schoko-Milchshake. Ich würde Grandma zu einem Kartenspiel herausfordern und endlich einmal gewinnen. Ich würde diesen dämlichen Artikel über Kolumbus schreiben und mich dann weniger vorhersagbaren Dingen zuwenden.

Die Haustür stand offen. Rogers Silhouette war der Richtung zugewandt, aus der ich kommen würde. Er winkte.

Ich hupte, und prompt würgte ich den Motor ab.

Aber im Ernst, wer könnte diesem Roger Williams widerstehen? Was hatte er zu essen im Kühlschrank für den Fall, daß ich vorbeikam? Nicht einfach nur Brie. *Dänischen* Brie.

Und auf dem Plattenteller? Nicht den üblichen Bach, sondern das Album von Aretha Franklin, das ich ihm zum Geburtstag geschenkt hatte, noch dazu in der Lautstärke, die mir gefiel.

Hier stand ein Mann, der seine Kompromißbereitschaft geradezu herausschrie.

Violet hingegen schrie sich einfach nur die Seele aus dem Leib, von dem Augenblick an, als ich den Sicherheitsgurt um ihren Kindersitz löste und sie ins Haus ihres Vaters brachte. Mit ihren zusammengekniffenen Augen, dem durchgestreckten Rücken und dem weit geöffneten Mund war sie der Inbegriff des Protests, wildtobende Wut, das Alte Testament in seinem ganzen Zorn. Ich wiegte sie an meiner Brust, summte ihr ins Ohr, zog ihr vor lauter Verzweiflung sogar ganz vorsichtig das rechte Augenlid hoch, damit sie sehen konnte, daß ich es war – die vertraute Nahrungsquelle –, die sie da so beschimpfte. Doch dieser Einbruch der Realität verstärkte nur ihre Hysterie.

«Es liegt nicht an dir», beruhigte ich Roger, der belämmert dastand. So hatte er sich seine erste Begegnung mit der Frucht seiner Lenden ganz offensichtlich nicht vorgestellt.

«Woran denn?» übertönte er Violets Lärm.

«An der fehlenden Bewegung», erklärte ich ihm. «Sie mag das Auto, wenn der Motor unter ihr ruckelt. Sie liegt nicht gern still. Laß mich einen Moment lang mit ihr allein. Sie ist überreizt.»

Auch Nash war ein empfindliches Baby gewesen, hatte alarmiert auf jedes unerwartete Geräusch, jede Lichtveränderung oder Berührung reagiert. Bei ihm hatte nur totale sensorische Deprivation funktioniert, die schnelle Rückkehr in den Mutterleib. Jetzt, als ich im hellerleuchteten Flur von Rogers Haus stand, war selbst ich überwältigt. Die blankpolierten, hellen Holzdielen reflektierten die laserdünnen Strahlen des futuristischen Kronleuchters. Auf dem Orientteppich an der mir gegenüberliegenden weißen Wand pulsierten sattes Rot und Schwarz. Aretha forderte Gehör, und der unverwechselbare Geruch von gedünsteten Zwiebeln und Knoblauch hing in der Luft.

«Bin gleich wieder da», rief ich und verschwand im Wandschrank. Hinter der geschlossenen Tür wurden die Töne und Gerüche und die erstaunliche Beleuchtung von Rogers Welt durch weiche, dicke Wolle gedämpft. An teuren Holzbügeln hing eine ganze Reihe von Mänteln herab, in dicken, leicht muffigen Schichten. Selbst in der Dunkelheit konnte ich die Ordnung spüren. Zwischen Rogers Lebensstil und meinem lagen Welten. Bei mir hatte nicht mal Tupperware geholfen. In meinem Haus gab es keinen Wandschrank, in den Violet und ich hineingepaßt hätten, schon gar nicht aufrecht stehend, ohne das Chaos durcheinanderzubringen, ohne hohe Stapel halbgelesener Zeitschriften umzustoßen oder über diverse, nicht zusammenpassende Schuhe zu stolpern. Roger wußte genau, wo sich jeder Gegenstand befand, den er besaß. War etwas kaputtgegangen, wurde es noch am gleichen Tag repariert. Unerwünschte Geschenke wurden sofort umgetauscht, alte Kleider gebündelt und von einer karitativen Organisation abgeholt, und da Roger niemals etwas aus einem Impuls heraus erstand, benutzte er auch alles, was er kaufte.

Violet beruhigte sich ganz allmählich, wie ein Drachen, der nach einem heftigen Windstoß auf die Erde zurückschwebt, und ich nutzte die Gelegenheit, um mich innerlich vorzubereiten. Dieser geschlossene Wandschrank war im Vergleich zu dem, was mich erwartete, eine Erholung. Roger hatte sein aus dem achtzehnten Jahrhundert stammendes Haus komplett renoviert, alle Zwischenwände im Erdgeschoß herausgeschlagen und ein offenes Areal geschaffen, das nur durch schulterhohe Regale und Möbelstücke unterteilt war, deren Design von allen Seiten ansprechend wirkte. Der freistehende Herd, über dem ein Garten von Kupfertöpfen herabhing, war von überall zu sehen, und die Farbschattierungen seiner Polstermöbel, Läufer und metallgerahmten Bilder folgten, von der Vordertür zur Hintertür, dem Spektrum von dunkel nach hell. Es gab keinen Gegenstand, der einfach so herumlag, kein Buch, das nicht an seinem Platz stand. Wenn die aktuelle Ausgabe des *American Scholar*, von *Daedalus* oder *Caliban* unordentlich auf dem Glasbeistelltisch herumlag, konnte man darauf wetten, daß Roger gerade wieder ein neues Gedicht oder einen Artikel veröffentlicht hatte.

«Psst», flüsterte ich Violet zu. «Sei nett zu Daddy. Er ist nicht an Schreihälse gewöhnt.» Ihr Gesicht war jetzt entspannter, doch immer noch mißtrauisch. Eine falsche Bewegung meinerseits, eine Unterbrechung des wiegenden Rhythmus meiner Arme, und ich würde dafür bezahlen.

Als ich zum erstenmal in Rogers Haus gekommen war, hatte mich die Unmöglichkeit, etwas zu verbergen, geradezu erschlagen. In der Decke waren noch alte Balkenkanten zu sehen, Überbleibsel eines früheren Labyrinths von kleinen Räumen voller Nischen und Winkel, doch jetzt hingen nicht einmal an den Vorderfenstern Gardinen. Ich war fasziniert von dem Gedanken, daß dieser Mann nichts zu verbergen hatte, daß sein Zuhause ebenso offen war wie der Blick seiner klaren blauen Augen.

«Kaffee?» hatte er an jenem Abend gefragt, und als ich bejahte, servierte er mir in einer winzigen weißen Tasse einen dickflüssigen, bitteren Espresso. Auf dem dunklen Gebräu schwamm ein hauchdünnes Stück Zitronenschale. Ich war hin und weg.

«Zucker?»

«Nein danke.» Ich fühlte mich auch so schon verwöhnt genug.

Roger deutete auf ein niedriges beiges Leinensofa, und ich setzte mich. «Nun –» er ließ sich auf ein Kissen zu meinen Füßen nieder – «erzählen Sie mir alles von sich.»

Das Wort «unbehaglich» beschreibt meinen Zustand an jenem Abend nur höchst unzureichend. Rogers hübsches schmales Gesicht befand sich direkt neben meinen Knien, nicht eben meinen schönsten Körperteilen. Seine Augenbrauen waren erwartungsvoll hochgezogen, der Mund zum

Lächeln bereit, die unberingten Hände in demütiger Gebets-
haltung gefaltet. Unsere Augen fixierten einander in ihrem
eigenen Magnetfeld, und was sie sich zu sagen hatten, über-
stieg die Grenzen unserer sprachlichen Ausdrucksfähigkeit.
Ich stellte die Tasse auf den Beistelltisch und rutschte auf Rogers Höhe hinab.

«Schicksal», murmelte ich. «Du hast meine Nummer.»

«Das dachte ich mir.» Roger lächelte und verstand kein
Wort, doch noch wochenlang machte ich mir nicht die
Mühe, es ihm zu erklären.

Wenn sie schlief, nahm Violets Gesicht die Züge himmlischer
Fügsamkeit an, das passende Kind für eine heilige Mutter –
genau der Eindruck, mit dem ich Roger hypnotisieren
wollte. Also wartete ich nach ihrem letzten widerstrebenden
Seufzer noch ein paar Minuten ab, damit sie richtig in den
Tiefschlaf versinken konnte, und klopfte dann leise von innen gegen die Tür des Wandschranks.

«Herein», sagte Roger unwillkürlich.

Ich öffnete die Tür einen Spaltbreit. «Mach das Licht aus
und stell die Anlage leiser», flüsterte ich und wartete, bis er
meine Befehle ausgeführt hatte. Als der Raum nur noch von
den Flüssigkristallziffern erleuchtet wurde, die wie grüne,
unmerklich die Form verändernde Kerzenflammen von
Videorecorder, Mikrowellenherd und Anrufbeantworter
schimmerten, ging ich hinein. Meine Augen hatten sich bereits an die Dunkelheit gewöhnt, und so konnte ich Roger
genau beobachten, als wir in sein Blickfeld traten. Langsam
wich die Panik aus seinem Gesicht, und er sah Violet lange
an. Ich ließ ihm Zeit, und schließlich hob er den Blick und
schaute mich an. Diesmal sah er nicht wissend, sondern ehrfürchtig drein, und während die glühenden Zahlen um uns
ihre Form veränderten, ihre Geschichten erzählten, er-
haschte ich den Schimmer eines weiteren Glühens auf seiner
Wange.

Ich trat einen Schritt näher, und Roger zog mich zu sich

heran. Das Kind lag zwischen uns. Es bewegte sich, und ich hielt den Atem an, doch Violet verlagerte nur das Gewicht und lehnte sich gegen die Brust ihres Vaters, genau wie ich.

Ich weiß nicht, wie viele Minuten wir so dastanden. Wahrscheinlich nicht so lange, wie mir schien, da ich jede vorbeistreichende Sekunde in vollen Zügen genoß, wahrscheinlich nur so lange, wie Roger brauchte, um sich des klassischen Tableaus, das wir bildeten, bewußt zu werden und sich daran zu erfreuen. Irgendwann spürte ich, wie sich seine Aufmerksamkeit von Violet und mir zurück auf ihn selbst richtete, und in dem Moment löste ich mich aus der Umarmung.

«Jetzt schläft sie», sagte ich. «Sie hat sich verausgabt. Wir können sie oben im Gästezimmer auf ein paar Decken legen.» Das war einer der wenigen Bereiche des Hauses, in dem sich eine Tür schließen ließ. Rogers Schlafzimmer, das danebenlag, war ein weiterer.

Er folgte mir nach oben und faltete dann die Tagesdecke seiner Urgroßmutter zu einem Nest mitten auf dem unbenutzten, aber trotzdem ordentlich gemachten Gästebett. Violet war wie ein verschlossenes Tagebuch, versiegelt in jenem Schlaf der Neugeborenen, der die Welt völlig vergißt. Aus Erfahrung wußte ich, daß sie sich jetzt ein paar Stunden nicht mehr melden würde.

«Wir bleiben lieber hier oben», sagte ich, nachdem wir vom Bett zurückgetreten waren. «Für den Fall, daß sie aufwacht.»

Roger nickte gehorsam, und wir gingen in sein Zimmer, knipsten die Stehlampe an und setzten uns nebeneinander auf das Bett, das einer von Rogers berühmten waldrodenden Ahnen aus neuenglischem Eichenholz geschnitzt hatte.

«Ich habe dich vermißt», wiederholte Roger. Er nahm meine Hand, und plötzlich wurde ich nervös, obwohl das genau die Situation war, die ich mir insgeheim herbeigesehnt hatte. Doch nicht nur ich fühlte mich nicht ganz wohl in meiner Haut.

«Wie geht's mit deinem Kolumbus-Artikel voran?» fragte

er abrupt. Die Frage platzte heraus, als sei sie nach langer Gefangenschaft endlich freigelassen worden.

«Er wird provokativer, als man annehmen würde», entgegnete ich. Das war reine Aufschneiderei: Ich konnte Roger zu diesem Thema nichts Neues sagen.

«Vielleicht könnte ich ein paar Titelvorschläge machen.»

«Nein danke.» Ich gefiel mir in der überlegenen Rolle, die ich für mich entworfen hatte, und schmückte sie noch weiter aus, ließ meiner Phantasie freien Lauf.

«Weißt du, in der Nacht, als ich in der Bibliothek eingeschlossen war», vertraute ich ihm an, «habe ich eine unregistrierte Mappe mit Aufzeichnungen zur Entdeckung gefunden, die von einer kolumbusbesessenen Ehemaligensippe gestiftet wurden.»

Roger hatte sich gerade ein wenig zurücksinken lassen und richtete sich jetzt wieder auf.

«Solche Sachen nimmst du hoffentlich nicht ernst. Die Lebensdaten von Kolumbus sind genau dokumentiert. Du wirst deinen Ruf doch nicht auf Unterlagen von Amateuren und Dilettanten gründen wollen.»

Die Hauptbetonung lag auf den «Amateuren».

«Ich liebe es, wenn du vulgär wirst.» Ich legte mich neben ihn und schloß die Augen.

«Im Ernst, Vivian.» Der arme Roger. Wie sehr er sich um meinen Ruf sorgte.

«Ich muß dich warnen», sagte ich, als ich mich umdrehte und ihm das Hemd aufknöpfte. Als ich seine Haut mit den Fingerspitzen berührte, rief das sofort eine physische Reaktion in meinen Brüsten hervor. «Es birgt Gefahren, hat aber auch Vorteile, eine frischgebackene Mutter zu lieben. Du hast doch von dem Land gehört, in dem Milch und Honig fließen?»

«Das Gelobte Land?»

«Ich dachte eher an Noah. An die Flut. Kommst du damit zurecht?»

Mit meinem Still-BH kam Roger nicht zurecht, deshalb

half ich ihm, das Häkchen zu lösen, und sein Kopf sank zu einer langen, herrlichen Entdeckungsreise auf meine Brust. Schließlich kam er wieder hoch und schnappte nach Luft.

«Nun?» Ich wiederholte meine Frage.

Er leckte sich die Lippen und überlegte. «Kein bißchen übertrieben», sagte er schließlich. «Zugegebenermaßen sehr kalorienreich, aber ich denke, es wird sich am Markt durchsetzen. Und was ist mit dem Honig?»

«Der Abend hat erst angefangen.» Ich lächelte. «Die Welt liegt dir zu Füßen.»

Roger glaubte, er würde mich gern die ganze Nacht bei sich haben, doch ich wußte, daß das nicht stimmte. Das Stillen um zwei hätte ihn unangenehm überrascht und das um vier schlichtweg empört. Roger war ein Mensch, der an Routine gewöhnt war: dreißig Minuten Nachrichten im *National Public Radio*, ehe er um Viertel nach sieben in seinen seidenen Morgenmantel schlüpfte und den Knopf einer deutschen Maschine drückte, die die Kaffeebohnen mahlte und anschließend gleich das Wasser durchlaufen ließ. Fühlte er sich schwungvoll, so aß er ein Croissant mit englischer Orangenmarmelade, auf die er in einem Inserat im *New Yorker* gestoßen war. Den Höhepunkt bildete eine schaumige Naßrasur mit dem aufklappbaren Rasiermesser seines Vaters, das er sechsmal an einem dunklen Lederriemen wetzte. Es war schwer, sich Violet als Teil dieses Szenarios vorzustellen. Wie würde es Roger gelingen, sich den passenden Schlips auszusuchen, wenn ihn die Schreie ablenkten, mit denen sie die Welt begrüßte? Wie würde er die dunklen Ränder unter meinen Augen aufnehmen, wie die hungrige Rivalin, die sich gierig und besitzergreifend an meine Brust schmiegte?

Also beschloß ich nach einem angemessenen postkoitalen Intermezzo, mich auf den Heimweg zu begeben. Das war nicht leicht – Roger roch so verdammt gut. Die Bettwäsche war, als sei sie darauf trainiert, noch immer angenehm glatt. Während ich dalag und mit weit geöffneten Augen auf den

Anstoß wartete aufzustehen, mich anzuziehen, Violet zu holen und zu gehen, grübelte ich zum hundertstenmal über das völlig andere Leben an diesem Ort nach. Ein Land voller Saft von frisch ausgepreßten Orangen, Lachs aus Nova Scotia und Sonntags-Kreuzworträtsel, die gelöst wurden, während man sich gegen riesige Kissen aus Gänsedaunen lehnte. Pediküren. Elektronische Musik. Und, vor allem, lange Phasen der Stille.

Als hätte sie meine Gedanken gelesen, posaunte Violet herausfordernd durch die Wand. Das war eine erste Salve, der Schrei aus dem Halbschlaf, der sie zu vollem, erbostem Bewußtsein bringen würde. Ich rappelte mich auf die Knie hoch, kroch zu meinem Kleiderbündel, trug es in den Flur und schloß die Tür hinter mir. Meine linke Brustwarze erstickte Violets Protest, und während ich auf einem von Rogers Shaker-Stühlen saß und stillte, zählte ich die Lichtstäbe, die die schmalen Rippen des Rollos vom Licht der Straßenlaterne durchließen. Violet faßte sich ab und zu ans Ohr, streichelte es beinahe mit der Hand. Es war eine Geste von solcher Zufriedenheit, solch lieblicher Anmut, solch bescheidener Autorität, daß ich wußte, sie mußte von Roger kommen.

Ich ging und zog die Tür leise hinter mir zu. Violet wachte nicht auf, als ich sie in den Kindersitz legte und sie zudeckte. Ich schaltete das Licht erst an der Kreuzung ein, und statt das Radio oder eine Kassette anzustellen, ließ ich mein Gedächtnis die Musik der soeben vergangenen Stunden wiederholen. Mitten in der Nacht allein draußen zu sein ist ein Erlebnis – eine Art urtümliches Verschmelzen mit der Landschaft. Das Zirpen der Grillen ging ins Mark wie das Kratzen gutgespitzter Bleistifte auf weißem Papier, während die ganze Welt auf die Spätsommersonne wartete.

Ich nahm Violet mit zu mir ins Bett, und wir ergatterten noch ein paar Stunden Schlaf, in denen ich ihre Bedürfnisse befriedigte, ohne richtig wach zu werden. Um Viertel vor sieben dachte ich an Rogers Augen, die sich planmäßig öffnen, nach etwas suchen und dann feststellen würden, daß ich dieses Etwas war, und dann würde er merken, daß ich gegangen war. Ich stellte mir vor, daß er einen Augenblick lang traurig wäre, doch dann, nachdem er seine Kaffeemaschine in Gang gesetzt hätte, meine praktische Art zu schätzen wissen würde. So wie die letzte Nacht verlaufen war, paßte sie gut in sein Leben. Ich hatte es so eingerichtet, daß alles im Rahmen des für ihn Zumutbaren verlief. Ich hoffte, er würde Veränderungen in Zukunft aufgeschlossener gegenüberstehen, hoffte, er würde mehr von uns wollen, nicht weniger.

Ich schlief noch eine Stunde und wählte um acht Hildas Nummer, in der Annahme, daß sie wie immer zu spät von zu Hause wegkommen würde.

«Ja?» Ich wußte sofort, daß sie gerade gelesen hatte.

Ich gähnte laut ins Telefon.

«Entweder ist das Vivian oder ein sehr müder obszöner Anrufer», sagte sie. «Hat dich die Kleine die ganze Nacht auf Trab gehalten?»

«Nein, der Große.»

Es entstand eine Pause, während der sie das verarbeitete und dann filmreif nach Luft rang. «Doch nicht etwa...?»

«Er hat mir die Tür eingerannt. Was sollte ich machen?»

«Roger ist *zu dir* gekommen?»

«Na ja, nicht direkt. Aber dieser unverbesserliche Narr hat doch glatt den Hörer abgehoben, als ich ihn anrief. Er hat mir doch tatsächlich die Tür zu seinem Haus geöffnet.»

«Schockierend!» Im Hintergrund hörte ich Racines Stimme «Was?» fragen und stellte mir vor, wie Hilda ihm lautlos etwas zurief. Ihr Gesicht verzog sich sicher zu übertriebenen Grimassen – geschürzte Lippen, improvisierte Zeichensprache –, und er antwortete wohl entsprechend. Sie hatten diese Wiedervereinigung erwartet, das wußte ich, und hatten ihre glücklich verheirateten Zweifel an meinem Geisteszustand. Jetzt konnten sie sich den ganzen Tag darüber Gedanken machen, ob ich wieder verletzt werden würde.

«Aha, und wie war's?» fragte Hilda, nachdem ihre pantomimische Unterhaltung mit Racine beendet war.

«Auf einer Skala von eins bis zehn würde ich diesem Abend eine Zwölf geben.»

Racine war plötzlich am Apparat, konnte seine Neugier nicht länger verbergen. «Du bist ja verrückt», teilte er mir mit. «Bist du glücklich?»

War ich das? Ich schaute mich in meinem Zimmer um, streckte mich, spürte Violets Gewicht auf meiner Schulter und sah die Kleider, die ich am Abend zuvor angehabt hatte, vor dem Bett am Boden liegen.

«Ja», sagte ich, «heute bin ich glücklich.»

Wochenlang wußte ich nicht, wie lange ich diese Rolle durchhalten würde: Ernährerin; zuverlässige, energiegeladene Liebhaberin; pflichtbewußte Wissenschaftlerin; seelische Stütze – doch irgendwie behielt ich die Sache im Griff. Manchmal war tagelang alles so, wie es sein mußte. Grandma hatte Violet, an der sie sich austoben konnte, und Nash erstarrte vorübergehend vor Ehrfurcht angesichts meiner weiblichen Reproduktionsfähigkeit. Seit er mit Violets Dasein konfrontiert war, kam er pünktlich nach Hause. Ihre Gegenwart hatte etwas in ihm gelöst. Ich merkte, wie er sie anstarrte statt sich selbst, wie er ihre Hände und Füße studierte und lange Zeit ihr Gesicht betrachtete. Dies, beschloß ich, war der Moment, loszuschlagen. Ohne ihn zu fragen, trug ich uns beide bei der Grotz Academy für einen Familien-Karatekurs ein, in der Hoffnung, Meister Grotz' Werbeversprechen «Wer sich schlägt, der sich verträgt» gelte auch für uns. Während ich meine Muskulatur auf Vordermann brachte, konnten wir beide uns hoffentlich wieder zu Mutter-Sohn-Harmonie zusammenraufen.

Roger indes war erleichtert, mich zurückzubekommen, ohne daß er sich grundlegend ändern mußte, denn diesmal bat ich um nichts, was ich nicht freiwillig bekam. Ich konnte von Glück reden, denn Glück hatte ich: ein gesundes Kind.

Eine Großmutter, die ihre Rolle eines im Haus lebenden Kindermädchens als von Gott gegebenes Recht ansah. Einen pubertierenden Sohn, der zumindest nicht an der Nadel hing. Einen unverheirateten Freund, der mich attraktiv fand. Eine feste Arbeit, mit der ich die anfallenden Rechnungen bezahlen konnte. Selbst Christoph Kolumbus, der sich langsam als kniffliges Geduldsspiel entpuppte.

«Was weißt du eigentlich über Kolumbus?» fragte ich Nash eines Abends, während er eine mexikanische Bohnentortilla aß.

Vorsichtig beäugte er mich. War das ein Test? Hatte sein Geschichtslehrer bei mir angerufen und sich beschwert? War meine Frage der Einstieg in einen Vortrag, den er nicht hören wollte?

«Meinst du den Mann oder die Hauptstadt von Ohio?»

«Den Seefahrer.» Ich sprach betont unbeteiligt, desinteressiert, doch ich war ehrlich neugierig auf seine Antwort. Wenn man sich in ein Gebiet richtig eingearbeitet hat, vergißt man, was die Leute normalerweise darüber wissen. Man verliert die Realität aus den Augen.

Nash legte seine Tortilla hin; ihm schien ein Licht aufgegangen zu sein. Er glaubte zu wissen, was jetzt kam: das Indianerthema. Ich würde ihm diesen Teil seines Erbes bewußtmachen wollen. Blablabla. «Verschon mich bitte damit», schien sein Gesichtsausdruck zu sagen, doch da ich Violet im Arm hatte, ließ er mich gewähren.

«Er dachte, das hier wäre *Indien*.» Nash verdrehte die Augen angesichts der Dummheit einer solchen Annahme. «Deswegen hat er uns ‹Indianer› genannt.»

Oh, er wollte nett zu mir sein!

«Sonst noch was?» Ich war der Inbegriff der Freundlichkeit.

«Er hat 'ne Menge Gold gefunden, oder? Und dadurch ist er zum Helden geworden.» Er warf mir einen Blick zu und faßte einen Entschluß.

«Kolumbus», erklärte er kategorisch mit einer anderen,

ernsthafteren Stimme, «ist schuld, daß wir in diesem Schlamassel stecken.»

Ich setzte mich an den Tisch. Er stützte die Ellbogen auf, schob den Teller weg und starrte mich ernst an, beinahe anklagend.

«Mom», sagte er. «Ich weiß, daß du an einem Artikel schreibst, und ich wollte dich auch nicht aus dem Konzept bringen, aber wo du das Thema schon mal angeschnitten hast, erzähl ich dir jetzt das Allerneueste.»

Im plötzlichen Eifer seiner Antwort, in der Freude, die es ihm bereitete, sich über etwas auszulassen, das er sich freiwillig angelesen hatte, erkannte ich mich selbst wieder. Er setzte noch mal an und listete mir diesmal die Dinge über Kolumbus auf, die er *nicht* glaubte: daß er Spanier gewesen sei, daß er der einzige gewesen sei, der geglaubt habe, die Welt sei rund, und so weiter.

Ich unterbrach ihn. «Und das ist das Allerneueste?»

«Nun ja. Was ich jetzt sage, bleibt unter uns.»

«Ich werde schweigen wie ein Grab», versicherte ich ihm, doch wenn er in Fahrt war, entging ihm Ironie genauso wie Grandma.

«Kolumbus war ein Sklavenhändler, Mom. Mein Geschichtslehrer weiß alles darüber.»

Er wartete ab. Als ich nicht vom Stuhl fiel, griff er nach seiner Tortilla und redete kauend weiter.

«Viele aus meiner Klasse haben gesagt, ‹Kann gar nicht sein›, aber ich hab ihm geglaubt. ‹Guckt mich doch an›, hab ich gesagt, ‹ich bin Indianer. Aus *mir* hätte Kolumbus einen Sklaven machen wollen.›»

«Geographisch kaum möglich», erwiderte ich. «Lucayas, Arawaks, Tainos, ja. Aber dein Lehrer hat schon recht – aus Kolumbus' erstem Tagebucheintrag geht ziemlich klar hervor, daß er sich nichts anderes vorstellen konnte als eine Herrscher-Sklaven-Beziehung zwischen Europäern wie ihm selbst und den Menschen, denen er begegnete.»

«Er hat nicht genug Gold gefunden, deswegen hat er Sklaven zurückgeschickt, als er das zweite Mal in die Vereinigten Staaten kam.»

«Auf die Bahamas.»

«Richtig.» Jetzt, da er diese empörende Tatsache bestätigt fand, war Nash zufrieden, aber er war noch nicht fertig. «Siehst du, und um jetzt darauf zurückzukommen, was ich über den Schlamassel gesagt habe, in dem wir uns befinden, daß das die Schuld von Kolumbus ist...»

«Ja?»

«Weil er hierhergekommen ist mit einem bestimmten *Bewußtsein*, einem Machtbewußtsein, und das hat er durchgesetzt. Zuerst gegenüber den Indianern und dann auch gegenüber dem Land. So nach dem Motto ‹Ich bin der Größte. Und ihr seid nur Dreck›, und so ist es seitdem immer gewesen. Aber ich sehe das anders. Die Angloamerikaner sind nicht die Größten. Nicht mal wir sind die Größten. Die Menschen sind überhaupt nicht das Größte.»

«Was denn?»

«Die Natur. Wir sind alle Teil davon.» Nash verschränkte die Finger. «Deshalb esse ich auch kein Fleisch mehr.»

«Das ist mir noch gar nicht aufgefallen.»

«Dir fällt nie auf, was ich esse. Grandma schon.»

Er sagte das ohne jeden bissigen Unterton, doch trotzdem zuckte ich zusammen.

«Säugetiere träumen», meinte er. «Ich esse nichts, was träumt. Das ist meine Philosophie. Und außerdem verbrauchen die Menschen im Westen das ganze Grundwasser, um Weiden zu bewässern und Rinder zu züchten, damit wir *Steaks* essen können!»

«Gut. Also auch keine Hamburger mehr.»

«Jedenfalls keine Steaks.»

Das klang wehmütig, doch entschlossen. Wir nickten einander zu, ein Pakt war geschlossen. Es entstand eine Pause, in der Nash seinen Speicher nach weiteren Daten absuchte, doch er fand nichts. Ende der Datei Kolumbus. Vom Wohnzimmer her durchschnitt Grandmas Stimme die Luft.

«Zum Schluß ist er verrückt geworden», meldete sie sich zu Wort.

«Hört, hört», sagte ich. «Die Stimme der Tradition.» Ich nahm es ihr übel, daß sie sich in mein Gespräch mit Nash einmischte. Konnte sie sich nicht damit begnügen, auf seinen Speiseplan zu achten?

«Sie haben ihn in Eisenketten zurück nach Spanien gebracht», fuhr sie fort. «Er hatte eine *Geliebte*.»

Letzteres sagte sie in einem zutiefst empörten Ton, als seien Nashs träumende Kühe, Dürre und ungezählte andere Umweltkatastrophen die direkte Folge von unerlaubtem Geschlechtsverkehr. Der Hinweis, der anklagende Zeigefinger entging mir keineswegs. Auch *ich* war eine Geliebte, wie die Nächte, in denen ich spät heimkam, bewiesen.

«Hatte sie das Glück, Kinder von ihm zu bekommen?» rief ich zurück. «Brachten sie Freude ins Leben ihrer Großmutter?»

Als Antwort vernahm ich nur ein betontes Quietschen ihres Schaukelstuhls und schrieb mir ein paar dicke Pluspunkte gut. Roger als Kolumbus. Ich als Beatriz Peraza. Was für eine Besetzung.

Es war halb fünf nachmittags, zwei Tage später, nach der Schule, vor dem Abendessen. Wir hatten die Teilnahmegebühr bezahlt und waren in Grotz' Karate-Kurs aufgenommen worden. Der Raum war rührend behelfsmäßig eingerichtet, in einem pleite gegangenen Männerbekleidungsgeschäft in Claremont, einer Stadt südlich von Hanover. Der blaue Wandanstrich blätterte ab, die Regale waren leer. Von unten roch es nach Schimmel – die Luft schien kühl und feucht.

Nash und ich hatten die Schuhe ausgezogen und standen in Grundstellung da. Ich fühlte mich unbehaglich und lächerlich, da alle Fußgänger durch die riesigen Glasfenster hereinsehen konnten.

«Das ist unser Dojo», sagte Grotz mit einer ausschweifen-

den Handbewegung, als er aus der Umkleidekabine hereinkam. «Ich heiße Phil Grotz. Ich bin der Sensei.»

Der kleine stämmige Mann im weißen Gi – alles hatte
einen Namen – strahlte uns an und erklärte den «Weg der
Leeren Hand», wie er es nannte. Während der nächsten Viertelstunde wurden wir mit derartig dümmlichem pseudomy-
stischem Geschwafel eingedeckt, daß ich spürte, wie meine
guten Vorsätze dahinschwanden. Konnte ich das durchste-
hen, selbst Nash zuliebe? Ich schielte zu meinem Sohn hin,
und da war die Antwort. Er hatte die Lippen geöffnet und
atmete schnell und flach. Vollständig hypnotisiert.

«Was Drogen anbelangt», sagte Grotz abschließend, «sie
blockieren das Bewußtsein. Laßt die Finger davon, wenn ihr
unser Dojo betretet. Wir suchen hier nach dem echten Bewußtsein, und das kann nur von intensivem körperlichen
und geistigen Training kommen. Wer Drogen nimmt, gibt
die Kontrolle über sich auf, die Selbstbeherrschung, und genau um die geht es beim Karate. Ist das klar?»

Kristallklar, wunderbar, was mich betraf. Fünfundsechzig
sinnvoll angelegte Dollar.

Während der nächsten Wochen, in denen ich treu und brav in
Grotz' Dojo ging, glaubte ich weiterhin, daß diese Ersatzphi-
losophie möglicherweise gut für Nash war, doch um ganz
sicherzugehen und damit wir uns näherkamen, fügte ich meinen eigenen Ritus hinzu. Vor jeder Stunde rezitierten wir
einen Teil des Navajo-Gedichts *Blessing Way*, das uns passend
erschien. «Die Füße der Erde werden zu meinen, so gehe ich
durchs Leben. Ihre Beine werden zu meinen, so gehe ich
durchs Leben. Ihre Kraft, Dinge zu bewegen, wird zu meiner...», so fing es an. Doch für mich war es trotzdem ein
Kampf. Mir lief die Zeit davon. Die Arbeit blieb liegen. Roger fühlte sich vernachlässigt. Grandmas Augen funkelten
bei den seltsam klingenden Phrasen, die Nash zu allen möglichen Gelegenheiten fallenließ. Und auf der rein körperlichen Ebene bedeutete es, daß ich die grundlegende Fußtech-

nik so lange üben mußte, bis ich dachte, mir würde gleich das
Bein abfallen, daß ich meine Hand immer wieder in einen
Eimer mit Kieselsteinen stecken mußte, um die Kanten abzu-
härten, und auf der Stelle zu hüpfen hatte wie ein Basketball.
Selbst in meinem neuen, extra bestellten und recht teuren
kombinierten Jogging- und Still-BH war es eine große Bela-
stung, so kurz nach der Geburt. Ich hatte noch immer Über-
gewicht, war ständig müde, doch wenn wir es jetzt nicht versuchten, könnte es für Nash zu spät sein, fürchtete ich. Die
kaputte Tür zu seinem Zimmer war auf sein Drängen hin
ersetzt worden, und meist war sie von innen verschlossen.

Allmählich, zögerlich, gewöhnte sich Violet an einen festen
Tagesablauf. Kurz vor fünf Uhr morgens erwachte sie mit
einem Schrei, döste dann nach ihrem Frühstück bis etwa acht
und trat anschließend dem Tag mit geballten Fäusten und
mißtrauischem Gesicht entgegen. Normalerweise ließ sie
sich dazu herab, in einem Tragetuch an meiner Brust zu ruhen, während ich meiner Arbeit nachging, doch sie haßte es,
wenn sie keinen körperlichen Kontakt zu mir hatte. Eher wie
ein Beuteltier denn wie ein Säuger schmiegte sie sich eng an
mich und nahm dabei eine zu der im Mutterleib etwa entgegengesetzte Stellung ein. Sie hatte sich zu einem Kind entwickelt, das seine Zeit brauchte, jeden neuen Schritt erst
abschätzte, ehe es ihn tat, ihn zuerst im Kopf meisterte. Sie
handelte bewußt, probierte nicht zögernd herum. Anders als
Nash, anders als ich handelte sie nicht impulsiv, sondern
überlegt, und dann machte sie selten einen Fehler.

Ich war der Logenplatz, von dem aus meine Tochter die
Welt betrachtete, und weil alles neu für sie war, gefiel es ihr,
jeden Anblick, den ich ihr bot, ausgiebig wahrzunehmen.
Manche Mütter schleppen ihre Sprößlinge durch Wirbel von
Farben, Formen und Geräuschen: über kakophonische
Marktplätze, durch belebte Straßen voller Gehupe und Hun-
degebell und grüne Dschungel, die mit dem Geruch von
Erde und Blumen angefüllt sind. Ihre Kinder müssen schnell

lernen, das Außergewöhnliche auszufiltern, im gewebten Teppich den einzelnen Faden zu erkennen und sich selbst einen Weg durch das Getöse zu bahnen. Sie müssen lernen klarzukommen. Sie entwickeln Schutzmechanismen, die Ohren sind geschärft und zugleich taub, die Blicke durchbohrend und zugleich blind. Wenn sie ihre Beine entdecken, sind sie sofort bereit, loszurennen.

Nicht so Violet. Zusammen mit mir verbrachte sie jeden Tag in den dämmrigen, stillen Korridoren der Baker Library. Die Palette der Dinge, die sie wahrnahm, bestand aus stummen, horizontalen Reihen von Buchrücken. Jeder Schritt war hörbar, jede Stimme ein Flüstern. Der Rhythmus war langsam, die Luft unbewegt. Sie übersetzte sich ihr Leben Seite für Seite, erschloß sich die Bedeutungen aus den offensichtlichen Tatsachen. Sie erwartete und benötigte Ordnung, und aus hungriger Neugier begann sie, in einem immer breiteren Frequenzbereich, jede Veränderung aufzunehmen. In diesen stillen Korridoren wurde meine Tochter so sensibel, daß sie in einer normalen Umgebung – wenn ich sie zum Einkaufen oder ins Restaurant mitnahm – überreizt war und losging wie eine Sirene, sich eine eigene Schutzwand schuf. Mit den engen Grenzen meiner Arbeitsstätte als Maßstab entwickelte sie eine Vorliebe für die Einsamkeit, für die Gesellschaft ihrer eigenen, durch nichts abgelenkten Gedanken. Während ich das geheime Leben des Kolumbus erforschte, stellte sich Violet darauf ein, entdeckte das Nachdenken. In einer stillen Umgebung lernte sie, sich unsichtbar zu machen, und in einer lauten veranstaltete sie den größten Krach.

Manchmal redete ich mit ihr, meiner ständigen Begleiterin, als könne sie meine Worte verstehen. «Stell dir mal vor», flüsterte ich ihr ins Ohr, dieses Mikrophon meiner Gedanken, wenn ich auf eine unvermutete Tatsache stieß. «Was weiß man schon», sagte ich beruhigend, wenn bei der Analyse der Motive oder Herkunft meines Themas eine obskure Quelle der anderen widersprach. «Und wie wär's damit?» soufflierte ich, um mich selbst wachzuhalten, wenn ein Autor, von Einzelheiten fasziniert, eine weniger wichtige Theorie zu untermauern versuchte. Meine Stimme zog Violets Aufmerksamkeit auf sich, und einen Augenblick lang wurden wir zu Verbündeten. Ihr Gesicht strahlte vor Freude, verriet volle Zustimmung, und angespornt durch diesen Zuspruch schrieb ich die Nebensächlichkeit auf und studierte die obskure Quelle weiter.

Natürlich war die Mappe mit den Unterlagen, über die ich in meiner langen Nacht der ersten Wehen gestolpert war, von besonderer Bedeutung für mich. Sie waren das erste, was ich direkt dem Einfluß meiner Tochter zu verdanken hatte, ihr erstes, unbeabsichtigtes Geschenk, und ich hatte beschlossen, daß es sich als wertvoll herausstellen würde. Mit mehr Geduld, als mir normalerweise gegeben ist, wühlte ich mich durch den Brei jambisch gereimter Heraldik, durch die Programme der Jubiläumsbeiträge kleinerer Städte, durch die Reproduktionen romantischer Porträts, in denen eine blonde Version von Kolumbus nach der anderen, meist etwas mißmutig, nach einem Ufer schielte, das nur er sehen konnte. Die Sippe der Cobbs hatte seit der vorletzten Hundertjahrfeier der Entdeckung so viel Kitsch zusammengestellt, daß man damit die ganze Bibliothek hätte tapezieren können, und Blatt für Blatt sah ich alles durch. Und dann, ganz am Ende der Mappe, steckte ein Zettel mit dem Vermerk: «Weitere Cobb-Unterlagen siehe Korrespondenzakte, Handschriftenraum.» Ich fand, da ich nun schon so weit gegangen war, konnte ich die Suche auch zu Ende führen.

7

ROGER

Mit **Beatriz Peraza**, der Geliebten von Kolumbus, war nicht gut Kirschen essen. Es heißt, wann immer ein Mann ihre Tugendhaftigkeit in Frage stellte – rückblickend gesehen kein gar so empörender Vorwurf –, ließ sie ihn zweimal aufhängen, zunächst im verborgenen und dann noch einmal öffentlich. Ihre späteren Liebhaber behielten, angesichts dieser doppelten Gefahr, vermutlich ihre Kritik für sich.

Ich zog meine Lehre aus dieser Geschichte und vermied nach Möglichkeit jeden Kommentar zu Vivians Lebensstil. Wir waren unterschiedliche Menschen, hielt ich mir vor Augen, außerdem waren wir beide erwachsen und berechtigt, unser jeweiliges Leben so zu organisieren, wie wir es wollten. Es fiel nicht in meine Zuständigkeit, Änderungsvorschläge zu ihrer Garderobe vorzubringen, gedecktere Farben einzuführen oder die Kanten der geometrischen Muster, die sie so zu lieben schien, etwas abzurunden. Ich besaß nicht das Recht, ihr ein bestimmteres Auftreten im Umgang mit ihrer Großmutter oder einen solideren wissenschaftlichen Arbeitsstil und weniger Abschweifungen anzuraten. Sie gab sich ihren Marschrhythmus selbst vor und war damit bislang ganz gut klargekommen. Sie war eine eigenständige Persönlichkeit, und wenn ich Vernunft walten ließ, war mir klar, daß mich gerade ihre Eigenwilligkeit anzog, daß gerade die sie zur interessantesten Frau machte, die ich je gekannt habe.

Und doch fand ich mich jetzt, da wir unsere Beziehung wiederaufgenommen hatten, mit dem Gedanken beschäftigt, Verbesserungen an ihr vorzunehmen. Ich war nicht Professor Higgins und sie nicht Eliza Doolittle – so extrem war unser Verhältnis bei weitem nicht –, doch es gab die verschiedensten Möglichkeiten, wie ich ihr helfen konnte, wenn sie es nur zuließ. Zugegeben, ich bin kein vorbildlicher Mensch. Ich kann spießig sein, unflexibel und zögerlich, solange nicht alle Möglichkeiten sorgfältig abgewogen sind. Vivian brachte mich mit ihrem heiteren Wesen von diesen eigenbrötlerischen Neigungen ab – zu meinem Vorteil –, und ich wollte mich unbedingt dafür revanchieren. Sie würzte meinen Alltag mit Überraschungen, doch ihr Leben konnte etwas mehr Berechenbarkeit – meine Spezialität – vertragen. Wenn man unsere Gewohnheiten, gute wie schlechte, addierte und die Summe durch zwei teilte, so konnte das nur größere Harmonie zwischen uns zur Folge haben. Das Fernsehen als Beispiel: ich stand, bestenfalls, für seriöse Nachrichtensendungen, Vivian war populäre Unterhaltung.

Wenn wir unter der Woche einen Abend gemeinsam verbrachten, schaltete ich das Fernsehgerät nach dem ausführlichen Nachrichtenmagazin ab, so daß wir in aller Ruhe ein wenig plaudern und unsere Vorlesungen vorbereiten konnten.

«Mir gefällt aber *Murphy Brown*», protestierte Vivian eines Montags.

«Besser als *ich*?» fragte ich tadelnd. «Mehr als die Befriedigung, die einem eine gelungene Vorlesung verschafft?»

Sie biß die Zähne zusammen und schloß die Augen, und ich wartete auf einen Vergeltungsschlag. Vivian würde mir vorhalten, ich versuche, sie zu bevormunden, und ich würde mit einer Aufzählung der Zugeständnisse kontern, die ich ihr gemacht hatte. Wer war wem Konzessionen schuldig, und in welchem Umfang? War *Murphy Brown* ihre Maginotlinie, oder würde sie sich erst bei einem wesentlicheren Punkt unnachgiebig zeigen? Schließlich fand Vivian dann einen Mittelweg.

«Wir nehmen es auf», teilte sie mir mit. «Und am Freitag sehen wir es uns *gemeinsam* an.»

Ich nickte, aber nicht aus der Position des unbestrittenen Siegers. Ich wußte, sie würde es sich merken.

Am ausdauerndsten stritten wir uns wegen der übertriebenen Nachgiebigkeit, die Vivian ihren Kindern gegenüber an den Tag legte. Ich hatte mir fest vorgenommen, niemals und niemandem gegenüber Nashs schändlichen Diebstahl zu erwähnen. Ich verharrte in zynischem Schweigen. Seine Rehabilitierung war ein langfristiges Projekt – wenn er überhaupt noch für den zivilisierten Teil der Menschheit zurückzugewinnen war. Ich unterdrückte selbst das Verlangen, Kritik an dem absurden Unterricht in fernöstlicher Selbstverteidigung zu üben, den sie zusammen nahmen, obwohl meiner Meinung nach diese Beschäftigung nicht nur Nashs ohnehin beträchtliches Selbstbewußtsein noch weiter steigern würde, sondern ihn womöglich sogar richtig gefährlich werden ließ.

Außerdem ging die Zeit, die Vivian darauf verwendete, natürlich von unserer gemeinsam verbrachten Zeit ab, und das wurmte mich so sehr, daß ich mich bei ihr darüber beklagte.

«Das Leben ist kurz, und die Kunst ist lang», hatte Vivian mit gespielter Feierlichkeit erwidert. «Das ist die Philosophie von Sensei Grotz. Das müßte dir doch auch was sagen, Roger.»

«Sehe ich es also richtig, du bist keine vorbehaltlose Anhängerin dieses Grotz, der seine Tage als Schädlingsbekämpfer zubringt?»

«Als ‹*Berater* für Schädlingsbekämpfung›», entgegnete Vivian lächelnd. «Er arbeitet mit Öko-Farmern aus der Gegend zusammen, und für Nash ist das Therapie. Ich denke, mir wird das Ganze auch nicht schaden, obwohl ich die Schlechteste im ganzen Dojo bin, am wenigsten von allen kann. Alles, was ich mache, ist treten. Den ganzen Monat habe ich auf imaginäre Gegner eingetreten. Grotz sagt, ich sei ein ‹kleines Universum› und solle mich um vollkommene innere Ruhe beim Treten bemühen. Ich hab ihm gesagt, das sei nicht meine übliche Verfassung, aber ich beobachte weiter die anderen und bereite mich auf den Tag vor, an dem ich zum erstenmal schlagen darf.»

Ich war noch immer nicht überzeugt. Nash hatte seine Aufsässigkeit und sein ungehobeltes Benehmen so lange ungehindert austoben können, daß daraus richtige Charaktereigenschaften geworden waren. Kein übersimplifiziertes fernöstliches Heilsprogramm, im Grunde überhaupt nichts außer einer vollständigen Psychoanalyse würde wohl etwas an der egozentrischen Einstellung, mit der er der Welt gegenübertrat, ändern können. Ich wartete weiter auf ein Zeichen der Reue von ihm, ein Signal der Aufrichtigkeit. Sicher mußte die Schändung meines Tagebuchs, dieses Eindringen in meine Privatsphäre, auch wenn nie davon gesprochen wurde, auf dem bißchen Gewissen lasten, das er besaß, sagte ich mir.

Ich hatte offenbar unrecht – er schien keine Gnade zu kennen. Es war, als hätte ich ihm etwas so Schreckliches, so Unverzeihliches angetan, daß er sich berechtigt fühlte, sich auf jede ihm mögliche Weise zu rächen.

Ich verwandte nicht wenig Zeit darauf herauszubekommen, welcher Natur mein Verbrechen war, doch letztlich gelangte ich zu dem Schluß, daß die Dinge ganz einfach lagen. Ich *war da* – und das reichte als Grund völlig aus. Überdies stand ich in einer romantischen Beziehung zu Vivian. Biologischer Vater oder nicht, dies war ein Fall für Sophokles, Stoff für eine klassische Dreieckstragödie.

Violet hingegen war noch eine Tabula rasa. Sie war für mich erreichbar, möglicherweise formbar, und ich war sicher, sie würde auf eine führende Hand positiv reagieren, wenn die klar und entschieden die Richtung wies. Die Gene besitzen ja durchaus Einfluß, und sie war nun einmal meine Tochter. Irgendwo mußte auch sie sich nach Ordnung,

Struktur und Folgerichtigkeit sehnen. Ich konnte ihr gut nachfühlen, wie verwirrt sie war und wie unfähig, ihre wahren Bedürfnisse mitzuteilen, wenn Vivian sich ihr gegenüber anders verhielt.

Kein Wunder, daß Violet so häufig hysterisch wurde.

«Darauf legt sie es doch nur an», stöhnte ich nachts, wenn Vivian beim ersten unterdrückten Weinen aus dem Bett sprang. «Vergiß nicht, in dem Buch stand, daß ein fester Rhythmus auch schon in den ersten zwei Monaten wichtig ist.»

«Erinnerst du dich an Orests Amme?»

Ich selbst hatte Vivian Kilissas Worte zitiert: «Der Bauch des Kindes ist sein eigner Herr.»

«Sie ist doch noch so klein, Roger.»

Versuche mit Ratten, Artikel aus entwicklungspsychologischen Zeitschriften und auch die Logik selbst waren nicht in der Lage, Vivians Glauben an den Mutterinstinkt zu erschüttern.

Sie versuchte auf ihre Art, mir Unannehmlichkeiten zu ersparen. Sie bat sehr selten um Hilfe, erwartete dafür aber auch von mir, daß ich die Erziehung vollständig ihr überließ. Meine Rolle beschränkte sich auf die eines dankbaren Zuschauers, der immer bereit sein mußte zu klatschen, wenn Vivian ein Schild mit der Aufschrift «Applaus» hochhielt, und taubstumm, wenn meine Meinung der ihren widersprach. Ich wurde ermutigt, ein Verhältnis zu meiner Tochter aufzubauen, solange das nicht zu konkreten Handlungen oder – wozu ich eher neigte – zum Unterlassen konkreter Handlungen führte. Zahllose Fachleute waren sich einig: ein Kleinkind braucht das Leben der Eltern nicht zu dominieren. Das sollten sie mal Vivian beizubringen versuchen, der ihre geheiligte Mutterschaft als ausreichende Entschuldigung und Rechtfertigung für jeden Exzeß diente.

Natürlich begann sich das Baby angesichts solcher Freizügigkeit zu einem Wesen zu entwickeln, das auf mich zugleich fremd und enervierend wirkte. Wir versteiften uns in gegnerische Rollen, ich als Verfechter des goldenen Mittelwegs, während sie stets auf Rosen gebettet sein wollte. Aus Respekt vor der ihr angeborenen Intelligenz weigerte ich mich, in Kleinkindersprache mit Violet zu reden, beleidigte sie nicht mit einer Falsettstimme. Je eher sie die Konventionen eines normalen Gesprächs begriff, desto schneller würde sie im Licht der Vernunft Trost finden. Doch durch eine nachgiebige Welt voller sentimentalem Geflüster dazu ermutigt, rebellierte meine Tochter gegen mein einsames Drängen auf Fortschritt. Sie beschloß, sich im Land der Lotosesser einzurichten, und drohte mit Gezeter, wenn nicht jeder ihrer Launen augenblicklich nachgegeben wurde.

Es überrascht deshalb nicht, daß ich, ob dieser permanenten Unterbrechungen meiner Gedanken, des unbeachteten Erkaltens der von mir prächtig angerichteten Mahlzeiten, angesichts des Ruheentzugs und der Geringschätzung meines Rates einen gewissen Groll empfand. «Violet», kam mir unwillkürlich in den Sinn, hatte wohl die gleiche Wurzel wie das lateinische «violentia», und emotionale Gewalt war genau das Verbrechen, dessen unglückliches Opfer ich war. Vielleicht trug das Kind auch schlicht den falschen Namen. Schließlich war die Violine ein sanftes Instrument. Unter Vivians nachgiebiger Obhut sollte meine Tochter wohl eher in Cymbeline umbenannt werden.

Tatsache ist, daß ich mich durchaus als fähig erwies, wenn man mir auch nur den Hauch einer Chance gab. Als mir zum erstenmal die Ehre gewährt wurde, Violets umweltfreundliches, biologisch abbaubare Wegwerfwindel zu wechseln, las ich zunächst die seitlich auf der Verpackung aufgedruckten Anweisungen. Vivian spottete zwar über meine Sorgfalt, wandte ein, es sei doch klar, was zu tun war, aber ich hatte nicht vor, mich abzurackern wie einer der unbeholfen herumwurstelnden Männer, die sich in Fernsehserien und Hollywoodfilmen zum Narren machten.

Einmal bemerkte ich, daß Vivian einen leichten Ärger unterdrücken mußte, als – ganz gegen ihre Erwartung – Violet positiv auf meine ruhige und monotone Art, sie anzusprechen, reagierte, indem sie schlagartig mitten im Schrei verstummte und trotz ihres zu weiterem Wehklagen bereiten Gesichtsausdrucks wie gebannt den Worten lauschte, mit denen ich sie beschwor, Ruhe zu geben.

«Tränen nützen dir doch nichts», versicherte ich ihr, nicht unfreundlich. «Wir haben alle manchmal Hunger oder Durst, und ich verstehe deine Frustration durchaus: du kannst deine Bedürfnisse nicht in Worte kleiden.»

«Roger!» Vivian trat schutzergreifend näher an Violets Kinderbett. Natürlich wußte ich, daß mich das Kind nicht Wort für Wort verstehen konnte, aber etwas, wenn auch vielleicht nur respektvolles Mitgefühl oder freundliche Bestätigung, wurde vermittelt. Violet und ich verhakten unsere Blicke ineinander, und durch einen Willensakt hielt ich sie in einem Schwebezustand zwischen Neugier und ihrem vorherigen Wehklagen. Vivian weigerte sich jedoch zuzugeben, daß unsere Verbundenheit mehr als Zufall war.

«Sie ist nicht eine von deinen Studentinnen», sagte sie. «In dieser Entwicklungsphase empfindet sie dich lediglich als einen undefinierbaren Teil von sich selbst.»

Nur ein Grund mehr, dachte ich, ihr einen sicheren Hafen zu bieten. Wenn es keine Grenze zwischen mir und meiner Tochter gab, warum sollte ich dann nicht für uns beide das Denken übernehmen?

8

VIVIAN

*I*ch gehöre zum verlorenen Stamm der Halbblütigen, jenem Mischmasch an Herkunft, Hautfarbe und Sprache, der sich nur schwer einordnen läßt. Als sich die DNS meiner diversen Vorfahren – Iren und Cœur d'Alene, Franzosen und Navajos und wer weiß was noch alles – aufwickelte, um mich zu bilden, war das Ergebnis alles andere als ein feines, undefinierbares Püree aus dem Küchenmixer. Wer kennt nicht die Anleitung für Pfannkuchen auf der Packung der Fertigmischung: Mit der Gabel verrühren. Klumpen lassen. Das war ich.

Es hat gewisse Vorteile, nicht diesem oder jenem anzugehören. Man hat massenweise Geschichten, für jede Gelegenheit eine, und irgendwie sind sie alle Lügen und irgendwie doch alle wahr. Wenn ich von Indianern höre: «Woher kommst du?», weiß ich genau, wonach sie fragen, und sage «Cœur d'Alene». Ich füge nicht hinzu: «Zu zwischen fünfundzwanzig und fünfzig Prozent», denn diese Information brauchen sie nicht, jedenfalls nicht sofort – obgleich das später kommen kann, wenn ich mich verhaspele und sie nach den Gründen suchen. Wenn mich einer meiner Kollegen am Dartmouth College fragt: «Wo haben Sie studiert?», nenne ich den besten Ort mit den schwierigsten Aufnahmebedingungen, um zu dokumentieren, daß ich dazugehöre. Wenn mich Fremde auf der Straße danach fragen, woher Violet ihre hellbraunen Haare und den dunklen Teint hat, reagiere ich unwirsch und lasse sie rätseln.

Manchmal bestimme ich selbst, wer ich bin, manchmal jedoch lasse ich andere entscheiden. Ich bin nicht ganz und gar eins, ich bin von vielem etwas. Meine Wurzeln sprießen in alle möglichen Richtungen, und wenn ich bestimmte mehr gieße als andere, dann deshalb, weil sie es häufiger brauchen. Für mein College bin ich das umgängliche Minoritäten-Alibi, für Roger exotisch und somit gut vorzeigbar, für Nash zu konventionell, für Grandma zu angelsächsisch, für Hilda und Racine die romantische amerikanische Freundin. Für Violet bin ich, zumindest im Moment, perfekt. Kein Wunder, daß ich ihre Gesellschaft genieße.

Ich habe gelehrte anthropologische Veröffentlichungen über Menschen wie mich gelesen. Wir werden «marginal» genannt, als existierten wir überall, nur nicht im Haupttext. Unser Territorium ist der Ort für Randbemerkungen, für erklärende Fußnoten, für Anmerkungen des Herausgebers. Wir sitzen im Publikum, sind nie die Hauptakteure, doch der periphere Blickwinkel hat auch Vorteile. Wenn man außerhalb der normalen Grenzen steht, weiß man wenigstens genau, wo man nicht steht. Man ist frei von dem Zwang, immer dazugehören zu müssen, und was man an Sicherheit einbüßt, gewinnt man durch die Erkenntnis – die man innerhalb der Grenzen niemals bekommt –, daß Sicherheit nur eine Illusion ist, wieder hinzu. Wir blicken neidisch auf die Unschuld, das gebe ich zu, doch als die Haken und Ösen, die einen Kern mit dem anderen verbinden, haben wir unsere Rolle zu spielen. «Sie sitzen zwischen zwei Welten in der Falle» ist eine gängige Umschreibung, doch ich würde es anders formulieren. Wir *sind* die Falle.

Zu Kolumbus hatte ich eine Beziehung gefunden, als Fremde zu einem Fremden. Da war er nun, egal, welcher überlieferten Version seines Lebens man Glauben schenken will, und überschritt jegliche Grenze, wo immer er sich auch befand. Ein Italiener auf der Iberischen Halbinsel. Jude unter

Christen. *Konverso* unter den von Geburt an Getauften. Laie unter Franziskanern. Alle Sprachen sprach er mit ausländischem Akzent, und sein Blick war immer vom Land weg gerichtet. Er ließ sich nicht einfügen, nirgendwo, und das war sein Motor. Sein Antrieb war die Entfremdung, der Versuch, Brücken zu schlagen, die Brücke zu *sein*, von einer Menschengruppe zur nächsten. Kein Wunder, daß es ihn auf den Atlantik hinauszog, zum westlichen Horizont. Er *mußte* global denken, denn die ganze Welt war der einzige Kontext, in dem er unzweideutig ein vollwertiger Mensch war.

Nun, da ich immer tiefer in meine Recherchen eintauchte, viel weiter, als es für einen Seitenfüller im Hausorgan nötig gewesen wäre, zahlte sich die Zeit aus, die ich bei anderen Dingen abknapste: Je vielfältiger und widersprüchlicher die Fakten wurden, die ich über Kolumbus zusammentrug, desto besser verstand ich diesen Menschen, fühlte mit ihm und ärgerte mich zugleich, daß er am Schluß so wenig verstanden hatte. Die Widersprüche und Unmöglichkeiten von Kolumbus' Leben – ständiger Grund zu Beschwerden für so viele Wissenschaftler, die die offenen Fragen und falschen Fährten seines Lebens herausgefiltert hatten – frustrierten mich keineswegs, ganz im Gegenteil, sie zogen mich an. Er konnte nicht all das sein, was er zu sein vorgab, und doch erkannte ich die Phantasiegeschichten, die er konstruierte und einem präsentierte, und nie war es zweimal dieselbe. Er war eine bestimmte Art von Mensch am spanischen Hof und ein gänzlich anderer in der Karibik; er war Söldner, Heiliger, Gelehrter, Narr und natürlich auch Sklavenhändler. Der erste Importeur der Neuen Welt. Das Paradigma. Eine Unterschrift versah er mit einem kryptischen Symbol, und die nächste sah so mühsam hingekrakelt aus, daß sie seine Behauptung, er habe erst kürzlich schreiben gelernt, zu stützen schien. Seine Lügen addierten sich zur Wahrheit auf, doch nur bei Betrachtung aus einer bestimmten Perspektive, nur bei Begutachtung durch einen weiteren Lügner. Er war eine Verknüpfung vieler erfundener Leben, von Geschichten, die immer nur zur

Hälfte stimmten, und als er dann zufällig eine Hauptrolle in der grandiosesten, am weitesten hergeholten Geschichte spielte, wußte er nicht, was er davon halten sollte. Konnte er, nach so vielen Täuschungen, sich selbst noch glauben? Er war in das Undenkbare hineingestolpert: Eine Welt, in der es keine andere mehr gab, war eine Welt ohne Grenzen. Dadurch, daß Kolumbus den Fuß auf die Erde Amerikas setzte, machte er Europa unwiderruflich kleiner.

Zuerst war ich allein mit meiner Begeisterung, abgesehen von Violet, die allem zustimmte, solange sich dadurch die Befriedigung ihrer Bedürfnisse nicht verzögerte. Grandma reagierte mißtrauisch auf meine spätabendlichen Berichte, als hätte ich plötzlich die Seite gewechselt. «Warum schreibst du nicht etwas über Ureinwohner?» fragte sie mich. «Über weibliche Ureinwohner?»

Roger, der sich mit der dichterischen Verarbeitung von Geschichte einen Namen gemacht hatte, war keineswegs begeistert von den Revisionsversuchen anderer Autoren – dieses Patent beanspruchte er für sich. Auf seinen wohlbehüteten Regalen hatte er mehr als genug Material angesammelt, um sein Süppchen zu kochen – die Bücher von Las Casas und Díaz, von Kolumbus' Nachfahren und Gegnern, Simon Wiesenthals *Segel der Hoffnung*, Peter Martyrs *De orbo novo*, übersetzte Überlieferungen der Maya-Kultur und die Standardwerke der Literatur: Milton, Shakespeare und seinen geliebten Donne. Das letzte, was Roger wollte, war eine weitere neuerfundene Vergangenheit, ein neuer Almanach des Jahres 1492, der sein wertvolles, ketzerisches Epos überflüssig machen würde. Obwohl er es nie direkt sagte – schließlich waren wir technisch gesehen wiedervereinigte Liebende, die sich ganz in der Bewunderung des anderen verloren –, wußte ich doch genau, daß er mich als Störenfried in seiner wissenschaftlichen Domäne betrachtete, als Elefanten in seinem Porzellanladen, als gefährlichen Amateur, dessen Gewinne seine Verluste sein würden.

Hilda indes sorgte sich, daß ich während der kostbaren mir

noch verbleibenden Wochen meiner befristeten Tätigkeit die Arbeit vernachlässigte, die mir die Festanstellung sichern würde. Kolumbus sei ein hinreichend beackertes Feld, machte sie mir bei jeder Gelegenheit deutlich. Die Wahrscheinlichkeit, daß ich mit etwas Neuem würde aufwarten können, ganz zu schweigen von dem mir abverlangten *Buch*, sei gering. Wenn ich die Professur einmal in der Tasche hätte, könne ich noch genug in esoterischen Gefilden schwelgen – das sei weiß Gott mehr, als manch anderer Dozent tat –, doch im Moment solle ich tunlichst meinen Lebenslauf so aufpolieren, daß die Berufungskommission – jener allmächtige, unbestechliche Bewertungsausschuß, der zwischen mir und einer lebenslänglichen Bankanweisung stand – meine Erhebung in die Reihen der Auserwählten gerechtfertigt fand. Zwar brächten die Mitglieder meinem Fall Wohlwollen entgegen – wer wollte schon den einzigen Ureinwohner im Lehrkörper feuern, noch dazu eine Frau? –, doch an den Voraussetzungen ließe sich nun mal nichts ändern. Von den drei offiziellen Hürden könne ich «Lehrerfahrung» und «außeruniversitäres Engagement» ja ohnehin mühelos überspringen. Nur die Forderung der «Wissenschaftlichkeit» stehe noch im Raum, und da brauchte ich einen dicken Aktenordner voller Publikationen oder «demnächst geplanter Veröffentlichungen».

Der einzige wirkliche Ansporn, den ich erhielt, kam aus einer recht obskuren Quelle: von einem gewissen Henry Cobb, Absolvent des Dartmouth College von 1950, dem jüngsten Mitglied des Clubs der entdeckungsbesessenen Cobbs und letzten Autor der Korrespondenzakte, die ich schließlich im Handschriftenraum aufgestöbert hatte, in dem Reihen grüner Metallschränke die gesammelten Äußerungen der Söhne des College beherbergten: Dank und Klage, Bitte und Vorwurf. Die Cobbs hatten eine ganze Schublade für sich.

Ich überflog das Material. Fünfundsiebzig Jahre lang hatte eine ganze Parade von Cobbs im Grunde immer wieder dieselbe Forderung gestellt: Sucht, was wir euch geliehen haben, und schickt es uns zurück!

Trotz der Unmenge von Briefen erhielt ich keine klare Vorstellung davon, wovon die Rede war.

Ein Artikel aus der *New York Times*, den ein mitdenkender Bibliothekar der Mappe von Henry Cobb beigelegt hatte, porträtierte diesen Mann als umtriebigen Wertpapierhändler an der Wall Street, der sich infolge von Einbrüchen auf dem Markt ins langjährige Familiendomizil auf den Bahamas zurückgezogen hatte. Es war leicht einzusehen, warum Kolumbus ihm als geeigneteres Projekt erschien als der mehrmals verschobene, gleichwohl drohende Termin beim Kartellamt.

In seinem letzten Brief, den er erst vor ein paar Wochen geschrieben hatte, forderte Henry Cobb, daß umgehend ein leitender Angestellter des College Kontakt zu ihm aufnehme. Andernfalls würde seine Alma mater eine einmalige Chance verspielen, nämlich die Gelegenheit, Ursprung einer welterschütternden Ankündigung und Aufbewahrungsort einer Zeitbombe zu werden, die «seit fünfhundert Jahren tickt und demnächst detonieren wird».

Dem Ehemaligenverzeichnis des College entnahm ich, daß Henry Cobbs Sohn Carey, Abschluß 73, Bankier in Boston war, Vernon Cobb, 76, Vizepräsident eines Textilunternehmens in Raleigh, North Carolina, daß Tochter Melinda, 85, derzeit als Umweltingenieurin in Südkalifornien tätig war und Avery Cobb, 88, ein Fulbright-Stipendium in Taipeh hatte. Keiner von ihnen hatte auch nur ein Postskriptum an die Familienepistel angehängt. Offenbar war es Henry, im Gegensatz zu all den Cobbs vor ihm, nicht gelungen, die Familienobsession an einen ebenso eifrigen Sohn oder Neffen weiterzugeben. Kein Wunder, daß er die Bombe selbst zünden wollte.

Sein Brief vom 10. Oktober 1990 las sich zugleich bedrohlich und verlockend: «Zum sechsten und letzten Mal bestehe ich darauf, daß Sie sämtliches Material bezüglich Christoph Kolumbus ausfindig machen und daß Sie mir zurückgeben, was Ihnen meine Väter und Vorväter in gutem Glauben überließen. Widrigenfalls sehe ich mich gezwungen, die in meinem Besitz befindlichen Originaldokumente an die Öffentlichkeit zu bringen. Nur mit vereinten Kräften wird es uns gelingen, die Vergangenheit zu erschließen. Haben Sie keine Bedenken, daß Ihre Unterstützung nicht entlohnt würde, doch zögern Sie sie nicht länger hinaus. Die Zeit drängt.» Seine Adresse lautete: «The Bight, Box 18, Rock Sound, Eleuthera, Bahamas».

Ich schrieb mir die Adresse auf. War mir etwas im Wust der Cobbschen Akte entgangen? Später, in meinem Arbeitszimmer, konnte ich nicht widerstehen. Ich setzte eine betont mehrdeutige Anfrage an Cobb auf:

Sehr geehrter Mr. Cobb,
ich bin Professor Vivian Twostar, Fachbereich Anthropologie am Dartmouth College. Im Rahmen der Recherchen für einen wissenschaftlichen Beitrag über Christoph Kolumbus stieß ich auf die ausführliche und anregende Korrespondenz Ihrer Familie sowie auf eine Sammlung von Unterlagen, die bedauerlicherweise nicht registriert wurde. Ihre Theorien haben mein Interesse erweckt. Da ich unter Zeitdruck stehe – wann tut man das nicht? –, wäre ich Ihnen für eine baldige Antwort sehr verbunden.
Mit freundlichen Grüßen

Ich rechnete mit einer Antwort, wußte allerdings nicht, wie lange ein Brief nach Eleuthera brauchte. Ich hoffte, Henry Cobb würde erleichtert sein, endlich einen Fisch an der Angel zu haben, auch wenn es nur ein kleiner war. Es hätte mich nicht erstaunt, ein dickes Paket zu bekommen, mit kopierten Artikeln, einer zehnseitigen handschriftlichen Exegese oder der bahnbrechenden Verkündigung, Kolumbus sei portugiesischer oder westafrikanischer Herkunft gewesen.

Doch ich war keineswegs auf das gefaßt, was ich hörte, als Anfang Dezember, kaum eine Woche, nachdem ich den Brief abgeschickt hatte, das Telefon klingelte.

«Professor Twostar?» fragte eine Frau.

«Am Apparat.»

«Hier spricht die *Western Union*. Ich habe ein Telegramm für Sie, von einem Mr. Henry Cobb auf den Bahamas. Soll ich es vorlesen oder schicken?»

«Lesen Sie es vor», sagte ich unwillkürlich, völlig verblüfft.

«Erwarte Ihre Ankunft. Stop. Übermitteln Sie Flugnummer und Datum. Stop. Gästehaus steht Ihnen während des Aufenthalts zur Verfügung. Stop. Bringen Sie sämtliche Originale aller Unterlagen der Familie Cobb, einschließlich des fehlenden Briefteiles. Stop. Sie werden es nicht bereuen. Stop.»

Ich schüttelte den Kopf und ließ das auf mich einwirken.

«Außerdem habe ich eine Geldanweisung», fuhr die Dame fort. «Über die Summe von eintausend Dollar. Wie möchten Sie sie entgegennehmen?»

«Tausend Dollar?»

«Sie können Sie im nächsten *Western Union*-Büro in bar abholen, das wäre in Ihrem Fall White River Junction, Vermont. Ich kann den Betrag auch auf ein Konto überweisen, diese Transaktion dauert jedoch einen Tag. Wie ist es Ihnen lieber?»

«Ich kann nach White River Junction fahren.» Ich war perplex.

«Der Betrag liegt ab dreizehn Uhr für Sie bereit», sagte die Frau. «Auf Wiederhören.»

Eine ganze Weile starrte ich einfach nur auf den Hörer. Meine erste Eingebung war, das Geld nicht anzunehmen und diese Geschichte als witzige Anekdote für Racine aufzubereiten, doch dann, als ich aus dem Fenster starrte, hörte ich die Schneeflocken sachte gegen die Scheibe fallen. Es handelte sich immerhin um Eleuthera. Eine Tropeninsel. Ein ganzes Haus, das mir zur Verfügung stand!

Nashs Weihnachtsferien fingen nächste Woche an. Bis dahin würde Roger auch mit der Korrektur und Benotung der Prüfungsklausuren fertig sein. Ich rechnete: tausend durch drei. Wenn die Flugtickets um die dreihundertfünfzig Dollar kosteten, dann konnten wir es machen – Violet flog noch umsonst. Ich würde mich zwar ein bißchen mit Cobb herumschlagen müssen, und wahrscheinlich würde ich ihn dadurch enttäuschen, daß ich nicht von den Socken war, aber sei's drum. Er konnte es sich offenbar leisten. Niemand hatte ihn dazu gezwungen. Und ein paar Nachmittage lang freundlich zu nicken war ein geringer Preis für die Flucht vor dem Winter in New Hampshire, für eine Pseudo-Hochzeitsreise mit Familie.

Ich hatte keine Ahnung, was Cobb mit den ganzen Kolumbus-Memorabilien anfangen wollte, aber das war nicht mein Problem. Ich rief im Reisebüro an und ging dann über den Campus zu Rogers Arbeitszimmer. Er saß an seinem mustergültig aufgeräumten Schreibtisch, die Finger über dem Keyboard seines Computers gekrümmt. Er blickte erwartungsvoll auf, war ein wenig verwirrt wegen dieser Störung. Hatte er eine Verabredung mit mir vergessen?

«Ho, ho, ho», sagte ich und schloß die Tür hinter mir ab. «Sag dem Weihnachtsmann guten Tag.»

Nun, da ich Henry Cobb kennenlernen würde, ging ich noch mal in den Handschriftenraum und sah die frühere Korrespondenz der Cobbs durch, diesmal etwas aufmerksamer, fing in der Gegenwart an und arbeitete mich zurück bis zum ersten Brief, der 1915 geschrieben worden war. Henry selbst hatte tatsächlich sechs böse Briefe verfaßt, in denen er die Rückgabe diverser nicht näher bezeichneter Unterlagen forderte, von denen das College offenbar behauptete, sie verloren zu haben. Offensichtlich hielt er diese Unterlagen für äußerst wertvoll, und im übrigen tat er seinen Unmut darüber kund, daß seinen Kindern Melinda und Avery während ihres Studiums nicht gestattet worden war, sie zu lesen beziehungsweise wieder in Besitz zu nehmen.

War dieser Witzbold verrückt oder was? Dieses Zeugs war drittklassiger Schmalz. Mir kam zum erstenmal der Gedanke, daß das, was ich gefunden hatte, nicht das war, wonach die Cobbs suchten.

Der Bibliothekar hatte Henrys Brief mit dem höflichen Standardvordruck für Bibliotheksbenutzer beantwortet: «Um Schäden oder Verlusten vorzubeugen, kann unregistriertes oder geschenktes Material so lange nur von autorisiertem Personal wie Mitgliedern des Lehrkörpers oder Verwaltungsangestellten eingesehen werden, bis es in der Sammlung des Dartmouth College registriert ist.» Die Vordrucke enthielten allerdings keinerlei Hinweis darauf, in welchem Zeitraum diese Bedingung erfüllt sein müßte, und das war kein Wunder. Mein Mitternachtspaket war verlorengegangen, und wenn noch mehr fehlte, dann war es sicherlich im Lagerraum des Museums, bei den riesigen, ungeordneten Stapeln der Ehemaligenschenkungen.

Es würde eine richtiggehende Schnitzeljagd werden, doch jetzt hatte ich angebissen und dachte mir, ein bißchen Herumstöbern sei doch ein geringer Preis für die Flugtickets. Am nächsten Tag ging ich in den Keller des Hood-Museums, wo sämtliche Objekte von zweifelhaftem Wert, die Ehemalige dem College gestiftet hatten, gelagert wurden. Die Räume waren randvoll mit Zeug, von langweiligen über phantastische bis hin zu fürchterlichen Dingen: Rüstungen, Flora aus New Hampshire, sorgfältig zwischen zwei Glasplatten gepreßt, Andenken an die Weltausstellung in St. Louis. Da stand ein lebensgroßer Kopf aus Gummi auf einem Tablett, das Haupt Johannes des Täufers für Salome als Bühnenrequisite. Schutzschilde, Landkarten, ein Kajak, sorgfältige Aufzeichnungen von Tausenden von Konferenzen, Programme der Ziegfield Follies und, in erschlagender Anzahl, Objekte und Andenken an die Vergangenheit des Dartmouth College selbst. Sporttrophäen. Reden zu Abschlußfeiern aus dem neunzehnten Jahrhundert. Endlose Bände voller wichtiger, heute völlig vergessener Institutsbeschlüsse.

Ich stellte mich auf zwei Kisten mit Uniformen aus dem Ersten Weltkrieg, um den Stoß der Cobb-Unterlagen zu erreichen, der gemäß seiner Stellung im Alphabet ganz oben in eine Ecke gequetscht war und auf dem sich jede Menge Staub angesammelt hatte. Jedes Regal war doppelt bepackt, ein hinterer und ein vorderer Haufen von Gerümpel – zuviel Aufwand und zu hart gegenüber den Gefühlen der Ehemaligen, all das zurückzuweisen, aber nicht die Zeit wert, es auszusortieren, zu ordnen und zu verwalten. Die Bestimmung des Wertes einer Sache ist der subjektivste aller Bemessungsvorgänge überhaupt, von Launen abhängig, unbeständig. Objekte und Unterlagen, die für den einen oder anderen Sohn des Dartmouth College von unschätzbarem Wert waren, Dinge, die bei Feuer oder Sturmflut als erstes aus dem Haus geschafft werden mußten, waren für einen Bibliotheksangestellten so unwillkommen wie ein Haufen Herbstlaub. Dennoch war die Mehrzahl der eingegangenen Objekte mit äußerster Sorgfalt behandelt worden. Neue, sorgfältig getippte Schildchen klebten an den Kisten. Aktenmappen schützten wichtige Schriften.

Ungeachtet aller Beteuerungen, sie seien verlorengegangen, hatte ich nicht lange gebraucht, um die Sammlung der Cobb-Unterlagen zu finden. Es bedurfte dazu nur eines gewissen Einfallsreichtums und eines Sinns für kreatives Ablegen. Roger mit seinem angeborenen Sinn für Ordnung wäre dabei wohl verzweifelt. Er hätte erwartet, daß ein Name, der mit «Co» anfing, zwischen «Ci» und «Cu» zu finden sei, und wenn nicht, dann hätte er die Sache aufgegeben. Ich hingegen war nicht halb so optimistisch. Ausgehend von meinem eigenen höchst vagen Ablagesystem dachte ich, ich könne mich glücklich schätzen, wenn ich überhaupt beim Buchstaben «C» fündig würde – ich lege gelegentlich Korrespondenz unter «B» wie Briefe ab, obwohl ich andererseits meinen Lesestoff dem Alphabet nach ordne. Ich fing einfach mit den Schachteln am Anfang des Regals an, und da stand sie auch schon: «Cabb». Der Angestellte, der die Unterlagen sortiert hatte, mußte wohl einen Bostoner Akzent gehabt haben.

Ich redete mit einer Kustodin und erhielt die Erlaubnis, alles mit nach Hause zu nehmen, was ich brauchte.

«Behalten Sie es, solange Sie wollen», sagte sie, und ich unterschrieb ein Formular. Sie war mit der Sisyphusarbeit befaßt, sämtliche metallenen Heftklammern von kostbaren Dokumenten zu entfernen, ehe sie rosteten, und sie durch Plastikklammern zu ersetzen. «Wo Sie gerade dabei sind, wie wär's mit diesen beiden wunderschönen antiken Coca-Cola-Flaschen?»

Als ich lachte, hob sie ihr kleines gebogenes Werkzeug hoch und fuchtelte mir damit vor der Nase herum. «Versprechen Sie mir bloß eins: Wenn Sie je berühmt werden und Ihre Unterlagen dem College stiften, dann nehmen Sie ja alle Heftklammern vorher raus!»

«Wenn niemand sich für dieses Zeug interessiert und auch niemand es haben will, warum wird es dann überhaupt aufgehoben?» fragte ich Roger, als wir in seinem Wohnzimmer saßen. Ich hatte mich den ganzen Abend durch zerknitterte Zeitungsausschnitte geniest. Die Verfallspartikel der Zeit schienen bei mir eine Allergie auszulösen.

«Wegen der Vinland-Karte», gab er zurück und wandte sich wieder der Arbeit an einer Zeile seines Poems zu.

«Was meinst du damit?» Ich störte seine kreativen Kreise, doch ich war dazu berechtigt. Er hatte schon seit dem Abendessen kaum mit mir geredet.

«Yale», sagte er. «Vor ein paar Jahren hat ein Wissenschaftler ein längst vergessenes Dokument gefunden, das mittlerweile als ein altnordisches identifiziert wurde. Es war die erste Karte von Grönland und der Labradorküste. Die Karriere dieses Mannes war gesichert. In Berkeley wurde eine ganze Tagung zu dem Thema abgehalten. Seitdem werfen sie nichts mehr weg, für den Fall der Fälle.»

Um weitere Fragen abzuwimmeln, beugte sich Roger tief

über seinen Schreibtisch und schaltete den Computer ein. Das helle, klare Licht seiner Lampe betonte den edlen, neuenglischen Knochenbau seines Gesichts. Die Krümmung seiner Nase, die sich in Violets Gesicht in Miniaturform wiederfand, war von klassischer Eleganz. Die Intensität seiner Gedanken ließ seine Nasenflügel beben. Er hielt den Atem an, wartete auf eine Eingebung, fieberte der nächsten Zeile entgegen, die er dann eintippen würde.

«Mich befällt ein perverses Prickeln, wenn ich dir beim Denken zusehe», flüsterte ich ihm zu.

Seine Finger gruben sich in die Handflächen und ballten sich dann zu Fäusten. Er preßte die Faust gegen die Zähne und beugte sich vor, hielt den Atem an und tippte dann wie verrückt ein paar Zeilen. Löschte sie wieder. Tippte eine neue ein. Ich wandte mich wieder der Schachtel mit den gesammelten Cobbs zu – noch mehr Pamphlete zur Vierhundertjahrfeier, rot-weiß-blaue Banner und diverse Künstlerporträts von Kolumbus. Blond war im neunzehnten Jahrhundert offenbar groß in Mode gewesen. Nach einem Epos mit dem schlichten Namen «Hört!» stieß ich auf einen vergilbten Umschlag mit der Aufschrift: «Briefe vor 1900».

Diese Briefe waren im Gegensatz zu den übrigen Dokumenten und Ergüssen wirklich eine faszinierende Lektüre, zumindest ebensosehr vom psychologischen wie vom streng historischen Standpunkt aus. Insgesamt gesehen waren sie die Dokumentation einer Obsession, die vor mehr als hundertfünfzig Jahren ihren Anfang genommen hatte. Selbstherrlichkeit schien ein ererbter Charakterzug der Cobbs zu sein, der gemeinsame Nenner, der eine Generation mit der nächsten verband. Doch es war eine ganz besondere Art von Narzißmus: die Cobbs betrachteten sich als auserwählt, nicht weil sie etwas Besonderes waren, sondern weil sie, und nur sie allein, etwas Besonderes zu wissen glaubten. Cobb für Cobb, Väter und Söhne, predigten ein einziges Thema, nämlich das Familiengeheimnis, das sie so dringend lüften wollten. Immer wieder tauchten bestimmte Schlagworte auf:

Kolumbus, natürlich, aber auch «Eleuthera» und *«corona»*. Je weiter ich mich vom zwanzigsten Jahrhundert wegbewegte, desto ungenauer wurden die Hinweise, und der Begriff *«diario»* tauchte immer häufiger auf.

«Die waren alle monomanisch», sagte ich zu Roger, doch als der nur heftig einatmete und sich noch tiefer über seine Arbeit beugte, gestattete ich ihm, mich zu ignorieren. Verhüte Gott, daß ich ihn vom Weg zum *mot juste* abbrachte.

Die Cobbs boten mir ohnehin genug Gesellschaft. Henry, mein neuer Brieffreund, war etwas über sechzig. Ich versuchte mir vorzustellen, wie er und Grandma wohl miteinander zurechtkämen, dieses amerikanische Schlitzohr, das nichts Besseres zu tun hatte, als seinem verlorenen Erbe hinterherzujammern, und die Frau, die auch in diesem Moment wohl zu Hause saß, auf die Uhr sah und mich per Gedankenübertragung dazu zu bringen versuchte, zurückzukommen. Sie akzeptierte die Tatsache, daß Roger Violets Vater war, doch sie weigerte sich zu akzeptieren, daß er mein Liebhaber war. Mit derlei Widersprüchen zu leben, beherrschte sie spielend, sie hatte es in der Missionsschule gelernt. In ihrem unerschütterlichen Universum war genug Platz für Navajo-Riten und Jesus Christus, für miteinander konkurrierende – sogar in direktem Widerspruch zueinander stehende – Wahrheiten. Es kam letztlich immer darauf an, was sie zu einem bestimmten Zeitpunkt glauben wollte, und in meinem speziellen Fall war es etwas in Richtung jungfräuliche Geburt.

Ich dachte an Henrys Onkel väterlicherseits, Harrison Cobb, der bis nach den Jahren der Weltwirtschaftskrise in unregelmäßigen Abständen Briefe geschrieben hatte. Was hätte dieser Mann, der in endlosen Randbemerkungen gegen Gewerkschaften, Whiskey und allgemeines Wahlrecht gleichermaßen herzog, über meine irischen Urgroßeltern gedacht, die just dem «Immigrantenpöbel» angehörten, den Harrison so unerträglich fand? Auch die Iren bekamen gelegentlich ihr Fett weg, genau wie Juden und Polen. «Für solche Leute war dieser schöne Kontinent nicht gedacht», hatte er sich beklagt. Soviel ich wußte, hätten diese Argumente Molly und Pat Manion, Grandmas Schwiegereltern, nicht sonderlich beeindruckt. Für sie wäre jeder Cobb per definitionem nichts weiter als ein Nachkomme der verhaßten Engländer gewesen.

Vorsichtig zog ich einen brüchigen Brief aus dem vergilbten Umschlag heraus und faltete das steife Blatt Papier auseinander. Zuerst war die elegante, mit brauner Tinte geschriebene Schrift schwer zu lesen, doch ich konnte das Datum entziffern – 12. November 1876 – und einen Namen: Dr. Elijah Cobb, Veteran des Bürgerkrieges, 1. Freiwilligenregiment von Connecticut, verwundet 1862 am Antietam. Er schrieb voller Zorn und Ungeduld: Wieso der College-Präsident Asa Dodge Smith nicht auf seine letzten beiden Briefe reagiert habe? Warum diese unerhörte Verzögerung bei der Suche nach dem «Paket»? War das College nicht an Ruhm und Ehre interessiert? Hatte er einen Arm bei der Verteidigung der Nordstaaten geopfert, um dann von seiner Alma mater zurückgewiesen zu werden? Dank seiner Hilfe war die *corona* höchstselbst in Reichweite des College gelangt, und würde da nicht das aufstrebende Princeton erstaunt aufschrecken?

Mit keiner Silbe erwähnte er die Schlacht am Little Big Horn, obwohl sie zu jener Hundertjahrfeier sicherlich noch immer auf der ersten Seite der Zeitungen gestanden hatte. Im November hatte sich die Sache sicherlich auch schon zu meiner Urgroßmutter Sweet Whistle in ihrem Dorf im Norden von Idaho herumgesprochen. Wie hatte die Geschichte von General Custers Niederlage wohl in der Sprache der Cœur d'Alene-Indianer geklungen, und war sie Anlaß zu Freude oder Angst gewesen? Sie hatte keine Aufzeichnung ihrer Gedanken hinterlassen, nichts Vergleichbares zu Elijah Cobbs Krittelei, und doch hatte sie im gleichen Land gewohnt, ihr Leben und ihr Tod hatten sich im Schatten der gleichen Ereignisse abgespielt.

Eleazer Cobbs Briefe waren von einem gewissenhaften Bibliotheksangestellten zwischen Wachspapier gelegt worden, dies jedoch, wie ich vermutete, eher wegen ihres Alters als wegen des Inhalts. Eleazer erinnerte unnötigerweise den «hochverehrten Herrn», an den er sich in seinen sechs Briefen wandte, die er alle am Unabhängigkeitstag geschrieben hatte, daran, daß er nach dem Gründer des College, Eleazer Wheelock, benannt worden war. Auch dieser Cobb war Soldat gewesen, er hatte gegen die Mexikaner gekämpft. Und auch er schlug einen streitbaren Ton an, als er von der «Pilgerfahrt» berichtete, die er «zur Insel selbst» unternommen hatte, jedoch ohne Erfolg, dank der «Nachlässigkeit» des College. Unermüdlich geißelte er den Mangel an Kooperation, den der «hochverehrte Herr» an den Tag legte, «ungeachtet meiner eindringlichsten Ermahnungen». Der «hochverehrte Herr» müsse die volle Verantwortung übernehmen.

Ich dachte an Porfirio, den einzigen Ahnen meiner Mutter, der nicht aus den Reihen der Navajo-Indianer kam, an den ersten Eintrag im Stammbaum, den Grandma in einer alten spanischen Bibel aufbewahrte, die vor Feuchtigkeit geschützt in einem Weidenkorb lag. Ich hatte keine Ahnung, ob Porfirio unter dem mexikanischen General Santa Anna gekämpft hatte, doch nach der Niederlage Mexikos hatte er sein Land und seine Nationalität verloren. Er kam aus einer Händlerfamilie in der Nähe von Ship Rock, dem Rest einer Gruppe von Familien, die der Legende nach mit dem spanischen Entdecker Coronado von Compostela aus gen Norden losgezogen waren, um die sagenhaften sieben Städte von Cibola zu suchen. Ihre Rinder, Schweine und Maultiere starben. Die Pferde wurden aus Mangel an Nahrung geschlachtet, und als sie Cibola schließlich erreichten – keine sagenhafte Stadt mit Mauern, die mit Edelsteinen besetzt waren, sondern ein friedliches kleines Lehmdorf –, sollen die Männer desertiert sein; einige ließen sich dort nieder und bauten Squash, Kürbisse und Bohnen an, andere stiegen ins Handelsgeschäft ein. War es möglich, daß Eleazer und Porfirio sich mit Gewehren bewaffnet gegenübergestanden hatten?

Nicht sehr wahrscheinlich, doch hatte das eine Leben einen Einfluß, eine Kette drastischer Konsequenzen auf das andere gehabt, über die ich, so viele Jahre später, nur voller Neugier nachdenken konnte.

Die frühesten Briefe der Cobbs lagen in separaten Aktenmappen. Das Papier war alt und brüchig. Mittlerweile war es kurz vor Mitternacht, und Roger reckte sich, zufrieden mit dem Fortschritt seiner Arbeit und meiner Rücksichtnahme auf seine Bedürfnisse, und signalisierte damit, daß er mir jetzt zur Verfügung stand. Doch nun war ich diejenige, die noch zu tun hatte.

«Ich bleib noch ein bißchen auf», sagte ich und schützte Violet vor – meine Arbeit allein wäre ihm nicht Grund genug gewesen, ihn warten zu lassen. «Ich warte, bis sie von allein aufwacht, und stille sie dann. Dann schläft sie vielleicht bis sechs durch.»

Roger legte den Kopf schief, überlegte, wägte die unmittelbare Freude, meinen Körper neben sich zu spüren, gegen das spätere Wohlbefinden eines ungestörten Schlafes ab, nickte dann, sagte jedoch nichts. Er wollte das Baby nicht vorzeitig stören. Demonstrativ schloß er die Augen. Er würde jetzt auch schlafen gehen. Ich verstand. Wenn ich später nach oben kam, würde ich leise sein.

Sobald ich allein war, ging ich an Rogers Schreibtisch und legte den Packen Papier unter seine Lampe. Schon allein aufgrund ihres Alters hatten diese Dokumente einen Platz unter den Raritäten der Baker Library verdient, und wenn ich damit fertig war, würde ich den leitenden Bibliothekar darauf aufmerksam machen. Der erste Brief vom College war an einen Mister Cobb, unterschrieben vom stellvertretenden Präsidenten. Er enthielt eine ausführliche Entschuldigung wegen des tragischen Verlusts von etwas, das Cobb dem College geschickt hatte. Während die Moor's Indian Charity School gebaut wurde, hatte anscheinend ein «junger Mohawk-Bursche» – natürlich mußte ein Indianer schuld sein – ein Paket «von bedeutendem Wert» verlegt. Der Präsident bedauerte dies zutiefst, doch schien es unwiederbringlich verloren, wenn auch nicht vernichtet, da sei er sich sicher.

Dann gab es zwei Briefe von einem früheren Henry Cobb. Im ersten wurde die ewige Familienfrage gestellt: Warum wurde mein Brief nicht beantwortet? Der zweite, ein Schreiben an den Präsidenten des Dartmouth College, war voller Zorn über den unverzeihlichen Verlust eines Geschenks von unermeßlichem Wert. Er habe nunmehr ein halbes Jahrhundert gewartet. Würde das, was der verstorbene Samuel Cobb der Obhut des College übergeben hatte, denn niemals wiedergefunden werden?

Es war ein Puzzle, und ich muß zugeben, diese Prozession von Cobbs hatte in mir den Wunsch wiedererweckt, die Sache zu irgendeinem Abschluß zu bringen. Der blöde Holzklotz, den ich in jener Nacht im Kolumbus-Regal der Bibliothek gefunden hatte, störte mich noch immer. Wenn ich daran dachte, war er für mich das Symbol des Geheimnisvollen schlechthin, des umnebelten Zieles, das wir alle verfolgen, ohne zu wissen, wonach wir suchen oder ob wir es schon erreicht haben. Ich war möglicherweise hinter dem gleichen Objekt her wie all diese Cobbs, doch ihre Briefe waren mir keine große Hilfe. Wären sie doch nur nicht so rätselhaft, als fürchteten sie, zuviel zu sagen und vielleicht einen unbeteiligten Leser anzuspornen, der dann den Lorbeer für sich allein beanspruchen würde. Was war es, hinter dem sie – wir – her waren? Und, was immer es auch war, wo war es? Ich fuhr mir durchs Haar: zu schade, daß jener nachlässige Mohawk nicht greifbar war, daß ich ihn nicht fragen konnte. Doch er war schon lange außer Reichweite.

Oder etwa nicht? Bei diesem Gedanken richtete ich mich auf. So viele Indianer hatte es im achtzehnten Jahrhundert in Hanover nicht gegeben, also sollte ich doch mindestens seinen Namen herausbekommen können. Er war der Fluch über Generationen von Cobbs, und selbst wenn ich nicht in der Lage war, etwas Konkretes nach Eleuthera mitzunehmen, selbst wenn ich mich als neuerliche Enttäuschung in

Henry Cobbs Leben herausstellte, so konnte ich ihn doch zumindest über den Jungen informieren, der den Familienzug zum Entgleisen gebracht hatte. Kein großartiger Gegenwert für tausend Dollar, für Flitterwochen ohne vorangegangene Hochzeit, aber es war immerhin etwas, und während ich mir die Kissen auf Rogers Sofa zurechtrückte und mir ein Nest baute, überlegte ich mir eine Strategie für meine weitere Suche.

Alte Bibliotheken haben mehrere Flügel, wie Dachböden in Häusern, in denen Familien schon seit Generationen leben. Am nächsten Morgen war das Samson-Occum-Repositorium mein Ziel, benannt nach dem Kronjuwel des College: seinem ureigensten indianischen Prediger, Anwerber und Spendenbeschaffer, dem ersten in einer langen Reihe bezahlter indianischer Feigenblätter, von denen ich, wie ich mir eingestehen mußte, das jüngste war. Allen Berichten zufolge war Samson Occum ein intelligenter, beredter Christ gewesen, nur leider dunkelhäutig. Eleazer Wheelock, der Talente auf den ersten Blick erkannte, hatte ihn nach Schottland geschickt, wo er erfolgreich das Fundament zum Erhalt der ersten Stiftungsgelder für das College legte. Sein Köder, der Grund, warum die Philanthropen aus Edinburgh ihr Geld an Dartmouth und nicht an Harvard oder Yale blechen sollten, war, daß diese Bildungsstätte auch Indianern offenstand, daß sie gegründet wurde, um sowohl den Heiden als auch den Söhnen der nach Nordamerika ausgewanderten Angelsachsen die Erleuchtung zu bringen.

Und am Anfang gab es tatsächlich ein paar Indianer – nicht am College selbst, sondern an der dazugehörigen Handelsschule. Sie kamen aus ganz Neuengland, und die meisten blieben nicht lange dort. Entweder litten sie an Heimweh und gingen, oder sie bekamen die Pocken und starben. Mir fiel ein, daß ich einmal gehört hatte, bei Samson Occums Unterlagen befänden sich einige Briefe dieser Indianer, und nachdem ich mich durch ein paar Regale gearbeitet hatte, fand ich, wonach ich suchte. Einige Briefe lagen in losen Aktenmappen aufbewahrt, andere, ausführlichere Korrespondenzen, in separaten Schubern. Doch welcher Brief, wenn er überhaupt dabei war, stammte von meinem Mohawk, dem Jungen, der Samuel Cobbs Schatz verloren hatte?

Ich bin davon überzeugt, daß das, was man sucht, nie leicht zu finden ist, es ist nie ganz oben oder ganz unten im Stapel, deshalb fing ich in der Mitte an. Violet schlief im Tragegestell, und ich hatte den ganzen Nachmittag Zeit. Ich wühlte in einer Schachtel, überflog ein paar selbstanklagende Absätze: «Doktor Wheelock, meine dunkle Seele ist es nicht wert...» – und griff nach der nächsten. Die Briefe hatten, unabhängig vom Autor, den Tenor einer demütigen Entschuldigung gemeinsam. Alle Schreiber entschuldigten sich für das, was sie waren, für etwas, das sie nicht richtig gemacht hatten. Niemand verdiente die Freundlichkeit, die ihm zuteil geworden war.

Die totale Gehirnwäsche.

Nach etwa einer Stunde öffnete ich einen schweren Karton mit dem Namen Peter Paul und fischte aufs Geratewohl ein steifes Blatt heraus.

«Ich bettele nicht», las ich, «ich vergesse nicht.»

Ich zwinkerte mit den Augen und lehnte mich an die Wand, um meine schmerzenden Schultern zu entlasten. Peter Paul war ein Quertreiber, und ich war hocherfreut, seine Bekanntschaft zu machen.

«Euer Herr Jesus Christus ist hier, und ich beuge mich Ihm, wie Ihr es lehrt. Doch Er kennt nicht den Weg zur Hütte meiner Mutter. Dort herrscht Er nicht. Im Norden brennen die Feuer noch immer.»

Vor diesem Peter zog ich den Hut. Derlei Meinungen standen sicherlich im Widerspruch zum damaligen gesunden Volksempfinden. Ich kniete mich hin, beugte mich über den Karton und wühlte darin herum: ein einzelner Ledermokassin mit dünnen Riemen, ein zerfleddertes kleines Büchlein, in das mit sorgfältiger Schrift Passagen aus dem Neuen Testament übertragen worden waren, der Zahn eines Tieres, ein flacher Lederbeutel, der an einem altersgrauen, dichtgeflochtenen Weidenkorb mit Deckel hing. In dem Karton lag ein kleines Bündel Papier. Das erste Blatt, das ich herauszog, war sehr alt und trug die eigenwilligen Schriftzüge von Peter Paul.

«Das Geheimnis ist des Herrn, unseres Gottes; Deuteronomium 29,29.»

Darunter hatte er geschrieben: «Was geschieht, das ist zuvor geschehen, und was geschehen wird, ist auch zuvor geschehen; Ecclesiasticus 3,15.»

Und darunter schlicht: «Ich nehme zurück, was mir genommen wurde. Unterzeichnet – Peter Paul, Alter 22.»

Diese Worte leuchteten mir ein, obwohl ich ihre Bedeutung nicht verstand. Ich stellte den Korb und den Karton neben mich, legte den Kopf in die Hände und ließ mich vom Mantel der Trauer umhüllen. Meine Finger waren kalt, und als ich den Kopf wieder hob, stellte ich fest, daß sich Tränen mit dem feinen Staub an ihnen vermischt hatten. In diesem stillen Raum der vergessenen Klagen betrauerte ich Peter Paul und all seine Brüder und Schwestern. Ich beneidete ihn um das Zuhause, von dem er gekommen war und von dem er sicher annahm, daß es intakt geblieben war. Er war ein Verbindungsglied, stammte aus der letzten Generation, die ohne die bedrückende Aussicht auf Unterwerfung geboren wurde. Nicht daß ich das Leben seiner Mutter im Stammesverband verklärte. Es hatte ganz sicher harte Arbeit bedeutet, war oft gefährlich und fürchterlich unbequem. Dennoch hatte es ihr ganz allein gehört. Sie hatte einen stolzen Sohn zur Welt gebracht, ihn aus dem Dorf weggeschickt, damit er neue Dinge kennenlernte. Vielleicht war er nie zurückgekommen. Vielleicht lag er in Dartmouth auf dem kleinen Friedhof hinter dem Observatorium begraben. Doch wenn er nach Hause zurückgekehrt war, dann als veränderter Mensch.

Ich war schon verändert geboren, war ohne jede Orientierungsmöglichkeit in den Strom des Zeitgeschehens geworfen worden. Manchmal kam es mir vor, als hätte ich mein bisheriges Leben nur damit zugebracht, zu reagieren – wie die silberne Kugel in einem Flipperautomaten, die gegen ein schillerndes Hindernis nach dem anderen geschleudert wird. Jahrelang war ich schneller geworden, langsamer geworden, weitergerollt, hatte aber keinen Ruheplatz gefunden, keine Richtung aus freien Stücken einschlagen können. Doch das war Vergangenheit. Ich hatte mich für Violet entschieden, auch wenn es unbewußt geschehen war. Diesmal hatte ich mehr getan, als mich einfach nur dem Schicksal zu fügen: ich hatte es herausgefordert, und ich hatte gewonnen. Es war der erste Schritt, und andere würden folgen. Ich würde einen Sinn in meiner Arbeit finden, der über das Rezitieren von Schrecknissen in Fünfundvierzig-Minuten-Einheiten hinausging. Mir war egal, was genau ich mit dem Rest meines Lebens anfing, solange ich nur zeitig spüren konnte, was es mir bringen würde, solange ich mehr gab, als ich nahm, solange ich auf irgendeine Weise von Bedeutung war.

Peter Paul hatte mir eine metaphysische Botschaft hinterlassen, und ich vernahm sie laut und deutlich: Als Störenfried erhebt man sich über die Menge. Ich weiß nicht, wie lange ich dasaß und nachdachte, überlegte, meine Meinung bildete. Vielleicht eine Minute, vielleicht eine Stunde. Doch es war lange genug.

Die übrigen Blätter in dem Karton schienen anders zu sein, aus dickerem Papier. Die Tinte war verblaßt, doch soviel ich erkennen konnte, stammte die Schrift von einer anderen Person. Und noch etwas anderes lag darin. Noch ein kleinerer Umschlag. Doch ehe ich ihn herausziehen konnte, wachte Violet auf, erstaunt, sich in aufrechter Position zu befinden, noch dazu allein. Ihre Beine, die aus dem Tragegestell herausbaumelten, traten wild um sich, und ihre Schreie explodierten in die Stille des kleinen, sterilen Raums. Ich hatte im voraus die Genehmigung eingeholt, einen Tag lang aus der Sammlung mit nach Hause zu nehmen, was ich wollte, deshalb sammelte ich ohne schlechtes Gewissen oder auch nur die leiseste Ahnung, was ich da gefunden hatte, Peter Pauls Unterlagen zusammen, packte den Karton mitsamt dem Korb in meine Tasche und verließ die Bibliothek, ehe wir dazu aufgefordert wurden.

Am Nachmittag hatte ich jede Menge zu erledigen: eine Impfung für Violet, ein Routinebesuch bei Sara, Einkaufen für Grandma und Nash. Ich aß mit den beiden zu Abend, sah eine Stunde lang fern, badete dann mein Kind, legte es in Grandmas Bett und duschte selbst. Ich zog an, was ich auch am nächsten Tag tragen würde, und fuhr schließlich gegen zehn Uhr zu Roger.

Das Haus war dunkel, doch wie versprochen hatte er die Vordertür nicht abgesperrt. Er hatte mir schon vorher gesagt, daß er früh zu Bett gehen würde, aber ich war noch nicht müde, deshalb setzte ich mich hin, ehe ich zu ihm hinaufging, und zog vorsichtig den Lederbeutel und den Korb aus der Tasche, dessen Inhalt leicht klapperte, als ich ihn hochhob. Der Korbdeckel war mit einem dünnen Band verschlossen, das sofort zerriß, als ich es berührte. Ich hob den Deckel hoch, drehte den Korb um und verstreute den Inhalt auf Rogers makelloser Schreibtischunterlage. Mehrere Austernschalen kullerten heraus, schwarz und verkrustet. Peter Paul war wirklich ein Komiker.

Vorsichtig zog ich die Briefe heraus, die ich noch nicht genau angesehen hatte, und schaute mir den letzten an, um festzustellen, wer ihn geschrieben hatte. Zu meiner Überraschung endete die Unterschrift mit einem Schnörkel, der von niemand anderem als Samuel Cobb selbst stammte. Hier hatte ich den Ausgangspunkt des ganzen Strohfeuers vor Augen: die allerersten Worte von Cobb an das College.

Hochzuehrender Reverend, begann der Brief.
In meinen Besitz ist ein wunderbares und erstaunliches Dokument gelangt. Ja, ein Dokument von so großer Bedeutung, daß sich meine Seele im Zwiespalt befindet. Soll ich es ver-

nichten oder bewahren? Soll ich die Ohren verschließen oder die Augen öffnen?

Die Antwort, gütiger Meister, muß von Euch kommen, denn es war in den geheiligten Hallen von Dartmouth, da ich der Wahrheit begegnete und für immer ihr demütigster Diener wurde. Verschleierte Kassandra ihren wissenden Blick? Wich Sokrates vor der bitteren Wahrheit zurück? Verblieb Aeneas in Didos verführenden Armen, oder begab er sich nach Rom?

Das Schicksal selbst erlegte mir diese Bürde auf und bestimmte mich zu ihrem Hüter. Mit hundert Leben zahlte ich dafür, und noch immer gibt es Zweifelnde. Das Buch, dem diese Seite entstammt, ruht, wohlbewahrt in Seide gebettet, in einer geschnitzten Schatulle. Es erreichte mich durch eine vertrauenswürdige Quelle, durch eine Seele, mir zu sehr ergeben, als daß sie mich belöge. Die Schrift des Briefes ist gleichen Ursprungs wie die auf den übersandten Schalen. Sie tragen Zeichen, seltsam und vertraut zugleich, zweifellos von Menschenhand hineingeritzt.

Ich ersuche Euch gnädigst, hochzuehrender Reverend: Kommt mir zu Hilfe. Fügt meinem armseligen Chore Eure geschätzte Stimme bei. Ein so hochgelahrter Mann, wie Ihr es seid, kann gewiß die Echtheit dieser Schätze bestimmen oder wird das Ganze in Augenschein nehmen wollen. Ruft mich zu Euch, und ich zeige es Euch daselbst.

Auch jetzt, da der Krieg beendet ist und die gerechte Sache gesiegt hat, vertraue ich nicht auf die Sicherheit des Boten, in dessen Hände ich dieses Paket lege. So übersende ich lediglich zwei Proben dieser Schriften. Ich kann nicht umhin zu glauben, hochzuehrender Reverend, daß sie genügen, Euch von Wert und Bedeutung des Ganzen zu überzeugen. Somit erwarte ich Eure weise Instruktion.

Mit aufrichtigen Gebeten für Euer Wohlbefinden bleibe ich immerdar Euer ergebenster und dankbarer Schüler

Samuel Martin Cobb

Ich wandte mich wieder dem Karton zu. Ich konnte mir nicht helfen, aber ich war so aufgeregt, als hätte ich einen neuen Krankheitskeim entdeckt, einen räuberischen Virus, der lange geschlafen und nur in den hartnäckigen Cobbs überlebt hatte. Ich hatte so viele Krimis gelesen und gesehen, daß ich mich jetzt nach dem dramatischen Höhepunkt sehnte: gelbes Pergamentpapier, unvollendete Sätze, bedeutende Schätze.

Die Austernschalen waren tatsächlich an der glatten Innenseite mit seltsamen Markierungen versehen. Die würde ich später genauer untersuchen. Als letztes zog ich einen schmalen Ordner aus der Kiste. Er war mit einem kleinen Verschluß versehen, der aufging, als ich den Ordner hochhob. Ich fand die zwei versprochenen Blätter, die so brüchig waren, daß ich Angst hatte, sie würden jeden Moment zerfallen. Ich trug sie sogleich zu Rogers Arbeitsecke hinüber und legte sie vorsichtig eines nach dem anderen auf die Glasoberfläche seines Kopierers. Ein Knopfdruck, ein Summen, und die Kopien rutschten heraus. Die Abzüge, auf normalem Din-A4-Papier, gaben in Grau und Weiß die verblichene Tintenschrift wieder, die von einer Hand mit regelmäßigen Zügen zu Papier gebracht worden war. Zuerst glaubte ich, gar nichts entziffern zu können. Angestrengt starrte ich auf die Bögen und Spitzen, doch keine Bedeutung erschloß sich mir. Ich folgte den Buchstabengruppen von links nach rechts, von links nach rechts, und wartete auf die Erleuchtung, bis mir schließlich ein Wort etwas sagte: «Colón».

Gedankenverloren starrte ich darauf, meine einzigen Zeugen der summende Kopierer und das grüne Blinklicht, das mir seine Arbeitsbereitschaft signalisierte. Schließlich gestattete ich meinem Blick, wieder der Schrift zu folgen, und diesmal sah ich, was mir vorher entgangen war. Die verschnörkelte Sprache, auf die ich da blickte, war nicht Englisch. Ich erkannte ihre Form, ehe ich den Sinn verstand. Diese Schrift, diese Bögen und Abstände, hatte ich schon gesehen, fast jeden Tag in den vergangenen zwei Monaten. Es schien möglich. Es konnte seine Schrift sein.

Roger war so verblüfft, von jemand anderem als der vertrauten Stimme von Bob Edwards, dem Nachrichtensprecher im *National Public Radio*, geweckt zu werden, daß er einen Augenblick brauchte, um sich zu orientieren.

«Ja, ich will», sagte er, als ich ihn wachrüttelte, als stimme er einer geträumten Eheschließung zu.

«Wach auf, Roger. Es ist wichtig. Das wird dich umhauen.»

«Es liegt auf dem Tisch beim Hintereingang», sagte er etwas irritiert.

«Roger, hör auf! Du bist grad erst schlafen gegangen.»

«Ich hab doch gar nicht geschlafen!» protestierte er indigniert, rollte sich dann auf die Seite und murmelte ins Kissen. «Ich hab nur ein bißchen die Augen zugemacht.»

«Dann mach sie wieder auf. Ich zeig dir was, was du nicht glauben wirst.»

Roger merkte langsam, daß er nicht allein war, und blinzelte über die Schulter in meine Richtung. Sein Blick war alles andere als freundlich.

«Komm schon. Komm mit mir runter.»

Sein Gesicht verzog sich zu einer Maske des Schocks, des enttäuschten Vertrauens, des störrischen Bedauerns. Er besaß genügend Selbstbeherrschung, um stumm zu bleiben, mir nicht zu sagen, was er von mir dachte. Er wartete darauf, daß ich meine Aufforderung höflich widerrief und ihn in Ruhe ließ, doch schließlich gab er nach. Er bot all seine Geduld auf, schwang die Beine aus dem Bett, tastete mit den Zehen nach dem Teppich und verlagerte sein Gewicht auf die Füße. Ich reichte ihm den Morgenmantel und sah zu, wie er hineinschlüpfte, wie er dabei automatisch den Kragen seines Pyjamas zurechtrückte, so daß er gleichmäßig über dem Schal lag.

«Was ist das für ein mißlicher Notfall?» befragte Roger das Universum, nicht mich. «Was ist das für eine Krise, die nicht bis morgen früh warten kann?» Dann wurde er schlagartig hellwach. «Es ist doch nichts mit dem Kind?»

Beruhigend schüttelte ich den Kopf. «Du wirst schon sehen», versprach ich. «Du wirst froh sein, daß ich dich geweckt habe.»

«Würdest du deinen Kopf darauf verwetten?» fragte Roger mit einem stählernen, anklagenden Blick, doch er zog die Hausschuhe an und folgte mir die Treppe hinunter ins Licht.

Auf dem Küchentisch hatte ich alles außer den Austernschalen ausgebreitet. Die konnten warten. Die Kopien der beiden Dokumente lagen in der Mitte, umgeben von aufgeschlagenen Fachbüchern mit Abbildungen von Kolumbus' Handschrift und Signatur. Ich gab keine weiteren Erklärungen ab, sondern beobachtete Rogers Gesicht, folgte seinen Augen, die sich zuerst langsam bewegten, zu vergleichen begannen und dann immer schneller von einem Satz zum nächsten huschten.

«Was ist das?» fragte er schließlich. «Wo hast du das her?»

«Das ist es, worüber sich all die Cobbs seit zweihundert Jahren aufgeregt haben.»

«Das sind doch nur Kopien.»

Diesen Einwand hatte ich erwartet, deshalb öffnete ich eine neue Aktenmappe und zeigte ihm die Originale. Roger stand ganz still da, leckte sich die Lippen und rieb vorsichtig die Fingerspitzen aneinander.

«Wenn die echt sind...»

«Sind sie», sagte ich. «Ich spüre es.»

Roger drehte sich zu mir um. Sein Gesicht drückte weder Frage noch Widerspruch aus. Ein für einen postmodernen, weltlichen Agnostiker und Intellektuellen überaus seltener Ausdruck stand darin: reine Ehrfurcht.

Ich trat an seine Seite und nahm seine Hand. Gemeinsam standen wir vor dem Tisch, wie Betende vor einem Altar, wie Braut und Bräutigam, die auf die Segnung warten.

«Was machen wir jetzt?» fragten Roger und ich gleichzeitig.

Studienbereich Amerikanische Ureinwohner

TAGEBUCH?

nahm mich auf die liebenswürdigste Weise beim Arm und brachte mich zu seinem eigenen Haus, wo er eine (Bühne) und Stühle hatte, die höher und weiter weg vom Rest der { Versammlung / Gemeinde } standen. Er nahm die Krone. eher ein Podest

Da ich in diesem Augenblick wußte, daß das Leben meiner Männer von ihm abhing, tat ich alles, ihren König zu meinem Verbündeten zu machen ~~unter den Augen~~ im Publik Unseres Herrn, der seine Güte zeigt. Aus meinem eigenen ? Achate und Blutjaspise. Ebenso ein feingewebtes Gewand und ~~hochgeschnürte~~ hohe? Stiefeletten? Schuhe. In Guacanagarís Hand legte ich einen silbernen Ring von der Art, die er an der Hand eines Matrosen bewundert hatte.

Da hat jemand seine Hausaufgaben gemacht! Ein Wunder? (das konnte Grandma nicht entziffern)

welches ich Eurer Hoheit beschrieb. Durch Gottes Gnade habt Ihr vergeben.

Vivian — das ist sehr nah an Las Casas. Zu nah?!

Teil eines Briefs?

einen bärtigen Mann der Kolonie, mit Seilen
gefesselt, ~~tot~~ ~~leblos~~ und den ^mit gras bewachsenen^ Gräbern
der anderen, schreibe ich Dir, Ewigem Gott,
unserem Herrn, der den Menschen, die Seines
Weges gehen, Frieden und Gnade gibt. (gewährt?)

      Tatsache: das wissen wir von Morison!

Auf Rat unseres Priesters erwog ich die
Hinrichtung des Kaziken. Doch ehe ich mich dafür
oder dagegen entschieden hatte, wurde mir
gezeigt (durch Zeichen?), daß Guacanagarí
meine Anwesenheit forderte, um das Unheil
zu erklären.   "erbat" trifft es eher!   das klingt, als sei
                                           der Mord das Werk
                                         Gottes!

In seiner niedergebrannten Hütte   ?   der
König Zeichen ^was?^ größter Reue und durch offenes
Weinen seinen Gram. Guacanagarí ließ
einen Korb aus dem Meer fischen, ^(mit einem Seil herausziehen)^ und durch
Zeichen bin ich überzeugt, ??   diese Austern
anvertraut, wobei er mich darauf hinwies,

daß seine Dienes sie durch Dünsten öffnen

und dann erhitzen würden, so daß der Geschmack *Prototyp der Fischsuppe!*

der Säfte erhalten bliebe, um daraus eine

Suppe zu kochen, mit Kräutern gewürzt.

Hier, kannst du was damit anfangen?

großes Blatt. Ergebenster Herr, mein Sohn,

Ihr seht selbst die Botschaft,

(geschrieben in Perlen.) *Vivian – vermehl dich nicht an Poesie! RW*

Ich kenne den Weg zurück zur Krone, doch

beschloß ich, ihm nicht zu folgen, und

das Geschenk ?? } ein gebrochener

Landfinger zwischen } allem und nichts.

Erlösung *hier lese ich: "der Bruder, den ich nicht umarmen konnte"*

Gegeben unter der Regentschaft der Isabella

wirklich? → COLÓN

9

VIVIAN

*K*olumbus ließ mir keine Ruhe. Knapp eine Woche später wurden Roger und ich morgens um Viertel vor sieben durch die mittlerweile vertraute Radiostimme von Bob Edwards geweckt.

«Wie rechtfertigt eigentlich die National Geographic Society die Millionen von Dollar für eine Expedition in die Karibik? Ist es wirklich so wichtig, wo Kolumbus landete?»

Bob war wie immer sehr provozierend und lockte den Experten, den er eingeladen hatte, aus der Reserve. Mit seinem rauhen, unbekümmerten Ton war er auf schockierte Reaktionen aus.

«Die National Geographic Society ist auf der Suche nach der *Wahrheit*», warf Bobs Gast mit nur mühsam beherrschter und vor Ärger zitternder Stimme ein. «Unsere Mitglieder erwarten Antworten, und es ist unsere Aufgabe, diese zu liefern. Als Leiter der Presseabteilung habe ich die Ehre, die Ergebnisse jahrelanger Forschungsarbeiten präsentieren zu können. Glücklicherweise haben wir in diesem Fall eine definitive Antwort: Die Insel Samana Cay ist nunmehr zweifelsfrei als der Ort identifiziert, an dem der Admiral den Boden der westlichen Hemisphäre zum erstenmal betrat.»

Bob, der Inbegriff des skeptischen Amerika, ließ sich davon nicht überzeugen. «Was ist mit Watlings Island – San Salvador?»

«Diese These ist in der Tat schwer aus der Welt zu schaffen. Aber wir haben mit Computersimulationen gearbeitet.»

Ich stieß Roger mit dem Ellbogen an und langte über ihn hinweg, um das Radio lauter zu stellen. Was immer er auch hatte sagen wollen, mein Blick, meine Kopfbewegung zum Radiowecker ließen ihn es hinunterschlucken.

«Es gibt zugegebenermaßen noch Probleme, kleinere Unstimmigkeiten», räumte der Pressechef ein. Als Profi mußte er sich ausgewogen geben und fair sein, angesichts des ganzen Gewichts der Institution, die hinter ihm stand, war er jedoch davon überzeugt, recht zu haben. «Sie werden mir sicherlich zustimmen, daß die Las Casas-Version von Kolumbus' Tagebuch unsere einzige verläßliche Quelle ist und bleibt. Es sei denn, jemand weiß mehr als die National Geographic Society!» Den möcht ich sehen, schwang in seiner Stimme mit.

Als die Erkennungsmelodie der Abmoderation einsetzte, musterte ich Roger. Er war blaß, zog ein grimmiges Gesicht und schien in Gedanken mit sich selbst beschäftigt zu sein.

«Mein Gedicht haben sie nicht mal erwähnt.»

Schwang in seiner Stimme etwa Eifersucht mit? Oder Groll? Würde er es denn nie verwinden, daß er in der Literaturvorschau von *People* erwähnt worden war?

«Hast du etwa vergessen, was wir gerade erst gefunden haben?» wollte ich wissen.

«Mein Werk ist durchaus auch diskussionswürdig.»

Sein kurzsichtiges Konkurrenzdenken verblüffte mich immer wieder. Egal, um welches Gebiet es sich handelte, egal, wie fragwürdig der Wettstreit war, Roger mußte der Größte sein, wollte alles oder nichts.

Violet, die von unseren Stimmen aufgewacht war, fing an zu schreien und verlangte, daß ihr ungeteilte Aufmerksamkeit gewidmet wurde.

«Dein Werk ruft», sagte ich erschöpft, schob die Decke zurück und nahm das Baby hoch.

Authentifizierung. Roger ging recht in der Annahme, daß in der Welt der Wissenschaft nichts gültig war, ehe ein Experte zustimmte, und bevor ich Henry Cobb gegenübertrat, wollte ich meine eigenen Fragen beantwortet wissen. Besaß ich nun vorzügliche alte Fälschungen, oder konnte das Unmögliche wahr und mein Fund echt sein?

Jedesmal, wenn mich dieser Gedanke umtrieb, was stündlich der Fall zu sein schien, regte sich in mir etwas, das sich nur als pures *Verlangen* beschreiben läßt. Das Aufregendste an diesen Dokumenten war nicht einmal die Tatsache, daß sie möglicherweise von Kolumbus selbst stammten, sondern vielmehr, daß keines der Bücher, das ich gelesen hatte, auf ihren Inhalt Bezug nahm. Wenn diese Seiten echt waren, dann waren sie auch, zumindest wissenschaftlich gesehen, vollkommen *neu*. Und wenn sie überdauert hatten, gab es vielleicht noch mehr. Ein Satz aus Henry Cobbs Briefen nach Dartmouth ging mir durch den Kopf: «Nur mit vereinten Kräften...» Jedes Wort, das Kolumbus geschrieben, jeder Gedanke, den er festgehalten hatte, war von nachhaltiger Bedeutung für die Indianer – sei es als Beitrag zur Dokumentation unserer Welt vor dem Kontakt oder als Beweisstück für unser Bemühen um die längst überfällige Gerechtigkeit.

Von Roger erhielt ich wenig Unterstützung. Ich mußte ganz allein zurechtkommen. Was wußte ich schon über Pergament, über die Zusammensetzung der Tinte im fünfzehnten Jahrhundert und über Handschriftenanalyse? Sicherheitshalber bewahrte ich die Dokumente in meinem Tupperware-Kuchenbehälter auf. Jetzt starrte ich auf die rote Plastikdose, als könne ich durch Konzentration allein das darin verborgene Rätsel lösen. Ich hatte keine Ahnung, an wen ich mich wenden sollte. Meine Augen suchten das Zimmer nach einem Hinweis, einer Eingebung ab – und da lagen sie, in Reichweite, die Gelben Seiten.

Die Gegend um Hanover, New Hampshire, ist nur dünn besiedelt. Das Telefonbuch ist nicht so dick, daß ein kleines Kind sich daraufstellen und dann über den Tischrand sehen könnte, doch es fand sich eine Rubrik «Landkarten» darin, eingequetscht zwischen «Lampen» und «Landschaftsarchitekten». Darunter stand nur ein einziger Eintrag, «Die Erde ist rund», und die Adresse war mir wohlbekannt: sie lag in der Main Street, im ersten Stock über meiner Lieblingseisdiele, Ben & Jerry's. Ich wählte die Nummer, und nach dem zweiten Klingeln hob ein Mann ab.

«Können Sie mir sagen, wie ich das Entstehungsdatum einiger alter, handgeschriebener Dokumente feststellen kann?» Ich bemühte mich, fachmännisch zu sprechen.

«Wie alt sind sie Ihrer Meinung nach? Und von wem wurden sie ausgefertigt?»

«Vielleicht fünfhundert Jahre», tastete ich mich weiter vor. «Und möglicherweise von Christoph Kolumbus.»

«Oh.» An der Pause, die darauf folgte, konnte ich erkennen, daß er mir nicht glaubte. «Sie haben wohl auch schon vom Entdeckungsjubiläum gehört, wie?»

Sein herablassender Ton gefiel mir nicht. Schließlich wußte er gar nicht, mit wem er da sprach. Wie konnte er es wagen, so voreilige Schlüsse zu ziehen.

«Das habe ich, in der Tat», gab ich in überheblichem Ton zurück. «Ich bin Professorin am Dartmouth College und habe da ein recht *interessantes* Fragment entdeckt.» Ich betonte das Schlüsselwort jeglicher akademischer Forschungstätigkeit. Man verbrachte ja nicht sein Leben in der Bibliothek auf der Suche nach obskuren Mysterien, weil das reizvoll, profitabel oder ausgefallen war. Nein, die Dinge mußten *interessant* sein, womit sowohl Überlegenheit als auch einer gewissen Gleichgültigkeit Ausdruck verliehen wurde. «Ich bin so clever, daß davon nicht mein Leben abhängt, Freundchen, auch wenn du dir das nicht vorstellen kannst», schwang in dieser Mitteilung unausgesprochen mit.

«Ah», sagte er, «ich verstehe.»

«Ja», drängte ich, «und...?»

«Nun ja, die Tinte könnte nach der Radiokarbonmethode untersucht werden. Es gibt noch präzisere Verfahren, die mit

Radioaktivität arbeiten, aber mit diesem bekämen Sie einen groben Näherungswert. Das wäre schon mal ein Anfang.»

«Kann man das hier machen?»

«Nein, aber in Boston. Vielleicht beim Peabody-Institut in Harvard. Es ist allerdings nicht ganz billig.»

«Wieviel?»

«Das hängt vom Umfang des Fragments ab und von seinem Zustand, aber ich würde sagen, so etwa siebenhundertfünfzig.»

Weg war das Flugticket. Doch halt! Mir fiel ein, daß es da noch einen Förderfonds gab, den man kurzfristig anzapfen konnte. Das bedeutete, daß man einen Antrag an einen Ausschuß formulieren mußte, der sich aus Vertretern aller Fachbereiche zusammensetzte. Doch konnten sie so etwas ablehnen?

«An wen muß ich mich da wenden?» fragte ich den Mann, und nachdem er geräuschvoll viele Seiten umgeblättert hatte, nannte er mir eine Nummer.

Der Förderausschuß tagte glücklicherweise schon eine Woche später, und mein eine Seite langer Antrag stand auf der Tagesordnung. Ich hatte hin und her überlegt, wieviel ich sagen, wieviel ich preisgeben sollte. Ich wollte nichts versprechen, was ich nicht halten konnte, und fürchtete, aus dem eichengetäfelten Konferenzraum hinausgelacht zu werden, wenn ich behauptete, ein handschriftliches Dokument von Kolumbus zu besitzen. Ich konnte mir keinen Fehler leisten. Roger hatte mir nahegelegt, Kürze mit Verschwommenheit zu kombinieren, eine Methode, die er selbst vortrefflich beherrschte, und ich hatte seinen Rat befolgt.

Die anderen Antragsteller hingegen hatten sich diese vernünftige Strategie offenbar nicht zu eigen gemacht.

Die drei Potentaten im Ausschuß waren vermutlich aufgrund ihrer Tendenz, sich über nahezu jedes Thema uneins zu sein, in dieses Amt berufen worden. Alle drei Professoren hatten Lehrstühle mit merkwürdigen Stifternamen inne und waren gleichermaßen von sich überzeugt; daran gewöhnt, innerhalb der begrenzten Sphäre ihres Instituts hofiert zu werden, erwarteten sie, daß sich bei Versammlungen ehrfürchtiges Schweigen ausbreitete, wenn sie den Raum betraten.

Nun saßen sie am Ende eines langen Holztisches und hatten – im Universum des Dartmouth College – eine nahezu kosmische Hackordnung entwickelt, eine Gruppe von Supernovae, die auf ihre Explosion wartete.

Mein Antrag war der dritte Punkt der Tagesordnung.

Der beleibte Vorsitzende James O'Brien, der den Esther-Hadley-Holcomb-Lehrstuhl für Humanbiologie innehatte, war unlängst dadurch berühmt geworden, daß er dem Tabak abgeschworen hatte. Vor zwei Jahren hatte er seine Mahagonipfeife zum letztenmal ausgeklopft, seine Abstinenzerklärung auf einer Fachbereichsversammlung vor allen Dozenten vorgetragen und war mit Applaus bedacht worden. Nach langem philosophischem Sinnieren, das Überlegungen zur Wiederbelebung der inneren Organe einschloß, hatte er sich von dem «schlimmen Kraut» entwöhnt – bei dieser Bemerkung hatte er mir, der Vertreterin jener Bewohner der westlichen Hemisphäre, die diese Geißel der Menschheit zuerst angebaut hatten, feierlich zugenickt –, doch es war ihm noch immer nicht gelungen, sich von dem Drang zu befreien, etwas Hartes zwischen den Zähnen spüren zu müssen.

Jetzt, als ich sah, wie er die erste Akte öffnete und deutlich vernehmbar Luft durch die leere Kammer seiner geschnitzten Meerschaumpfeife einsog, vermißte ich meine Plastikzigarette mit dem kaputten Filter. Als er die Seite zu Ende gelesen hatte, drehte er sie auf der Suche nach weiteren Ausführungen bedächtig um und blies dann einen unsichtbaren Schwall Rauch durch den Pfeifenkopf. Ganz offensichtlich behagte ihm etwas nicht. Er hob die Augen, blickte über den Rand seiner Lesebrille hinweg zunächst auf den Antragsteller – einen Dozenten des Instituts für Filmtechnik, der einer Tagung in Iowa beiwohnen wollte – und las den Antrag laut vor.

«Korrigieren Sie mich, wenn ich irre.» Humanbiologie mimte Verwirrung und blickte den nach Künstler aussehenden jungen Mann in Lederjacke und Holzclogs fragend an. «Aber Sie haben doch in diesem Studienjahr bereits einer Tagung beigewohnt, die außerhalb dieser Stadt stattfand.»

«Ja, aber...» setzte der Spezialist für Beleuchtung bei Busby-Berkeley-Musicals an.

«Wenn wir diesen Zuschuß bewilligen, so förderungswürdig das Projekt zweifellos ist», schnurrte die Inhaberin des Abraham-Stein-Lehrstuhls für Schöne Künste drohend, «öffnen wir Tür und Tor.» Sie riß die Augen weit auf, deutete damit künftiges Ungemach an und rieb sich die Hände, als wolle sie sie eincremen. Obwohl sie die älteste Professorin am College war, glich ihr Haarschnitt dem eines kleinen Mädchens, das zum erstenmal beim Friseur gewesen ist. Verachtung gegenüber jeglicher Modeerscheinung war das Markenzeichen der Schönen Künste, und ich erhoffte mir keinen schwesterlichen Beistand, wenn die Reihe an mir war. Ich hatte mich todschick gemacht, trug ein blaues Leinenkostüm mit einem kurzen, engen Rock. Ich zog ihn etwas nach unten und stopfte die Enden meines Lieblingsschals unter die Aufschläge der Jacke.

«Wie wichtig ist denn diese Konferenz?» lächelte der Lawson-McGill-Pike-Professor für Musik und Kunst. Sein langes, trauriges Gesicht drückte tiefstes Mitgefühl aus und die Bereitschaft, sich für alle Underdogs dieser Welt einzusetzen, doch in seinen blassen Augen lag kein Siegeswillen. Er kannte das Gefühl zu verlieren, regelmäßig überstimmt zu werden.

«Sie ist von *zentraler* Bedeutung», beharrte der Dozent, «eine Möglichkeit, sich mit Beleuchtungsexperten aus der ganzen Welt zu treffen. Es werden sogar Schnittreste von Minnelli vorgeführt. Von dem Material, das ich mitbringen werde, können meine Studenten enorm profitieren.» Der junge Mann schlug die Augen nieder, voller Ehrfurcht, das Zauberwort «Studenten» in den Raum gestellt zu haben, den eigentlichen Grund der Daseinsberechtigung aller Dozenten.

«Zweifelsohne richtig», nickte Humanbiologie. Er strich sich das wie eine Gardine über die gewölbte Stirn gekämmte Haar glatt. «Aber wir können keinen Präzedenzfall schaffen und innerhalb eines akademischen Jahres zwei Konferenzen bewilligen.»

«Es tut mir leid», kondolierte Musik und Kunst.

«Vielleicht werden die Ergebnisse ja publiziert», tröstete Schöne Künste, die einst berühmte Herausgeberin einer Zeitschrift für moderne Sprachen.

Der enttäuschte Dozent griff betont langsam nach seinen Handschuhen, zog sich dramatisch den Reißverschluß seiner Jacke zu und seufzte tief, doch der Ausschuß beschäftigte sich bereits mit dem nächsten Tagesordnungspunkt. Musik und Kunst faßte den Antrag zusammen, den kein anderer als der diskret abwesende Roger gestellt hatte. Es war nicht zu vermeiden gewesen, daß wir unsere Anträge zum gleichen Termin einreichten, doch Roger hatte sich philosophisch gegeben.

«Schließlich ist deiner in die Zukunft gerichtet, meiner in die Vergangenheit», hatte er gesagt.

Musik und Kunst hatte die Angewohnheit, mindestens eine Silbe des Schlüsselwortes von jedem Satz in die Länge zu ziehen, als verleihe dies allein schon intellektuelles Gewicht.

«Hier haben wir es mit einer schlichten Anfrage nach Kosten*rück*erstattung zu tun.» Seine Stimme klang defensiv, bereit, das ungerechte Urteil, das ganz sicher gefällt werden würde, entgegenzunehmen. «Professor *Will*iams... hat im noblen Geist aufgeklärter Päda*g*ogik... sein ‹Blumenmetaphern bei Donne›-Seminar zu sich nach Hause *ein*geladen und ein Menü aus den Meta*phy*sischen *Dich*tungen zusammengestellt. Die *Rech*nung beläuft sich auf achtundvierzig Dollar und zwölf Cent, und er bittet uns, die Kosten zu über*neh*men.»

Humanbiologie war von diesem Gedanken nicht angetan – ganz im Gegenteil, er fühlte sich bemüßigt, bedeutungsschwanger auf seinem Stuhl hin und her zu rutschen –, doch Schöne Künste stürzte sich als erste in den Kampf.

«Wie viele Teilnehmer hat das Seminar?» wollte sie wissen.

Musik und Kunst überflog die Seite. «Sechs Teilnehmer aus dem *zwei*ten Studienjahr», gestand er.

«Aber das macht mehr als acht Dollar pro Kopf», überschlug Schöne Künste, die menschliche Rechenmaschine. «Was hat er denn gekocht, Hummer à la Thermidor?»

«Filetsteak?» Humanbiologie war empört.

«Nein, *nein*», setzte Musik und Kunst zur Verteidigung an. «Mal sehen, nein, es war nicht so etwas Barockes. *Reh*braten.»

«Rehbraten!» schmetterten Schöne Künste und Humanbiologie in seltenem Duett.

«*Wein*!» fuhr Musik und Kunst fort.

«Wein!» fielen seine Kollegen ein.

Geschlagen legte Musik und Kunst das Blatt nieder, unternahm jedoch noch einen letzten Versuch. «In der Renais-*sance* haben die Menschen tatsächlich Wein getrunken», sagte er im überlegenen Ton eines Kenners der Materie und der Aussprache französischer Fremdwörter.

«Gehörten diese Studenten der seltenen Spezies der Einundzwanzigjährigen im zweiten Studienjahr an?» fragte Humanbiologie. «Oder werden wir hier aufgefordert, die Gesetze des Bundesstaates New Hampshire zu brechen?»

«Ein acht Dollar teures Mahl würde ich mir mal wünschen», schüttelte sich Schöne Künste, die drauf und dran schien, von ihrer Diät aus Wasser und Brot zu berichten.

Nachdem sie den Antrag auf Kostenrückerstattung zu Recht abgelehnt hatten, wandten sie sich, mit dem Lächeln der Gerechten auf dem Gesicht, mir zu.

«Nun, Frau Professor Twostar», sagte Schöne Künste, «ich dachte, Sie seien im Mutterschaftsurlaub. Ich dachte,

Sie hätten unlängst ein Stipendium für Ihre Recherchen erhalten.»

Ich verwarf die Taktik, die ich ursprünglich hatte anwenden wollen. Wenn ich ihnen erzählte, daß ich in die Karibik fliegen wollte, um einer obskuren Spur nachzugehen, wären sie mir womöglich in Ohnmacht gefallen. Sie würden hier im kalten verschneiten Neuengland sitzen, während ich, das Küken... Nein, das würde nie im Leben funktionieren, deshalb besann ich mich auf eine andere Strategie.

«Genau besehen ist es eigentlich nicht für mich», fing ich an. «Es ist eine lange Geschichte, die ich in meinem Antrag kurz umrissen habe. Der Kernpunkt ist folgender: Ein sehr wohlhabender Ehemaliger hat mich wegen einer größeren Spende für das College kontaktiert. Zunächst möchte er einige Dokumente einsehen, deren Authentizität noch zu überprüfen ist. Dazu ist das Geld gedacht: um den Beweis zu erbringen.»

Ich ließ ihnen keine Zeit zu reagieren.

«Er erwähnte die Finanzierung eines neuen Gebäudes. Möglicherweise...» In der nun folgenden kurzen Stille ließ ich ihrer Phantasie freien Lauf, und als auf den Gesichtern abzulesen war, daß jeder die hypothetische Geldspende bereits für seine Zwecke ausgegeben hatte, fuhr ich fort. «Ich denke, er wäre für einen persönlichen Besuch sehr empfänglich.» Wo er lebte, sagte ich nicht.

«Sie möchten also mit ihm über diese Angelegenheit konferieren?» stellte Humanbiologie klar.

Ich nickte. «Für sämtliche Reisekosten kommt er auf. Er hat mir tausend Dollar angewiesen.»

Da wurden sie hellhörig.

«Nur für einen *Besuch*?» Musik und Kunst hatte ich in der Tasche.

«Ich denke, wir könnten es als eine Art Investition betrachten. Für das College», überlegte Schöne Künste.

«Ich bin geneigt», entschied Humanbiologie, «über die unorthodoxe Natur dieses Antrags hinwegzusehen.»

Anker gelichtet.

Um meine Aufregung etwas zu dämpfen, machte ich Listen. Zuerst die einfachen Dinge: welche Kleider ich mitnehmen mußte, Nashs und Violets Geburtsurkunden, meinen Paß.

Cobb hatte mir die Telefonnummer seines Clubs aufgeschrieben – im eigenen Haus wollte er keines haben – und eine Uhrzeit, zu der ich ihn dort erreichen konnte, falls in letzter Minute noch Fragen zu klären waren. Als er jetzt von der Bar ans Telefon gerufen wurde, klang seine Stimme einschmeichelnd, sehr geübt, hatte den öligen, aufrichtigen und beflissenen Unterton eines Verkäufers. Es war eine tiefe, betont gepflegte Stimme, die zuweilen durch ein Kieselbett leichter Heiserkeit zu rauschen schien.

«Bringen Sie alles mit, was Sie gefunden haben», betonte er zweimal. «Ich sag Ihnen ganz ehrlich, ich weiß selbst nicht, was ich suche. Ich will nur reinen Tisch machen.»

Wer weiß, was er mir da auftischte. Roger hatte seine eigene Arbeit eine Weile ruhen lassen und ein ausführliches Dossier über die diversen halbseidenen Operationen dieses Geschäftsmannes zusammengestellt. In Zeitungsartikeln aus dem Jahr 1986 war von hochverzinslichen Anleihen, von Indexierungen, geplatzten Geschäftsübernahmen und von in Schwierigkeiten geratenen Unternehmen die Rede. Bis dato lief noch kein Verfahren gegen Cobb, der sich gleichwohl sicherheitshalber nicht in den Vereinigten Staaten blicken ließ. Mene, mene tekel upharsin. Sah er die Schrift an der Wand?

«Ich will den Kerl ja nicht zum Präsidenten wählen», hatte ich Roger gesagt. «Warum willst du mich unbedingt gegen ihn aufbringen? Einerseits bedeutet er nicht mehr für mich als einen kostenlosen Urlaub, und, wenn er Glück hat, eine Fußnote in der Ehemaligenzeitschrift. Andererseits, was ist, wenn er noch mehr solche Seiten hat wie die, die ich gefunden habe?»

«Höchst unwahrscheinlich», schnaubte Roger. Seit der Nacht, in der ich ihm die Fotokopien gezeigt hatte, waren die Schotten bei ihm immer mehr zugegangen. Schon am nächsten Morgen war er skeptisch gewesen, mittags ließ er dann eine spöttische Bemerkung nach der anderen ab, und am Ende des darauffolgenden Tages stand er dem Gedanken an die mögliche Existenz unbekannter Kolumbus-Materialien geradezu feindselig gegenüber, als sei er verärgert, daß etwas ans Licht kommen konnte, ohne daß er dabei die treibende Kraft war. Ich sagte mir, er könne eben nicht verstehen, was der Fund dieser Dokumente für die indianische Welt bedeutete. Für ihn war es nur ein Stück Geschichte, das ich schon längst der Bibliothek hätte zurückgeben sollen. Ich versuchte nicht, ihm die Sache zu erklären. Wir strebten nach unterschiedlichen Dingen, und ich tat so, als sähe ich das alles ganz nüchtern.

«Ich möchte nur, daß du dich wappnest», hatte Roger gesagt. «Diesen Menschenschlag kenne ich. Der verschenkt Flugtickets nicht einfach so.»

«Eine Hand wäscht die andere. Er bekommt, was er will, und ich bekomme, was ich will. Wo ist denn da das Problem?»

«Du weißt nur, was er zu wollen vorgibt. Du weißt nicht, was er wirklich will.»

«Ich weiß, was er bekommen wird, nämlich kein bißchen mehr, als ich ihm geben will. Im übrigen werde ich die Originalseiten gar nicht mitnehmen, nur Kopien der von uns korrigierten Übersetzung, die Grandma gemacht hat. Ich werde beim Verhandeln nach Gefühl vorgehen. Und wer weiß, vielleicht hat Cobb tatsächlich mehr. Ich will ihn nicht verschrecken und mit der Entdeckung an die Öffentlichkeit gehen, ehe ich das nicht genau weiß.»

Roger unterschätzte meine Fähigkeit, Menschen zu durchschauen und auf mich selbst aufzupassen. Ich hätte nicht vierzig Jahre als Indianerin überleben können, ohne einen sechsten Sinn für Falschheit und Tricks zu entwickeln. Außerdem sprach da jetzt mein neues Ich, das den Kurs meines Lebens selbst bestimmte.

Und nun, beim Smalltalk mit Henry Cobb, lauschte ich seiner Beschreibung des außergewöhnlichen Blickes aus dem Fenster seiner Villa in Eleuthera und wich geschickt seinen Fragen aus, was ich alles an Cobb-Material ausgegraben hatte. Ich war voller Zuversicht.

«Es muß doch eine Kleinigkeit geben, die ich Ihnen mitbringen kann», unterbrach ich Cobb. «Es widerstrebt mir, mit leeren Händen irgendwo hinzukommen, zumal als Gast.»

Eine Pause entstand – überlegte er oder war er verärgert, hielt er mich für naiv oder für genauso clever und vage wie sich selbst? –, und dann biß er an.

«Sie werden sicher nicht mit leeren Händen hier ankommen. Aber, gut, vielleicht ein *Wall Street Journal*?» schlug er vor. «Selbst im Club ist es immer erst am nächsten Tag da.»

Als Anthropologin hatte ich ein universales Gesetz der interkulturellen Kommunikation kennengelernt: eine Art wechselseitige Verpflichtung zum Anstand trat in Kraft, wenn Gastfreundschaft oder Freundlichkeiten angenommen wurden. Man mußte nur der erste sein, der so etwas anbot. Der Dow-Jones-Index war eine billige Möglichkeit, diese Fairness im Umgang miteinander herbeizuführen. Zum Teufel, ich würde ihm die Zeitung mitbringen. Von mir aus sogar zwei.

Die nächsten Namen auf meiner Liste waren Hilda und Racine, und die beiden erwiesen sich als leichte Beute. Da ich soviel zu tun hatte, bat ich Racine darum, die Originalseiten zur Altersbestimmung nach Boston zu bringen. Er war natürlich sehr fasziniert von der Sache. Wie er da vor meinem Küchentisch stand, konnte ich sehen, daß es ihn allein schon begeisterte, das alte Papier zu berühren, mit den Augen den Linien der Tinte zu folgen, die vor so langer Zeit aus der Feder geflossen war.

«Und dann sind da noch die hier», sagte ich und schob ihm einen kleinen Tupperware-Behälter hin, in dem, sicher in

Watte gebettet, die Austernhälften lagen. «Vielleicht kannst du was damit anfangen. Sie in den passenden mittelalterlichen Kontext einordnen.»

Er nahm eine Schale heraus, drehte sie hin und her und nahm die Brille ab, um sie genau zu betrachten.

«Du hast recht», sagte er schließlich und nickte. «Diese Linien auf der Perlmuttschicht können nicht rein zufällig entstanden sein. Sie sind zu einheitlich, kaum ein Unterschied von Schale zu Schale.»

«Ich glaube, ich weiß, wie sie dahin gekommen sind», trumpfte ich auf.

Ich erzählte Racine, daß ich auf der Suche nach Büchern über Konchyliologie und Molluskenkunde, nach Informationen zu Weichtieren einen interessanten Nachmittag mit einem Bibliothekar verbracht hatte. Ich hatte herausgefunden, daß es möglich war, Muster auf den Innenseiten der Schalen lebender Austern zu erzeugen, indem man den Mantel reizte – dort mit einer Nadel Sand aufzutragen, war eine Möglichkeit, und dann gab es noch die Methode, die die Chinesen im dreizehnten Jahrhundert entwickelt hatten. Sie züchteten Perlen in Süßwassermuscheln, indem sie den zinnernen Umriß eines kleinen Buddha zwischen Herzstück und Mantel anbrachten, und dann tauchten sie die Muscheln ein Jahr lang in Bambuskäfigen unter Wasser. Schließlich wurden die winzigen Perlmuttbuddhas ausgesägt. Marco Polo könnte diese Technik durchaus nach Europa mitgebracht haben. Etwas Ähnliches könnte mit Implantaten aus Blattgold bewerkstelligt worden sein, dem einzigen Metall, dessen Gebrauch bei den Lucaya-Indianern nachgewiesen ist. Möglicherweise hatte man den lebenden Austern eine Botschaft anvertraut, doch wenn es so war, konnte ich mit der Sprache oder dem Code nichts anfangen.

«Faszinierende Idee.» Racine setzte seine Untersuchung fort und blickte plötzlich auf. «Kann ich mal ein Blatt Papier haben?»

«Meinst du, es könnte eine Schrift sein? Wenn, dann ist es

ganz bestimmt kein Spanisch oder irgendeine Sprache, die ich kenne.»

Ich sah zu, wie er die Markierungen einer Schale abschrieb.

«Na ja», meinte er, «könnte Hebräisch sein.»

«Du machst Witze. Warum sollte es ausgerechnet Hebräisch sein?»

Ja, warum wohl. Auch Roger hing der Theorie an, der zufolge Kolumbus einem sephardischen Sproß entstammte. Ich starrte auf die rätselhaften Zeichen, die nun mit blauem Kugelschreiber auf einen Papierbogen mit dem Briefkopf des Studienbereichs Amerikanische Ureinwohner übertragen worden waren. Dann kam mir eine Idee. Vielleicht war dies das Werk des offiziellen Dolmetschers auf der ersten Reise, Luis de Torres. Er sprach Aramäisch und Hebräisch und gehörte zu denen, die Kolumbus im Januar 1493 in La Navidad zurückgelassen hatte, als er nach Spanien zurücksegelte. Ich dachte an die Krone, auf die Grandma nach langem Tüfteln gestoßen war, und ich muß zugeben, daß Bilder von verlorenen Schätzen mein Gehirn überfluteten. Konnte dies hier eine Wegbeschreibung sein? War es das, hinter dem all die Cobbs so verbissen herjagten?

Nimm dich zusammen, sagte ich mir. Wenn es wirklich Worte waren, dann wahrscheinlich nur Namen oder Kabbala oder die im fünfzehnten Jahrhundert gebräuchlichen Äquivalente zu «Guten Tag auch».

«Ich bringe sie zu einer Rabbinerin, die ich kenne», sagte Racine. «Naomi ist Talmud-Gelehrte. Mal sehen, was die davon hält.»

Racine wollte vom Tisch aufstehen, doch ich packte ihn am Arm.

«Noch was», sagte ich, unter dem Einfluß der unlängst getroffenen Entscheidung, meine Karten nicht immer gleich auf den Tisch zu legen. «Das bleibt bitte erst mal unter uns. Wenn du was rausfindest, laß mich es Roger als erste sagen.»

Racine sah verwirrt drein. «Wieso?» schien sein Gesichtsausdruck zu fragen.

«Ich will ihm nicht erst Hoffnungen machen und ihn dann enttäuschen müssen», fuhr ich fort, und mit diesem Szenario, das ich entworfen hatte, konnte ich Racine, den besonnensten Menschen, der mir je begegnet war, nicht nur überzeugen, sondern vielleicht sogar durch meinen Weitblick beeindrucken. Zurückhaltung, das merkte ich jetzt, wurde reichlich belohnt.

Hilda und Racine waren so angetan von dem Gedanken an unsere Reise, daß sie sich dazu entschlossen, während der Ferien ebenfalls nach Eleuthera zu fliegen und sich dort mit uns zu treffen.

«Das wird bestimmt toll.» Hilda war begeistert. «Wir sind dabei.»

So einfach war das. Hilda und Racine hatten vor ein paar Jahren schon einmal auf Eleuthera Urlaub gemacht, und während der diesjährigen Weihnachtsferien hatten sie noch nichts vor. Ihre Kinder Mark und Rachel hatten insgeheim verabredet, sich der weihnachtlichen Kombination aus Materialismus und Ausdrucksformen einer Religion, die nicht die ihre war, durch die Flucht zu entziehen, und eigene Urlaubspläne geschmiedet. Er hatte einen Job als Koch auf einer Walbeobachtungsexpedition nach Baja California angenommen und sie die Einladung ihrer Großeltern, für zwei Wochen nach New York zu kommen.

«Wie schön ist es doch, mit Freunden zu verreisen», hatte Racine ausgerufen, als die Pläne konkrete Gestalt annahmen. «Ansonsten wären wir ganz allein.»

Ich lachte nicht, denn ich verstand, was er damit meinte. Er und Hilda paßten so gut zusammen, daß es manchmal schien, als würden sie die Welt mit vier Augen sehen und somit jedes Problem von zwei Seiten. Am College gab es ein ungeschriebenes Gesetz, dem zufolge die beiden niemals gleichzeitig in einem Ausschuß sitzen konnten – ihre Stimmen hoben sich unweigerlich gegenseitig auf, und beide zusammen wußten einfach zuviel.

Mit etwas Glück würde Racine, wenn sie, ein paar Tage nach uns, auf die Bahamas flogen, den Beweis haben, daß die Seiten so alt waren, wie ich annahm. Er würde nach Möglichkeit auch die Übersetzung der Schrift in den Schalen mitbringen.

«Die Originale bleiben hier», rief ich ihm in Erinnerung. «Das Klima wäre nicht gut für das Papier. Wenn du aus Boston zurückkommst, leg sie wieder in die Tupperware-Behälter und pack alles in die Gefriertruhe.»

Ich ahnte, daß Nash von der Reise nach Eleuthera nicht begeistert sein würde – er sprang ja kaum noch auf Vorschläge von mir an –, deshalb ersann ich eine List, auf die er hoffentlich hereinfallen würde. Ich sagte ihm, er könne nicht mitkommen.

«Warum nicht?» wollte er wissen, denn er fühlte sich unfair behandelt. Er war verspätet zum Abendessen gekommen – er und seine Tierschützerfreunde steckten gerade in einer philosophischen Debatte über das Sezieren von Fröschen im Unterricht, und das erforderte ständige Treffen und endlose nächtliche Telefongespräche.

«Das ist *Arbeit* und kein Urlaub. Violet nehme ich nur deshalb mit, weil es nicht anders geht. Roger und ich fliegen da hin, weil wir wissen wollen, ob dieser Henry Cobb noch mehr solche alten Dokumente hat, wie ich sie in der Bibliothek gefunden habe. Du würdest dich zu Tode langweilen.»

Er gab sich Mühe, ernsthaft dreinzublicken, Opferbereitschaft zu signalisieren. Wir taten beide so, als sei Eleuthera kein Urlaubsort in den Tropen mit jeder Menge Sandstrände, Palmen und warmem Wetter im Dezember.

«Ich könnte dir ja helfen, Mom», bot er großzügig an. «Ich könnte mich an Cobbs Fersen hängen. Ich hab was über ihn in der Zeitung gelesen – er holzt alte Redwood-Bestände in Kalifornien ab, um seine Schulden zu bezahlen. Ein richtiges Dreckschwein.»

Ich sah ihn zweifelnd an, und jetzt wurde er schamlos.

«Ich könnte ja auch babysitten, während ihr zusammen-sitzt.»

«Das wär dir gegenüber nicht fair», protestierte ich. «Ich kann mir nicht vorstellen, daß du deine Ferien damit zubrin-gen willst, auf Violet aufzupassen. Aber es ist nett, daß du das anbietest.»

Er zögerte und wollte etwas erwidern, besann sich dann aber eines Besseren. Einen Augenblick lang befürchtete ich, es mit meiner Zögerlichkeit zu weit getrieben und ihn davon überzeugt zu haben, daß er besser zu Hause bliebe. Das würde Probleme aufwerfen – es wäre zuviel Verantwortung für Grandma.

«Okay, Mom. Laß uns offen miteinander reden.» Nash setzte sich aufs Sofa. «Du bist nicht der einzige Indianer auf der Welt. Du kannst mich nicht außen vor lassen. Wenn die Wahrheit über Kolumbus herausgefunden wird, dann ist das auch für mich wichtig. Ich höre ständig, wie du mit Roger über das Tagebuch redest, wie ihr euch darüber streitet, was es bedeutet – Kronen oder Geheimnisse oder was weiß ich. Na ja, ist ja toll, wenn da was Neues oder Wertvolles rauskommt, aber selbst wenn nicht, wenn nur irgendwas ge-funden wird, dann ist das wie eine Verbindung zur Vergan-genheit. Sachen zu erfahren, die lange vergessen gewesen sind, sie wieder ans Tageslicht zu holen. Das will ich nicht verpassen.»

Ich sah meinen Sohn ernst an und versuchte zu ermessen, inwieweit seine Worte mit seinen Gefühlen übereinstimm-ten, doch er war undurchschaubar wie nie zuvor. Er hatte meine eigenen unausgesprochenen Gefühle so klar in Worte gefaßt, daß ich den Drang unterdrücken mußte, seine Hand zu nehmen, mich ihm anzuvertrauen, ihm mein Herz zu öff-nen. Doch ich hielt mich zurück, war entschlossen, ihn dies-mal nicht mit einer peinlichen, gefühlsbeladenen Reaktion zu überfahren. Das war, ich spürte es, der Beginn eines sehr lan-gen und sehr wichtigen Gesprächs, deshalb ließ ich mir Zeit.

«Du überraschst mich», sagte ich. «Ich wußte gar nicht,

daß du dich so für Geschichte interessierst.» Dann wechselte ich das Thema. «Sag mir die Wahrheit. Da ist doch noch was, weswegen du mitkommen möchtest?»

Er antwortete mit einer Gegenfrage.

«Wirst du Roger nun eigentlich heiraten oder nicht? Ich meine nur so.»

«Du wirst der erste sein, dem ich es sage, wenn ich mir darüber klargeworden bin. Wie ist denn deine Meinung dazu?»

«Ich wußte gar nicht, daß die gefragt ist.»

«Nur raus damit.»

Nash schüttelte den Kopf, stand auf und ging auf die Treppe zu.

«Hey, es ist dein Leben», sagte er. Wieder stand die alte Distanz zwischen uns. «Er wird ja nicht mein Vater werden. Ich frag nur deshalb, weil, wenn Roger auch mitkommt... na ja, dann könnte ich ihn auf der Reise kennenlernen. Das ist auch ein Grund, warum ich mit will.»

«Und das soll ich dir glauben? Du brauchst dir keine Gedanken darüber zu machen, wer dein Vater ist. Du bist durch und durch Purvis Twostar, zu 99,9 Prozent ein Schwindler.»

«Also darf ich mit, oder?» Er lächelte.

«Ich hab dein Ticket schon gekauft. Und noch was: So wie sie uns die Flüge gebucht haben, wirst du mit Roger runterfliegen. Denk nur an all die Gelegenheiten zu sinnvollen Gesprächen, die ihr zwei da haben werdet!»

Somit stand nur noch Grandma auf der Liste, und die würde nicht leicht abzuhaken sein, zumal sie mein Projekt zunächst nicht nur für Zeitverschwendung gehalten hatte, sondern auch noch für unmoralisch.

«Sollen die sich doch selbst um ihre Vergangenheit kümmern», hatte sie von Anfang an gesagt.

«Es ist ja nicht so, daß Kolumbus nichts mit uns zu tun hätte», hielt ich ihr entgegen. «Wer weiß, was ich in Erfahrung bringen werde? Außerdem kann ich doch nicht einfach wegsehen, wenn mir derart brisantes Material in den Schoß fällt. So was muß man doch ausnutzen.»

Ich beschloß, an ihren Sinn für Vorherbestimmung, an ihre Schicksalsgläubigkeit zu appellieren, mit der sie Nash nur allzugern Flausen in den Kopf setzte und die sie stets heranzog, um zu erklären, warum mein Sohn zwar im Moment noch nichts Außergewöhnliches darstellte, dies aber nur eine Frage der Zeit sei. «Vielleicht war es mir ja *bestimmt*, diese Seiten zu finden, Grandma. Vielleicht gibt es da einen Sinn, den wir noch nicht entschlüsseln können.»

«Ha!»

Wie dumm von mir. Natürlich hatte sie diese Möglichkeit schon durchdacht und sich eine eigene Meinung dazu gebildet. Und die begann sie mir auch unverzüglich aufzutischen.

«Ich habe diese Seiten übersetzt», sagte sie bedeutungsvoll.

«Und?» Ich kannte sie längst auswendig, diese Geschichten aus ihrer Schulzeit, und hatte mein ganzes Leben lang ausbaden müssen, daß die pingeligen mexikanischen Nonnen darauf bestanden hatten, ihr das unverfälschte kastilische Spanisch beizubringen. Niemals hatte ich auch nur ein spanisches Wort ausgesprochen, ohne korrigiert zu werden, nie hatte ich ihr meine spanischen Lehrbücher gezeigt, ohne ihre hochmütige Kritik an ihrer Unzulänglichkeit zu hören zu bekommen. Konnte ich jetzt nicht einmal ein bißchen davon profitieren?

«Also, das eine ist nur ein Rezept. Wie man Austern kocht. Wie alt sie waren. Daß Kolumbus sie so gern aß, daß er sogar die Schalen aufgehoben hat. Und der Rest der Briefe handelt von nichts weiter als von Morden, von schrecklichen Verbrechen. Und du verbringst jetzt zwei Wochen damit, durch die Welt zu fahren, und es wird alles für die Katz sein.»

«Also hör mal», sagte ich, «nun übertreib nicht. Was ist

mit der Krone? Und du weißt genau, daß Kolumbus nicht nur Gewürze gesucht hat, sondern Gold. Oder Seelen. Das ist doch kein Kleinkram. Was ist mit dem Zeichen des Kreuzes, das auf der Tagebuchseite erwähnt wird?»

«Über Missionare brauchen wir nun wirklich nicht noch mehr zu erfahren.»

Soweit ihre Prognose zu meinem potentiellen Durchbruch. Doch das war nur ein Teil ihrer Argumentation: obendrein weigerte sie sich nämlich hartnäckig zu fliegen.

«Ich bin eben erdverbunden», sagte sie gern – damit entfiel jeder Gedanke daran, ihr ein Flugticket aufzuschwatzen. Gott sei Dank. Roger fühlte sich ohnehin schon dadurch eingeengt, daß Nash mitkam. Wenn Grandma sich auch noch hinzugesellte, würde er lieber mit Mark nach Mexiko fahren, da war ich mir sicher.

Doch natürlich mußte ich sie zumindest fragen. Auch diesmal überraschte es mich, wie schnell sie reagierte: um eine Antwort war sie nie verlegen.

«Ich hatte einen Traum», sagte sie. «Wir können nicht weg.»

Wir. Ich zog den Hut vor ihr.

«Du wirst ihn mir sicher gleich erzählen», erwiderte ich. Wer die Schleusen öffnet, braucht sich über die Flut nicht zu wundern.

«Ein Vogel», sagte sie bedeutungsschwanger, «ist vom Himmel gefallen.»

«Wo sie doch sonst immer von der Erde fallen.»

Sie ignorierte mich. «Es war ein Wasservogel.» Das war ein indianisches Symbol, also waren wir gemeint. Sie wartete darauf, daß ich leichenblaß wurde und mir vor Dankbarkeit, weil ihre hellseherischen Fähigkeiten uns vor unserem Schicksal bewahrt hatte, die Kinnladen herunterfielen.

«Ich muß einfach hin», sagte ich. «Es ist wichtig für mich.»

«Dann laß wenigstens den Jungen hier. Er ist doch noch so jung.»

Ich konnte es ihr nicht verübeln, daß sie Weihnachten nicht allein verbringen wollte. Ich fühlte mich wirklich ein bißchen schuldig und war auch nicht immun gegen die Versuchung, ein paar Tage lang Nash los zu sein. Doch der springende Punkt war, daß sie allein nicht mit ihm fertig wurde. Die Zuneigung trübte ihren Blick, beeinträchtigte ihr Urteilsvermögen. Und zumal nach seinen sommerlichen Kontakten zur Drogenszene würde ich mir Sorgen um ihn machen.

Doch es hatte keinen Zweck, an ihr Mitgefühl zu appellieren. Das war nicht ihre Stärke. Bei ihr gab es nur den direkten Weg – oder die Kapitulation.

«Das kann ich nicht», erwiderte ich. «Hier ist er zu vielen Versuchungen ausgesetzt. Außerdem will er aus dem gleichen Grund dorthin wie ich.»

Sie saß ganz still da, äußerte weder Zustimmung noch Widerspruch. Sie konnte nicht leugnen, daß ich recht hatte, doch wenn sie das zugab, mußte sie ihre Niederlage eingestehen. Es war einer dieser schrecklichen Augenblicke, in denen das wahre Gesicht unserer Beziehung – der zwischen Grandma und mir – ans Licht kam. Sie hatte nur deshalb Macht über mich, weil ich es zuließ, was ich – aus einer Mischung von Dankbarkeit und Gewohnheit heraus – meist tat. Es war ein Pakt, den wir vor langer Zeit stillschweigend geschlossen hatten, und dieses System funktionierte. Doch die Zeit bringt Verschiebungen mit sich, sogar bei Felsgestein. Jede Generation muß ihr Recht auf Eigenständigkeit neu einklagen, sonst verliert sie es für immer. Das stand auch mir bevor – Nash und irgendwann auch Violet würden ihre eigenen Wege gehen, und es würde mir sehr schwer fallen, sie gehen zu lassen. Doch es würde mir noch schwerer fallen, wenn ich diesen Schritt nicht selbst getan hätte.

Grandma beobachtete mich und sprach dann als erste.

«Dann fahr. Es ist ganz gut, daß ich das Haus mal für mich allein habe und nicht ständig gestört werde.»

Ich nickte, nahm ihr Angebot dankbar an. Wenn ich mich von ihr wegschicken ließ, konnte ich fort, ohne endgültig zu gehen. Nur wenn sie mir sagte, ich solle fortgehen, konnte ich auch wiederkommen.

Sie verstand, konnte sich jedoch nicht ganz zurückhalten.

«Das ist auf dem Mist von diesem Roger gewachsen.»

«Das ist nicht ‹dieser› Roger, das ist Roger, und du bist auf dem Holzweg. *Ich* muß dahin. Und da wir so spät gebucht haben, fliegen Roger und ich nicht mal in derselben Maschine. Ich fliege mit Violet, und er kommt mit einem anderen Flug nach.» Ich versuchte es mit einem Witz: «Es war doch nur *ein* Vogel, der runtergekommen ist, oder?»

Sie funkelte mich an. «Mach dich nur über mich lustig», sagte sie. «Er wird wahrscheinlich gar nicht erst auftauchen. Wenn er dich lieben würde, dann ließe er dich auch nicht allein fliegen. Menschen, die einen lieben, verlassen einen nicht.»

Die Worte, die sie ausgesprochen hatte, ohne vorher an die Schatten ihrer Bedeutung zu denken, fielen rings um uns wie Schnee. Wir hatten einen privaten Raum betreten, der sonst fast immer mit einer Stahlkette verschlossen war. In unser beider Leben waren viele Menschen fortgegangen und nicht wiedergekommen. Sie sah weg.

«Ich bin nicht meine Mutter», flüsterte ich. «Roger ist nicht Purvis.»

«Warum ist diese Reise nur so wichtig?» Sie hatte das Kinn vorgeschoben und bewegte die Lippen kaum.

Ich dachte nach, ehe ich ihr antwortete, und lauschte dann selbst meiner Antwort. Manchmal sind einem die eigenen Gedanken verschlossen, bis man auf eine Frage gestoßen wird, die den Schlüssel herumdreht.

«Man hat nicht so viele Chancen, wie man glaubt», sagte ich. «Wenn man jung ist, kommt es einem zwar so vor, aber in Wirklichkeit hat man zwei, höchstens drei. Chancen, die wirklich wichtig sind.»

Da kam sie mit. Das sah ich daran, daß sie mir nicht widersprach, daß sie nicht versuchte, mich zu belehren.

«Ich weiß, du hältst diese Sache mit Kolumbus für Zeitverschwendung, du findest, ich sollte mich besser mit etwas anderem befassen. Vielleicht hast du recht. Aber wenn ich mir über ihn klarwerden kann, wenn ich ihm Gestalt verleihen kann... Vielleicht kann ich ihn samt allem, wofür er steht, hinter mir lassen. Ich möchte ihn enttarnen, und zwar vor seiner Geburtstagsfeier. Ich möchte da ein Wörtchen mitreden.»

«Du traust dir eine Menge zu», sagte sie ruhig, ganz seltsam, als sei dieser Satz nicht so unwirsch gemeint, wie er ausgesprochen wurde.

«Ich gebe mir Mühe», gab ich zurück. «Es ist nicht leicht. Ich hatte einen Vater, den ich nie gesehen habe, einen Mann, der mich wegen einer anderen verlassen hat, einen Sohn, der...»

«Und Roger?»

«Ich weiß, daß du das nicht verstehst. Du denkst, er ist eitel, er redet zuviel, und vielleicht hast du recht. Aber ich sag dir was über Roger Williams, das er, glaube ich, selbst nicht weiß. Er hat ein selten gutes Herz. Wenn er lernt, es zu nutzen... In dieser Frage ist die Entscheidung noch nicht gefallen.»

«Du brauchst nicht in Selbstmitleid zu baden», beharrte sie und machte damit ihre berühmte 180-Grad-Kehrtwende. «Du wirst es schon noch rauskriegen. Und wenn nicht...»

«Wenn ja, dann kann ich mir möglicherweise *Christoph Kolumbus* schnappen, Grandma. Das wäre doch eine Revanche, oder? Möglicherweise ist es wirklich für die Katz, aber vielleicht ist es das ohnehin das beste. Ohne den Mythos ist er einfach nur ein ganz gewöhnlicher Mensch. Kein Auserwählter. Nicht die Hand des Schicksals. Nicht die unausweichliche Kraft. Kein Bote Gottes. Einfach nur ein Mann, dessen Glück unser Pech war. So jemand ist uns vertraut. Mit so jemandem können wir umgehen.»

Sie warf mir einen Blick zu, doch die Klappen waren schon wieder dicht. Sie glaubte nicht einen Augenblick, daß ich tun konnte, was ich sagte, doch sie konnte mir nicht verübeln, daß ich es versuchte. Ich bin ganz sicher, daß sie mir sogar Glück wünschte.

10

ROGER

Fleisch wurde zur fixen Idee für mich.

«Nimm Vorräte mit», hatte mir mein Bruder Bart empfohlen, als ich bei ihm in Del Rey anrief und meinen Plan für die Reise nach Eleuthera erwähnte. «Auf keiner dieser abgelegenen Inseln gibt es anständiges Rindfleisch. Du mußt es importieren, Roger, mußt es selbst mitnehmen, wenn du auf Qualität Wert legst.»

Ich gab diesen guten Rat Vivian weiter, als wir eines späten Nachmittags im Dozenten-Clubraum bei einer Tasse Kaffee saßen, und sie lachte natürlich. Meine große Familie war für sie ein unversiegbarer Quell der Heiterkeit, eine Art Diorama des Alltagslebens der weißen Oberschicht. Sie beschrieb immer wieder gerne, wie sie sich die Kleidung meiner Verwandten bei ihren verschiedenen Tätigkeiten und Freizeitbeschäftigungen vorstellte.

«Bart ist doch der in Kalifornien?» vergewisserte sie sich.

Ich widersprach ihr nicht.

«Okay, ich hab ihn vor Augen. Rosa Hose, lindgrünes Hemd. In der einen Hand einen Golfschläger, in der anderen ein schnurloses Telefon.»

«Bart leitet immerhin zwei Firmen», rief ich ihr in Erinnerung. «Ich finde, man kann ihm den Besitz eines Telefons zugestehen, auch wenn dein Mr. Cobb solche Geräte meidet.»

«Telefax im Auto», fuhr sie fort. «Schuhe mit dekorativen Lederquasten. Boxershorts mit blau aufgedruckten winzigen gekreuzten Golfschlägern.»

«Muß das sein? Mache ich mich bei jeder Gelegenheit, die sich bietet, über deine Familie lustig? Schmücke ich etwa deine Lieben mit Federn?» Ich sah mich in dem fast völlig leeren Raum um. Ein Biologie-Professor, mit dem ich gerade im Streit lag, stopfte sich, ungeachtet des Rauchverbots, eine Pfeife, während er Klausuren korrigierte, und im Nebenraum deckten die Bedienungen die Tische für die erste Essensschicht.

«Tut mir leid», sagte sie. Ich hätte ihr gern geglaubt, doch es war allzu deutlich, daß sie sich ein Lachen verkniff und in Gedanken bereits zur nächsten Erwiderung ausholte. Zugegeben, an mir, am ganzen Williams-Clan, gibt es vieles, das einen Hauch zu aufgeblasen ist, und Vivian kann gnadenlos ins Schwarze treffen. Doch heute hatte ich keine Geduld mit ihr. Das hier war kein Spiel. Ich hatte, wie ich zugeben muß, zum Teil deshalb beschlossen, sie zu begleiten, weil mir dieser unangenehme Kuhhandel verdächtig vorkam.

Natürlich konnte ich es Vivian nicht so erklären. Ich konnte ihr nicht einfach mit dem Gedanken kommen, der sich zwar aufdrängte, für sie aber beleidigend klingen mußte: Wenn Henry Cobb tatsächlich weitere Auszüge aus Kolumbus' Tagebuch besaß, dann würde er sie einem richtigen Wissenschaftler vorlegen wollen, jemanden, der jahrelang zu diesem Thema gearbeitet hatte. Jemandem wie mir, dachte ich mit entwaffnender Ehrlichkeit, nicht einer Dilettantin wie Vivian. Für Cobb war offensichtlich wichtiger, daß es ihr an Erfahrung mangelte, als daß sie Erfahrung besaß. Sie verfügte zwar mit dem Professorentitel über eine Art Referenz, besaß aber gleichwohl keine Tiefe. In Eleuthera würden wir ja sehen, ob Cobb es wagte, mir eine Überprüfung seiner angeblichen Erbschaft zu gestatten.

Jedenfalls durften wir nicht unvorbereitet ankommen, nicht allzu abhängig von ihm sein. Ich hatte die Aufgabe übernommen, Nash auf dem Weg nach Eleuthera zu behüten, und ich wies Vivian auf dieses Zeichen meines guten Willens hin. Ihr Gesicht umwölkte sich.

«Also, wenn es dir zuviel Mühe ist, dann laß es. Nash kann auch in den sauren Apfel beißen und mit mir fliegen. Und *du* kannst Violet mitbringen. Ich bin sicher, sie wird die sechs Stunden auch mit der Flasche überleben. Außerdem hat Nash sowieso seine Zweifel wegen der Route, die du nehmen willst. Grandma hat ihm prophezeit, sein Silbervogel werde abstürzen, und ein bißchen glaubt er das wohl. Er ist auf einem typischen Teenager-Egotrip. Die ganze Welt dreht sich um ihn, wenn er in einem Flugzeug sitzt, dann stürzt es ab. Daß er dich mitreißt, spielt keine Rolle. Genausowenig wie das Schicksal der anderen Passagiere. Er ist der einzige, der zählt. Und ich soll dankbar sein, daß Violet und ich durch sein selbstloses Opfer verschont bleiben.»

«Von ‹abstürzen› hat er nichts gesagt», korrigierte ich.

«Entschuldige. Es ‹verschwindet›. Noch was Rätselhaftes für die Statistik. Nashs Name im *Guinness Buch der Rekorde*. Sein Leben mit einem Schlag beendet, ehe es richtig begonnen hat. Warum sollten wir auf ihn Rücksicht nehmen? Kann er denn mehr vom Schicksal verlangen als einen kostenlosen Urlaub?»

Wir kamen zu weit vom Thema ab. «Ich will unseren Plan nicht ändern», erklärte ich. «Du und Violet, ihr fliegt wie vorgesehen von Boston nach Nassau und weiter nach Rock Sound; Nash und ich starten in Hartford und fliegen über Fort Lauderdale nach Governor's Harbour. Wir kommen drei Stunden nach euch an. Es ist keineswegs ungewöhnlich, daß eine Familie getrennt reist.»

Vivian blickte mich ehrlich überrascht an. Ihr Mund stand weiter offen, aber sie vergaß, was immer sie hatte sagen wollen, und ließ einen anderen Gedanken von sich Besitz ergreifen, um sich dann, in einer dieser spontanen Gesten, die auf mich so entwaffnend wirken, zu mir zu beugen und mich auf die Stirn zu küssen.

Ich warf einen Blick nach links. Der Biologe starrte uns an und sonnte sich im Gedanken an die Mission, seinen Kollegen die Bestätigung für eine *liaison dangereuse* zwischen zwei Professoren unterschiedlichen Ranges zu überbringen, über die bereits allenthalben Spekulationen angestellt wurden. Und wenn schon! Ich neigte den Kopf, erhob meine leere Kaffeetasse zu einem auf seine qualmende Pfeife gerichteten Toast, und er wandte, einen Augenblick verunsichert, den Blick ab. Vivians Blick hingegen lag unverwandt auf meinem Gesicht.

«Dann sind wir jetzt also eine Familie», sagte sie.

«Du weißt schon, was ich meine.»

«So langsam, aber ich kann's nicht ganz glauben.»

Ich horchte auf einen anklagenden Tonfall in ihrer Stimme. War das die Eröffnungssalve einer Philippika wegen meines Fehlens bei Violets Geburt, meines zögerlichen Verhaltens, meines allzu hartnäckigen Festhaltens an meinem Junggesellenleben? Doch ich hörte nichts dergleichen, nichts, das gegen mich gerichtet war. Vivian war nur bemüht, sich selbst zu schützen, und ich respektierte ihre Vorsicht. Eindeutige Erwartungen waren etwas für die ganz Jungen und die ganz Alten. Dazwischen beurteilte man Erfahrungen wie Geschichte, rückblickend. Ich beschloß, diese Erkenntnis so bald wie möglich in mein Tagebuch einzutippen, damit ich sie nicht wieder vergaß.

Ich rüstete mich in der Main Street aus. Es war Mitte Dezember, doch die Läden schienen hervorragend auf die Bedürfnisse von Leuten eingestellt zu sein, die vorhatten, sich am Strand zu aalen. Ich erstand eine Badehose, zwei Shorts, zwei ägyptische Baumwollhemden, das eine lavendelfarben, das andere rosa, und ziemlich kompliziert gestaltete Sandalen – die Riemen waren durch eine Reihe dekorativer Schlaufen und Haken miteinander verbunden. In der Drogerie fand ich genau die Sonnenölmarken, die eine Verbraucherzeitschrift empfohlen hatte, und kaufte eine ausreichende Menge davon in verschiedenen Stärken, von Lichtschutzfaktor 15 bis herunter zu 4. Einer plötzlichen Eingebung folgend griff ich noch nach einem Fläschchen Insektenschutzmittel mit Kräuterduft und einem Glas Salztabletten. Man konnte nicht vorsichtig genug sein.

Meine befriedigendste Erwerbung war eine futuristische, zusammenfaltbare Reisetasche. Der Verkäufer versicherte mir, dank der silbrigen Wände des Behältnisses – die aus dem gleichen Isoliermaterial bestünden, mit dem Astronauten ihre Lebensmittel vor den extremen Temperaturen des Weltraums schützten – könne man Tiefgekühltes darin mindestens vierundzwanzig Stunden lang aufbewahren, selbst in den Tropen, vorausgesetzt, der Inhalt werde sorgfältig darin eingepackt und der Klettverschluß nicht geöffnet. Ich verfolgte seine Vorführung aufmerksam und übte dann selbst einmal in seiner Gegenwart, um ganz sicherzugehen, daß ich die Anweisungen richtig verstanden hatte.

Schließlich blieb nur noch der Einkauf im Supermarkt zu erledigen. Ich wählte sorgfältig aus und versuchte, sowohl das Gewicht, das ich zu tragen hatte, als auch ernährungsphysiologische und ästhetische Aspekte zu berücksichtigen. In Gedanken entwarf ich einen ganzen Speiseplan und verließ mich nicht ohne Zweifel darauf, daß gewisse Grundnahrungsmittel wie Salz und Pfeffer, Mehl und Milchpulver sowie Spülmittel in einem Kolonialwarenladen auf der Insel zu bekommen waren. Wir planten, neun Tage auf Eleuthera zu verbringen, und ich ging davon aus, daß uns unser Gastgeber mindestens zweimal bewirten würde. Und an einem Abend würden wir sicher ein Restaurant aufsuchen. Somit verblieben sechs Mahlzeiten, zweimal würden wir richtig kochen, an den übrigen Tagen würden wir Reste verwerten. Bart hatte dringend zu einer Lammkeule geraten mit dem Argument, auch wenn sie bei Zimmertemperatur serviert werde, ergebe sie ein schmackhaftes Hauptgericht. Doch als ich mir Gedanken über die Unmengen Minzsoße, das Glas Rosmarin und die verschiedenen traditionellen Beilagen machte, schien mir die Lammkeule ein wenig *de trop*. Im übrigen konnte ich mir nur allzu gut vorstellen, wie spöttisch Vivian darauf reagieren würde.

Statt dessen entschied ich mich für Bescheidenheit, für ein einfaches Leben mit simpler Kost. Ein anständiges Stück Braten, gut durchwachsen und saftig. Ein Braten paßte zu allem, tröstete ich mich, als ich meinen Einkaufswagen an den Lammkeulen vorbeischob, und von den Einheimischen dort bekam man sicher Kartoffeln, ein oder zwei Möhren und vielleicht auch eine Zwiebel. Als zweite Mahlzeit konnten wir aus einheimischen Zutaten eine Art Eintopf kreieren, den wir mit ein paar von dem vorhergehenden Essen übriggebliebenen Fleischwürfeln ein wenig gehaltvoller machten. Ich kannte da keine Scheu vor Experimenten. Ich war schließlich nicht Bart, was immer Vivian auch denken mochte.

Als Basis für die übrigen Mahlzeiten beschloß ich, eine Putenbrust zu nehmen, und fand auch eine, die wie ein großes, massives weißes Herz geformt war. Die hatte Substanz, einen niedrigen Cholesteringehalt und bot die Möglichkeit einer Verwertung am folgenden Tag in Form von Sandwiches oder Haschee. Als Ergänzung boten sich eine preiswerte, schamlos simpel zuzubereitende Instantsoße und zwei Packungen tiefgekühlte Erbsen an, im übrigen verließ ich mich darauf, daß ich genug Brot für eine anständige Füllung bekommen würde.

Am Abend vor unserer Abreise brachte Vivian Nash zu mir. Sie und Violet würden gleich nach Boston fahren und im Logan Hilton übernachten, ihr Sohn und ich hingegen würden vor Tagesanbruch aufstehen, mit dem Auto nach Bradley Field fahren und von dort aus um zehn Uhr den Flug nach Florida nehmen.

«Brems ihn ein bißchen», flüsterte sie mir ins Ohr, als sie mir einen Abschiedskuß gab. Sie war in einen dicken schwarzen Wollmantel eingepackt, und ihr halb zurückgestecktes gewelltes Haar knisterte wie elektrisiert in dem kalten Wind. Ich nahm eine Strähne zwischen zwei Finger.

«Aloha», sagte ich. «Ich hoffe, du erwartest uns im Hularöckchen, mit einem Lei um den Hals.»

«Falsche Insel», entgegnete sie lächelnd. «Falscher Ozean, falsche Richtung.»

«In der Hand einen Planter's Punch mit einem kleinen Schirmchen drin», fuhr ich fort.

«Falsche Frau.»

«Nein, nein, ist schon die richtige.»

«Gnade bitte», stöhnte Nash. Er war nicht darauf vorbereitet, sich Gefühlsäußerungen zwischen Erwachsenen anzuhören. Er stand im Flur, neben sich einen ausgebeulten Matchsack, den er gedankenverloren mit dem Fuß anstieß, während er den Blick durch meinen Wohnraum gleiten ließ, den Schreibtisch allerdings sorgsam mied. Er fühlte sich in diesem Raum unbehaglicher als sonst.

«Oben im Zimmer, in dem du schlafen wirst, steht ein Fernsehgerät», informierte ich ihn. Ohne ein weiteres Wort verließ er uns, stampfte O-beinig davon, als hätte er neue Muskeln in den Waden, so dicht gepackt, so überentwickelt, daß er nicht gehen konnte, ohne ihrem unnachgiebigen Zug Tribut zu zollen. Im Sitzen hatte er die Beine stets weit gespreizt, als wäre nur in dieser unbequemen Position genug Platz für seine voluminösen Teenager-Genitalien. Ich erinnerte mich an Jungs wie ihn aus meinen letzten Schuljahren, hatte noch vor Augen, wie einschüchternd sie mit ihrer aggressiv demonstrierten Männlichkeit wirken konnten. Allein ihre Anwesenheit genügte, um alle Gespräche zu beenden, außer die über Sport und BH-Größen. Als ich schließlich an der Universität von Chicago meine Nische fand, auf andere Menschen traf, mit denen ich über Bücher und Ideen und die wesentlicheren Fragen reden konnte, hatte ich diese Jungs und ihre zur Schau getragene Selbstsicherheit aus meinem Kopf verdrängt. Und da stand ich nun – der vermeintliche Stiefvater, der eingemietete Ödipus, der natürliche Feind.

«Warum eigentlich ‹Nash›?» Schon ziemlich am Anfang unserer Beziehung hatte ich ihr diese Frage zu ihrer Namenswahl gestellt.

«Wie in Crosby, Stills, and...» hatte sie geantwortet. «Knirsch dabei ruhig mit den Zähnen, wenn es hilft.»

Es half.

Ich schaute zu ihm hinein, ehe ich zu Bett ging.

«Brauchst du noch irgendwas?» fragte ich freundlich und vermied es tunlichst, das Thema anzuschneiden, das uns sicherlich beide am meisten beschäftigte: sein bislang uneingestandener Anschlag auf mein Tagebuch. Ich war fest entschlossen, ihn nicht zu erwähnen. Sollte er doch meinen, ich wisse nichts davon, oder noch besser, es sei mir gleichgültig. «Ein Glas Milch?»

Ohne den Blick von der Wiederholung einer Folge von *Raumschiff Enterprise* zu wenden, verzog er das Gesicht ob meiner Einfältigkeit. Er hatte sich auf meine Lieblingsbettdecke hingestreckt, ohne die Schuhe auszuziehen.

«Aufgeregt wegen der Reise?» fragte ich.

«Geht so», meinte er sarkastisch, als sei ihm meine Frage einfach zu naiv.

«Du machst dir doch sicher keine Gedanken über den Flug?» fragte ich unschuldig und sah, wie er sich wand.

Er stieß empört einen Schwall Luft aus, doch ich ließ ihn nicht so leicht davonkommen, stellte nicht die Frage nach seiner Prognose für die Football-Meisterschaft. Diesen Standard-Pausenfüller für Männergespräche würde ich mir für einen wirklichen Kommunikationsnotfall aufheben.

«Na, weswegen denn dann?» hakte ich nach. «Irgend etwas beunruhigt dich doch.» Ich war neugierig, inwieweit er Angelines Traum Glauben schenkte.

Nash lag einen Augenblick da und verfolgte schweigend, wie sich ein paar Außerirdische auflösten. Schließlich drehte er sich herum und starrte mich finster an.

«Das Bermudadreieck, okay?»

«Wie bitte?»

«Ich habe die Route überprüft. Hast du gewußt, daß unser Flugzeug ganz nah am Bermudadreieck vorbeifliegt? Wo die Leute verschwinden?»

Ich schüttelte den Kopf. «Ich habe von diesem... Dreieck gehört, aber ich fürchte, ich bin nicht allzu vertraut mit dieser Theorie.»

Er setzte sich auf die Bettkante und sah mich konzentriert an, als wolle er feststellen, ob mein Interesse wirklich ehrlich war. Ich legte auffordernd den Kopf schief.

«Weißt du», begann er, «das ist ein Gebiet in einem bestimmten Teil des Ozeans, wo merkwürdige Dinge passieren. Da geraten Leute hinein und kommen nie wieder raus. Oder sie kommen in einer anderen Dimension wieder raus, in einer anderen Zeit.»

«Gibt es *belegte* Fälle?» Ich verlieh meiner Stimme einen besorgten Klang.

«Das Militärflugzeug aus dem Zweiten Weltkrieg? Es ist vor zwei Jahren wieder aufgetaucht. Es war 1942 gestartet und ist 1988 gelandet, und keiner aus der Crew war auch nur einen Tag älter geworden.»

«Warum habe ich nie etwas über dieses Phänomen gelesen?» wunderte ich mich.

«Die Regierung hat's geheimgehalten», vertraute mir Nash an. «Die Jungs wurden alle in ein Hochsicherheitsgefängnis in Nevada gebracht. Niemand sollte davon erfahren.»

«Aber es fliegen doch ständig Leute nach Eleuthera», protestierte ich. «Ich glaube nicht, daß wir uns irgendwelche Sorgen machen müssen. Dieses Dreieck muß irgendwo anders sein.»

Nash war nicht überzeugt. «Niemand weiß genau, wo es liegt. Vielleicht wandert es auch.»

«Trotzdem, ich glaube, statistisch gesehen haben wir gute Chancen», sagte ich. Meine Stimme enthielt keine Spur Sarkasmus, nichts, woran Nash möglicherweise etwas auszusetzen haben würde. Er hatte die für einen Heranwachsenden typische Abwehrhaltung aufgegeben, sich verletzbar gemacht, indem er seine Angst eingestand. Selbst ich, der ich niemals behaupten würde, ich könnte den Gedankengängen von Kindern folgen, erkannte darin einen positiven Schritt, einen potentiellen Wendepunkt in unserer Beziehung, was immer man darunter auch verstehen mochte. Zumindest schwand damit sein Vorteil. Jetzt wußten wir beide ein wenig von den Geheimnissen des anderen.

Ich sah, wie er über meine Äußerung nachdachte, wie er sie zögernd akzeptierte, weil ich schließlich und endlich ein Erwachsener war, wie er nickte. Als er sich wieder dem Fernsehprogramm zuwandte, schien ein wenig von der Spannung aus seinen Schultern gewichen. Ich ging aus dem Zimmer, schloß erleichtert die Tür hinter mir. Das war kein zweiter Aufguß meiner Schulzeit, während der ich mich ständig hilflos gefühlt hatte. Nash war, leider, wirklich ein so großer Trottel, wie ich befürchtet hatte, doch war nicht ich seinen üblen Launen ausgeliefert, sondern er meinen.

Der Warteraum der kleinen Airline am Flughafen in Fort Lauderdale, mit der wir weiterfliegen wollten, war vollgestopft mit Touristen. Familien saßen zusammengedrängt inmitten ihres Handgepäcks. Einige trugen ihre Habe in mit bemalten Muscheln verzierten Basttaschen bei sich, wohl Souvenirs von einem früheren Besuch auf der Insel, die jetzt wieder herausgekramt worden waren, um mit dem Reiseziel anzugeben oder ihre Besitzer in Ferienstimmung zu versetzen. Wintermäntel waren zu Bergen aufgetürmt, und darauf schliefen in verschiedenen Posen der Erschöpfung ein paar kleine Kinder. Nash hatte den Tick, mit dem rechten Zeigefinger an seine Unterlippe zu tippen, und dem frönte er jetzt schon während unseres gesamten, zweistündigen Zwangsaufenthalts. Draußen vor den Glasscheiben herrschte trübes, stürmisches Wetter ohne jedes Zeichen einer Besserung.

«Ich frag mal eben den Typ da, wie's aussieht.» Nash schnellte hoch, aus einer schlampigen sitzenden in eine schlampige stehende Haltung, und schlurfte auf den Angestellten zu, der hinter dem Check-in-Schalter unserer Fluglinie telefonierte. Er verstrickte ihn in ein ausführliches Gespräch, eine verbale Interaktion von einer Länge, die ich Vivians Sohn niemals zugetraut hätte. Als er dann schließlich zurückkam, wirkte er beinahe verängstigt.

«Was hast du herausgefunden?»

Unheilverkündend wandte er sich mir zu. «Ein Privatflugzeug wird vermißt, von einer Böe weggepustet.» Seine Augen waren Zeugen einer Prophezeiung, die sich bewahrheitet hatte.

«Ein verlorengegangenes Flugzeug?»

Er nickte. «Ja, da draußen. Jetzt suchen sie nach ihm, deshalb sitzen wir hier fest. Und außerdem stürmt es. Der Typ meint, heute wird wahrscheinlich kein Flug mehr abgehen. Aber wenigstens sind Mom und Violet schon dort.»

Und hätten sich die faserigen weißen Wolken am östlichen Himmel plötzlich aufgelöst und neu geordnet zu dem Schriftzug «Bermudadreieck», gefolgt von einem Pfeil, Nash hätte sich seines Schicksals nicht sicherer sein können. Ich wollte ihn eben ein bißchen mit seinem Trübsinn aufziehen, als der Lautsprecher eingeschaltet wurde. Der Schalterbeamte bestätigte im wesentlichen Nashs Darstellung. Es stimmte tatsächlich, die Küstenwache hatte die Suche nach der vermißten Maschine aufgenommen, und der Flugverkehr auf unserer Route war vorübergehend eingestellt. Und der Wetterbericht verhieß nichts Gutes. Wir sollten uns in der Nähe des Warteraums aufhalten und weitere Durchsagen abwarten.

«Ich hab nicht vor, in die vierte Dimension abzuheben. Läuft nicht», erklärte Nash.

«Und was willst du machen?» fragte ich ungeduldig. Als wäre der sich hinziehende Aufenthalt in diesem stickigen Raum nicht schon unangenehm genug, mußte ich mich nun auch noch auf eine Auseinandersetzung auf Boulevardzeitungsniveau einlassen. «Möchtest du zurück nach Hause?

Darf ich dir in Erinnerung rufen, daß wir nicht von unserer Buchung zurücktreten können? Du willst wohl zwei Rückflugtickets nach Eleuthera plus den Rückflug von hier nach Hartford verschenken?»

«Immer noch besser als...» Den Rest des Satzes verschluckte Nash. Er hatte ein wirklich beeindruckendes Talent zu melodramatischen Auftritten.

Verärgert wandte ich mich ab. Ich würde mir einen Plan ausdenken, ihn mit irgend etwas ablenken müssen. Da sah ich einen nach Karibik aussehenden Mann, der zu einer Gruppe wartender Passagiere sprach. Sie lauschten ihm interessiert, schüttelten dann schließlich den Kopf. Er bemerkte, daß ich zu ihm hinübersah, und kam auf uns zu.

«Elvis Greer», stellte er sich förmlich vor und reichte mir die Hand zum Gruß. Er sprach britisches Englisch mit leichtem Jamaika-Akzent, war aber einwandfrei zu verstehen. Sein Händedruck war fest, trocken und verläßlich. «Wo wollen Sie denn heute noch hin?»

«Wir haben Tickets nach Eleuthera, aber unsere Hoffnung schwindet», gab ich ihm zur Antwort. Nash saß in sich zusammengesunken da, der Embryostellung so nah, wie es der Stuhl, seine langen Extremitäten und der Ort, an dem wir uns befanden, eben zuließen.

«Der Junge ist nervös», stellte Elvis Greer fest.

Verbindlichen Dank auch, hätte ich am liebsten gesagt. Ein Wahrsager hat uns jetzt gerade noch gefehlt.

«Ich habe ein Boot», fuhr er fort. «Mit einem starken Motor und Hilfssegeln. Morgen früh sind wir da. Sehr schön, sehr bequem. Hier fallen ständig Flüge aus, deshalb komm ich immer am Flughafen vorbei. Die Fahrt mit mir kostet nicht viel, weil ich sowieso rüber muß. Ich kann sechs Personen mitnehmen.»

Ganz spontan wollte ich natürlich dem Beispiel meiner Nachbarn folgen und diesen Windjammerunternehmer davonschicken, aber ich merkte, wie Nash sich neben mir zu regen begann. Anscheinend glaubte er, auf dem Wasser und

nicht durch die Luft zu reisen würde seine Chancen vergrö-
ßern, auch in diesem Jahrhundert anzukommen.

«Was meinst du?» fragte ich ihn.

Nicht gewillt, die Verantwortung für eine Entscheidung
zu übernehmen – womöglich würde ich ihm ja Vorwürfe
machen, wenn wir uns dann in einer postapokalyptischen
Gesellschaft durchschlagen mußten –, blieb er stumm, doch
ich faßte sein Schweigen als Zustimmung auf. Für mich waren Boote nichts Neues, seit meiner Kindheit hatte ich im
Sommer oft gesegelt, und so fragte ich Mr. Greer nach tech-
nischen Details: nach Länge und Alter seines Bootes, nach
der Stärke des Motors und nach seinen Erfahrungen mit der
Karibik. Seine Antworten klangen recht befriedigend, und
zu meiner Erleichterung verlangte er auch nicht übertrieben
viel. Ich überschlug die Kosten für die Mahlzeiten und fürs
Übernachten – Kurzstreckenfluggesellschaften erstatteten
in solchen Fällen die Auslagen nicht – zog Nashs Widerwillen dagegen, sich in die Lüfte zu erheben, und die Beein-
trächtigung meiner guten Laune durch die erforderliche
Überzeugungsarbeit in Betracht. Ich beäugte meine glit-
zernde Isoliertasche, die selbst unter den Temperaturen im
vollklimatisierten Flughafengebäude zu leiden schien: von
ihr stieg kaum merklich Dampf auf. Daß sich das Fleisch, das
wir bei uns hatten, womöglich als Fehlinvestition erweisen
könnte, gab den Ausschlag, ließ die Rechnung aufgehen.

«Gut», sagte ich zu Greer und schüttelte zum zweitenmal
in fünf Minuten seine braune, kompakte Hand. Wir würden
uns Eleuthera auf die bewährte althergebrachte Weise nähern
und, wie mir Greer versicherte, kurz vor Tagesanbruch ankommen.

Ein paar Stunden später gingen Nash und ich an Bord – als
einzige Passagiere. Greer lichtete den Anker, und bald hatten
wir die bewölkte Küste Floridas hinter uns gelassen. Das
Wetter hatte sich zumindest nicht verschlechtert: es war nicht
gut, aber auch nicht katastrophal. Der unerwartete Vorteil

dieser Art zu reisen bestand in der Parallele zur Reise des Admirals, die sich so ergab, wenngleich wir natürlich aus der entgegengesetzten Richtung kamen. Überlegungen zu Kolumbus' Zielen drängten sich natürlich ständig zwischen meine Gedanken, trotz des mentalen Blocks, unter dem ich in letzter Zeit litt. Der Text meines Gedichts steckte, auf einer Diskette sicher verwahrt, in meiner Brusttasche, doch bislang war ich über Kolumbus' Ankunft auf den Kanarischen Inseln nicht hinausgekommen.

Nach einem leichten Abendessen erklärte Nash, er sei müde, und zog sich unter Deck zurück, suchte Vergessen, hätte allerdings zweifellos nur ungern eine Prognose abgegeben, in welcher Zeit und an welchem Ort er erwachen würde. Ich klappte meinen Laptop auf und lud meinen Text. Der Aufprall sturmgepeitschter Wellen am Schiffsrumpf, der salzige Duft der warmen Luft, das Gefühl, trocken eingeschlossen zu sein in einem flüssigen Universum: all das mußte meine Inspiration beflügeln. Ich wartete, die Finger bereit, meine Gedanken aufzuzeichnen, ihnen Ausdruck zu verleihen, so automatisch zu schreiben wie Mrs. Yeats, sobald nur eine Verbindung hergestellt werden konnte. So saß ich eine Zeitlang da, die Finger über dem Keyboard gespreizt, die Augen geschlossen – doch es kam nichts.

Ich dachte daran, lieber einen Brief zu schreiben, Bart über meine unorthodoxe Art zu reisen in Kenntnis zu setzen. Er würde ein wenig beunruhigt sein, genau die Reaktion, die ich bei den Mitgliedern meiner großen Familie so gerne hervorrief. Der Bildschirm schimmerte matt. Die bereits geschriebenen Worte des Gedichts standen, in Strophen angeordnet, vor mir, bildeten präzise, einheitliche blaßtürkise Reihen. Ich ging an den Textanfang und las, als würde der Schwung des Lesens allein neue Gedanken in mir erzeugen, als würde der träge Fluß der Worte die Verse verlängern, doch als ich ans Ende kam, hatte ich nur den leeren Monitor vor Augen. Da die Batterien für vier Stunden reichen würden, gab ich dem Drang nach, den Computer anzulassen. Über mir am Himmel hatten sich die Wolken gen Süden verzogen, und die Sterne beschrieben jetzt einen wunderbaren Bogen. Automatisch wie ein Schuljunge im Planetarium, der stolz auf sein Wissen ist, bestimmte ich die Sternbilder. Ich hatte eine Schwäche für die Plejaden, erfreute mich immer wieder an ihrem Anblick. Ich bestimmte, wo Norden war, bestätigte mir, daß wir uns in östlicher Richtung voranbewegten, und stellte mir das dichte Grün des afrikanischen Urwalds vor, dort vor uns, immer geradeaus. Ich lauschte darauf, ob das Geräusch springender Fische das Summen von Elvis Greer übertönen würde, der am Ruder stand, ohne von mir Notiz zu nehmen.

Übersetze, versuchte ich mein Gehirn zu zwingen. Drücke das in Worten aus. Laß das Poem Gestalt annehmen. Überarbeiten kannst du es immer noch.

Doch es kam nichts. Ich starrte auf den schwarzen Horizont, suchte nach einem Zeichen, einer Säule, die einen frischen Gedanken tragen würde. Säule. Dieses Wort zerrte ein Gedicht hinter sich her, das ich einmal auswendig gelernt hatte – Herricks *Ruhmessäule* – doch heute trat mein Gehirn auf der Stelle. Ich erinnerte mich nur an zwei Zeilen.

> Soll diese Säule nie
> den Weg des Ird'schen gehn.

Ich fand als hellen Punkt die Venus, niedriger als ich für möglich gehalten hätte. Sie schien beinahe unter den Wellenkämmen zu schwimmen – recht passend, überlegte ich, für einen Wasserplaneten, aber wenn der scharfe Rand der Erde so nah war, wenn der Absturz, über den ich hinausblickte, so unmittelbar vor mir lag, dann wäre unser Planet doch allzu klein.

Ein Gedanke. «Die Venus winkt mich voran», tippte ich. «Nach Cathay und Cipango.»

«Seekrank?» Greer hörte das Klappern der Tasten, bemerkte mich jetzt erst. Falls ich die Chance gehabt hatte, eine Entdeckung zu machen, jetzt war sie vertan.

«Die Nacht ist zu schön zum Schlafen», antwortete ich, höflicher, als mir zumute war.

«In dem Arzneischränkchen unter dem Waschbecken ist Dramamine», entgegnete er, ohne auf meine Antwort einzugehen. «Das ist keine Schande bei einem Magen, der an festes Land gewöhnt ist.»

«Das ist beileibe nicht meine Jungfernfahrt.»

«Die offene See spielt heut nacht Calypso», meinte Greer. «Entweder man tanzt Limbo im Takt dazu, oder man läßt sich davon einlullen.»

«Wir scheinen ein wenig nach Norden zu fahren», merkte ich an und demonstrierte damit, daß ich mich durchaus mit der Astro-Navigation auskannte. «Aus welchem Grund?»

Greer deutete nach Südosten, zum Horizont hin. «Ich mache einen großen Bogen um das dort. Es könnte ein Flüchtlingsboot sein, aber wahrscheinlich sind es Drogenschmuggler. Die fahren nur mit dem einen grünen Positionslicht ganz dicht über dem Wasser. Auf dieser Route wimmelt es von zwielichtigen Gestalten.»

Ganz schwach in der Ferne konnte ich ein auf und ab tanzendes Licht erkennen, dessen Kurs sich mit unserem zu kreuzen drohte. Es wurde über die Wellen gehoben, sank wieder ab, ein geräuschloser Schwimmer, sein Ziel und Zweck verloren in der Weite der Nacht.

«Verloren», schrieb ich, «in der Weite der Nacht», und löschte die Worte gleich wieder. Ich dachte an Vivian, daran, wie wenig im Grunde dafür sprach, daß wir einander anziehend fanden. Sie konnte höchst impulsiv sein, ihr ganzer Körper ein nach außen gerichtetes Signal; die Hände, die Augen und die zum Buckel gerundeten Schultern übermittelten ihre Gedanken bereits, ehe sie sie in Worten oder Handlungen ausdrückte. Jede Sehne ihres kräftigen, geschmeidigen Körpers schien ein gedehntes Band zu sein, dessen Zug man nicht widerstehen konnte. Ihre Körperkraft hatte etwas Reines, war unbeeinträchtigt von Selbstüberschätzung. Ich sah sie nie bei konventionellen Turnübungen – sie betrieb keine

Fernsehgymnastik und keinen Mannschaftssport und suchte keine Turnhallen auf, es sei denn, man rechnete den therapeutisch veranlagten Polen dazu, bei dem sie Karate lernte –, und doch schien sie nie zur Ruhe zu kommen. Jede ihrer Bewegungen hatte eine Funktion, war nie Selbstzweck. Wenn sie sich streckte, griff sie nach etwas. Wenn sie sich beugte, dann nur, um etwas aufzuheben. Wenn sie rannte, hatte sie ein Ziel. Wenn ihr Körper ruhte, arbeitete ihr Geist.

Manchmal, wenn ich zu müde war vom vorangegangenen Tag, um ihre allnächtliche Litanei der erlittenen Demütigungen oder die Schilderung der Pläne, die sie ins Auge gefaßt hatte, über mich ergehen zu lassen, tat ich im Dunkeln, wenn wir unsere gewohnte Position – Rücken an Rücken – eingenommen hatten, als würde ich schlafen. Dann spürte ich plötzlich, wie sie eine Idee hatte, sich versteifte, beinahe als wäre ein Wasserstrahl in ihre Wirbelsäule eingedrungen. Hellwach und von einem großen Mitteilungsbedürfnis erfüllt, begann sie meine Wahrnehmungsbereitschaft mit sanften Stößen und behutsamem Hinundherrutschen zu testen. Jede dieser Bewegungen war auf ihre Art ziemlich unschuldig, mochte nur ein schlaftrunkener Versuch sein, eine bequemere Position zu finden, doch all diese Zuckungen und Verlagerungen zusammengenommen erinnerten an die Geräusche, die die Mitglieder eines Symphonieorchesters erzeugen, wenn sie ihre Instrumente für eine Wagner-Ouvertüre stimmen.

Am Anfang unserer Romanze hatte ich auf diese Aufforderungen mit ebensolchen nonverbalen Signalen reagiert. Wenn sie mir den Ellbogen in die Rippen stieß, schob ich bisweilen mein Bein an ihren Fuß. Wenn sie einen tiefen Seufzer ausstieß, räusperte ich mich. «Auch noch wach», hieß das, und es war, wie ich naiverweise annahm, die Vorbereitung zur Wiederaufnahme von Zärtlichkeiten oder vielleicht auch nur das ruhige, postkoitale Gurren zweier Tauben, die nicht einmal der Schlaf trennen konnte.

Ich weiß noch, wie ich mich, als das zum erstenmal passierte, vor Freude über ihr Wiedererwachen mit einer aushollenden Bewegung zu ihr herumdrehte und meine Liebste mit dem freien Arm umfing. Meine Lippen suchten sanft nach ihrem Hals, doch anstelle der nachgiebigen, wohlriechenden Haut, die ich erwartet hatte, traf ich auf straff gespannte, vor Wut steife Muskeln und Sehnen.

«Preston meint», begann Vivian und bestätigte sich ihre eigenen Worte mit einem Nicken, «einige der externen Gutachter im Berufungsausschuß würden an meiner Objektivität zweifeln. Kannst du dir das vorstellen? Dieses dumme Arschloch!»

Sie stützte sich mit dem Ellbogen hoch und beugte sich über mich. Das ging so schnell, daß ich ganz automatisch die warme Delle weiterküßte, die ihr Kopf im Kissen hinterlassen hatte. Als ich die Augen öffnete, zeichnete sich ihr zerzaustes Haar vor dem schwachen Lichtschein, der von der Straße hereindrang, wie eine Krone ab.

«*Bill* Preston?» brachte ich gerade noch heraus.

«Oh, natürlich, für dich ist er *Bill*», antwortete Vivian vorwurfsvoll. «Für mich eher Torquemada, der Großinquisitor. Er genießt das bißchen Macht, das er als Ausschußvorsitzender besitzt, vor allem über Frauen. ‹Oh, Vivian›, sagt er doch gestern nach der Institutsversammlung zu mir – ich hab dir's noch gar nicht erzählt –, ‹hätten Sie einen Augenblick Zeit für mich?› Und dann, als natürlich alle anderen erstarrt sind, um auch ja nichts zu verpassen, als man eine Stecknadel fallen hören kann, läßt er seine Bombe platzen. Ich werd dem Scheißkerl seine ‹Objektivität› um die Ohren schlagen!»

Lieben, so sagen uns die Dichter, heißt, zuerst an den anderen zu denken, die eigenen Bedürfnisse zurückzustellen, und in diesen glücklichen Tagen versuchte ich unentwegt, diesem Ideal zu entsprechen.

«Aber er hat doch sicher noch mehr gesagt», flüsterte ich schockiert, genau im passenden Ton angesichts des Ernstes, den Vivian augenscheinlich dieser Angelegenheit beimaß. «Wer hat den Vorwurf erhoben und in welchem Zusammenhang? Zu deinen wissenschaftlichen Publikationen? Deinem Unterricht? Deinem außeruniversitären Engagement?» Ich zog alle drei Tests in Betracht, die ein Kandidat für die Anstellung auf Lebenszeit bestehen muß.

«Red keinen Unsinn», entgegnete Vivian und ließ sich, haarscharf an meinem Kopf vorbei, wieder in die Kissen fallen. Sie drückte sich an mich, gähnte, und als sie wieder zum Sprechen ansetzte, klang ihre Stimme schwerfällig, wie im Halbschlaf. «Es ging ihm darum...» Noch ein Gähnen, als würde ich sie zwingen wach zu bleiben und sie mir den Gefallen tun. «Es ging ihm darum, mich nervös zu machen. Mir das Messer an die Kehle zu halten.» Sie gab mir ein Küßchen auf die Wange, legte den Kopf auf meine Schulter, und ehe sechzig Sekunden verstrichen waren, atmete sie bereits in langsamen, gleichmäßigen Zügen.

Ich dagegen lag voller Unruhe beinahe bis drei Uhr wach. Ein ums andere Mal analysierte ich Bills Gründe. Enthielt Vivians Akte Punkte, die Anlaß zu Bedenken gaben? Was würde sie tun, wenn sie nicht befördert wurde? Würde sie das College verlassen? Würde ich ihr an ein weniger renommiertes Institut folgen? Ich malte mir ein trauriges Szenario aus, in dem ich parallel drei Einführungskurse ins wissenschaftliche Arbeiten halten mußte.

Als mich schließlich die Stimme aus dem Radio weckte, waren meine Gedanken noch immer trübselig, doch Vivian war bereits aus dem Bett und stand am Fenster.

«Sieh mal, wie schön der Regen ist!» rief sie aus.

«Ich habe stundenlang wach gelegen», erwiderte ich. «Wie wirst du auf Bill Prestons Warnung reagieren?»

Einen Moment blickte sie verständnislos drein. Dann erinnerte sie sich.

«Tu ihm nicht zuviel der Ehre an», meinte sie. «Das Ganze ist nicht der Rede wert.»

Ich brauchte einige Zeit, bis ich herausfand, daß es in Vivians Kopf, wenn sie gekränkt wurde, zuging wie im Andreasgraben: da gab es sich abschwächende Nachbeben, gewöhnlich spätnachts oder kurz vor Tagesanbruch, und dann kehrte allmählich wieder der Normalzustand ein. Überdies genoß sie es zwar durchaus, in mir einen Zuhörer für ihre Tiraden zu haben, doch es ging auch ohne Publikum. Wenn ich die Signale, die ihr neben mir liegender Körper aussandte, einfach nicht zur Kenntnis nahm, wenn ich eine Art komatösen Zustand vorschützte, durchlief sie ihre Entrüstungsphase allein. Dann warf sie sich einige Minuten lang von einer Seite auf die andere, hieb gnadenlos auf ihr Kissen ein, setzte sich bisweilen auf und stieß ein- oder zweimal einen hörbaren Fluch aus, doch – und das war eine für meinen Seelenfrieden nicht unbedeutende Beobachtung, denn ich wollte sie weiß Gott nicht allein lassen, wenn sie echten Kummer hatte – sie beruhigte sich stets in etwa dem gleichen Zeitraum wieder, unabhängig davon, ob ich Anteil nahm oder das Ganze passiv an mir abprallen ließ.

Aber es gab auch Fälle, in denen ich mehr war als nur Vivians Resonanzboden. Es gab klarsichtige Augenblicke, in denen sie nicht einfach irgend jemanden brauchte, irgendein gerade verfügbares männliches Wesen, sondern mich, Roger Vandyne Williams. Diese durchdringenden Blicke – fordernd, kühn, verletzlich - schmeichelten mir mehr, als ich für möglich gehalten hätte. So etwas wie das Objekt von Vivians Begierde, die Quelle ihrer Lust, der Herr über ihr Glück zu sein, das war nicht nur aufregend und neu, es war, wenn ich es zuließ, geradezu spektakulär.

Von Anfang an hatte sie die Regeln festgelegt. Sie führte, ich bemühte mich zu folgen, ihren Schritt nach vorn mit einer Finte nach hinten vorwegzunehmen. Eine stufenweise Eskalation, und ehe mir klar wurde, welche Richtung wir eingeschlagen hatten, war aus einem beschwerdeführenden Klopfen an meiner Tür bereits Leidenschaft geworden. Ein beiläufiger Besuch hatte bei mir zu einer Art Sucht geführt, zu einem Seelenzustand, der Vivian *in absentia* ebenso breiten Raum in meinem Denken einnehmen ließ, wie wenn sie zugegen war. Die Mitteilung, daß sie ihre Regel nicht bekommen hatte, transformierte sich im Handumdrehen in ein reales Wesen, eine Tochter, die in einem bestimmten Licht betrachtet Bart ähnelte, und dieser überraschende Nachwuchs, diese dreidimensional gewordene Abstraktion, war erst ein Fuß in der Tür. Keine zwei Jahre waren vergangen seit jenem ersten schicksalhaften Klopfen, und jetzt hatte ich eine Art Schwiegermutter, die entschlossen war und unnachgiebig, eine Verehrerin des heiligen Augustinus und dicker rustikaler Wolldecken, von der ich nicht einmal erwarten konnte, daß sie meinen Gruß erwiderte, wenn ich in ihre Nähe kam. Und als hätte das noch nicht genügt, lag unter Deck auch noch ein hartherziger Eindringling, ein mißmutiger, wählerischer, abergläubischer Trampel, der sich damit brüstete, wie tolerant er meiner Beziehung zu seiner Mutter gegenüberstehe.

«Soll ich jetzt ‹Papi› zu dir sagen?» hatte Nash mich einmal während des Essens gefragt, als ich, den Mund von zuviel Chili in Flammen, an Vivians Tisch saß. Mein Gesichtsausdruck muß pures Entsetzen widergespiegelt haben, denn er stachelte ihn an, weiterzumachen. «Mister Rogers? Onkel Bill? Moms ‹*Freund*›?»

«Meine Freunde nennen mich Roger», bot ich ihm so freundlich wie möglich an und trank noch einen Schluck Wasser.

«Nash!» mahnte ihn Vivian, während sie mir einen Nachschlag gab.

«Gut, ROG-ER», willigte er ein. «Nett, dich kennenzulernen, ROG-ER. Sag mal, ROG-ER, du spielst nicht zufällig bei den DODG-ERS? ROG-ER, das sind doch die mit den dicken Prügeln? Aber du praktizierst ja hoffentlich Safer Sex.»

«Nash, jetzt reicht's!» Vivians Stimme klang mehr enerviert als verärgert. «Ignorier ihn einfach», bat sie mich. «Mit diesem Balg hab ich nichts zu schaffen. Er ist eine Strafe, die mir ein zürnender Gott auferlegt hat, eine permanente Buße.»

Schließlich meldete sich, nicht weniger unfreundlich als der Sohn, auch die Großmutter zu Wort. «Keuschheit», sinnierte sie laut vor sich hin, «das leidenschaftliche Gebet jeder Mutter.»

«Darf ich vorstellen, die heilige Monika», sagte Vivian. «Herzlich willkommen im Fegefeuer.»

Milton zufolge ist das Fegefeuer ein vorübergehender Zustand, der zur himmlischen Glückseligkeit führt, doch schien mir kaum vorstellbar, daß dies das Ziel war, auf das ich im Moment zusteuerte. Als ich auf die dunkle See hinausstarrte, die mittlerweile selbst das eine einsame Licht geschluckt und ausgelöscht hatte, versuchte ich mir vorzustellen, wie, irgendwann in der Zukunft, Nash und ich miteinander verbunden sein könnten wie Vater und Sohn. Ich versuchte, mir einen hypothetischen Familienausflug vorzustellen – zum Beispiel um Violet bei einem Auftritt im Schultheater zu bewundern. Als Lady Macbeth? Medea? Eine der Mänaden? Diese Rollen boten meiner Tochter gleichermaßen die Möglichkeit, Gefühle zu zeigen und lautstark zu schreien, mithin hatte ich keinen Zweifel daran, daß sie Erfolg haben würde. Nash würde dann bereits erwachsen sein, mir ebenbürtig, und so kleidete ich ihn in einen Anzug. Ich saß neben Vivian in dem stillen Theater, wie sie tief in einem roten Plüschsessel versunken, und streckte ihr meine Hand hin. Sie ergriff und drückte sie, wie zur Bestätigung des Elternstolzes angesichts des Triumphes unseres Abkömmlings. Ich seufzte bei diesem Gedanken, laut genug, um es selbst wahrzunehmen, und das Geräusch holte mich zurück ins Hier und Jetzt. Ich war recht peinlich berührt, als ich feststellte, daß ich mit der rechten Hand meine eigene Linke umfaßt hielt. Das Dunkel verbarg meine Geste, machte sie zur Privatsache wie einen Gedanken, wie einen Anblick, der sich mir nur bei geschlossenen Augen bot, und so löste ich meine Hände nicht voneinander. Ich ließ nicht los.

Als die Sonne aufging, stand ich an der Reling und blickte trotz des blendenden Lichts auf eine Wolkenformation, die sich am Horizont aufbauschte wie die Silhouette einer Vulkaninsel. Die Illusion war perfekt: zackige, gestreifte Dornen strahlten von ihrer Mitte aus in alle Richtungen, kerzengerade wie die Stämme schiefer Palmen. Die See war ruhig, der Schiffsmotor abgeschaltet, und wir glitten dahin, als würden wir von einem unsichtbaren Magneten gezogen. Kein Lüftchen regte sich, kein Vogel zwitscherte, kein Geräusch drang aus der Kabine. Es war ein Moment der Erwartung, die bedeutungsschwere Pause, die manchmal einer Offenbarung vorangeht.

Ich versuchte, diese Vorahnung in einen Text zu gießen, tastete nach passenden Worten, einem Verb und einem Substantiv. Meiner Erfahrung zufolge erreiche ich diese Osmose, diese Vermischung von externer Form und innerem Bewußtsein, am besten, wenn ich an gar nichts denke und die Wendungen einfach auf meinem inneren Bildschirm Gestalt annehmen lasse. Nicht Meditation im eigentlichen Sinn, eher ein genaues Hinhören. Irgendwo war da eine Stimme, die gehört werden wollte. Ich, der Dichter, brauchte mich ihr nur zu öffnen.

«Mein Gott!»

Ich legte den Kopf schief und beugte mich vor, schockiert von der absoluten Klarheit, bis ich zu erkennen begann.

«Wie lange stehst du schon hinter mir?» fragte ich Nash.

«Siehst du die Wolke da?» Seine Hand tauchte im rechten oberen Quadranten meines Gesichtsfeldes auf, den stumpfen Zeigefinger nach vorne gestreckt.

«Nüchtern betrachtet...» begann ich.

«Sieht aus wie Buchstaben. Das ist ein *C*. Ein *N*. Glaubst du, daß es was bedeutet?»

Ah, wir waren wieder im Reich der Omen – eine Notiz aus Gottes Hand speziell für Nash.

«Vielleicht CNN?» schlug ich vor. «Hat Ted Turner die Karibik gekauft? MTV?»

«MTV hat doch damit nichts zu tun, das ist ein ganz anderer Sender», informierte mich Nash mit äußerster Herablassung. In sein Gesicht stand Verrat geschrieben. Ich hatte die Todsünde begangen, eine Äußerung von ihm nicht ernst zu nehmen. Mehr als eine gemeinsame Woche lag vor uns, und so machte ich Zugeständnisse.

«Natürlich, wie dumm von mir. Auf dem sehe ich mir doch immer Milli Vanilli an.» Ich war Vivian dankbar, daß sie mich gedrängt hatte, mich etwas mit der modernen Musik anzufreunden. Sie hatte einen Artikel gelesen, dem zufolge man nicht mehr jung war, wenn man die Namen der Gruppen in den «Top Forty» nicht kannte. Nash warf mir, offenkundig beeindruckt, einen überraschten Blick zu. Ich fürchtete, er würde nachhaken, mich nach einem Titel von Miss Vanilli fragen. Bis zu dieser Lektion war ich noch nicht vorgedrungen, deshalb wechselte ich das Thema.

«Jetzt ist es soweit. Freust du dich auf die Tropeninsel?»

«Ja, schon. Ich weiß gar nicht, was ich zuerst machen werde.»

Ich versuchte, ihn zu ermutigen. «Ich habe gehört, da gibt es Strände, die sind richtiggehend übersät mit interessanten Muscheln. Das Schnorcheln auf der Seite zur Karibik hin soll phantastisch sein. Und es gibt natürlich jede Menge Möglichkeiten zu Erkundungstouren.»

«Ich weiß gar nicht, wonach ich eigentlich suchen soll.»

«Das geht einem meistens so. Man muß immer versuchen, das Beste daraus zu machen», sagte ich.

Ich sah, wie eine wegwerfende Bemerkung gegen Nashs Lippen zu drängen schien, doch dann hatten wir vielleicht beide wieder meine malträtierten Tagebuchseiten vor Augen. Nash schaffte es, den Kommentar, der ihm auf der Zunge lag, zurückzuhalten und bedächtig zu nicken, als nehme er voller Ernst mein Eingeständnis zur Kenntnis. Ich fand mich erfüllt von einer ausgesprochen neuartigen Einstellung zu Nash: Dankbarkeit, gepaart mit aufkeimendem Verzeihen. Er hätte mich auslachen, einen eisernen Vorhang zwischen uns herablassen können, doch er hatte es nicht getan. Er war nicht ganz der, für den ich ihn gehalten hatte.

Wir saßen schweigend beieinander, fürchteten beide, mit dem Gewicht auch nur eines weiteren Wortes die Waffenruhe zu stören. Es war ein goldener Tag, der Himmel über uns war noch immer blau, aber von einem vibrierenden, dichteren Pastellblau, als ich es je gesehen hatte. Es war wie das Grau eines von hinten beleuchteten Vorhangs, eines Lampenschirms um eine Zweihundertwattbirne. Seine Weite entsprach der des Ozeans, und beide wirkten, jeder auf seine Weise, wie die glatte Oberfläche zweier Fassaden, die mit ungeheurer Kraft aufeinander zugedrückt wurden. In dem Isthmus dazwischen, in dem engen Kanal, der die beiden grandiosen Erscheinungen voneinander trennte, fuhr unser Boot ostwärts. Ich blickte angestrengt auf das Meer vor uns. Es war mir wichtig, der erste zu sein, der Land sichtete, aber ich sah in die falsche Richtung. Nash berührte mich an der Schulter, wies mit einer Kopfbewegung nach Süden. Und da war es.

11

VIVIAN

Der Himmel war klar, und die See kräuselte sich unter uns, von Horizont zu Horizont; ein seidenes Türkis, so klar, daß die Schatten der Wolken tiefe, durchsichtige Flecken darauf warfen, in denen ich die Umrisse von Delphinen und die keilförmigen Flossen von Haien zu sehen meinte. Trugbilder, natürlich. Ich lehnte mich gegen das Fenster des Flugzeugs und starrte auf den unentwegt näher kommenden Schimmer der Wellen, sah große Sandbänke und Korallenriffe. Violet hatte sich vom Dröhnen der kleinen Maschine einlullen lassen und schlief fest in meinem Arm. Auch ich döste, tauchte immer wieder in die Vibrationen ein, die mich langsam mit einer schweren Wärme erfüllten, doch als der Pilot zu sprechen begann, war ich schlagartig hellwach. Die kleinen Inseln nördlich von Eleuthera, Egg und Royal Island, waren unter uns, dann kam ein dichtbewachsener Streifen Land, dann wieder das Meer. Wenn Arnie B. Molanders wenig vertretene Landungstheorie stimmte, dann hatten wir eben die Stelle überflogen, an der ein Lucaya-Indianer vor fast einem halben Jahrtausend eine Fackel angezündet hatte, die Kolumbus aus der Dunkelheit um ihn herum erschienen war, «als würde man eine kleine Wachskerze auf und nieder bewegen».

In jener Nacht war der Mond im dritten Viertel gewesen. Von der *Pinta*, die voraussegelte, hatte Kolumbus einen Kanonenschuß gehört, der anzeigte, daß Land gesichtet worden war. Doch da er bereits das kleine Licht gesehen hatte, bestand er darauf, diese Ehre für sich selbst zu beanspruchen. Bei Tagesanbruch gingen er und die anderen Kapitäne, der Flottenschreiber und der königliche Aufseher an Land und stellten die königliche Flagge mit dem grünen Kreuz und den Initialen der Herrscher auf. «Im Morgengrauen erblickten wir alsogleich nackte Eingeborene», schrieb er in sein Tagebuch, in die Version, die Las Casas kopierte.

Ein gespenstisches Bild: *Morgengrauen... Nacktheit.* Im Vergleich dazu waren Kolumbus' Handlungen nüchtern und bürokratisch, und er vollzog sie im hellen Tageslicht und vollständig bekleidet. Er nahm alles, was da vor ihm lag, offiziell in Besitz, indem er einfach bestimmte Formeln aussprach und dafür sorgte, daß der Flottenschreiber diese sorgfältig niederschrieb und der königliche Aufseher bezeugte, was ihm über die Lippen kam.

Unsere Maschine setzte auf, ruckelte ein wenig und rollte neben dem Flughafengebäude aus, einem niedrigen, weißgetünchten Leichtbau. Innen waren die Wände blaugrün gestrichen wie der Boden eines Schwimmbeckens. Unsere Gesichter schwammen farbüberflutet im Licht. Die Luft war anders, dicker, sie roch nicht nach Meer, sondern nach Blättern, Baumrinde und Schlamm. Es hatte einen Sturm gegeben, und als Violet und ich auf den glänzenden Asphalt des Parkplatzes entlassen wurden, sah ich überall zerfledderte Palmwedel, verstreute Blüten violetter Blumen, kaputte Zäune und jede Menge Unrat.

Die beiden anderen Flugzeugpassagiere saßen bereits in einem tiefliegenden Kombiwagen – der Flughafenlimousine, nahm ich an. Inselbewohner standen an Autos gelehnt, in Gespräche und Klatsch vertieft. Niemand kam auf uns zu, niemand hielt ein Pappschild mit dem Namen TWOSTAR hoch. Ich nahm Violet auf den anderen Arm und wurde ungeduldig. Sie war hungrig und kaum zu beruhigen.

Ein hochgewachsener, kaukasisch aussehender Mann

streckte den Kopf aus dem Flughafengebäude und zog ihn gleich wieder zurück. Ich konnte nur sein Profil erkennen, die schnabelartige Nase, die ich aus Rogers Artikelsammlung kannte. Henry Cobb trug ein flottes weißes Polohemd, marineblaue Tennisshorts, Sportsocken und hochmoderne Turnschuhe. Zu beiden Seiten seines Mundes hatten sich Furchen eingegraben, keine Spuren des Lachens oder Nachdenkens, sondern perfekte Parallelen. Er hatte glattes, dichtes weißes Haar und die drahtigen Muskeln eines durchtrainierten Sechzigjährigen. Ich stellte mich vor und streckte ihm die Hand hin. Cobb sprach mit dem arroganten Ton eines konservativen Aristokraten. Wie er jetzt so vor mir stand, war seine Stimme noch befehlsgewohnter als am Telefon – tief, sonor und energiegeladen. Sein langes Gesicht – breit und hohlwangig, ein bißchen wie ein Pferd – drückte verhaltenen Ärger aus. Er faßte sich an die Kinnspitze, als berühre er einen Talisman, und starrte mir ins Gesicht.

Nach einer äußerst knappen Begrüßung kam er zur Sache. «Haben Sie es dabei? Alles?»

Ich nickte. Cobbs Händedruck war schmerzhaft. Er drückte mir die Finger mit den Ringen so fest zusammen, daß ich zusammenzuckte.

«Ich werde unterwegs was zum Abendessen einkaufen – nicht daß es hier allzuviel Genießbares gäbe.» Mit einer abfälligen Handbewegung wies er auf den Parkplatz und die Gebäude dahinter. «Die Leute hier glauben nicht an den Segen der Arbeit. Sie stecken nicht mal ein paar Samen in die Erde. Der einzige Ort, an dem man eine anständige Mahlzeit bekommt, ist der Club, und selbst da gibt es an Grünzeug nichts als Eisbergsalat.» Er fuhr mit seinem Monolog fort, als habe er lange Zeit mit niemandem gesprochen. «Ich hatte ganz aufgehört zu trinken, als ich das letzte Mal hierherkam. Aber hier kann man nur zweierlei tun. Aufs Meer sehen oder aufs Meer sehen. Und das geht nicht ohne einen Drink in der Hand. Haben Sie an meine Zeitung gedacht?»

Ich reichte ihm das *Wall Street Journal*, und er zog die Augenbrauen hoch, gewährte mir sogar ein kleines Lächeln mit geschürzten Lippen und lud dann mein Gepäck auf die Ladefläche eines staubigen Jeeps.

«Der hier oder zu Fuß gehen», sagte er und half mir beim Einsteigen. Es gab keine Sicherheitsgurte, deshalb behielt ich Violet auf dem Schoß.

«Was ist das?» Zum erstenmal sah Cobb auf sie hinab.

«*Das* ist meine Tochter Violet. Kommen Sie ihr bloß nicht in die Quere.»

«Kämpfernatur», sagte er etwas gelöster, als wir den Parkplatz verließen. «Meine Frau hatte auch so eine Kleine, die hart im Nehmen war. Melinda.»

Violet sammelte sich, zog die Beine an, ballte die Hände zu Fäusten und verzog das Gesicht zu einer runzligen roten Maske. Ihr Mund öffnete sich und entließ einen wahrhaft markerschütternden Schrei, der uns erzittern ließ wie bei einer Explosion. Cobb machte einen jähen Schlenker auf die Gegenspur, doch als wir die Hauptstraße erreichten, wirkte das Dröhnen des Motors bereits besänftigend.

Das Hin und Her einer normalen Unterhaltung war jedoch mittlerweile völlig zum Erliegen gekommen. Aus Angst, Violet zu stören, flüsterte Cobb nur noch. Ich sah, wie sich seine Lippen bewegten, und nickte, wenn ich es für angebracht hielt, obwohl ich nicht viel anfangen konnte mit den gelegentlichen Sehenswürdigkeiten, auf die er mich gestikulierend hinwies. Zuweilen flüsterten wir einander eine Bemerkung direkt ins Ohr, doch das war zu umständlich, deshalb redeten wir nach einer Weile fast nur noch mit uns selbst.

Wir fuhren auf der linken Fahrbahn einer schmalen Asphaltstraße, an deren Rändern sich mickriges Gestrüpp bemühte, auf dem kargen, salzhaltigen Boden zu überleben. Vor der Küste ragten braune, tote Korallenbänke ins Meer hinaus. Die Ränder sahen aus, als seien sie abgebrochen worden, spitz und scharf. Weit und breit keine langen Sandstrände, keine Palmen oder Kokosnüsse, kein Paradies. Von

Zeit zu Zeit tauchten nie fertiggestellte Rohbauten auf, skelettartig und hohl. Die Ansiedlungen, an denen wir vorbeifuhren, bestanden meist aus einem Laden mit einer Zapfsäule, einem kleinen Restaurant und wenigen Betonhäusern in Lindgrün, Tiefrot, Taubenblau oder Gelb. Niemand saß auf den schmiedeeisernen Veranden, niemand war unterwegs zum Einkaufen in die Läden, nur wenige Fahrzeuge begegneten uns. Einmal stand ein einsamer, großer dünner Mann auf einem abgeernteten Feld in der Ferne, er stand einfach nur bewegungslos da, fast wie eine Giacometti-Skulptur, von der senkrecht stehenden Sonne ausgedörrt. Wir sahen einander an, dann waren wir an ihm vorbei.

«Das hier erinnert mich an ein Reservat», sagte ich zu Cobb.

Und das stimmte. Schlechter Boden, helle Farben, dunkelhäutige Menschen, Autowracks. In dem kleinen Supermarkt, vor dem wir schließlich anhielten, gab es genau die gleichen haltbaren Lebensmittel, auf die auch die auf dem Land lebenden Indianer angewiesen waren: Makkaroni, Suppe, Cornflakes und Ketchup, Würstchen und Milchpulver. In einer Kühltruhe lag in faustgroße Stücke geschnittenes Rindfleisch. Alkoholfreie Getränke, Weihnachtsplätzchen. Automatisch überlegte ich, ob Violet etwas brauchte, doch meine Reisetasche war ohnehin schon halbvoll mit Windeln. Außerdem war ich selbst ja auch noch da, eine Art wandelnder Kühlschrank, der auf Zuruf Milch gab, deshalb brauchte ich eigentlich gar nichts für sie einzukaufen. Neugierig ging ich die drei Gänge entlang, bemerkte die staubigen Kartons mit Spülschwämmen, die Päckchen mit Haartönung, Bananenpudding, Safranreis und die Dosen mit grünen Erdnüssen.

Als wir wieder im Auto saßen, verstaute Henry Cobb vorsichtig eine Tüte Lebensmittel hinter den Sitzen.

«So lebe ich nicht gerade alle Tage», erzählte er mir. «Vor diesem gottverdammten Exil bin ich jahrelang nicht mehr in einem Lebensmittelladen gewesen.»

«Sie scheinen aber ganz gut damit klarzukommen», sagte ich und schaukelte Violet ein wenig.

Nichts deutete auf eine Abzweigung von der Hauptstraße hin, doch Cobb verlangsamte und bog auf einen unauffälligen schmalen Holperweg ein, der hier und da mit einem Belag aus zerkleinerten Korallen versehen war. Er war voller Schlaglöcher und sehr uneben.

«Ich hab nichts weiter dran gemacht», meinte Cobb. «Das hält mir die Einheimischen vom Leib.»

Dann und wann verbreiterte sich der Weg, damit man flachen Bodenrinnen und Furchen voller glitzerndem Wasser ausweichen konnte, in denen sich der fahlrosa Nachmittagshimmel spiegelte. Erst als wir etwa eine Meile weit gefahren waren, gab das Land auf beiden Seiten der Straße, zunächst zögerlich, zu, daß es von Menschenhand in einen halbwegs kultivierten Zustand gebracht worden war. Beiderseits zogen sich Zitrushaine hin, und dann, als wir eine kleine, sandige Anhöhe erklommen hatten, erblickte ich schließlich hohe Kokospalmen. Das Unterholz um ihre Stämme war entfernt worden, deshalb sah ich, als wir langsam zwischen ihnen hindurchfuhren, daß der Boden mit einer dichten Schicht brauner, trockener Palmwedel bedeckt war, die einen federnden Untergrund bildeten. Wir zuckelten weiter durch den Hain, einen Weg aus noch spitzeren Korallen entlang, holperten über eine gefährlich zusammengeschusterte Brücke, und dann stellte Cobb den Motor ab.

«Das ist es», sagte er. «Mein dunkles Refugium. Die Zeit dehnt sich endlos hier, Sie werden es noch merken. Ich bin ganz froh um Ihre Gesellschaft.»

Was ich für einen grünen Palmendschungel gehalten hatte, verbarg in Wirklichkeit eine Mauer, eine von dichten Rankgewächsen überwucherte Garage. In dem Duster, in dem ich mich nun plötzlich befand, erstaunte es mich, wieviel Licht das Palmwäldchen abhielt, wie dunkel es hier unten war, obwohl weiter vorn das Tageslicht noch immer blau und perlmuttfarben zwischen den geneigten Baumstämmen hereinfiel. Cobb drehte sich zu mir um, begierig, mich beeindruckt zu sehen.

«Sie zuerst», drängte er.

Ich konnte nicht nein sagen. Als wir den höchsten Punkt des Fußwegs erreicht hatten, teilten sich die Bäume, und der Himmel weitete sich nach allen Seiten.

Und dann lag es einfach da.

Auf drei Seiten von Wasser umspült, erhob sich die Welt vor mir. Auf den sich kräuselnden Wellen wurden Flammenovale vorangetragen und immer wieder durch neue ersetzt. Der Sand war rosa, an manchen Stellen lavendelfarben, übersät mit winzigen Muschelteilen. Farbe und Bewegung, der ständig wechselnde Schimmer von Himmel und Meer, waren so faszinierend, so einschmeichelnd, so beruhigend, so wunderschön anzusehen, daß ich stehenblieb.

Mir fiel ein, was Kolumbus in seinem Brief über die dritte Reise geschrieben hatte. Nach der Entdeckung des Perlengolfs und des südlich davon gelegenen Deltas eines großen Flusses, dem er den Namen Schlangenmaul gab, war er davon überzeugt, den Eingang zum legendären irdischen Paradies gefunden zu haben. Ich fand, daß Cobbs Strand genauso dafür in Frage gekommen wäre.

Cobb gefiel meine Reaktion, er nahm mich beim Arm und führte mich zum Haus. Hinter einer niedrigen, stuckverzierten Mauer kamen wir in einen gefliesten Flur, der nach staubigen Ziegeln und Schimmel roch. Zwei oder drei Zimmer gingen von einer riesigen modernen Küche ab, deren Einrichtung ganz aus beigem Resopal und Kupfer bestand. Im Erdgeschoß gab es riesige Deckenventilatoren, große Fenster, weiße Säulen mit Stuckornamenten und tiefe Sofas – von einem geräumigen Zimmer hatte man einen direkten Blick aufs Meer. In einer Ecke mit Regalen stand auf einem einfachen Teppich ein Flügel. Ich sah einen Kamin und viele sorgsam plazierte gläserne Fischereigewichte, Muscheln, Korallentiere und ausgebleichte Korallenstöcke. Seitlich führte eine Treppe hinauf zum ersten Stock.

«Vor zehn Jahren renoviert und seither nicht mehr angerührt», verkündete Cobb. «Meine Mutter und später meine
Exfrau haben diesen Ort gut in Schuß gehalten.» Er hielt
inne und sah mich mit hochgezogenen Augenbrauen an.
«Kennen Sie vielleicht jemanden, der sich dafür interessieren könnte?»

Ich muß ihn verwirrt angesehen haben.

«War nur ein Witz. Unter uns gesagt, eine britische Ad-
lige hat uns ein Angebot gemacht. Habe aber abgelehnt.
Nicht etwa aus Sentimentalität, glauben Sie mir, aber mein
Onkel Harrison hatte dieses Haus ursprünglich gekauft,
weil er davon überzeugt zu sein schien, daß die im Tagebuch erwähnte Krone –» bei diesem Wort warf er mir einen
verschwörerischen Blick zu – «irgendwo hier in der Nähe
versteckt ist. Der alte Geizkragen hatte Millionen in Goldbarren beiseite gelegt, aber wenn er hier war, lebte er in dem
kleinen Strandhaus, das Sie bewohnen werden. Er hat die
ganze Insel abgegrast, aber nie was gefunden.»

Ich brachte Violet zum Stillen nach oben und war froh
über diese Unterbrechung. Das Bad war so groß, daß in
einer Ecke ein bequemer Sessel Platz fand. Von der riesigen
grauen Badewanne aus konnte man direkt aufs Meer hinaussehen.

«Entschuldigen Sie, aber ich habe vergessen, Ihnen etwas
auszurichten», rief Cobb von unten. «Ich habe eine Nachricht von Ihrem … Mann. Er und Ihr Sohn werden sich ver-
späten und erst morgen früh kommen.»

Nach außen hin gab es nichts, was daran mein Mißtrauen
hätte erwecken können, doch die Stimme dieses Mannes
war das Werkzeug eines Experten. Meine Lage gefiel mir
nicht: allein mit Violet, hier bei diesem Cobb. Ich schloß die
Badezimmertür ab und setzte mich hin, fühlte mich lächerlich und zugleich besser. Ich blieb eine Weile dort oben und
beschloß dann, das Beste aus der Situation zu machen.
Cobb war gerade dabei, letzte Hand an ein Abendessen an-
zulegen: Reis mit Bohnen aus der Dose, Leberpastete, Gra-

pefruit und Kokosnußrum. In einer übertrieben entschuldigenden Geste hob er die Hände.

«Ist nicht meine stärkste Seite», meinte er. «Das hab ich Ihnen ja schon gesagt.»

Fünf Minuten später saßen wir am Ende eines langen Glastisches. Cobb erhob die Gabel, um einen Toast auszubringen. Als er mir zulächelte und dabei zwei dichte Reihen scharfer Zähne entblößte, veränderte sich die Atmosphäre fast greifbar: Jetzt gingen wir zum Geschäftlichen über, zum eigentlichen Grund meines Kommens, und als Cobb nun anfing zu reden, war von seinem vornehmen Tonfall nicht mehr viel zu hören.

«Wenn etwas nicht clever ist, dann ist es gar nichts wert. Weniger als nichts. Minuskapital», fing er an.

«Was meinen Sie mit clever?»

«*Clever* eben. Nicht dumm. Man rechnet alles durch und geht dann ein kalkuliertes Risiko ein. Wenn man sich clever anstellt, ist man nicht auf der Verliererseite, jedenfalls nicht lang.»

«Und Sie sind clever?» Cobb redete gern von sich, soviel war klar. Er beantwortete gern Fragen, die sich um seine Person drehten.

«Allerdings. Und Sie auch – eben darum hab ich Sie hergebeten.»

«Tut mir leid, ich verstehe Sie immer noch nicht.» Ich spielte die Begriffsstutzige, tat, als hätte ich seine Bemerkung über die Krone vergessen. «Was bedeutet Ihnen Kolumbus? Ich meine, ich weiß schon, daß es so was wie eine Familientradition war, die Unterlagen zurückzufordern, die Ihre Vorfahren dem College geschickt haben, aber ich kann mir nur schwer vorstellen, daß *Sie* für solches Zeug Zeit haben.»

«Im Gegenteil», gab er zurück. «Dieses Zeug, wie Sie es nennen, hängt direkt mit meiner gegenwärtigen... mißlichen Lage zusammen.»

Violet war eingeschlafen, und ich legte sie in den Kindersitz neben uns.

«Meine Vorfahren. Kein bißchen clever», fuhr Cobb fort. «Und Sie haben recht. Kolumbus interessiert mich einen Scheißdreck. Aber er hat etwas, das mir gehört, und das brauche ich.»

Mit dem Wort *Scheißdreck* signalisierte Cobb seine Bereitschaft, dem höflichen Vorgeplänkel ein Ende zu setzen. Mir war unbehaglich zumute, ich legte die Gabel weg, verhakte das Bein um Violets Kindersitz und hielt vorsichtshalber Ausschau nach der nächstliegenden Tür.

«Versuchen Sie nicht, ein Schlitzohr reinzulegen, Vivian. Sie sind doch auch nicht dumm. Was wollen Sie dafür?»

Cobb strich etwas Pastete auf einen Cräcker und schob sich das ganze Ding auf einmal in den Mund. Selbst seine Manieren wurden plötzlich nachlässig, drückten Geringschätzung und Gier aus. Er wartete.

«Mit ‹dafür›, nehme ich an, meinen Sie die Dokumente, die ich in der Bibliothek gefunden habe», sagte ich.

«Scheiß auf die Dokumente.» Cobb grinste und aß noch einen Cräcker. Offenbar wollte er mich mit der banalsten Methode rumkriegen. «Ich will nur wissen, was drin steht», fuhr er fort. «Sie können die verdammten Dokumente behalten. Verkaufen Sie sie einem Sammler, legen Sie sich etwas auf die hohe Kante. Kaufen Sie sich einen Cadillac. Sie haben keine Ahnung, wie Sie das, was Sie da haben, verwenden können. Aber ich weiß es. Also machen wir ein Geschäft.»

Ich brauchte einen Moment, um mich an seine Direktheit zu gewöhnen. Offensichtlich hatte er diese Taktik schon früher erfolgreich eingesetzt, diesen jähen Verhaltenswandel. Seine Worte hatten sich von Skalpellen in Äxte verwandelt, doch sie dienten nach wie vor dem gleichen Zweck.

«Augenblick mal», hob ich an. «Frage eins: Woher wissen Sie, was auf den Seiten steht, wenn Sie sie noch nie gesehen haben? Frage zwei: Warum sind *Sie* nicht zu mir nach Hanover gekommen, wenn sie so wichtig sind?»

Cobb stopfte sich ein Stück Grapefruit in den Mund und begann dann bedächtig zu sprechen.

«Nummer zwei zuerst. Ganz einfach. Ich habe gute Gründe, zur Zeit außer Landes zu bleiben. Private Gründe.»

«Gründe, die mit dem Gesetz zusammenhängen?»

Cobb lächelte berechnend und streckte die Hände vor. «Gehen wir zurück zu Frage eins: woher ich weiß, was auf den Seiten steht. Auch die Cobbs haben Tagebücher geführt. Der Safe in der Bank in Boston ist voll damit, bis ins achtzehnte Jahrhundert zurück. Was die Verfasser getan haben, wo sie es getan haben und was es gekostet hat. Details, Summen, Zeiten, Daten. Jeder Tag für die Nachwelt aufbewahrt. Alles steht drin. Zum Beispiel, daß Samuel Cobb eine Schiffsladung Sklaven – die Hälfte davon krank – an irgendeinen Vizekönig in Santo Domingo verkauft hat. Dafür hat er zwei Kisten Goldbarren bekommen – der Grundstock des Familienvermögens – plus ein Manuskript, das von Kolumbus stammen sollte, dazu noch einen Brief mit seiner Unterschrift und ein paar Muscheln, von denen dieser Spanier behauptete, es seien Reste von Kolumbus' Abendessen. Sam war so klug, das Tagebuch zu behalten, doch wiederum idiotisch genug, die zweite Hälfte des Briefes, eine Seite aus dem Tagebuch und die Essensreste an seine Alma mater zu schikken. Nicht clever. Dort gingen sie verloren oder wurden einbehalten. Ich dachte schon, sie wären für immer weg, bis Sie mir geschrieben haben.»

«Und dieser Samuel Cobb hat nicht festgehalten, was auf den Seiten stand?» Meine Verhandlungsposition begann mir zu gefallen. Cobb bluffte nur. Offensichtlich glaubte er, die Seiten seien aussagekräftiger, als sie es tatsächlich waren, und solange er das glaubte, hatte ich das Ruder in der Hand.

«Wie ich schon sagte, nicht clever. Ich hab mir mal eine Kopie des Tagebuchs übersetzen lassen, von einem dieser Esel aus Harvard. Der Scheißkerl knöpfte mir zehntausend Dollar dafür ab, daß er wieder vergaß, was er gesehen hatte. Der wird sich eines Tages noch wünschen, daß *ich* das alles vergesse. Und was den Brief betrifft – der fängt mit jeder Menge Hallelujas an, und gerade dann, als es interessant wird, als er sagt, er kann die Krone nicht dort suchen, wo sie sie versteckt haben, und dem Leser Anweisungen gibt, wie man dahinkommt, ist Schluß. Fortsetzung folgt – verschlampt in New Hampshire. Also, *wo* kann er sie nicht suchen? Ich bin sicher, hier auf dieser Insel.»

«In dem Fragment, auf das ich gestoßen bin, ist tatsächlich die Rede von einer Krone», sagte ich. Sein kühler Blick fixierte mich. «Und es finden sich auch vage Anweisungen auf meinem Dokument.» Sollte Cobb sich ruhig Gedanken machen. Wußte er um die Bedeutung der Austernschalen? Er hatte sie nur beiläufig erwähnt. Ich fragte mich, ob Racine wohl jemanden ausfindig gemacht hatte, der den Sinn der Zeichen darauf entschlüsseln konnte. «Wie kommen Sie zu der Annahme, daß eine... Krone nach so langer Zeit überhaupt noch da ist?»

«Auf *Ihrem* Dokument?» Cobb legte den Kopf schief, während er die Bedeutung des von mir benutzten Possessivpronomens abwägte, sie in seine Berechnungen einbezog und dann zu dem Schluß kam, daß er den Einsatz jetzt wohl erhöhen mußte. «Wenn man diese Krone gefunden hätte, dann wäre das durch die Presse gegangen. Wie Sie sehr wohl wissen.» Ungeachtet seiner scheinheiligen Schmeichelei schien Cobb nicht damit gerechnet zu haben, daß ich, wie er es nannte, ebenfalls clever sein könnte, und diese Entdeckung gefiel ihm gar nicht.

Wir starrten einander an. Patt. Schließlich wandte er seine Aufmerksamkeit Violet zu, die noch immer im Kindersitz schlief.

«Es gibt vieles, was sie einmal brauchen wird», sagte er spitz. «Was verdient eine Assistenzprofessorin heute? Vierzigtausend jährlich? Fünfundvierzig? Das wird nicht reichen. Was glauben Sie, wäre nötig?»

Ich hielt den Atem an. Ich hatte noch nie etwas besessen, was eine Bestechung wert gewesen wäre.

«Henry, selbst wenn die Seiten das enthielten, was Sie suchen, sie gehören dem College beziehungsweise den Vereinigten Staaten. Sie sind Geschichtszeugnisse, und es ist nicht an mir, sie zu behalten oder wegzugeben.»

«Wie nobel von Ihnen.» Cobb schien beinahe belustigt. «Wenn Sie das wirklich selbst glaubten, dann hätten Sie sie längst zurückgegeben.» Ich war um eine Antwort verlegen. Cobbs Tonfall wurde etwas freundlicher. «Wenn sie alt genug ist, um ans College zu gehen, was wird das dann kosten: Zweihunderttausend? Drei?»

Es war ihm ernst. Er wollte mir dreihunderttausend Dollar geben, nur um das wenige zu erfahren, das ich wußte. Was mich fast genausosehr überraschte wie diese Summe, war die Tatsache, daß ich drauf und dran war, der Versuchung zu erliegen. Es wäre so einfach, nachzugeben. Wie gewonnen, so zerronnen. Was machte das schon? Kolumbus war mir egal, zumindest im Vergleich zu Violet. Cobb musterte mich eindringlich, ohne zu blinzeln, und sah mich schwach werden. Dann tat er etwas, das nicht «clever» war. Er lächelte, und sein Gesicht nahm den Ausdruck all jener finsteren Händler an, die einst pockenverseuchte Decken an Indianer verkauft hatten.

«Sie wird Stipendien bekommen», sagte ich brüsk und bekam mich wieder in den Griff. «Sie hat nämlich von ihren Eltern Köpfchen geerbt.»

Sein Mund erstarrte, die Augen verengten sich zu Schlitzen. Ich sah nicht weg.

«Seien Sie nicht zu voreilig. Trinken wir lieber einen Schluck. Was kann ich Ihnen anbieten?»

«Kein Feuerwasser für mich», sagte ich. «Stillende Mütter und Pferdehändler trinken nicht. Aber lassen Sie sich nicht abhalten. Nehmen Sie ruhig einen Doppelten, etwas Starkes.»

Meine Zähne blitzten ihn an. Behalt deine wertlosen Perlen und deinen Tand, weißer Mann, und steck sie dir an den Hut. Diesmal gebe ich Manhattan nicht her.

«Vivian, Sie enttäuschen mich.» Wieder war seine Stimme glatt wie Samt. «Ich habe Sie tatsächlich überschätzt.»

«So könnte man es auch ausdrücken.»

Ich stand auf, ging hinaus auf die Veranda und versuchte, meinen Ärger hinunterzuschlucken – ich brauchte einen kühlen Kopf –, und der Anblick, der sich mir bot, half sehr dabei. Noch vor Stunden war ich durch gefrorenen Matsch geschlittert und hatte Bedenken gehabt, der Flug könne aufgrund eines Schneesturms gestrichen werden. In Boston hatte es gehagelt und gestürmt, und die Luft war kalt und klamm gewesen wie ein nasses Handtuch. Und jetzt: Blüten von Bougainvilleen und Sand so fein, daß er gleißend das Licht reflektierte. Der Wind durchkämmte duftend mein Haar. Hier könnte ich es aushalten, dachte ich. Ich könnte ja mit Cobb um dieses Haus feilschen, das er so gern loswerden wollte.

Er kam zu mir heraus. «Ich wünschte, ich hätte einen Dollar für jedes Mal, daß mich dieser Anblick überwältigt hat», meinte er. «Eine Hotelkette hat mir einen Haufen Geld für das Grundstück angeboten, aber ich hab sie zum Teufel gejagt. Sie hätten es nur ruiniert.»

Vielleicht war er doch nicht durch und durch schlecht. «Es wäre nett, das Ganze einfach so zu lassen, wie es ist», stimmte ich ihm zu.

Er sah mich seltsam an, als sei ich so schwer von Begriff, daß er es schier nicht glauben konnte, dann bellte er einen kurzen Lacher heraus. «Sie kapieren's wirklich nicht, oder? Irgendwo da liegt eine Krone, die im Europa des fünfzehnten Jahrhunderts das wertvollste Stück überhaupt war. Sie ist zehn Hotels wert. Ich werde nicht ein Sandkorn von diesem Grundstück verkaufen, bis das Ding gefunden und versichert ist und bei Sotheby unter den Hammer kommt.»

Ich hatte mich doch getäuscht. Er war noch schlimmer, als ich gedacht hatte.

«Zehn Hotels», wiederholte ich. «Meine Güte. Und um diese Krone zu finden, sind Sie bereit, mir ganze dreihunderttausend Dollar zu bezahlen. Wie großzügig von Ihnen.»

Er warf mir einen abschätzenden Blick aus den Augenwinkeln zu und meinte dann beruhigend: «Na gut. Sie können mir wohl nicht verübeln, daß ich es versucht habe, aber werden Sie nicht zu gierig. Wenn das, was Sie haben, echt ist, biete ich Ihnen ein Geschäft an, achtzig-zwanzig. Vom Erlös. Ich hab hier jahrelang Geld reingesteckt. Zum Teufel –» seine Gesichtszüge verhärteten sich wieder –, «ich könnte eine einstweilige Verfügung gegen Sie erwirken. Diese Seiten sind das Eigentum meines Urururgroßvaters. Sie haben keinerlei Rechtsanspruch darauf. Oder ich könnte Sie von der Insel weisen lassen. Der Polizeichef ist mir noch einen Gefallen schuldig.»

«Henry, ich bin gerade erst angekommen. Auf Ihre Einladung hin. Und jetzt schicken Sie mich wieder weg, samt den fehlenden Seiten und allem.»

Da wurde er hellhörig.

«Wo sind sie?» Sein Blick schnellte zur Tür, und ich konnte seine Gedanken lesen: Mein Gepäck lag noch in seinem Kofferraum.

«Sagen wir, daß ich einige wichtige Passagen meinem Gedächtnis anvertraut habe», sagte ich und bedauerte schon, auch nur die Fotokopien mitgebracht zu haben, die in einem Umschlag auf dem Boden von Violets Wickeltasche lagen.

Cobb glaubte mir nicht ganz, doch er konnte sich seiner Sache nicht sicher sein und hob in gespielter Kapitulationsbereitschaft die Hände. «Dieser Nachmittag ist ganz und gar nicht nach meinen Vorstellungen verlaufen», sagte er. «Was unterrichten Sie noch mal am Dartmouth College?»

Ich lächelte, war zu einer versöhnlichen Geste bereit. Ich konnte mir gut Rogers Gesicht vorstellen, wenn ich zu ihm sagte, wir würden gleich wieder nach Hause fliegen.

«Es kann doch nicht nur um Geld gehen», fing ich noch mal an. «Sie scheinen ja nicht direkt ein armer Schlucker zu sein.» Mit einer Handbewegung umschrieb ich Haus, Garten und Ausblick, doch dann bemerkte ich etwas, das mir im ersten Moment entgangen war. Die Gardinen warfen schmutzstarrende Falten. Im Flur fehlten ein paar Fliesen. Der Boden war fleckig und nicht gekehrt, die Strohmatten zerfleddert. Die Wand wies an ein paar Stellen Wasserflecken auf. Ein Fenster war gesprungen und klirrte bei jedem Luftzug.

«Die Baisse im Oktober vor ein paar Jahren hat mir ziemlich zugesetzt», sagte Cobb offen. «Und sagen wir so: das Geld, das ich verloren habe, war nicht nur meines. Seitdem habe ich ein paar falsche Schritte unternommen: Immobilien, Spareinlagen und Darlehen. Ich hab zuviel Yen und zuwenig D-Mark gekauft. Und gerade vor Kuwait habe ich meine Aktien aus der Rüstungsindustrie abgestoßen. Wer hätte diese weltpolitische Entwicklung schon voraussehen können?»

Ehrlichkeit fand ich schon immer entwaffnend, wahrscheinlich weil ich aus einer Familie komme, in der man nicht ans Drumherumreden glaubt. Grandma hat mich gelehrt, dem Leben ins Auge zu sehen und auf das Schlimmste gefaßt zu sein. Ich mochte Cobb nicht, aber er interessierte mich.

«Wie wär's, wenn wir ein paar hundert Jahre zurückgingen und Sie mir noch mal erzählten, was die Cobbs mit dem Tagebuch von Kolumbus zu tun haben. Ich dachte immer, niemand habe die Originale zu sehen bekommen, seit Isabella 1500 starb.»

«1504», verbesserte er mich und registrierte mein Erstaunen. «Sie werden sehen, daß ich in Geschichte durchaus bewandert bin. Das ist seit vielen Generationen eine Familienleidenschaft. Aber gut, ich erzähle es Ihnen. Ich behaupte nicht, daß es Wort für Wort wahr ist, aber es gibt eine gute Geschichte ab.»

Er führte mich wieder hinein, doch wir setzten uns so, daß wir aufs Meer hinaussehen konnten. Ich saß auf einem Weidenkorbstuhl und drehte den Kopf so, daß mir die untergehende Sonne das Gesicht wärmte. Cobb verschränkte die Finger und fing an zu reden.

«Alles, was die Wissenschaftler bislang von dem Tagebuch haben, sind Auszüge einer Abschrift von der Kopie des Originals. Gleich nachdem Kolumbus von seiner ersten Reise zurückkam, beauftragte Isabella einen Schreiber damit, diese

Kopie für sie anzufertigen – das war die sogenannte Barcelona-Kopie. Seitdem spurlos verschwunden. Und das Original ist auch verschwunden.»

«Ich habe irgendwo gelesen, daß dieses Dokument zusammen mit den anderen Beständen der Bibliothek von Salamanca als Stroh für Napoleons Pferde benutzt wurde, als der Spanien überfiel.»

«Sie sind zu voreilig», sagte Cobb. «Alles hängt damit zusammen, was für ein Mensch Kolumbus war: ein genialer Opportunist. Er war nicht mal der erste auf dem Schiff, der Land gesehen hat – aber es gab einen Bonus, eine Zuwendung für den, der es sah, und als Kapitän hat er sie für sich beansprucht.» Offenkundig war Cobb mit diesem Vorrecht einverstanden.

«Das erste amerikanische Schlitzohr.»

«Wie Sie vorhin selbst so scharfsinnig bemerkten», rief mir Cobb ins Gedächtnis zurück, «ist Geld höchst selten der einzige Beweggrund.»

«Was denn?»

«Es geht um Einfluß. Vergünstigungen. Macht. Es geht darum, daß man die Spielregeln festsetzen und auch verändern kann, wann man es will. Es geht darum, am Ruder zu bleiben.»

«Auch wenn man nicht weiß, wo man ist?»

«Gerade, wenn man nicht weiß, wo man ist. Dann erst recht.»

«Na gut», sagte ich. «Also: Kolumbus führt ein Tagebuch und bringt es nach der ersten Reise der Königin mit.»

«Kolumbus hat zwei Tagebücher geführt», widersprach Cobb. «Eines, das er seine Besatzung lesen ließ, um sie davon zu überzeugen, daß sie gar nicht so weit gesegelt waren, wie sie dachten, damit sie nicht umkehren wollten. Und eine unzensierte Version für sich selbst und die Herrscher.»

«Und welches haben Sie?»

«Sie meinen, welches Original? Das weiß ich nicht. Das ist egal.»

«Was meinen Sie mit egal? Nur die zweite Version enthielt die Wahrheit.»

«Das Dokument, das ich besitze, ist das einzige, das noch erhalten ist. Schon darum wird sein Inhalt wahr.»

Der Zynismus war Cobb so in Fleisch und Blut übergegangen, daß diese Bemerkung schon beinahe tiefsinnig wirkte.

«Es wird immer gesagt, Las Casas habe einige Teile der Barcelona-Kopie übernommen; wahrscheinlich hat er sie von Kolumbus' Sohn Diego ausgeliehen», fuhr Cobb fort. «Er benutzte sie dazu, seine liberalen Ansichten über die Rechte der Indianer zu untermauern und ließ alles aus, was ihm nicht paßte. Aber vielleicht hatte er auch das echte Tagebuch und gab es dem Hof nicht zurück. Vielleicht hat er die beiden Dokumente, als er fertig war, zum Franziskanerkloster in La Rábida geschafft, um sie in Sicherheit zu bringen... oder vor den Augen seiner Feinde zu verbergen.»

«Das hab ich noch nirgendwo gelesen.» Ich blickte stirnrunzelnd aufs Meer hinaus.

«Natürlich. Wir sind jetzt bei den offiziellen Cobb-Apokryphen, die ihrerseits auf den recht bruchstückhaften mündlichen Überlieferungen der Piraten beruhen, denen Samuel Cobb seine Ladung Sklaven verkaufte.»

«Jetzt habe ich den Faden verloren.»

«Genauso wie die Priester das Tagebuch. Jemand war so schlau, das Original und den Brief nach Hispaniola zu bringen, wahrscheinlich war es einer von Las Casas' ach so humanitären Freunden, der es einem der Konquistadoren unter die Nase halten wollte. Aber dann ging das ganze missionarische Unternehmen voll in die Hose, alle Besitztümer wurden vom Regenten von Hispaniola konfisziert, und damit auch...»

«Das Tagebuch.»

«Das Tagebuch. Nur, daß niemand wußte, ob es nun das echte war oder nicht. Offensichtlich geisterten in den folgenden Jahren jede Menge gefälschte Anordnungen des Königs herum. Mexiko geht an José, Juan kriegt Peru, und so weiter. Und das Tagebuch gelangte zusammen mit ein paar anderen Dokumenten von Kolumbus, die Anfang des sechzehnten Jahrhunderts konfisziert worden waren, in eine Privatbibliothek in Santo Domingo, und zweihundert Jahre lang hat sich kein Mensch darum gekümmert, bis es in einer guten Erntesaison zuviel Zuckerrohr gab.»

«Was hat Zuckerrohr damit zu tun?»

«Es hat mit Sklaven zu tun. Sehen Sie sich doch einmal die Leute an, die auf den Inseln hier leben. Was glauben Sie, wie deren Vorfahren hergekommen sind? Sie hatten ohne Rückfahrschein von Afrika hierher gebucht, und nicht wenige kamen auf Schiffen von Cobb.»

«Wie können Sie so was erzählen und dabei ganz ruhig dasitzen?»

«Vivian, das alles passierte, ehe ich geboren wurde. Was bitte soll ich machen? Was geschehen ist, ist geschehen. Die Sache ist die: der Oberspanier hatte ein kleines pekuniäres Problem. Er brauchte so viele Sklaven wie möglich, und die Antwort auf seine Gebete kam sogar in den Hafen hereingesegelt, aber er hatte eben nur die Goldsumme X, und die deckte nicht mal annähernd die Stückkosten. Also überlegte er: Hab ich nicht noch was anderes anzubieten? Und dann fiel ihm die Legende von einem mottenzerfressenen Buch am anderen Ende der Stadt ein, und das bot er schließlich dem guten alten Sam Cobb an. Eine einmalige Chance, ein phantastisches Angebot, fast so toll wie eine Gutenberg-Bibel. Zu seinem Glück hatte Sam am Dartmouth College studiert und den Kopf voller Bücher. Wie konnte er da ablehnen?»

«Unglaublich.»

«Das hat Sams Vater auch gesagt. Man erzählt, er habe diese Transaktion mit dem Verkauf einer Kuh für eine Zauberperle verglichen. Sam konnte erzählen, was er wollte, der Rest seiner Familie war davon überzeugt, daß er gründlich über den Tisch gezogen worden war, und zwar von einem Schlitzohr sondergleichen. Es sah so aus, als würde er für den

Rest seines Lebens als Idiot dastehen, also tat er das einzige, was ihm in dieser Situation einfiel. Er schickte zwei Proben an den Präsidenten seines College und bat um Klärung. Und als ob der arme Tropf nicht schon genug Pech gehabt hätte, behauptete Dartmouth, diese verdammten Dokumente seien verlorengegangen. Zweihundert Jahre lang. Das einzige, was ein Cobb noch mehr haßt, als übers Ohr gehauen zu werden, ist, wenn er ignoriert wird, wenn man ihn nicht ernst nimmt. Die Empörung hat unsere Familie rasend gemacht. Bis heute. Oh, die Cobbs glaubten durchaus an Tradition. Sie schickten ihre Söhne weiterhin zur Ausbildung nach Hanover. Sie glaubten aber auch daran, daß sie bekommen sollten, was ihnen zustand. Über die Jahre haben sie sicher den ganzen Campus auf den Kopf gestellt. Jedenfalls geben wir Cobbs nicht auf, und bei Gott, es sieht tatsächlich so aus, als wären wir auf der richtigen Spur. Denn jetzt sind Sie da. Aber sagen Sie mir eins: Wie haben Sie es geschafft, an die Dokumente zu kommen, wo doch so viele andere erfolglos waren?»

Ich ließ mich nicht becircen. «Sie haben etwas ausgelassen», sagte ich. «Wie begann diese Geschichte für Sie selbst?»

«Das hab ich Ihnen schon gesagt. Ich hatte gewisse Liquiditätsprobleme, und genau wie der Pirat in Santo Domingo mußte ich mir überlegen: Gibt es etwas Wertvolles, das ich flüssigmachen kann? Ich ging an unseren Safe in der Hoffnung, ein paar längst vergessene Aktien auszugraben – AT&T, MCI oder Boeing wäre ganz nett gewesen –, und habe dann die ganzen alten Dokumente durchgewühlt. In jedem zweiten Satz der Cobb-Tagebücher faselte einer von den verlorenen Seiten und davon, daß sein jeweils letzter Brief nach Dartmouth unbeachtet geblieben war. Schließlich kam ich auf das alte Buch zurück, das in Seide eingeschlagen in einem Mahagonikistchen lag. Ich habe eine neue Übersetzung anfertigen lassen und daraus geschlossen, daß das einzige, was zwischen mir und einem ausgeglichenen Saldo stand, zwei fehlende Blatt Papier waren. Falsch: das einzige Hindernis sind nun offensichtlich Sie.»

Ich hoffte, Violet würde zu weinen anfangen, alle Aufmerksamkeit auf sich lenken, doch die Telepathie funktionierte nicht; sie schlief ruhig weiter. Schließlich tat ich, als hörte ich etwas und nahm sie hoch. Ich brauchte einen Augenblick, um zu überlegen, meine Strategie noch einmal zu überdenken. Cobb wollte nur eine Krone. Ich wollte Amerika zurück.

Die Basis von Grandmas Taktik, ihren Willen durchzusetzen, war: Erfinde nichts, mach nichts schwieriger, als es ist, und bleib so nah wie möglich an den Tatsachen. Aber behalte dir etwas in der Hinterhand, für alle Fälle.

«Es gibt eigentlich keinen Grund, nicht ehrlich zu sein», sagte ich. Ich erzählte ihm von dem glatten Eichenquader, mit dem alles angefangen hatte, von der Rache des jungen Mohawk-Schülers, davon, wie ich die Seiten entdeckt hatte, aber von den Austernschalen sagte ich nichts, und Cobb schien sie vergessen zu haben. Er hörte aufmerksam zu, als ich ein seltsames, aber glaubwürdiges Bild von mir entwarf – ein Bild, das ich, wie mir schnell klar wurde, nach Roger Williams modellierte. Kolumbus sei mir aufgedrängt worden, beklagte ich mich, aber dann, während ich mir die ganze Literatur einverleibte und feststellte, daß alle Geschichten über ihn gleichermaßen überzeugend klangen, daß jede ihre ganz besonderen Details enthielt, fing ich langsam an, mir mein eigenes, ganz persönliches Bild von dem Mann zu machen, ein Mosaik aus allem, was ich gelesen hatte. Und ich begann mich auch daran zu stoßen, wenn andere Beschreibungen davon abwichen. *Ich* wußte, was man wissen mußte; *ich* hatte diesen Mann verstanden. Ich besaß ihn, beanspruchte ihn. Und deshalb brauchte ich das ganze Tagebuch, den Rest der Geschichte, den fehlenden Eckstein des Fundaments. Seit mir die verlorengegangenen Seiten in die Hände gefallen waren, hatte ich sie jeden Tag gelesen, darüber gebrütet, mir jedes einzelne Wort ins Gedächtnis eingeprägt, war jeder möglichen und unmöglichen Bedeutungsnuance nachgegangen. Und da ich das Tagebuch zu meinem Talisman gemacht hatte, zu meiner eigenen Zukunft, konnte Cobb es mir nicht vorenthalten. Meine Gier nach Wissen war genauso groß wie seine nach Besitz.

Während ich redete, während ich neben mir stand und meine Worte heraussprudeln hörte, wurde mir noch mehr klar. Ich rührte ans Mark. Die Sprache, die ich benutzte, war die einer anderen Zeit, eines anderen Ortes. Es war der Wortschatz der Kolonisatoren. Entdeckung, Besitz. Wie sehr unterschied ich mich eigentlich von dem Konstrukt, das ich Cobb da präsentierte? Sein Ziel war klar, vorhersehbar, paßte genau zu diesem Menschen. Doch war meines, war Rogers Ziel ehrlicher?

«Also sehen Sie», schloß ich und schob meine Bedenken beiseite, «mir kommt es auf den wahren Kolumbus an. Wenn Sie Beweise haben, sagen Sie es mir. Wenn Sie aber den Rest des Tagebuchs nicht besitzen, dann führen Sie mich bitte nicht an der Nase herum.»

Cobb beobachtete mich. Sein Gesicht war undurchschaubar, ganz angespannt vom Zuhören. War ich dümmer, als er gedacht hatte, oder cleverer? Er hielt sich zurück – wir hielten uns beide zurück, Gegenspieler oder Verbündete, es kam aufs gleiche hinaus. Wir kauerten in unseren Ketten und fixierten einander mit Blicken. Ich wagte kaum, mich zu bewegen.

«Der Rest des Tagebuchs», drängte ich, «er ist hier. Sagen Sie schon, daß es so ist.»

Cobb atmete tief durch, starrte mich mit weit aufgerissenen Augen an. Dann sprach er, fast wütend; in seiner Stimme loderte die gleiche Besitzgier, die ich aus meiner herausgehört hatte, das gleiche Gefühl, das der Wollust nahekam, das gleiche verzweifelte Bemühen darum, etwas zu Ende zu bringen.

«Wenn Sie haben, was ich vermute, dann haben wir die ganze gottverdammte Geschichte beisammen.»

Die Blätter, die Cobb vor mir auf den Arbeitstisch legte, waren so brüchig und vertrocknet wie Laub, das mit Schnee bedeckt den ganzen Winter und Frühling auf dem Waldboden zugebracht hat – bräunlich, angeknabbert, zerfressen und an den Rändern eingerissen. Doch in den vergangenen Monaten hatte ich so viel Zeit damit verbracht, jede Kurve, jeden Bogen, jeden Punkt und jeden ausgekratzten Fehler von Kolumbus' charakteristischer Handschrift zu betrachten, daß ich jetzt die weitgeschwungenen Bögen, die arroganten, sorgsam plazierten Großbuchstaben, die präzisen, immer gleichen Schriftzüge sofort erkannte.

Ich war den mexikanischen Nonnen dankbar, daß sie Grandma Spanisch gelehrt hatten, und ihr, daß sie es mir beigebracht hatte. So konnte ich die altertümliche Sprache lesen, wenn auch nur mit größter Mühe.

Cobb noch immer den Rücken zugewandt, griff ich nach der Wickeltasche und zog zwei Blätter aus dem Umschlag heraus: die Kopie der Tagebuchseite und Großmutters Übersetzung – den Teil, auf dem von den Geschenken die Rede war. Cobb nahm sie mit beiden Händen und runzelte die Stirn. Es war nur die Hälfte von dem, was er sich erhofft hatte, doch es war ein Anfang, der Beweis, daß die Seiten existierten und daß sie sich nicht ausschließlich in meinem Gedächtnis befanden. Mit einem Achselzucken bedeutete er mir, nun mit der Untersuchung seines Tauschobjekts zu beginnen.

Er zog mir einen Stuhl heran, blieb kurz stehen und wartete meine Reaktion ab. Er hatte seine eigenen Notizen dazugelegt, und ich sah, daß er sich einige exzentrische Züge von Kolumbus' Handschrift zu eigen gemacht hatte. *Was wir lieben, dem werden wir ähnlicher*, hat Bernhard von Clairvaux gesagt. Vielleicht ähneln wir irgendwann auch dem, was wir begehren. Wenn ja, dann sah ich in diesem winzigen, mit Hilfe eines Ventilators kühl gehaltenen Raum mit Schränken voller Chemikalien und Regalen voller Schriften zum Thema Papierkonservierung das Kolumbus am nächsten kommende lebende Abbild. Henry Cobb war ebenso gebieterisch wie der Admiral, seine Sommersprossen waren im Lauf der Jahre verblaßt, die Arme kräftig, mit deutlich sichtbaren Venen, die Beine drahtig und schlank. Die strengen Linien, die sich von den Nasenflügeln zum Kiefer hinabzogen, die große, gebogene Nase selbst, Kinn und Stirn, all das kam mir irgendwie vage vertraut vor. Sein Gesicht erinnerte an Sebastiano del Piombos Porträt von Kolumbus – der verhüllte und zugleich klare Blick, der schmallippige Mund und das fliehende Kinn. Es gab kein Bild von Kolumbus, das zu seinen Lebzeiten gemalt worden war. Biographen entwickeln ein Gefühl für die Gesichtszüge, die dem Porträt im eigenen Kopf am nächsten kommen. Für mich war Piombos Bild das beste Faksimile.

Und nun, als ich auf den alten Text blickte, war ich sicher, daß dies Kolumbus' eigene Worte waren, seine eigenen Sätze, unmittelbar nach dem jeweiligen Ereignis aufgezeichnet, als die Erinnerung noch klar und frisch war.

Zufrieden nahm Cobb das Buch vom Tisch und legte es vorsichtig in eine kleine Kiste, die er in einen Wandsafe einschloß. Er legte mir eine sauber getippte Transkription vor.

«Lassen Sie sich Zeit», meinte er. «Ich fahre rüber zum Club und faxe Ihre Seite nach Boston. Sie werden es mir wohl nicht verübeln, wenn ich mir eine eigene Übersetzung anfertigen lasse. Ich habe sie schon im voraus bezahlt, und das nicht schlecht.»

Ich schüttelte den Kopf, war froh, daß er ging. Meine Augen sogen begierig den Text in sich auf.

Da es regnete und der Himmel wolkenverhangen war, las ich, *verließen wir die Insel nicht, sondern blieben im Hafen und suchten weiter im Nordwesten nach einer Ansiedlung, trafen jedoch nur auf verlassene Häuser. Auf einem schmalen Pfad sahen wir einen alten Mann, zu schwach, um schnell zu gehen, und ich schickte einen meiner Männer los, um ihn einzufangen und zu unterwerfen, ordnete dann an, daß er ein Tuch bekäme, einige Perlen und kleine Falkenglöckchen, die ich ihm um die Ohren hängte, damit er erfreut und beruhigt sei. Wir fanden die großen Städte nicht, die das herrliche Land versprach, doch in einem Haus fanden wir ein Stück Wachs, so golden und rein, daß wir fast hindurchsehen konnten. Ich habe es an mich genommen, um es den Herrschern zu zeigen, denn wo Wachs ist, müssen auch tausenderlei andere Dinge sein.*

Im Geiste verglich ich das, was ich da las, mit den Berichten von der Reise in anderen Quellen, an die ich mich erinnerte. Am 29. November war Kolumbus in Kuba aufgehalten worden, in einem Hafen, der heute Barocoa heißt. Der Wind stand ungünstig, und während der nächsten vier Tage setzte er die Segel nicht, sondern durchsuchte weitere leere Hütten, erschreckte vier junge Männer, die in ihren Gärten arbeiteten, und sah ein Kanu, das aus einem einzigen Baumstamm gefertigt war, ebenmäßig ausgebohrt und so groß, daß hundertfünfzig Menschen darin sitzen konnten. Am Eingang zu diesem Hafen errichteten Kolumbus und seine Männer ein großes Kreuz.

Das alles stand auch in dieser Version des Tagebuchs. Es paßte alles so perfekt zusammen, daß die beiden neuen Sätze geradezu hervorsprangen und mich erschütterten. Der erste bezog sich auf den Schatz. *Ich kniete neben der Krone nieder und weihte mein Leben erneut, Ehrwürdigste Königin, der Suche nach dem Gold, mit dem Spaniens Aufgabe wird bezahlt werden können.*

Ich wußte, was Kolumbus damit meinte – den Kreuzzug, den er und die Hälfte der christlichen Welt im Auge hatten, um Jerusalem zurückzuerobern, doch die Sache mit der Krone wurde bei Las Casas nicht erwähnt: In keiner der Biographien oder erhaltenen Briefe war eine Krone beschrieben oder auch nur erwähnt worden. Nur auf meinen Seiten.

Ich las weiter. Der Wind stand weiterhin ungünstig, und am 3. Dezember beschlossen Kolumbus und ein paar bewaffnete Männer, die Mündung eines tiefen Flusses zu erkunden, der, wie er sagte – eine weitere Übertreibung –, sämtliche Schiffe Spaniens hätte aufnehmen können. Auf dem Weg flußauf traf er auf Indianer, gab ihnen die üblichen Glasperlen und blieb in seiner Barkasse, während einige Männer einen

Hügel hinaufgingen, um etwas zu untersuchen, das ihnen wie ein riesiger Bienenstock vorkam. Während Kolumbus wartete, hatten sich ein paar Indianer um ihn versammelt.

Sie scharten sich um die Schaluppen, bei denen ich meinen Männern zu warten befohlen hatte. Einer näherte sich, watete hüfttief in den Fluß hinein, kam ans Heck der Schaluppe und begann in seiner Sprache zu reden, die ich nicht verstand. Von Zeit zu Zeit hob die Menge die Hände in die Höhe und stimmte ein lautes Geschrei an, aus dem ich schloß, daß sie erfreut waren, mich zu sehen. Doch dann sah ich, daß das Gesicht des Indianers, der uns begleitete, wachsbleich wurde, ihm schien übel zu werden. Er schüttelte sich und gab uns mit Zeichen zu verstehen, daß wir aufbrechen müßten, denn die Indianer am Ufer würden sich anschicken, uns zu töten. Ob er dies tat, um sein eigenes Leben zu retten oder unseres, vermag ich nicht zu sagen, doch er ging zu einem meiner Männer, der eine Armbrust trug, und er zeigte sie den Indianern am Ufer. Ich glaube, er erzählte ihnen von ihrer Macht, sagte ihnen, daß man damit aus großer Entfernung töten kann, und dann zog er einem meiner Männer das Schwert aus der Scheide, hob es hoch und sprach einige Worte über diese todbringende Waffe, so nahm ich jedenfalls an, denn die ganze Gruppe verschwand so schnell wie eine Rauchwolke, und nicht einer blieb zurück. Der Indianer, der bei uns war, fiel alsdann auf den Boden des Bootes nieder und ließ sich nicht mehr aufrichten, doch ich beschloß, den anderen nachzufolgen, die verschwunden waren.

Kolumbus muß verrückt gewesen sein. Er folgte einfach einer Gruppe von Männern, die unbekleidet und am ganzen Körper rot bemalt waren und das schlammverkrustete Haar mit Federn geschmückt hatten. Hier merkte Cobbs anonymer Übersetzer an, die Schrift sei so unleserlich und verwischt, daß er einige Worte des Textes nicht entziffern könne. Doch Las Casas hatte die Szene beschrieben, deshalb wußte ich, daß Kolumbus mit den Indianern, denen er gefolgt war, um ihre spitzen Speere handelte und diesen Menschen dann ein paar Stücke von einem Schildkrötenpanzer gab, nicht größer als ein Fingernagel.

Sie treten ihr ganzes Hab und Gut für jede angebotene Kleinigkeit von Herzen gerne ab; deshalb bin ich der Meinung, daß sie mit dem Gold und den Gewürzen auch nicht anders verfahren würden, falls sie etwas davon besäßen.

Der Admiral war voller Optimismus und Tatendrang. Bis jetzt hatte er, nach seinen eigenen Worten, «tausenderlei andere Dinge» gefunden, doch auf das *eine* Ding, das Heilmittel für sein Fieber, den Schlüssel zu Jerusalem, den Garanten seines Ruhmes, war er noch nicht in nennenswerten Mengen gestoßen. Er hatte kein Gold gefunden.

Ich schlug eine neue Seite auf. Am Festtag des heiligen Nikolaus fuhr Kolumbus in eine Bucht, die an Schönheit alle vorherigen übertraf. In seinen Beschreibungen spiegelte sich die zur Umständlichkeit neigende Verzweiflung eines Mannes wider, dem die Sprache immer mehr entgleitet. Er klammerte sich so fest es ging an die Karten in seinem Hirn und brachte alles in Zusammenhang mit dem, was er gelernt hatte, mit den ihm vertrauten Bezugspunkten. Doch langsam keimte in ihm der Verdacht, daß das, was er sah, nicht Cipango war.

Der erst einundzwanzigjährige König der Indianer nahm meine Geschenke mit feierlicher Höflichkeit entgegen und beriet in seiner Sprache mit seinen Männern, die ihm unser Ziel nannten, nämlich den Weg zur Insel Baneque zu finden, wo es viel Gold geben soll. Der junge König, in ihrer Sprache der Kazike, zeigte einem meiner Männer den Weg und sagte, es gebe tatsächlich viel Gold auf jener Insel. Er bedeutete meinen Männern, daß er uns alles geben würde, was wir brauchen konnten. Dieser König und seine Männer, auch die Frauen, gingen so nackt, wie ihre Mütter sie geboren hatten, ohne jede Spur von Scham, und wir sahen, daß es die schönsten Menschen waren, die wir auf diesen Inseln getroffen hatten, und sehr hellhäutig. Wenn sie Kleider tragen und sich vor der Sonne schützen würden, wären sie sicher so weiß wie mein Volk in Spanien.

Und nun kam sie, die zweite wesentliche Abweichung von allen bekannten Versionen des Tagebuchs, und enthielt genau das, was ich zu finden gehofft hatte: *Er ist zweifelsohne ein*

König, schrieb Kolumbus weiter, *ein Herrscher, der dem von Portugal oder Frankreich gleichkommt, Herr über all sein Land.*

Volltreffer! Ich schloß die Augen und dankte Kolumbus, daß er den Mund so voll genommen hatte. Mit diesem einen Satz hatte er jedem Stamm und jedem Volk von Eingeborenen einen Freibrief gegeben. Wartet, bis ich damit vor dem Obersten Gerichtshof stehe! Der erste europäische Chronist, offizieller Vertreter der spanischen Krone, hatte mit seiner ureigensten Handschrift das uneingeschränkte Recht der Eingeborenen anerkannt, ihr Land selbst zu regieren – und dieser Beweis hatte bei allen Klagen auf Landrückgabe und Repatriierung von Eingeborenen zwischen Long Island und Hawaii bislang gefehlt.

Ich hatte zwei Stunden gelesen, war auf dem Stuhl zusammengesunken, hatte flach geatmet und mich kaum bewegt. Als Cobb mit einem Telefax in der Hand zurückkam, hob ich ruckartig den Kopf. Mein Nacken war steif, und mir verschwamm alles vor den Augen.

Cobb taxierte mich mit einem vorsichtigen Blick.

«Ich gehe schlafen», sagte er.

Ich nickte zerstreut und beugte mich wieder über das Manuskript. Cobb hielt die Hand über das getippte Blatt vor mir.

«Sie sind erschöpft.» In einem so freundlichen Ton hatte er noch nie mit mir gesprochen. «Diese Worte haben lange Zeit gewartet. Sie werden morgen auch noch dasein, genauso wie der Ausblick.»

«Ich weiß nicht. Sie könnten es sich anders überlegen und damit abhauen.»

«Oder Sie, mit dem Schatz.»

Ich muß die Stirn gerunzelt, die Augen zusammengekniffen, eine unwillige Geste gemacht haben, denn Cobb fing an zu lachen. Es war ein harter Ton, metallisch und scharf. «Kommen Sie. Legen wir die Karten auf den Tisch. Alle beide. Ich sehe keinen Grund, weiter so ein albernes Spielchen zu spielen.»

Ich schüttelte den Kopf, um wieder klar sehen zu können. Ich war noch immer gefangen von dem Tagebuch, das ich so oft gelesen hatte, doch nie zuvor mit der Sicherheit, daß dies die ureigensten Worte des Admirals waren. Ich hatte keine Geduld, mich auf Cobb einzulassen, und deutete auf das Fax.

«Sie wissen, was in meinem Teil des Manuskripts steht. Sie haben es direkt vor sich. Also, wer von uns spielt hier ein albernes Spielchen? Was wollen Sie denn noch von mir?»

«Das ist eine Seite», meinte Cobb. «Sie haben noch mehr. Mein Übersetzer in Massachusetts wartet.» Sein Gesicht war todernst, eine strenge, harte Maske. «Ich hasse nichts mehr, als wenn Leute sich verstellen. Soll ich etwa glauben, daß der zweite Teil nichts enthält, was mich interessieren könnte?»

«Ganz wie Sie wollen!» Jetzt hatte ich ihn, wo ich ihn hinhaben wollte, wenn er nur nicht merkte, daß ich nur bluffte.

Wieder starrten wir einander in die Augen, bereit zuzuschnappen. Ermüdend war das. Ich lehnte mich zurück und stützte mich auf die Armlehnen. «Ich weiß nicht, was hier gespielt wird, aber die Regeln sind daneben. Sie holen mich hierher, machen mir den Mund wäßrig, führen mir vor, daß Ihr Dokument echt ist, und dann lassen Sie mich nicht dran. Wer spielt hier ein albernes Spiel? Das *Manuskript* ist der Schatz, und jetzt haben Sie ihn vollständig.»

«Sie enttäuschen mich.»

«Was? Nehmen Sie das Geschwätz um die Krone tatsächlich ernst? Die Hälfte dieses Tagebuchs ist doch Kokolores.»

Er lachte. «Das Tagebuch ist doch nur das Tüpfelchen auf dem *i*. Wenn ich die Krone gefunden habe, kommt das Tagebuch natürlich auch unter den Hammer, Seite für Seite, von mir aus Wort für Wort, wenn es genug reiche Privatsammler gibt. Ganz abgesehen davon, daß eine Menge deutsche, japanische, vielleicht sogar amerikanische Unternehmen eine Menge dafür bezahlen würden, ein Andenken ans Logbuch in ihren Safes liegen zu haben. Wer wird je van Goghs *Schwertlilien* wiedersehen? Oder Renoirs *Bal du Moulin de la Galette*? Wo ist da der Unterschied?»

Ich schloß die Augen. Das war einer der unglaublichsten, idiotischsten Einfälle, die ich je gehört hatte. Das Tagebuch auseinanderreißen. Es zerstückeln. Kolumbus' wahre Absichten niemals erfahren. Das konnte ich nicht zulassen.

«Dazu haben Sie kein Recht. Das ist ein Erbe der Menschheit.»

«Wer zuerst kommt... und Sie sind unaufrichtig, Sie tun nur so, als würden Sie nicht verstehen. Sehen Sie sich die Seite an, die Sie mitgebracht haben – hier.» Er zeigte auf ein Wort auf der Kopie des Originals, die ich ihm gegeben hatte. «*Corona.*»

«Ja, genau, Krone. Wahrscheinlich bezieht sich das auf Isabella.»

«Ich bitte Sie. Beleidigen Sie mich nicht.»

«Selbst wenn es tatsächlich eine Krone gegeben hätte, das war damals. Was Sie wollen, sind Informationen.» Selbst in meinen Ohren klang meine Stimme kindisch und trotzig, keineswegs überzeugend. Ich dachte angestrengt nach. In der Vergangenheit war immer ich diejenige gewesen, die als letzte herausbekommen hatte, was klar und deutlich auf der Hand lag, diejenige, die das Offensichtliche nicht verstanden oder nicht beachtet hatte. Nicht so diesmal. Ich war anders geworden. Ich hielt den Mund.

«Ich habe Ihnen achtzig-zwanzig angeboten», sagte Cobb. «Vom Erlös.»

Er war darauf aus, mich hereinzulegen, ganz klar, doch ich würde es ihm zeigen.

«Na gut. Sie haben gewonnen. Der zweite Teil des Briefes mag vielleicht zur Krone führen – das kann ich erst sagen, wenn ich das ganze Dokument gelesen habe. Aber sie gehört Ihnen – im Tausch gegen *das*, und zwar vollständig.» Ich zeigte auf das Zahlenschloß des Safes.

Er sah mich an und ließ die Spielermaske fallen. Ich konnte die Erleichterung sehen, die Gier, den Eifer. Er war mein, auch wenn er es noch nicht wußte. Ich konnte ihm alles mögliche als den fehlenden Teil verkaufen, konnte alle möglichen

Spuren legen, und bis er mir auf die Schliche gekommen wäre, würde ich längst über alle Berge sein. Und wenn das nicht klappte, hatte ich immer noch die Austernschalen in der Hinterhand. Die würde er unwiderstehlich finden.

Ich nahm Violet hoch, die noch immer völlig erschlagen von der Reise war, und dann führte Cobb mich einen schmalen Treppenweg aus Betonstufen hinab zu einem kleinen Strandhaus, in dem eine richtige Wiege stand und ein Bett, das aussah wie der Himmel auf Erden.

Es war einer dieser jähen Abstürze in einen Schlaf, der vollständig erfrischt. Vier Stunden später wachte ich auf, war fast übernatürlich munter und hatte das, was mein Philosophielehrer im Grundkurs als «Aha-Erlebnis» bezeichnet hätte. Mit geradezu schockierender Klarheit, als hätte ich die fehlenden Teile geträumt und sie würden sich jetzt vor meinen Augen verbinden, umspielt von der schweren, dunklen Luft, die durch mein Fenster strömte, sah ich die Geschichte eine mögliche, plausible Gestalt annehmen. Natürlich hatte sie mit der Krone zu tun. Die war der Schlüssel. Aber sie hatte auch mit Guacanagarí zu tun, dem Kaziken, der mit Kolumbus gehandelt hatte. Er hatte sich in meinem Unterbewußtsein festgesetzt.

Goldene Wolken senkten sich glühend herab, und ich mußte etwas tun, etwas sagen. Einen Augenblick lang war alles klar, dann verschwamm es, verging im Rauschen des Meeres, dessen Wellen am Ufer ausliefen.

12

VIVIAN

*H*ier kamen Essig und Öl, Roger und Anti-Roger zusammen. Auf den ersten Blick fand Roger jeglichen Verdacht bestätigt, den er gegen Cobb gehegt hatte, und Cobb seinerseits spürte, was für ein Urteil Roger gefällt hatte, und machte sich ein entsprechendes, ebenso negatives Bild von ihm. Schon bei der Begrüßung waren die beiden Männer einander so gründlich zuwider, daß ich befürchtete, Roger würde mir unabsichtlich die Tour vermasseln. Beide streckten unwillig die Hand aus, schüttelten die des anderen zu lange, drückten übertrieben kräftig zu. Die Dauer ihres kämpferischen Handschlags veranlaßte Nash, durch ein gelangweiltes Augenrollen zu verstehen zu geben, daß er über so ein pubertäres Kräftemessen erhaben war.

«Tag auch», sagte er zu Cobb, der ihn ignoriert hatte. «Danke, gut.»

Roger und Cobb gaben den Kampf auf, ließen mißtrauisch voneinander ab, und als Cobb sich schließlich Nash zuwandte, soufflierte ich Roger lautlos: «Sei nett.»

Er zog die Mundwinkel nach unten und schob das Kinn vor.

«Das ist also Ihr Sohn», sagte Cobb scheinheilig, ganz Höflichkeit und Gastfreundschaft. «Das andere Familienmitglied.» Er lächelte Roger an. «Oder zählt Ihr Freund auch dazu?»

«Komm mit.» Ich nahm Rogers Hand, die sich empört zur Faust ballte. «Das Gästehaus ist wundervoll.»

«Einen Augenblick.» Rogers Züge verhärteten sich.

«Ach, war doch nur ein Witz. Nehmen Sie's mir nicht übel.» Cobb wischte seine Bemerkung mit einer Handbewegung beiseite. «Ich weiß eine ganze Menge über Sie, Professor Williams – Sie sind aus dem Familienunternehmen ausgeschert, ein Dichter mit Treuhandvermögen, all die kleinen Experimente, die Ihr Vater und Ihr Bruder so mißbilligt haben. Ich kenne natürlich auch Bart ganz gut. Hab im Lauf der Jahre so einige Geschäfte mit ihm gemacht. Tut mir leid, wenn ich Ihnen zu nahe getreten bin.»

«Roger, sieh doch mal.» Ich deutete auf die wunderschöne Aussicht und zog Roger den Weg hinab, um ihn weiterem Hohn und Spott zu entziehen. Die Palmen rauschten in der sanften Brise, und eine kleine Eidechse huschte über die bronzefarbene Erde.

«Das hier ist das Paradies, Roger. *Mach es nicht kaputt*», sagte ich mit Nachdruck.

Er folgte mir den Weg hinunter, aber seine Halsmuskeln waren zu symmetrisch hervortretenden Strängen angespannt. Er schäumte vor Wut. Selbst Nash, der hinter uns hertrottete, verkniff sich aus Rücksicht auf Rogers Verfassung jeden Kommentar, bog schließlich vom Weg ab und schlenderte hinunter zum Strand.

Im Gästehaus hockte sich Roger sofort vor den kleinen Kühlschrank und verstaute den Inhalt seiner silbern glänzenden Reisetasche in dessen summendem Inneren. Als er damit fertig war, wischte er sich die Hände ab und setzte sich steif neben mich auf das schmale Sofa.

«Also», sagte er. «Was hat der alte Sack, und was will er dafür?»

Das war ungewöhnlich direkt für Roger, ganz untypisch, zynisch und überdies beunruhigend zielsicher. Sein Scharfsinn veranlaßte mich zu einem Kurswechsel: Um Cobb glauben zu machen, ich würde sein Angebot ernsthaft überdenken, mußte ich mir Roger vom Leib halten. Für offene Feindseligkeiten war kein Spielraum, deshalb mußte ich zusehen, daß die beiden einander nicht in die Quere kamen. Ich würde Roger ablenken, ihn sogar anlügen, wenn es sein mußte. Denn er würde die Schritte, die ich unternehmen wollte, gewiß nicht billigen, und ich wollte nicht mit ihm darüber diskutieren. Am Ende, sagte ich mir, würde er mir schon vergeben.

«Sei doch nicht so mißtrauisch.» Ich fuhr ihm durchs Haar und strich ihm den Kragen glatt. «Cobb ist ein Typ, mit dem ich umgehen kann, er ist gar nicht so schlimm.» Ich knetete seine verspannte Schultermuskulatur. «Er ist eben wie jedermann – will seinen Kopf durchsetzen.»

«Du weißt nicht, mit wem du es da zu tun hast, Vivian.»

Meine Finger gruben sich tiefer in Rogers Skalp, und er schnellte vor und rieb sich den Kopf.

«Sei doch nicht beleidigt. Wenn nicht mal *ich* rauskriegen kann...»

«Wie man in den Wald hineinruft, so schallt's heraus. Ich lege nicht den geringsten Wert auf deinen gönnerhaften Schutz, vielen Dank auch.»

Er lehnte sich mißmutig zurück und sah mich an. «Weißt du, das Problem ist, du wirst ihn noch brauchen.»

Ich ignorierte ihn. «Cobb hat das ganze Tagebuch. Ich bin sicher, daß es echt ist. Ganz sicher, Roger. Ich hab es in den Händen gehabt. So was hast du noch nicht gesehen.»

Ich gab ihm einen Zettel, auf dem ich die Passage von Cobbs Übersetzung notiert hatte, die mich am nachhaltigsten beeindruckt hatte. «Ich kniete neben der Krone nieder und weihte mein Leben erneut, Ehrwürdigste Königin, der Suche nach dem Gold, mit dem Spaniens Aufgabe wird bezahlt werden können.»

Während er das las, ging ich hinüber zur Wiege und schaukelte die quengelnde Violet. Ich rüttelte etwas zu heftig, und sie öffnete erstaunt die Augen.

«Soll ich etwa glauben, daß da was dran ist? Vielleicht sogar eine echte Krone?» Rogers Ton war sarkastisch, unterschwellig belehrend. «Vivian, selbst wenn wir davon ausgehen, daß der Scharlatan diese Zeilen nicht einfach selbst geschrieben hat, mußt du doch wissen, daß *corona* auch die Bezeichnung für einen kleinen Rosenkranz ist. Es liegt doch auf der Hand, daß Kolumbus einfach nur betet.»

Ich ließ das Thema fallen. Möglicherweise hatte Roger ja recht. Es gab zu viele unstimmige Bezüge, zu viele Gelegenheiten, bei denen eine Krone erwähnt wurde. Doch andererseits, warum sollte Las Casas so sorgfältig jeden Hinweis auf diesen *Rosenkranz* ausgemerzt haben? Mir war das alles nicht wichtig. Wichtig war nur, daß Cobb daran glaubte, und das machte ihn angreifbar. Was *ich* wollte, hatte ich schon gefunden: das Tagebuch selbst. Ich schaukelte Violet etwas behutsamer, ließ Roger das kleine Häuschen allein erkunden und ging nach draußen, damit in meinem Inneren wieder Ruhe einkehrte. Wenigstens war das Meer wie in der Werbung: goldgrün und glasklar. Meinen Sohn jedenfalls schien es sehr zu beruhigen: Er war barfuß zum Strand gelaufen und stand nun hüfttief im Wasser, und jede sanfte Woge ließ ihn auf und nieder hüpfen.

Die Dunkelheit war samten und voller Geräusche. Die Nacht war schnell hereingebrochen und hatte uns so abrupt uns selbst überlassen, daß Nash erfreut Cobbs Einladung angenommen hatte, in einem seiner Gästezimmer zu übernachten. Nash meinte, er ziehe das Alleinsein vor, und ich hoffte, er würde sein Angebot, ein bißchen in Cobbs Haus herumzustöbern, nicht allzu wörtlich nehmen. Seit Hanover hatte er das Thema Kolumbus nicht mehr aufgebracht, und ich betete insgeheim darum, daß sein diesbezügliches Interesse sich gelegt hatte. Ein unüberlegter Schritt, und Nash würde sein Quartier am Strand aufschlagen müssen.

Roger war erschöpft – letzte Nacht auf dem Boot hatte er kaum ein Auge zugetan –, und ich schlief tief und fest, bis mich Violets erstes leises Wimmern weckte. Noch ehe sie einen dieser Schreie loslassen konnte, bei denen Roger an die Decke ging, schlüpfte ich aus den Federn und holte sie zu mir ins Bett. Nachdem ich sie gestillt hatte, schlummerte sie wieder ein, und ich lag wach und spürte noch die kleinste Bewegung von ihr. Ihr Körper war zart und wunderbar, ein Trost, eine Brücke zwischen unseren komplexen jeweiligen genetischen Anlagen. Doch hauptsächlich war sie sie selbst, wer auch immer die Person sein mochte, zu der sich dieses eigensinnige, rätselhafte Wesen, dieses süße kleine Menschenpaket einst entwickeln würde. Ich spürte einen Nadelstich und kratzte mich am Nacken, als plötzlich Rogers Hand durch die Luft sauste.

«Tut mir leid», flüsterte er. «Ich bin *gestochen* worden.»

«Ich auch.»

«Die Tropen.» Er drehte sich erwartungsvoll zu mir um, räusperte sich und schien in Stimmung zu kommen. Dann ertastete seine Hand Violet.

«Besetzt.» Mit einem mürrischen Grunzer drehte er sich wieder um. Ich sah ihn daliegen – eine in silbernes Mondlicht getauchte Silhouette, die sich mit einer ungewohnten Situation abzufinden suchte.

«Noch eine!» Roger kratzte sich am Fußgelenk. Seine Stimme hatte einen scharfen Unterton. Er griff nach seiner Tasche neben dem Bett und kramte darin herum. Ich hörte das Zischen von Spray und nahm einen durchdringenden, beißenden Kräutergeruch wahr. «Bedien dich. Die Spraydose steht neben dem Bett.»

«Stinkt entsetzlich.»

«Wie nett, daß du das jetzt sagst, Vivian, wo ich mich von oben bis unten damit eingesprüht habe.» Er schwieg eine ganze Weile und redete dann weiter.

«Der Wind hat sich vollkommen gelegt. Da kommen die Mücken raus. Ich habe nicht vor, ein Neun-Gänge-Menü für die hiesige Fauna abzugeben und morgen früh völlig zerstochen aufzuwachen.»

«Schlaf jetzt.»

Ich spürte etwas am Arm. Ein paar winzige Krabbelbeine? Vielleicht war ich ein bißchen überempfindlich, doch ich machte mir Sorgen um Violet, die noch so klein war, so saftig und hilflos. Sollte ich sie mit giftigen Chemikalien einsprühen, um sie vor der Malaria zu beschützen? Konnte man hier unten überhaupt Malaria bekommen? Das war keine Frage, über die man mitten in der Nacht grübeln sollte.

«Ich frage mich, wie lange es noch dauert», murmelte Roger, «bis der gottverdammte Morgen endlich seine rosa Finger ausbreitet.» Er drückte auf die Leuchtanzeige seiner Armbanduhr. «Halb zwei! Wir haben erst knapp zwei Stunden geschlafen.»

Er hüllte sich in wütendes, anklagendes Schweigen. Ich versuchte, ihn auf andere Gedanken zu bringen.

«Der Mond ist gerade aufgegangen. Sieh mal.» Durchs Fenster konnten wir den Himmel und ein Stück vom Meer sehen. Das Licht schimmerte wie Altsilber.

«*Doch wir sind auf'ner Insel interniert...*»

Roger, der Experte, der immer ein passendes Donne-Zitat parat hatte, ließ eine Spur Sarkasmus anklingen. Ich versuchte noch einmal, ihn abzulenken.

«Wollen wir uns ein bißchen unterhalten?»

«Warum nicht?»

«Roger, du brauchst dich nicht mit mir *abzugeben*. Aber vielleicht lenkt uns das ja ab von diesen – was immer das für Viecher sind.»

«Mücken. Verdammt. Das Insektenspray hilft nicht.» In seiner Stimme schwang ein hysterischer Unterton mit. Typisch Amerikaner, den eines der Konsumgüter, auf die er so vertraute, im Stich gelassen hat.

«Ich weiß, daß du das Gerede um die Krone nicht ernst nimmst, aber ich möchte deine Meinung hören.»

«Über den Mann? Dieser Cobb ist gefährlich... und kein Dummkopf.» Rogers Stimme wurde schläfrig.

«Jetzt hör mir doch einfach mal zu, ja?»

Ich wartete auf eine Antwort, doch dann merkte ich, daß

sein Atem gleichmäßiger wurde und sein Körper neben meinem schwer. Ich ließ Violet bei uns im Bett, wagte nicht, sie zu stören oder gar Roger wieder aufzuwecken. Ich mußte nachdenken, mußte meine im Kopf umherwirbelnden Gedanken einer etwas objektiveren Untersuchung unterziehen.

Wir hatten es mit einem Triptychon zu tun. Mit einem Puzzle, das aus drei Teilen bestand: dem Brief, den Austernschalen und dem Originaltagebuch. Jedes Teil enthielt Hinweise, wie die anderen beiden zu verstehen waren. Gemeinsam ergaben sie ein Ganzes, doch ich wußte nicht, wie sie zusammengehörten.

Ich begann mit dem Tagebuch. Las Casas hatte alle Hinweise auf eine Krone ausgelassen, als er die Barcelona-Kopie abschrieb, was den Schluß zuließ, daß es mit diesem Objekt etwas auf sich haben mußte. Aber was? Nach kurzem freien Assoziieren boten sich mir mehrere interessante Möglichkeiten: Erstens, es war *Isabellas* Krone, aus Kastilien mitgebracht. Vielleicht beruhte die seit langem von den Wissenschaftlern verworfene Hypothese, daß sie ihre Juwelen verpfändet hatte, um Kolumbus' erste Reise zu finanzieren, doch auf Tatsachen. Nur, daß die Krone eben nicht verpfändet worden war, sondern mitgenommen. Na gut, zweiter Geistesblitz: Mit dieser Krone verband sich eine unerfreuliche Vorgeschichte. Vielleicht war sie gestohlen worden oder ein Beutestück von der kurz vorher erfolgten Plünderung Granadas. Vielleicht war es nicht an Isabella gewesen, Kolumbus die Krone mitzugeben. Aber *warum* war sie ihm mitgegeben worden? Das führte zum Gedanken Nummer drei: Es war eine Herrscherkrone, die Kolumbus als Geschenk mitbekommen hatte, damit er sich als friedfertiger Abgesandter legitimieren konnte. Im Mittelalter kursierenden Gerüchten zufolge trieb sich der sagenumwobene Priesterkönig Johannes, der jede Menge Knete hatte, irgendwo südlich des Mittelmeers herum, in unbekannten Gefilden. Vielleicht sollte diese Krone als hoffnungsvoller Einstieg in einen vorteilhaften Tauschhandel dienen, falls er zufällig auftauchte.

Oder sie war als Tribut für den Großkhan gedacht.

Oder...

Der Brief. Und die Austernschalen. Kolumbus hatte mit dem Kaziken Guacanagarí gespeist, das wußte ich. Angenommen, die leeren Schalen lagen danach auf seinem Teller. In dem Brief hatte er auf die seltsamen Markierungen auf den Perlmuttinnenseiten hingewiesen. Wenn Racine in ein paar Tagen kam, würde ich erfahren, ob diese seltsamen Striche irgendeinen Sinn ergaben, und wenn er eine Übersetzung dabeihatte, konnte die der Schlüssel zur Lösung sein, ein Verbindungsglied zwischen dem Tagebuch und der Krone. Ich spürte diese Logik, sie schien geradezu greifbar, deshalb dachte ich mir eine Geschichte aus, die dazu paßte, die einen Sinn ergab – Großmutters Lieblingstrick, ihr aus dem Hut gezogenes Kaninchen, die altbewährte mündliche Überlieferung. Baue eine Brücke zwischen Tatsachen, die irgendwie miteinander verbunden werden müssen. Die Nacht wird zum Tag, und das jeden Tag: Erkläre das in maximal fünfundzwanzig Worten.

Also, was für neue Informationen hatte ich aus Cobbs Buch erhalten? Eine Szene stach hervor, und Henry Cobb hatte dafür gesorgt, daß ich sie auch wirklich bemerkte: La Navidad, Weihnachten 1492, die *Santa María* ist vor der Küste von Hispaniola auf Grund gelaufen und leckgeschlagen, und Kolumbus braucht den dort herrschenden Kaziken, damit der die Schiffe entlädt, ihn beherbergt und tröstet, und damit er später die neununddreißig Männer beschützt, die er zurücklassen muß – da auf der *Niña*, der kleinen Karavelle, nicht genug Platz ist und Pinzón mit dem dritten Schiff desertiert ist.

Der kluge Mann baut vor. Kolumbus will aus den Überresten der *Santa María* ein Fort bauen. Er läßt ein paar Bombarden abfeuern, um die Eingeborenen zu beeindrucken, und schenkt Guacanagarí ein Paar Handschuhe und andere Kleinigkeiten – das wußte ich aus dem Text, den ich gefunden hatte. Doch das ist nicht alles, und jetzt kam die neue Information, die ich noch nirgendwo sonst gelesen hatte: Kolumbus schenkte dem Kaziken etwas noch viel Wertvolleres, etwas, das ihn zu Dankbarkeit und Loyalität verpflichten sollte. In meinen mitternächtlichen Phantasien sah ich Guacanagarí eine Krone inspizieren – den letzten Modeschrei aus Paris.

Und was geschah dann? Jetzt mußte ich meiner Phantasie wirklich freien Lauf lassen, aber manchmal scheint eine Sequenz so richtig, so passend zu allem anderen, daß sie nicht einfach nur bloße Erfindung sein kann. Und genauso war es hier. Ich konnte fast zusehen, wie sich alles vor mir abspulte.

Als Kolumbus ein Jahr später auf seiner zweiten Reise wieder auf die Insel kam, mochten Kronen groß in Mode gekommen sein. Jeder hatte eine, aus Palmwedeln oder Muscheln. Bloß immer noch kein Gold. Doch das war noch nicht das Schlimmste. Alle Männer, die der Admiral zurückgelassen hatte, waren tot – es gab lediglich etliche milchkaffeebraune Babies. Die Krone, die er mitgebracht hatte, war ebenfalls verschwunden. Die sprachlichen Barrieren waren groß – Kolumbus konnte nicht nachweisen, was geschehen war, doch er hatte ein ungutes Gefühl, das etwas in ihm zerstörte, sein Vertrauen oder seinen Idealismus.

Dem Brief zufolge war es einem der Matrosen gelungen, Kolumbus eine letzte Botschaft zu hinterlassen, und Guacanagarí gab sie – ob mit voller Absicht oder ohne es zu merken – weiter. Ich hoffte, daß sie sich als Wegbeschreibung entpuppen würde, eingeritzt in den Perlmutt der Austernschalen. Die Wegbeschreibung zum Aufbewahrungsort der Krone.

Und nun?

Violet wachte auf und schrie.

Der Sonnenschein fiel in einem breiten Streifen durch die Fliegendrahttür. Roger lag unruhig und zappelig neben mir im Bett. Er hatte darauf gewartet, daß ich aufwachte, das merkte ich sofort. Er war sich seiner Sache sicher. Auch er hatte nachgedacht.

«Augenblickchen», bat ich ihn. Ich war völlig erledigt. Mein Kopf dröhnte.

«Ich mache mir Sorgen, Vivian. Das kann nicht warten.»

«Bitte. Erst ein bißchen Koffein.»

«*Ich* habe dir auch zugehört.»

Ich warf ihm einen, wie ich hoffte, vernichtenden Blick zu und vergrub mich in den Kissen. Violet drüben in ihrer Wiege hörte uns und begann sofort zu schreien. Ich erinnerte mich gar nicht, sie dorthin getragen zu haben, doch es mußte nach dem letzten Stillen passiert sein, so gegen vier.

«Ich hör dich ja», rief ich ihr zu. «Reg dich ab.»

Roger schien darin, daß ich auf Violet ansprach anstatt auf ihn, einen Affront zu sehen und fing an, in seiner Reisetasche herumzukramen; er nahm Badehose, Sonnenöl und einige andere der Utensilien heraus, die er so sorgfältig eingepackt hatte.

«Ich geh zum Strand», verkündete er schließlich vorwurfsvoll. «Wenn ich zurückkomme, wäre ich dir sehr verbunden, wenn du die Güte hättest, mir zuzuhören.»

Er stapfte davon, und ich zog mich rasch an und widmete mich Violet. Dann setzte ich mich auf die Veranda und trank die erste Tasse Tee, solange er noch heiß war.

«Der Himmel auf Erden ist das hier», sagte ich ermattet zu Violet. Meine Knöchel waren zerstochen, und der Rücken juckte an unerreichbaren Stellen, doch der morgendliche Blick aufs Meer ließ mich diese kleinen Mißlichkeiten schnell vergessen. Die Wogen rauschten an den Strand, und neben dem Haus raschelten die Palmwedel und rieben ihre steifen Blattkämme aneinander. Ein großer schwarzer Kolibri summte über der Blüte einer exotischen Pflanze.

«Hibiskus», sagte Henry Cobb hinter mir. Offenbar war er meinem verschlafenen Blick gefolgt.

Ich bot ihm den Kaffee an, den ich für Roger gekocht hatte. Er nahm ihn, setzte sich neben mich und balancierte die Tasse auf seinem knochigen Knie.

«Und? Einen Entschluß gefaßt?» fragte er. «Sie hatten

einen Tag und zwei Nächte, um die Sache zu überdenken. Ich habe Sie in Ruhe gelassen.»

«Da gibt es eine Menge zu bedenken.» Ich zuckte die Achseln.

Er wartete ab.

Ich beobachtete Roger, der etwa dreißig Meter vom Strand entfernt schwamm, die Arme in präzisen halbkreisförmigen Bewegungen aus dem Wasser hob, nach vorn schwang und wieder eintauchte. Ich hoffte, das Salzwasser würde Balsam für seine schmerzhaften Stiche sein – das stinkende Kräuterspray jedenfalls, das jetzt alle war, hatte auf die Mücken wie Parfüm gewirkt.

«Ich hoffe, Nash hat Sie nicht gestört.»

«Ich hab ihn kaum bemerkt. Nachts hab ich ihn mal im Haus rumgeistern hören, aber weiter nichts. Wahrscheinlich konnte er in der ungewohnten Umgebung nicht einschlafen. Heute morgen ist er mit Elvis Greer losgezogen. Es war wohl vom Schnorcheln die Rede.»

Nash Twostar, der Privatdetektiv. Und vielen Dank auch, daß du mich vorher gefragt hast, ob du tauchen gehen darfst. Jetzt konnte ich mir den ganzen Tag Sorgen machen.

Roger kam jetzt aus dem Wasser, und während er den Strand entlang zurückging, kratzte er sich mürrisch am Ellbogen. Er trottete die Betonstufen herauf, starrte uns mißmutig an und ließ sich dann auf einem arg mitgenommenen roten Plastikstuhl nieder, der recht unbequem aussah. Das Haar klebte ihm am Kopf, und sein Gesicht glühte. Den dünnen Bademantel aus seidiger Baumwolle hatte er mit dem Gürtel sorgsam zugebunden, und seine schmalen, zerstochenen Füße steckten in kompliziert verarbeiteten Riemensandalen.

«Gut geschwommen?» fragte Cobb. Ein netter, unverbindlicher Einstieg.

«Wunderbar», erwiderte Roger. «Aber ich muß schon sagen, daß es in Ihrem Strandhaus von Mücken wimmelt.»

«*Müssen* Sie das?» Cobbs Stimme klang kein bißchen entschuldigend. «Wie furchtbar. Da muß ich ja direkt was unternehmen.»

Ich warf Roger einen mitleidigen Blick zu und deutete auf die Kaffeekanne, doch die Tasse in Cobbs Hand war ihm nicht entgangen. Er lehnte ab.

«Ich meine, daß Ihre Verantwortung als Gastgeber Sie verpflichten würde, zumindest ein wirksames Insektizid bereitzustellen.»

Cobb wippte auf seinem Stuhl. «Diese kleinen Biester haben es in sich», lachte er und nahm einen Schluck Kaffee. «Besonders, wenn es so windstill ist wie vergangene Nacht. Dieses Mangrovengebiet kann fürchterlich sein. Licht zieht sie an. Wenn Sie es abends einschalten, sollten Sie auf jeden Fall die Fenster zumachen. Die Insekten hier sind so klein, daß sie durch die Fliegengitter passen. Sie schweben richtig in der Luft – haben nur Stummelflügel. Im Grunde bestehen sie nur aus Stachel.»

«Wie nett, daß Sie uns das heute schon erzählen.» Nun sah Roger mich vorwurfsvoll an. Wir hatten nach Einbruch der Dunkelheit ein paar Stunden lang gelesen und geredet, Fenster und Türen einladend weit geöffnet, um auch die kleinste Brise mitzubekommen. Auf die Mücken mußte das wie ein McDonald's an einem Freitag abend gewirkt haben.

«Licht aus, wenn's dunkel wird», belehrte uns Cobb fröhlich. «Die allererste Campingregel. Ich hätte gedacht, daß Sie das aus Ihrer Jugend noch wissen, Roger.»

«Entschuldigen Sie. Ich konnte ja nicht ahnen, daß es hier so spartanisch zugehen würde.» Roger drehte sich um und musterte Violet. «Und was ist *ihr* Geheimnis?»

Ihre Pfirsichhaut wies keinen einzigen Stich auf.

«Offenbar», beantwortete Roger seine Frage gleich selbst, «ist sie nicht so süß wie wir.»

Ich holte tief Luft.

«Für die Mücken, meinst du wohl.» So hatte ich Roger noch selten erlebt. Dieses permanente selbstgerechte Schmollen rührte einzig und allein von dieser ersten Nacht her, die wir drei jemals im gleichen Zimmer verbracht hatten, als kleine Pseudo-Familie. Bis dato hatte ich es ihm erspart, mitzubekommen, wie oft so ein Baby gestillt werden muß. Vor lauter Violet und Mücken hatte Roger kaum geschlafen, und offensichtlich war er sauer, daß es mir gelungen war, mehr Ruhe zu finden als er. Aber ich war eben seit Monaten im Training und hatte mich überdies wunderbar von der Brandung einlullen lassen.

Nash tauchte ungefähr eine Meile weit weg am Strand auf. Ich sah den kleinen, dunklen Schimmer seiner Gestalt, die sich von Zeit zu Zeit wie ein Fragezeichen bog, wenn er einen Korallenbrocken weit hinaus in die Brandung schleuderte. Ich legte mir Violet auf die Knie und wiegte sie rhythmisch hin und her, was sie zugleich beschäftigte und beruhigte.

Roger schenkte sich schließlich doch noch eine Tasse Kaffee ein, rührte Zucker hinein und gab dann mit dem todesmutigen Gesichtsausdruck eines Helden, der im Begriff steht, sein Leben hinzugeben, ein paar Tropfen Dosenmilch dazu.

Cobb machte eine versöhnliche Geste. «Wir haben es gestern wohl einfach nicht glücklich miteinander getroffen, Roger. Bestimmt alles meine Schuld.» Er lächelte – verzog jedenfalls die Gesichtsmuskeln – und verschränkte die Hände hinter dem Kopf. Sein Blick wanderte zwischen uns hin und her, taxierte uns wie zwei Untersuchungsobjekte unter dem Mikroskop. Was sah er? Die Indianerin Pocahontas und den Abenteurer John Smith auf dem Weg nach Hawaii? War ich Tonto und Roger der Lone Ranger? War ich Rogers willige Gefährtin, war ich die Squaw? Er und Roger mochten einander verachten, doch das war ein Dissens unter Gleichen. Sollte ich jetzt zugunsten von Roger Williams übergangen werden, obwohl ich diejenige war, die die Tagebuchseite gefunden hatte?

«Sie würden das Tagebuch sicher auch gern sehen», sagte Cobb zu Roger. «Vivian hat mir erzählt, daß es nicht so einfach sein würde, Sie zu überzeugen. Andererseits verstehen

Sie sicher, daß ich nicht hingehen und es jedermann unter die Nase halten kann. Dazu ist das Material zu brisant. Es steht Vivian natürlich frei, mit Ihnen darüber zu reden – und gewiß werden wir beide Ihre diesbezüglichen Überlegungen zu schätzen wissen.»

Man mag es Egoismus nennen, aber dafür gab ich Cobb Pluspunkte. Er wußte, wie er mit Roger umzugehen hatte, und er hatte gewußt, was ich hören wollte, noch ehe es mir selbst klargewesen war.

«Wenn Sie's genau wissen wollen», konterte Roger, «behalten Sie Ihre Fälschungen ruhig. Mir ist es nur recht, wenn ich mit dieser ganzen leidigen Geschichte nichts zu tun habe. Ist diese absurde Wiederauferstehung des Tagebuches nicht ein bißchen zu passend? Die Fünfhundertjahrfeier? Und nicht zu vergessen die unermeßlich wertvolle Krone, von Kolumbus mit freundlichen Grüßen via UPS direkt vor Ihre Haustür geschickt? Welch glückliches Geschick. Ihr guter Geschäftspartner Bart hat mir von Liquiditätsproblemen bei Ihren diversen Unternehmungen berichtet, deshalb gehe ich davon aus, daß der Artikel, der in der *New York Times* über Sie erschienen ist, keineswegs übertreibt.»

Roger stellte die leere Tasse hin und fuhr sich mit beiden Händen durchs nasse Haar. Er wiederholte diese Bewegung und runzelte dabei die Stirn, als ordne er so seine Gedanken, dann stand er schließlich auf und zog den Gürtel seines Bademantels enger.

«Vivian.» Seine Stimme war gesenkt, damit er Violet nicht erschreckte, doch seine Augen funkelten mich an. «Du bist doch nicht blöd. Durchschaust du das denn nicht? Erinnerst du dich noch an die absurde Hysterie, als Hitlers Tagebücher ‹gefunden› wurden? Oh, dein Freund hier ist clever, das gestehe ich ihm zu. Ich bin sicher, daß er irgendwo alte Tinte und altes Pergament aufgetrieben hat und einen Schriftexperten dazu. Einer Untersuchung durch Amateure wird das Dokument wohl standhalten. Aber einen Schatz mit ins Spiel zu bringen, das ist doch wirklich zuviel des Guten.»

Cobb lächelte, doch ich schaute weiter unbeteiligt drein. Ganz offensichtlich hatte Roger diese Rede vorbereitet, während er wach lag, und jetzt war er nicht zu bremsen.

«Er betrachtet diese kleine Eskapade», fuhr er fort, «als Möglichkeit, schnell zu Geld zu kommen, um sich die Gläubiger vom Leib zu halten. Und dabei ist er durchaus willens, die historische Wahrheit auf der Strecke bleiben zu lassen, das ist es, was ich ihm nicht verzeihen kann. Für ihn ist sie nur ein billiges Drama, aus dem er Nutzen zieht. Christoph Kolumbus als Long John Silver.»

«Hören Sie», sagte Cobb zu Roger. «Ist es denn so wichtig, was dieser Mann in sein Notizbuch geschrieben hat? Das war vor fünfhundert Jahren, verdammt noch mal. Jetzt kommt es doch darauf an, ob...»

Roger unterbrach ihn. «Es ist wichtig, daß der *Entdecker* Amerikas Jude war. Er war der Sohn zwangsweise konvertierter Eltern, ein Mann, der trotz all seines Ruhmes niemals das schändliche Dokument der *limpieza de sangre* hätte bekommen können, dieses Zertifikat über reines christliches Blut bis zurück in die siebte Generation, das die spanische Obrigkeit verlangte. Ein Mann, der noch heute nicht in die Hälfte der Clubs aufgenommen würde, in denen Sie Mitglied sind.»

«Sie machen Ihrem Ruf ja alle Ehre.» Cobb kniff sich verächtlich in den Nasenrücken. «Mir egal, und wenn der Kerl vom Mars gewesen wäre. Ich hab was zu verkaufen und keine Zeit zu vergeuden.»

Rogers Mund verzog sich so höhnisch, daß ich beinahe rot wurde. Er baute sich vor dem sitzenden Cobb auf und redete weiter, als habe er ihn nicht gehört.

«Christoph Kolumbus, Abkömmling einer angeblich ungebildeten Familie von Wollwebern, erleidet vor der portugiesischen Küste Schiffbruch und klammert sich an einer Spiere fest. Ein paar Jahre später ist derselbe Kolumbus plötzlich ein gelehrter Mann, der Plutarch, Seneca, Ptolemäus, Albertus Magnus und d'Ailly gelesen hat und Aristoteles, Plinius und die Apokryphen zitiert, um seine Theorien zu beweisen. Erscheint Ihnen das auch nur im entferntesten plausibel?»

«Na schön, dann war Kolumbus eben ein Itzig mit Abschluß in Altgriechisch. Können wir jetzt zur Sache kommen?»

Rogers Finger schnellte auf mich zu, und ich wich zur Seite.

«Sag es ihm», befahl er mir, und dann sagte er es ihm selbst. «Kolumbus hat manchmal unter seinen Namen eine Reihe von Punkten und Linien gesetzt, die den beiden hebräischen Buchstaben Beth und Hei ähneln, *Baruch Haschem. Gelobt sei der Herr.* Ich wüßte gern, ob *das* in Ihrem gefälschten Tagebuch steht!»

Roger legte die Hände zusammen, hob sie ans Kinn und dozierte weiter.

«Kolumbus war ein Fuchs, vielleicht auch ein bißchen paranoid, wenn man so will. Das mußte er auch sein, wenn er in diesen trügerischen Zeiten überleben wollte. Er kannte das Buch Zohar der spanischen Kabbala. Er kannte die Haggada, und dadurch hatte er Hochachtung vor Namen als solchen, vor Symbolen, vor Geschriebenem. Er glaubte daran, daß damals, als Gott die Welt durch Sein Wort erschuf, Sein *Wort* wohlgemerkt, die Buchstaben des Alphabets aus der schrecklichen Krone Gottes herausfielen, in die sie mit einem Feuerstift eingraviert worden waren. Die Buchstaben standen vor Gott, und einer nach dem anderen flehte: *Erschaffe die Welt durch mich!*»

«Hat er da eben *Krone* Gottes gesagt?» Cobb blinzelte mir zu.

«Auch Kolumbus hatte Grund zu flehen», fuhr Roger fort. «Wer immer er war, ehe er zu dem Mann wurde, den wir als Colón kennen, ehe er sich einen Namen als Entdecker und Christianisierer zulegte – er mußte sich erst neu erschaffen.»

Roger hatte sich in Fahrt geredet und sammelte jetzt seine

Energie – für ein Finale, wie ich hoffte. Violet war von der Tirade ihres Vaters wie hypnotisiert, doch der Frieden würde nicht lange währen.

«Also konvertierte er, änderte seinen Namen, Schwarz zu Black, na und?» warf Cobb in überheblichem Tonfall ein, doch dann kam ihm ein Gedanke, und er mußte lachen. «Aber *Cristóbal Colón*!» Er sah mich an, um sich zu vergewissern, und ich nickte. «Der *Christusträger*. Ist das nicht ein bißchen dick aufgetragen?»

Cobb warf den Kopf zurück, und aus seinem weit aufgerissenen Mund drangen eine Reihe bellender Lacher, die gut in die Sprechblase eines Comics gepaßt hätten. Er streckte eine Hand vor, die Innenseite Roger zugewandt, um dessen Redefluß Einhalt zu gebieten.

«Sie verschwenden Ihre Liebesmüh, Roger. Ich werde Ihnen das Ding nicht zeigen. Das alles ist mir scheißegal. Ich will das Geld, und dann können Sie Kolumbus von mir aus zehn Kippas auf den Kopf setzen.»

«Vivian, du wirst dich doch nicht auf das Niveau dieses Banausen herablassen», sagte Roger eindringlich. «Das hast du nicht nötig.»

«Wie nett, daß du mir das sagst.»

«Entschuldigung. Aber überleg doch: Wenn es eine Krone gegeben hätte, warum sollte Las Casas sie dann nicht in seinen ausführlichen Schriften zumindest erwähnt haben?»

«Weil Kolumbus das verdammte Ding verloren hat, weil er sie heimlich versteckt hat, weil er den Ort geheimhalten wollte», schlug Cobb vor. «Alles zusammen.»

«Absurd. Es gibt kein Szenario, das so etwas erklären könnte.»

«Und ob. Du hast mir heute nacht nur nicht zugehört.» Ich wiederholte die Spekulationen, die ich während meiner schlaflosen Stunden angestellt hatte, erwähnte dabei also die Schalen natürlich nicht. Als ich fertig war, schüttelte Roger den Kopf.

«Meine Güte, Vivian, das wußte ich ja gar nicht», spottete

er. «Du hast den Beruf verfehlt. Du hättest Schauspielerin werden sollen.»

«Kommt vielleicht noch. Aber vorläufig, Roger, hast du das Tagebuch noch gar nicht gesehen. Sei dir mal nicht so sicher. Vielleicht erlebst du ja eine Überraschung.»

Roger setzte sich auf die Lehne eines Metallstuhls, legte nachdenklich die Zeigefinger an die Schläfen und drehte sie langsam hin und her. «Vivian», sagte er schließlich. «Versteh mich nicht falsch, aber einer muß hier schließlich ehrlich sein. Du bist keine Expertin. Du kennst dich weder mit Inkunabeln noch mit Handschriftenanalyse aus. Dich könnte man leicht hinters Licht führen. Dieses Dokument kann nicht echt sein. Wenn es das wäre, hätte Cobb keine Angst, es mir zu zeigen.»

«Aha.» Jetzt reichte es mir. «Du weißt natürlich wieder mal genau Bescheid. Ich kann gar nicht glauben, daß du und meine Großmutter nicht sehen, wie sehr ihr euch ähnelt. Ihr beiden mit eurer ewigen Rechthaberei.» Ich hätte genausogut mit einer der Yucca-Palmen reden können.

«Wissen Sie, Sie sind nicht der erste, der diese List ersonnen hat», fuhr Roger mit einem ungerührten Lächeln fort. «Im achtzehnten Jahrhundert ist in England viel Staub aufgewirbelt worden, als angeblich ein Originaltagebuch von Kolumbus gefunden wurde. Natürlich auf englisch geschrieben.»

Ich konnte seinen selbstzufriedenen Gesichtsausdruck nicht länger ertragen.

«Ach, Roger, halt doch die Klappe», entfuhr es mir.

Das war Cobbs Stichwort, und er stand auf.

«Ich sollte euch zwei Turteltauben vielleicht besser allein lassen, damit ihr in Ruhe miteinander reden könnt.» Dann zu mir: «Wir haben ja noch ein paar Tage, um uns zu einigen.»

Roger, dem die bürgerlichen Benimmregeln schon mit der Muttermilch eingetrichtert worden waren, wollte sich erheben, um ihn zu verabschieden, doch Cobb packte ihn auf halbem Weg bei den Schultern und schubste ihn buchstäblich auf die Stuhllehne zurück.

«Nur keine Umstände.»

«Sie haben mich gestoßen!» Roger war entgeistert. War das eine ernstgemeinte Herausforderung? Erforderte es eine angemessene körperliche Reaktion? Ich konnte richtig sehen, wie diese Fragen in seinem Kopf herumschwirrten. Doch was ihm schließlich über die Lippen kam, war eine ganz banale Frage: «Warum?»

«In Dartmouth hat sich wohl nicht viel verändert, was?» Cobbs Stimme klang verächtlich. «Dozenten, die dozieren, Professoren, die sich profilieren. Seit meiner Studienzeit hab ich keine solche Parade klassischer Klugscheißer mehr erlebt.»

«Hören Sie auf zu alliterieren!» Roger, noch immer vorgebeugt, war nicht willens, die Vorherrschaft über die Sprache abzutreten. «Vermutlich haben Sie eine clevere, profitorientierte Theorie, die Sie uns vermitteln möchten, Henry. Nur zu. Wir sind ganz Ohr.»

«Ihre Aufmerksamkeit freut mich, Professor, aber so, wie die Dinge liegen, brauche ich Sie nicht mit Theorien aufzuhalten. Meine Vorstellungen entsprechen nämlich den Tatsachen. Hier ist die Übersetzung eines Auszuges, in dem die Krone erwähnt wird. Sie haben ihn ja wohl schon gelesen, Vivian. Und Sie, Roger, können damit Ihren Horizont etwas erweitern. Aber bitten Sie mich nicht darum, mehr sehen zu dürfen. Alles Weitere werden Sie aus der Presse erfahren.»

Er griff in seine Brusttasche und zog ein zusammengefaltetes Blatt Papier heraus, stopfte es Roger in die Tasche seines Bademantels, verließ dann mit weiten, lockeren Schritten die Veranda und lief zum Strand hinab. Er hatte Nash näher kommen sehen und ging ihm jetzt entgegen. Die beiden trafen etwa hundert Meter von uns entfernt aufeinander, steckten die Köpfe zusammen und unterhielten sich kurz, ehe sie sich geeinigt zu haben schienen und gemeinsam weggingen.

Ich mußte Violet frischmachen und verzog mich ins

Strandhaus, stillte sie, zog ihr eine neue Windel an und legte sie dann in ihre Wiege. Eine leichte Brise fächelte durch die Bäume, doch die Luft wurde bereits schwül und drückend von der aufsteigenden Hitze. Ich schüttete mir ein paar Cornflakes in ein Schälchen und versuchte sie schnell aufzuessen, ehe das knisternde Geräusch Roger in seiner Konzentration störte. Er war mir natürlich nachgekommen und setzte sich bereits mit Cobbs Übersetzung auseinander. Ich las über seine Schulter mit, und der Text stimmte nicht nur mit meiner Erinnerung überein, sondern paßte auch zu den Szenarien, die ich in der Nacht entworfen hatte.

... legte ich diesen größten Schatz der gesamten Christenheit in Guacanagarís Hände. Ich erklärte ihm ihre heilige Geschichte, und er schlug das Zeichen des Kreuzes. Noch einmal wiederholte ich, langsam und betont, die Geschichte der Krone, und er verstand mich, dessen bin ich sicher, denn ohne daß ich ihn dazu aufgefordert hätte, schlug er abermals das Zeichen des Kreuzes. Auch ich tat dies, und meine eigene Hand zitterte, als meine Augen auf den Reif fielen und ich sah, was damit vorgegangen war, wie die Blätter leuchteten. Meine Männer mußten mir Geheimhaltung schwören. Ehrwürdigste Prinzessin, wer kann sagen ...

«Sinnloses Geschwafel!» Roger fuchtelte mit Cobbs Blatt herum, als wolle er eine Spinne davon abschütteln. «Ich kann nicht glauben, daß wir die ganze Reise hierher unternommen haben, nur um uns diesen unglaublichen Schwindel anzusehen. Wenn du mich fragst, dieser Mann ist völlig von Sinnen.»

Ich nahm Roger das Blatt aus der Hand, ehe er auch noch den Rest Selbstbeherrschung verlor und es mit den Zähnen zerriß.

«Apropos von Sinnen», sagte ich, beugte mich zu ihm hinab und versuchte, den Anflug von Munterkeit, von einem Stimmungsumschwung, der sich in seinen Ton eingeschlichen hatte, weiter herauszukitzeln. «Erinnerst du dich noch an heute nacht?»

«Ich erinnere mich an das, was nicht geschehen ist.» Er

holte tief Luft, dann wurde sein Blick zärtlich, und er fuhr mir über die Wange. «Ich glaube, ich bin einfach wieder eingedöst. Schläft sie jetzt? Können wir da weitermachen, wo wir aufgehört haben?»

Doch kaum hatte mein Körper die, wie mir schien, ziemlich große Distanz zwischen uns überwunden und sich dem seinen genähert, gab Violet einen lauten, keineswegs verschlafenen Schrei von sich. Nur einen einzigen. Manchmal trug sie so ihren Protest vor, als wolle sie die ganze Welt in Atem halten. Dann wurde sie wieder still. Wir hielten die Luft an, aber nein, ein zweiter und schließlich ein dritter Schrei ertönte, und dann steigerte sie sich in ein richtiges Wutgeheul hinein.

«Tut mir leid», sagte ich, als sei sie nichts als eine Art Verlängerung meiner selbst, als sei ich allein für ihre Gegenwart verantwortlich.

Roger versuchte die Sache leichtzunehmen, doch es kostete ihn einige Mühe. «Sie hat wohl eine Art... Radar. Vielleicht denkt sie, wir würden einen Rivalen zeugen. Kannst du ihr das nicht ausreden? Ihr dein Diaphragma zeigen oder so etwas?»

«Warum machst du nicht einfach einen Spaziergang am Strand? Es sieht doch toll aus da draußen.»

«Oh, himmlisch. Das reine Paradies. Aber es fehlt etwas.»

«Ich weiß», säuselte ich so süß wie möglich und nahm Violet auf den Schoß. «Eva hat zu tun.»

Roger sah mir einen Augenblick zu und trat dabei mißmutig von einem Fuß auf den anderen. «Ich weiß, daß ich damit besser umgehen, meinen Teil dazu beitragen müßte. Wenn ich biologisch dafür ausgerüstet wäre...»

Plötzlich schien er so allein, wie er da stand, so befangen in seiner Männlichkeit, daß ich Mitleid mit ihm empfand. Sein Körper war unfähig, sich zu reproduzieren, neues Leben auszutragen, ganz zu schweigen von der Fähigkeit, Nahrung zu geben. Ich dagegen: eine fleischgewordene Nahrungsquelle. Ich fühlte mich reich, auf wunderbare Weise fortgesetzt in diesem winzigen Geschöpf. Ich war tatsächlich mehr als nur Vivian, ich war die Göttin! Und der arme Roger war nur ein Sterblicher.

Allerdings ein Sterblicher, der ohne Probleme spazierengehen konnte, wenn er wollte, und bald verzog er sich auch und ging dorthin, wo wir Nash zuletzt gesehen hatten. Mißmutig stellte ich fest, daß *ich*, wollte ich auch spazierengehen, die kleine Halbgöttin mitnehmen mußte. Dank der Kraft meiner Nahrung war sie kein Leichtgewicht. Doch nachdem ich die Rückenschmerzen, die das zur Folge haben konnte, gegen die romantische Schönheit eines einsamen Strandes abgewogen hatte, entschied ich, daß es die Mühe wert war.

Eine halbe Stunde später begann ich, oder besser gesagt wir, den Spaziergang, allerdings in die entgegengesetzte Richtung von der, die die Männer eingeschlagen hatten. Ich hatte mir einen raffiniert geschnittenen Badeanzug mit Stretcheinlagen gekauft, der mir aphroditenhafte Formen verlieh. Violet war zufrieden. Dicht an mein Herz gedrückt, das Tosen der Brandung ganz nah, schaukelte sie verträumt vor sich hin. Das Leben war ein einziges pulsierendes weißes Rauschen und schäumendes Wasser, fast der erinnerungslose Ursprungszustand, nach dem sie sich so sehr zurücksehnte. Ich fand einen schönen Sitzplatz für uns, von dem aus ich das Meer beobachten konnte: eine kleine Sandbank, die die Flut zurückgelassen hatte. Dort zog ich Cobbs Tagebuchseite, die Roger verschmäht hatte, aus meinem Blouson.

Da gab es einen Absatz, der Roger möglicherweise den Rest gegeben hatte, die Stelle, an der erwähnt wird, daß sich an Bord des Flaggschiffs *Santa María* ein Geschenk befand, das so legendär, so unermeßlich wertvoll und einzigartig war, daß Kolumbus es als «den größten Schatz der gesamten Christenheit» bezeichnete.

Cobb hatte seine Hausaufgaben gemacht. An die übersetzte Seite war die Kopie eines Enzyklopädie-Eintrags geheftet, mit Beschreibungen diverser berühmter Juwelen, die kurz vor der Wende zum fünfzehnten Jahrhundert verlorengegangen waren. Die vielversprechendsten Kandidaten, die heute nur von einem Aquarell her bekannt sind, waren vier herrliche Ornamente, die Edward IV. von England 1468 Karl dem Kühnen, dem Herzog von Burgund, anläßlich seiner Hochzeit mit Edwards Schwester Margaret geschenkt hatte. Diese unschätzbaren Pretiosen waren dann angeblich den Spaniern in die Hände gefallen, als Burgund versucht hatte, einen Geheimpakt mit Ferdinand und Isabella zu schließen. Bei dieser Königin war wohl so manches verlorengegangen: erst das Tagebuch und jetzt diese Beute. Die Schätze tauchten nie wieder auf, doch Gerüchten zufolge wurden sie eingeschmolzen und dann eine einzige riesige und unhandliche, doch gleichzeitig auch unermeßlich wertvolle Krone daraus gefertigt.

Kein Wunder, daß Cobb bei dem Gedanken, sie zu finden, der Mund wäßrig wurde.

Ich steckte das Blatt zurück in die Tasche, stand mühsam auf, schaukelte Violet ein wenig und ging dann weiter. Die Feindseligkeit zwischen Roger und Cobb irritierte mich, ich saß zwischen den Stühlen und kam mir vor wie eine Kinderbuchheldin in einem Tropenabenteuer. Mit vierzig Jahren war ich eine Pfadfinderin auf Schnitzeljagd. Irgendwie war das alles vollkommen unwichtig und sinnlos auf dieser üppigen und zugleich trostlosen, fürchterlich armen Insel, auf der die Menschen in Holzhütten lebten und ihr Trinkwasser aus einer einzigen Quelle schöpften, während sich die reichen Touristen, darunter auch Roger und ich, über Mückenstiche beklagten. Plötzlich kam es mir vor, als seien wir nichts als Plünderer, Parasiten – und Cobb war sicher der schlimmste, doch auch wir suchten etwas. Wir waren nach Eleuthera gekommen, um einem Hirngespinst hinterherzujagen. Roger ging es um das Lokalkolorit, er hoffte auf Inspiration. Ich wollte recht bekommen. Und Cobb war finster entschlossen, Gold zu finden. Was hatten wir schon mit dem pulsierenden Leben an diesem Ort zu tun? Die wichtige, welterschütternde Tatsache unserer Anwesenheit verursachte wahrscheinlich nicht mal ein Wellengekräusel.

Als ich zum Strandhaus zurückkam, sah ich Roger mit seinem neuen Laptop kämpfen, zu dessen Kauf ihn sein Bruder Bart im letzten Herbst überredet hatte. Anscheinend hatte er sich für keine bestimmte Einstellung des Bildschirms entscheiden können, und irgendwie hatte er es nun geschafft, nicht mehr in seine Datei hineinzukommen. Mit gerunzelter Stirn starrte er auf das Ionengeflimmer, während er Tasten bearbeitete und mit den Batterien herumfummelte; schließlich begann er aber doch draufloszutippen. Mich nahm er gar nicht wahr.

«Was schreibst du da?» fragte ich ihn.

«Ich arbeite an meinem Seminar für das Wintersemester», antwortete er. «‹Selbstmord in der Literatur›.»

Während ich auf dem Sofa lag, Violet streichelte und genau das tat, was man auf einer Ferieninsel tun sollte, nämlich gar nichts, dem Rauschen des Meeres lauschte, den Flügeln des Ventilators unter den weißgestrichenen Balken der hohen Decke zuschaute, kam mir der Gedanke, daß dies das ruhige Stereotyp des Familienlebens war – unsere Zukunft, falls wir uns dazu entschlossen: das Frauchen mit Kind und der Mann an der Maschine, der sich durch einen Berg Arbeit hindurchkämpft.

Nichts da. Langsam ging mir das alles auf die Nerven, das Geklapper der Tastatur, das Geräusch, mit dem Roger jedesmal tief Luft holte, wenn wieder ein Wort seinen Platz in der richtigen Reihenfolge gefunden hatte, und vor allem die Tatsache, daß er meine Gegenwart offenbar nicht im geringsten zur Kenntnis nahm. Als Violet zu quäken begann, weil sie beschäftigt werden wollte, beugte er sich nur noch tiefer vor. Mutter und Kind waren völlig ausgeblendet.

Ich nahm ein Kissen und schleuderte es ihm an den Kopf.

«Uff!» Das Schaumstoffpaket traf ihn am Nacken, und seine Hände fuhren über die Tasten.

«Was! Was war das! Jetzt habe ich alles gelöscht!» Zum zweitenmal an diesem Tag war Roger körperlich angegriffen worden. Seine Stimmung wurde nicht besser dadurch, daß ich laut loslachte, und auch Violets Gequäke rettete die Situation nicht.

«Laß uns weggehen, irgendwohin. Sie braucht Bewegung, und sie muß erst eingeschlafen sein, ehe ich was tun kann.»

Roger war wie vor den Kopf geschlagen.

«Bist du verrückt? Ich stecke mitten in der Arbeit.»

«Wir sind hier im Urlaub, Roger. Wir sollen Spaß haben. Das ist ein Muß.»

«Spaß? Spaß?»

Er stand auf, streckte sich und ließ die Fingergelenke knakken. Er hatte sich ein weitgeschnittenes braun gepunktetes Hemd aus weichem Stoff und eine schwarze Hose mit Kordel übergezogen. Sein Haar war sorgfältig gekämmt, sein Gesicht glatt und ohne einen Kratzer rasiert. Zuerst hatte ich gedacht, er habe sich für mich schöngemacht, doch da lag ich schief. Roger hatte sich zurechtgemacht, um sich selbst zu gefallen.

«Ich habe den roten Faden verloren, bin völlig aus dem Rhythmus. Dabei war ich schon fast beim Frühjahr», sagte er pikiert.

Auch ich stand auf und wiegte unser *gemeinsames* Kind in einen unsicheren Schlaf. Soviel also zum Thema Romantik.

Er kam zum Sofa herüber. «Setz dich», sagte er.

Ich setzte mich. Sein Ton war ernst, fast feierlich. Jetzt kam bestimmt gleich eine Ankündigung, ich wußte nur noch nicht, welcher Art.

«Vivian, wir müssen uns über einige grundlegende Dinge einigen, wenn wir uns entschließen wollen, zusammenzuleben.»

Ich wartete ab.

«Wenn ich am Computer arbeite», sagte er bedächtig, «dann darf es keine Störung geben.»

«Wie bitte?» Er redete mit mir, als sei ich eine ungezogene Schülerin und er der Direktor der High-School.

«Keine wie auch immer geartete Unterbrechung», fuhr er

fort. «Das ist zugegebenermaßen eine Marotte von mir, aber wenn ich schreibe, dann brauche ich vollständige Ruhe und die absolute Gewißheit, daß ich unter keinen Umständen gestört werde. Nur so kann ich einem quälenden Gedankengang folgen, nur so kann ich...»

Ich kochte über, beugte mich zu ihm hinüber, und aus einem Grund, den zu erforschen ich mir nicht die Zeit nahm, gab ich einem plötzlichen Verlangen nach. Anstatt ihm eine empörte Antwort zu geben, zwickte ich ihn in die Nase. Und zwar kräftig. Ich hatte gar nicht genau gewußt, wie das ging – ich hatte es noch nie ausprobiert. Aber es fühlte sich gut an.

Er griff fassungslos mit der Hand dorthin, wo eben noch meine Finger gewesen waren. Ein Mann strahlt nicht übermäßig viel Würde aus, wenn er sich die Nase hält.

«Und jetzt hör *du* mir mal zu», sagte ich. «Ich bin hier diejenige, die keine Unterbrechungen vertragen kann, weißt du noch? So haben wir uns schließlich kennengelernt. Aber eins sag ich dir: Von jetzt an wird es *jede Menge* Unterbrechungen geben. Es wird Geschrei geben, vor Hunger und Durst. Es wird Geschrei aus Langeweile geben. Wenn Violet älter wird, dann wird es Fragen geben, massenweise Fragen, und du wirst sie beantworten. Wenn du am Computer sitzt, dann wirst du gefälligst die Hände vom Keyboard nehmen. Wenn du mit deinem edlen Füller schreibst – falls sie ihn bis dahin nicht längst ins Klo geworfen hat –, dann wirst du ihn zuschrauben und weglegen. Und wenn du einen Gedanken hast, dann wirst du ihn beiseite schieben oder vergessen. Du bist Vater, Roger. Gewöhn dich dran.»

Er rieb sich immer noch die Nase und vermied es, mir in die Augen zu sehen.

«Roger?»

Er seufzte. Ohne mich eines Blickes zu würdigen, drehte er sich um, ging wieder zu seinem leuchtenden Bildschirm zurück und begann zu tippen. Sein gebeugter Rücken sprach Bände.

Ich ging hinaus. Wenn er wollte, konnte er ja nachkommen, doch das tat er nicht. Der Strand war endlos lang und wunderschön, doch im Augenblick war mir nicht nach Postkartenidylle zumute. Ich wollte die Existenz des Erzeugers meines jüngsten Kindes vergessen. Ich hatte lange gebraucht, um über die Sache mit Purvis wegzukommen, doch schließlich war es mir gelungen. So auch diesmal. Und als ich in der Ferne meinen Sohn und Henry Cobb erkannte, verbannte ich Roger Williams aus meinen Gedanken und lief winkend auf die beiden zu.

In den wenigen Tagen, seit wir Hanover verlassen hatten, schien Nash irgendwie gelöster geworden zu sein, nicht mehr so pubertär mürrisch, sondern reifer. Die schwarze Sonnenbrille, die er sonst sogar an den trübsten Nachmittagen trug, hatte er weit nach hinten ins Haar geschoben. Er wirkte nicht mehr so befangen und gestikulierte beim Reden mit den Händen. Als ich mich jetzt zu den beiden gesellte, erzählte er mir begeistert, Cobb habe ihm angeboten, mit ihm am Riff tauchen zu gehen.

Er deutete hinüber. «Da hinten.»

Ein Stück weiter draußen im Meer ragte ein kleines Korallenriff aus dem Wasser.

«Nur schnorcheln», sagte ich. «Ja?»

«Na gut.»

Auch Cobb freute sich; so entspannt hatte ich ihn noch nicht gesehen. «Solange wir die starken Strömungen ganz am Ende des Strands meiden, kann uns nicht viel passieren. Ich bin hier schon oft getaucht, es gibt eine Menge zu sehen. Engelfische, Papageienfische. Rochen. Ich hab auch schon ein paar ansehnliche Barrakudas gejagt.»

«Sind das nicht die mit den scharfen Zähnen?» In meinem Kopf heulten Alarmsirenen auf.

Doch Nash und Cobb waren sich ganz offensichtlich einig, ließen weder Angst noch Zweifel erkennen und debattierten ungerührt über die Vor- und Nachteile diverser Ausrüstungsgegenstände. Cobb gab wenigstens zu, daß auf dieser

Seite der Insel recht häufig Haie anzutreffen waren, sagte aber sogleich einschränkend, eigentlich müsse man nur am späten Nachmittag aufpassen. Wenn die Sonne unterging, war Fütterzeit am Riff. Ich vermerkte das auf meinem geistigen Notizblock und verkniff mir die Frage nach den kleinen Zwischenmahlzeiten.

«Das sind nur kleine Ammenhaie», besänftigte er mich. «Sie umkreisen einen, wenn sie neugierig werden, aber sie fallen keine Menschen an. Wenn es deine Mutter beruhigt, können wir ja sicherheitshalber eine Harpune mitnehmen.»

«Eine Harpune?» Ich reagierte schlecht. Nash war zwar mein Sohn, doch er war auch ein erwachsener Mann, oder zumindest fast. Schon mehr als einmal hatte ich beschlossen, seine Entscheidungen zu respektieren, aber ohne großen Erfolg. «Auf gar keinen Fall. Du hast doch keine Erfahrung mit so was.» Ich verschanzte mich hinter dem Schutzschild mütterlicher Würde und starrte die beiden herausfordernd an.

«Mom!» Wenigstens begann Nash nicht zu quengeln.

«Natürlich wäre es klug», sagte Cobb und deutete auf Nashs Ohrläppchen, «blitzende Gegenstände abzulegen. Barrakudas mögen alles, was glänzt.»

Sofort entfernte Nash den leuchtendroten Stein aus seinem Ohr und nahm auch die kleine Kette vom Hals, deren glückbringende Eigenschaften Grandma einen Monat voller Rosenkränze gekostet hatte. Ohne mit der Wimper zu zucken, ließ er den Schmuck in meine ausgestreckte Hand fallen.

«Ich möchte aber so gern», sagte er. Und dann kam das Zauberwort über seine Lippen.

Vielleicht war es der Schock. Das Wort «Bitte» hatte ich so lange nicht mehr vernommen, Jahre, wie mir schien, daß ich es fast überhört hätte. «Bitte» zu sagen bedeutete gegenseitige Verpflichtung, zog Dankbarkeit nach sich. Und es gestand dem anderen auch das Recht auf ein Nein zu.

Ich nahm mich zusammen und versuchte dem Drang zu widerstehen, mich von diesem plötzlich zur Schau gestellten Charme umgarnen zu lassen, von diesem beunruhigend ungewöhnlichen Verhalten, dieser... Freundlichkeit. Doch es war unmöglich.

«Na gut», hörte ich mich verblüfft und kleinlaut sagen.

«Na gut, mein Schatz. Aber sei vorsichtig.»

Und so verbrachte ich den Rest des Nachmittags am Strand, auf der herrlichen Veranda, und mein Herz begann jedesmal wild zu pochen, wenn ich meinen Sohn von Henry Cobbs kleinem gelbem Schlauchboot aus in das blaue Naß hechten sah, das so viele Gefahren barg. Aus dem Strandhaus hörte ich das nervende Piepsen von Rogers Cursor und seine plötzlichen Tippanfälle. Meine schwarze Seele hoffte auf einen Blitzschlag, hoffte darauf, daß die Götter die Worte auslöschen würden, die er mir vorzog. Es war falsch von mir gewesen, Roger entgegenzukommen, falsch, mich von ihm abhängig zu machen, falsch, mich auf ihn einzustellen, und am allerfalschesten, mich wieder in ihn zu verlieben.

Deprimiert von der tiefen Kluft zwischen uns und in der Hoffnung, die Sandflöhe und Mücken und was sich sonst noch alles in der vergangenen Nacht an uns gelabt hatte abzuhalten, machten wir sofort nach dem Essen das Licht aus und gingen früh zu Bett. Roger hatte eine süße, verdächtig rote Mischung aus einheimischem Ananasrum und einem Gebräu getrunken, das sich Goombay Punch nannte – ein bißchen zuviel, wie ich fand. Mein Zorn war einer müden Trauer gewichen, und ich war bereit, mich dem Vergessen anheimzugeben. Nicht so Roger. Er wollte, das konnte ich ihm ansehen, die Früchte seiner Arbeit, um die ich ihn beinahe gebracht hätte, mit mir teilen.

«Da gibt es diese wunderbare Stelle bei Plinius», fing er an, «die Kolumbus ganz sicher etwas gesagt hat. Man bekommt ja ein Gefühl dafür, was der Mann wohl schätzte, vielleicht sogar auswendig lernte, welche Gedanken ihn anzogen.»

«Ach ja?»

Roger überhörte meine kühle Ironie. Er schien zu hoffen,

wir würden wieder ins Gleichgewicht kommen, ohne darauf eingehen zu müssen, unter welchen Umständen wir es verloren hatten. Von mir aus. Ich kämpfte nur, wenn sich der Einsatz lohnte, und die Schlußfolgerungen, die ich am Nachmittag bezüglich unserer Zukunft gezogen hatte, ermutigten mich ganz und gar nicht. Ich hatte beschlossen, mich morgen der nächstliegenden Sache zu widmen, nämlich Cobb irgendwie dazu zu bringen, mir das Tagebuch zu geben, und dann würde ich nach Hause fliegen. Wenn ich erst mal daheim war, würde ich sicherlich die Kraft aufbringen, die Sache mit Roger zu beenden – diesmal endgültig.

Ich beobachtete seine dunkle Gestalt, suchte nach Gründen zur Rechtfertigung meines Entschlusses und fand jede Menge davon. Da lag er nun, mit dem Rücken zur Wand, hatte ganz schön einen im Kahn und laberte vor sich hin, als liege ihm eine faszinierte Zuhörerschaft zu Füßen. Er hatte sich ein volles Glas Goombay Punch mit ins Bett genommen und vorher bereits etwas davon auf sein neues Hemd gekippt.

«In einem Abriß über den plötzlichen Tod beschreibt Plinius den armen Diodoros, einen Logiker, dem ein durchaus interessantes Ableben zuteil wurde.»

Roger wartete auf eine Reaktion von mir, doch den Gefallen tat ich ihm nicht.

«Der arme Gelehrte erlag nämlich einer Demütigung. Er konnte eine Frage, die ihm scherzeshalber gestellt wurde, nicht sofort beantworten.»

«Und das hat ihn erledigt», erwiderte ich schläfrig.

«Genau», sagte Roger. «Eine Art Selbstmord, findest du nicht auch?»

«Das fragst du *mich*?» Ich drehte mich um und begann in langen, regelmäßigen Zügen zu atmen.

«Schlaf und Erschöpfung», fuhr Roger fort, etwas zu laut und zu betont, «haben den todbringenden Zorn von Mutter Schlange geschwächt.» In der Annahme, er habe mit dieser feministisch angehauchten Bemerkung meine Aufmerksamkeit wiedergewonnen, redete er weiter.

«Und dann war da noch Aemilius Lepidus. Beim Verlassen seines Hauses stieß er mit dem Fuß gegen die Türschwelle und starb. Oder Torquatus. Starb, während er nach einem Stück Kuchen griff.»

«Williams», sagte ich, «halt die Klappe.»

«Wie bitte?»

«Schon gut», murmelte ich. «Nüchtern bist du genauso langweilig.»

«Wenn du es genau wissen willst», sagte Roger, «ich führe hier ein Experiment durch, um die Mücken abzuhalten. Ich hoffe, daß mich mein erhöhter Alkoholspiegel ungenießbar macht.»

«Weißt du, bei mir mag das ja funktionieren, aber in deinem Fall werden die Viecher wahrscheinlich noch ihre Freunde zur Party mitbringen. Für die bist du jetzt so was wie ein gepflegter Blutpunsch.»

Roger schlug ein paarmal um sich und redete dann weiter.

«Du magst mich für morbide halten, aber heute nacht sind meine Gedanken einfach auf den Tod fixiert. Donnes *Biathanatos*. Erinnerst du dich daran? Diese ganze Auflistung von Selbstmorden – Demosthenes, durch Gift, das er in einem Stift bei sich trug. Terenz ertränkte sich, weil ihm seine 108 übersetzten Komödien verlorengegangen waren. Und dann noch Catos Tochter Portia, die brennende Kohlen schluckte.» Er schüttelte sich, und dann versuchte er es mit einem Thema, bei dem er sich einer Reaktion von mir sicher war. «Donne befaßt sich auch mit den Indianern. Vivian, wußtest du eigentlich, daß die sich massenweise umbrachten, um der Versklavung durch die Spanier zu entgehen? Angeblich hörten sie erst damit auf, als die Spanier drohten, daß sie sich ihrerseits umbringen und die Indianer im nächsten Leben weiter verfolgen würden.»

«Ja, das wußte ich schon. Heb's dir für deine Erstsemester auf, Roger, und schlaf gut.» Ich drehte mich erneut um, konzentrierte meine Gedanken auf die sprudelnde Leere zwischen den einzelnen Brandungswogen und nahm mir das Versprechen ab, mich den Rest der Woche über der Aufgabe zu widmen, Abstand von Roger Williams zu bekommen – auf jede nur mögliche Art.

13

ROGER

*I*ch sprach mit mir selbst, und ich war betrunken.
Doch laß sie schlafen, Herr, und mich ein Weilchen trauern.
Vivian hatte mich im Stich gelassen, sich einfach durchs
Einschlafen entzogen. Mein Gedicht war ihr gleichgültig. Sie
interessierte sich nicht für den historischen Kolumbus, der
seit mehr als fünf Jahren Gegenstand intensiver Überlegungen meinerseits war. Es berührte sie nicht im geringsten, daß
sie nicht nur mich, sondern auch ihre Kinder auf diese alberne
Insel verschleppt hatte, wo wir bei lebendigem Leib aufgefressen werden würden, während sie mit diesem Cobb Räu-
ber und Gendarm spielte. Es machte ihr nichts aus, benutzt
zu werden und nichts als ein Bauer im Spiel zu sein.
Sie träumte immer vom bequemsten, kürzesten Weg. «Ich
denke am liebsten erst dann, wenn ich handle», hat sie einmal
zu mir gesagt, als wären Spontaneität und Glaube an die Inspiration ein Ersatz für sorgfältige Recherchen und harte Arbeit. Ihre Naivität spielte Cobb in die Hände. Mir war das
klar. Ich hatte ihn auf den ersten Blick durchschaut. In meiner
Familie wimmelt es von solchen Cobbs; ich kenne diese
oberflächlich zur Schau gestellte Höflichkeit, die nur dazu
dient, entschlossenen Egoismus zu verbergen. Was erhoffte
er sich von Kolumbus? Ruhm? Reichtum? Die «Wahrheit»,
wenn sie überhaupt herauskommen würde, war ihm unwichtig, ein Abfallprodukt der Ausbeutung.

O ja. Ich betrachtete die Henry Cobbs dieser Welt und sah mich, wie ich hätte sein können: ein dem Verderben anheimgefallener Sproß des Kapitalismus. Henry Cobb stand für all das, was ich hinter mir gelassen hatte, und als ich Vivian – eine Frau, für die ich Respekt empfand wegen ihres Instinkts, wegen ihrer Fähigkeit, die ganze Seichtheit um uns herum zu durchschauen – auf ihn hereinfallen sah, war ich der Verzweiflung nahe.

Das Hirn drückte mir schwer gegen die Schädeldecke, eine nutzlose Last, die abgelegt werden mußte. Ich war ein Nichts, ein fremder Niemand, dessen Fremdartigkeit nicht im geringsten interessierte. Nachdem ich jahrelang recherchiert, einen wesentlichen Teil meines Berufslebens der Arbeit über Kolumbus' Mission gewidmet hatte, war ich in wissenschaftlichen Kreisen zu einem Experten geworden, an den man sich mit komplexen Fragen wandte. Jetzt war ich endlich an einem Ort, wo auch der Admiral gewesen sein mochte. Ich hatte vor, an diesem Ort und über ihn ein Gedicht zu verfassen, und es war durchaus möglich, daß mein Name und der dieser Insel einst von disputierenden Gelehrten in einem Atemzug genannt werden würden, von Madrid bis Mexico City. Hier aber war ich ein Anonymus, wurde ich nicht einmal als Eindringling wahrgenommen, begegnete man mir nicht einmal mit Feindseligkeit. Ich war ein weißer Tourist mittleren Alters, einer von Tausenden, man vergaß mich, sowie man mich nicht mehr sah.

Ich drückte mich in ein Schaumstoffkissen, das wahrscheinlich mehrere Feuerameisenkolonien beherbergte, und rings um mich füllte und entleerte die Twostarbande ihre Lungen und markierte mit jedem Atemzug das Weiterrücken des Zeigers auf dem Zifferblatt. Und dieser Zeiger, der da in trunkener Schlaflosigkeit Wache hielt, war ich.

Ich stand auf, ging barfuß zu der mit wirkungslosem Fliegendraht bespannten Tür und trat ins Freie. Auf den Inseln im Norden lag, wie ich aus eigener Erfahrung wußte, immer Salzgeruch in der frischen Luft, hier aber war das anders. Die schweren Ausdünstungen verrottender Pflanzen hingen, überreif und intensiv, wie Nebel in der Luft. Am Himmel stand ein Halbmond, der so hell herabschien, daß ich keine Taschenlampe brauchte. Ich folgte dem kurzen Weg zum Strand hinunter. Es war Ebbe, und die zurückweichenden Fluten hatten – zwischen Laubwerk und Wasser – eine breite Sandfläche freigelegt, auf die ich im Licht der Sterne hinaustrat. Als sich meine Augen an die Lichtverhältnisse gewöhnt hatten, begann ich Einzelheiten wahrzunehmen: Treibgut, das angespült und zum Trocknen hier liegengeblieben war. Jemand war vor mir hier vorbeigekommen, denn es waren Fußspuren im Sand. Ich folgte ihnen fast eine Viertelmeile, ehe ich auf ihren Erzeuger stieß. Da lag, ein bißchen weiter oben auf dem Strand, Nash, in ein Laken gewickelt, das im Mondlicht weiß glänzte. Sein Mund stand offen, ein Arm hing seitlich heraus. Ich konnte keinen bestimmten Grund dafür erkennen, daß er gerade diese Stelle als Ruheplatz gewählt hatte, aber warum es ihn hier herausgetrieben hatte, war mir klar. Hier brauchte er sich wenigstens nicht mit einem Schwarm heißhungriger Tausendfüßler ein Zimmer zu teilen, hier gab es zumindest Hoffnung auf eine frische Brise und damit auf Erleichterung. Er bewegte sich im Schlaf, rutschte tiefer in die Kuhle, die sein Körper in den Sand gedrückt hatte. Hier hatte er nichts zu befürchten: auf Eleuthera gab es keine größeren Raubtiere, keine Giftschlangen, keine Banditen. Ich begrüßte es, daß er für Konventionen nur Verachtung übrig hatte, daß er sich seine Freiheit erhielt. Die würde er mit zunehmendem Alter, mit zunehmender Bedachtsamkeit noch früh genug verlieren. Ich widerstand der Versuchung, ihm übers Haar zu streichen oder mich an seiner Seite niederzulassen, ihn aufzuwecken, um ihn dann mit meinen wirren Gedanken wieder in den Schlaf zu reden, so wie ich es mit seiner Mutter gemacht hatte.

Ob sie von Henry Cobb und seinem Kolumbus-Schwindel träumte, als einem Teufelchen, das sie aus der Schachtel springen lassen würde? Wie einfach, wie bequem, Zusammenhänge zu ignorieren und sich einen Popanz zu basteln, eine im nachhinein entworfene Schablone, die auf wunderbare Weise haargenau zu irgendeinem vorangegangenen Ereignis paßte. Frage, Antwort, eins, zwei, drei. Warum segelte Kolumbus übers Meer? Um drüben anzukommen. Wie *geschickt* von ihm, daß er einen Schatz vergraben hatte: Auflösung folgt später. Wie *passend*, daß er anspornende Hinweise hinterlassen hatte, und wie *recht* geschah mir, daß ich unrecht hatte. Wie gut die Version, die sich da herauskristallisierte, Vivian doch in den Kram paßte! Und wie wunderbar fügte sich der zeitliche Abstand: fast genau fünfhundert Jahre. Eine runde Zahl: Die alte Ordnung geht zu Ende, die neue beginnt, und Vivian Twostar, die indianische Bilderstürmerin, schreitet voran. *Reductio ad absurdum.*

Ich war schnell gelaufen, beinahe gerannt, und blieb nun plötzlich stehen, holte tief Luft und schüttelte den Kopf. Worüber ärgerte ich mich eigentlich? Hatte ich das Gefühl, in Konkurrenz zu dem geschwätzigen Cobb zu stehen? War ich so abhängig von Kolumbus wie Cobb von seinem billigen Schwindel – und wer ernannte eigentlich Vivian zur obersten Richterin, die über die letztendliche Wahrheit zu befinden hatte? Ich glaubte daran, daß alles komplex war, hatte mein Leben und meine Arbeit auf diese Hypothese gegründet, doch was, wenn sie nicht zutraf? Was, wenn es nicht um ein Gewirr vieler miteinander verknoteter Fäden ging, sondern um einen einzigen Strang, der gerade herabhängen würde, sobald man ihn entwirrt hatte?

Ich war dem Meer zu nahe gekommen, und die letzten Ausläufer einer Welle umspülten meine Knöchel. Das kühle Wasser jagte mir ein Kribbeln das Bein hinauf und verhalf mir zu einem klaren Kopf. Ich reckte den Hals, und über mir wölbte sich die Milchstraße. Irgendwelche Wissenschaftler hatten eine Formel ausgetüftelt, eine algebraische Möglichkeit zu bestimmen, wie viele intelligente Zivilisationen es im Universum gibt. Waren wir eine von ihnen? Und wie viele intellektuelle Zentren, wie viele miteinander konkurrierende Anschauungen gab es in jeder dieser Zivilisationen? Meine Wahrheit ergab sich aus einer voranschreitenden Reihe von Ereignissen, aber ich konnte nicht abstreiten, daß auch die umgekehrte Richtung möglich war. Die Gegenwart war nichts als ein umherirrender, willkürlicher Punkt, ein tanzender Cursor mit Bildlauf in beide Richtungen. Kolumbus stand – zumindest als Idee – vor uns, hinter uns und neben uns. Er war der schlafende Nash, und er war Cobbs selbstgestrickter Familiengeist. Er war mein Entdecker und Vivians Nemesis. Er war die Hauptstadt von Ohio und ein von Drogenkartellen terrorisiertes Land. Er war der Vorwand für Hunderte staatlich geförderter Jubiläumskomitees, bei deren Besetzung sorgfältig darauf geachtet wurde, daß die Mitbürger indianischer, lateinamerikanischer und italienischer Abstammung nicht unterrepräsentiert waren, und er bot den übereifrigen Vertretern der National Geographic Society Gelegenheit, wieder einmal eine Expedition zu organisieren. Wer er *wirklich* war, war zugleich irrelevant und von größter Bedeutung, ein Rätsel, das – auch wenn es wiederholt gelöst wurde – nie wirklich enträtselt werden durfte. Er stand für das Fragezeichen der Geschichte, das Mysterium der Unausweichlichkeit, den Joker oben auf dem Kartenspiel. Er war Citizen Kanes Rosebud, das Walroß der Beatles, das Fenster, durch das man aufs Leben blickte.

Diese mitternächtliche Einsicht, halb vom Alkohol, halb von der Einsamkeit geprägt, ließ mich merkwürdig geschwächt zurück, als hätte ich eine Last geschleppt und ihr Gewicht erst in dem Augenblick gespürt, als ich sie absetzte. Ich zog die Schultern vor, fuhr mir mit der Zunge über meine trockenen Lippen und wandte mich zurück in die Richtung, aus der ich gekommen war. Bald stand ich wieder vor dem Haus. Und dann hörte ich meine Tochter weinen.

Die Worte des Plinius über das Neugeborene: «Da liegt das Wesen, das bestimmt ist, alle anderen zu beherrschen, mit dick eingewickelten Händen und Füßen, und weint laut.» Natürlich handelte es sich bei diesem Plinius um den Älteren, den Vater, der sein Kind zahnen sah – nur verwunderte mich die Übersetzung. «Weinen» war viel zu schwach für die aufgestaute Wut, die aus Violets Mund hervorbrach. «Weinen» beinhaltet eine gewisse Hilflosigkeit, vielleicht sogar flehentliches Bitten, doch die Töne, die von den Wänden des Strandhauses widerhallten, gehörten einer anderen Kategorie an. Sie klangen selbstbewußt und entrüstet, waren instinktiv auf maximale Wirkung ausgelegt und folgten einem vorgegebenen Rhythmus. Da-da-da-DAM, da-da-da-DAM. Es klang merkwürdig vertraut, und dann kam es mir: kein Zweifel, Beethovens Fünfte. Wie die Miniaturausgabe einer Operndiva arbeitete sich Violet, a cappella und solo, zu dem darauffolgenden Motiv vor – einer Reihe echohafter vokaler Mollkadenzen.

Ich öffnete die Fliegendrahttür und trat ein. So behende wie eine Katze und mit ebenso scharfen Augen umging ich im Dunkeln die Barrikade aus offenen Koffern, der Wickeltasche und Nashs Quadratlatschen und trat an Violets Wiege. Meine Tochter und ich befanden uns in perpendikulärer Position zueinander – sie waagrecht, ich lotrecht, sie der Breitengrad, ich der Längengrad –, waren allein durch unsere Blicke miteinander verbunden. Sie sah mich versonnen an, ja sogar ein wenig neugierig, was in krassem Gegensatz zu ihrem Protestgeschrei stand. War da ein Schatten, oder hatte sie die winzigen Augenbrauen grüblerisch hochgezogen, taxierte sie den Fang, den sie da mit dem Netz ihrer Stimme gemacht hatte? Ich war nicht die Person, die sie erwartet hatte – doch mein Exkurs über die Natur des Todes schien auf Vivian wie ein starkes Schlafmittel gewirkt zu haben, sie verharrte ungeachtet aller Widrigkeiten im Reich der Träume. Violet schwankte zwischen Eskalation und Nachgeben, behielt aber die Klangfarbe des Eingangsmotivs unverändert bei. Dann plötzlich, wie durch Telepathie, wußte ich, wie sie sich entschieden hatte. Ich war *kein* akzeptabler Ersatz. Sie hielt inne, sog die doppelte Luftmenge ein, doch bevor sie diese wieder herausströmen lassen und zu Tschaikowskis *Ouverture*

Solenelle 1812 – inklusive Kanonendonner – überleiten konnte, ging ich zum Gegenangriff über und steckte die Spitze meines kleinen Fingers in das dunkle O ihres Mundes.

Sie blinzelte, zog weiteres Protestgeschrei in Erwägung, war aber zugleich versucht, den merkwürdigen Eindringling mit der Zunge zu untersuchen, begann dann zaghaft daran zu saugen – und, Wunder über Wunder, stellte fest, daß er ihr zusagte. Eine neue Geschmacksrichtung, ein wenig trocken vielleicht, aber lieblich, kein überwältigendes Aroma, gleichwohl aber spritzig. Durch diesen Erfolg ermutigt, beugte ich mich, ohne den Finger herauszuziehen, zu ihr hinab und legte mir ihren kleinen Körper in die Armbeuge. Ich zog sie, noch in die Decke gewickelt, vorsichtig an mich. Als ich mich aufrichtete, ging es auch mit ihr, die sich besorgt in meinen Arm schmiegte, aufwärts, während ihr Mund unermüdlich nach dem Druckknopf suchte, der die Geschmacksnovität fließen lassen würde.

Ich spürte die Sitzfläche eines Stuhls an den Waden und ließ mich langsam, vorsichtig auf ihn hinabsinken. Violet hob eine Hand und ballte sie zur Faust. Sie atmete geräuschvoll durch die Nase, während sie mein Gesicht in allen Einzelheiten musterte. Dachte sie etwa – wenn «denken» hier das richtige Wort war –, sie habe es mit einer nächtlichen Inkarnation von Vivian zu tun? Gab es einen angeborenen Sinn, mit dessen Hilfe sie erkennen konnte, mit welchem Elternteil sie es zu tun hatte? War dies für sie ein Augenblick, in dem sich, auch wenn sie sich nie bewußt an ihn erinnern würde, ihre Welt erweiterte, verdoppelte, rätselhaft wurde?

Auf mich traf all das zu – und mehr. Noch nie war ich mit einem Baby allein gewesen, schon gar nicht mit meinem eigenen Kind. Vivian war ständig um uns, überwachte mich, stets bereit, zu Hilfe zu eilen und fachmännische Ratschläge zu erteilen. Wenn ich Violet sonst auch nur im Arm hielt, nahm Vivian oft kleine Korrekturen vor und war bereit, im Notfall einzugreifen, doch jetzt war ich auf mich selbst gestellt, und da sah die Sache deutlich anders aus. Zum einen war da die unbequeme Stellung, in der ich den linken Arm halten mußte – den Ellbogen nach oben abgewinkelt –, um den Finger genau im richtigen Winkel in Violets Mund schieben zu können. Zum anderen die ungewohnte Bewegung, in die ich aus irgendeinem Grund verfallen war, als sei einfach ruhig dazusitzen strikt verboten. Ich saß auf dem Stuhl wie im Sattel, ritt ihn wie ein trabendes Pferd, erhob mich in eingebildeten Steigbügeln auf die Zehen, um mich dann wieder zurückfallen zu lassen. Ich hatte nicht gelernt, so zu reagieren, aber es erfüllte seinen Zweck, beruhigte Violet, kam einem angeborenen Verlangen entgegen. Woher wußte ich, was ich tun mußte? War das unbewußtes kollektives Wissen, ein Beweis, daß Jung recht hatte?

Ich weiß nicht, wie lange wir so wippten und einander anstarrten, jedenfalls lange genug, um Violets zunächst unerhebliches Gewicht zu einer bleiernen Last werden zu lassen. Meine beiden Arme – der stützende und der nährende – schliefen unabhängig voneinander ein. Meine Hüften begannen zu schmerzen, verkrampften sich ob des permanenten Auf und Abs. Mir wurde plötzlich bewußt, daß dieser Prozeß keinem natürlichen Ende zustrebte, sondern sich, aus Violets Perspektive, beliebig fortsetzen konnte, tagelang, jahrelang. Unsere Wünsche waren nicht miteinander vereinbar, und wir würden einander abwechselnd und vielmals enttäuschen. Das war nicht zu umgehen. Wir würden geben, was wir konnten, doch jeder Kompromiß, wie großzügig auch immer, war zum Scheitern verurteilt. Wir repräsentierten zwei Generationen, die die Unfähigkeit verband, die Erwartungen des anderen zu erfüllen, Ruhe und Frieden zu schenken und zugleich das zu bekommen, was wir jeweils für uns selbst ersehnten.

Ich wollte diese Gedanken unbedingt festhalten, wenn nicht für die gesamte Nachwelt, so doch zumindest für Violet, doch ich hatte keine Hand zum Schreiben frei. Jetzt hätte ich meinen Computer gebraucht, all die Megabytes freien Speicherplatzes. Die letzten Reste des Alkohols würden bald meinen Körper verlassen, und ein neuer Tag voller banaler Gespräche würde jede Einsicht aus meinem Gehirn herausprügeln. Ich hatte ein Geheimnis weiterzugeben, aber keine Gerätschaften, um es zu skizzieren. Ich hatte Wahrheiten entdeckt, die ich wieder vergessen würde. Ich war ein Baum, der ohne Augenzeugen tief im Wald umstürzte, dem nicht einmal die mündliche Überlieferung als Mittel zur Bewahrung hart erkämpfter Einsichten blieb. Ich konnte zu Violet sprechen, ihr meine Gedanken zuflüstern, und wer weiß, womöglich würde sie sie auf einer unterbewußten Ebene wahrnehmen, doch das reichte nicht aus. Ich brauchte Vivian. Ich brauchte ihr Gedächtnis.

Ich räusperte mich und wartete. Nichts. Ich hustete und spürte, daß Violet die Arbeit an meiner Fingerspitze unterbrach. Sie war jetzt gewarnt, war daran erinnert, wachsam zu sein. Doch Vivians in die Decke gewickelte Gestalt rührte sich nicht, blieb unerreichbar. Wach auf, drängte ich sie in Gedanken. Wach auf. Ich schob den Stuhl zurück, und seine Beine kreischten regelrecht über den Fußboden. Die einzige Reaktion vom Bett her war ein Seufzer.

Wo war unsere mystische Verbindung geblieben? Hatte sie Watte in den Ohren? Hatte sie nicht ebenso mit den Mückenstichen zu kämpfen wie ich? *Erst saugt's an mir, und jetzt an dir, uns beider Blut sich mischt in diesem Tier.* Wie als Antwort darauf ließ sich eins dieser Viecher auf meiner Hand nieder. *So hüllt dies eine Wesen ein zwei Leben, als hätten sie das Jawort sich gegeben. Dies Tier ist du und ich, ist unser Traualtar und Hochzeitstisch.* Mir blieb keine andere Möglichkeit, als Violet aufzuschrecken, die Mächte wieder zu entfesseln, die ich eben erst gebändigt hatte, und den Beweis für meine Gedanken von vorhin zu erbringen, indem ich sie frustrierte. Ich zog meinen Finger aus ihrem Mund, hörte auf zu wippen und sah sie an.

Sie war schockiert. Sie war entsetzt. Man hatte sie betrogen. Gerade hatte sie begonnen, Zutrauen zu fassen... und nun DAS! Ihre Wut war grenzenlos. Ihr Körper bebte vor Zorn, streckte sich, und dann legte sie los. Das war kein Weinen, eher ein Schmettern – die Posaunen von Jericho. Und die Mauer um Vivian stürzte ein.

Ich saß stocksteif da, während die Mutter mir die Tochter aus dem Arm nahm. Aus Angst, meine Geistesblitze könnten mir entfallen, sagte ich kein Wort, und sowie ich von meiner Last befreit war, stürzte ich zum Laptop. Ungeduldig beantwortete ich seine Eingangsfragen: Nein, ich wollte weder Uhrzeit noch Datum ändern. Welches Textverarbeitungsprogramm? Und WORD ward Fleisch. Ich eröffnete eine neue Datei. Ihr Name? Meine Finger steppten CONDITIO HUMANA auf das Keyboard. Der Bildschirm hellte sich auf, leer und aufnahmebereit, und ich bemühte mich, möglichst kurz gefaßt das Skelett meines Gedankengangs wiederzugeben. «Utopia», tippte ich, «nimmt Gestalt an, wenn das eigene Verlangen dem eines anderen entspricht, wenn Ruf und Antwort zueinander passen, mehr als nur Echos sind. Es gibt keine Hoffnung. Es gibt keine Hoffnung. Es gibt keine Hoffnung. Subjektivität ist die einzige Richtschnur.»

Ich hielt inne, die Finger wie Krallen über die Tastatur gekrümmt. Heute nacht schien alles eine tiefere Bedeutung zu haben, selbst die Fragen meines Computers. Wollte ich die Uhrzeit oder das Datum ändern? Und wenn ich es tat, was dann? Gab es dann gar keine Konstanten? Ich konnte diese Datei verlassen, einen Kaltstart machen und den 11. Oktober 1492 eingeben. Ich konnte dieses Jahr zum Jahr 1 machen oder auf chinesische Art zum Jahr 4688. Jeder Tag konnte mein Geburtstag sein. Ich beherrschte die Zukunft, konnte sie mit der Vergangenheit mischen. 2000 n. Chr. oder 200 v. Chr. Ich konnte Unmögliches erzeugen: den 31. Februar, den 99. Dezember. Ich konnte einen guten Tag noch einmal durchleben, einen schlechten übergehen. Nur die Konvention sorgte für die Gleichförmigkeit unseres Kalenders. Diese Standardvorgabe war das Werk eines japanischen Technikers, kein Naturgesetz.

Ich beendete CONDITIO HUMANA. Wollte ich die Datei sichern, ja oder nein? Nein, ich wollte möglichst schnell zurück zur ersten Frage. Wollte ich das Datum ändern? Die Ziffern blinkten einladend. Mehr als der Zug der Schwerkraft war nicht erforderlich. Selbst die These, daß eine Änderung nur durch eine entsprechende Absicht hervorgerufen werden könne, erschien nunmehr strittig – die Zeit konnte sich auch verändern, wenn das Gerät herunterfiel, wenn sich ein Vogel auf der obersten Tastenreihe niederließ. Ich konnte mit geschlossenen Augen auf dem Keyboard herumspielen und das Ergebnis als etwas Schicksalhaftes hinnehmen. Wollte ich das Datum ändern?

Ich starrte auf meine Hände, auf denen das künstliche Licht des Bildschirms schimmerte, und sah einen roten Fleck, und dann einen zweiten und einen dritten. Meine Haut war mit Pusteln und Blasen übersät; breite Striemen zierten meine Arme. Ich unterdrückte den Drang zu schreien, der Panik nachzugeben, die mich erfüllte. Ich wußte, das waren nur die Spuren von Biestern, die nach meinem Blut dürsteten. Jetzt, wo ich mir dieser Wunden bewußt war, schien es allerdings unmöglich, sie einfach zu ignorieren. Sie brannten auf meinem Rücken und ließen mir die Ohrläppchen anschwellen. Die Lymphknoten an meinem Hals waren dick, Legionen weißer Blutkörperchen kämpften um mein Leben.

Ich war Opfer einer Seuche, ein Pestkranker. Ich brauchte Trost, doch von Vivian verspürte ich kein Mitleid. Sie hatte Violet gestillt und lag jetzt auf dem Bett und beobachtete mich. Ihr Blick war abschätzend, distanziert. Sie mißbilligte – aber was? War ich in meinem Drang, meine Gedanken aufzuzeichnen, zu abrupt vorgegangen? Ich konnte keine Reue empfinden, nicht in diesem Augenblick. Ich war derjenige, der Rücksichtnahme und Mitgefühl verdiente. In meiner Kehle stieg Ananasgeschmack auf, süß und erstickend, tropische Galle. Ich würde nie wieder trinken. Nur noch Perrier mit etwas Limonensaft. Ich würde Vivians Bedürfnisse über meine eigenen stellen, selbst über die Kunst. Ich würde den erbärmlichen Cobb ertragen und Interesse an seinem Schwindel heucheln. Ich würde mich in Form bringen, am

Strand entlangjoggen, das Baby wickeln, Hawthorne lesen und aufhören, aus dem Hinterhalt auf die wissenschaftlichen Arbeiten meiner Kollegen zu schießen. Ich würde mir mit Nash mehr Mühe geben und mich sterilisieren lassen. Ich würde die alten Holzbalken in meiner Wohnung streichen lassen und mich mit Popmusik anfreunden. All das würde ich tun, aber nicht heute nacht.

Ich ertrank in dem blauen Feld des Bildschirms, den ich leer und matt schimmernd vor Augen hatte, nunmehr bar jeder Frage oder Anweisung. Ich war sein Meister, doch ich hatte ihm nichts zu befehlen. Zu Testzwecken drückte ich mit letzter Kraft auf gut Glück ein paar Tasten.

«Falsches Zeichen», lautete die Antwort.

Ich schob meinen Stuhl zurück, stolperte durchs Zimmer und fiel bäuchlings auf die Matratze.

«Vivian», sagte ich, «ich brauche dich.»

Ich habe keine Ahnung, was sie dachte, doch gnädigerweise reagierte sie. Sie tupfte meine fiebernden Glieder mit einem wohltuenden Mittel ab, brachte mich zum Schweigen, als ich mich bedanken wollte, und wickelte mich in ein baumwollenes Leichentuch. Ich öffnete die Augen, und in dem dunstigen Licht, das in geometrischen Formen – Trapezen und Parallelogrammen – durch die Fenster hereinfiel, sah ich, daß ich so bleich geworden war, als hätten die kleinen Vampire alles Blut aus mir herausgesogen. Ich sträubte mich nicht. Ich akzeptierte die Ruhe, ja ich begrüßte sie sogar und erlaubte Vivian, mir zwei zärtliche Küsse, kühl wie Kupfermünzen, auf die Augen zu drücken. Ich sagte meinen wichtigen Gedanken Lebewohl und wurde wie Violet: ein Gefäß, das alles aufnahm, aber nichts bewahrte. Eine seidene Hängematte. Ein loses Blatt in einer mitternächtlichen Brise.

14

VIVIAN

Roger hatte mich durch heftiges Stuhlrücken aus dem Tiefschlaf geweckt. Er war noch immer betrunken, und Violet schrie. Die beiden saßen im Dunkeln auf einem Korbstuhl. Roger sah aus wie eine Leiche; er hielt Violet, als sei er im Schock. Er war hohlwangig und sein Gesicht ausdruckslos und unergründlich.

«Alles in Ordnung mit dir?»

Er gab keine Antwort.

Ich stand auf. Vorsichtig reichte er mir Violet, sagte aber immer noch nichts. Als das Kind in meinen Armen lag, erhob er sich und schwankte zum Tisch. Unter leisem Stöhnen schaltete er den Computer ein, der summend zum Leben erwachte. Er setzte sich davor, legte die Hände jedoch nicht sofort auf die Tastatur. Ich blieb einen Augenblick lang hinter ihm stehen, bereit, ihn aufzufangen, falls er bewußtlos umfiele, doch er blieb reglos sitzen, ingrimmig und wie von einer blitzartigen Erkenntnis gelähmt. Als er zu tippen begann, wurde er mir geradezu unheimlich. Er war wie in Trance, transkribierte kodierte Botschaften aus dem Jenseits, ein mückenzerstochener Artaud mit Computerverbindung zum Übernatürlichen. Die granitene Ruhe, in der der Rest seines Körpers verharrte, war mir nicht geheuer, und doch konnte ich den Blick nicht von ihm abwenden.

Ich fing an, im Geiste Notizen zu machen, schrieb Absätze

unserer zukünftigen literarischen Biographie: *Er war außeror-*
dentlich hartnäckig. Man könnte fast sagen, er war der eiserne Held
der Poesie, er betrachtete sie als eine Art Triathlon. Ich erinnere
mich lebhaft an eine Nacht auf den Bahamas, als Roger sich eine
ansehnliche Menge Rum und Goombay Punch einverleibte und
dann darauf bestand, die ganze Nacht auf einem Stuhl zu sitzen und
darauf zu warten, daß ihm die nächsten Verse seines «Tagebuchs
eines Verlorenen» zuflogen, die ihn dann in den kühlen Stunden vor
Morgengrauen erreichten, woraufhin er fieberhaft zu schreiben be-
gann und alles um sich herum vergaß . . .

Ich kroch mit Violet ins Bett und sah von dort aus zu, wie
sich der Himmel langsam aufhellte. Von der anderen Seite
des Zimmers aus hörte ich ihn immer wieder fieberhaft tippen und einige Male verhalten fluchen. Obwohl ich noch immer wütend auf ihn war, faszinierte und beeindruckte mich
die schiere Kraft, mit der er sein Epos anging. Mir kam der
Gedanke, daß ich vielleicht nicht ganz so unerbittlich sein,
sondern mehr mit dem Strom schwimmen und diesem
Mann, der ein so leidenschaftliches Innenleben hatte, verzeihen sollte. In diesem Augenblick hörte er auf und erhob sich.

«Vivian.» Seine Stimme klang gequält und heiser. «Vivian, ich brauche dich.»

Er drehte sich um und schlurfte auf mich zu. Sein ganzer
Körper wirkte ausgelaugt und schwach. Am Bett angekommen, ließ er sich auf die Decke fallen und blieb totenstill liegen.

«Das war die Nacht der Nächte. Unbeschreiblich. Ich
habe seit Tagen nicht mehr geschlafen.»

Ich muß zugeben, daß ich so etwas wie Ehrfurcht verspürte. Solch eine Feuersbrunst der Inspiration hatte ich noch
nie erlebt. Mir war nie ganz klar gewesen, was dieses Gedicht
Roger an schierer körperlicher Kraft kostete, wie zermür-
bend der Prozeß des Schreibens für ihn war.

«War es wichtig? War das der Teil, den du schon so lange
gesucht hast?»

Rogers Gesicht erstrahlte wie das der Schmerzensreichen

Jungfrau. Müde schloß er unter meiner Hand die Augen, als ich ihm über die Stirn streichelte und Luft zufächelte. Er rang nach Worten, die seine Mühen adäquat beschreiben würden, und fand dann die Kraft, sich auf den Ellbogen aufzustützen.

«Vivian, du hast so friedlich dagelegen, während ich... es war furchtbar», sagte er mit krächzender Stimme.

Ich besah ihn mir aus der Nähe. Es war mittlerweile so hell, daß ich die dicken roten Flecken überall auf seinem Körper deutlich erkennen konnte. Ein Auge war fast ganz zugeschwollen.

«Ich bin bei lebendigem Leib aufgefressen worden. Ich habe allein gelitten. Der von den Erinnyen gequälte Orest kann nichts Schlimmeres erduldet haben.»

«Der hat seine Mutter getötet. Dem geschah es recht.»

«Nein, mein Schatz. Du mußt beim Urteilen alle Umstände berücksichtigen.»

«Du bist jetzt nicht in der Lage zu streiten.» Ich legte Violet neben ihn, stand auf und ging hinüber in die kleine Küche. Backpulver war Grandmas Heilmittel für nahezu alle Hautprobleme, und so gab ich eine Handvoll davon in eine Tasse Wasser, verrührte das Ganze zu einer Paste und nahm es mit zurück ans Bett.

«Lieg still.»

Ich fing an, ihm die Arme und Beine damit zu bestreichen, die Paste vorsichtig auf die Einstiche zu tupfen. Dabei verspürte ich so heftiges Mitleid mit ihm, daß mir die Tränen in den Augen brannten. Doch ich bekam mich gleich wieder in den Griff: Diesmal würde ich nicht den Fehler begehen, ihm ohne Aussprache zu vergeben, und die törichte Arbeit an seinem Gedicht würde ich auch nicht stumm ertragen. Zuviel Mitgefühl ist ein Fehler von Frauen, ein Problem, dem unsere geschlechtsspezifische Erziehung zugrunde liegt. Wenn meine Tochter einmal nicht zu denen gehören sollte, die Männer zu sehr liebten, dann würde ich zuallererst meine eigenen Gefühle im Zaum halten müssen.

Ich unterdrückte das Verlangen, Roger in den Schlaf zu singen, ihm die Füße zu massieren, seine Stiche zu kratzen.

«Schlaf jetzt», sagte ich streng und zog ihm die Decke hoch. Dieser entschlossene Krankenschwesterton half mir, seinen gepeinigten, bittenden Blick zu ignorieren und ihm das Wort im Mund abzuschneiden – denn ich hatte das Gefühl, daß er im Begriff stand, sich für sein Verhalten vom vergangenen Nachmittag zu entschuldigen, um mir dann seine Verse vorzutragen, und darauf hatte ich keine Lust. Ich befürchtete nämlich, daß ich dann kapitulieren und ihm die Wahrheit sagen würde: daß seine Arbeit gut war.

«Ich geh mit Violet raus, dann bist du ungestört.»

«Wohin gehst du?»

Ich zuckte die Achseln. «Vielleicht setz ich mich eine Weile auf die Veranda oder geh rüber zu Cobb, nachsehen, was Nash so treibt, frühstücken.»

Roger hielt meine Hand in einem überraschend festen Griff, knetete mir die Finger und sah mich düster an. Mit inständigen Blicken forderte er mich auf, Cobb und das Tagebuch zu vergessen, endlich einzusehen, daß es ein Schwindel war. Doch das war es nicht. Ich ließ meine Hand herabhängen, gab mich kühl und erwiderte seinen Händedruck nicht wie sonst, indem ich seine Finger noch kräftiger zusammendrückte als er meine. Ich spielte kein Spielchen mit ihm, sondern schlug ihm lediglich aus Mitleid die Bitte nicht explizit ab. Wir würden einfach nicht mehr über das Tagebuch reden. Schließlich senkte er den Blick, und dann lockerte er langsam den Griff um meine Hand. Zärtlich fuhr er mir über die Finger und ließ sie los.

Cobb trieb sich irgendwo herum, und Nash folgte ihm wahrscheinlich auf dem Fuß. Ich ging mit Violet an den Strand zurück und unternahm erst einmal einen langen Spaziergang. Als ich zum Strandhaus zurückkehrte, war Roger, benommen und mit rotumrandeten Augen, gerade beim Rasieren. Der stumpfe Spiegel, in den er unter Verrenkungen blickte, hing zu tief für ihn.

«Gehen wir noch ein bißchen raus», sagte ich. «Auf Entdeckungsreise. Wir haben noch ein paar Stunden Zeit, ehe Hilda und Racine ankommen.»

Roger stimmte zu. Er war ein bißchen kleinlaut, schämte sich wohl wegen der vergangenen Nacht, und ich nutzte die Gunst der Stunde, um ihn von Cobb fernzuhalten. Unwillkürlich legte sich meine noch immer schmorende Wut auf ihn ein wenig, als ich zusah, wie er umständlich die Strandutensilien in die Leinentasche packte. Sein Haar stand von seinem kurzen Schlaf senkrecht in die Höhe, so daß er wie ein kleiner, verletzlicher Junge wirkte.

Während ich Violet im Kindersitz unseres Mietwagens anschnallte, beschloß ich, mich zusammenzunehmen, solange wir durch die Gegend fuhren. Ich lenkte das Gespräch auf unverbindliche Themen, und es entpuppte sich als überraschend leicht, meine Beschwerden unter Verschluß zu halten und meine Winkelzüge hinter einem glatten Strom banaler Konversation zu verbergen.

Cobb hatte mir den Weg zu einem kaum benutzten Strand beschrieben, und der war himmlisch. Das Wasser in der Bucht mit dem vorgelagerten Riff war glasklar, und wir konnten eine halbe Meile weit ins Meer hinauslaufen, so flach war es.

«Hier sind wir ohne Aufpasser», sagte Roger. «Endlich.»

Violet schlief im Schatten einer Akazie ein, und Roger drehte sich zu mir herum, zog meinen Kopf am Kinn zu sich heran und küßte mich.

Kein Mensch war in Sicht. Hinter uns undurchdringliches Gestrüpp, zu beiden Seiten endloser Sandstrand, und vor uns nichts als Meer, so weit das Auge reichte. Ich war fast darüber schockiert, daß wir in diesem Augenblick der größten Entfremdung voneinander fähig waren, miteinander zu schlafen. Und nicht einfach nur fähig. Ich weiß gar nicht, wie ich es beschreiben soll – es war *Verdammt in alle Ewigkeit* ohne den zensierenden Schnitt. Wir trieben in völligem Gleichklang auf ein und derselben Woge dahin. Zunächst ließ ich nur ein bißchen los, dann ließ ich ganz los, und erst nach langer, langer Zeit kehrte ich zurück in diese Welt, nahm das gedämpfte Grün der Palmen, die schwankenden hellen Baumstämme und den weiten klaren Himmel dahinter wieder wahr. Ich rollte mich auf die Seite. Das Meer war ein Spiegel meiner inneren Ruhe; ich hörte nur das leise Klatschen kleiner Wellen.

Ich drehte mich zu Roger um. Sand bedeckte seine Schultern wie Puderzucker. Seine Augen waren klar. Ich legte den Kopf auf seine Brust. Ich konnte sein Herz spüren, das kraftvoll wie ein schwedischer Motor gegen meine Schläfe pochte. Ich fuhr die langen, kräftigen Schwimmermuskeln an seinen Armen entlang.

«Das ist wirklich toll», sagte ich. «So zusammen zu kommen.»

«Ich weiß.»

«Im gleichen Augenblick.»

Roger holte tief Luft, stieß sie in einem langen, trägen Seufzer wieder aus und sagte: «Nicht, daß wir jemals wirklich den *gleichen* Moment erleben könnten.»

Ich fuhr ihm mit der Hand zärtlich über die Rippen. «Ach nein? Wie würdest du es denn nennen?»

Er lachte kurz auf.

Dieses Lachen. Ich kann es nicht genau beschreiben, denn es war nicht immer gleich. Teils herzlich, teils wissend – doch da war noch etwas, ganz deutlich, ein winziges Etwas in ihm, *das mich nicht ernst nahm.* Ich kannte diesen Tonfall gut genug, um nicht ständig darauf herumzureiten, aber in Anbetracht der Ereignisse vom vergangenen Nachmittag tat ich es dennoch. Ich konnte nicht anders.

«Was ist denn daran so lustig?»

«Gar nichts.»

«Doch. Du hast gelacht.»

«Es war nichts. Ehrlich. Tut mir leid.»

«Roger...»

«Höre ich da einen drohenden Unterton heraus?»

Ich richtete mich auf und sah ihm in die Augen. Ich konnte das Lachen direkt *sehen*. Es war da, es stand ihm ins Gesicht geschrieben.

«Ich will einfach nur wissen, was du so lustig fandest.»

«Kann ich nicht einfach so vor mich hin lachen?»

«Nicht in einem solchen Augenblick. Du hast den Zauber der Zweisamkeit gebrochen.»

«Also bitte, Vivian, wirf du *mir* nicht vor, den Zauber der Zweisamkeit gebrochen zu haben. *Du* bist diejenige, die wissen will, warum ich gelacht habe.»

Und dann lachte er erneut los.

«Roger! Schon wieder! Das gleiche verdammte hämische Kichern.»

«Pardon.»

Aber es tat ihm nicht wirklich leid.

«Komm, Roger.»

«Na gut. Es ist nur –» das mit dem unschuldigsten Gesicht der Welt – «es ist nur so, daß... so wunderbar es auch war, weißt du, es war nicht simultan. *Nichts* ist je simultan.»

«Nun, ich habe natürlich nicht unterstellt, daß wir in einer in Picosekunden gemessenen Welt jeder einen Orgasmus von exakt der gleichen Dauer hatten. Ich habe nur gesagt, oder besser mich darüber gefreut, daß wir tatsächlich einmal das gleiche empfunden haben.»

«Ah, wirklich das *gleiche*?» Er gab einen ungläubigen Grunzer von sich.

«Mensch, was ist denn jetzt schon wieder das Problem? Das Dilemma der menschlichen Ichbezogenheit? Die Unfähigkeit des Geistes, die eigene Erfahrung zu transzendieren? Okay. Du hattest deinen, und ich hatte meinen, aber du kannst doch wohl nicht leugnen, daß es ungefähr zur gleichen Zeit passiert ist.»

Er überdachte mein Zugeständnis.

«Ungefähr. Wie meinst du das, ‹ungefähr›? Und was meinst du mit ‹es›? Ich will nur sagen, Vivian, angesichts der Tatsache, daß wir keine adäquate Sprache haben, zu beschreiben, was wir in diesen Augenblicken fühlen, und da jedwede Syntax, die wir verwenden, die Realität unserer jeweiligen Empfindungen nur unzulänglich wiedergibt, sollten wir ganz einfach still sein.»

«Da! Da hast du's!» Ich stand auf und kickte Sand auf Roger. «Jetzt beschuldigst du mich tatsächlich, *ich* hätte den Zauber gebrochen!»

Mit weitausholenden Handbewegungen wischte er sich den Sand ab. «Ich meine nur...»

Ich fing an zu schreien. «Du meinst, daß Sex in einem Bereich jenseits der Sprache stattfinden und auch besser dort bleiben sollte. Daß das unmittelbare Erlebnis nicht mit Worten, besonders nicht mit meinen, befleckt werden sollte, weil ich sie nicht mit der idealen Präzision verwende, die du verlangst.»

«Du wirst laut», legte Roger mir dar.

«Ich schreie. So nennt man das, was ich tue.»

Wir starrten einander an.

«Ich weiß, daß Worte etwas Vertracktes sind, Roger, voller Konnotationen, alter Wünsche und Erinnerungen. Ich weiß, kein Wort hat für zwei Menschen die gleiche Bedeutung. Ich weiß, es gibt keine Möglichkeit, ganz genau zu beschreiben, was eben geschehen ist, aber die Sprache aufzugeben, das aufzugeben, was wir haben, egal wie unzulänglich es ist, das ist doch ein Akt der Feigheit. Ich liebe die Sprache, ihre Besonderheiten, ihre alten Strukturen, ihre Schwächen. Ich liebe es, Worte in den Mund zu nehmen. Ich liebe es, sie heraussprudeln zu lassen, und es ist mir auch egal, wenn nicht jedes ganz genau paßt. Ich liebe den Fluß und die Reife von Gesprächen, ihre Nachlässigkeit, die Art, wie sie in der Luft verfliegen oder wie ein Satz schwer wird vor Bedeutung, wie er sich vollsaugt wie ein Stück trockenes Brot mit Suppe.»

Ich hielt inne, verwirrt, daß mir die Metaphern durchgegangen waren.

«Brot. Suppe.» Roger leckte sich lächelnd über die Lippen. «Fischsuppe, ein bißchen scharfe karibische Bouillabaisse.

Und ein leckeres Brot dazu, französisches oder italienisches, wenn's sein muß auch altbackenes.»

«Was für ein Zufall, Roger. Haben wir etwa genau im gleichen Augenblick Hunger?» Ich griff nach meinen Strandsandalen und knotete mir mein dünnes Handtuch um die Hüfte.

«Ich habe da so ein winziges Café gesehen, wo wir auf dem Weg nach Hause anhalten könnten», sagte Roger.

Unser Streit schien ihn erfrischt und richtiggehend aufgeheitert zu haben, und ganz selbstverständlich und unbefangen holte er Violet aus dem Schatten der Akazie. Diesmal wachte sie nicht ganz auf, sondern kuschelte sich nur eng an ihn. Rogers Pedanterie trieb mich auf die Palme, vielleicht weil sie von einer Hochachtung vor der Wahrheit zeugte, von einer Offenheit, die ich sonst immer bewunderte – aber nicht heute. Denn heute spielte ich ein doppeltes Spiel, und dabei fühlte ich mich gar nicht wohl in meiner Haut.

Wir fuhren zum Flughafen und warteten, bis die kleine Maschine landete. Eine Luke auf der Seite ging auf, und erst Hilda, dann Racine kamen die kleine Leiter heruntergeklettert und gingen über den Asphalt auf das Flughafengebäude zu. Hildas rosa Schal war mit flimmernden goldenen Fäden durchwirkt, und sie strahlte vor Begeisterung. Racine kam langsamer hinterhergezockelt, etwas vorsichtig, als mißtraue er dieser flirrenden Hitze, doch je näher er der Absperrung kam, desto unbeschwerter wurden seine Schritte. Auch er schien bereit, sich verführen zu lassen, schüttelte die grauen Ketten des nördlichen Wetters ab und blinzelte eifrig in die Sonne.

Ich musterte Roger. Eine Sonnenbrille verbarg seine geschwollenen Augenlider, die Arme waren bis zu den Handgelenken in dunkle Kleidung gehüllt. Seine Haut schien ihm keine Probleme zu bereiten, jedenfalls kratzte er sich nicht. Er sah aus, als sei alles in Ordnung. Ich wußte, daß dem nicht so war, und doch trug er sein Los so beherrscht und klaglos, daß ich eine dieser plötzlichen Anwandlungen von Zuneigung zu ihm verspürte, von irrationaler Zärtlichkeit. Ich wollte mir meine Wut bewahren, doch sie war nur Treibsand verglichen mit dem festen Wurzelboden meiner wahren Gefühle.

«Und wie ist es so?» wollte Hilda wissen, nachdem sie durch den Zoll waren und wir die üblichen Umarmungen und Begrüßungen hinter uns gebracht hatten. «Wie ist der Kolumbus-Verkäufer? Wie ist das Paradies?»

«Von Dämonen bewacht», sagte Roger mit tonloser, gepreßter Stimme.

15

ROGER

*I*ch hasse rutschende Kupplungen. So ein Fahrzeug ist die Fortsetzung des eigenen Körpers, das vierrädrige Gesicht, das man der Welt präsentiert, ein äußeres Skelett, das auf andere anziehend wirken und einen, falls nötig, vor ihnen schützen soll. Ein Auto kündigt seine Insassen an. Das Medium ist die Botschaft, das Mittel, das den Zweck heiligt. Wenn mich eine Flugreise meines guten alten Saabs beraubt – dieses sicheren Fahrzeugs mit der unaufdringlichen Eleganz –, dann scheue ich keine Kosten, um einen gleichwertigen Mietwagen zu bekommen. Nichts Auffälliges natürlich, nichts mit Schiebedach, kein Sportmodell, bei dem man erst in die Hocke gehen muß, ehe man einsteigt. Ich frage nach einem Mittelklassewagen und hoffe, daß gerade keiner mehr da ist und ich ohne Aufpreis einen großen bekomme. Ich fahre gern Leihwagen, es macht mir Spaß, die Besonderheiten jedes neuen Modells auszuprobieren: den Tempomat, die elektrisch verstellbaren Außenspiegel, den automatischen Sendersuchlauf des Radios.

Als Sydney Clock die gepfefferte Leihgebühr für eines der Modelle aus seinem «Island Getaway»-Wagenpark genannt hatte, war ich nicht erblaßt. Kein Preis war zu hoch für Mobilität, für ein klimatisiertes Refugium mit Türen, die man hinter sich schließen konnte. Das hatte ich bisher jedenfalls gemeint, dabei allerdings nicht nur die Korrosionswirkung der salzigen Luft außer acht gelassen, sondern auch die Folgen unregelmäßiger Wartung sowie die Tatsache, daß sich, als die letzte Fortschrittswelle in Form von Katalysatoren und Benzinsparmaßnahmen das nordamerikanische Festland überschwemmt hatte, eine Flut alter Mühlen aus Detroit auf die unserer Küste vorgelagerten Inseln ergossen hatte.

Am späten Nachmittag unseres Ankunftstages hatte Clock mir, gegen einen nicht unbeträchtlichen Scheck, einen Zwillingsbruder des Wagens präsentiert, in dem ich einst zum Schulabschlußball meiner Freundin gefahren war. Das hellbraun lackierte, breite Gefährt, dessen abgefahrene Reifen so glatt und prall waren wie Schläuche, erinnerte vage an einen Chevrolet. Die Polsterung der durchgehenden vorderen Sitzbank erzählte Geschichten von melodramatischen und leidenschaftlichen Ereignissen, von Passagieren mit spitzen Gegenständen in den Gesäßtaschen und von Fahrern, für die Aschenbecher ein Fremdwort war. Ein kunstvoll zurechtgebogenes Stück Draht hielt das Handschuhfach geschlossen, und der Tachometer zeigte unglaubliche siebenundneunzigtausend Meilen an.

«Eines noch», erklärte mir Sydney pflichtschuldigst. «Man kann nicht gleichzeitig die Motorhaube und den Kofferraumdeckel aufmachen. Die brauchen beide eine Stütze.» Er zauberte einen Treibholzstock hervor und zeigte mir, wie gut man damit entweder die vordere oder die hintere Öffnung des Wagens davon abhalten konnte, von selbst wieder zuzufallen. «Der Reservereifen ist gerade beim Reparieren», plauderte er munter weiter, «aber falls Sie eine Panne haben, können Sie mich natürlich jederzeit anrufen.»

Er war bereits mit einem von einem Freund gesteuerten Motorroller verschwunden, als ich den Zündschlüssel herumdrehte und das pockennarbige Auspuffrohr dröhnen hörte, auf «D» schalten wollte und zusehen mußte, wie der Hebel langsam, aber sicher in eine Position weiterrutschte, die mit «2» markiert war und in der er knirschend verharrte.

Diese «2» war, wie man sich denken konnte, für normales

Gelände nicht sonderlich geeignet, sondern ausschließlich für steile Bergstrecken gedacht. Die gab es auf Eleuthera nicht, und so war «2» unterfordert, und der Motor klang, als stünde er am Rande eines Nervenzusammenbruchs. Er jaulte und pfiff, fauchte verzweifelt und zog überhaupt permanent alle Aufmerksamkeit auf sich, selbst im Leerlauf. Doch zumindest schien der Krach auf Violet eine hypnotisierende Wirkung auszuüben.

Während wir wie eine wildgewordene Drehorgel durch die kleinen Siedlungen in Flughafennähe fuhren, machte es mir der Geräuschpegel im Wageninneren unmöglich, mich in die angeregte Unterhaltung meiner Freunde einzuschalten. Ich war mir selbst und meinen Gedanken überlassen. Vor dem Hintergrund der ungünstigen Stimmung, die zwischen Vivian und mir herrschte, war dies ein Segen. Ich hoffte, Hildas und insbesondere Racines Anwesenheit würde eine entspannende Wirkung auf uns ausüben. Wir benötigten für die Aufführung unserer häuslichen Komödie ein aufmerksameres Publikum als Nash oder gar Cobb. Der bewirkte nur Uneinigkeit, förderte unsere schlechtesten Eigenschaften.

Es hatte nicht lange gedauert, bis ich von Vivians sadistischen Moskitoscherzen genug hatte und sie wegen meiner Ansichten über unseren zwielichtigen Gastgeber die Geduld verlor. Es gibt nicht endlos viele Sammlungen von Gefängniswitzen – eine Haftstrafe ohne Aussicht auf vorzeitige Entlassung ist alles andere als lustig –, und wir hatten in diesem Alcatraz volle zehn Tage abzusitzen. Je mehr sich diese unerbittliche Realität vor uns auftat, desto schwerer fiel es uns, unsere sich verschlechternde Lage zu beschönigen. Aus zynischen Bemerkungen wurden Vorwürfe, die der Verteidigung dienende Gegenvorwürfe provozierten. Eine Klage war wie ein ausgestreckter Zeigefinger, und schon das leiseste Eingeständnis von Unzufriedenheit meinerseits reichte aus, um Vivian die Reize dieser Insel in den höchsten Tönen loben zu lassen. Mit ihr in dieser Stimmung zusammenzusein war wie ein Essen mit den Mitgliedern der Handelskammer einer kleinen, heruntergekommenen Industriestadt: alles Falsche war *bei Lichte betrachtet* richtig. Wenn es überhaupt ein Problem gab, dann lag dies eher in meiner snobistischen Haltung begründet, in meiner mangelhaften Anpassungsfähigkeit, meiner puritanischen Grobschlächtigkeit und meiner Weigerung, Cobbs Spiel mitzuspielen. «Sei nicht so verkrampft, Roger», hatte sie mir vergangene Nacht zu sagen gewagt. «Mach das Beste draus.»

Was war das «Beste», das ich aus meiner entzündeten Haut machen konnte? Sollte ich Cobb zu einem freundschaftlichen Kartenspiel auffordern, und der Sieger durfte die Geschichte nach seinen Vorstellungen definieren? Vivian ließ mich nicht einmal in Ruhe arbeiten, fast als wäre sie eifersüchtig auf mein Gedicht, als fühlte sie sich dadurch bedroht, daß ich meinen eigenen Gedanken nachhing. Ich hatte geduldig versucht, ihr meine Gewohnheiten zu erklären, meinen gelegentlichen Rückzug in eine innere Zwiesprache, bei der ich nicht gestört werden wollte. Und wie reagierte sie darauf? Mit Wohlwollen? Mit Anteilnahme? Mit Respekt? Im Gegenteil. Sie gab mir zu verstehen, ihr Verlangen nach lautstarken Auseinandersetzungen zu befriedigen sei ihr auf jeden Fall wichtiger als mein Bedürfnis, in Ruhe gelassen zu werden. Sie, diese Frau, die ich liebte, die mein Kind geboren hatte, hatte mich in dem Augenblick angesehen wie ein unmenschlicher Gefängniswärter, der mitten in der Nacht mit seinem Schlagstock am Zellengitter entlangrattert, nur um den Gefangenen am Träumen zu hindern.

Mir war klar, daß ich überempfindlich reagierte. Der Schlafmangel und die quälenden Stiche machten mich wahnsinnig. Mir war alles und jeder zuwider, auch jede Zukunftsperspektive: ob mit oder ohne Vivian – beides schien mir gleichermaßen unerträglich. Ich haßte die strahlende Sonne, die Hitze, das erdrückend satte Grün, die Reggae-Versionen traditioneller Weihnachtslieder, die mir unablässig aus dem Radio in die Ohren dröhnten, das ich weder abschalten noch leiser drehen konnte, da der entsprechende Knopf fehlte. «Silver Bells» paßte einfach nicht zum Limbo-Takt. «White Christmas» bereitete Schmerzen, wenn es auf Steeldrums heruntergeklappert wurde. Der Chor, der «Jingle Bells» sang, klang schlichtweg schwachsinnig, wie eine vom Karneval in Rio eingeflogene, jazzig aufgepeppte Sternsingergruppe. Zwischen den Liedern teilte der Diskjockey dann Dinge mit wie, daß zu den Wettbewerbsteilnehmern bei der örtlichen Junkanoo-Feier – was immer das sein mochte – auch die «Huren von Babylon» gehörten.

Wenigstens hatten wir bereits den 23. Dezember, so daß ich diesen Krach nur noch zwei weitere Tage lang würde ertragen müssen. Alles in mir sträubte sich gegen «Little Town of Bethlehem» im Cha-Cha-Cha-Rhythmus. Vivian hingegen klopfte mit dem Fuß den Takt dazu. Das war eben der Unterschied zwischen uns beiden. Nun denn.

Als hielte Eleuthera nicht bereits genug unangenehme Überraschungen für uns bereit, war auch noch die Kücheneinrichtung in dem schlecht ausgerüsteten Strandhaus der blanke Hohn. Der Kühlschrank brummte in einem fort ein Melodienmedley, vom langsamen Rumba, wenn die Tür lange zu gewesen war, bis zum Polka-Allegro, wenn das Freon nachgekühlt wurde. «Kühlen» war es nicht direkt, was dieses eifrige Gerät tat. Es verwandelte vielmehr seinen gesamten Inhalt in einen einzigen, soliden Eisblock, den man mindestens zwei Stunden vor Verwendung vom Boden losmeißeln mußte.

Der Gasherd war eine reine Verschwendung. Die Brenner brannten nicht, und der Backofen war ein nutzloses, lauwarmes Behältnis. Am ersten Abend hatte ich gemeint, es gebe sicher einen simplen Trick, um die Zündflamme anzubekommen, und hatte mich auf dem Boden langgestreckt, um einen Blick auf die Innereien des Herdes zu werfen. Ich schnupperte sorgsam, ehe ich ein Streichholz anzündete, und obwohl die Luft keine Spur von Gas zu enthalten schien, ging ich doch mit tollkühner Unbekümmertheit zu Werk, als gelte es, eine Bombe zu entschärfen, als könne mich jeden Augenblick eine Explosion zerfetzen. Jedoch: Kein Vorsprung erwies sich als entflammbar, und nur die wachsende Zahl verkohlter Zündhölzer überzeugte mich schließlich davon, daß es einen ganz simplen Grund dafür gab, daß ich kein Gas gerochen hatte: es gab keines.

«Was machen wir jetzt?» hatte ich Vivian gefragt, die, die Arme in die Hüften gestützt, auf mich herabblickte wie ein Klempnermeister auf seinen Lehrling. «Mit dem Fleisch, meine ich.»

Ich hatte den Großteil unserer Festlandsvorräte in den arktischen Tiefen des Kühlschranks eingelagert – wo die konstanten Minustemperaturen sie unbegrenzt vor dem Verderben bewahren würden wie das sibirische Eis einen Mammutkadaver. Doch da war das Problem des Abendessens, und dafür hatte ich das kleine, saftige Stück Roastbeef vorgesehen. Das konnte ich jetzt nicht wieder einfrieren, ohne daß es dabei möglicherweise bleibenden Schaden erlitt.

Vivian langte über mich hinweg zur Arbeitsfläche, schob eine der Taschen mit den Lebensmitteln, die wir in dem Laden in Savannah Sound gekauft hatten, zur Seite und steckte einen Stecker in eine Steckdose.

«Gott sei Dank», sagte sie. «Wenigstens der funktioniert.»

Ich reckte den Hals. «Aber das ist doch nur ein kleiner Tischgrill für Toasts», erklärte ich ihr.

«Und? Immerhin besser als nichts. Improvisieren ist angesagt, Roger. Wo ist deine Abenteuerlust geblieben? Wenn wir Wert auf High-Tech legten, hätten wir in Florida Urlaub gemacht.»

Oder in New Hampshire, hätte ich anfügen können, doch ich sagte nichts. Oder wir hätten nach Boston fahren, die Buchhandlungen in Cambridge durchstöbern und zum Sonntagsbrunch ins Ritz gehen können. Vivian zauste mir abwesend das Haar, kratzte mich sogar hinter dem Ohr und entfernte sich dann, weil Violet unruhig zu brabbeln begann, ehe ich eine Chance hatte, ihr die Hand zu küssen. Oder hineinzubeißen. Ich stand da und blickte auf das hübsche Stück Braten, das nun bei Zimmertemperatur herumlag. Offensichtlich wurde die Lösung des Essensproblems mir überlassen. Was war nur aus der Arbeitsteilung geworden? In traditionellen Gesellschaften brachte der Mann das Beutetier nach Hause, und die Frau briet es am Spieß – einer ergänzte den anderen. Die moderne Frau von heute braucht nur die Achseln zu zucken und zu sagen: «Also, du kannst das viel besser als ich», und schon ist sie jegliche Verantwortung für das Überleben los. Ich sah mir den Wahlknopf des einzigen funktionierenden Geräts an. Die höchste Einstellung war mit der optimistischen Aufschrift «Kuchen» gekennzeichnet, und mir blieb nichts anderes übrig, als sie zu wählen. Während sich die Heizspirale von Schwarz nach Glühendrot verfärbte, schnitt ich den Braten in acht dicke Scheiben. Die toastete ich nun drei endlose Stunden lang, immer zwei auf einmal.

Hilda und Racine hatten ununterbrochen geredet, seit wir eingestiegen waren, obwohl der Sinn ihrer Worte im Lärm verlorenging. Wenn sie zusammen waren, erzeugten sie eine Art magnetisches Feld, das sie gegen jede Veränderung der äußeren Bedingungen abschirmte. In die Dynamik ihrer Partnerschaft eingeschlossen, blieben sie unwandelbar sie selbst. Jetzt, wo sie vom Himmel direkt in dieses kleine Restaurant, «Rahita's Native Food Hut», gefallen waren, sich der Pullover und Mäntel, in denen sie ihre Reise angetreten hatte, entledigten und mich über den linoleumüberzogenen Tisch hinweg ansahen, wirkten sie völlig entspannt. Die Summe ihrer Erfahrungen aus den Jahren, in denen sie Flüchtlinge, Ausgestoßene, Immigranten gewesen waren, hatte sie immun gemacht gegen das Phänomen Kulturschock. Ihre Ehe war ihr Zuhause, nicht irgendein abgegrenztes Stück Land oder ein Haus. Es war schon beeindruckend, diese selbstvergessene Art zu reisen, diese Art, sich ebenso selbstverständlich über die Oberfläche unseres Planeten zu bewegen wie manche Leute die Möbel in ihrer Wohnung umstellen oder die Tapeten an den Wänden wechseln. Als emigrierte Europäer in Amerika, die in Europa aggressiv amerikanisch auftraten, waren Hilda und Racine überall fremd und deshalb überall gleichermaßen zufrieden. Sie waren Bürger ihrer Ehe, die war ihr Staat, und angesichts ihrer Zufriedenheit waren meine Gefühle, wie gewöhnlich, eine Mischung aus Ehrfurcht und Neid. Die beiden neigten sogar dazu, in der ersten Person Plural zu sprechen.

«Wir hatten gehofft, du würdest für unser leibliches Wohl sorgen», meinte Hilda lächelnd. «Seit dem Sandwich auf dem Flug von Hartford haben wir nichts mehr gegessen. Was empfiehlst du uns?»

Rahita selbst stand hinter der Theke, neben einem Bottich voll brodelndem Öl. Alles auf ihrer Speisekarte war frittiert: die Hähnchen, die Meeresschnecken, die Steaks und der Seefisch. So früh am Abend waren wir die einzigen Gäste.

«Ob ihr's glaubt oder nicht», erklärte Vivian lautstark, als würde sie ein Geheimnis verraten, «das ist das erste Mal hier, daß wir zum Essen ausgehen. Roger hat soviel Fleisch mitgebracht, daß ganze Heerscharen von Fleischfressern davon satt werden könnten, und daran haben wir bis jetzt rumgeknabbert. Nash rührt natürlich nichts davon an!»

«Ist der Fisch frisch?» rief ich Rahita zu.

Die blinzelte, ehe sie antwortete. «Von gestern.»

«Dann versuch ich die Schnecken», entschied ich. «Mit einem kleinen grünen Salat.»

«Für uns dasselbe», sagte Racine.

«Warum nicht», stimmte Vivian ein. «Wenn man schon mal hier ist...»

Rahita tauchte den Arm in einen mit Meerwasser gefüllten Eimer, holte eine Handvoll mittelgroße Schnecken heraus und legte sie auf ein dickes Holzbrett. Mit einer scharfen Ahle durchbohrte sie die Gehäuse, zog ihre einsamen Bewohner heraus und tötete sie durch einen Schlag mit dem Tellerrand. Als sie nach einem Gummihammer griff, wandte ich den Blick ab. Da ich aus einer Gegend komme, die dafür bekannt ist, daß man dort Hummer bei lebendigem Leib kocht und Klaffmuscheln frisch aus der Brandung verspeist, sollte man eigentlich erwarten, daß ich nicht sonderlich viel Mitgefühl mit Krustentieren habe, doch das Schicksal dieser Tiere ging mir so zu Herzen, daß ich mich wegen meiner Wahl verfluchte.

«Was ist mit dir passiert, Roger?» fragte Hilda.

Ich nahm an, sie spiele auf mein abgespanntes Aussehen, auf die roten Striemen an, die meine Arme und Hände überzogen.

«Ist dir das auch aufgefallen?» fragte Racine seine Frau. «Vivian, du bist ein wahres Tonikum für diesen Mann. Ich hab ihn noch nie so gesund gesehen, mit einer so rosigen Haut.»

Sowohl Hilda als auch Racine vergriffen sich bisweilen bei der Wahl ihrer Worte.

«Was du rosig nennst, ist eine Blutvergiftung», entgegnete ich ihm. «Heute nacht werdet ihr selbst dahinterkommen. Euch steht eine schreckliche Überraschung bevor.» Ich ärgerte mich – wie konnten sie mein Elend übersehen –, und das Wissen um die Entdeckung, die sie machen würden, bereitete mir ein klammheimliches Vergnügen.

«Die Stechmücken sind wirklich schlimm», mußte Vivian mir zustimmen. «Ihr habt hoffentlich Insektenspray dabei. Sowie die Sonne untergegangen ist, hat man sie im Zimmer.»

«Aber unser Hotel hat eine Klimaanlage», erklärte Hilda. «Wir können sicher ruhig schlafen.»

«Eine Klimaanlage?» Es war allzu schmerzhaft, dieses Wort auszusprechen. Finster starrte ich auf Vivian. «Ich wußte gar nicht, daß es auf diesem gräßlichen Eiland solche Annehmlichkeiten gibt.»

«Das Leben ist eh viel zu kurz», erklärte Hilda mit einem Achselzucken. «Mittlerweile brauchen wir einfach ein bißchen Komfort. Natürlich würden wir uns gern vom Rauschen des Meeres in den Schlaf wiegen lassen, aber... man kann nicht alles haben. Wir sind zwei alte Herrschaften, die keinen Wert mehr auf Abenteuer legen. Bei Jungverliebten ist das ganz anders.»

«Von wegen», widersprach ich. «Meint ihr, in eurem Hotel ist noch ein Zimmer frei?»

Racine schüttelte zweifelnd den Kopf. «Die haben schon lange genug gebraucht im Reisebüro, um für uns eines zu kriegen. Über die Feiertage sind die völlig ausgebucht.»

«Na, aber unseres ist jedenfalls unschlagbar billig», meinte Vivian. Sie war jetzt wieder betont vergnügt, ein sicheres Zeichen dafür, daß sie meine Gedanken erriet.

«Was immer du auch hier tust, Roger, es bekommt dir jedenfalls», warf Hilda ein. «Racine hat recht. Du siehst blendend aus. Und du auch, Vivian. Wie geht's Nash? Wo ist er?»

«Nash ist hier ganz in seinem Element», antwortete Vivian. «Er hat sich mit ein paar Einheimischen angefreundet, geht Schnorcheln und was man hier alles so treiben kann. Ich denke, er hat einfach mal einen Tapetenwechsel gebraucht.»

«Und meine kleine Violet.» Racine blickte lächelnd auf das Baby im Autokindersitz auf dem Stuhl neben ihm. *«Ça va, ma petite?»*

«Sie ist fix und fertig», sagte ich. «Das arme Kind war die ganze Nacht über wach.»

«Früh übt sich...» meinte Hilda. «Ganz der Papa.»

«Roger hat sich zu einem richtigen Strandhasen entwickelt», erzählte Vivian ohne jeden spöttischen Unterton. «Ich glaube, im Grunde seines Herzens war er schon immer ein Surfer.» Sie drückte mir den Unterarm, und ein kribbelnder Schmerz durchzuckte meine Wunden. Ich konnte es nicht ausstehen, wenn man in der dritten Person von mir sprach. Dann fühlte ich mich wie einer dieser Männer in den Fernsehserien, die von ihren cleveren, altklugen Kindern immer so von oben herab behandelt werden.

«Ich bin durchaus mit dem Meer vertraut», erklärte ich Hilda und Racine, die einander bei meinem ernsten Tonfall vielsagende Blicke zuwarfen.

«Wo wir gerade vom Meer sprechen», meinte Hilda, «was gibt's Neues von Herrn Kolumbus? Was für ein Typ ist dieser Cobb?»

«Könnte in einem Tarzanfilm mitspielen», brummte ich.

«Eine faszinierende Person», übertönte mich Vivian. «Besessen von seiner Idee natürlich, aber sehr belesen.»

Ein Blick ging zwischen den beiden Frauen hin und her, ein Signal von Vivian an Hilda, so unmißverständlich wie das eines Leuchtturms: Zeit für ein Gespräch unter vier Augen. Sie schoben ihre Stühle zurück und machten sich ohne ein Wort der Erklärung auf den Weg zur Damentoilette. Als ich mich nach Racine umwandte, traf mich ein Lächeln aus einem offenen, hoffnungsvollen Gesicht.

«Warum müssen sie immer paarweise?» fragte ich ärgerlich. «Orientieren sich ihre Blasen an den Mondphasen?»

«Frauengespräche.» Er zuckte die Achseln. «Sie haben sich seit einer Woche nicht gesehen. Da gibt's eine Menge zu erzählen.»

Dann saßen wir schweigend da. Es gab keine «Männergespräche», keine Vertraulichkeiten, die wir auszutauschen hatten. Racine und ich teilten keine sportlichen Interessen und hatten keine gemeinsame Basis für Gespräche über Institutspolitik, und so verließen wir uns seit langem darauf, daß Hilda Themen ansprach und den Fluß unserer Gespräche lenkte. Wir waren Freunde auf die stumme, kumpelhafte Art der meisten erwachsenen Männer, die einander durch die Arbeit kennen. Da wir kaum einmal unbeaufsichtigt miteinander allein gewesen waren, machte uns die erzwungene Intimität unseres Tête-à-tête ein wenig verlegen. Wir lebten in der vertrauten Grauzone aller Männer – kannten uns schon zu lange für bloßes Geschwätz und hatten doch nie die Brücke zu intimen Eröffnungen überschritten. Daß ich mich mit Vivian zusammentat, hatte die Dinge einfacher gemacht. Ich war kein unberechenbarer Joker, keine Gefahr oder Herausforderung mehr, kein rätselhafter Junggeselle, kein Mann, dessen Status entweder verriet, daß er es nicht schaffte, mit einer Frau zu leben, oder, noch schlimmer, daß er das gar nicht wollte.

Ich warf Racine einen Blick zu und sah zu meiner Bestürzung, daß er mich voller Besorgnis, ja sogar voller Zuneigung anstrahlte. Ich hatte ihn in verschiedenen Fachbereichssitzungen erklären hören, Männer müßten lernen, miteinander zu reden und die Scheu vor Körperkontakt abzulegen, und mir schwante, daß er im Begriff war, seine Theorie in die Praxis umzusetzen. Glücklicherweise kam mir ein weibliches Wesen zu Hilfe. Violet wachte, wohl wegen der Hitze und dem Fehlen jeder Bewegung, auf und ließ den Blick auf der Suche nach Vivian umherschweifen.

Racine hatte lange kein Baby mehr im Arm gehalten, doch er war bekannt als ein Mann, der zu seinen Gefühlen stand, der sich aktiv an dem Ad-hoc-Seminar über feministische Literaturkritik beteiligte. Ich genoß seine Bestürzung ob der Zwickmühle, in die ihn meine kurz vor dem Losschreien stehende Tochter brachte. Wenn er sie hochnahm und sie das nicht befriedigte, war sein Ruf angeknackst, aber wenn er auf ihr Bedürfnis hilflos reagierte, war er für alle Zeiten ruiniert. Ich sah noch ein paar Sekunden lang zu, wie sich seine Aufregung steigerte, ehe ich mit dem auf langer Übung beruhenden Geschick eines gelernten Kindermädchens – ich hatte ja zumindest die Erfahrung der letzten Nacht, auf die ich mich stützen konnte – Violet aus ihrem Kindersitz hob und sie so hoch hielt, daß sie mich ansehen konnte.

«Ist schon gut», sagte ich bestimmt. «Du brauchst dir keine Sorgen zu machen. Alle hier mögen dich.»

Beim Klang meiner Stimme blinzelte Violet, und der immer wiederkehrende Augenblick der Einschätzung des Gegenübers war gekommen. Würde sie mich als Stellvertreter akzeptieren oder nicht? Und dann spürte ich da, wo ihr winziger Rücken an meiner Hand lag, wie sich ihre Muskeln entspannten. Sie strampelte spielerisch, ja beinahe kokett mit den Beinen. Sie streckte die Zunge heraus und gab einen glucksenden Laut von sich. Überrascht und stolz – Racine würde Hilda davon berichten, sobald sich eine Gelegenheit dazu bot, und sie wiederum würde es Vivian erzählen – antwortete ich ihr mit einem ebensolchen Geräusch. Violet reagierte mit einem erneuten Glucksen. Wir redeten miteinander. Wir führten unser erstes, nur uns beiden verständliches Gespräch.

Schließlich war Violet so zufrieden, daß sie in der von meinem Arm und meiner Brust gebildeten Kuhle eindöste, obwohl sie ab und zu noch einmal aufschreckte und mich konzentriert ansah, ehe sie sich wieder entspannte.

«Du hast ja ein richtiges Talent entwickelt», lobte mich Racine voller Erleichterung. «Alle Achtung.»

«Das ist ganz einfach», entgegnete ich bescheiden. «Ein Baby braucht wie jeder Mensch einen Halt, ein stabiles Umfeld.»

«Und das habt ihr, du und Vivian, für sie geschaffen? Wunderbar. Daß sich Gegensätze anziehen, ist eine der sprichwörtlichen Weisheiten, die sich immer wieder bewahrheiten, selbst in den unwahrscheinlichsten Fällen. Das muß man Hilda lassen. Sie hat es kommen sehen.»

Hilda bekam, wie mir mit jeder verstreichenden Minute klarer wurde, gewiß soeben zu hören, wie groß die Gegensätze zwischen Vivian und mir waren. Wie lange Frauen hinter den geschlossenen Türen einer Damentoilette zubringen konnten, erstaunte mich immer wieder. Das schien ein universell gültiger Charakterzug zu sein. Wenn ich als Kind mit meiner Mutter verreiste, mußte ich, in Flughäfen und Bahnhöfen, regelmäßig vor der Damentoilette auf sie warten. Und diese Erfahrung wiederholte sich seither immer wieder – mit Freundinnen und Bekannten, im Theater, in Restaurants oder an Tankstellen. War das angeboren, eines der Mysterien der weiblichen Psyche, oder war es erlerntes Verhalten? Bei den Jägern und Sammlern, fragte ich mich, verschwanden da die Mütter, die Großmütter und die kleinen Mädchen hinter einem Busch, um ohne ein Wort der Entschuldigung erst Stunden später wieder hervorzukommen, wenn das Wild längst das Weite gesucht hatte? Man mußte Vivian zugute halten, daß sie in dieser Hinsicht einen Platz am unteren Ende der Skala belegte. Einmal hatte sie sogar auf mich warten müssen, und ich, für den eine solche Situation neu war, hatte mich gezwungen gesehen, eine Erklärung abzugeben.

«Bitte, Roger», hatte sie gemeint. «Erspar mir die Einzelheiten. Was du auf dem Klo machst, ist deine Sache.»

Doch sowie sie diese Örtlichkeit zusammen mit einer anderen Frau, insbesondere mit Hilda betrat, verfiel sie unweigerlich in die schlimmsten geschlechtstypischen Verhaltensweisen. Was immer sich dort abspielte, es wurde mit Bedacht vollzogen. Die Schachpartie wurde ohne Uhren gespielt.

«Was sie da drinnen wohl machen?» fragte ich Racine schließlich. Unser Essen war fertig, und mein Hunger war so groß, daß ich es nicht aushalten würde, noch lange zu warten. Die knusprig goldbraun gebackenen Schnecken sahen köstlich aus. Sie dufteten zugleich nach Meerwasser und Öl, und auch der Salat, ein mit Mayonnaise angemachter Krautsalat, wirkte einladend.

«Seid, liebe Tierchen, ihr bereit, dann kann das Mahl beginnen», wandte ich mich an meinen Teller. Mit meiner freien Hand zog ich eine Meeresschnecke durch die Mayonnaise und aß einen Bissen. Sie war warm und knackig, oder besser gesagt, ziemlich zäh. Meine Kiefer federten nach jedem Zubeißen zurück, als ob ich auf einer panierten Gummisohle kaute. Ich biß eher auf dieser Masse herum als daß ich sie zerkaute, und wenn ich einen Happen davon hinunterschluckte, konnte ich sie auf dem ersten Teil ihrer Reise nach unten genau verfolgen.

«Zäh», stellte ich fest, und Racine nickte.

«Alles Muskeln. Die brauchen sie, um das riesige Gehäuse mit sich rumzuschleppen.»

Jeder einzelne Bissen beanspruchte mehrere Minuten Kauzeit, und unser Tisch war in Schweigen gehüllt. Racine und ich aßen wie Kühe auf der Weide, mit stummen, stupide mahlenden Kieferbewegungen. Violet fand es toll, uns beim Wiederkäuen zuzusehen.

Hilda und Vivian waren noch nicht wieder aufgetaucht, doch aus der Toilette drang schallendes Gelächter. Inzwischen war ich mir sicher, daß ich das Hauptthema ihrer Lagebesprechung war. Ich war durchgefallen, soviel stand fest. Vivian würde mich als halsstarrig beschreiben, als unverbesserlichen Nörgler, der zuviel trank und obendrein unfreundlich zu Cobb war. Sie würde Hilda erklären, daß sie hinsichtlich meiner Beziehung zu Nash alle Hoffnung aufgegeben hatte, und sich beschweren, daß ich meiner Arbeit mehr Aufmerksamkeit widmete als ihr. Ich schloß die Augen: Womöglich plauderte sie aus, wie stur ich darauf beharrt hatte, daß unsere Orgasmen nicht simultan stattgefunden hatten. Sich auf eine moderne Zweierbeziehung einzulassen bedeutete, die eigene Intimsphäre zu opfern und selbst sein Allerheiligstes den prüfenden Blicken der Öffentlichkeit darzubieten. Erst stellt mich der Sohn mit meinem Tagebuch bloß, dann die Mutter mit einer unterhaltsamen Schilderung meiner unzulänglichen Leistungen.

Wenn Männer offen miteinander reden könnten, was würde ich Racine dann erzählen? Was ich bei meinem Zusammenleben mit Vivian «empfand» – um das Schlüsselwort des ausgehenden zwanzigsten Jahrhunderts zu verwenden? Zweifellos war ich für sie eine Enttäuschung, aber war es umgekehrt nicht genauso? Ihre Gedankenlosigkeit war oft äußerst enervierend, und sie wütete in der althergebrachten Ordnung meiner Existenz wie ein Elefant im Porzellanladen. Es gab keinen Bereich meines Lebens oder Denkens, in den sie oder ihre Angehörigen nicht eindrangen, den sie nicht zu beherrschen versuchten. Zu allem, was mich anging, hatte sie eine Meinung, und sie erwartete von mir, daß ich mich ihren Erwartungen gemäß änderte. Sie brachte mir nicht den geringsten Respekt entgegen. Meine beruflichen Leistungen hin oder her – für Vivian Twostar war ich einfach nur der Mann in ihrem Leben, das Objekt, das sie zu formen suchte,

der schwierige Vater ihrer Tochter, eine problematische Un-
bekannte, ein ungewisses Vorzeichen ihrer Zukunft. Im
Grunde interessierte sie sich einen Dreck für meine Familie,
meine Arbeit, meine ästhetischen Vorstellungen und meine
Besitztümer. Für sie war etwas anderes an mir vorrangig, ein
Aspekt, der keinen Eingang in meinen Lebenslauf fand, den
nie zuvor jemand bei mir gesucht oder vermutet hatte. Für sie
war ein grundlegendes, primitives Kriterium entscheidend:
Sie maß die Größe meines Erfolges oder meines Versagens
daran, wie begehrenswert ich war, in welchem Umfang ich
Liebe zu erwidern vermochte.

Drüben auf der anderen Seite des Raums öffnete sich die
Toilettentür. Hilda und Vivian kamen, frisch gekämmt, die
Gesichter für die Öffentlichkeit zurechtgemacht, auf unseren
Tisch zu. Als Vivians Blick auf den leeren Kindersitz fiel,
legte sie besorgt die Stirn in Falten. Dann sah sie die schlafende Violet in meinen Armen. Sie berührte Hildas Ellbogen
und zeigte auf mich.

In ihrem Blick lag etwas, das augenblicklich – ohne daß
sich irgend etwas geändert hätte – jedes negative Gefühl, das
ich ihr gegenüber empfand, in ein positives verwandelte.
Was schlecht gewesen war, wurde gut, was bedrückend gewirkt hatte, wurde anmutig, was Klage gewesen war, wurde
jubilierende Freude. Ich schob meinen Stuhl zurück, stand
auf und ging Vivian entgegen, hielt dabei Violet etwas zur
Seite und berührte mit den Fingerspitzen meiner freien Hand
Vivians Arm. Sie lächelte.

«Wollt ihr nicht endlich unsere tolle Nachricht hören?» fragte
Hilda, als wir die Schnecken hinuntergewürgt hatten. «Sie
brennt Racine schon ein Loch in die Tasche.»

«Aber nicht gleich in allen Einzelheiten», entgegnete Vivian und warf Racine einen warnenden Blick zu.

«Ganz klar ist mir die Sache noch nicht», meinte der bedächtig, «aber es sieht so aus, als ob der Brief echt wäre. Ich
hab die Tinte mit der Radiokarbonmethode untersuchen las-

sen, und sie stammt definitiv aus dem fünfzehnten, sechzehnten Jahrhundert. Ein Graphologe hat mir bestätigt, daß die Schrift die von Kolumbus sein könnte, auch wenn es ein paar Abweichungen gibt.»

«Sicher von der Bewegung des Meeres, als die *Pinta* am Rand der Scheibe entlanggeschippert ist», konnte ich mir nicht verkneifen zu sagen. Warum nicht gleich das ganze Märchen für echt erklären?

Vivian brachte mich mit einem mitleidigen Blick zum Verstummen.

«Hat dieser Henry Cobb noch mehr davon?» wollte Racine wissen. «Könnt ihr das, was ihr habt, irgendwie einordnen?»

«Das ist eine heikle Frage», antwortete Vivian. «Er hat noch eine ganze Menge davon, aber er will bestimmen, wo's langgeht und läßt sich nicht in die Karten gucken. Er erwartet, daß ich ihm zuerst mein Blatt zeige, ehe er entscheidet, wieviel er mir erzählt.»

Rahita rief aus der Küche herüber und erkundigte sich, ob sie uns zum Nachtisch ein paar Bananen fritieren sollte. Als wir ihre Frage bejahten, setzte hinter der Theke augenblicklich das uns mittlerweile bereits vertraute Geräusch von brodelndem Öl wieder ein.

«Vivian, dem bist du nicht gewachsen», mahnte ich. «Das ist kein Kartenspiel am Küchentisch, bei dem es um Pfennigeinsätze geht. Cobb spielt auf Sieg.»

«Roger ist eifersüchtig, könnt ihr euch das vorstellen?» Lächelnd sah Vivian erst Racine und Hilda an und dann mich, als wäre ich ein liebestoller pubertierender Jüngling. Als wäre ein Lichtschalter umgelegt worden, verkehrte ihr spöttisches Grinsen alle meine positiven Gefühle wieder ins Negative. Was glaubte sie eigentlich, von wem sie sprach?

«Der Kerl ist ein Schwein», sagte ich zu Racine, im Vertrauen darauf, daß unsere knospende Männersolidarität für eine loyale Reaktion sorgen würde. «Er operiert außerhalb der Gesetze. Und Vivian hält er schlicht zum Narren.»

«Er will Roger das Tagebuch nicht zeigen», erklärte Vivian. «Und außerdem paßt Roger unsere Unterkunft nicht. Da gibt's nämlich ein paar Unannehmlichkeiten.»

Das war zuviel des Guten und ließ schlagartig meinen Adrenalinspiegel hochschießen.

«Die Hütte ist einfach nicht als menschliche Behausung geeignet», stellte ich kategorisch fest. «Ebensogut könnten wir am Strand übernachten und unsere Mahlzeiten an Stöcken über einem offenen Feuer zubereiten.»

«Stellt euch vor, er hat uns einen Braten getoastet», flüsterte Vivian. «Mein Höhlenmensch. Mein Steinzeitheld.»

Hilda und Racine sahen mich mit unverhohlener Neugier an, und ich mußte es ihnen erklären.

«Es war eben kein anderes Gerät da.»

«Delicioso!» verkündete Vivian und küßte zum Zeichen der Begeisterung ihre Fingerspitzen. «Roger ist eine echte Kanone... in der Küche.»

Racine, stets der begeisterte Hobby-Koch, wurde neugierig. «Ist er nicht ausgetrocknet?»

«Reden wir von was anderem», entgegnete ich. «Kein Wort mehr von dem Braten, von den Stechmücken, von den verrosteten Rohren und dem brackigen Wasser. Viel schlimmer ist, daß wir auf dieser Insel einem Kriminellen ausgeliefert sind und Vivian nichts Besseres zu tun hat, als ihm schöne Augen zu machen.» Das war nicht ganz gerecht, aber sie hatte sich mir gegenüber auch nicht fair verhalten. «Ihr solltet die beiden mal zusammen sehen, wie sie gesicherte historische Fakten so zurechtbiegen, daß sie ihnen in den Kram passen. Machen wir dies aus Kolumbus, machen wir jenes aus Kolumbus. Den historischen Hintergrund vergessen wir dabei natürlich. ‹Der erste moderne Mensch›, voller innerer Widersprüche und existentialistischer Probleme. Warum nicht einen Schwarzen aus ihm machen? Oder einen Schwulen? Vielleicht war er in Wirklichkeit eine Frau? Und hab ich den vergrabenen Schatz schon erwähnt? Die verlorenen Juwelen von Burgund, oder war es Babylon?»

Schweigen lag über unserem Tisch, als ich mit meiner Tirade zu Ende war. Ich bemerkte, daß Rahita schon eine geraume Weile neben mir stand, um einen Teller mit knusprigen Bananenscheiben vor mir auf den Tisch zu stellen. Ich sah sie Verzeihung heischend an und bemerkte, daß sie die Stirn in Falten gelegt hatte.

«Kolumbus war auch schwul?» fragte sie, mehr sich selbst als mich, und schüttelte den Kopf.

Als die Frau, noch immer kopfschüttelnd, wieder in der Küche verschwunden war, beugte sich Hilda zu mir herüber. «Ich hab dich ja noch nie so aufgebracht erlebt, Roger. Was ist denn nur los?»

Natürlich antwortete Vivian für mich, gab ihre fachmännische psychiatrische Einschätzung zum besten.

«Roger kann es nicht ertragen, daß jemand etwas über Kolumbus weiß, was nicht zu seinen Forschungsergebnissen paßt. Es könnte ihm den Rhythmus seines Poems vermasseln.»

Ich starrte sie böse an, doch sie sprach einfach weiter. «Ich behaupte nicht, daß Cobb ein einfacher Fall ist. Es macht ihm Spaß, Roger auf die Palme zu bringen und mich zu ködern. Aber von der Sorte kenn ich Hunderte, und wir haben einen entscheidenden Vorteil. Er braucht etwas, und er glaubt, daß wir es haben.»

«Ich halt's nicht länger aus», warf Racine ein. «Seht euch das an. Möglicherweise liegt er gar nicht so verkehrt.» Er reichte Vivian einen weißen Umschlag. «Naomi konnte die eingeritzten Zeichen entziffern und hat sie übersetzt. Ich hatte recht, es war Hebräisch, aber keiner von uns konnte was damit anfangen.»

«Was für eingeritzte Zeichen?» fragte ich.

«Sie bedeuten tatsächlich etwas?» fragte Vivian erstaunt. «Es sind wirklich Worte? Bist du sicher?»

«Wovon redet ihr eigentlich?» Ich bestand darauf, es zu erfahren.

Sie schüttelte den Kopf. «Später.»

Wütend begann ich die Bananen zu verzehren. Schluß mit diesem infantilen Getue. Geheimnisse, verschlüsselte Botschaften, verlorene Tagebücher. Als nächstes würden sie mit einem Jungbrunnen daherkommen. Wir wußten bereits genug von der Vergangenheit, um sie zu rekonstruieren. Es existierte eine direkte Verbindung von jedem Damals zu jedem Heute, eine Kette miteinander verknüpfter kausaler Zusammenhänge, deren Interpretation nichts mit Science-fiction zu tun hatte. Die blieb den Stubengelehrten unter den Historikern überlassen, den Dilettanten, die es für überflüssig hielten, nüchterne staubige Dokumente sorgfältig zu untersuchen – Inventare, Gerichtsakten, demographische Unterlagen. Die wirkliche Geschichte war eine Wissenschaft, kein Labyrinth. Sie beinhaltete die Darstellung von Fakten, deren Wirkung über den Tag hinausreichte. Die Bedeutung bestimmter Ereignisse und Ideen konnte nur retrospektiv eingeschätzt werden. Kolumbus war, wie jede andere geschichtliche Gestalt, im wesentlichen die Akkumulation seiner historischen Ursachen und – noch wichtiger – Wirkungen im Verlauf der Zeit. Er war der, zu dem er geworden ist. Der Ich-Erzähler meines Gedichts, auf das Vivian neuerdings so geringschätzig herabzublicken schien, war der Mann, der zu den Zeugnissen dieses Lebens paßte, und nicht irgendein Gespenst, das in diametralem Gegensatz zu ihnen stand. Mein Urkolumbus hatte fünf Jahrhunderte überdauert und würde, gestärkt durch meine gewissenhafte Arbeit und die anderer echter Wissenschaftler, in Zukunft sogar noch mehr er selbst werden.

Ich behielt diese Gedanken für mich, tröstete mich mit ihnen, während Hilda und Racine ihre Bananen verzehrten, Violet friedlich schlummerte und Vivian, ohne sich bewußt zu sein, wie sehr sie mich beleidigt hatte, mit einem Messer Racines weißen Umschlag aufschlitzte und sich – ein-, zwei-, dreimal – die Reihen maschinengeschriebener Wörter zu Gemüte führte, die ein ganzes Blatt füllten.

16

VIVIAN

*I*n sein Exemplar von Ptolemäus' Buch über die Geographie hatte Kolumbus geschrieben: «Wunderbar sind die stürmischen Mächte der See. Wunderbar ist Gott in den Tiefen.» Ehe ich Hanover verließ, hatte ich diese erhebende Bemerkung auf einem Zettel notiert, um Nash davon zu überzeugen, daß Kolumbus durchaus auch etwas für sich gehabt hatte. Ich steckte ihn gefaltet in eine kleine Plastiktüte und nahm ihn mit nach Eleuthera. Wenn ich mich mit Gedanken über die Bedeutung der Austernschalen und den Rest des Tagebuchs quälen wollte, zog ich den Zettel aus dem Seitenfach von Violets Wickeltasche und las die Zeilen wieder und wieder. Schicksalhafte Worte. In guten Momenten bewiesen sie, daß Kolumbus wirklicher Poesie fähig war. In weniger optimistischen Zeiten fühlte ich mich durch ihre Unschuld, durch den Eifer des Mannes, durch die Grausamkeit seiner Beweggründe und seine Unwissenheit gefoppt. Fünfhundert Jahre später war ich hier und wollte ihn unbedingt unterkriegen, und mit diesen Schalen schien er mir ein Werkzeug dazu in die Hand gegeben zu haben.

Nur daß ich nicht wußte, wie ich es verwenden sollte: wohin die Sätze in den Austernschalen paßten, was sie bedeuteten.

Das erste, was ich tat, nachdem Racine mir die Übersetzung aus dem Hebräischen gegeben hatte, war, sie auswendig zu lernen. Jetzt waren die Worte in meinem Kopf aufbewahrt, unsichtbar und sicher. In einem Anfall von Verfolgungswahn verbrannte ich den Umschlag mit dem Blatt und streute die Asche in den Sand neben der Veranda, wo scheue Eidechsen hin und her huschten und kleine Vögel herumpickten. Sie pickten auch in der Asche und verstreuten sie weiter. Die Eidechsen trugen sie an ihren flinken Füßen davon. Jetzt war kein Beweisstück mehr da, und ich war froh, daß Racine keine zweite Kopie mitgebracht hatte, daß ich Roger gar nicht erst von dieser Entdeckung erzählt hatte. Cobb behielt mich nämlich im Auge und hatte unsere Abwesenheit gestern nachmittag dazu benutzt, das Strandhaus gründlich zu durchsuchen. Er hatte alles wieder dahin gelegt, wo es hingehörte, und es wäre mir gar nicht aufgefallen, wenn er nicht einen kleinen Tick von mir übersehen hätte, eine der kleinen Gewohnheiten, von denen man nicht lassen kann, wenn man einmal damit angefangen hat.

Wie Roger, wie jeder Wissenschaftler, habe ich meine eigene Art, Unterlagen zu ordnen und selbst zufällig gesammelte Artikel methodisch nach dem Alphabet zu sortieren. Und als ich das Material, das ich mitgenommen hatte, durchsah und feststellte, daß die Sonderausgabe des *National Geographic* über Kolumbus in meinem Ordner vor einigen kopierten Seiten von Morison lag, daß Molanders interessante Theorie zu Eleuthera hinter Roses ethnohistorischen Beitrag über die Lucaya-Indianer gerutscht war, da wußte ich, daß jemand seine Finger darin gehabt hatte. Wegen derlei Kleinigkeiten werden unachtsame Spione enttarnt. Eigentlich hätte ich empört sein sollen, doch irgendwie war ich nicht einmal überrascht. Und nachdem ich einmal bemerkt hatte, daß jemand meine Unterlagen durchwühlt hatte, sah ich auch noch andere kleine Veränderungen im Chaos meines Koffers. Die verrieten mir etwas Wichtiges.

Wenn Cobb sich die Mühe machte, meine persönlichen Sachen zu durchsuchen, dann war er verzweifelter, als er zugab, und nicht so penibel, wie ich gedacht hatte. Diese Information war mir sehr nützlich, doch er hatte nach dem Falschen gesucht. Er war hinter dem zweiten Teil des Briefes her – glaubte, wie ich es geplant hatte, er würde ihn vor dem Bankrott retten –, doch ich wußte, die rätselhaften Bemerkungen über die Krone würden ihn nur weiter frustrieren. Was er wirklich suchte, war in Perlmutt eingraviert, und diese geheimnisvollen Hinweise waren, wie ich vermutete, im Idiom der damaligen Zeit verschlüsselt. Die einzige Niederschrift lag sicher in meinen Hirnzellen verborgen. Wenn Cobb mir das Tagebuch gab, dann würde ich ihm vielleicht sagen, was er wissen wollte. Vielleicht aber auch nicht.

In der Zwischenzeit lagen die Austernschalen zu Hause in meiner Gefriertruhe. Wieder und wieder sagte ich die Worte leise vor mich hin – manchmal, wenn ich allein war, sprach ich sie auch laut aus. Auf meine Art wurde ich von der gleichen Besessenheit gepackt wie Cobb, den Schatz zu finden, nur sagte ich mir, ich wolle die Krone aus humanitären, aus politischen Gründen – um zu belegen, daß durch sie die Souveränität der Eingeborenen anerkannt werden sollte, um das Bewußtsein dafür zu erwecken und um einen unbestreitbaren Beweis zu erbringen, der den Entdeckten selbst zumindest einen Bruchteil der Entdeckung, um die so viel Lärm gemacht wurde, zurückgeben würde.

Obwohl all das stimmte, wußte ich im tiefsten Inneren, daß es da noch einen Grund gab – jenen uralten und wenig rühmlichen. Ich konnte nicht anders: Sterne funkelten in meinem Kopf und die Facetten wertvoller Steine; Gold verstrahlte den Glanz der Gier. Ich wollte sie. Nicht etwa behalten, nur *finden*. Erhabene hypothetische Momente schwebten vor meinem inneren Auge und plagten mich. Die Krone lag auf einem Altar und funkelte wunderschön. Ich näherte mich ihr, oder grub sie aus, oder drehte den richtigen Stein um und sah sie schimmern.

Ich grübelte über die Worte auf den Schalen nach – überlegte hin und her –, doch ich kam nicht weiter, nicht einen Schritt. Ich nahm an, daß ich mich auf der richtigen Insel befand. Und wenn Cobb recht hatte, dann sogar am richtigen Strand. Ich hatte die Anweisungen, verstand sie aber nicht. Ich kam mir vor wie ein Safeknacker, der vor einer riesigen Stahltür steht, und um mich herum, überall, in jedem Rascheln der Blätter, in der Bewegung von Wind und Wellen, in der Bahn der Sonne, war die Zahlenkombination verschlüsselt, starrte mir ins Gesicht.

Diese hebräischen Zeilen waren mein ständiges Mantra. Ich versuchte sie in eine logische Reihenfolge zu bringen, aber wie konnte ich sicher sein? Sollten sie den Weg weisen oder ihn verschleiern?

Wenn die Sonne in der Krone des Himmels steht.

Offensichtlich Mittag.

Über Sand wie altes Glas.

Eleutheras berühmte rosa-lavendelfarbene Strände. So weit, so gut, vielleicht, aber dann kam der Haken.

Webe ein Band durch ein Wolkenmeer.

Da kam ich nicht weiter. Ich nahm an, das Wolkenmeer sei Nebel und das Band das Kielwasser eines Schiffes, doch das war keine große Hilfe. Schließlich ist Nebel nichts Statisches und das Kielwasser eines Schiffes nichts Dauerhaftes. Ich versuchte es mit freiem Assoziieren, kam damit aber auch nicht weiter. Konnte er ein richtiges Band gemeint haben? Einen Streifen Tuch als Markierung, als Führung durch ein Labyrinth? Diese Zeile hob ich mir jedesmal wieder für später auf und machte weiter im Text.

Zum hohlen Speer des atmenden Steins.

Damit konnte ich etwas mehr anfangen. Ich stellte mir eine Art Tempel vor, aus Steinen gebaut, ein Markierungspunkt. Oder vielleicht ein Altar der Eingeborenen. Spitz nach oben gerichtet natürlich, und innen hohl, so daß er die Krone beherbergen konnte. Was den «atmenden» Stein anbelangte, dafür gab es fast schon wieder zu viele Erklärungen. Korallen waren lebende Steine, aber ich war mir nicht sicher, ob Kolumbus das gewußt hatte. Oder die Steine waren mit Krebsen bewachsen, mit Muscheln oder Landschnecken. Oder es könnte eine Art festes Gras gewesen sein, vielleicht Flechte, die über den Stein wuchs.

Betrete die Spitze durch den inneren Kanal.

Wieder eine Lücke, denn was mir da in den Sinn kam, waren nur die Kopien mit Diagrammen aus der Schule, die Nash einmal mit nach Hause gebracht hatte, als sie im Biologieunterricht das männliche Reproduktionssystem durchnahmen. Ich konnte mich anstrengen, wie ich wollte, das war alles, was ich mit *Kanal* in Verbindung brachte, obwohl es bedeuten mußte, daß der Aufbewahrungsort der Krone nahe am Wasser war, vielleicht an der Mündung eines Flusses, wenn es so etwas auf dieser kleinen Insel gab.

Sie liegt in den Strahlen des Vesperlichts.

Manchmal ertappte ich mich dabei, wie ich mich durch die Litanei der Zeilen durchkämpfte und bei dieser anhielt, in der Hoffnung, sie würde einen neuen Gedanken freisetzen, der die anderen Bruchstücke verband. Doch nichts passierte, nichts bewegte sich, keine Gletscherspalte tat sich auf, nicht mal ein winziger Riß. Ich befand mich in einer Sackgasse, genauso wie Cobb. Vielleicht wurde die Krone im Tagebuch noch ausführlicher erwähnt, aber wenn Cobb auch aus seiner Quelle vielleicht eine genauere Vorstellung davon erhalten hatte, was wir suchten, so enthielt meine doch offenbar die einzige Hoffnung darauf, den Ort zu ermitteln. Cobb brauchte mehr und ich auch, dennoch trauten wir einander nicht soweit, daß wir unsere letzten Karten auf den Tisch legten und zusammenarbeiteten. Wir umkreisten einander wie zwei Ringer vor dem Kampf. Irgendwann mußte es einen Durchbruch geben, einen Sprung nach vorn, aber keiner von uns war bereit, als erster den Angriff zu wagen.

Das dachte ich jedenfalls. Doch Cobb überraschte mich. Seine Vorstöße waren bislang so durchschaubar gewesen, daß sein Ausfallschritt zur Seite ihn nun zum Inbegriff der Raffinesse zu machen schien.

Am späten Vormittag unseres fünften Tages auf der Insel – es war der Tag nach Hildas und Racines Ankunft - kratzte er leise am Rahmen des Fliegengitters und kam ins Strandhaus. Während der letzten Stunde hatte ich in einem Korbstuhl am Fenster gesessen und zugesehen, wie sich die Brandung am Riff brach und die Wolken von dem nächtlichen Regenguß sich allmählich verzogen. Violet lag zusammengerollt in meinem Schoß. Seit einer Stunde spielte ich die Zeilen von den Austernschalen wieder und wieder auf meinem geistigen Recorder ab und hoffte auf die bahnbrechende Eingebung.

«Tomaten», sagte Henry Cobb. Er hielt einen runden, roten Globus in der Hand. «Die sind hier auf der Insel wertvoller als die besten Aktien. Gibt's nicht zu kaufen. Aber ich habe Beziehungen zu einem Gärtner.»

«Das glaub ich Ihnen sofort», meinte ich.

Roger sah von seinem Computer hoch, seufzte und nahm die Diskette heraus. Wie immer – er war ein richtiges Gewohnheitstier – steckte er sie in seine Hosentasche.

Cobb ignorierte ihn, redete nur mit mir. «Ich wage kaum zu fragen, ob Sie zu mir kommen und einen Salat mit mir essen wollen.»

«Ich passe», gab Roger zurück.

«Aber später sehen wir uns noch?» fragte Henry. Roger nickte. Das hatte ich gar nicht gewußt, aber es war mir egal. Vielleicht würden die beiden ihre Differenzen ganz privat beilegen. Von mir aus, doch ich hoffte inständig, daß Cobb bei seiner Weigerung blieb, ihm das Tagebuch zu zeigen. Rogers Skepsis kam mir sehr gelegen und ebnete mir den Weg. Solange er nicht an die Echtheit des Dokuments glaubte, nahm er meine Schritte nicht ernst, doch wenn er erst einmal ein Stück von dem zu sehen bekam, was in Cobbs Safe lag, dann würde er mich nicht mehr aus den Augen lassen und versuchen, selbst das Ruder zu übernehmen.

Cobbs Einladung war die Chance für mich, allein mit ihm zu reden, und ich beschloß, die Gelegenheit beim Schopf zu packen.

«Essen ist immer gut», sagte ich, «und Salat klingt phantastisch. Ich nehme an.»

Vorsichtig, damit Violet nicht aufwachte, stand ich auf. Der Himmel war noch immer leicht bedeckt, als ich Cobb den Weg zu seinem großen Haus entlang folgte, doch über den Wolken, das konnte ich spüren, heizte sich die Sonne auf, um die Feuchtigkeit wegzubrennen. Bis zum Nachmittag würde die Luft frischer sein, eine leichte Brise wehen und der Himmel wieder in einem rauchigen Blau leuchten.

«Zu dem Cobb, der diesen Salat verbrochen hat, stehe ich in keinem verwandtschaftlichen Verhältnis. Ich lehne jede Verantwortung ab.» Doch Cobb hatte sich wirklich Mühe gegeben. Die Schüssel vor mir enthielt grünen Salat und kaltes Hühnerfleisch, Gemüse und gebratenen Schinken. Zum erstenmal seit meiner Ankunft fragte Cobb mich nach persönlichen Dingen, und es überraschte mich, daß er ein aufmerksamer Zuhörer war. Im Gegenzug gab er Informationen über sich selbst preis – eine gescheiterte Ehe, Kinder, die ihm fremd geworden waren und sich kaum mehr bei ihm meldeten. Er wirkte so ernst, daß ich mir dazu gratulierte, ihn aus der Reserve gelockt zu haben. Langsam kamen wir voran, da war ich sicher. Jetzt mußten wir nur den Austausch von Vertraulichkeiten fortsetzen, diese Stimmung gegenseitigen Vertrauens aufrechterhalten.

«Es ist ein Verbrechen», sagte er, als wir mit dem Essen fertig waren, «wenn Sie auf diese Insel kommen und sich den schönsten Blick auf sie entgehen lassen.»

«Und der wäre?»

«Vom Meer aus betrachtet, erhebt sie sich wie ein grünes Juwel. Ich habe heute nachmittag frei, und Ihr Sohn hat sich von der Funktionsfähigkeit meiner kleinen Yacht überzeugen können.»

Ich überlegte. Wenn wir auf dem Meer waren, konnte Roger uns nicht stören und sich in das Gespräch einmischen, das jetzt endlich so gut lief. Ich wollte das Ganze hinter mich bringen, es abschließen. Ich hatte das Gefühl, daß wir kurz vor dem Durchbruch waren. Da konnte ich nicht nein sagen.

Cobb trug die Teller zur Spüle. «Dann treffen wir uns in einer Stunde», sagte er und brachte mich an die Haustür.

Wieder am Strandhaus, sah ich, daß Nash gerade vom Tauchen mit Elvis Greer zurückgekommen war. Ich hörte ihn mit Roger reden und machte mich nicht bemerkbar. Sie unterhielten sich über das Schicksal der Erde.

«Biomasse», konstatierte Nash in überlegenem, dozierendem Ton. «Du hast ja keine Ahnung davon, Roger, aber die solltest du dir besser aneignen, denn wenn wir weiter soviel Benzin verschwenden und uns da nicht ein bißchen einschränken, dann bringen wir das ganze Klima durcheinander. Wir werden uns selbst vergiften, als würden wir an unserem eigenen Mundgeruch sterben.»

«Und was hat die Biomasse damit zu tun?»

Aus Rogers Stimme hörte ich eine Mischung von verhaltener Langeweile und etwas wie zäher Geduld heraus. Ich setzte mich direkt neben die Tür. Daß ich zuhörte, spornte sie weiter an.

«Aus der Biomasse gewinnt man *Öl*, Roger. Benzin. Schau mal, Roger, wenn wir unsere Fahrzeuge so umstellen würden, daß sie mit *Planzenöl* laufen würden, dann hätten wir davon mehr als genug, denn das wäre eine erneuerbare, umweltfreundliche Energiequelle.»

«Du meinst also –» jetzt hatte Roger sichtlich Mühe, ihn ernst zu nehmen –, «mein Saab kann eines Tages so umgestellt werden, daß er mit kaltgepreßtem Olivenöl fährt?»

Nash kam in Fahrt, wie immer, wenn er von Apokalypse und Errettung redete. Ich wußte natürlich, daß die Pflanze, von der Nashs Meinung nach die Zukunft des gesamten Planeten abhing, nichts anderes war als das Kraut, das ihn an meinem letzten Unterrichtstag so fertiggemacht hatte. Ich war gespannt auf Rogers Reaktion, als Nash anfing, die vielen einzigartigen Vorteile einer gewissen harzhaltigen Pflanze aufzuzählen.

«Hanf», legte Nash euphemistisch dar, «ist die Antwort. Nimm zum Beispiel die Abholzung der Waldbestände. Müssen wir wirklich alles kahlschlagen, die Urwälder auf Papua-Neuguinea und im Amazonasbecken, für Holzleisten und Computerpapier? Das bräuchten wir nicht – wenn wir Hanf anbauen würden. Hanf wächst über fünf Meter im Jahr, und daraus kann man sogar besseres Papier herstellen als aus Baumholz. Windeln, die wegwerfbaren, die Mom benutzt, die könnte man auch aus Hanf machen.»

«Und wo sollen wir diesen Hanf anbauen?»

«Überall. Zum Beispiel auf den Millionen von Hektar, für die die Behörden den Farmern Geld geben, damit sie nichts anbauen. Auf diesem Land könnte tonnenweise Hanf geerntet werden.»

«Ist Hanf nicht . . .?»

«Gut, es ist Dope, schön, na und? Die Alkohol- und Tabakhersteller wollen es nicht auf dem Markt haben. Darum geht's doch. Zwei der gefährlichsten Drogen unserer Gesellschaft sind vollkommen legal, und Hanf nicht. Warum nicht? Weil ihn jeder anbauen und verbrauchen kann. Weil sich das für die Wirtschaftsbilanz nicht so gut machen würde.»

«Verstehe.»

Nash war wie vom Donner gerührt. Er hätte nie erwartet, jemanden über zwanzig von irgend etwas überzeugen zu können, und in der dünnen Luft dieser neuen Kommunikationsebene überlegte er jetzt gleich, welches Thema er nachschieben könnte. Er brauchte nicht lange.

«Was denkst du eigentlich wirklich über diese Geschichte mit dem Tagebuch?» fragte er Roger. «Ich meine, was mich nervt, ist, wieviel wir nicht wissen – nicht wissen dürfen. Da gibt's doch viel, was noch nicht geklärt ist. Zum Beispiel, was dachten die Indianer eigentlich von den Spaniern? Waren die reich oder arm? Menschen oder Außerirdische? Haben die Indianer sich nicht gewundert, daß keine Frauen an Bord waren? Keine Kinder? Keine Babies?»

Als fühle sie sich angesprochen, fing Violet an zu knatschen, und ich nahm sie auf den Arm. Doch diese Unterbrechung schien Nash wieder zur Besinnung zu bringen: einen

Augenblick lang hatte er sich vor Erwachsenen schwach gezeigt, hatte auf eine Art und Weise gesprochen, die weder vage noch herablassend war, hatte eine ehrliche Frage gestellt – und jetzt war er schockiert über sich.

«Du scheinst zu glauben, daß es auf *alles* eine Antwort gibt», sagte Roger, dem nicht bewußt war, daß Nash sich bereits wieder hinter seiner pubertären Maske verschanzt hatte, die ihm keinen wie auch immer gearteten Glauben gestattete. «Daß wir, hätten wir einfach alle Tatsachen beisammen, dann auch eine Art absoluter Wahrheit besitzen würden. Eine optimistische Haltung. Ich persönlich glaube, daß das Ganze mehr ist als nur die Summe seiner Teile.»

Nash protestierte nicht, doch ich meldete mich zu Wort.

«Moment mal», sagte ich. «Du bist doch hier der, der sich neuen Tatsachen verschließt. Du weigerst dich sogar, überhaupt nur in Erwägung zu ziehen, daß Cobbs Tagebuch echt sein könnte, denn wenn es das ist, dann zerstört es deine nette, saubere Rekonstruktion der Vergangenheit – oder verändert sie zumindest.»

«Sauber ist wohl kaum das richtige Wort», antwortete Roger. Jetzt zog auch er sich hinter eine Maske zurück, die seiner öffentlichen Person: der ordentliche Professor, der über jede Frage erhaben ist, die uneingeschränkte Autorität. Das war die Seite an ihm, die ich am wenigsten anziehend fand.

Das Haus schien plötzlich zu klein für uns alle zu sein. Roger sah auf die Uhr.

«Ich gehe jetzt», verkündete er. «Ich werde im Club essen, da haben sie eine Klimaanlage.» An der Tür fragte er Nash der Form halber, ob er ihn begleiten wolle.

«Keine Zeit», sagte Nash. «Ich hab zu tun.»

«Dann mach mal», nickte Roger, sichtlich erleichtert, und ging. Er konnte keine Verabredung mit Cobb haben. Die hatte ich.

«Woher wußtest du, daß ich dich für ein paar Stunden zum Babysitten brauche?» fragte ich Nash, als wir allein waren. Ich versuchte, diese Bitte als Witz vorzutragen, doch das funktionierte nicht. Angesichts all der Pläne, die er nun verschieben mußte, verdüsterte sich sein Gesicht.

«Fang gar nicht erst an», sagte ich. «Ich hab dich noch kein einziges Mal um etwas gebeten in diesem Urlaub, und das hier ist wichtig.»

«Natürlich», grummelte er. «Was *ich* tue, ist natürlich nie wichtig.»

«Wie gut, daß wir da einer Meinung sind.» Ich legte ihm den Arm um die Schultern. «Du hast Glück. Violet ist gut gelaunt, obwohl sie die ganze Nacht auf war, während du auf Cobbs Sofa deine Ruhe hattest.»

Nash sah mich an, als wolle er widersprechen, doch dann zuckte er nur die Achseln.

«Ich bin höchstens zwei Stunden weg.» Ich winkte ihm von der Tür aus zu.

Draußen war die Welt plötzlich still. Das Wogen der Brandung hörte schlagartig auf, als hole das Meer tief Luft, und während dieser Atempause schien alles zeitlos dahinzufließen. Ich blieb stehen, war merkwürdig zufrieden und beobachtete Nash und Violet durchs Fenster. Ich erinnere mich genau daran, denn später dachte ich, wenn ich etwas aufmerksamer gewesen wäre, wenn ich die seltsame Stille, die bleierne Luft richtig gedeutet hätte, dann hätte ich auf der Stelle kehrtgemacht, meine Kinder ins Auto gepackt und wäre zum Flughafen gefahren.

Doch ich war blind.

Ein Boot ist ein Boot ist ein Boot, jedenfalls für mich. Solange sie schwimmen, ist eins wie das andere, und ein ermüdender Aspekt meiner Recherchen über Kolumbus war stets die tödliche Langeweile gewesen, die mich jedesmal überkam, wenn es um das Thema Schiffe ging. Karavellen, Ketschen, Yachten, Kähne, was weiß ich. Als Cobb sein Seemannsgarn zu spinnen begann, nachdem wir über den Landungssteg zu seinem *Cobbler* gelaufen waren, traten mir Tränen in die Augen. Es war kaum auszuhalten. Das Ding –

was immer es nun war – war lang und recht geräumig, hatte eine Kabine, einen Mast, ein Segel. Es hatte einen Motor für Notfälle und ein Steuerrad.

Das Ding lag in einer mangrovenbewachsenen Lagune, eine Meile vom Haus. Von dort aus führte eine von Menschenhand geschaffene Durchfahrt ins offene Meer hinaus. Wir folgten diesem Kanal und wandten uns dann scharf nach Osten. Der Himmel war ruhig und die Fahrt erträglich, obwohl die Wasseroberfläche vom Strand aus glatter gewirkt hatte. Als wir das Land ein gutes Stück hinter uns gelassen hatten, beschlich mich plötzlich ein seltsames Gefühl: Nervosität. Und noch etwas: ich hätte den Salat nicht essen sollen.

«Schön, wunderbar», sagte ich und warf einen kurzen Blick auf die Insel. «Jetzt können Sie wieder umkehren.» Ich hatte genug. Mehr als genug. Wir konnten uns genausogut am Anleger unterhalten.

Cobb ignorierte mich, holte das Segel ein und fummelte mit ein paar langen Seilen herum. Er löste einen kleinen Haken und ließ dann eine quietschende Kette ins Wasser, an der ich einen Anker vermutete.

«Jetzt sind wir ungestört», sagte er. «Jetzt können wir loslegen.»

«Ich will lieber wieder *anlegen*. Terra firma.»

Er klappte einen Stuhl auseinander.

«Machen Sie es sich einstweilen nur gemütlich. Wir bleiben nämlich hier, bis wir diese Sache zu meiner Zufriedenheit geregelt haben.»

Ich war offenen Auges in die Falle gegangen.

«Das ist nicht fair.» Ich versuchte es mit Humor.

«Fairness ist was für Amateure.»

Cobbs Gesicht war plötzlich hart, wie ausgewechselt: jegliche Heuchelei war daraus verschwunden. Er war wieder der Mann, den ich am ersten Abend kennengelernt hatte, der Verkäufer infizierter Decken. Er nahm aus einem Kühlfach eine Dose Limonade und warf sie mir zu, machte sich dann ein Bier auf und trank einen Schluck.

Ich ließ den Kopf in die Hände sinken.

«Wir können jederzeit wieder zurück», sagte er. «Sobald Sie mir den zweiten Teil von dem Brief gegeben haben. Das hier ist kein Seminar. Sie sind nicht in einem Klassenzimmer, Vivian, und wir sind beide keine Studenten mehr.»

Ich fing mich ein bißchen und blinzelte ihn mißtrauisch an.

Cobbs Gesicht war von Aufregung gerötet, und er musterte mich scharf, während er weitertrank. Er trug einen Panamahut, der seine Augen beschattete, so daß ich nicht in ihnen lesen konnte, doch was machte das schon? Wie er die knochigen Beine übereinanderschlug, sich zurücklehnte und auf längeres Warten einstellte, das sprach Bände.

Etwa zehn Minuten saßen wir so stumm da, und mir wurde immer übler. Seit wir geankert hatten, schien die See rauher geworden zu sein.

Es entging Cobb nicht, welche Wirkung das auf mich hatte.

«Ich habe gehört, der Weg zum Herzen einer Frau führt durch den Magen», meinte er.

«Das werden Sie in zwei Minuten zu sehen kriegen.»

Ich fühlte mich ausgelaugt. Gelbe Flecken schwammen mir vor den Augen. Ich versuchte es mit einem schwachen Bluff.

«Also, Mr. Cobb, meinen Sie nicht auch, daß man etwas behalten darf, wenn man es gefunden hat?»

«Natürlich, aber *ich* bin der Finder. Und außerdem finde ich, daß der Stärkere siegt.»

Er spähte in die Öffnung seiner Bierdose und warf sie dann über Bord.

«Und Sie», fuhr er fort, «was halten Sie von: ‹Wie gewonnen, so zerronnen›?»

«Wenn ich den Brief bei mir hätte», brachte ich mühsam heraus, «dann hätten Sie ihn ganz bestimmt gefunden. Sie haben meine Sachen ja gründlichst durchsucht.»

Er tat nicht einmal so, als sei ihm das peinlich, also versuchte ich es mit einer anderen Taktik.

«Ich habe Ihnen doch gesagt, daß ich mir diesen Teil eingeprägt habe. Sie erfahren den Inhalt nur, wenn ich ihn preis-
gebe. Und ich bin nicht leicht zu überreden. Da brauchen Sie
mir gar nicht erst mit irgendwelchen psychologischen Tricks
zu kommen.»

«Na gut.»

Er stand auf und stakste breitbeinig zum Heck des Bootes.
Ich war mir meiner Vorstellungen von dem, was möglich
war und was nicht, noch immer so sicher, daß ich mich nicht
umdrehte, um ein Auge auf ihn zu haben, und somit völlig
unvorbereitet war, als meine Arme plötzlich von hinten gepackt wurden. Alles ging blitzschnell: Er schlang ein dünnes
Seil um meine Handgelenke und führte es mehrmals zwischen den Plastikriemen des Stuhls hindurch. Dann trat er
gegen die Beine des Aluminiumstuhls, und ich kippte um.
Schließlich beugte er sich herab und sagte ganz nahe an meinem Gesicht: «So besser?»

Ich fand mein inneres Gleichgewicht wieder. Mein Blick
wurde klar, und der Knoten in meinem Magen löste sich.
Und siehe da: ich war geheilt.

17

ROGER

*I*ch eilte zum Strandhaus zurück, ganz in Gedanken an meine bevorstehende Aufgabe vertieft. In den wenigen Stunden, die ich weggewesen war, schienen die Farngewächse entlang des Weges gewuchert und so dicht geworden zu sein, daß man sie beiseite schieben mußte. Die Üppigkeit der Vegetation war bedrückend. Ein süßlicher Duft hing in der Luft, ein pulsierendes Gemisch aus Fäulnis und Blüte, betäubend und angenehm zugleich. Die großen roten Blüten eines Strauchs gähnten mich an und ließen mich an den neutralen, reinen Schnee denken, der sich alljährlich wie ein weißes Tuch über das Land legte, in dem ich aufgewachsen war. Während meine Augen von sattem Grün, Rosa und Gelb attackiert wurden, dachte ich daran, um wieviel angenehmer mir doch das stumpfe Rostrot und die staubigen Gold- und Brauntöne des Spätherbstes in Neuengland waren. Die Natur verausgabte sich für kurze Zeit mit der Verfärbung des Laubes und legte sich dann zur Ruhe, ließ Raum für besinnliche Stunden. Die volle Farbpalette bot sich nur ein paar Wochen lang dar und war deshalb kostbarer als diese tropische Orgie. Alle modernen Innenarchitekten sind sich darin einig, daß ein außergewöhnliches Möbelstück oder Kunstwerk erst in einem weißen Raum richtig zur Geltung kommt. In keinem Museum gibt es knallbunte Tapeten. Es ist wie in der Mode, zuviel Schmuck beeinträchtigt die Gesamtwirkung.

Für den Fall, daß ich mich entschloß, Vivian entgegenzukommen und ein gewisses Verständnis für Henry Cobb vorzutäuschen, war dies möglicherweise ein Bereich, in dem Cobb und ich einer Meinung waren. Sein Yankeeblut würde sich auch bei den Backofentemperaturen dieser Breiten bemerkbar machen. Nicht umsonst hatten seine Vorfahren über Generationen hinweg im Norden ihre Ausbildung absolviert, sich ihre Kultur angeeignet, und Cobb selbst, dessen Haut auch nach einem Jahr Exil auf Eleuthera noch immer keine Brauntönung aufwies, war ein lebender Beweis für die Starrköpfigkeit der Gene. So ungern ich es zugab, er und ich kamen aus der gleichen Welt und hatten deshalb auch ein gewisses Grundverständnis füreinander. Die Blicke, die wir uns über Vivians dunklen Schopf hinweg zuwarfen, waren zwar aggressiv und feindselig, zugleich aber auch wissend. Wir lagen auf einer geographischen Wellenlänge, und ich war optimistisch, daß wir uns über jeden Vorschlag, den er machen konnte, einig werden würden – falls er in meinem Sinn war.

Die Nachricht von ihm, die mir der Kellner im Club zusammen mit der bereits bezahlten Rechnung für meinen Imbiß überbracht hatte, war kurz gewesen: «Pläne geändert. Sie sind eingeladen. Paddeln Sie um drei zu meiner Yacht hinaus. Nehmen Sie das Schlauchboot, ich ankere nicht weit vom Strand. Wir haben etwas miteinander zu bereden. Cobb.»

Es überraschte mich nicht, daß Vivian nicht dabeisein sollte – wegen ihres Geschlechts und ihrer Herkunft war sie gleichsam eine Leerstelle zwischen Cobb und mir, ein zusätzlicher Anlaß für subtile Streitigkeiten neben unseren intellektuellen Differenzen. Vivian weigerte sich, dies zuzugeben, was für ihre naive Einstellung bezeichnend war. Sie neigte dazu, wirklich zu glauben, was sie für wahr erklärte, als könnten die geschlechts- und schichtenspezifischen Variablen allein deshalb unberücksichtigt bleiben, weil sie in bestimmten Bereichen keine Rolle spielen sollten. Dementsprechend stereotyp waren die Gespräche und Auseinander-

setzungen der letzten Tage verlaufen. Cobb und in noch größerem Maße ich spielten dieses Spiel mit, doch ließen *wir* uns
nicht von seinem formalen Rahmen täuschen – im Gegensatz
zu Vivian. Ihre unverbrüchliche Treue zur Theorie des Libe-
ralismus, ihr Beharren auf der Einheit von Wesensgehalt und
Form wirkten auf mich abwechselnd bezaubernd und enervierend. Sie würde vor Wut kochen, wenn sie erfuhr, daß
Cobb und ich uns unter vier Augen getroffen hatten, aber
vielleicht brauchte sie es ja gar nicht zu erfahren.

Mir war noch immer nicht klar, in welchem Ausmaß sich
mein Gegenspieler an der Wall Street verschuldet hatte. Es
würde nicht weiter schwierig sein, ihn unauffällig zufrieden-
zustellen, wenn erst einmal unser Wettstreit um Vivians Zustimmung beendet war. Soweit ich es beurteilen konnte,
wollten sowohl Cobb als auch ich mit intaktem, im Idealfall
sogar mit gestärktem Ego aus unserem Disput hervorgehen.
Er forderte seinen lukrativen Kolumbus ein, ich bestand auf
meinem heroischen, aber vielleicht waren diese beiden Vorstellungen ja noch in eine Figur zu pressen. Warum eigentlich
nicht? Jede Persönlichkeit war etwas Komplexes, auch im
fünfzehnten Jahrhundert, und die europäische Geschichte bot
Raum genug für das eine oder andere Paradox. Vivians Kolumbus war das destabilisierende Element. Sie suchte nach
einem Schurken, einem Plünderer, einem stumpfsinnigen
Rabauken, einer Zielscheibe für ihre spöttische Überheblich-
keit. Ihr Kolumbus trug subjektive Züge, während sowohl
meiner als auch der von Cobb – trotz aller Unterschiede –
abstrakte Gebilde waren.

Ein Schrei störte mich in meinen Gedanken, besser gesagt
ein Geheul, das zugleich Beunruhigung, Kummer und
Langeweile ausdrückte. Keine Frage, wer ihn ausgestoßen
hatte: die Stimme meiner Tochter durchdrang die mit Fliegendraht bespannten Fenster des Strandhauses ebenso mühelos wie die unwillkommenen Besucher, die uns nach Einbruch der Dunkelheit heimsuchten. Als ich wenig später dort
eintraf, mußte ich feststellen, daß Violet allein war. Sie lag,

die Augen trotzig zugekniffen, den ganzen Körper vor Wut verkrampft und mit vor Anstrengung hochrotem Kopf in ihrer Wiege.

«Was hast du denn? Was ist denn los?» versuchte ich sie zu beruhigen und nahm sie auf den Arm. «Wo sind deine Mutter und dein Bruder? Paßt denn niemand auf dich auf?»

Daraufhin heulte sie nur noch lauter los. Jedes Zeichen von Mitgefühl stimulierte sie. Ich nahm sie hoch und versuchte sie mit Hilfe des abwechselnd wiegenden und ruckelnden Ganges, der auch früher schon seine Wirkung getan hatte, zu besänftigen. Damit sie nicht vergaß, daß ich und nicht irgendein anonymes Erdbeben die Ursache der hilfreichen Bewegung war, redete ich ununterbrochen auf sie ein.

«Schrecklich», sagte ich. «Wie kann ein Baby nur so unglücklich sein? Schon gut, ist ja nicht deine Schuld. Ich habe mich schon des öfteren genauso gefühlt. Nein, nur ja nichts unterdrücken. Sonst mußt du es in zwanzig Jahren deinem Therapeuten erzählen. So ist's gut, laß ruhig Dampf ab.»

Mein pauschales Einverständnis machte sie endlich auf mich aufmerksam, und sie schielte mich, wie es ihre Art war, verstohlen aus einem Auge an. Jetzt hatte ich schon halb gewonnen.

«Siehst du, es ist alles wieder gut. Der Prinz ist gekommen, um dich zu erlösen.»

Da war nur noch ein kleines Problem: Violets frühkindliche Welt hatte noch immer bloß zwei Bewohner, Vivian und Nicht-Vivian, und zu letzterer gehörte ich. Womöglich machte sie mir jetzt durch erneutes Brüllen deutlich, daß ich nur zweite Wahl war.

«Sei vernünftig», mahnte ich. «Ich bin schließlich auch wer. Besser als überhaupt niemand. Gestern war ich dir doch ganz recht. Schließen wir einen Kompromiß.»

Dieses Wort schlug eine Saite in mir an, die mit meinen vorausgegangenen Gedanken im Einklang stand. Das gleiche würde ich nämlich Cobb vorschlagen – einen Kompromiß, einen Modus vivendi, der alle Aspekte der Sachlage berücksichtigte. Ich würde ihm deutlich machen, wie negativ sich diese Angelegenheit auf Vivians Karriere auswirken konnte. Wenn er tatsächlich noch weiteres Material besaß, dann sollte *ich* es untersuchen. Meine Reputation war intakt. Sie würde, falls es tatsächlich etwas Neues zu veröffentlichen gab, eine wissenschaftliche Auseinandersetzung, eine kritische Überprüfung verkraften. Es machte mir Mut, daß selbst Violet auf die Logik meiner Vorschläge anzusprechen schien. Sie wurde sichtlich ruhiger, und so blieb ich beim einmal gewählten Thema.

«Wie hättest *du* deinen Kolumbus denn gern?» fragte ich sie. «Schließlich bist du der perfekte Kompromiß zwischen deiner Mutter und mir, die Verbindung unserer DNS-Spiralen, also sag schon.»

Violet blinzelte.

«Ist er für dich als moderne junge Frau überhaupt sonderlich relevant?» fuhr ich fort. «Spielen seine Absichten, ganz gleich, welcher Art sie waren, für dich eine Rolle? Na, in einem gewissen Ausmaß sicherlich. Du bist schließlich ein Produkt der Geschichte, mehr als andere hier geborene Kinder. Vielleicht hat alles zu dir hingeführt, vielleicht bist *du* der Sinn des Ganzen.»

Violet gähnte.

In nicht einmal zwanzig Minuten sollte ich Cobb treffen, und als ich aus dem Fenster blickte, konnte ich draußen hinter dem Riff bereits seine Yacht sehen. Wieder und wieder hielt ich nach Vivian und Nash Ausschau, aber der Strand lag verlassen da. Ich konnte wohl kaum nach ihnen rufen und damit Violet verschrecken. Und doch wollte ich diese Verabredung unbedingt einhalten. Die Möglichkeit zu einer unbemerkten Kontaktaufnahme würde sich bestimmt nicht so bald noch einmal ergeben, und ich war mir sicher, daß Cobb kein Verständnis für die Entschuldigung aufbringen würde, ich hätte mich um meine Tochter kümmern müssen.

Die Flut hatte bereits eingesetzt, aber noch nicht so stark, daß die Strecke bis zur Yacht nicht mehr zu schaffen gewesen wäre. Da kam mir eine Idee. Warum eigentlich nicht? dachte ich. Vorsichtig, um Violet nicht erneut zu beunruhigen, zog ich ihr ihre Babyschwimmweste an, drückte ihr einen Sonnenhut auf den Kopf, zog ihre Decke aus der Wiege und ging zur Tür. Dann fiel mir ein, daß Vivian mit dem Baby nirgendwohin ging, ohne diese abscheuliche Wickeltasche mitzuschleppen, und so hängte ich mir diesen monströsen, überraschend schweren Gegenstand über den Arm.

Das gelbe Schlauchboot lag genau an der Stelle, bis zu der die letzte Flut vorgedrungen war. Ich zog es so weit ins Wasser, daß es schwamm. Es war nur ein kleines Gummischlauchboot, aber die Seitenwände schienen hinreichend mit Luft gefüllt, und mit dem hölzernen Paddel, das darin lag, war es bequem zu steuern. Ich stellte belustigt fest, daß ein abenteuerlustiger Vorbenutzer ein Harpunengewehr an der Seite befestigt hatte. Die Harpune hing an einer langen, aufgerollten Nylonleine, mit der man eine eventuelle Beute zurück ins Boot ziehen konnte. Ein kleiner Plastikeimer zum Wasserschöpfen fehlte ebensowenig wie eine ganze Sammlung von achtlos am Boden verstreutem Strandkrimskrams. Den schob ich zur Seite, um Violet ein Lager zu bereiten. Sie muckste sich zwar, als ich sie hinlegte, begann aber nicht gleich, wild draufloszustrampeln, und während ich mit dem Paddel als Stake das Boot ins Wasser hinausschob, war ich stolz auf sie, stolz auf mich und stolz auf meine Kompromißbereitschaft, die ich gleich in die Waagschale werfen würde.

Ich war den Atlantik in Maine gewöhnt, und im Gegensatz zu dem war dieses südliche Meer täuschend sanft. Alle Felsen waren zu sehen, sowohl die über als auch die unter der Wasseroberfläche, und falls das Boot kenterte, bestand wohl nicht gerade Unterkühlungsgefahr. Andererseits traf ich, während ich zu Cobbs Yacht hinausruderte, hin und wieder auf unerwartet starke Strömungen. Auch die konnte man sehen, denn sie durchschnitten wie glatte, geschwinde Schnellstraßen die ansonsten gekräuselte Wasseroberfläche. Wenn ich eine von ihnen kreuzte, mußte ich das Paddel senkrecht und quer zur Strömungsrichtung eintauchen, um es zugleich als Steuer und als Antrieb zu verwenden, und jedesmal wurde ich dabei etwas abgetrieben. Aber das war kein Problem, mit dem ich nicht klarkam.

Die Nachmittagssonne strahlte vom Himmel. Ich hatte Violet mit einem Zipfel der Decke eine Art Sonnensegel gemacht, und sie räkelte sich sorglos und uneingeschränkt vertrauensvoll auf ihrem Lager, während wir uns langsam, aber sicher Cobbs Yacht näherten.

Er beobachtete uns durchs Fernglas. Vor dem grellen Hintergrund konnte ich bohnengroß seinen Kopf erkennen, und die beiden auf unser Boot gerichteten Linsen reflektierten das Sonnenlicht. Ich winkte ihm zu, doch er verharrte reglos ganz vorn am Bug. Soll er sich jetzt ruhig überlegen fühlen, dachte ich. Überlegenheit ist relativ und vorübergehend, und seine Yacht ist gewiß nicht größer als die von Bart, als all die Boote, die ich hätte haben können, wenn ich der Familientradition gemäß in die Geschäfts- und Finanzwelt eingetreten wäre. Du und ich, wir sitzen in einem Boot, dachte ich. Bilde dir nicht zuviel darauf ein, daß ich deiner Aufforderung, zu dir zu kommen, gefolgt bin. Entscheidend ist, zu welchem Ergebnis unser Gespräch führt, und da werde ich mich schon behaupten.

Sobald ich mich auf Rufweite genähert hatte, rief ich ihm ein freundliches Hallo zu.

Bei der Yacht angekommen, deutete ich auf Violet. «Mit ihr hier brauche ich ein bißchen Hilfe. Aber sie ist pflegeleicht. Sie werden gar nicht merken, daß sie da ist.»

«Haben Sie die Wickeltasche dabei?» fragte Cobb und überraschte mich durch seine Vertrautheit mit solchen häuslichen Notwendigkeiten. Ich hatte ihn der Generation meines Vaters zugeordnet, einer Zeit, als Männer noch so gut wie nichts über die Abfallentsorgung ihrer Kinder wußten. Seine Umsicht ließ ihn irgendwie menschlicher auf mich wirken, dämpfte mein Mißtrauen in bezug auf seine Motive ein wenig. Vielleicht würden wir ja einfach Small talk betreiben, über nächtliches Füttern und frühreife Kinder witzeln und so eine Atmosphäre schaffen, die einer Verständigung in anderen Bereichen förderlich war.

«Alles da», rief ich ihm zu und hielt die Tasche hoch, damit er sie sehen konnte. «Ohne die gehe ich nie aus dem Haus!»

Cobb lächelte anerkennend. «Reichen Sie mir die zuerst hoch», wies er mich an. «Hängen Sie sie ans Ende Ihres Paddels, dann komm ich dran.»

«Gute Idee.» Ich befolgte seinen Rat. Er ergriff das Ende des Paddels und hielt es fest, um dann die Tasche zu sich hinüberzuziehen.

«Hab sie.»

«Sie können loslassen», rief ich ihm zu und zog sachte an meinem Ende des Paddels. «Lassen Sie das Fallreep herunter.»

Doch weit gefehlt: Cobb zog plötzlich mit einem solchen Ruck das Paddel zu sich hin, daß ich das Gleichgewicht verlor und losließ, um nicht aus dem Schlauchboot zu fallen. Das war ein schlechter Scherz, der zudem das Baby gefährden konnte. Mein Wohlwollen gegenüber dem alten Schweinehund verflog augenblicklich, und ich warf ihm einen bösen Blick zu. Doch er war hinter der Reling verschwunden.

Ich hörte die Ankerwinde quietschen. Der Motor der Yacht röhrte los, und ehe mir klar wurde, was da geschah, schoß das Boot mit mahlenden Schrauben davon und wühlte eine Welle auf, die das Schlauchboot zum Kentern zu bringen drohte.

Ich schaute der Yacht nach und versuchte den Lärm der Schiffsmaschine zu überschreien, verlangte ein ums andere Mal nach einer Erklärung, bis ihre Umrisse zu verschwimmen begannen. Jetzt blieb mir wohl nichts anderes übrig, als mit den Händen rudernd zurück an den Strand zu gelangen. Ich habe keine besonders innige Beziehung zum Meer, bin nie ein begeisterter Segler gewesen, obwohl jeder in unserer

Familie gründlich in der Kunst des Segelns unterrichtet wurde. In diesem Augenblick begegnete ich dem Ozean mit unverhohlener Abneigung. Die Wellen liefen hier draußen so ungleichmäßig, daß einem übel werden konnte. Das Schlauchboot ließ sich mit den Händen kaum steuern, sondern schwankte hin und her. Einigermaßen die Richtung zu halten bedurfte geschickter Ausgleichsarbeit mit den Schultern, die jedoch meine Energien schnell aufzehrte.

«Wir fahren zurück», sagte ich zu Violet, die mir mit mäßigem Interesse zusah. «Halt dich fest.»

Sie hatte es fertiggebracht, sich drei Finger auf einmal in den Mund zu stecken, und saugte nun versuchsweise an ihnen herum.

«Braves Mädchen!»

Von da an konzentrierte ich mich ganz darauf, uns nach Hause zu bringen. Das an der Seite befestigte Harpunengewehr zog das Boot ständig nach links, und ich mußte gegensteuern. Das instabile Fahrzeug ließ in jeder Hinsicht so sehr zu wünschen übrig, daß ich mir fest vornahm, es mit Fußtritten zu malträtieren, sobald wir am Strand waren, doch im Moment hatte ich Wichtigeres zu tun. Wir kamen langsam voran. Ich mühte mich ab und schaufelte Wasser, bis mir die Arme weh taten. Schlimmer konnte unsere Lage kaum werden, dachte ich, doch wie sich zeigen sollte, war dies erst der Anfang.

Ehe er angreift, umkreist ein Hai sein Menü erst einmal. Das ist ein abschätzendes Manöver, ein Entscheidungsfindungsprozeß mit rituellem Charakter, vergleichbar der Lektüre der Speisekarte in einem Restaurant. Ich sah ihn im Wasser, lang und schlank und grau, und verspürte einen Schauder des Erkennens, gemischt mit Erregung und, natürlich, Angst. Dann kam seine Schwanzflosse querab steuerbord aus dem Wasser, und er tauchte unter dem Boot durch. Als hätte dieser Anblick in mir eine Datei mit dem Titel «Haie» eröffnet, erinnerte ich mich jetzt an jede noch so triviale Information zu diesen Tieren, über die ich jemals gestolpert war.

Angriffe von Haien auf Menschen sind selten, und selbst wenn es dazu kommt, enden sie für das Opfer nur sehr selten tödlich. Haie mögen den Geschmack von Menschenfleisch nicht, oder halt, war es nicht vielmehr so, daß sie nichts lieber hatten? Ich wußte es nicht mehr genau.

Mit wahrem Feuereifer tauchte ich jetzt meine Hände ein, wühlte Wellen auf; meine Erschöpfung war wie weggeblasen, Adrenalin strömte in jeden Muskel. Ich dachte natürlich, mein Platschen und eifriges Schaufeln würde den Hai abschrecken. Im Grunde waren es doch scheue Tiere, nicht wahr? Oder war es anders herum? *Wir* waren scheu – *sie* kühn. Doch er fing an, uns zu umkreisen, tauchte spielerisch unter dem dünnen Boden des Schlauchbootes durch und schoß davon wie ein Torpedo. Dann war er wieder da. Ich vergaß mich. Sein Schatten war scharf, böse, seine Geschwindigkeit ein todbringendes Instrument. Er kam mir vor wie der fleischgewordene Hunger, wie fleischgewordene Gier und Verlangen. Bis zum Strand war es noch weit, und die Strömung machte selbst meine verbissensten Anstrengungen zunichte.

Bestimmt sehen wir nicht eßbar aus, dachte ich. Ganz bestimmt nicht. Er wird uns in Ruhe lassen. Aber nein, da war er schon wieder. Er rollte durchs Wasser, durchpflügte es, kam direkt auf uns zugeschwommen. Ich sah schon die nach hinten weggekippte Nase vor mir, das aufgerissene, dreieckige Maul, die Reihen häßlicher Zähne, und dann war er wieder unter uns durch.

Kampf! Das Blut wich mir aus Armen und Beinen, und wie im Traum griffen meine Hände nach dem Harpunengewehr, allerdings so zaghaft, daß ich kaum den Klettverschluß aufbekam, mit dem es am Boot befestigt war. Als ich es dann aber in Händen hielt, erfüllte mich das glatte, tödliche Gerät mit irrationaler Kühnheit. Violet lag seelenruhig unter ihrem Sonnensegel. Ich tat, was ich als Halbwüchsiger immer getan hatte, wenn ich mit einem Rabauken, einer handfesten Auseinandersetzung oder einer schwierigen Entwicklungsphase fertig werden mußte. Ich sah mich als Schauspieler, der eine Rolle spielt. Ich simulierte korrektes, männliches Verhalten. Ich atmete langsam und tief durch und versuchte mich zu beruhigen. Mit der unmittelbar bevorstehenden Attacke rechnend, legte ich die Harpune an.

Und ich feuerte sie sogar ab! Nur hatte ich vergessen, die Sicherungsleine zu lösen. Es ruckte einmal kräftig, und vor meinen ungläubigen Augen durchstieß der spitze Widerhaken, anstatt loszuzischen und das kleine schwarze Herz des Hais zu durchbohren, die Seitenwand des Schlauchboots und hinterließ ein großes Loch, durch das sofort explosionsartig die Luft herausschoß.

Meinen Männerphantasien war mit einem Schlag der Boden entzogen. Hier gab es weder Ausweg noch Versteck. Mein Gehirn arbeitete fieberhaft. Violet wog so wenig, daß möglicherweise auch das fast luftleere Boot sie noch tragen würde – vielleicht bestand die Wand ja aus mehreren Kammern, verbarg sie eine Art inneren Schlauch, der das Boot halbwegs über Wasser halten würde. Doch an einem gab es nichts zu deuteln: Mein Gewicht verringerte ihre Chancen erheblich. Wenn ich im Boot blieb, würde es mit Sicherheit sinken.

Also warf ich mich ins Wasser.

Ich sah meinen eigenen Schatten unter mir, als ich eintauchte. Dann war ich allein mit diesem anderen Schatten, allein mit dem Hunger.

Das Wasser schmeckte wie Tränen auf meiner Zunge, wie diese warme, salzige Flüssigkeit, die ich seit meiner Kindheit nicht mehr geschmeckt hatte. Doch jetzt kam alles zurück, ursprünglich und heftig. Nun, da der Kampf verloren war, überfiel mich eine nie gekannte Trauer, und ich trieb schlaff und hilflos dahin – eine Opfergabe. Abraham tauschte Platz mit Isaak. Doch meine Sinne waren aufs äußerste angespannt. Wo würde der Hai zuerst zuschlagen, und wie schmerzhaft würde es sein? Ich sehnte einen gnädigen, augenblicklich tödlichen Angriff herbei. Hoffentlich hatte er seit Tagen nichts gefressen, betrachtete mich zugleich als Vorspeise und Hauptgericht, nicht als einen Imbiß, den man sich einteilte. Ich stellte mir vor, wie ich von unten aussah, ein dunkler Fleck, der das Blau trübte, ein Körper, der die Nachmittagssonne verfinsterte. Ich mußte ebenso störend wie verlockend wirken, ein Klecks, der danach schrie, beseitigt zu werden. Ich hatte die Augen geschlossen, und das einzige Zeichen dafür, daß die Zeit noch voranschritt, war das Spielen und Plätschern der Wellen an meiner Haut.

Der Kopf des Menschen ist schwer, sein schwerster Teil, und doch wirkte meine Lunge wie eine Boje. Im Meer ist die natürliche Stellung des Menschen die aufrechte, und so ließ ich mich, passiv und ohne Widerstand zu leisten, von meinem Körper in diese Lage bringen – eine vom Baum herabhängende Frucht, die darauf wartete, gepflückt zu werden. Doch ganz und gar schwand mein Überlebenswille nicht. Unmerklich begannen meine Arme und Beine sich zu bewegen, Wasser zu treten, sich ihm entgegenzustemmen.

Warum sich dieser Hai nur soviel Zeit ließ! Ich spürte ihn an einer Zehe entlangstreifen, sanft wie Seide, und dann noch einmal, ja jedesmal, wenn ich die Beine ganz ausstreckte. Er spielte mit mir, und ich stellte ihn mir vor, wie er genau unter mir das Maul aufriß und darauf wartete, daß ich erschöpft hineinsank. Er würde mich verspeisen wie eine Banane, Stück für Stück, und die Schwerkraft lieferte mich ihm aus. Da überkam mich eine Entrüstung, wie ich sie noch selten verspürt hatte. Ich hatte es nicht nötig, so hilflos auf mein Ableben zu warten: Wie ein Gewichtheber vor dem Stemmen eines neuen Rekordgewichts legte ich die Arme an, riß sie dann schlagartig hoch und ließ meinen Körper wie eine Ramme nach unten schnellen.

Es war ein plötzlicher, heftiger Ruck, und der Schmerz in meinen Zehen war fürchterlich. Ich stand auf einer Sandbank, und wenn ich mich auf die schmerzenden Zehen stellte, ragte mein Kopf gerade eben aus dem Wasser. Ich schob einen Fuß so weit wie möglich vor und ertastete ansteigenden Grund, verlagerte dann das Gewicht und machte einen Schritt. Und noch einen. Luft strich über mein Gesicht, die Brust, die Hüfte, und nun endlich öffnete ich die Augen. Von der Stelle, an der ich aus den Wogen auftauchte, strömte Wasser, mal dunkelblau, dann wieder eher grünlich, auf den fernen Strand zu. Von dem Hai keine Spur. Kein verräterischer Keil durchbrach die gleichförmigen Wellen und kam auf mich zu. Nur der Wind hatte aufgefrischt.

Ich wandte mich nach links und rechts, hielt nach dem Schlauchboot Ausschau und erspähte es schließlich. Es war, anscheinend von einer Strömung erfaßt, schon weit abgetrieben und verschwand soeben hinter der nächsten Landzunge. Impulsiv wollte ich ihm nachschwimmen, doch dann wurde mir die Sinnlosigkeit eines solchen Unterfangens deutlich. Kein Mensch konnte es einholen, es trieb zu schnell davon. Zumindest schwamm es noch, tröstete ich mich. Wenigstens dieses Wissen wurde mir in meiner mißlichen Lage noch zuteil, immerhin eine Grundlage für einen Rettungsplan. Wenn ich irgendwo ein Funkgerät fand, ein Telefon, dann konnten die Behörden alarmiert, würden Rettungsboote und Helikopter losgeschickt werden.

Ich durfte nicht allzulange still stehenbleiben – sonst gab der Grund unter meinen Füßen nach. Und doch schien ich wie verwurzelt zu sein an diesem Fleck, als hätte ich eine Insel gefunden, befände mich in Sicherheit. Aus dem Boot zu springen war eine Sache gewesen – eine impulsive, spontane Entscheidung –, doch diese von der Vorsehung geschickte Sandbank wieder zu verlassen, verlangte wesentlich mehr Entschlußkraft von mir. Mein Gehirn arbeitete fieberhaft, wog die Chance, es mit heiler Haut bis ans Ufer zu schaffen, gegen die Möglichkeit ab, daß jemand Violet entdeckte, auch ohne daß ich Alarm schlug; das Risiko, daß wir beide umkamen, wenn ich losschwamm, gegen das Schuldgefühl, wenn ich hierblieb und nie erfuhr, was mit ihr passiert war. Die Waage schwankte hin und her, ohne daß ich darauf Einfluß nehmen konnte: ich oder sie, oder beide, oder keiner von beiden. Ich wollte durchdacht vorgehen. Ich wollte keinen Fehler machen. Ich wollte. Ich wollte. Ich wollte... Violet retten, und ich holte tief Luft und begann in Richtung Strand zu schwimmen. Mein Körper bahnte sich einen Weg durch diesen endlosen Fluß von Teilchen, die sich ziellos vor- und zurückbewegten, beherrscht vom Sog des Mondes, von einer verborgenen Algebra des Magischen und des Magnetismus.

Ich war ausdauernder, als ich erwartet hatte, als ich von Rechts wegen hätte sein dürfen. Geraume Zeit steuerte ich entschlossen aufs Land zu, atmete gleichmäßig ein und aus, streckte die Arme bei jedem Kraulzug weit nach vorn. Ich folgte den Anweisungen, die ich einst von meinem Schwimmlehrer bekommen hatte, schaufelte das Wasser mit den Händen hinter mich und führte die Beine im Wechselschlag nah aneinander vorbei. Ich konzentrierte mich darauf, einen festen Takt beizubehalten, immer erst eine Bewegung abzuschließen, ehe ich an die nächste dachte. Ich widerstand der Versuchung, immer schneller zu werden – «Ausdauer ist wichtiger als Geschwindigkeit», hatte man mir eingehämmert während der vielen Trainingsstunden in Harvard, als ich mit Bart auf der Nebenbahn Schritt zu halten versuchte. Und ich zählte immer erst bis hundert, ehe ich eine Pause einlegte, um abzuschätzen, wie weit ich vorangekommen war.

Was ich dabei jedoch zu sehen bekam, war mehr als enttäuschend. Ich war weit nach links abgedriftet und schien mich eher vom Strand entfernt zu haben. Hingegen näherte ich mich eindeutig dem schroffen Korallenfelsen, hinter dem das Schlauchboot verschwunden war. Anstatt also zu versuchen, verlorenen Boden wiedergutzumachen, änderte ich den Kurs, hielt den Kopf über Wasser und bewegte mich mit kräftigen Brustzügen genau auf diese Stelle zu. Jetzt schwamm ich mit der Strömung, und sie schob mich vorwärts wie eine Hand. Ich half mit den Beinen nach, vergaß den Hai und schaffte es, auf den Kamm einer hohen Welle zu gelangen, auf dem es nun noch zügiger voranging. Ich würde mir meine Kraft für später aufsparen, wenn ich sie dringender brauchte. Doch dann geschah alles sehr schnell.

Je näher ich dem felsigen Landvorsprung kam, desto klarer wurde mir etwas, worüber ich mir noch nie Gedanken gemacht hatte: Es ist unmöglich, dem Schwung des Wassers, das einen voranträgt, etwas entgegenzusetzen. Nichts kann eine so beständige Vorwärtsbewegung aufhalten. Ich wurde viel zu schnell auf das felsige Ufer zugetragen, um noch etwas zu meiner Rettung unternehmen zu können. Doch als ich die Füße vorstrecken wollte, um den Aufprall auf den scharfen Fels abzufedern, spürte ich plötzlich, wie eine zweite, viel stärkere Kraft an mir zog. Von tief unten griff ein Sog nach meinen Sprunggelenken und umschloß meine Knie. In diesem Augenblick wäre mir der Aufprall auf die messerscharfe Felsküste zehnmal lieber gewesen, doch wie so oft in letzter Zeit kam auch dieser Sinneswandel zu spät. Ich war zu entkräftet und der Zug an meinen Beinen zu nachhaltig. Ich schaffte es gerade noch, ein letztes Mal nach Luft zu schnappen, und dann zog es mich so unwiderstehlich und rasch ins Erdinnere, als wäre ich über den Rand eines Steilhangs abgestürzt.

Cineast zu sein bringt unerwartete Nachteile mit sich. Bilder und Töne, die sich andere Menschen ausgedacht haben, kommen einem in den intimsten und kritischsten Augenblicken des eigenen Lebens in den Sinn. Als ich von der Unterströmung hinabgezogen wurde, geschah mir genau das. Ich sah mich durch die Linse einer Kamera: Meine Haut war weiß. Meine Haare, wie elektrisch aufgeladen, bildeten einen Halo um mein Gesicht. Eine letzte Kette von Luftbläschen drang zwischen meinen Lippen hervor und stieg nach oben. Meine Gliedmaßen bewegten sich in Zeitlupe. Ich erwartete, mein Leben blitzschnell vor meinen stieren Augen abrollen zu sehen, und zugleich erschien es mir wie eine höchst überflüssige Kränkung, daß ich jetzt, an meinem Ende, noch erfuhr, daß ich gescheitert war.

Eine kahle Felswand schnellte mir entgegen, und ich wußte, ich würde dagegen geschleudert. Doch dann zog es mich ebenso plötzlich darunter hinweg – unter einen Vorsprung, der das letzte verbliebene Licht schluckte, und weiter in eine enge, lange Höhlung, einen grobwandigen Ösophagus, der mich – als hätte ich noch nicht genug Gründe, wahnsinnig zu werden – auch noch mit Platzangst erfüllte. In diesem Stollen wurde der Sog noch stärker. Mit geblähten Lungen wurde ich in ihn hineingesaugt, bis ich schließlich steckenblieb, mit der Hüfte festsaß. Mir war klar, was mir bevorstand: Meine Brust würde bersten, und ich würde diesen Tunnel verstopfen wie ein Korken den Flaschenhals.

Doch es kam erneut anders: Mit einer gewaltigen letzten Kraftanstrengung kämpfte ich mich durch die Verengung und wurde, angetrieben von dem aufgestauten Druck, in ein offenes Bassin hinausgeschleudert.

18

VIVIAN

*D*ie Scham machte alles noch schlimmer. Wie hypnotisiert von meiner auftrumpfenden Selbstsicherheit
hatte ich geglaubt, alles sei so, wie ich es haben wollte, weil
ich wollte, daß es so war. Der Wille ist blind. Denn die Wahrheit war, daß ich jetzt gefesselt, hilflos und dumm dalag, in
die Falle gelockt durch meine eigene Kurzsichtigkeit.

Und nun kam noch ein Faktor hinzu, einer, auf den ich
keinen Einfluß hatte. *Jetzt reicht's aber*, schäumte ich innerlich, als Roger sich dem Boot näherte, als ich ihn Cobb etwas
zurufen hörte. *Wir haben einfach keine mentale Verbindung. Nun
ist alles aus.* Cobb hatte mich hinter die niedrige Kabine ge-
schleift, als er Roger kommen sah, und mir ein rotes Tuch
vor den Mund gebunden. Seit zehn Minuten feuerte ich nun
eine Salve außersensorischer SOS-Signale nach der anderen
ab, doch nicht ein einziges schien bei Roger anzukommen.
Hol die Polizei, kreischten meine Neuronen. *Bleib weg!* Doch
er kam weiter auf uns zu, und Cobb hielt mich hämisch grinsend über sein zielstrebiges Herannahen auf dem laufenden.
Er beugte sich tief zu mir herab, schob seine Nase dicht an
meine.

«Ich habe immer mindestens einen Ausweichplan – deshalb habe ich auch noch Ihren Freund zu unserer kleinen
Party eingeladen. Ich glaube kaum, daß er genauso störrisch
sein wird wie Sie. Überlegen Sie sich die Sache gut», drängte

er. «Wir sind ein ganzes Stück vom Ufer weg. Roger muß weit schwimmen, wenn ich sein Boot zum Kentern bringe.»

Der arme Roger. Ich brachte ihm nichts als Ärger ein. Wieder einmal wußte er nicht, was los war, wußte nicht, daß ihm das Wasser bis zum Hals stand.

Als Cobb das Tuch über meinem Mund lockerte, versuchte ich zu schreien. Sogleich drückte er mir brutal die Hand auf den Mund. Dann nahm er sie langsam wieder weg.

«Lassen Sie Roger aus dem Spiel», keuchte ich. «Er glaubt nicht mal, daß Sie das Tagebuch haben, und außerdem ist das Land noch in Sichtweite. Roger ist ein guter Schwimmer.»

Cobb band das Tuch fest und ging wieder auf Posten. Schon nach ein paar Sekunden kam er zurück.

«Roger mag ja ein zweiter Mark Spitz sein», sagte er grinsend. «Aber was ist mit der Kleinen?»

Vielleicht war sie ein Selbstschutzmechanismus, diese Weigerung des Geistes, eine tödliche Angst zur Kenntnis zu nehmen – jedenfalls dauerte es eine ganze Weile, bis mir aufging, was er da gesagt hatte.

Cobb stützte die Hände auf die Knie und hockte sich vertraulich nahe neben mich: «Also, Vivian, nun mal raus mit der Sprache. Wo ist der Brief? Oder sagen Sie mir, was darin steht, ganz, wie Sie wollen.»

Sein Gesicht verzog sich zu einer drohenden Grimasse, und als er sich zu mir herabbeugte, um den Knoten des Tuchs wieder zu lockern, streifte sein heißer, nach Bier riechender Atem meine Wange. Violet konnte doch gar nicht im Boot sein. Was Roger auch tun mochte, es sah ihm nicht ähnlich, sie mitzunehmen. Andererseits...

«Sie bluffen ja nur», würgte ich durch das gelockerte Tuch hervor. «Sagen Sie mir, was sie anhat.» Kurz bevor ich aus dem Haus gegangen war, hatte ich ihr einen frischen Strampler angezogen, und Cobb konnte nicht wissen, was sie trug, es sei denn, er sah sie tatsächlich.

Cobb reckte den Kopf über die Reling. «Blau-gelb gestreifter Strampelanzug.»

Ich kapitulierte. Der Himmel wirbelte über mir, und ich fand keinen Halt, keinen festen Boden. Ich rutschte so heftig hin und her, daß sich der Aluminiumrahmen des Stuhles verbog. Cobb machte instinktiv einen Satz zurück, doch dann beugte er sich über mich und hielt mich fest.

«Lassen Sie Violet in Ruhe.»

«Ich bin ganz Ohr», sagte er. «Aber ich habe die Möglichkeiten schon reduziert. Entweder hat einer von euch beiden den Brief, oder er ist in der Tasche, die Sie immer mit sich rumschleppen. Darin hatten Sie ja auch die Seite aus dem Tagebuch. Und wie's der Zufall so will, hat Ihr Freund die Tasche sogar dabei.»

Er war nicht dumm, das mußte ich ihm lassen. Jetzt konnte ich ihm kein Theater mehr vorspielen.

«Ins Schwarze getroffen. Sie ist in der Tasche. Das ist alles, was Sie brauchen.»

Ich hatte noch eine Chance, und um sie zu nutzen, brauchte ich mein ganzes Verhandlungsgeschick. Mir fiel ein, daß er weder Spanisch noch Kastilisch konnte. Die Übersetzung, hinter der er so hartnäckig her war, enthielt ja nicht das, was er wissen wollte, doch ich würde mir etwas ausdenken, würde behaupten, ich hätte bei der englischen Niederschrift das Beste ausgelassen. Ich schloß die Augen. Das würde er mir sicher nicht abkaufen. Ich machte mir nur selbst etwas vor. Wahrscheinlich würde er wütend werden, würde ihn der Gedanke, wieder nur in einer Sackgasse gelandet zu sein, völlig unberechenbar machen. Und noch etwas: Er würde mich nicht gehen lassen, nachdem er die Sache einmal so weit getrieben hatte.

«Lassen Sie die beiden in Ruhe», sagte ich. «Wenn wir alle in Sicherheit sind, erzähle ich Ihnen von den Austernschalen. Die enthalten die Information, die Sie suchen.»

Cobb legte den Kopf schief und lächelte, doch er glaubte mir nicht. «Wir werden sehen.»

Er verknotete das Tuch so fest hinter meinen Ohren, daß ich nur ein schwaches Wimmern hervorbringen konnte. Gleich darauf hörte ich ihn wieder auf der anderen Seite des Bootes.

Er rief Roger etwas zu, und dann hörte ich Roger antworten, freundlich und ohne jedes Mißtrauen.

Verzweifelt rieb ich mir die Handgelenke an dem Seil wund, doch Cobb hatte mir keinen Bewegungsspielraum gelassen. Ich hämmerte mit den Absätzen auf das Deck, doch das Klatschen der Wellen übertönte meine Bemühungen, Roger zu warnen, mit Leichtigkeit. Wie heftig ich mich auch bewegen mochte, ich blieb an diesen Stuhl gefesselt. Zudem zwängte er mich in eine ungünstige Stellung, die Hüften höher als die Ellbogen, so daß ich nicht aufstehen konnte. Ich versuchte, das Tuch vor dem Mund zu zerbeißen, aber es war fest und neu. Ich fing an, langsam über das Deck zu rutschen, wie ein aufziehbares Spielzeug, doch Cobb, der dabei gewesen war, den Motor anzuwerfen, eilte herbei und versetzte mir einen heftigen Tritt.

Genau in den Magen. Seit Violets Geburt hatte ich keinen körperlichen Schmerz mehr verspürt, und jetzt kam alles wieder. Doch diesmal war es anders. Beim letztenmal hatte der Schmerz neues Leben gezeitigt. Diesmal war das Gegenteil der Fall.

Roger rief etwas. Ich konnte jedes Wort verstehen. «Hören Sie auf, herumzualbern und geben Sie mir das Paddel zurück!» Es war ein simpler, ernst gemeinter Befehl von einem Mann, der daran gewöhnt ist, daß seine Studenten ihm gehorchen.

«Geben Sie es schon her!» forderte er noch einmal. Dann sprang der Motor an. Die glatten Planken unter mir begannen zu beben, und das Boot schwenkte herum.

«COBB! WERFEN SIE DAS DING HER!»

Cobb gab Gas, das Boot raste los und ließ die Gischt hoch aufspritzen. Ich wurde unsanft auf dem Deck hin und her geschleudert. Einmal knallte ich mit dem Kopf gegen die Seitenwand der Kabine, und tief in meinem Inneren machte sich eine dunkle, tröstliche Wolke breit – ein Kissen, ein Ruheplatz, Vergessen. Es war sehr, sehr verführerisch, und ich schloß die Augen.

Da sah ich eine Tafel vor meinem geistigen Auge. In perfekter Kreideschrift stand ein Gedanke darauf.

Folge dem Weg der Leeren Hand.

Zuerst verwirrte mich das plötzliche Auftauchen dieses sloganhaften *Do-zen* aus Nashs Karatekurs. Doch dann wurde mir sein Sinn schlagartig sonnenklar. Dies war die Stimme meines Überlebenstriebes. Indem Cobb Roger und Violet in dem Schlauchboot sich selbst überlassen hatte, hatte er demonstriert, daß es ihm ernst war, und der gemeine Tritt nach mir hatte diese Demonstration noch unterstrichen. Der schrecklichste Mörder ist jener zivilisierte Mensch, der vorausdenken und planen kann, der dabei sogar die Angst oder Schmerzen des Opfers einbezieht.

Unsere Gesetze stellen die Tatsache in Rechnung, daß leidenschaftliche Wut zu Gewalt führen kann, zu einem zeitweiligen Verlust der Selbstbeherrschung, doch dem Täter, der nüchtern oder sogar mit Bedacht tötet, kann nicht vergeben werden. Und aus der Sicht eines naiven Beobachters kann er auch nicht verstanden werden. Selbst in meinem gefesselten Zustand konnte ich kaum verstehen, daß Cobb tatsächlich vorzuhaben schien, mir etwas anzutun. Ich mußte mich richtiggehend anstrengen, meine Ungläubigkeit zu überwinden. Und dann stellte er den Motor ab.

Geist des Wassers. Wollte ich mich Cobb widersetzen, so mußte ich mich von allen Haßgefühlen befreien, die den glatten Spiegel meiner geistigen Konzentration verzerren konnten, denn wenn ein stürmischer Wind Wellen auf einem See schlägt, kann man den Grund nicht erkennen. Befrei dich von Wut und Rachegelüsten, befrei dich für den Augenblick von Angst oder Gier. Konzentriere dich nur auf den Blickkontakt. Sieh hin. Da stand er, links neben mir.

Dann verschwand er aus meinem Blickfeld. Eine Wunde über meinem Auge schmerzte und fing an zu bluten. Gut. Wenn er mich für wehrlos hielt, konnte ich mich leichter auf den Geist des *Sen*, des Voraus-Seins, konzentrieren, konnte Cobb überraschen. Nur mußte ich zunächst einmal auf die

Beine kommen, um eine weitere wesentliche Voraussetzung zum Handeln zu schaffen: Gleichgewicht. Ich würde mit auf dem Rücken zusammengebundenen Armen blitzschnell meinen Mittelpunkt finden und in Balance halten müssen. Deshalb konzentrierte ich mich auf die Stelle, die Grotz als die Quelle meiner Kraft beschrieben hatte, die, wo auch meine Seele saß. Das war nicht schwer: mein Magen tat noch immer weh genug. Doch ich verdrängte den Schmerz, atmete tief aus dem Bauch heraus, sog Kraft aus dieser Quelle, als ich Cobb zurückkommen hörte.

Dann war er über mir, und sein kalter Schatten fiel auf mich. *Geist des Mondes.* Ich strebte nach dem Mond. Ich stellte mir sein Rund vor, nahm sein blaues Licht auf und strahlte es wieder ab, während Cobbs gleichgültiges Lächeln über mir schwebte. Wenn er mich tatsächlich umbringen wollte, dann mußte er mich über Bord werfen, doch damit es wie ein Unfall aussah, mußte er mir erst die Hände losbinden.

Meine Ruhe war tief, kam ganz von innen heraus. Ich stellte mich bewußtlos, und er fühlte mir den Puls. Zu schnell? Zu unregelmäßig? Seine Finger lagen warm und trocken auf meinem Hals, und ich bemühte mich, nicht zu schlucken. Ich versuchte, mein rasendes Herz zu beruhigen. Dann hantierte er eifrig am Stuhl herum, und ich dachte, er würde mich befreien. Aber das Seil um meine Handgelenke band er nicht los. Doch das würde noch kommen – dessen war ich mir sicher. Er stellte etwas Schweres hinter mir ab und zog es übers Deck. Dann stand er wieder vor mir und hob mich hoch. Ich roch seinen stechenden Schweiß, spürte die Wärme der Sonne an seinem Hemd. Er stolperte unter meinem schlaffen Gewicht, und ich ließ den Kopf auf seine Schulter fallen. Doch dann merkte ich, daß wir etwas hinter uns her schleiften.

Wir schleiften etwas hinter uns her! Ich hatte mir ein falsches Szenario vorgestellt, doch was für eines war dies jetzt? Er blieb stehen und zog irgend etwas nach. Ich geriet in Panik.

Er hatte etwas Schweres an den Stuhl gebunden. Er brauchte gar keinen Unfall vorzutäuschen. Wenn er mich über Bord warf – und das würde er tun, daran bestand jetzt kein Zweifel mehr –, dann würde ich nicht einmal eine halbwegs realistische Chance haben, ans Land zurückzuschwimmen. So an den Stuhl gebunden würde ich sofort im Meer versinken. Die See würde mich verschlucken und keine Spuren hinterlassen.

Jetzt war die Zeit zum Handeln gekommen. Keine Furcht. Kein Zögern. *Sen.*

Ich hob den Kopf und starrte ihm in die Augen. Dann schrie ich.

Dort, wo ich aufgewachsen war, erzählte man sich Geschichten von früher, Geschichten darüber, wie das Opfer in seinen Feind eindringt, sich seiner Seele bemächtigt. Mit diesem Schrei, der sich meinem Innersten, meinem Mittelpunkt entrang, lauter und bestimmter als jeder Ton, den ich je von mir gegeben hatte, drang ich in Cobb ein. Er fuhr erschrocken zurück, doch ich war schon ein Teil von ihm. Im blaugrauen Marmor seiner Augen sah ich mein Spiegelbild. Wir waren einander entsetzlich nah. Darauf hatte Grotz mich nicht vorbereitet.

Cobb stolperte zurück, verlor das Gleichgewicht und stellte mich auf die Füße.

Konzentrieren. Anspannen. Zutreten.

Ich erwischte ihn mit einem Kreisfußstoß in den Unterleib. Das ist bei Wettkämpfen nicht erlaubt, und zwar aus gutem Grund: Cobb klappte so heftig zusammen, daß ich dachte, der Kampf sei bereits vorüber. Keuchend stürzte er aufs Deck. Ich hatte genug Zeit, mich zu sammeln und mit leicht gebeugten Knien wieder eine stabile Position einzunehmen, ehe er schwankend und stöhnend wieder hochkam. Mit geballten Fäusten und weit geöffneten Armen stürzte er auf mich zu. Es gelang mir, ihn abzuwehren, indem ich mich halb umwandte und ihm den Stuhl gegen die Beine schlug. Er taumelte und fiel über das Seil, mit dem ich festgebunden war, und zwar an –

Ich war an einen verschlossenen Eimer Sand gebunden.

Das Ding war grellorange, signalorange, ein stechendes, tödliches Orange. Einen Augenblick lang nahm ich nur diesen Sandeimer wahr. Er bestand aus Metall, und der Deckel war mit einem dicken Bügel verschlossen. Er sah verteufelt schwer aus. Cobb umkreiste mich mit ausgestreckten Armen, versuchte, hinter mich zu gelangen. Ich verdrängte den Eimer aus meinen Gedanken und ersetzte ihn durch ein einziges Wort. Zentrieren. Ich sah Cobb direkt in die Augen und drehte mich meinerseits im Kreis, so daß ich ihn immer vor mir hatte, wobei ich jedesmal über das Seil stieg. Ich mußte den Eimer vor Cobbs Zugriff schützen und ihn zugleich für meine Zwecke nutzbar machen. Wenn er an ihn herankam, wenn er es irgendwie schaffte, ihn hochzuheben und über Bord zu werfen, war ich verloren.

Da kam mir eine Idee. Vielleicht konnte ich mich einfach der Schwerkraft und des Wassers bedienen. Wir konnten einander ja nicht ewig umkreisen, denn früher oder später würde Cobb eine Angriffsmöglichkeit finden. Bei jeder Woge, die die Yacht abritt, gab es einen Punkt, an dem der Eimer etwas höher stand als ich. Das würde ich ausnutzen. Bei der nächsten Drehung stieg ich nicht über das Seil. Ich ließ es sich, direkt über den Knien, einmal um meine Beine wickeln. Cobb bemerkte es sofort. Seine Augen verengten sich triumphierend zu Schlitzen. Genau wie ich es erhofft hatte, zog er daraus den falschen Schluß. Er dachte, ich sei müde, und umkreiste mich weiter. Erneut wickelte sich das Seil um mich. Ich war etwa einen Meter von dem Eimer entfernt. Ich drehte eine Pirouette. Das Seil wickelte sich noch einmal auf, dann noch einmal.

Auf dem nächsten Wellenkamm wirbelte ich plötzlich aus der Hüfte herum, und mit einem Ruck spannte sich das Seil. Jetzt ging es darum, den Eimer hochzubekommen und ihn dann durch schnelle Drehbewegungen in der Luft zu halten wie eine Bola, während ich zum Angriff überging.

Gott sei Dank war ich als Kind eine Kanone beim Hula-

Hoop gewesen. Als das Boot nun ins nächste Wellental hinabsauste, gelang es mir tatsächlich, den Eimer hochzuschwingen und ihn einen weiten Bogen beschreiben zu lassen. Und es hätte auch geklappt! Es hätte tatsächlich funktionieren können! Doch leider sprang Cobb im letzten Moment hoch. Und jetzt kam etwas, was ich nicht bedacht hatte: Der Eimer, der sein Ziel verfehlt hatte, sauste einfach weiter und riß mich mit, warf mich einfach um. Ich landete auf dem Boden, mit dem Rücken zur Kabine, und vor mir stand Cobb.

Im Nu war ich wieder auf den Beinen. Jetzt blieb mir nur noch eine Waffe: der Fußstoß.

Nun würde sich herausstellen, ob Sensei Grotz recht hatte, nämlich daß es beim *Weg der Leeren Hand* nicht auf die Anzahl der beherrschten Techniken ankam, sondern darauf, wie perfekt man sie beherrschte. Die einzige Grundtechnik der Kata, die ich wieder und wieder geübt hatte, war der Fußstoß nach vorn. Sonst nichts. Bestimmt Hunderte, Tausende von Fußstößen, und keiner hatte Grotz zufriedengestellt. Während Nash bereits lernte, wie ein Kranich auf einem Bein zu stehen und mit abgewinkeltem Oberschenkel über die Anrichte in der Küche zu treten, war ich auf den Mehlsack abonniert. Andere wirbelten um mich herum. Ich trat immer nur.

Ich trug Turnschuhe mit rutschfesten Sohlen. Die dämpften den Schlag etwas ab. Trotzdem, als Cobb jetzt meine Ferse gegen die Brust bekam, blieb ihm die Luft weg. Treffer! Mit leicht gebeugten Knien setzte ich sofort nach und trat noch einmal zu. Dieser Stoß landete direkt im Solarplexus. Cobbs Mund öffnete sich zu einem O. Er taumelte keuchend zurück, stolperte über Violets Wickeltasche und ging zu Boden. Als er sich wieder aufrappelte, wirkte er benommen. Ich zog eilig den Eimer ein Stück vor, um meinen Vorteil ausnutzen zu können. Er stand nun direkt an der Reling und hielt sich mit Mühe daran aufrecht. Doch dann schien ihm etwas einzufallen. Er bückte sich schnell und wühlte verzweifelt in der Wickeltasche. Mit zitternden Fingern riß er die Seitentasche auf, übersah den Umschlag, der die Kopie seines wertvollen Dokuments enthielt, und griff sich das Falsche: die kleine Plastiktüte, die den Zettel mit Kolumbus' poetischen Sätzen über das Meer enthielt.

«Einen Schritt weiter, und ich lasse sie über Bord fallen», sagte er. Doch da war ich schon längst bei ihm und beförderte ihn mit einem gewaltigen Tritt gegen die Rippen über die Reling. Er schrie auf vor Schmerz, ruderte haltsuchend mit den Armen und landete dann kopfüber – und noch immer die Tüte umklammernd – im Wasser.

Sobald ich ihn aufklatschen hörte, lief ich zum Eimer zurück und trat gegen den Verschluß. Ich kippte ihn um und ließ den Sand herauslaufen. Als nächstes mußte ich die Arme freibekommen. Und erneut kam mir Violets Wickeltasche zu Hilfe. Ich setzte mich vor sie und kramte mit den zusammengebundenen Händen darin herum, bis ich das Babyöl fand.

Vom Wasser her hörte ich Cobb rufen. Wie Roger schien er auf Katastrophen zu reagieren, indem er sie herunterspielte. Auch eine Folge geschlechtsspezifischer Konditionierung?

«Vivian, seien Sie vernünftig. Das können Sie doch nicht tun. Die Sonne geht gleich unter. Ich weiß nicht, ob ich es bis zum Ufer schaffe», bettelte er.

Mühsam schraubte ich den Flaschendeckel ab und ließ dann das duftende Öl auf meine Handgelenke laufen, damit sie glatt und schlüpfrig wurden. Es würde eine Zeitlang dauern, aber es würde klappen. Cobb redete pausenlos weiter, argumentierte und bettelte abwechselnd. Doch dann bekam ich die Hände frei, und es gelang mir, den Motor der Yacht anzuwerfen. Als die Dämmerung hereinbrach, konnte ich seine Stimme längst nicht mehr hören.

19

ROGER

*D*ie Luft in meinen Lungenflügeln brannte wie Feuer. Ich hustete und keuchte, konzentrierte mich voll auf das Ziehen und Drücken in meiner Brust. Sauerstoff strömte in mein Gehirn und füllte meine Zellen. Ich dehnte mich aus, fühlte mich leicht und klar wie eine Luftblase und schwebte in einem Rausch betäubenden körperlichen Wohlbefindens. Die Luft war schwer, üppig, und das Atmen ein sinnlicher Akt. War das alles eine Sinnestäuschung, ein unangekündigter Seelenbalsam, eine gnädige Phantasie im Augenblick des Todes?

Ich öffnete die Augen. Nichts.

Ich legte mir die Hände aufs Gesicht. Ja, meine Augen *waren* offen. Ich spürte, wie sich die Lider auf und ab bewegten. Entweder hatte mein Gehirn alle Sensorien abgeschaltet und ich war blind, oder ich blickte in eine Finsternis von ungekannter Schwärze. In gewöhnlicher Dunkelheit gibt es fast immer hellere Bereiche, Reflexionen, eine Struktur. Diese Finsternis hier war vollkommen.

Ich schien in einem mehr oder weniger großen Becken zu treiben und machte nun vorsichtige Schwimmbewegungen, um es zu erkunden. Schon nach wenigen Zügen stieß ich an einen rauhen, trockenen Felsvorsprung. Er war mindestens so breit, wie meine Arme reichten, und mit letzter Kraft zog ich mich daran hinauf. Dann lag ich auf dem Rücken, konnte es noch immer nicht fassen, daß ich atmen konnte, und versuchte mich an den Stand der Gezeiten zu erinnern. Wenn die Flut diese Kammer füllte, würde sie nur sehr kurzfristig Zuflucht bieten. War das Gewölbe hoch genug? Die Flut hatte erst vor kurzem aufzulaufen begonnen und würde gewiß hier herein-spülen. Ich mußte mir eine höher gelegene Stelle suchen.

Ich bewegte langsam die Arme über dem Kopf hin und her, dann vorsichtig nach links und rechts. Kein Hindernis. Doch das Dunkel drängte von allen Seiten gleichermaßen auf mich ein. Es umspülte meine Haut wie Wasser einen Taucher. Ich lag auf Sand. Die Körner unter meiner Hüfte bewegten sich. Ohne visuellen Anhalt schienen mein Körper und der Raum um mich bald riesig zu werden, bald winzig klein, wie in den Fieberträumen eines Kindes.

Allmählich wurde ich mir meiner übermäßig geschärften Wahrnehmung bewußt. Die Kehle schnürte sich mir zu, und meine Zunge brannte, als sei sie mit Ammoniak betupft wor-den. Tränen quollen mir aus den Augen und rannen über die Nasenflügel hinab. Sie tropften mir aufs Kinn, auf den Hals. Ich stellte fest, daß ich stehen konnte, und stand langsam auf, und als meine Empfindungen ganz allmählich abebbten, fiel mir auf, daß mich ein schrecklicher Gestank umwehte. Mir war nicht klargewesen, wie stark sich ein schlechter Geruch auf Körper und Geist auswirken kann. Ich versuchte die Luft anzuhalten, doch das ging nicht allzu lange. Ich begann wieder zu atmen, würgte beißenden Moschusgeruch hinunter. Es roch nach etwas, das seit langem tot war, nach Bakterienstäm-men in alten Socken, die zu lange in einem geschlossenen Schrank gelegen hatten. Ich nahm auch eine Spur Acetylenge-ruch wahr, der meine Atemwege heftig reizte.

Doch ich stand, ich lebte, oder etwa nicht? Ich öffnete den Mund.

«Violet», rief ich. Ihr Name ließ die Ereignisse der vergan-genen Stunde mit aller Macht über mich hereinstürzen, erin-nerte mich an das unwiderruflich davontreibende gelbe Boot.

Und ich bekam Antwort. Die Wände bebten. *Vio-let-et-et.*

Die Höhle war riesig. Noch einmal rief ich ihren Namen in die Stille hinaus, nur um ihn zu hören. Und dann rief ich nach Vivian. Ich rief nach allen, die mir einfielen. Ich rief nach meiner Mutter, nach meinem Vater und nach Bart. Ich verfluchte Cobb. Und jeder Name kehrte in zahlreichen Echos zurück, die sich vereinten und zu einem dichten Flüstern verbanden, als träfen sich die Geister jener Menschen, die ich liebte und haßte, dort über mir in der Luft, um miteinander zu streiten. Ich setzte mich, lauschte dem letzten, schwindenden Gemurmel und begann mir die Haut warm zu reiben.

Da vernahm ich noch ein anderes leises Geräusch, wie das Rascheln von Ahornlaub im Herbst.

«Mann, reiß dich zusammen», sagte ich laut und hörte die Worte von den Wänden widerhallen. Mir war völlig klar, daß ich jetzt auf keinen Fall die Beherrschung verlieren durfte. Wenn ich dem irrationalen Bedürfnis nachgab, um Hilfe zu rufen, Trost zu erflehen, dann war es mit meiner psychischen Stabilität so gut wie vorbei. Also verharrte ich eine Weile still und lauschte: Mein furchtbares Geschrei hatte rings um mich die Fledermäuse aus dem Schlaf geschreckt.

Sie erzeugten das Geräusch. Sie waren auch für den Gestank verantwortlich. Ich saß auf einer dicken Schicht Fledermauskot.

Viele Menschen haben eine krankhafte Angst vor bestimmten Tieren – Schlangen, Mäuse und Spinnen sind die geläufigsten Objekte einer solchen Phobie. Vivian haßte Ratten. Bart hatte schreckliche Angst vor Kaulquappen. Ich hatte meinen Fluch in meiner Kindheit kennengelernt, im Ferienlager: es war die Fledermaus. Es gab viele davon, und sie nisteten in den Kaminen der alten Blockhütten. Sie wirbelten über dem Lichtschein des Lagerfeuers dahin, an dem wir unsere Lieder schmetterten, und tauchten in die emporstiebenden Funken. Zwei Sommer lang zwangen sie mich unter eine Red-Sox-Baseballmütze, bis ich mich schließlich mit ihnen abfand, mit ihnen fertig wurde wie mit vielen anderen

Schrecken – der Angst vor dem Tod, der Nutzlosigkeit von Erfahrungen –, indem ich sie zu untersuchen begann. Wenn ich auch das Unbehagen aus meiner Kindheit nie ganz ablegte, so begann ich doch durch diesen sachlichen Umgang mit den Fledermäusen ihren Zauber zu schätzen.

Und so erfüllte mich jetzt die Vorstellung, daß ich nicht allein war, mit einem Gemisch aus atavistischer Abscheu und respektvoller Erregung. Das Aufregende daran war: Wenn es hier Fledermäuse gab, dann mußte dieser Ort einen Ausgang haben. Sie mußten ja schließlich herein- und hinauskommen, oder? Das bedeutete, daß auch ich eine Chance hatte, zu entkommen. Ich konnte Violet nur helfen, wenn ich schnellstens eine Rettungsaktion einleitete. Diese vage Hoffnung ermutigte mich, mein Gefängnis weiter zu erkunden, obwohl jeder Fehltritt den Sturz ins Bodenlose bedeuten konnte. Ich tastete mich im Dunkeln mit den Fingerspitzen vor und kam Schritt für Schritt voran. Einmal traf ich auf ein merkwürdiges Gebilde, eine glatte Wölbung. Ich fuhr an ihr entlang, bis ich an eine kleine Einbuchtung kam, dann an eine zweite, als hätten da ein Paar Augen gesessen. Unwillkürlich fragte ich mich, ob schon andere vor mir in diese Strömung geraten und unter den Felsen gezogen worden waren. Und keiner bekam jemals Gelegenheit, davon zu erzählen, dachte ich und unterdrückte den Gedanken sofort mit aller Kraft. Ich war schon immer anders gewesen als andere, und auch diesmal würde ich nicht so enden wie sie. Ich würde dieses Gefängnis mit mehr Mut und Einfallsreichtum erforschen als jeder meiner Vorgänger. *Ich* würde hinausfinden.

Gleichsam als Belohnung für meine Entschlossenheit offenbarte sich mir ein Zeichen.

Im ersten Augenblick kam mir die unheimliche weiße Säule, die da plötzlich senkrecht vor mir emporragte, wie eine Halluzination vor. Ich näherte mich ihr, und siehe da, ich konnte durch sie hindurchgehen. Es war Licht, kaltes Licht. Licht, das fast zehn Meter hinaufreichte in die dichte Finsternis.

Ganz oben war ein einzelnes Zyklopenauge, das vermutlich den Fledermäusen als Ein- und Ausgang diente. Ich setzte mich mitten in die Lichtsäule hinein, auf eine kleine, dick mit Fledermauskot bedeckte steinerne Erhebung, und versuchte, mir über meine Lage Klarheit zu verschaffen, mir zu überlegen, wie ich dieses Loch zu meinem Vorteil nutzen konnte.

Hatte ich irgend etwas dabei, das mir helfen konnte, zu überleben? Ich leerte die Taschen meiner Shorts. Drei aufgeweichte Bahama-Dollars, ein halbgeschmolzenes Pfefferminzbonbon. Eine Büroklammer. Eine kleine bunte Muschel, die ich Vivian mitbringen wollte. Meine allgegenwärtige Diskette.

Ich packte das Bonbon aus und steckte es in den Mund. Es schmeckte süßlich, beruhigend. Für das, was jetzt kam, brauchte ich Kraft. Ich drehte die Diskette in der Hand hin und her. Sie war möglicherweise völlig unbrauchbar geworden, und doch streckte ich sie in den Lichtstrahl, wie um sie zu trocknen. Lächerlich. Was ich da in Händen hielt, war völlig nutzlos. Ich hatte mich auf ein blaues Speicherquadrat verlassen, auf eine kleine silberne Scheibe, auf kunststoffummantelte Technik. Und dabei verstand ich davon, wie meine Gedanken und Worte darin gespeichert waren, auch nicht mehr als von der Funktionsweise meines Gehirns.

Ich preßte sie mir gegen den Kopf und konzentrierte meine ganze Willenskraft darauf, Violets gelbes Schlauchboot an Land treiben zu lassen, in die Arme von Fischern, von irgendeinem menschlichen Wesen. Ich verwendete so große Anstrengung auf das, was ich vor meinem geistigen Auge sah, daß ich von meinem niedrigen Sitzplatz auf den zerklüfteten Boden hinabrutschte. Und dort, inmitten einer so absoluten Finsternis, daß sie selbst Gedanken absorbierte, schaltete auch mein Gehirn ab. Was konnte ich denn schon tun hier unten in der Dunkelheit? Mein ganzer Einfallsreichtum würde mir nun nicht mehr helfen. Ich hatte ein unbedeutendes Leben geführt, erkannte ich jetzt, und würde einen noch unbedeutenderen Tod sterben. Mein Gehirn war zwar einzigartig unter den Milliarden von Gehirnen auf unserem Planeten, aber letztendlich auch nur eine Speichereinheit, keinen Deut interessanter als die Diskette. Ich war ein Photon in einem Lichtbrunnen. Ich trieb dahin.

Noch nie bin ich so lebendig gewesen wie in dem Augenblick, als ich aus diesem Nickerchen aufwachte, so energiegeladen, so erstaunt über meine Fähigkeiten. Ich schien allumfassend. Meine Sinne waren messerscharf. Freude kribbelte mir bis in die Fingerspitzen, oder besser gesagt: nicht Freude – etwas schärfer Konzentriertes. Nennen wir es Klarheit. All die nutzlosen psychischen Tricks und nervösen Zuckungen waren verschwunden. Die Wahrheit durchströmte mich. Ich hatte ein paar Augenblicke geschlafen – oder waren es Stunden? Das Licht verschwand, doch ich fürchtete die Dunkelheit nicht. Ich zitterte vor Kälte, doch ich tanzte mich warm. Daß meine Körpertemperatur sich von der meiner Umgebung unterschied, ließ hoffen. Mein Körper funktionierte noch; er zitterte, um Wärme zu erzeugen. Ohne Wasser würde ich in wenigen Tagen verenden, würde zum Dung der Zeiten werden. Mein Fleisch würde vermodern und sich in Stein verwandeln. Doch jetzt, in diesem Moment, war jeder Atemzug ein Geschenk. Einer um den anderen füllte meine Lungen und wurde wieder ausgestoßen, und weitere würden folgen. Ich zählte sie nicht. Warum trauern?

Ich hing Gedanken nach, solchen Gedanken. Meine Vergangenheit fächerte sich vor mir auf, angefüllt mit Gesichtern. Meine Mutter saß an einem Tisch aus Kirschbaumholz und schälte eine Birne. Sie schnitt sie für mich in Scheiben, und ich aß sie eine nach der anderen auf. Mein Vater fing einen Fisch, dann sah er mir in die Augen, holte ihm mit einer Zange den Angelhaken aus dem Maul und warf ihn zurück ins Meer. Ich wußte genau, wie sich der Fisch fühlen mußte, zurückversetzt in den Zustand der Gnade. Auch ich war in ein flammendes Element gezogen und von gigantischen Händen gehalten worden. Auch ich war verschont geblieben.

John Donne flüsterte mir ins Ohr.

Denn Liebe hält all andre Lust in Schach
und macht ein Überall aus kleinem Raum.
Nach neuen Welten segeln Schiffer weit,
auf Karten sind die Welten angereiht.
Wir beide sind und haben *eine* Welt zu zweit.

Entgegen allen Erwartungen, die ich dort oben an der Erdoberfläche wohl gehegt hätte, war es hier unten gar nicht so übel. Vor wenigen Stunden hätte ich um ein Haar den Tod gefunden, wäre aufgefressen worden, hätte ertrinken können. Doch ich lebte, und das Wissen, daß mir vielleicht nur Tage blieben, schien unerheblich im Vergleich zu dem verschwenderischen Strom von Sekunden und Minuten, über den ich jetzt verfügte.

Natürlich war ich nicht das einzige wahrnehmungsfähige Wesen hier unten. Zehntausend Ohren wurden in meine Richtung gespitzt. Doch trotz meiner angespannten Sinne konnte ich sie mir nicht vorstellen, diese durch Töne definierte Welt der Fledermäuse. Die Leere war für sie von so hochfrequenten Klängen erfüllt, daß ich sie nicht hören konnte. Die menschliche Wahrnehmung ist eng begrenzt. Von den Ebenen und Vertiefungen ihrer facettenreich geformten mystischen Gesichter sandten meine Gefährten Ultraschallpiepser aus und benutzten sie wie wir unsere Sehkraft, um vor sich ein lebendiges Panorama Gestalt annehmen zu lassen, Veränderungen daran wahrzunehmen und es neu zu ordnen.

Wenn sich auf meinen Lippen ein Wort formte, wenn ich redete, bereicherte ich dieses Bild. Und es gab so viel zu sagen. Alles, was ich erfahren hatte, steckte in meinem Gehirn. Seine Speicherkapazität war unermeßlich groß. Ich sagte das

Alphabet rückwärts auf, rezitierte die US-Bundesstaaten und ihre Hauptstädte. Ich rief mir lange Gespräche mit Freunden und Feinden in Erinnerung, die Handlung und die Schauspieler alter Filme, Rezepte; das Periodensystem aus dem Chemieunterricht war noch da, und Kublai Khan, Ralph Waldo Emerson, der komplette Donne, Kirchenlieder, Jingles, Werbesprüche, Zeitungsartikel, die ich in der Badewanne gelesen hatte, die Dosierungsanweisungen auf Waschmittelpaketen, der Wortlaut von Garantieerklärungen, Spielregeln, Versicherungsklauseln und Gartentips sowie sämtliche Eigenheiten all der Frauen, die ich nicht genug geliebt hatte.

Vivian.

Ich erinnerte mich an jede Einzelheit, vom Anfang bis in die Gegenwart. Jedes Wort von ihr und jeden Gesichtsausdruck hatte, wie ich jetzt merkte, eine Kamera in mir aufgezeichnet. Jetzt spulte ich den wertvollen Film ein ums andere Mal ab. Ich durchlebte unsere Schäferstündchen noch einmal und dann das Auf und Ab unserer Tage. Ich legte ihr Violet in die Arme, legte sie hinein, hielt sie darin fest und ließ sie nicht mehr weg.

Es war unmöglich, diesen endlosen Strom von intimen wie banalen Einzelheiten aufzuhalten. Ich erinnerte mich an Briefe, die ich einst geschrieben hatte. An ganze Jahre meines Lebens. Ich sah, daß es nicht nötig gewesen wäre, Tagebuch zu führen. Ich konnte alles abrufen – jeder Bestandteil meiner Erfahrungen war bis ins kleinste Detail erfaßt und gespeichert, und außerdem gab es da neben dem nüchternen und wohlorganisierten Gehirn des Wissenschaftlers noch ein zweites, das sich – mit Hilfe der Phantasie – eine gänzlich *eigene* Welt schuf; das mit Binnenreimen und klangvollen Silben angefüllte Gehirn eines Dichters.

Wieder zog ich die Diskette, auf der mein Gedicht gespeichert war, aus der Tasche. Ein nutzloses Amulett, nicht mehr als eine Gedächtnisstütze. Hierin eingeprägt und in einem synthetischen Muster kodiert, war mein Werk enthalten – zielgerichtetes Handeln gegen die Kraft der Zeit. Ich hatte mein Epos gemäß den Zusammenhängen meines Lebens gedichtet, die sich in jüngster Zeit gewandelt hatten. Die Zielsetzung meines Lebens hingegen war klar geblieben: Aufzuklären, zu erhellen, mit dem Blitz der Kunst Licht zu verbreiten, Form zu geben, wo keine Form erkennbar war – das war mein hartnäckig verfolgtes Ziel, das ehrenwerteste meiner Motive. Mein Geist, meine Phantasie, das war die Ausrüstung, auf die ich mich verließ, und wenn mir bald das letzte Stündlein schlug, dann sollten sie meine Gefährten sein. Das menschliche Gehirn ist wie ein Megachip, und in seinen ungezählten RAMs an Speicherkapazität lebt die logische Kopie jedes Nervenreizes fort und das Resultat jedes Denkvorgangs, den ich je vollzogen habe. Die Diskette war die Sicherungskopie, ich hingegen das Original. Ich konnte alles abrufen, jeden Satz, jede Einsicht wieder zum Leben erwecken, jeden harmonischen Gedankenfluß noch einmal beschreiten, jeden aufgezeichneten Vers rezitieren. Es war eine Herausforderung, doch es war nicht unmöglich. Alles war da und wartete, und wenn es mir gelang, Kolumbus noch einmal zu entdecken, ihm auf seinem Weg nach Nirgendwo zu folgen, der jetzt so parallel zu Vivians und meinem Weg zu verlaufen schien, dann konnte ich diesem Ort der Leere etwas Sinn einhauchen und einen Teil meiner selbst retten. Und sollte es mir nicht bestimmt sein, mit Kolumbus über den ganzen Ozean zu segeln, wollte ich doch wenigstens seine Ouvertüre nachvollziehen: «Das Tagebuch eines Verlorenen». Es war alles, was mir zu tun blieb, und so rezitierte ich es.

> Ich selbst weiß nichts von mir. So wenig wie der Faden
> ins bunte Tuch gewebt
> das Muster kennt. So wenig wie das Muster
> den Geist versteht, der es entwarf oder die Hand,
> die das Schiffchen schickt oder die Kraft,
> die den hölzernen Rahmen auf und ab bewegt.
> So wenig wie das Kleid
> von seinem Zweck weiß, seinem Schöpfer,
> sowenig weiß ich von Kolumbus.

Liedfetzen dringen an mein Ohr, Gesänge,
die Stimme meines Sohns, die sich zur Frage hebt. La
   Rábidas
verlornes Sommerlicht beruhigt das Blut.
Ich breite meine Päckchen aus, die Argumente,
und streue sie weit auf den Tisch.
Kann sie nicht essen, und auch Diego nicht,
der durch die Gunst des Juan Pérez
genährt wird und gelehrt.

Talavera zweifelt, da Augustinus zweifelt.
Und Spaniens Hof tut nichts, solang Granada steht.
All meine Hoffnung ruht auf diesem Blatt,
denn Nacht bricht an, und jeder betet still für sich.
            Der Docht, er wächst. Ich hab die Kerzen
billigst erstanden, ich kenne mich da aus.
Den Docht zu putzen, den alten Talg wohl zu bewahren,
ja ihn zu stehlen, das beschäftigt mich. So disputiert
der Geist von Talavera unruhig mit der Flamme.

Und dreißig Jahr, nachdem die Stadt gefallen,
war ich in Babel, lag aufgewühlt in meinem Bett,
und die Gedanken siegten übers Herz.
So sprach Esra, als ihm Antwort ward wie mir,
aus Zeichen rings um mich. Ihr Brüder,
ich les die Risse in der Wand. Hat nicht der Herr
den Schultern auch befohlen, die Balken hochzuheben und
   zu sichern,
der Hand des Maurers nicht, die Steine einzusetzen und
den Mörtel anzurühren? Hat Er den Regen nicht gesandt,
den Wind geschickt, der Sonne Pfeile zugespitzt,
damit, wenn's Ihm gefällt, die Wände rissig werden,
nicht ohne Plan, nein, als ein Bild der Welt?

Sechs Teile trocknes Land und ein Teil Wasser.
Ich seh die Karte des *Quod est* an dieser Wand.
Als habe meines Bruders Hand sie eingeritzt.
So voll Geschick, so aufmerksam;
es blutet weiß der Erde Lippe
dort auf dem Felsen, wo Kolumbus sitzt,
wo er den kleinen Stummel Lichtes hütet, und
sieht den Schatten, der die Karte frißt.

Esra, sprach der Herr,
Ich werde eine Kerze des Verstehens
in deinem Herz entzünden, und die soll brennen,
bis alles das vollbracht, was du
zu schreiben nun beginnst.
       So fang ich an.
Cristoforo Colombo, Sohn des Domenico und
der Susanna, Bruder im Geist dem Giovanni Pellegrino,
Gemahl der Doña Felipa, zehn Jahre bereits tot,
besorgt um eine Schwester, Bianchetta,
die einen blöden Käsehändler zum Gemahl sich nahm,
ich, Cristoforo, warf alle alten Bande ab, doch such ich
    noch die Einheit
mit meinen Brüdern, ich bin wieder hier, in diesem Jahr,
mit meinem mutterlosen Sohne Diego,
hoch auf den Klippen von La Rábida. Hier fing ich an,
dies arme Buch zu führen, gleich hinter der Kapell,
die unsrer Frau des Wahnsinns ist geweiht.

Als Kind mit Bartolomé
drehte und zog ich rohe Wolle
die unsre Mutter auf dem Spinnrad dann verspann.
Sie saß, die Hand am Rocken, starren Blicks, den sie nicht
    abgewandt,
und hätt sich auch die Erde aufgetan.
So fein spann sie das Garn, daß wir uns brüsteten.
Und ebenso schwang meine Handschrift sich,
die ich in Lissabon erlernt,
über den jähen Abgrund, diese sorgenvolle Stunde
vor Laudes, wenn der erleuchtete Verstand
nach dem Bewußtsein sucht
und hektisch Argumente webt, dagegenhält, Beweise führt,
der Körper durch das Tuch des Schlafes treibt.
       Und hast du dann geschrieben, sprach der Herr zu
         Esra,
dann sollst du manches allen zeigen, und einiges
nur weisen Männern im Verborgenen.
Und so behielt ich dieses Buch für mich, das für die Augen
der Gläubigen allein bestimmt ist, meiner
    Franziskanerbrüder,
die mich vor dem Verzweifeln retteten in diesem Jahre 1491.

Oktober. Hab eine Landkarte für Fisch verkauft,
für Brot und Kerzen. Doch heut nacht
brauch ich die Kerze nicht, das Feuer glüht beständig.
Juan Pérez verschwört sich mit Kolumbus.
Der erste Beichtvater der Königin, der zweite
ist ihr Bettler, ein Ausgestoßner, und nicht mehr als eine
arme Motte, die sich vom Saume ihres Mantels nährt.
«Mehr können wir nicht tun.» Mit diesen Worten
neigt Pérez den irdnen Kelch.
Intrigenwein perlt über seine Zunge.
Lachend erklärt er mir: «Ich mühte mich
um ihre Gunst mit milden Bußen. Ihr auf der *via dolorosa*.
Ihr nähert Euch der Königin Gefährten allzu plump,
zu ungeschickt. Und es tut weh, das anzusehn.»
«Wie sollten meine armen Mühen einem Franziskaner weh
    tun?
Euer Amt ist zu vergeben.
Eure Last ist Eure Freiheit.
Homo homini lupus. Der Mensch dem Menschen Wolf.
Der Mann dem Mann, und auch der Frau.»
«Ihr Fremder, Ihr naiver Dilettant. Die Marquesa de Moya
    ist der Wolf.»
«Jawohl.»
Ich diene dem Vergnügen nur. Mit ungeschickten
    Mätzchen,
die ich den Trägen, Tatenlosen vielfach wiederhol,
den Schranzen, die an diesem Hof
sich Jahr um Jahr die eignen Taschen füllen,
mit zweimal mehr, als sie benötigen.
Zu viele ausgestreckte Hände. Der Krieg, der schafft den
    Bettelmann,
zu Hunderten. Ich habe andre Pläne.
Bartolomé ist in Fontainebleau, sag ich Pérez.
Der Wahnsinn tobt in Frankreichs Königshaus. So wend ich
    mich
dem Wahnsinn zu, da die Vernunft gescheitert ist.

Sechs Jahre schon. Die Schafe folgen ihren Hirten,
dem König und der Königin. Und im Gefolge die
    geschickten Hunde,
die sorgsamen Berater, Kämmerer und Ärzte
und Astronomen mit dem schiefen Blick,
die Weisen, die Beschränkten. Maldonado, Ferdinand

de Talavera. Abseits der Herde, im Gehölz,
dem scharfen Aug des Hundes knapp entgangen,
schmollt leeren Bauchs der Wolf. Bewegt sich nebelgleich
durch niedriges Gestrüpp.
Kolumbus folgt. Doch nun genug.
Ich kam ja nicht zur Welt, um einen schönen Mund zu
   machen,
zu sprechen wie ein seltener, dressierter Vogel.
Bin nicht in einem Taubenschlage ausgebrütet,
um eine Botschaft an die Füße mir zu binden.
Hab nicht das Lehrjoch abgeworfen, um zu humpeln, mich
   zu ducken
am Weg der grauäugigen Königin. Niemals verbarg
   Kolumbus
sein verfluchtes Blut, ward eine Spiere ihm
zur Rettung zugeworfen von dem Schiff *Bechalla*,
als Schreie von Ertrinkenden
sich in den stummen Himmel hoben.
Er ward nicht aus der Gischt gezogen, um am Lande zu
   verkümmern.
Er ward nicht in der See getauft,
nicht in des Bruders Haus gekleidet und genährt,
erfuhr nicht all die Zeichen und die Wunder,
um stumm zu bleiben.
            Der Mensch stirbt. Seine Seele wird gerettet,
um ihrem Schöpfer fürderhin zu dienen.
Schlaflos in tiefer Nacht kratz ich wie meine Brüder
in ihrer Zelle Fetzen Muts zusammen.
Des Plinius Beschwerden, Wölfe im Schafspelz,
verfolgen mich im Schlaf. *Was ist die Substanz
der Seele? Aus welchem Stoff ist sie gemacht?
Wo sitzen die Gedanken? Wie ist sie anzusehn,
zu hören und zu fühlen, und von welchem Nutzen ist sie uns?
Wo residiert sie und welch ungeheure Zahl
von Seelen und von Geistern muß folgen in der Zeiten Lauf?
Kindliche Hirngespinste! So ängstlich um die Sterblichkeit
   besorgt,
voll Hoffnung, daß das eigne Leben niemals ende. Weg
damit! Naive Illusion zu glauben,
daß nach dem Tod das Leben neu beginne?*
            Aus diesem Grunde müssen wir im Leben,
in dieser kurzen Spanne unser Werk vollenden,
verfolgt von Gnade, zu ihr hingetrieben, ins Meer

geworfen durch ein Feuer und von den Fluten dann an Land
    gespült.
Im Jahre meiner Rettung wurde ich
in Portugal voll Gnad dem Salz des Meers entrissen.
Man zeigte mir die Karte Toscanellis, des Buches Seiten
aufgeschlagen auf des Herzens Mitte – Esra; die Beweise
hier und da verstreut, sie einzusammeln wie gefärbte Wolle,
bis Sicherheit, bis Wissen, *Gnosis*,
zum Muster meines eigenen Gewebes wurde. Muster,
ich strauchle über Worte. Einfache Wahrheit.
So unerträglich offenkundig, daß ich sie nicht beweisen
    kann.
Die Küste hier. Die Küste dort.
Zwischen den beiden Linien ist meine Reise eingetragen –
endlos – mit Zweigen, Federkielen, Fingern. Soll ich sie
weiterziehn noch mit dem Greisenstock,
bis ich ihn nicht mehr fest umfassen kann?
Die Küste hier. Die Küste dort.
Dazwischen steter Wind.
Die Zunge schnalzt ins Leere, und ich war auf dem Weg
    nach Frankreich,
den ich verfolgte, bis mich
die Nachricht von Granadas Fall erreicht.
Pérez bewies Gespür gleich einem Fuchs und floh
an seinen Schreibtisch, zu Tintenfaß und Feder,
und hin zu den Geheimnissen des dunklen Beichtstuhls,
oder vielleicht zu einem andren Glauben.
Er schrieb den ganzen Abend. Und im Morgengrauen ritt
Sebastian Rodríguez nach Sevilla,
wo die Herrscher residierten.

Mein Sohn und ich klettern aufs Dach,
als des Tages Hitze nachläßt, und setzen uns.
Wir wechseln kein Wort, als die Sonne sinkt und
ihren roten Schleier auf das Wasser legt, der in der
    Dämmerung
verblaßt wie ungleich aufgetragne Farbe im Gewebe
der schlaffen Wellen. Dunkelheit
umhüllt uns, und es ist stiller hier
als unter uns im Haus. Gott ist wieder faßbar
in den Sternen, und ich nehm Wohnung mir
in den berechenbaren Himmeln. «Ich zeig dir
Tricks des Navigators», sag ich zu Diego.

«Der Himmel ist die Uhr, die Zeit ein Mann,
der starre Stern die Seele.
Zieh Linien durch die Figur
und zähl die Stunden, auf die er zeigt.»
So sitzen wir und schaun auf unsre Sterne,
Kochab und Pherhad, bis Diego sich dann an mich lehnt,
sein warmer, schneller Atem meinen Arm umspielt.
Er hat 'nen Bruder, einen Halbbruder, von dem ich niemals
     ihm erzählt.
Auf meinem Herzen lastet Beatriz,
obgleich ich ihr die Ehe angeboten.
Jetzt kann niemand mehr behaupten, Ihr hättet mich verlasssen,
     war ihre Antwort.
Alles ist nach Eurem Wunsch.
Nehmt dies Geld und geht.
Ich habe meinen Sohn, und Ihr habt die Marquesa,
und ihre Gunst wird Eurer Sache nützen.
Das schrieb sie mir vom Wochenbett, nur Tage
nach des Kinds Geburt, wenn eine Frau
noch voll Gefahren steckt für einen Mann.
Ihr Blick trübt Spiegel,
macht das kühnste Schwert stumpf.
In ihrer Gegenwart sterben Bienen in Schwärmen, rostet
     Eisen,
fallen Hunde dem Wahnsinn anheim
und nagen an den eignen Pfoten.
Kolumbus war ein Hund. Ich nagte an den eignen Händen
und bat Costanza und Diego de Harana
bei Beatriz sich für mich zu bemühn.
Lege mich wie ein Siegel auf dein Herz,
wie ein Siegel auf deinen Arm.
Denn Liebe ist stark wie der Tod
und Leidenschaft unwiderstehlich wie das Totenreich.
Und doch fand ich Vergebung nicht in ihren Armen,
und dann begab sich die Marquesa nach Granada,
mit ihrem Gatten de Cabrera,
wo er mit einem Lächeln der Königin meine Sache
     anempfiehlt,
     da er sich denkt, ich kehre nie zurück.

So sitze ich, den Sohn in meinen Schoß geschmiegt,
bis unsre Sterne fortgewandert sind
und es ist Morgen. Ich hab geschlafen,

und doch war ich mir sicher, daß ich schlief.
Das ist die Ruh des wahren Seemanns.
Drei Arten Menschen – die Toten, Lebenden
und Seefahrer – bevölkern die Erde.
Ich weiß, daß mein Sohn Diego
zu letzteren gehört,
denn er erwacht und sieht mit ungemachem Eifer
hinaus aufs ruhige Meer, und dann, als Wind und Sonne
sich zugleich erheben, als sich die Wellen türmen
und an Felsen prallen, brüllt Diego,
vom Hunger gänzlich ausgezehrt.
So ist's.
            Verlangen schüttelt auch Kolumbus.
Sehnsüchte schwinden. Fleisch kühlt ab. Und selbst der
    Geist,
er lockert sich in seiner Zelle, der Zeit. Land
rinnt mir durch die Finger,
Stein wird zu Staub zermahlen und verstreut.
Selbst Berge sind erobert, die Hänge sind gepflügt, besät.
Allein das Meer, es widersteht, füllt seine Furchen
stets neu an und frißt Stadt und Turm,
mahlt Schiff und Mensch alsbald zu Sand.

Pérez erhielt die Botschaft und bricht auf,
wird sich bemühen für Kolumbus.
Ich schlösse mich ihm an, doch keine Einladung
ist ausgesprochen, und Pérez lächelt.
«Ich hab die Zunge im Disput geschärft, indes
vom Leben Ihr zu tief gekostet. Seid mir nicht böse,
guter Freund, doch Eure ist ein stumpfes Schwert,
gut nur, um Schafe zu betäuben. Meine ist messerscharf,
so fein, daß eines Vogels Stimme
im Fluge aus der Kehle sie ihm schneidet.»
Ich lache nicht bei diesem Bild, trinke mehr Wein
und stelle mir den Vogel vor,
wie er hoch oben in den Lüften
die ausgeschnittne Weise trällert,
vom Fehlen jedes Tons erstaunt.
Pinzón ist es, der sich auf diese Worte stürzt,
der wiederholt die leise Prahlerei.
Seine Brüder brüllen, wie sie's sollen. Martín Alonzo.
Er ist reich. Und kühn.
Er kennt das Meer und Toscanelli.

Doch ich erkenne da den gleichen Ehrgeiz wie in mir.
Nur Ehrgeiz. Nicht die Leidenschaft,
die uns erniedrigt, einen Mann, wie ich es bin,
so weit getrieben hat.
Wär ich Pinzón und nicht Kolumbus,
ich trüge gleichfalls rot.
Mir ist der Schimmer seines wollnen Mantels
    wohlbekannt,
die edle Webart, diese teure Variante,
die in den Saum gewebt.
Der Stoff des Überwurfs, er glänzt so fein.
Nein. Lieber trät ich nackend vor den Hof
und blieb Kolumbus, der die Nachricht weiterträgt,
bestimmt, versunknen Grund zu überschreiten, bis auch die
    Mauren beten.
Ich wäre lieber ein verspotteter Kolumbus
als lächelnder Pinzón, der über seinem Kopf
die Flasche neigt, den Brotlaib auseinanderreißt.

Finstere Nacht. Seltsame Nachricht macht mich sehr
    besorgt.
Gerüchte dringen durch vom Tisch der Königin.
Wenn Boabdil besiegt ist, wird Spanien sich entledigen
des Irrtums, des hebräischen. Wohin das führt...
Gedanken wirbeln, und der Gott, den Esra anrief,
er kehrt sich ab und birgt das Haupt in sein Gewand.
Und wenn dein Volk du auch zutiefst gehaßt,
kannst du es mit den eignen Händen strafen?
Ich saug das Dunkel ein und stoß es wieder aus,
dies Dunkel voller Bilder, voller Fragen.
Und wieder bin ich dort, wo einst der Vater meiner Mutter
den Umhang angelegt, die Sprache lag wie Stöcke ihm im
    Mund.
Ich kenne nichts davon. Erinnere mich nicht.
Ein Bissen Honigkuchen. Geschmack von bittrem Kraut.
Nichts ist im Menschen so zerbrechlich
wie die Erinnrung. Ich treibe hin durch diese schweren
Nächte,
Lateinsegel gehißt auf ruhelosem Meer.
Oft scheint's, als wolle die Erinnerung
uns ganz verlassen, auch wenn der Körper
ruht und in Gesundheit blüht.
Wenn uns der Schlaf befällt, ist er

ganz abgetrennt, so sehr, daß unser Geist
in seiner Leere keine Richtung weiß,
nicht einmal unsren Ort mehr kennt.

      In dieser Zelle, auf der strohbedeckten Pritsche,
oder gestrandet an der kalten Küste Thules,
in Guinea, unter glühendheißer Sonne,
oder vielleicht im Haus in Porto Santo,
wo ich warte, bis meiner Gattin Atem bald erlischt.

Es ist jetzt März. In Eile schreibe ich vom Alcazar,
wohin ich in den feinen neuen Kleidern
gekommen bin, die zu erstehn die Königin befahl.
Welche der angehäuften Worte soll ich wählen?
Und welche Blicke? Welch Geduld?
Auf welch Beweise soll ich meine Argumente stützen,
morgen in ihrer Gegenwart?

Aber wer eine Grube macht, wird selbst hineinfallen.
Wer Steine wegwälzt, der wird Mühe damit haben.
Wer mit Beweisen einen Turm baut,
wird unter ihm begraben, wenn er stürzt.
So bin ich ängstlich, wie sonst nie, verzweifelt hoffend.
Werde von Ungeduld zerfressen
und muß im Zaum die Zunge halten. *Denn in*
allzuvielen Träumen liegt nur Nichtigkeit,
Ruin nur in der Worte Flut.
So halt ich sie zurück, und lös sie einzeln nur
und mit Bedacht. Und ihr Gesicht wird deutlich machen,
wie tief das Wasser ist, wie flink ein Strom
Einwände wegspült, sie fest zu mir stehen läßt,
zu mir, während die Zweifler streiten,
zu mir, der ich nicht *ihre* Forderungen,
nein *meine* vorbringe am Hof.
Mein Titel, Admiral des Weltmeers. Vizekönig
und Gouverneur der Länder, die in Besitz ich nehm,
sowie den Zehnten aller Dinge, die man findet oder kauft.
Und alle Titel, alle Macht sei erblich. Ich habe Söhne, zwei,
und auch Verpflichtungen des Herzens übernommen.
Ich habe Freundschaftsbande, zärtlich und stark geknüpft,
Brüder im Blut und auch im Geiste,
die nicht für einen Tag mich ohne Hilfe ließen.
Ich hab sechs Jahre eine Spur von Gläubigern gezogen,
hab Schuld in Gold, und Schuld in Leidenschaft.

Zum Beispiel Beatriz,
die ihre Mitgift gab
in meine ausgestreckte Hand, für Nahrung und für
    Wohnung,
als ich in Córdoba verzweifelt saß.
Zum Beispiel Juan Pérez, der sich für mich bemüht.
Sollt ich ein Leben opfern, dann nicht zu billgem Preis.
Sechs Jahre hab ich Langeweile wie einen Reif
in meiner Hand gedreht, mich selbst hypnotisiert.
Sechs Jahre habe ich den Spöttern
die Wange hingehalten. *Ein Narr schlägt die Finger
ineinander und verzehrt sich selbst.*
Sechs Jahre karges Leben, sechs Jahre hab ich
allmorgendlich das Kinn mir glattgeschabt, erst rote Haare,
halbrot dann und nun zuletzt die grauen
Stoppeln eines Mannes, der geältert ist,
mit einer einzigen Idee im Kopf.

Die langen Jahre waren förderlich, reglose Langeweile, sie
    dient auch einem Zweck. Ich formte mit der Zeit die
    Worte,
die dem Wunsch der Herrscher wohl entsprechen.
Habsucht ist einfach, Religion ist's nicht.
Jedoch, man kann die zweite in den Dienst der ersten
    stellen.
«Jerusalem befreien, und eines Tags
den Tempel wahren Christen wieder in die Hand zu geben,
die Ehre dieser Tat sich zu erwerben,
auf ewig sie mit Spanien zu verbinden,
mit Aragón und Isabella,
Kastilien und Ferdinand, für immer sich den Glanz
der größten aller Herrscher zu erwerben,
das geht nicht ohne... Gold.»
Die Königin, so hoch geachtet in den Straßen,
mit ihrer reinen Haut
vom Fasten für die Sünden,
mit ihrem offnen Lächeln, ihren Zähnen –
dem Alptraum eines Apothekers, mit dem schlanken Hals.
Die Königin hebt an, das scheue Rot der Lippen,
es öffnet sich, sie spricht.
Auf mir ruhn ihre Augen, der fahle Blick des Judenhassers,
wie Knochen schwer, so blau wie meiner Schwester Augen,
und sammeln lieblich Widerspruch.

«Gut dargelegt und wohl getan, und doch ist Euer Fall ...
   nicht einfach.»
Man riet mir an, nicht allzusehr zu drängen,
nicht starke Worte zu gebrauchen,
mein Glück nicht mit Gewalt zu suchen.
So halt ich inne, sammle mich
verzweifelt duldsam,
und Feilschen blitzt von Mund zu Mund,
mit jedem Atemzug verlöschen Kerzen.
Die Titel und der Zehnte
solln mir gehören! Meine Stimme bricht hervor.
Darauf hab ich ein Recht!
Die Königin erbleicht, ihr Auge ist das mir versperrte graue
   Meer.

Ich lodere vor Zorn. Die Seele stürmt aus sich heraus,
nicht länger kann ich meinen Geist beherrschen.
Ich schnaube wild,
bis meine Wut den Raum erfüllt,
und sie sind winzig, winken mit den Armen,
verziehen ihren Mund
und biegen sich, wie junge Bäume
sich krümmen vor dem Sturm. Fray Pérez,
er ist entsetzt, stößt einen Finger in die Luft.
«Was ist nun meine Freundschaft, meine Treue wert,
den Titel eines Admirals? Da habt Ihr's, sie verschmäht uns,
weist Euch zurück.
Habsucht hat über Euch die Oberhand gewonnen.»
Ich bin an fernre Küsten jetzt geworfen,
bin ratlos.
Wenn sie mich zu meinem Preis nicht wollen, dann
   Frankreich,
König Heinrich, dann jeder andere als sie.
Doch Fray Pérez war schon geeilt, den Schaden zu beheben,
und sein Gesicht war eine glattgeschliffne Maske.
Es war der Hofschatzmeister Santángel,
der mich im Flure aufhielt.

In diesem Land sagt man, es fließe in drei Fällen
das Wasser stets vergeblich, nämlich: der Flüsse Wasser in
   das Meer,
das Wasser in den Wein sowie das Wasser bei des Juden
   Taufe.

Gerettet ist Santángel, doch ist gleichwohl er noch
   verdammt?
Man weiß es nicht, wenn seine Hände
das Kreuzeszeichen schlagen.
«Bruder in Christus», wagt er mir zu sagen.
Ich könnte auch ein Mann sein, der sich des Dolches rühmt
und des Olivenzweigs, des Denunzianten Zeichen,
der hoch auf allen Dächern am Sabbat
rauchlose Kamine sucht. Jedoch ich bin Kolumbus, der
sein Geheimnis aß. Mein Herz wird ruhig.
Der Hüter unsrer Herrscher Kasse
hat mich gegrüßt, so wie der Inquisitor freundlich
   den Anempfohlnen grüßt,
dem er die Knochen eben brach, als wär's Geflügel.
«Bleibt noch, Bruder in Christus», drängt Santángel.
«Ihr seid dem Ziel schon näher, als Ihr glaubt.
Ihr seid ein Seemann, könnt Ihr ihn nicht riechen?
Den Duft von Wind, der über Land gestrichen ist,
und den Geruch von Erde und von Laub?
Ihr seid ein Jude, durch Erlaß dazu verdammt,
nach Gold zu streben,
spürt Ihr sein Fieber nicht, nicht seine Flamme?»
«Was meint Ihr?» Torquemada ist
der Beichtvater der Isabella, und niemand
tut hier Wahrheit kund durch Worte oder Zeichen.
Unsere Blicke treffen sich. Der Atem nimmt den gleichen
   Rhythmus an.
Vertrauen gibt es nicht.
Es wird auch nicht gebraucht.
Santángel bietet aus der eignen Tasche einen Batzen Geld
und drängt mich noch einmal, zu bleiben. «Laßt mich
dem König und der Königin den Reichtum doch beschreiben,
den niemand ahnt und den Ihr finden werdet.»
                Doch ich verlasse Santafé,
vielleicht aus Stolz,
vielleicht auch, weil Santángels Blick,
geschärft von schrecklicher Intelligenz,
mir in Erinnrung rief, was ich im heiligen Sevilla sah,
an einem Frühlingstag,
als grünes Holz nur rauchte,
die Hexe nicht verbrennen wollte,
so daß die Menge voller Ungeduld
nach Steinen griff.

Atlas und Karte dieses Christenglaubens. Verteidiger.
Heut nacht in dieser Herberge blühn meine eignen Ängste.
Manchmal beginnt mein Bild im Aug des Konvertiten
auf dem Kopf zu stehn, es bricht sich, schwimmt umher,
schreitet voran im weißen Kleide der Gereinigten,
im weißen Hute aus Papier, und trägt zum Platz die
Kerze hin, die brennt, mit der ich dann das eigne
    Todesscheit entzünde.
Wer nicht in mir bleibt, der wird
weggeworfen wie eine Rebe und verdorrt,
und man sammelt sie und wirft sie ins Feuer,
und müssen brennen.
So sprach der heilige Johannes. So spricht der Inquisitor.
Oh, du Geliebte,
wie soll ich dich denn nennen?
Als ich in Lissabon vor dem Konvent
am Gitter stand, *die Eisenstäbe küßte*,
als sie vom Schlag der Hufe dann erzitterten,
das rauhe Licht sich schärfte.
«Da war ein Mann», sprachst du, «ein junger Mann,
war insgeheim verliebt.
Kam insgeheim ins Haus gekrochen
des Mädchens, dessen Herz dem seinen glich.
Und insgeheim verfolgte er, wie für das Sedermahl man
    deckte.
Und er verstand. Sein Täubchen – eine Krähe.
Der Sproß einer Familie, die zweifach gleich verflucht:
maranos, Schweine, gewaschen, doch nicht neugeborn.
Er machte kehrt, so wie er sollte, wie es jeder täte,
jawohl, auch ich. Und denunzierte sie vor dem Gericht.»
Sie schwieg. Ich fuhr die glatte Kurve
des Eisens mit der Hand ab, traf auf ihre.
«Felipa de Moniz», sprach ich. «Ich bin nicht dieser Mann.
Ich bin ein Christ, doch werde ich Euch nicht verraten.»
Und ihre Hand war kalt wie die metallnen Stäbe.
Und ihre Stimme hart.
«Ihr seid nicht eins und Ihr seid nicht das andre.
Deshalb, sagt meine Mutter, könne ich Euch lieben.»

Du bleichst die Farbe nicht aus Leinen
und Blut nicht aus der Wolle,
auch wenn die Sonne von Äonen
darauf herunterstrahlt und Fels versengt.

Und es gibt Mönche, die den Ritus praktizieren,
beschnittne Mönche.
Jüdische Denunzianten gibt's,
und Juden, die man deshalb fängt,
weil sie zu heftig den
katholschen Glauben demonstrieren.
Freunde, Ihr Brüder, die mich doch verzehrten,
wie sollt ich mich verhalten?
            «Die Frage ist», sagt Juan Pérez mit leiser
                    Stimme,
als wolle er ganz offen zu mir sein. «Die Frage lautet doch:
Ist unsere Welt erlöst, in der wir leben?
Sagt, was meint Ihr dazu?»
Vor einem andren Mann könnt seine Ungewißheit ihn das
    Leben kosten.
Und mich die Antwort, stammte sie auch aus Predigers
    Mund:
«Zum Laufen hilft nicht schnell sein, zum Streit hilft nicht stark
    sein,
zur Nahrung hilft nicht geschickt sein, zum Reichtum hilft nicht
    klug sein,
sondern alles liegt an Zeit und Glück.
Guter Freund, ist diese Welt denn zur Gerechtigkeit
    erlöst?»
Fray Juans Lachen läßt die Bank erbeben.
«Kasuistik. Schläue.
Wann legt Ihr das Gelübde ab?»
Er meint, ich sollte Ordensbruder werden
im Dritten Orden, der so eng verbunden ist
dem Ersten Franziskanerorden,
daß wenig Unterschied besteht,
bis auf den einen großen.
«Erst wenn zölibatäre Väter Söhne haben,
zieh ich der Franziskaner Kutte an.»
«O süße Unschuld!» ertönt da sanft die Stimme Fray Juans.
«Schon ganze Klöster
bestehn nur aus Bastarden unserer Bettelmönche.»
«Welch einträgliches Betteln, Pater.»
Und wiederum lacht Fray Juan.

Auf dem Weg nach Córdoba,
den ich im Geiste schon begeh,
den Weg nach Frankreich und zu Bartolomé,

ergreift ein Schauder meinen Körper, und ich wende mich
dem Reiter zu und weiß bereits:

> Ein Wechsel der Gezeiten.
> Die Woge kommt, schwillt unter meinen Füßen
> mächtig an.
> Ich wandle auf dem Meer.

Nacht in Palos. Kühle Nacht
der sanften Brisen,
in der meine drei Töchter
Flank an Flanke in des Flusses Schleuse liegen.
Die *Pinta*, schnell und schnittig wie der Scherz in ihrem
  Namen,
der mit Quintero, ihrem Eigentümer, Späße treibt,
denn dieser Rüpel fürchtet nichts als seine Frau, die aus
dem Haus der Pintos stammt; sie wird Martín Alonzo
zum Kommandanten haben.
Ruhig liegt sie da im Flusse Tinto,
daneben vollgetakelt *La Gallega*,
sie nannt ich nach der Mutter unsres Herrn,
damit sie ihren blauen Umhang auf das Wasser breite,
damit ihr Blick
die Wolken ebne.
Das rundgebaute Schiff trägt leicht zweihundert Schläuche,
genug an Wein, daß sich mein Vater
hätt Monate damit vergnügen können.
Die *Niña*, sie ist klein, doch wendig
und gleichgewichtig wie ein Stern.

Glücklicher Tag, das stumpfe Grau
der See scheint wie die flache Klinge eines Schwertes.
Kein Wind weht, keine Brise. In die Stille
bricht die Dämmerung, die Sonne hämmert
des Meeres Klinge dünner.
Die Erde ist die Schmiede, auf der die Wellen ihr Metall
zu einem großen Spiegel breiten, eine Flut von Bildern,
auf der wir aus dem Hafen gleiten.
Schluchzen von Frauen stört die Stille,
als Boote voller ausgestoßner Juden
den Rio Saltés abwärts treiben.
Sie treiben abwärts in den Kähnen, und die Kinder schöpfen
  schon
ums nackte Leben. Der Junge dort

könnt Diego sein, oder auch jener.
Ich dreh mich um und stimme Seemannslieder an,
als meine Männer Segel setzen.
Die Ruder ächzen, hier und jetzt
beginn ich den Bericht von meiner Reise,
daneben ich noch einen zweiten führen werde,
den Augen dieser Männer zugedacht –
die dem Pinzón treu sind, nicht dem Kolumbus –
zumindest bis des Mondes Türme,
Reichtum an Silber, Gold und mehr
als sie erträumten, ihre Hände füllt.
Hinab den Tinto, unterhalb der Festungsmauern
von La Rábida, am frühen Morgen.
Ich zwinge meine Männer auf die Knie,
der Heilgen Mutter Gnade zu erflehen,
die auch den Irren lächelt,
die Stirn von Narren streichelt,
und deren Hand sich zitternd auf des wilden
Mannes Schulter legt und ihn zurückhält,
ihn bremst, wenn zwischen Uferdünen
und knorrig dunklen Pinien er
durch den Kanal des Heilgen Vaters fährt.
Ihr Zeichen: Sieh, die Möwen
wählten den Tag des glasgen Winds
um sich ein schwimmend Nest zu weben.
Aus Frauenhaar, ertrunknen Fasern,
Blattwedeln, die geschmeidig sind wie Aale.
Wie ich sie sehe, preise ich den Herrn, der
ihnen diese Kunst gezeigt. Der
das perfekte Muster der Gewohnheit
in ihnen angelegt und sie geformt hat.
In diesen Winzigkeiten zeigt sich
das Genie des Schöpfers. Und als ich aufsteh,
Ihn zu grüßen, fährt auch ein günstger Wind in unsere
    Segel.
Es liegen vor uns Plinius' schöne Inseln, die
    Hesperiden,
jenseits des Golfs der Stuten,
gen Süden zu und auch gen Westen.

Zu Plinius' Zeit wurden die stinkenden Kadaver
von Monstern in den Tang geschleudert,
verpesteten die Küsten.

Eidechsen groß wie Karavellen suchten Capraria heim,
und zahllos waren Hunde mit zwei Köpfen.
Auch Vögel, Früchte jeder Art und Dattelpalmen,
und Honig und Papyrus.
Wir brauchen Trockenfleisch, den Eisenhändler,
Süßwasser und eine Ladung Proviant.
Zudem hab ich gehört, Doña Beatriz de Peraza,
die junge Witwe, die auf Hierro und Gomera herrscht,
auf Lanzarote und Fuerteventura,
hätt wunderschöne weiße Schultern.

San Sebastián de la Gomera. Tag zwanzig.
Die Zeit entgleitet uns, als sich der Wind versteift.
Doch haben wir's geschafft, die *Pinta* repariert,
die ruderlos durchs Meer getaumelt ist.
Zwei elegante Herrn, die Beatriz aufwarten,
berichten uns von Land,
von blauem Land im Westen, das sie
am Abend durch die Dämmrung schimmern sahn.
Ihre Zungen sind behende, und ihre Hände weich
und rosig wie die junger Frauen, wie seltsam,
solchen feinen Musikanten
so fern vom Hofe zu begegnen.
Sie kommt, und wirklich schön sind ihre Schultern.
Doch niemand sprach von ihren Armen, ihrem Hals,
vom Bogen ihrer Hüften und
vom Glanze ihres Kleides,
das schimmert wie Perlmutt,
das aus der tiefsten See
geborgen wurde.
Und niemand sprach von ihrem seidnen Antlitz, ihrer Haut,
dem Fleisch köstlicher Birnen gleich, vom schwarzen
    Schaum
des Kleides,
welcher das Licht der Kerzen filtert.
Wie gut, daß ich den Schwur an Fray Juan nicht
    ausgesprochen habe.
Was du gelobt, das halte. Es ist besser, du gelobest nichts,
denn daß du nicht hältst, was du gelobest.
Ich bin ein freier Mann, fraglos willkommen, das schließ ich
aus dem Großmut, mit dem man unsre Schiffe hier
    versorgt.
Es mangelt uns an nichts. Ich brenn die ganze Nacht.

Dein Wuchs ist hoch wie ein Palmbaum,
deine Brüste gleichen den Weintrauben.
Ich sprach: Ich will auf den Palmbaum steigen
und seine Zweige ergreifen.

Morgen. Ich habe mich an meine Herrn gewandt
und meine Sünden auch bereut. Ich hab den Grund geebnet
für Beatriz und für Kolumbus,
doch keiner setzt den Fuß auf diesen glatten Boden.
Schiffe der Portugiesen, Spione heißt es,
kreuzen dicht vor Hierros Küste,
sie meiden wir, als wir die Reise jetzt beginnen.

20

VIVIAN

Roger hatte einen ordentlich gefalteten Zettel an die Tür des Strandhauses gepinnt. *Violet ist bei mir, falls es jemanden interessiert! Haben eine Verabredung mit Cobb und sind zum Abendessen wieder zurück. Gruß etc.*

«Was soll das?» Pudelnaß und noch immer unter Schock hielt ich Nash den Zettel unter die Nase. «‹Falls es jemanden interessiert›? Was meint er damit?»

Ich konnte mein Gehirn nicht genügend in Schwung bringen, daß es mir mitteilte, wann diese Nachricht geschrieben worden war. Vorher? Ja, es mußte vor Rogers leichtsinnigem Ausflug mit dem Schlauchboot gewesen sein. Cobb hatte ihm zwar das Paddel weggenommen, aber selbst wenn man widrigste Umstände voraussetzte, hätten die beiden mit der auflaufenden Flut doch längst zurück sein müssen.

Ich durchquerte den kleinen Raum, riß den Schrank auf und nahm eines der sorgfältig gestapelten Handtücher heraus. Nash drückte sich an der Tür herum und fuhr sich verlegen mit den Händen durchs Haar.

«Ist wohl meine Schuld. Ich war nur kurz drüben in dem Haus auf der anderen Seite der Bucht und wollte mich mit den Jungs dort für später verabreden. Und als ich zurückgekommen bin, hab ich Roger mit dem Schlauchboot hinausschippern sehen, und Violet war auch weg.»

Plötzlich wurde mir schwindlig, und ich ging mitten im

Zimmer auf die Knie. Nash hörte nicht auf zu reden, deshalb hob ich abwehrend die Hand. In meinem Kopf und in meinen Ohren begann es zu dröhnen. Und dann brannte mir die Sicherung durch, und ich begann mit vors Gesicht geschlagenen Händen zu weinen.

Nach einer Weile zwang ich mich aufzuhören. Eigentlich brauchte ich mir keine Sorgen zu machen. Sollte das Schlauchboot wirklich manövrierunfähig geworden sein, so würden die beiden wohl irgendwann an Land treiben, und selbst wenn es gekentert wäre – Roger war ein guter Schwimmer, dem es sicher nicht schwerfiele, Violet heil an den Strand zurückzubringen.

Ich nahm die Hände vom Gesicht. Wahrscheinlich saßen Roger und Violet längst in Cobbs Haus und warteten mit der Polizei auf ihn. Ich wußte nicht recht, ob ich wegen der Sache mit Cobb ein schlechtes Gewissen haben sollte, wollte aber auch nicht weiter darüber nachdenken. Ich hatte nämlich nicht nur ihn ins Wasser gestoßen, sondern auch noch seine Yacht ruiniert. Sie lag jetzt auf dem Riff und geriet mit jeder Woge, die dagegenschlug, mehr in Schräglage, denn ich war einfach so nahe wie möglich an den Strand herangesteuert und dann rechtzeitig über Bord gesprungen und das letzte Stück geschwommen.

Und wenn Roger nicht in Cobbs Haus war... Vielleicht suchte er ja *mich*. Vielleicht war er zum Club gegangen, um die Polizei zu benachrichtigen. Dann mußte das Auto weg sein. Und natürlich würde er Violet mitgenommen haben.

Ich rieb mir mit den Händen über die Augen, wischte die Tränen fort und holte mir trockene Kleider aus dem Schrank. Dann rubbelte ich mich im Bad trocken und zog mich um.

«Gehen wir rüber zum Haus, nachsehen, ob Roger und Violet da sind», rief ich Nash zu.

Er stimmte beflissen zu.

Als wir in die Dämmerung hinaustraten, sah ich zuerst aufs Meer, doch die mattgrauen Wellen rollten gleichförmig an den Strand, und kein Mensch war zu sehen. Während ich über den Weg auf Cobbs Villa zulief, raste mir die ganze Geschichte der vergangenen Stunden noch einmal durch den Kopf. Mit fast körperlichem Verlangen sehnte ich mich danach, sie Roger zu erzählen.

Doch im Haus war es vollkommen still. Durch die hohen Fenster strahlte die untergehende Sonne, und die Bäume warfen bereits lange Schatten. Aufgeschreckte Insekten umschwirrten uns.

Der Mietwagen stand in der Auffahrt.

Ich kämpfte um meine Selbstbeherrschung. «Wir müssen sie suchen.»

«In dem Haus, wo ich vorhin war, gibt's ein Telefon», sagte Nash, und ich folgte ihm einen engen, dunklen Weg entlang. Meine Arme schmerzten, die Schultern waren verkrampft. In dem dichten Gebüsch wehte kein Lüftchen. Nichts bewegte sich. Dann hörten wir Stimmen. Ein Haus kam in Sicht.

Eine braunhäutige Frau bearbeitete mit einer Flüssigkeit aus einer gelben Sprühflasche ein Fenster. Neben ihr stand auf einer Leiter ein Mann. Als sie uns sahen, kam der Mann herunter. Er war von stattlichem Wuchs und lächelte.

Ich nickte ihm zu und ging an ihm vorbei, direkt ins Haus. Draußen erzählte Nash von unserem Problem. Im Hausflur war es schon fast dunkel. Auf der Anrichte in der Küche sah ich ein Telefon, und an dem summenden Kühlschrank hing eine Liste mit wichtigen Nummern. Die dritte von oben war die der Polizei. Ich wählte und ließ es eine Weile klingeln. Dann legte ich ungeduldig auf und wählte noch einmal, hörte wieder das endlose Tuten.

«Sie brauchen es gar nicht zu probieren.» Der Mann stand in der Tür und sah mich besorgt an. «Da ist niemand. Auf dieser Wache haben sie nur zwei Leute, und die müssen beim Junkanoo-Karneval für Ordnung sorgen.»

Die Frau schüttelte ihr Tuch aus und kam zu uns herein. «Sie suchen einen Mann und ein Baby?» fragte sie. «Ich hab Ihrem Jungen gerade erzählt, daß ein Baby gefunden worden ist, drüben in der Bucht.» Nach einer Pause fuhr sie fort: «Ein Mädchen. Ein kleines Mädchen mit hellbraunen Haaren.»

Ich packte Nash am Arm, brachte jedoch kein Wort heraus.

«Sie ist okay», sagte er mit zitternder Stimme.

«Und der Mann?» Mir wurde wieder schwindlig.

Die Frau sah von Nash zu mir. «Von 'nem Mann weiß ich nix.» Sie bemerkte meinen Gesichtsausdruck und versuchte, die Wirkung ihrer Worte abzumildern. «Aber dem Baby geht's jedenfalls gut. Ich hab gehört, daß es die ganze Siedlung zusammenbrüllt. Keiner soll es beruhigen können, nicht mal Eunice Clock, und die kennt sich aus mit Babies.»

Ich schloß die Augen. Nash erkundigte sich nach Eunices Adresse.

«Die wohnt mit ihrer Tochter gleich nebenan in Savannah Sound. Den Weg dahin kann Ihnen jeder sagen. Aber jetzt werden sie nicht dasein. Heut nacht ist nämlich Kindersegnung, da werden Sie sie in der St. Margaret's Church finden. Wenn das Baby die Bibel hört, beruhigt es sich bestimmt.»

«Und wo ist die Kirche?» fragte ich hastig.

«Auch dort.»

Ich dankte ihr, drehte mich um und rannte zu Cobbs Haus zurück. Nash kam hinterher. Der Schlüssel des Mietwagens steckte, und wir fuhren los. Während der kurzen Fahrt nach Savannah Sound trug ich Nash auf, er solle beim Hotel aussteigen, Hilda und Racine holen und dann zusehen, daß die Polizei kam und die Suche nach Roger einleitete. Ich würde mich um Violet kümmern. Warte, wenn ich dich erwische, Roger, dachte ich die ganze Zeit. Wie konnte er zulassen, daß ihr so etwas geschah?

Doch da war kein Roger, der es mir hätte sagen können.

Die St. Margaret's Church war ein kleines stuckverziertes Gebäude unter Palmen, umgeben von einfachen Holzhütten – ein ärmlicher Ort, aber sauber. Der weiße Kalküberwurf war frisch; es roch noch ein wenig danach. Aus der Kirche drang Gesang. An den Türen der Hütten ringsum hing weihnachtliches Lametta, in einige Fenster waren grüne und rote Papierglocken geklebt. Andere Häuser hatten gar keine Fensterscheiben, nur Läden, und durch deren Schlitze fiel Kerzenlicht nach draußen. Vor der Kirche war ein handgeschriebenes Schild an einen Holzpfahl genagelt: HAUS DES LEBENDIGEN GOTTES.

Die Messe schien gerade vorüber zu sein, denn die Leute kamen bereits heraus, aber einige sangen noch immer. Die Stimmen der Singenden erhoben sich zu einem Crescendo und verklangen dann, doch eine Stimme sang weiter, stimmte mit ihrem durchdringenden Sopran ein jubilierendes Solo an.

Ich ging schneller. Ich flog.

Nash war es tatsächlich gelungen, Hilfe herbeizutrommeln. Als ich mit Violet im Arm zum Strandhaus zurückkam, saß unten am Wasser mit Taschenlampe und Megaphon ein Polizist in einem kleinen Jeep. Ich drückte Violet fest an mich, als er das Megaphon hob und aufs schwarze Wasser hinausschrie: «Mr. Williams», rief er, «hören Sie mich?»

Er wartete einen Augenblick, während das Meer schäumte und brauste, dann fuhr er ein Stück weiter und wiederholte seine Frage. Weit entfernt, ungefähr dort, wo das Mädchen Violet gefunden haben mußte, leuchtete ein Boot mit einem Suchscheinwerfer das Wasser ab.

Eine Stunde lang versuchte ich dem Inspektor zu erklären, was ich nur erklären konnte. Die ganze Geschichte breitete sich im Rückblick als ein so kompliziertes und surreales Gewirr vor mir aus, daß der Polizist schließlich resigniert den Kopf auf die Brust sinken ließ und abwehrend die Hände vorstreckte. Später saß ich am Strand und hielt Violet in eine Decke gewickelt im Arm. Die Nacht wirbelte um uns herum, voller Sterne und zarter Blütendüfte. Draußen auf dem Wasser zog das Boot mit dem Suchscheinwerfer seine Bahn.

Ich hatte im Strandhaus sämtliche Lichter eingeschaltet und es in einen von Insekten wimmelnden Leuchtturm verwandelt. Falls Roger da draußen im Wasser trieb und noch schwimmen konnte, würde er den Lichtschein vielleicht sehen und darauf zusteuern.

Der Inspektor mußte weg. Aus Governor's Harbor war ein Notruf gekommen, ein Autounfall. Er habe schon viele Ertrunkene gesehen, sagte er, doch keiner sei je in der Nacht gefunden worden.

Im Morgengrauen fanden dann Hilda und Racine den Ertrunkenen – nur war er nicht ertrunken, und es war nicht Roger, sondern Henry Cobb, der ihnen da direkt vor die Füße gespült wurde, als sie mit Nash den Strand absuchten. Irgendwie war ich erleichtert, daß ich Cobb nicht umgebracht hatte, doch gleichzeitig hätte ich am liebsten sein Leben gegen Rogers eingetauscht. Er war fast erstickt an der Plastiktüte, die er mir gestohlen hatte, und der Inspektor, dem meine Geschichte noch in den Ohren klang, war nicht sehr freundlich, als er ihn wegen versuchten Mordes verhaftete.

Als sich der Morgen zum Mittag hinschleppte, rollte ich mich mit Violet auf dem Bett zusammen. Ich döste sogar ein oder zwei Stunden. Nash kam vom Strand und streckte sich auf dem Sofa aus. Als ich aufwachte, hörte ich ihn im Schlaf murmeln. Die Luft war lind, und die Sonne schien auf mein Bett. Doch dann legte sich die Erinnerung mit ihrem ganzen Gewicht auf mich, und ich erstarrte.

Es dauert ewig, bis man sich über einen Verlust klar wird, und zugleich dauert es nicht eine Minute. In der zweiten Nacht nach Rogers Verschwinden ließ ich wieder alle Lichter an und war mir ganz sicher, daß das Schicksal einfach nicht so grausam sein konnte, den Angreifer zu retten und das Opfer zu vernichten. Ruhelos schlich ich im Gästehaus des Mörders herum, nahm Violet dann mit in mein Bett und träumte, ihr Vater tauche auf dem Meeresgrund herum und würde uns ein groteskes Korallengebilde mitbringen. Meeresknochen füllten seine Hände, weiß und schaurig. Gehirnkorallen. Kalkarme. Korallenstöcke wie ein Venengeflecht. Ich wachte auf, schlief wieder ein. Ich träumte ganze Jahre in Minutenschnelle. Eine Hochzeit fand statt. Ein normales Leben zu zweit verging. Die Zeit verflog, es wurde Tag, und die Welt lag nackt und bloß vor mir.

Er war doch nur um meinetwillen mit hierhergekommen.

In der dritten Nacht regnete es, und ich bestand darauf, die Lichter erneut anzulassen. Hilda und Racine versuchten, mich davon abzubringen, gaben jedoch bald auf. Das Haus blieb hellerleuchtet. Zumindest in diesen Nächten würde Roger nicht allein sein.

Als ich diesmal einschlief – es wurde nicht einfacher –, träumte ich vom Gehen, vom Fahren, von Bewegung. Egal, wie ich reiste, Roger versperrte mir den Weg, wartete hinter jeder Biegung. Er stand neben jedem Straßenschild, das die Scheinwerfer meines Autos anleuchteten. Wenn ich lief, rannte er neben mir her. Er war die Biegung des Weges, der Boden unter meinen Füßen. Er war der Weg selbst, und als ich aufwachte, wußte ich eins: Ich würde ihn nicht hierlassen.

Am frühen Morgen des dritten Tages drehte das Suchboot nicht mehr seine Runden vor meinem Fenster. Die Polizei nahm die Aussagen aller Beteiligten auf, und Roger wurde offiziell als vermißt registriert.

Danach behandelten mich Hilda und Racine mit schockierter Behutsamkeit, doch ich verspürte keine Trauer. Für mich war *vermißt* etwas anderes als jenes Schlimmste, jenes Undenkbare. Es beinhaltete die Möglichkeit, wiedergefunden zu werden, und das erfüllte mich mit wilder, irrationaler Hoffnung. Hildas Taktgefühl ging mir auf die Nerven, ebenso wie Racines Besorgnis. Ich konnte es nicht ertragen, daß sie mir nicht mehr von der Seite wichen.

Ich hatte mir eine Schachtel Zigaretten gekauft – nur, um sie dazuhaben. Als wir nach der Erledigung der polizeilichen Formalitäten ins Strandhaus zurückkehrten, zündete ich mir die erste an. Aber ich zitterte zu sehr, um sie zu rauchen. Als ich dann Racines mitleidigen Blick sah, drehte ich mich zu Hilda um und sagte: «Kannst du dich um Violet kümmern? Ich muß allein sein.»

Sie schien es als gutes Zeichen zu nehmen, daß ich das Kind aus den Augen lassen konnte, und nickte mir verständnisvoll zu. Ich unterdrückte den Drang, die Tür hinter mir zuzuschlagen, als ich hinausging.

Während ich am Strand entlanglief, unterhielt ich mich mit Roger, als ginge er neben mir her. Ich versprach, mich mehr um ihn zu kümmern, nicht mehr an ihm herumzukritisieren, morgens das Bett zu machen. Ich versprach, mir Bach anzuhören. Ich versprach, ihm jeden Morgen ein Dreiminutenei zu kochen und nicht mehr die Geduld zu verlieren. Ich versprach, ihm sonntags Bratkartoffeln zu machen und Violet so zu erziehen, daß sie *National Public Radio* bevorzugen würde. Auch Nash würde Roger lieben – dafür würde ich sorgen –, und Grandma würde ich ebenfalls soweit kriegen, daß sie mich gewähren ließ. Ich versprach abwechselnd, Roger niemals mehr zu belästigen und für immer bei ihm zu bleiben.

Doch die Schuld. Die Schuld ließ mich einfach nicht aus ihrem Klammergriff.

Ich forschte in meinem Gewissen, listete meine Vergehen auf: Stolz, Betrug, und wieder Stolz. In meinem grenzenlosen Drang, alles zu verändern, die Macht über meine Zukunft in die Hand zu bekommen, hatte ich es mir zu leicht gemacht, hatte gedacht, daß die Zeit unendlich sei, daß jede unbesonnene Tat eines Tages ungeschehen gemacht werden könne.

«Bitte nicht um das, was du willst, denn du könntest es bekommen.» Eine Weisheit, die Grandma ständig wiederholte.

Ich hatte zumindest das Tagebuch – jedenfalls war es jetzt nicht mehr verloren. Es würde in irgendeinem Museum landen, es würde untersucht, analysiert, seziert und diskutiert werden, es würde viel Staub aufwirbeln. Seine Geheimnisse würden enthüllt werden und schließlich, wenn sie wichtig genug waren, in das Allgemeinwissen eingehen, das die Menschen als Grundwahrheit akzeptieren. Die Geschichte würde exakter werden und sich dadurch verändern. Ich hatte die Vergangenheit gerettet.

Und eine Zukunft verloren.

Kolumbus war Roger Williams nicht wert. Als ich an diesem Strand stand, war ich nicht Indianerin, nicht Wissenschaftlerin, nicht mal Mutter. Ich war schlicht allein. Erst meine Mutter. Dann Purvis. Und jetzt Roger. Was war das an mir? Die Wellen winkten mir einladend zu, und ich dachte darüber nach. Ich überlegte. Ich zog es in Erwägung. Ich wendete den Gedanken hin und her. Der Tod war ein Rätsel, dessen Lösung ich finden konnte, indem ich einfach nur geradeaus ging, indem ich nachgab, indem ich zuließ, daß er mich nahm. Ich wartete, öffnete all meine Sinne.

Nichts geschah. Die Wellen umspielten meine Fußgelenke. Meilenweit nichts als Strand. Der Sand hatte die Farbe von altem Glas.

Über Sand wie altes Glas.

Altes Glas. Dieser Satz der in die Austernschalen geritzten Botschaft elektrisierte mich. Ich hatte ihn so genau in Erinnerung, daß ich ihn nicht daraus verdrängen konnte. So weit war ich nun gekommen, doch es gab noch mehr zu tun. Die Sonne schien freundlich auf mich herab, und ich sah auf die Uhr. Es war Mittag. *Wenn die Sonne in der Krone des Himmels steht*. Vor mir hinterließ das vom Strand ablaufende Wasser eine glänzende Ebene, die von schimmernden Bändern durchzogen war, in denen sich der Himmel und die Schäfchenwölkchen spiegelten.

Webe ein Band durch ein Wolkenmeer. Ich blieb stehen.

Ich selbst war das Weberschiffchen. Der Spiegel im wäßrigen Sand wies aufs Meer hinaus. Ich schaute auf und sah am Ende des Strandes die Landzunge ins Meer hinausragen. Sie war felsig und schmal, und am Ende verjüngte sie sich zu einer kleinen erhöhten Spitze. Ich wandte mich in diese Richtung. Ging darauf zu. Die Hinweise verdichteten sich, und mein Herz schlug schneller. Vielleicht waren das alles nur Trugbilder, vielleicht arbeitete mein Gehirn nur so fieberhaft, um nicht ans Sterben zu denken – doch ich konnte nicht aufhören, ehe ich der Sache nicht auf den Grund gegangen war.

Eine Brise kam auf und schob die Wolken über mir schneller dahin. Ich starrte auf die teils kahlen, teils mit glitschigem Grünzeug bewachsenen Korallenfelsen der Landzunge hinaus. Ich sah eine Rauchfahne. Eine schmale, dunkle Säule stieg auf, wand sich, zerfaserte, kam wieder zusammen und verschwand schließlich.

Ich wurde davon angezogen, war fasziniert, blinzelte angestrengt hinüber und versuchte mir logisch zu erklären, was ich da sah. Das Feuer eines Fischers? Eine Art religiöses Opfer? Eine heiße Quelle? Alles gleichermaßen unwahrscheinlich. Diese Rauchsäule ließ sich einfach nicht einordnen, fügte sich nirgendwo ein – der gesunde Menschenverstand half da nicht weiter. Und so lief ich darauf zu.

Als die graue Wolke das nächste Mal aufstieg, war ich nah genug, um zu sehen, daß es kein Rauch war, sondern ein dunkler Strom winziger, in schneller Bewegung befindlicher Lebewesen. Ein Schwarm Vögel? Heuschrecken? Fledermäuse? Ich konnte es nicht genau erkennen.

Am Fuß des Felsvorsprungs fing ich an zu klettern. Ich kam auf den Felsen nicht sehr schnell voran. Dennoch meinte ich mir immer sicherer zu sein, daß es sich tatsächlich um Fledermäuse handelte. Fledermäuse, aber am Tag. Seltsam. Flogen Fledermäuse nicht ausschließlich in der Nacht?

Die Felsen waren zackig. Ich stieg über scharfkantige Steine und brüchigen, mit Muschelscherben übersäten Kalk, umging tiefe Löcher und Korallenkamine. Vielleicht würde ich die Fledermäuse noch einmal zu Gesicht bekommen. Irgendwo da vorn mußte so etwas wie ein Tunnel sein, in dem sie lebten, oder eine tiefe Felsspalte.

Mein Fuß stieß gegen Scherben, glattgeschliffenes Holz

und anderes vom Meer angespültes Treibgut. Die höchsten Flutwellen hatten einige Bojen und andere größere Gegenstände in die Felsspalten geschleudert. Ich zog einen kaputten roten Milchkasten heraus, setzte mich darauf und spielte mit dem Ende eines riesigen Fischernetzes herum, eines neuen und festen Netzes, das wohl beim letzten Hurrikan hier angespült worden sein mußte. Ich zog an einem Fischskelett, das noch darin verfangen war. Der Kopf löste sich und lag in meiner Hand, zerbrechlich wie ein Wunsch. Ich schloß die Augen und wartete.

Zum hohlen Speer des atmenden Steins. Es mußte sich um eine unterirdische Höhle handeln, die einen Zugang hatte, aus dem die Fledermäuse herausflogen. Ich zweifelte nicht daran, daß ich kurz vor dem Ende meiner Suche stand. Irgendwo hier in meiner Nähe lag wahrscheinlich das Objekt von Cobbs Begierde verborgen, das Ziel von Generationen von Cobbs, dessen Bedeutung mit jeder weiteren gewachsen war, «der größte Schatz Europas». Die Frage war, wollte ich ihn ausgraben?

«Was glauben Sie, was es wirklich ist?» hatte ich Cobb erst vor zwei Tagen gefragt, als ich ihm an einem Holztisch im Gefängnis von Governor's Harbor gegenübersaß. Er trug blaue Anstaltskleidung, war sauber rasiert und schien sich körperlich ganz gut erholt zu haben, doch die mir vertraute Energie war aus ihm gewichen, dieser summende Motor, der ihn sonst immer angetrieben hatte. Er war nicht in Ketten gelegt, und doch trug er Fesseln, deutlich sichtbar für jeden, der ihn vor seinem beinahe tödlichen Abenteuer auf dem Meer gekannt hatte.

«Sie müssen sich in die Gedanken der Leute damals versetzen», sagte er. «Was zu der Zeit ein Schatz war, der größte Schatz, ist heute vielleicht überhaupt nichts mehr wert. Ein Stein der Weisen, Alchimie, Knochen eines Heiligen.»

«Das glauben Sie doch selbst nicht. Sie haben Roger und Violet doch nicht auf dem Meer sich selbst überlassen und versucht, mich umzubringen, nur wegen... so was.»

«Ich würde Sie gern daran erinnern», sagte Cobb, «daß ich Ihrem Roger nichts getan habe. Ich habe den Mann nicht einmal angerührt. Wenn er bei Ihrer Tochter im Schlauchboot geblieben wäre, würde er jetzt noch leben. Ich habe ihm lediglich das Paddel weggenommen. Und was Sie betrifft... nun ja, wir hatten eben einen unglücklichen Zusammenstoß. Ich habe einfach die Beherrschung verloren, und dafür habe ich mich ja auch bereits entschuldigt.»

«Sie haben versucht, mich zu ertränken.»

«Wenn Sie so nett wären und sich meine Interpretation des Mißverständnisses, zu dem es ohne böse Absicht zwischen uns kommen mußte, zu eigen machen könnten, würde ich Ihnen gern meine Dankbarkeit erweisen. Es scheint ja so, als würde ich für einige Zeit Gast dieses Etablissements hier bleiben. Vielleicht könnten Sie sich um das Tagebuch kümmern? Entsprechende Verträge lassen sich schnell aufsetzen.» Cobb sah mir nun fast flehend ins Gesicht. Die Geschichte, die er mit seinem Anwalt am Telefon abgesprochen hatte, war wenig überzeugend, das brauchte ich ihm nicht erst zu sagen. Jetzt wollte er mit mir schachern. Ich aber war nur in der Hoffnung gekommen, ihm fiele vielleicht noch irgendein klitzekleines Detail ein, das mich zu Roger führen könnte.

Während ich nun auf den rasiermesserscharfen Steinen hockte, allein mit meinen Gedanken, eingelullt vom Geräusch der Brandung, vom Wind und von der Sonne, stellte ich mir vor, wie sich die Welt rings um mich erstreckte. Im Osten Irland und Spanien. In gleicher Entfernung im Westen die Reservate in Neumexiko und Idaho. Im Norden und Süden Wasser. Kolumbus' Geschenk lag am Mittelpunkt verborgen, dort, wo perfekte Balance herrschte. Fünfhundert Jahre alte Fragen waren zu klären, zu viele für eine einzige Antwort, zuviel Trauer und Verlust für jede Wiedergutmachung. Wenn ich direkt auf die blasse Linie des Horizonts schaute, konnte ich genausoviel beziehungsweise genausowenig sehen, wie vor tausend Jahren jeder Lucaya-Indianer von diesem Punkt aus gesehen hatte. Zeitlos war das Meer und unveränderlich in seinem konstanten Fluß. Doch wenn ich nach rechts oder nach links schaute, dann war alles verändert und keineswegs zeitlos. Ich konnte Details erkennen: ein Clubhaus, eine Straße, Häuser mit Fernsehantennen darauf.

«Was glauben Sie, was es wirklich ist?» Die Frage an Cobb hallte in meinem Kopf wider.

Er hatte nicht sofort geantwortet, und als er es endlich tat, war pure Resignation durchgeklungen.

«Ich dachte, es wäre meine Rettung», hatte er gesagt. «Aber jetzt ist alles egal.»

Und er hatte recht. Es war alles egal. Das Geschenk war zu lange versteckt gewesen. Die geschichtliche Entwicklung, die es hätte auslösen und auf die es hätte Einfluß nehmen sollen, war nun auch ohne es abgelaufen und hatte damit jede andere zerstört und unmöglich gemacht, und jetzt hatte dieses verdammte, verlockende... Ding mir in einer makabren Pointe auch noch meine Zukunft geraubt – es hatte mich um Roger Williams gebracht. Es war ein vergiftetes Geschenk, ein Fluch, wie so vieles, was Kolumbus mitgebracht hatte.

Ich spürte eine Bewegung in der Luft, sah die Rauchwolke unweit von mir erneut aufsteigen und dann, wie in einem rückwärts ablaufenden Film, in ein Loch gesogen werden. Die Schar winziger Fledermäuse wirbelte spiralförmig auf und war dann weg, ohne eine Spur zu hinterlassen.

Doch jetzt wußte ich, wo das Loch war.

Über eine Stunde rührte ich mich nicht vom Fleck, wägte den Nutzen des Vergessens gegenüber der Möglichkeit der Entdeckung ab. Nicht, daß ich mir Sorgen gemacht hätte, mich für den Rest meines Lebens mit dem Gefühl des Nichtwissens herumplagen zu müssen. Ich wußte genug. Wenn ich diesen «größten Schatz» finden sollte, und wenn er tatsächlich wertvoll war, was konnte ich dann damit anfangen? Würde ich ihn, zusammen mit dem Tagebuch – das einzutauschen Cobb nun bereit war, eine Wahrheit gegen eine Lüge – für eine gerechte, gute Sache benutzen? Das war meine naive Absicht gewesen, die Geschichte, mit der ich mich vor mir selbst und Grandma rechtfertigen wollte – aber würde ich die Kraft dazu aufbringen? Würde ich ohne Roger den Willen dazu haben?

Als ich Nash den Strand entlangkommen sah, den Spuren nach, die ich hinterlassen hatte, wußte ich, was zu tun war. Jetzt brauchte ich es nicht allein zu versuchen.

Nash tat so, als sähe er mich nicht, wollte nicht den Eindruck erwecken, daß er sich Sorgen um mich machte. Seine Besorgnis um mein Wohlergehen, die mich vor einer Stunde noch erdrückt hätte, rührte mich jetzt: Mitgefühl war ein ungewöhnliches Angebot von Nash, und es ließ mich nicht kalt. Er begann über die Felsen zu klettern, achtete genau darauf, wohin er trat, bemüht, nicht das Gleichgewicht zu verlieren. Damit er nicht vorgeben mußte, er hätte mich zufällig entdeckt, rief ich seinen Namen, als er bis auf Hörweite heran war. Er schaute in die Sonne, direkt zu mir hoch.

Was für ein Zufall, schien sein Gesichtsausdruck zu sagen. Er griff in seine Jackentasche, zog ein paar Süßigkeiten heraus und wedelte einladend damit. Mein geliebtes Popcorn. Neben dem Fleisch hatte Nash auch allem, was raffinierten Zukker enthielt, öffentlich abgeschworen. Seine Zwischenmahlzeiten waren politisch wie ökologisch einwandfrei. Das, was er mir da mitgebracht hatte, war mehr als nur etwas zu essen. Es war ein Entgegenkommen.

«Du mußt Hunger haben, Mom.»

«Das ist nicht fair.» Ich lächelte. «Na gut. Komm rauf und hilf mir, was zu suchen. Es wartet schon lange.»

Nash war erleichtert, daß der anklagende, vorwurfsvolle Ton aus meiner Stimme verschwunden war, und kletterte schnell und geschickt zu mir herauf. Jetzt war der Kreis wieder geschlossen. Was immer hier verborgen lag, was es auch sein würde – Diamanten oder Katzengold –, jetzt würden Nash und alle, die ihm folgten, es wissen. Ich würde die letzte sein, für die es mit einem Fragezeichen versehen gewesen war.

21

ROGER

*I*ch hatte die Fledermäuse verrückt gemacht. Zunächst
hatte ich tastend nach jedem einzelnen Wort gesucht und
vor mich hin geflüstert, doch je mehr mein Vertrauen in mein
Erinnerungsvermögen stieg, desto mehr steigerten sich auch
Tempo und Lautstärke. Bei der dritten Rezitation brüllte ich
ins Universum hinaus, daß es donnernd von den Höhlen-
wänden zurückhallte, und rings um mich und hoch über mir
schlug der Schwarm von Fledermäusen mit den Flügeln und
schwirrte aufgeregt durch die Luft. Aus allen Richtungen kamen Geräusche, doch nirgends war Substanz. Sie hatten ihr
Leben nach bestimmten sonaren Regeln gelebt – sich in der
kollektiven Erfahrung ganzer Generationen von Vorfahren
sicher geglaubt –, doch plötzlich gab es da ein anderes Regel-
werk. Die Höhle war ihr Zufluchtsort gewesen, und der war
jetzt verloren, in einen Raum verwandelt, der Alpträume
hervorrief. Die Physik selbst wurde zu ihrem Feind, ihrem
Folterer, und ich, ein düsteres Etwas mit flammenden
Stimmbändern in den Tiefen des Dunkels, in dem sie lebten,
war die unsichtbare Ursache. Überreizt und verwirrt flohen
sie in ein Medium, das sie für gewöhnlich verabscheuten.
Denn im Verlauf meiner Darbietung hatte sich der Planet einmal mehr um seine Achse gedreht und lag jetzt wieder im
hellen Tageslicht. Durch das einzige Auge meiner Welt fiel
gleißendes Licht, und da hinein flüchteten die Fledermäuse.

Es blinzelte, als sie hindurchflatterten, schloß und öffnete sich wieder. Ich stellte sie mir vor, blind und ziellos hinausgeschleudert, schwarze Sterne, die vor dem blauen karibischen Himmel dahinhuschten. Die Welt stand Kopf. Der Tag war zur Nacht geworden, und die Nacht so hell, daß es nicht zu ertragen war. Mein Gedicht hatte sie aufgescheucht, und ich triumphierte. Der Mensch trug den Sieg davon. *Ich* trug den Sieg davon.

Als die letzte Fledermaus weg und die Luft wieder reglos war, ragte die Lichtsäule so klar auf wie zuvor. Jetzt fielen mir Robert Herricks Verse von der Ruhmessäule wieder ein.

> Des Ruhmes Säule hier
> am Ende wir errichten,
> haltbarer noch denn
> Marmor, Bronze, Jett.

Meine Säule bewegte sich mit dem Lauf der Sonne voran, ein wandernder Fleck, der eine Spur durch das Geröll am Boden zog. Ich sah das Wasserbecken, dem ich entstiegen war. Ich sah meine eigene Hand und ganz am Rand des erleuchteten Kreises den Sockel, auf dem ich als Orakel und Seher gesessen hatte. Seine geometrische Form faszinierte mich, denn so kotverkrustet er auch war, darunter schien sich doch ein würfelförmiger Kern von so perfekten Abmessungen zu verbergen, daß ein natürlicher Ursprung kaum in Frage kam. Seine rauhen Kanten waren allzu lotrecht, die Oberseite eine euklidische Fläche, und da es ohnehin nichts anderes zu tun gab, konzentrierte ich meine Gedanken ganz auf seine Form.

Das Gebilde war kaum einen halben Meter hoch und in der Breite maß es ungefähr genausoviel. Er war mit versteinertem Fledermauskot bedeckt, der auf einer Seite schräg zum Boden hin abfiel. Es wirkte tatsächlich ein bißchen wie ein Altar, und als die Sonne über den Himmel wanderte und mit ihrem Lichtschwert näher und näher rückte, um das merkwürdige Gebilde aufzuspießen, wuchs meine Neugier.

Doch der Vorgang verlief quälend langsam. Wenn ich einen Kiesel nur zwei Fingerbreit vor den Lichtkegel legte, schien es ewig zu dauern, bis er angestrahlt wurde. Das Licht bewegte sich unerbittlich, aber sinnlos voran. Ein zugeschissener Würfel hatte keinerlei Bezug zu meiner Erlösung. Ich tastete mich zu einer Nische in der Höhle vor und fuhr mit der Handfläche die Wand entlang. Selbst ein Höhlenforscher und Kletterer mit jahrelanger Erfahrung und einem Gurt voll nützlicher Gerätschaften hätte große Schwierigkeiten gehabt, die steile Wölbung dieses natürlichen Kirchenschiffes zu erklimmen. Ich hatte keine Chance. Ich klopfte mit einem Stein an die Wand, versuchte es auf gut Glück an allen möglichen Stellen, hoffte, einen Unterschied in der Dicke feststellen zu können. Doch es klang alles gleich massiv, als wäre der Fels das Widerlager einer großen Platte, ein Auswuchs von Gondwanaland.

Wenn ich nicht nach oben gelangen konnte, würde es vielleicht nach unten gehen, konnte ich vielleicht so hinausgelangen, wie ich hereingekommen war.

Du tauchst ins Meer,
Du kriechst in Erdgedärme?

Die Oberfläche des Wasserbeckens war ruhig, aber ich ließ mich nicht täuschen. Noch trug ich am ganzen Körper die frischen Kratzer und Schrammen, die mir das Meer zugefügt hatte, als es mich durch den engen, gekrümmten Tunnel hereinschob. Ich stand da, bereitete mich darauf vor, ins Wasser zu tauchen, und überschlug meine Erfolgschancen. Wie Mentalisten immer wieder empfehlen, versuchte ich mir ein Bild von der Erfahrung zu machen, die mir bevorstand: der Schock durch das kalte Wasser, die schier absolute Dunkelheit, die Suche nach der Öffnung und der pulsierende Ansturm der Fluten, der Wettstreit um die Vorherrschaft, wo Meer und Land aufeinandertrafen. Ich würde meine Arme als Hebel benutzen, mich mit zu Klauen gekrümmten Fingern schlange, und ich überlegte fieberhaft, wie ich mich gegen sie zur Wehr setzen könnte. Von so einem Untier hatte ich noch nie gehört oder gelesen – aber wo sollte sich ein Wurm von solcher Länge auf dieser Insel schon unbemerkt verstecken? Hatte ich Halluzinationen? War ich endgültig in den Abgrund geistiger Verwirrung gestürzt? War dies ein Freudsches Vorspiel zum Wahnsinn? Ein Bild von mir selbst durchzuckte mich, ein mit einer aufgebogenen Büroklammer bewaffneter Odysseus, der einer gigantischen Kobra gegenübertritt, doch mit einemmal senkte sich das Reptil nicht mehr weiter herab, sondern hing einfach nur da, eine sanft hin und her schwingende Brücke zwischen Tag und Nacht. Wieder verdunkelte etwas die Öffnung, und dann, als ich mich in der Finsternis noch bemühte, etwas zu erkennen, begann jemand langsam an der Schlange herunterzuklettern, eine Handbreit nach der anderen, die Beine eng darum geschlungen. Keuchender Atem war zu vernehmen. Mir fehlte jeglicher Antrieb, mich bemerkbar zu machen, ich blieb stummer Zeuge, war wie gelähmt.

Füße berührten den Boden, ein tiefer Seufzer wurde ausgestoßen, und ein winziges Licht flackerte auf, zog einen Halbkreis über die Felswand, als die Gestalt sich herumdrehte. Schließlich beleuchtete es mein Versteck und verharrte. Ich stand da, nackt und bloß, wie eine Seele beim Jüngsten Gericht, bereit, den Urteilsspruch zu hören.

Ich hielt schützend die Hand vor die Augen.

«Roger», rief die Stimme Gottes überrascht aus. Rief Vivian Twostar, die jetzt durch das Dunkel auf mich zugestolpert kam und meinen zitternden Körper fest in die Arme schloß.

Wer von uns betastete das Gesicht des anderen beharrlicher, ungläubiger? Ich behaupte, ich, denn schließlich war ich wiederauferstanden.

voranziehen. Meine Lunge würde zu platzen drohen... Und plötzlich war die Angst, irgendwo steckenzubleiben und in der Falle zu sitzen, wieder da. Lieber würde ich mich einfach nicht mehr vom Fleck rühren und an Unterkühlung sterben, lieber langsam verdursten und verhungern, eine Abschiedsbotschaft in den verfluchten Würfel kratzen, als in irgendeinem unterirdischen Tunnel eingeklemmt elend zu ertrinken, um schließlich vom Salzwasser zersetzt oder von hungrigen Fischen gefressen zu werden.

Ich wandte mich entschlossen vom Wasser ab und der wandernden Lichtsäule zu, die mittlerweile den rätselhaften Würfel fast erreicht hatte – mein einziges Möbelstück, den unterirdischen Fernsehsessel, meinen Sitzplatz, mein Nest, mein Podium. Ich setzte mich und wartete darauf, daß das Sonnenlicht auf mich fiel. Ganz allmählich kamen die Strahlen auf mich zugekrochen.

Ich hatte noch nie viel Zeit an Gedanken über den Tod verschwendet. Ich war zwar davon ausgegangen, daß ich irgendwann sterben würde – warum auch nicht? –, aber nicht so bald, nicht bevor mein Leben Erfüllung gefunden hatte. In meinen vagen Vorstellungen hatte ich mich, den gebrechlichen, gealterten Körper in weiße Leinentücher gewickelt, bei sanfter Musik hinscheiden sehen, ohne Unbehagen oder Bedauern. Nie war ich ein Opfer melodramatischer Vorstellungen geworden, und so fand ich mich jetzt vollkommen unvorbereitet auf das Schicksal, das mir bevorzustehen schien: als delirierender Irrer mit den Fingernägeln an den Wänden eines pechschwarzen Gefängnisses zu kratzen. Kein sehr angenehmer Gedanke; es fiel mir schwer, ihn überhaupt zuzulassen.

Doch wie konnte ich, unter den gegebenen Bedingungen, einen ehrenhaften Tod sterben? Voller Würde und Sinn für tragische Ironie, diesen meistgeschätzten aristokratischen Eigenschaften? Ich hatte wahrlich einen solchen Tod verdient, nicht dieses jämmerliche Abgleiten in den Wahnsinn, hatte einen per Geburt erworbenen Anspruch darauf, und nun begann ich ihn anzustreben.

Das war endlich wenigstens eine anspruchsvolle Aufgabe, mit der ich den Rest meiner Tage und Stunden ausfüllen konnte. Nach den Irrungen vom Vortag – dem Sprung aus dem Boot, dem Beinahe-Ertrinken, dem wahnwitzigen Rezitieren – würde ich jetzt versuchen, mich gefaßt auf mein Ende vorzubereiten. Zur Ruhe zu kommen, in Vorbereitung auf das Leben nach dem Tod, wie immer es aussehen mochte. So zu sterben, wie ich mich stets zu leben bemüht hatte, bis zu dem Moment, als Vivian Twostar in meine Arbeitsnische eingedrungen war.

So vergingen die Tage, drei Umläufe der Sonne. Wie ein Pendel schwangen meine Gefühlsregungen hin und her, von Sorge zu Freude, von Angst zu Überschwang, von Kälte zu Fieber, von Hunger zu Durst. Die Fledermäuse flogen auf und kehrten zurück, und dann scheuchte ich sie von neuem auf. In der dritten Nacht regnete es. Tropfen fielen durch das Loch über mir herein und sammelten sich in den kleinen natürlichen Vertiefungen am Boden. Das Wasser schmeckte süß, nur leicht salzig, war unwiderstehlich, obwohl diese gehaltlose Nahrung meine Qualen letztendlich nur verlängern würde. Irgendwann überschritt ich eine Grenze, passierte so etwas wie eine eingebaute Markierung, zu der man normalerweise wohl erst in hohem Alter gelangt und hinter der das Vorgefühl der ewigen Ruhe stärker war als das hartnäckige, immerwährende Streben nach Neuem. Ich wurde ganz ruhig, nahm meine Passivität aus einer gewissen Distanz wahr. Wenn ich wach war, verfolgte ich das Stundenglas des Lichts auf dem Weg durch meine Kammer und wartete auf Transzendenz und Vergessen, doch wenn ich schlief, rekapitulierte ich träumend mein Leben.

Ich weiß nicht, wann mir schließlich alles entglitt, wann ich aufhörte, das Protokoll meiner Kerkerhaft zu führen. Für gewöhnlich bewegen wir uns so durch die Tage, wie ich einst, als kleiner Junge, auf einem Klettergerüst meine Muskeln erprobte, indem ich wie ein Äffchen eine horizontale Leiter überwand, Sprosse für Sprosse. Wir schreiten in einer endlosen Reihe von kleinen Höhepunkten voran, und auch die Zwischenräume weisen nach vorn. Doch jetzt schien ich auf Dauer in einer endlosen Mitte festzustecken, zwischen der Summe meiner Erinnerungen und ihrem Ende, und nur das Delirium beschleunigte sich. Mir war schwindlig vor Hunger, doch zugleich nahm ich noch die winzigsten Veränderungen der Temperatur oder des Lichteinfalls wahr. Alles gewann an Bedeutung, weil nichts mehr von Bedeutung war. Ich versank in einen Zustand wachsamen Stumpfsinns, dumpfen Verfalls. Merkwürdigerweise setzte ich mich nicht zur Wehr, ritzte kein Epitaph in den Stein. Meine Diskette war nicht biologisch abbaubar, würde Jahrtausende ohne Veränderung überstehen. Irgendwann einmal, vorausgesetzt, diese Höhle wurde je von Archäologen entdeckt und erforscht, würden meine Verse eine auferstandene, lebendige Stimme sein, das blaue Ding ein wertvolles Artefakt, das man sowohl wegen der durch es vermittelten Informationen über den gegenwärtigen Stand der Technik schätzen würde als auch wegen der Geschichte, die es so kompakt bewahrte. Ägyptischen Herrschern hatte man Urnen mit Lebensmitteln, goldene Stühle und ermordete Sklaven auf ihre lange Reise mitgegeben, aber sie konnten denen, die ihre Ruhe störten, keine Botschaften übermitteln. Ich hingegen konnte das. Silikon, nicht Myrrhe, verlieh Unsterblichkeit.

Ich befand mich in einem relativ fließenden Zustand, war eben erwacht oder eben weggedöst, als oben ein Schatten vorbeizog, und fast unmittelbar darauf fiel ein kleiner Stein vom Himmel und traf keine zwei Meter von mir entfernt auf. Dann noch einer. Hatten die Fledermäuse beschlossen, mich aus ihrem Reich hinauszubomben? Drohte die Höhle einzustürzen? Ich drückte mich weiter ins Dunkel und ging hinter dem Würfel in Deckung. Keine Sekunde später begann eine große, borstige Schlange durch das Loch im Gewölbe hereinzurutschen. Ihre massige Silhouette näherte sich in rhythmischen Rucken dem Boden. Sie war so lang wie eine See-

Selbst als der erste Schock nachgelassen hatte, konnten wir uns nicht voneinander lösen, sondern redeten Mund an Mund weiter.

«Ich dachte, du wärst tot», sagte Vivian. Sie packte die Schlange, die sich jetzt als ein Fischernetz entpuppte, und hielt sich daran fest. «Sie suchen schon nach deiner Leiche, aber ich hab im Haus immer das Licht brennen lassen, damit du heimfindest.»

«Und Violet», sagte ich und wagte dann nicht, weiterzusprechen.

Vivian geriet nicht ins Wanken, und das reichte mir als Antwort: das Baby lebte. Ihre Schilderung von Violets Rettung bekam ich kaum mit.

«Aber wie bist du nur hierhergekommen?» fragte Vivian, als sie fertig war.

«Das gleiche könnte ich dich fragen», entgegnete ich. «Woher hast du gewußt, wo du suchen mußt?»

«Die Austernschalen», sagte sie. «Ich hab endlich rausgekriegt, was sie bedeuten.»

«Vivian, hör auf mit dem Blödsinn. Hat irgend jemand dort droben mein Gedicht gehört?»

«Dein Gedicht?» Sichtlich verwirrt trat sie einen Schritt zurück. «Roger, vergiß das verdammte Gedicht. Die Austernschalen. Ich hab es rausbekommen.»

«Rausbekommen», wiederholte ich und zog sie erneut an mich. «Toll. Und was hast du rausbekommen? Unter welcher eine Erbse lag?»

«Die Austernschalen, Roger. Aus der Bibliothek. Die von dem Mahl auf Hispaniola. Racine hat die eingeritzten Worte übersetzen lassen. Ach Gott, ich habe dir ja gar nicht davon erzählt! Es ist zu kompliziert, um es jetzt zu erklären, aber sie haben mich hergeführt. Sie ist hier, Roger. *Hier drin.*»

«Du meinst...?»

Doch zunächst brachte sie ihre Schilderung der jüngsten Ereignisse zu Ende. Violet war in Sicherheit, bei Hilda und Racine. Nash stand dort oben an der Öffnung, bereit, uns hochzuziehen. Als Vivian zu ihm hochrief, daß sie mich gefunden hatte, antwortete er mit einem Freudenschrei, der an den Wänden der Höhle vielfach widerhallte und erneut die Fledermäuse aufschreckte. Und der Schurke Cobb war im Meer gelandet... von Vivian hineingestoßen worden. Diese Nachricht erfüllte mich mit besonderer Genugtuung.

Ich fühlte mich plötzlich erstaunlich frisch. Triumph des Geistes über die Materie. Des Lebens über den Tod. Mein Blut brauste wie ein Wildbach im Frühling. Ich war erfüllt von der Energie eines Mannes, der von einer langen Reise heimkehrte und erst einen Blick auf all die vertrauten Dinge werfen mußte, ehe er sich ausruhte. Jetzt, wo ich es konnte, war ich noch nicht bereit, meine Höhle zu verlassen. Vorher gab es noch etwas zu tun, und ich brauchte Vivian nicht erst dazu zu überreden, damit anzufangen.

Sie zündete noch ein Streichholz an und ließ das Licht über die fleckigen Felswände, die Wasserfläche und den Boden tanzen. Wenn sie die Hinweise korrekt gedeutet hatte, dann ruhte hier in dieser Höhle, nicht weit von uns in diesem Ammoniakloch, die Krone des Kolumbus.

Aber wo? Vivian hob das Handgelenk an die Augen, sah auf die Leuchtziffern ihrer Armbanduhr.

«Gleich drei», sagte sie und schüttelte das Streichholz aus. «Vesper. Die Sonne müßte sie uns zeigen.»

Die vertraute Lichtsäule nahm feste Gestalt an, verwandelte sich in einen ausgestreckten Finger, und sie zielte genau. Außer uns gab es nur noch einen Gegenstand, der nicht hierhergehörte,' und nun wurde er – wie seit fünfhundert Jahren an jedem wolkenlosen Nachmittag – in gleißendem Licht gebadet. Mein Thron.

«Heureka», flüsterte Vivian.

Vertrockneter Fledermauskot ist weiß, und wenn er zu Kalk wird, elfenbeinfarben. Ringsum am Boden hatte im Lauf der Jahrhunderte eine Schicht die andere überlagert, und das so entstandene Muster wirkte wie ein monochromes Gemälde. Irgendwann, in hunderttausend oder einer Million

Jahren, würde die Höhle bis obenhin gefüllt sein, und die Fledermäuse müßten sich eine andere Zuflucht suchen. Irgendwann würden die Eiskappen auf den Polen schmelzen, und die ganze Insel würde im Meer verschwinden. Irgendwann würde die Menschheit die Details ihrer Vergangenheit vergessen oder aussterben und Platz machen für eine Epoche der Insekten oder Amphibien. Irgendwann, aber nicht jetzt. Wir waren rechtzeitig gekommen.

Wir knieten vor dem aus dem Boden ragenden Quader nieder, und Vivian hielt ein brennendes Streichholz nahe daran. Was immer er enthielt, war seit langer Zeit versiegelt – war vollständig, hermetisch abgeschlossen, war von einer zweiten Haut umhüllt, die die Elemente abhielt, war von der Natur wunderbar getarnt. Keine Sargkammer in einer Pyramide, kein Vulkanschlot, kein laserüberwachtes Museum war so sicher und dauerhaft. Entweder durch vorausschauende Planung oder, mit größerer Wahrscheinlichkeit, durch Zufall war der Schatz, den Kolumbus in die westliche Hemisphäre mitgenommen, aber nie abgeliefert hatte, die am sichersten verwahrte Fracht geworden, die jemals den Atlantik überquert hatte. Wenn es wirklich eine Krone war, wie Cobb hartnäckig behauptete, wenn diese einst die Hoffnung auf ein neues Utopia repräsentiert hatte, die Hoffnung auf Gleichberechtigung und auf Respekt der Welten voreinander, wenn sie einen neuen Anfang symbolisieren sollte, ein von den Fehlern der Vergangenheit freies Königreich, dann war ihre harte organische Hülle ein wahrlich passendes Behältnis.

«Hier unten, die ganze Zeit.» Vivians Stimme klang ruhig, merkwürdig resigniert.

«Wir brauchen nur ein wenig Dynamit», sagte ich. «Du hast nicht zufällig welches mitgebracht?»

Vivian klopfte ihre Taschen ab, brachte aber nur ein Instrument zum Vorschein: den Füllhalter, den ich Nash geschenkt und sie sich von ihm ausgeliehen hatte, ohne ihn je zurückzugeben.

«Ich habe nicht damit gerechnet, mich als Steinmetz betätigen zu müssen. Ich dachte... Ich weiß nicht, was ich dachte. Ich hab schon gar nicht mehr gesucht, außer nach dir. Und selbst wenn ich mir vorstellte, die Krone zu finden, hatte ich wohl eine dieser Piratenkisten aus einem Comicheft vor Augen. Du weißt schon, mit Perlenketten, die an den Seiten heraushängen, Diamanten in Hülle und Fülle, und dazwischen die legendäre *corona* von Burgund. Ich hatte ein Zeichen erwartet, irgendeinen eindeutigen letzten Hinweis von ihm, und nicht...»

«Scheiße?» ergänzte ich.

«Nun ja.» Sie lächelte. «Aber was sonst? Was wäre geeigneter als Schmuckkästchen? Paßt doch ganz genau, leere Austernschalen plus Fledermausscheiße gleich der Schatz von Westindien.»

«Versuch's doch mal mit dem Füllhalter», schlug ich vor. Die Erlaubnis dazu mußte schon *ich* ihr geben, denn wahrscheinlich würde er dabei kaputtgehen.

Vivian schob den Füller in eine flache Kerbe und hebelte einen Brocken los, legte die nächste Schicht frei.

«Mom», rief Nash herunter. «Hast du den Schatz gefunden? Ist alles in Ordnung?»

«Ich weiß nicht, was ich gefunden habe», schrie Vivian. «Heb dir deine Fragen für später auf, es eilt. Ich erklär dir hinterher alles. Hol Hilda und Racine. Sag ihnen, sie sollen den Wagen mitbringen. Roger ist zu geschwächt, um zurückzulaufen.»

«Bin schon weg», sagte Nash.

«Moment», rief ich hoch. «Hast du da oben was zu essen? Ich habe einen Bärenhunger.»

«Sekunde.»

Ich wartete mit in den Nacken gelegtem Kopf darauf, daß es Manna regnete. Und dann kam es herabgeprasselt: Popcorntüten, Kaugummipäckchen und eine Tüte Kokosmakronen. Als letztes kam das wertvollste Geschenk, denn er hatte bereits davon abgebissen und das Ganze dann hastig wieder verpackt, sich das Präsent also gleichsam vom Mund abgespart, ein Biskuittörtchen mit Kirschfüllung. Ich hob es vom Boden auf, schälte es aus dem Papier. Es war auseinandergebrochen und lief aus, und es war der herrlichste Anblick, den ich mir vorstellen konnte.

«Bin gleich wieder da», rief Nash. «Rührt euch nicht vom Fleck!»

«Wohin auch», meinte Vivian und lachte, und ich fügte an: «Keine Chance.»

Wir hatten nicht die geringste Vorstellung davon, was wir da gefunden hatten, und so gingen wir sehr vorsichtig zu Werke. Wahrscheinlich hätten wir die Freilegung besser einem Fachmann überlassen sollen, wie Vivian von Zeit zu Zeit kummervoll bemerkte. Alles, was sie als Anthropologin gelernt hatte, wie man die exakte Herkunft eines Funds ermittelte und daß man an der Fundstätte keine Veränderungen vornehmen sollte, sprach gegen unser Vorgehen, und dennoch machten wir weiter. Der Gegenstand unserer Bemühungen, die Krone, gehörte nicht uns – das war völlig klar. Sie war entweder Eigentum des Vatikans oder der spanischen Regierung oder der Bahamas, je nachdem, ob man davon ausging, daß vor fünfhundert Jahren eine Übergabe stattgefunden hatte oder nicht.

«Wenn wir erst damit anfangen», legte mir Vivian dar, «müßte sie eigentlich den Japanern gehören. Schließlich meinte Kolumbus, er wäre in Cipango gelandet. Er hat das ja bis zu seinem Tod behauptet.»

Jedenfalls mußten die Besitzverhältnisse geklärt werden, und da waren wir sowieso aus dem Rennen. Doch ohne es je ausgesprochen zu haben, stimmten wir darin überein, daß die *Bergung* des Funds allein unsere Sache war. Wir hatten beide – ohne das konkrete Ziel vor Augen, das räume ich ein – unser Leben riskiert, um hierherzugelangen. Wir hatten etwas dafür gegeben, die ersten zu sein. Sicher, auch Cobb hatte etwas dafür gegeben, aber er hatte seinen Anspruch verwirkt.

Je tiefer man in den Kot eindrang, desto brüchiger wurde er. Schon eine Handbreit tief zerfiel er zu einem Pulver, wenn man darauf klopfte, zu bröseligem Kalk. Die Form der Oberseite des Behältnisses zeichnete sich immer deutlicher ab, ein perfektes Quadrat, und nach zwei Stunden konnten wir die Ablagerungen einfach mit den Händen, mit der Kraft unserer Finger, beiseite fegen. Ich entdeckte eine Vertiefung, pulte mit dem Daumen darin herum und traf auf etwas so Glattes, so Gleichförmiges, daß ich unwillkürlich erstarrte.

«Wir haben es geschafft», sagte ich, und Vivian nickte.

«Ich weiß. Ich hab's auch gespürt.»

Ehrfürchtig wischten wir den Staub beiseite, Körnchen für Körnchen.

«Buddeln wir das ganze Ding aus», schlug ich vor. «Wenn wir es aus der Höhle rausholen, können wir vielleicht was sehen.»

Vivian zündete ihr letztes Streichholz an.

«Es ist aus Glas», flüsterte sie. «Ein Glasgefäß.» Sie richtete das Licht auf die freigelegte Stelle, doch die Oberfläche des Glaskörpers war undurchsichtig, von innen getrübt.

Vier Verwandlungen

22

27. Dezember 1990
ELEUTHERA, BAHAMAS

NASH TWOSTAR

Meine **Mutter** tauchte als erste aus dem Loch auf und blinzelte in die Sonne. Es dämmerte schon, aber der Himmel war einfach irre. Das liegt an den Wolken hier. Sie wirken wie Barrikaden, lassen die Farben nur an den Seiten vorbei, wo sie intensiv leuchten, aber in der Mitte geht nichts durch. Es sieht aus wie auf Fotos von Stonehenge, riesige helle Monolithen, fast wie Dämme gegen das Licht. Hat mit der Lichtbrechung zu tun, und wie die funktioniert, versteh ich auch, aber die Bezeichnung ist zu schwach für das, was da vor sich geht. Die Strahlen werden gebrochen, und das Spektrum verschiebt sich irgendwie. Ich hab hier Orangetöne gesehen, richtiges Lila, und einmal so was Pfirsichfarbenes. An diesem Spätnachmittag war der Grundton blau, ging aber von fast Schwarz bis hin zu einem ganz zarten Türkis. Ich hatte eine ganze Stunde lang zugesehen und mich richtig reinziehen lassen. Fotos sind eben nie so lebendig wie die Wirklichkeit. Sie können einem die Erinnerung verwässern, was ganz Gewöhnliches daraus machen. Das, was ich da erlebt hab, wird mir im Gedächtnis bleiben.

Mom war mit kalkweißem Staub bedeckt, der ihre Augen und die Mundhöhle ganz besonders dunkel aussehen ließ. Sie erinnerte mich an diese japanischen No-Schauspieler, die so distanziert sind und einen nicht gleich mit irgendeiner Message erschlagen. Als nächstes kam Roger, Moms Zwillingsbruder, ein großer, knochiger Kreidegeist. Nein, falsch: eine Larve, so schwach, daß man meinen könnte, der Wind würde ihn so oft wieder runterwehen, bis er von selbst fliegen konnte. Beide sahen verwirrt aus und hatten die Orientierung verloren, als wären sie begraben gewesen und grad wiederauferstanden. Und genauso rochen sie auch. Ich hielt die Luft an. Ich streckte die Hand aus, um Roger zu stützen. Seine Arme zitterten vom Klettern.

«Kirschgeschmack», sagte er, und als er lächelte, sah ich, daß seine Zunge knallrot war. «Das Beste, was ich je gekostet habe.»

Er konnte mich schon in Verlegenheit bringen, dieser Roger, und das wußte er auch, aber ich war mir nicht sicher, ob er es diesmal auch wollte. Er hatte den Gedanken nie ganz aufgegeben, sich an mir zu rächen, nicht seit der Nacht, in der ich ihn mit seinem Tagebuch blamiert hab, aber das hat er nie zugegeben, nicht mal vor sich selbst. Er mußte immer so reif sein, so gut zu mir. Es war bloß eine Frage der Zeit, bis er mich bitten würde, ihn «Dad» zu nennen. So hatte ich noch nie jemanden genannt, und ich würde es wohl auch nie tun. Ein Dad war was für andere. Ich hatte so schon genug Probleme.

«Habt ihr das Ding?» fragte ich, obwohl ich nicht genau wußte, was sie da unten gefunden hatten. Ich hatte immer mal durch das Loch geblinzelt, aber nur Kratzen, Klopfen und ein paar Gesprächsfetzen hören können.

Mom setzte sich auf einen Felsvorsprung und starrte in die Sonne. Als sie sich die Stirn abwischte, kam ein handtellergroßes Stück Haut zum Vorschein. Sie war genauso fasziniert von den Wolken wie ich. Der Himmel war was, das wir gemeinsam hatten, als ob es da ein genetisches Familienmerkmal gäbe, das uns hinaufschauen ließ, sobald wir irgendwo draußen waren. Sie brauchte eine Weile mit ihrer Antwort, und ich drängte sie nicht. Der Sonnenuntergang ließ sich ja auch Zeit.

«Es steckt im Netz.» Roger sah zu, wie sich die Wellen an den Felsen brachen, und schüttelte sich. «Wartet darauf, hochgezogen zu werden.»

Er machte aber keine Anstalten, es zu tun.

Ich reichte ihm meine Jacke. «Okay, ich geb auf», sagte ich zu ihm. «Geheimnis des Universums. Wie bist du denn da reingekommen?»

«Das ist eben Adams Schicksal», sagte er einigermaßen theatralisch, doch dann lachte er los. «Aber im Ernst. Es ist nur recht und billig, daß ich die Kiste des Kolumbus als erster entdeckt habe. Schließlich habe ich meine wissenschaftlichen Recherchen vor deiner Mutter begonnen. Es gibt doch noch eine Gerechtigkeit.»

Vom Meer her kam Wind auf, so heftig, daß er uns die Hemden aufplusterte und Mom das Haar zerzauste. Sie stand auf und stemmte die Hände in die Hüften. «Na, dann weißt du bestimmt auch, was unter dem Glas ist», sagte sie. «Bring uns die Erleuchtung.»

In diesem Moment hörten wir alle ein Auto kommen, schauten runter zum Strand und sahen unser gemietetes Monstrum langsam über den festen Sand und die Kiesel herankriechen. Als es näher kam, erkannten wir Hilda hinter dem Steuer. Dann hatten sie also die Nachricht gefunden, die ich ihnen im Strandhaus hinterlassen hatte. Racine deutete zu uns hoch, steckte den Kopf aus dem Seitenfenster und winkte uns heftig zu. Der Kindersitz war auf der Rückbank festgeschnallt, und bei dem Anblick wurde mir plötzlich flau. Würde ich je wieder meine Schwester ansehen können, ohne diesen Schwall von Dankbarkeit und Erleichterung zu verspüren? Sie war meine Begnadigung, meine vorzeitige Entlassung wegen guter Führung. Indem sie wieder aufgetaucht war, hatte sie mir einen neuen Anfang ermöglicht, genauso

wie ihr Tod mein Ende bedeutet hätte. Sie hatte mir wieder-
gegeben, was ich völlig zu Recht verloren hatte, und ich
stand tief in ihrer Schuld. Was ihr geschah, geschah auch mir.
Sie hatte mich in der Hand.

«Da kommen die Zeugen», sagte Roger, aber ich merkte,
daß er nur Violet sah. Er sah lächerlich aus – abgemagert, wie
ein Storch, die Hände so fest vor der Brust verschränkt, daß
seine Fingernägel sich weiß verfärbten. Ich wußte immer
noch nicht so genau, was eigentlich passiert war, wie er in
diese Höhle gekommen war, aber eins war sicher: Er hatte
geglaubt, das Baby wäre tot, und er dachte, es wäre seine
Schuld. Ich konnte ihn prima verstehen, denn er sah genauso
aus, wie ich mich fühlte.

«Hey», flüsterte ich ihm so leise zu, daß nur er es hören
konnte. «Alles in Ordnung. Es geht ihr gut.»

Er drehte sich zu mir um, und unsere Blicke trafen sich.
Mehr als unsere Blicke. Wir können uns nicht länger als eine
Sekunde lang angesehen haben, aber irgendwie scheint es
eine halbe Ewigkeit gewesen zu sein, so von der Art, wo man
zuerst denkt: «Oh, mein Gott, wir sehen uns in die Augen»,
und dann denkt man: «Gut, sehen wir uns eben in die Augen,
na und?» und dann denkt man überhaupt nicht mehr, man tut
es einfach, und es ist gut. Ich las ihm die Worte von den Lippen ab.

«Keine Ursache», flüsterte ich.

Ich kenne meinen Vater nicht besonders gut. Ab und zu ein
Telefonanruf, ein paarmal Sommerferien in Kalifornien. Er
hat eine neue Familie, und ich bin ihm eigentlich bloß im
Weg, bin was, das ihm passiert ist, ehe er zu sich selbst gefunden hatte und der Mensch wurde, der er dann auch blieb. Der
Schulpsychologe hat mich mal gefragt, ob ich ihm im
Grunde meines Herzens deswegen böse bin, und obwohl ich
es damals abgestritten hab, dachte ich dann öfters über diese
Frage nach. Wie kann man denn böse auf jemand sein, den
man gar nicht kennt? Das heißt doch bloß, daß man sauer ist
auf das Bild, das man sich von ihm macht, sauer auf das, was

er nicht ist und auch nie sein wird. Manchmal dachte ich, ich sollte zu diesem Typen hingehen und ihm erklären, wie gefährlich so eine Frage sein kann. Sie klebt im Kopf, und man muß sie beantworten, aber der Haken ist, man will es gar nicht. Die Antwort ist sowieso bedeutungslos. Was machte es schon, ob ich böse auf meinen Vater war? Würde es ihn interessieren? Würde er sein Leben verändern, bloß damit ich glücklich wurde?

Ich hab mal mit Grandma darüber geredet. «Die glauben, ich bin sauer auf meinen Vater», sagte ich. «Daß ich deshalb verrückt spiele.»

Sie schnaubte und schaukelte ein bißchen schneller in ihrem Stuhl.

«Dummes Gerede.»

«Das ist kein dummes Gerede», protestierte ich. «Das ist Psychologie. Davon verstehst du nichts.»

«Ich bin sauer auf meinen Vater, deshalb mache ich keine Hausaufgaben», sagte sie in quengelndem Falsett. «Ich bin sauer auf meinen Vater, deshalb rauch ich jetzt eine.» Sie sah zur Decke und schüttelte dann den Kopf. «*Ich* bin sauer auf deinen Vater. *Du* weißt ja nicht mal, was ihm alles vorzuwerfen ist.»

Dieses Gespräch fiel mir sofort wieder ein, als sich der Blickwechsel mit Roger hinzog.

«Keine Ursache», hatte ich gesagt, und ganz plötzlich verzieh er mir. Ich sah es an seinen Augen. Das Mißtrauen verschwand, und da war er, wie auf dem Silbertablett serviert.

Oh, Scheiße, dachte ich. Jetzt hab ich's getan. Jetzt bin ich auch für diesen Typen verantwortlich. Aber das Komische daran war, daß ich eigentlich nichts dagegen hatte. Das Komische daran war, daß ich froh war.

Ich hoffte, daß sie Cobb dauerhaft eingebuchtet hatten. Ich haßte den Kerl. Um Mom hatte ich mir ja keine Sorgen gemacht, weil ich gar nicht gewußt hatte, was ihr passiert war. Aber wegen Violet stand ich ein paar fürchterliche Stunden durch, bis Mom sie in der kleinen Kirche fand.

Und dann am nächsten Morgen, als ich sah, wie sich Racine über den angespülten Cobb beugte, hoffte ich, daß das Schwein ertrunken war.

Roger war Moms zweite Chance, und die hat sie verdient. Ihm lag nämlich eine Menge an ihr – soviel wußte ich aus seinem Tagebuch, obwohl es mich zuerst auf die Palme gebracht hatte. Außerdem war Roger Violets Vater. Ich war Fachmann in puncto vaterloses Aufwachsen. Und Roger war... Roger war einfach jemand, den ich nicht hassen konnte. Er machte blödsinnige Sachen. Meist hatte er völlig verquere Gedanken im Kopf, und das verrückte Zeugs, das er von sich gab – einfach unglaublich.

Aber ich hatte ihn vermißt, diesen Roger Williams. Ich hatte viel über ihn nachgedacht. Als wir so dastanden und Mom ihn fixierte und er meine Schwester, da fühlte ich mich – ich weiß auch nicht – irgendwie ganz.

Hilda brach dann den Zauber. Sie konnte gut klettern und war Racine, der sowieso viel vorsichtiger war, zumal er Violet trug, schnell voraus. Hilda kletterte über die Felsen, als hätten ihre Turnschuhe Saugnäpfe und Haken, während Racine jedesmal erst vorsichtig herumprobierte, ehe er den Fuß aufsetzte.

Es war ziemlich typisch für Hilda, daß sie sich, nachdem sie Roger umarmt hatte, zu Mom umdrehte und *sie* fragte, was los sei, wo er hergekommen sei. Nach zehn Jahren mit Mom und Grandma braucht mir keiner mehr was von weiblicher Solidarität zu erzählen. Es kommt mir jetzt unfair vor, daß ich das sage, und ich sehe es auch nicht mehr so, aber ich hatte mir einen Bruder gewünscht. Als kleines Kind war ich noch nicht so außen vor. Ich kriegte den Klatsch zu hören, ja durfte richtig mitmachen. Keinem, mich selbst eingeschlossen, fiel groß auf, daß ich ein Junge war. Ich schaute in die Welt und sah diese normalen Kleinfamilien, Vater, Mutter, Kind, und denen schien es auch nicht besserzugehen als mir. Ganz im Gegenteil. Meistens hatten die Eltern soviel Stress miteinander, daß sie ihre Kinder gar nicht beachteten. Nicht so bei uns. Grandma und ich waren die Verbündeten, und Mom war diejenige, um die wir uns Sorgen machten. Hatte sie ihre Hausaufgaben fürs College gemacht? Was war das für einer, mit dem sie da ausging? War sie am Sonntag in der Kirche gewesen?

Grandma hat mir das Kochen beigebracht. So verbrachten wir ziemlich viel Zeit zusammen in der Küche, und die haben wir genutzt. Wir hatten unseren Spaß, und sie redete mit mir wie mit einem Erwachsenen, erzählte mir Sachen, für die ich vielleicht noch zu jung war. Aber Fragen hat sie mir nie beantwortet. Sie hatte da so eine Theorie: Wenn man was nicht auf Anhieb verstand, dann war man auch noch nicht soweit, es zu wissen. «Du wirst dich schon noch dran erinnern», sagte sie mir immer, «und eines Tages wirst du es dann von allein rausbekommen. Ich kann dir nicht sagen, wie du denken sollst.» So hatte ich lange Listen mit unfertigen Gedanken im Kopf, aber sie hat wirklich recht gehabt. Wie oft fiel mir, als ich älter wurde und Neues sah und hörte, das mich weiterbrachte, eine von Grandmas Geschichten ein, die perfekt zu der jeweiligen Situation paßte.

Als mir das zum erstenmal passierte, rannte ich völlig perplex nach Hause und erzählte es ihr. Ich sagte: «Weißt du noch, die Geschichte von meinem Großonkel im Krieg, und wie er da nicht mitmachen wollte? Ich glaub, ich weiß jetzt, warum nicht.» Ich weiß nicht mehr, mit was für einer Reaktion von ihr ich rechnete. Ich meine, *sie* mußte ja kapiert haben, was sie mir da erzählt hatte, aber so, wie sie sich verhielt, konnte man das nie so genau sagen. «Erklär's mir», sagte sie, und das tat ich auch, und als ich damit fertig war, fragte ich: «Stimmt's?» Sie schüttelte nur den Kopf und sah mich mit weit geöffneten Augen ernst an. Ich seh sie noch vor mir, wie sie an dem Tag am Herd stand und Bohnen briet. «Ist es *das*?» hatte sie laut überlegt. «Könnte sein. *Könnte* sein.»

Das machte mich verrückt, aber gerade das mochte ich auch an ihr. Es sah aus, als wäre sie ständig bereit, ihre Meinung zu ändern, eine neue Theorie zu akzeptieren, sobald sie ihr logisch vorkam. Nichts, nicht mal Dinge, die vor ihrer Geburt geschehen waren, war auf eine einzige Interpretation festgelegt. Die Wahrheit lag immer in der Geschichte selbst; es kam darauf an, wie sie erzählt wurde und wer sie erzählte. Sie konnte sich binnen einer Minute ändern oder für immer gleich bleiben. Eine Wahrheit hielt nur so lange, bis eine bessere des Wegs kam und sie ersetzte. Oder daneben stehenblieb, als ebenfalls plausible Alternative. *Das* sollte man mal seinem Physiklehrer zu erklären versuchen. Ich hab's sogar mal getan, aber er wurde bloß sauer. Er dachte, ich würde ihm einen vom Pferd erzählen, weil ich die Hausaufgaben nicht gemacht hatte, aber das stimmte nicht. Ich hatte sie nämlich gemacht, nur den tödlichen Fehler begangen, auf Navajo mit Grandma darüber zu diskutieren.

Aber dann, als ich älter wurde, wurden Türen zugeschlagen. Obwohl sich Mom und Grandma immer noch über die üblichen Sachen stritten, taten sie sich gegen mich zusammen, und meistens behandelten sie mich wie ein Wesen von einem anderen Stern, das zwar interessant, aber potentiell feindlich gesonnen war und vor dem man auf der Hut sein mußte. Na gut, *ich* hab damit angefangen. *Ich* hab so geheimnisvoll getan und ihnen gesagt, daß sie keine Ahnung von mir hätten. Aber ich hab nicht damit gerechnet, daß sie das so ernst nehmen würden. Es begann als Spiel, ich tat so, als sei ich erwachsen und unnahbar, und dann war es plötzlich kein Witz mehr, sondern wurde Wirklichkeit. Sie verstanden mich tatsächlich nicht, und deshalb fingen sie an, Regeln aufzustellen, und ich mußte sie brechen. Das verletzte sie, ich sah's ihnen genau an, und in solchen Momenten wollte ich immer zu ihnen hingehen und sagen: «Hören wir doch auf damit. Machen wir wieder alles so wie früher» – aber ich hab's nie getan.

Und jetzt standen wir da, auf der Spitze eines hohlen Felsens am Rand einer schmalen Insel; Hilda und Mom beratschlagten auf der einen Seite, und Roger und ich schwiegen befangen auf der anderen. Schließlich erreichte auch das dritte Paar den Gipfel und brachte Bewegung in die Runde. Racine scheint nie einer gesagt zu haben, wie er sich benehmen soll – ich dachte immer, das liegt daran, daß er Ausländer ist. In Hanover konnte das manchmal reichlich peinlich werden – man läuft mit seinen Freunden die Straße runter, und da kommt breit lächelnd dieser Typ daher und knutscht einen auf beide Wangen! –, aber in diesem Moment brauchten wir das. Er ging sofort mit ausgestrecktem freiem Arm auf Roger und mich los und schaffte es, uns beide zugleich an sich zu drücken. Wir bildeten ein enges Viereck – ich, Racine, Violet in ihrem Babysitz und Roger – und ließen uns vom Wind umspielen wie die Wolken vom Licht.

Mom hatte das, was immer sie und Roger in der Höhle gefunden hatten, ins Netz gepackt, dessen Enden wir, bevor sie das erste Mal hinabgeklettert war, an zwei dem Loch gegenüberliegenden Felsvorsprüngen befestigt hatten. Nun halfen wir alle zusammen, um es vor Einbruch der Dunkelheit hochzuhieven. Wir zogen langsam, damit es nicht ins Schaukeln geriet und an die Felswände stieß, und als sich das Netz zu einem dicken Knäuel zusammenzog, wurde ich wirklich neugierig. Niemand sagte ein Wort.

Daß ich Indianer bin, bringt unterschiedliche Gefühle mit sich. Es gibt Augenblicke in Hanover, wo ich mich deswegen anders fühle als alle um mich her, sei's zum Guten oder zum Schlechten, und dann gibt es Zeiten, wenn wir zum Beispiel in Moms oder Grandmas Reservat sind, wo ich mich zu Hause fühle. Meist ist es ein bißchen verwirrend oder einfach unwichtig, eine Maske unter vielen, die ich trage. Nur daß es keine Maske ist, es ist Haut. Ich weiß genug über die indianische Vergangenheit, um mir darüber klar zu sein, daß ich rein statistisch gesehen eine unwahrscheinliche Ausnahme bin, ein Überlebender von Überlebenden von Überlebenden. Die Erinnerung verblaßt und die Identität verschwimmt so schnell, wie sich Blut vermischt. Als das Ding, das wir jetzt heraufzogen, versteckt wurde, war Eleuthera Indianerland gewesen, doch heute gab es hier keinen Menschen mehr, der sich ihnen noch verbunden fühlte oder direkt von ihnen abstammte. Sie waren weg, unbekannt und unsichtbar, als hätte es sie nie gegeben.

Außer Mom und mir. Das klingt wie Angeberei, aber so mein ich das nicht. Es war nicht unser Verdienst, daß wir jetzt hier standen, die gleiche Meeresluft einatmeten und den gleichen Himmel betrachteten wie diese Menschen damals. Es war reiner Zufall, und trotzdem ... und trotzdem war es wichtig. Das war wieder mal so eine Geschichte von Grandma, die plötzlich paßte. Wir waren nämlich der Beweis.

Wir hatten das Netz jetzt fast ganz heraufgeholt, und endlich kam der Schatz zum Vorschein: ein quadratischer, grauverkrusteter Block, vielleicht so groß wie eine Schreibmaschine. Wir waren vorsichtig gewesen; das Netz formte jetzt eine Schale, genau über dem Loch. Als wir alle einen Schritt zurücktraten und weiterzogen, breitete es sich aus, wurde flach, wippte ein bißchen, und das Ding lag darauf wie auf einem Spinnennetz. Die Schnüre sahen so zerbrechlich, so schwach aus, aber das waren sie natürlich nicht. Sie waren aus grünem, reißfestem Nylon, so fest, daß man damit einen Delphin fangen konnte, daß alles und jedes, was das Meer hineinschleuderte, darin hängenblieb und starb. Die verknoteten Karos hatten sich nicht einmal unter Moms und Rogers Gewicht verzogen. Sie würden halten, und wir standen da wie die Striche einer Sonnenuhr und warteten.

«*Omphalos*», sagte Racine.

«Wie meinst du das?» wollte Mom wissen. Zuerst war ihre Stimme im Wind kaum hörbar gewesen, als wollte sie die Stimmung nicht zerstören, aber dann überlegte sie es sich anders und versuchte es mit einem Witz. «Wenn das ein Nabel ist, dann aber ein nach außen gedrehter. Das Ding muß schwanger sein.»

«Die *Omphaloskepten*», fuhr Racine fort. «Ein Orden im vierzehnten Jahrhundert, die Hesychasten, hatten ein Kloster auf dem Berg Athos. Sie waren Quietisten, die glaubten, man könne, wenn man lange genug auf den eigenen Nabel starrte, das noch unerschaffene göttliche Licht sehen. Diese Meditation wurde *Omphaloskopie* genannt.»

«Du meinst, als ob man ein Kind sehen kann, das noch nicht auf der Welt ist?» Ich starrte auf meinen Bauch und wünschte, durch mein Hemd hindurchsehen zu können. Den Gedanken, daß ein Körper seine eigenen Fragen beantworten kann, fand ich toll.

«So ähnlich, aber eher im Sinne einer Unbegrenztheit des Möglichen. Schließlich lebten sie zölibatär. Sie hatten keine Kinder. Ihre zukünftigen Generationen waren auf nichts festgelegt, denn sie kamen nie auf die Welt. Alles war möglich.»

Wir wurden alle still, hingen unseren Gedanken nach und wandten dabei den Blick nicht von der geheimnisvollen Kiste.

«Zen», sagte Mom plötzlich und sah dabei mich an.

Ich wußte, woran sie dachte. Beim Karate liegt *Tan-den*, die Quelle der körperlichen Kraft, ebenfalls direkt unter dem Nabel. Das ist der Gleichgewichtspunkt, und ich mußte an Grandma und das gesungene Gebet denken, das sie mir mal beigebracht hatte. Karate war *Do-zen*, der Weg des Zen, und um den richtigen Weg ging es auch in dem Gebet, in *Blessing Way*. Ich begann die Kurzversion zu singen, und sie hörte zu.

Die Füße der Erde werden zu meinen, so gehe ich
   durchs Leben.
Ihre Beine werden zu meinen, so gehe ich durchs
   Leben.
Ihre Kraft, Dinge zu bewegen, wird zu meiner, so
   gehe ich durchs Leben.
Ihr Körper wird zu meinem, so gehe ich durchs
   Leben.
Ihr Geist wird zu meinem, so gehe ich durchs Leben.
Ihre Stimme wird zu meiner, so gehe ich durchs
   Leben.
Ihre Worte werden zu meinen, so gehe ich durchs
   Leben.

Ich hielt inne, wußte nicht, was ich als nächstes tun sollte. Plötzlich hatte ich Angst, daß Hilda, Racine und ganz besonders Roger dachten, ich würde spinnen. Vielleicht dachten sie es auch, aber sie sagten nichts, und Mom... Mom lächelte. Nach einer Pause sang sie einen weiteren Teil, den ich nicht auswendig kannte, aber bestens auf mich beziehen konnte. Ich hatte ihn erst neulich gehört: er war Teil der Segnung für schwangere Frauen.

è ne ya... ein schönes Wesen kam in meine Hände, ein schönes Wesen kam in meine Hände, *à à à*.

Jetzt winkt mir langes Leben, Glück, denn ein schönes Wesen kam in meine Hände.

Vor mir ist es gesegnet, denn ein schönes Wesen kam in meine Hände.

Hinter mir ist es gesegnet, denn ein schönes Wesen kam in meine Hände.

Unter mir ist es gesegnet, denn ein schönes Wesen kam in meine Hände.

Über mir ist es gesegnet, denn ein schönes Wesen kam in meine Hände.

Um mich her ist es gesegnet, denn ein schönes Wesen kam in meine Hände.

Meine Worte sind gesegnet, denn ein schönes Wesen kam in meine Hände.

Alles um mich her ist gesegnet, denn ein schönes Wesen kam in meine Hände.

Ein schönes Wesen kam in meine Hände.

Manchmal kommen Dinge zusammen, verbinden sich, und wenn das geschieht, merkt man es sofort am Gefühl. Damals war kein Navajo auch nur in der Nähe von Eleuthera gewesen, und doch waren das die Worte, die jetzt angemessen waren. Sie fielen einem wieder ein, wenn sie es mußten. Roger verstand zwar kein bißchen von dem, was Mom da sang, stand aber mit gesenktem Kopf da, wie man es in Gotteshäusern fremder Religionsgemeinschaften tut, um seinen Respekt zu bezeugen. Hilda lauschte fasziniert, als könnte sie es gar nicht erwarten, mehr darüber zu erfahren, und Racine... komisch, aber er sah aus, als würde er beten. Seine Lippen bewegten sich lautlos und formten mir unverständliche Worte. Violet war so nett, weiterzuschlafen.

Als Mom geendet hatte, nahm sie die Sache in die Hand.

«Zu mir rüber», sagte sie zu Roger und Racine und zog das Netz zu sich heran, während die beiden Stück für Stück nachließen. Das Ding machte mit seinem Gewicht eine Delle ins Netz, aber solange wir die Spannung aufrechterhielten, konnte es auf keinen Fall runterfallen. Und wir paßten auf. Ehe es den Boden berührte, sagte ich die zwei Zeilen des *Blessing Way* auf, die ich am liebsten mochte, weil sie besser als alle anderen Worte beschrieben, was ich fühlte.

Jetzt bin ich der Im-Innern-der-Illusion-Aufgezogene,
ni yo o.
In der Mitte der Illusion fand ich die Illusion.

Es war ein gläsernes Behältnis, und darin lag was. Wir knieten uns hin und versuchten blinzelnd hineinzusehen, doch das Glas ließ den Inhalt nur verschwommen und verzerrt durchscheinen. Von einer Seite aus konnte ich was Rundes sehen. Roger hob das Behältnis hoch und hielt es wie ein Prisma gegen die untergehende Sonne. Daraufhin leuchtete zwar sein Gesicht rot auf, doch auch er konnte den Inhalt nicht erkennen.

«Murano-Glas, würde ich tippen», meinte Racine, als Roger es wieder hingestellt hatte. «Sehr alt, meisterhaft gemacht. Ein Schatz.»

«Es ist nur ein *Behältnis*», berichtigte ihn Mom. «Da drinnen liegt das, weswegen wir hergekommen sind, was Peter Paul, der Mohawk-Indianer am Dartmouth College, schon einmal gefunden zu haben glaubte.»

«Es hat keine Nähte.» Roger inspizierte das Behältnis, suchte nach einer Öffnung. «Sieht aus, als wäre es in einem Stück geblasen, um den Inhalt rum... was immer es ist.»

«Ein Flaschenschiff», sagte ich, «bloß ohne Korken.»

«Also die Frage ist, was tun wir jetzt?» sagte die praktisch veranlagte Hilda. Für sie gab es immer mehrere Möglichkeiten. Entweder nahmen wir das Ding so mit, ungeöffnet, oder wir fanden eine Möglichkeit, es hier zu öffnen.

«Es sollte unter optimalen Bedingungen untersucht werden», meinte Racine. «Jeder Schritt muß dokumentiert und fotografiert werden. Es sollte nach Harvard gebracht werden oder ins British Museum.»

«Man könnte natürlich einwenden», sagte Hilda, «daß es Cobb gehört. Ich habe über solche Prozesse gelesen. Vor Gericht zählt Hartnäckigkeit.»

«Oder nach Spanien», fuhr Racine fort. «Spanien hat die Reise finanziert. Wahrscheinlich hat das Land einen Rechtsanspruch darauf. Oder der Vatikan, wenn der Inhalt religiöser Natur sein sollte. Ich bin mir sicher, daß die Regierung der Bahamas ihre eigenen Ansprüche geltend machen wird. Und die USA werden ihre Position sicherlich mit dem Argument untermauern, daß wir das Ding entdeckt haben.»

Hilda nickte. Sie und Racine waren Wissenschaftler. Ihre Pflicht war klar. Sie konnten es abwarten. Sie waren objektiv.

Mom nicht.

«Das hier ist das Geschenk Europas an Amerika.» Sie redete gelassen und ruhig, und ich erkannte den Tonfall wieder. Sie gebrauchte ihn immer, wenn sie sich auf was vorbereitete, ihre Kräfte sammelte. «Das hier war das Versprechen, das Pfand, die unverfälschte Absicht, der ursprüngliche Gedanke, ehe die Fakten bekannt wurden. Dieses kleine Nichts, dieses Behältnis, das jedermann hochheben kann, war das Band, sollte der Anfang eines fairen Handels sein. Und Kolumbus hat es nie geöffnet. Es wurde nie überreicht. Nie entgegengenommen.»

Aus den Augenwinkeln sah ich Roger an. Es dauerte ein

Weilchen, bis ich mitkriegte, was sich an ihm verändert hatte, aber dann wußte ich es: Er hörte zu. Wenn jemand anderes redete, konnte Roger es im allgemeinen nicht abwarten, seinen Senf dazuzugeben – egal ob zustimmend oder ablehnend. Er brannte immer darauf, seine Meinung loszuwerden, seinen Standpunkt darzulegen. Aber jetzt nicht. Jetzt konzentrierte er sich ganz auf Mom, als ob er was lernen müßte.

Im Reden griff Mom hinüber zum Kindersitz. Meine Schwester war aufgewacht, eine teilnahmslose Beobachterin, während die Stimmen mit dem Wind verflogen. Sie sah zu, als Mom nach der sauberen Ersatzwindel hinter dem Kissen langte. Sie sah zu, als Mom sie sich langsam und bedächtig um die rechte Hand wickelte wie einen Verband.

«Europa hat Amerika bekommen, samt seinen Bewohnern und allem, und dafür sollten wir … das hier bekommen.» Mom schloß die Augen, sammelte Kraft. Die nächsten Worte flüsterte sie nur noch.

«Wir haben lang genug gewartet.»

Ich sah den Schlag kommen. Wie jede perfekte Bewegung beim *Do-zen* kam er aus dem Nichts und zugleich von ganz innen, aus einer langen Folge subtiler Entscheidungen, die sich wie Glieder einer dünnen Kette aneinanderreihten und schließlich in eine Handlung umsetzten. Mom *wurde* zu ihrer weißbandagierten Hand und durchschlug damit das Glas.

Es kann gar nicht lautlos passiert sein. Es klirrt immer, wenn Glas auf Stein zerspringt. Aber manchmal dominiert ein Sinn so sehr, daß er alle anderen blockiert, und in dem Fall war es das Sehen. Unsere Augen nahmen das Ereignis wahr, nicht die Ohren.

Und da lag, von Scherben umgeben, ein gewundener brauner Kranz aus spitzen Zweigen.

Es kann gar nicht lautlos passiert sein. Fünf atmende Menschen, ein Baby am Ende seiner Geduld. Und trotzdem war es still. Selbst der Wind schien innezuhalten, sich zurückzuziehen.

Wie Cobb hatte ich Juwelen erwartet, Diamanten, Rubine, Smaragde. Ich hatte Gold erwartet, jenes wertvollste aller Dinge überhaupt, das allein mit seinem Glanz die Menschen, auf die Kolumbus traf, so sehr blenden sollte, daß sie alle anderen nach ihm herzlich aufnahmen.

«Also doch eine Krone», sagte Mom.

Eine Krone, zweifellos. Ich kannte sie von dem Bild über Grandmas Bett: es war die Dornenkrone.

Metall ist beständig, Plastik zerfällt nie. Und in einem luftdicht abgeschlossenen Behältnis können sogar Pflanzenteile jahrhundertelang erhalten bleiben, trotz der Feuchtigkeit in ihnen. Die Krone sah brüchig aus, das Holz der Zweige war ausgebleicht.

Die Welt wurde winzig klein, ihre Teile verbanden sich. Eine nordamerikanische Indianerin benutzte eine alte asiatische Kampfkunst, um ein Behältnis aus Europa aufzubrechen, und eine in Australien aufgewachsene Frau sah zu. Was immer als nächstes geschah, es würde zumindest neu sein, es würde zumindest noch nie zuvor geschehen sein.

Der Wind frischte wieder auf und wehte kräftig zwischen uns durch. Ehe wir reagieren konnten, hob er die Krone hoch und setzte sie ein Stück weiter wieder ab. Doch der Kranz brach nicht auseinander. Bloß sämtliche Dornen fielen ab.

Es war zu dunkel geworden, um von den Felsen runterzuklettern, zu gefährlich für Violet, deshalb blieben wir dort und warteten auf den Morgen. Wir machten aus unseren Jakken ein Zelt für die Krone und beschwerten dessen Ränder mit Steinen. Dann lehnten wir uns aneinander und schauten in die Nacht. Die Sterne begannen zu funkeln und zu glitzern.

Natürlich hatte Racine eine Erklärung parat. «Es muß irgendein natürliches Konservierungsmittel sein», verkündete er. «Eine Art Bezug, der auf der Oberfläche verstrichen wurde. Deswegen haben die Dornen nicht gehalten. Die waren innerlich an den Zweigen festgewachsen. Nachdem sie von innen heraus ausgetrocknet waren, konnte nichts sie mehr an der Krone halten.»

«Meinst du, es ist wirklich die echte?» fragte ich Racine. Ich hatte irgendwo gelesen, Archäologen hätten das Schweißtuch der Veronika und das Grabtuch von Turin einer Radiokarbonuntersuchung unterzogen und festgestellt, daß es Fälschungen waren. Aus Grandmas *Leben der Heiligen* wußte ich, daß die heilige Helena aus Jerusalem Holz mitgebracht hatte, von dem sie behauptete, es stamme vom Kreuz Christi. Doch von der Dornenkrone hatte ich noch nie was gehört.

Racine schwieg. Er hatte Mom noch nicht vergeben. Im ersten Augenblick der Erregung hatte er die Zerstörung des Behältnisses ein «Verbrechen an der Geschichte» genannt und jeden einzelnen Glassplitter sorgsam aufgesammelt. «Rekonstruktion ist die einzige Hoffnung», hatte er gesagt, ehe ihn das immer fahler werdende Licht zum Aufgeben zwang. Ich hatte ihn noch nie böse gesehen, und seine Stimmung machte mich nervös. Er wartete darauf, daß Mom sich entschuldigte, aber das tat sie nicht, und deshalb konnte er ihr auch nicht verzeihen.

«Sag schon», drängte Hilda ihren Mann. Sie war es leid, immer die Rolle des Friedensengels zu spielen. «Du willst es uns doch erzählen. Sei nicht so beleidigt.»

Es raschelte im Dunkeln, als wir uns alle vorbeugten, um ihn zu beschwichtigen, indem wir Interesse demonstrierten, und Racine gab nach. «Es heißt», fing er an, «daß die Krone in Jerusalem war, bis sie im elften Jahrhundert nach Byzanz gebracht wurde. Zweihundert Jahre später schenkte Kaiser Balduin II. sie Ludwig dem Heiligen von Frankreich, der ihr zu Ehren die Sainte-Chapelle errichten ließ. Ein Dorn soll in der Kathedrale von Barcelona sein. Mary, die Königin von Schottland, brachte einen anderen nach Edinburgh, und ein paar wurden verschiedenen deutschen Rittern geschenkt.»

«Sir John Mandeville hat sie in Paris gesehen», fügte Roger

hinzu. «Seinem Reisebericht zufolge war sie von Matrosen aus Genua dorthin gebracht worden, in einem Behältnis aus Kristall.»

«Aus Genua», wiederholte Mom. So müde hatte ich sie noch nie erlebt; sie sah so müde aus wie Grandma manchmal.

«Soll ich sie nehmen?» meinte Roger und griff nach Violet. Sie hatte von uns allen die größte Energie, war am tatendurstigsten. Trotz der kühlen Nachtluft ließ sie sich nicht in ihre Decke wickeln.

«Und was meinst du?» fragte Hilda. «Haben sie den König getäuscht und die echte behalten, diese Genuesen? Ist Kolumbus so an sie herangekommen? Und wieso ist sie hier gelandet, in dieser Felsenhöhle? Woher wußtest du, wo du suchen mußtest?»

«Die Antwort lag ja wohl in den Austernschalen, oder?» sagte Racine. Er wartete darauf, daß Mom es ihm erklärte, so wie sie es mir erklärt hatte, als ich ihr am Nachmittag gefolgt war. «In den hebräischen Zeichen», drängte er.

Doch Mom hing ihren eigenen Gedanken nach.

«Vielleicht hatten die Indianer was Besseres erwartet und fühlten sich gekränkt», sagte sie leise. «Vielleicht hielten sie die Krone für gefährlich und haben das Behältnis nie aufgemacht und das Ding an einen Ort verfrachtet, wo niemand Dummheiten damit anstellen konnte. Vielleicht wollten sie es so lange sicher aufbewahren, bis jemand vorbeikam und ihnen erklärte, was sie damit anfangen sollten. Vielleicht wollten sie es ganz einfach nicht haben und wußten nicht, wie sie es hätten zurückgeben sollen.»

«Es könnte so viel erklären», sagte Racine. «All die anderen Reisen, die endlose Suche. Kolumbus trug am Ende das Gewand eines armen Franziskanermönches. Hat er versucht, den Verlust zu sühnen? Vielleicht hat er ja mehr verloren, als er gefunden hat.»

Ich dachte an Grandma. Was sie zu alldem sagen und wie sie es erklären würde, als hätte sie's von vornherein gewußt. Das würde Mom am Anfang sicherlich zur Verzweiflung treiben, aber dann würde sie wohl aufgeben wie alle anderen auch. Grandma würde ihre Meinung nicht ändern. Entweder paßten die Tatsachen zu den Antworten, die sie dafür fand, oder sie waren es gar nicht wert, daß man darüber nachdachte.

Das mochte ich an ihr, daß sie nie nachgab.

2.

30. Januar 1494
BARCELONA, SPANIEN

COLÓN

*I*tem: *Teilt den Königlichen Hoheiten mit, daß das Heil der Seelen der beschriebenen Kannibalen ebenso wie das der Einwohner dieser Insel mir zu der Überlegung Anlaß gab, daß je größer die Zahl der nach Spanien Entsandten, desto besser sei es, und daß Ihren Hoheiten auf die folgende Art und Weise ein guter Dienst getan werden könnte. Da wir großen Bedarf an Vieh und Tragetieren haben, sowohl für die Nahrung als auch zur Hilfe für die Siedler auf dieser und den anderen Inseln, sowohl zur Besiedelung des Landes als auch zur Nutzbarmachung des Bodens, mögen Ihre Hoheiten veranlassen, daß jedes Jahr eine genügend große Anzahl von Karavellen herübersegelt, um besagtes Vieh, Vorräte und andere Gegenstände herzubringen; dieses Vieh etc. ließe sich zu einem maßvollen Preis verkaufen, und die Besitzer könnten mit Sklaven entschädigt werden, die aus der Karibik kommen, und zwar ein wildes Volk, doch geeignet zu jeder Arbeit sind, sehr intelligent und kräftig, und die sich, wenn sie ihrer grausamen Sitten entsagt haben, die sie sich hier zu eigen machten, als besser denn alle anderen Sklaven erweisen werden. So sie bald ihre Heimat aus dem Gesicht verlieren, werden sie sich zu vielem wie etwa zum Rudern der Galeeren gut verwenden lassen, deren Bau wir erwägen. Natürlich soll*

jede der Karavellen, die Ihre Hoheiten entsenden, einen vertrauens-
würdigen Mann an Bord haben, der dafür sorgen wird, daß diese
Schiffe nirgends anders als hier anlegen, wo sie dann entladen und
wieder beladen werden. Schlußendlich könnten Ihre Hoheiten einen
Einfuhrzoll auf die nach Spanien gebrachten Sklaven erheben.

> Memorandum der Ergebnisse der zweiten Reise des
>   Admirals,
> Christoph Kolumbus, nach Indien, aufgezeichnet für
>   Ihre Hoheiten
> König Ferdinand und Königin Isabella; übergeben an
> Antonio de Torres, in der Stadt Isabella, am
> 30. Januar 1494.

. . . Aber Gott ist gerecht, Er wird die Dinge so lenken, daß man
erkennen wird, warum das alles so sein mußte. Ich werde beurteilt,
als ob ich Statthalter wäre von Sizilien oder von einer Stadt oder
Ortschaft, die unter einer zivilen und geordneten Herrschaft steht,
wo die Gesetze vollkommen beachtet werden können, ohne Angst,
dadurch den gemeinen Nutzen zu schädigen. Diese Art, mich zu
beurteilen, gereicht mir zu großem Nachteil. Ich muß vielmehr be-
urteilt werden wie ein Kapitän, der von Spanien ausgesandt worden
ist, um in Indien kriegerische und zahlreiche Völker zu erobern, die
einen anderen Glauben und andere Sitten haben als wir, die auf
Felsen und Bergen leben, keine festen Wohnstätten haben und in
allem von uns verschieden und unserer Art entgegengesetzt sind.
Durch den göttlichen Willen habe ich eine neue Welt unter Ober-
herrschaft des Königs und der Königin, unserer Herren, gebracht, so
daß Spanien, das vorher arm genannt wurde, jetzt das reichste Land
ist. Ich muß beurteilt werden wie ein Kapitän, der seit langer Zeit
bis heute die Waffen trägt, ohne sie auch nur eine Stunde niederzule-
gen, der eine Schar von Eroberern befehligt, Männer der Tat, nicht
Stubengelehrte, wie es zumindest bei den Griechen und Römern
geschehen wäre, in jeder modernen Nation, die so noblen Geistes ist
wie die spanische. Wenn dies nicht beachtet wird, beurteilt man mich
falsch, denn es gibt in Indien weder Städte noch Verfassungen.

Schon steht die Tür offen zum Gold und zu den Perlen, und zwar in einer großen Fülle, zu kostbaren Steinen, zu Gewürzen und zu tausend anderen Erzeugnissen, auf die man fest hoffen darf. Walte Gott, daß es ebenso sicher wäre, daß ich kein größeres Unrecht als das bereits erfahrene erleiden sollte, wie es sicher ist, daß ich im Namen unseres Herrn die erste Reise noch einmal unternehmen würde; und daß ich ebenso nach Arabia felix bis hin nach Mekka reisen würde, wie ich es in dem Brief geschrieben habe, den ich Ihren Hoheiten durch Antonio de Torres überbringen ließ, als Antwort auf die Teilung von Meer und Land zwischen Spanien und Portugal; und danach würde ich zum Nordpol segeln, wie ich es gesagt und dem Kloster Majorada geschrieben habe.

†

Wenn ich Irrtümer begangen habe, so geschah es nicht mit der Absicht, Böses zu tun. Ich vertraue darauf, daß Ihre Hoheiten meinen Worten Glauben schenken. Ich weiß, daß sie sogar denen gegenüber Gnade walten lassen, die ihnen aus böser Absicht schlecht dienen. Um so größeres Erbarmen werden sie mit mir haben, der, wenn er irrte, es in guten Treuen und von den Umständen gezwungen tat, wie sie erkennen müssen, sobald sie alles genau wissen werden. Sie werden meine Dienste in Rechnung stellen und jeden Tag mehr erkennen, welche Vorteile sie daraus ziehen. So werden sie alles auf eine Waage legen, wie es nach den Worten der Heiligen Schrift mit den guten und bösen Taten am Tage des Gerichts geschehen wird.

Christoph Kolumbus

ROGER

*I*m ruhig dahintickenden Frieden vor dem Morgengrauen erhebe ich mich aus unserem warmen Nest und überlasse Vivian, noch so zusammengerollt, wie sie nach dem Lieben eingeschlafen ist, ihren Träumen. Ich fahre mit den Armen in die Ärmel eines riesigen, mit Gänsedaunen gefütterten Morgenmantels und verschnüre ihn, so daß ich aussehe wie ein wandelnder Schlafsack. Ich taste mich hinunter in die leise summende Küche, drücke auf den Knopf an der Kaffeemaschine und erhalte ein entgegenkommendes Gurgeln zur Antwort, dann eine dünne Dampfwolke und schließlich den Duft des tansanischen Gebräus.

An solchen Morgen, wenn aufgrund der Neigung der Erde der Glanz des Mondes erlischt oder wenn wegen einer dichten Wolkendecke keine Sterne zu sehen sind, erinnern mich bisweilen die Blautöne meiner Küche an die unermeßliche Tiefe, in der ich das Dunkel in mir selbst entdeckte. Während ich mich am Treppengeländer nach unten taste, in mein Arbeitszimmer, während ich mit den Händen an der Wand entlangstreiche, denke ich an jene Unterwelt.

Ich war verloren, doch jetzt lebe ich Tag für Tag im Himmel eines mir unerwartet zuteil gewordenen Lebens. Ich war ein Fremder für meine Familie, meine Tochter, doch jetzt haben sie mich gefunden.

Um diese Tageszeit arbeite ich am liebsten, um so mehr, als ich mich jetzt mit anderen Dingen beschäftige. Der erste – und einzige – Teil meines «Tagebuchs eines Verlorenen» wurde Anfang 1991 in *Caliban*, einer angesehenen Literaturzeitschrift, veröffentlicht – kurz nach unserer Rückkehr von Eleuthera. Seit dem Abschluß dieser Angelegenheit bin ich frei, alles zu tun, was mir in den Sinn kommt, und so besinge ich in diesen frühen Morgenstunden das Essen aus Konservendosen, zu schmierende Türen, Gemüseeintöpfe, Straßen voller Schlaglöcher, die wirbelige Rinde von Walnußbäumen und die Gesichter meiner Lieben. Ich besinge die körperlichen Freuden anstelle des gestrandeten Geistes. Denn ich habe mich geändert.

Es *ist* möglich, sich zu ändern. Das habe ich erfahren. Man kann den anderen in ihren Gewohnheiten entgegenkommen. Wir haben zusammen ein Haus gebaut, Vivian und ich, mit einem Anbau, wo mich das wilde Geschaukel ihrer Großmutter und das Gelächter in ihren Fernsehshows nicht mehr stören und mein Ruhebedürfnis sie nicht ihr Vergnügen kosten wird.

Ich nehme an, daß ich, was öffentliches Renommee betrifft, in den Schatten von Vivian Twostar getreten bin. Ihre vom Fernsehen übertragene Aussage gegen Cobb – der jetzt eine zehnjährige Haftstrafe absitzt – und die Veröffentlichung der unzensierten Version des Kolumbus-Tagebuchs unmittelbar darauf haben ihr große Beachtung von allen Seiten eingebracht. Die Nachrichten auf unserem Anrufbeantworter reichen von Nashs Anrufen, der in Washington Ethnobotanik studiert, bis hin zu Anfragen aus Valençia und Den Haag wegen Vorträgen und Artikeln.

Vivian entdeckte in dem Text Material für zahlreiche juristische Auseinandersetzungen nach internationalem Recht, Material für Souveränitäts- und andere Ansprüche der Eingeborenen und für den Vorwurf vorsätzlichen Betrugs. Die Erfolgschancen sind – hier wie in Brasilien, in Neuseeland oder Mexiko – größer, als man erwartet hätte. Diese wichtigen Dinge beanspruchen sie zeitlich stark, und sie ist öfter unterwegs, als uns lieb ist. Ich kann ihr nicht viel helfen bei ihren Bemühungen, doch wo es mir möglich ist, biete ich ihr meine Unterstützung an – wie etwa bei dem Artikel über den historischen Kolumbus für die Ehemaligenzeitschrift, der jetzt unter unser beider Namen erschienen ist.

Wem das Tagebuch von Rechts wegen gehört, ist noch immer strittig und wird es wohl noch eine Zeitlang bleiben, doch es ist bereits als Ausstellungsstück für den zentralen Raum des neuen Smithsonian Museum für die amerikanischen Ureinwohner vorgesehen, das in Washington, D.C. eröffnet werden soll. Was die Krone angeht, so ließen sich, nach einer kurzen Phase der Aufmerksamkeit in den Medien, nur wenige ernsthafte Wissenschaftler von ihrer Authentizität überzeugen oder zeigten längerfristiges Interesse an ihr. Ein Dorn wurde untersucht. Das Ergebnis war nicht eindeutig. Möglicherweise war die Krone echt. Vielleicht auch einfach nur sehr alt. Die Kirche, die offiziell verkündete, die Dornenkrone sei vor allem als Metapher wichtig und nicht so sehr als Gegenstand, legte sich nicht fest, und gegenwärtig liegt die Krone im Entdeckungsmuseum in Nassau. Mittlerweile gibt es auch eine Briefmarke, die sie vor der Flagge der Bahamas zeigt.

Die menschliche Natur ist so geblieben, wie sie immer war: Die Gegenwart ist ein Schwamm, der die Geschichte aufsaugt.

Was mich angeht, so mag manch einer den Eindruck haben, ich sei verschwunden, hätte mich in mich selbst zurückgezogen, oder ich steckte in einer pädagogischen oder künstlerischen Krise, doch nichts könnte weiter von der Wahrheit entfernt sein.

Ich lebe jetzt einfach. Die Höhle hat all die Entscheidungen, die ich bis dahin in meinem Leben getroffen hatte, sowohl bestätigt als auch abgeschlossen. Ich wahre weiterhin höflich, aber entschieden Distanz zu meiner Familie mit ihren Ansprüchen, die mir in meiner Jugend so zu schaffen machten, und ich lege meinen weiteren beruflichen Weg selbständig fest. Bislang bin ich um den Herzinfarkt, der meinem Vater die innere Ruhe raubte, noch herumgekommen. Ich lebe nicht *durch* Vivian, sondern vielmehr als ihre Ergänzung. Ich genieße die Unterschiede zwischen uns: Sie hungert und dürstet nach zukünftiger Gerechtigkeit, und ich bemühe mich, aus der Vergangenheit das Gute herauszuholen. Wir treffen uns in der Gegenwart, in diesem Haus, das den Schatz birgt.

Violet strahlt von innen heraus. Neulich, kurz nach ihrem zweiten Geburtstag, sah ich, wie sie mit ihren plumpen Händchen die Decke in ihrer Wiege glattstrich, wie sie selbst ihr Bett machte. Unverkennbar meine Tochter. Unsere Tochter. Was für Geschichten wir ihr zu erzählen haben! Was für Spiele zu vermitteln und was für Gedanken! Was für Erfahrungen und was für Gedichte! Auf was für eine Welt ist sie vorzubereiten?

Manchmal hole ich den Fetzen Papier hervor, den Cobb mir an jenem Morgen auf Eleuthera in die Hand gedrückt hat. Dann lese ich wieder von den «leuchtenden Blättern» und von der seltsamen Verwandlung durch die Hände des Kaziken. Worin bestand das Wunder? Erbebte das Holz einen Augenblick lang? Ließ es grüne Triebe sprießen?

Ich habe meine Sicherheit verloren und Zweifel hinzugewonnen. Bevor ich in diesen dunklen Morgenstunden hier in Neuengland meine Arbeit aufnehme, lese ich oft John Donnes anbetungswürdiges Sonett *La Corona*.

Immer noch bemühe ich mich zu verstehen.

> *Die Krone nimm, aus Andacht und Gebet*
> In frommer Trübsal webte ich sie fort
> Dir, der Du bist und hast der Güte Hort,
> Allwechselnd wechsellos von jeher steht.
> Nicht schwachen eklen Lorbeer hab erfleht
> Als Lohn für meiner Muse wahres Wort,
> Gib mir nur, was die Dornen Dir vermocht,
> Die Krone, die in ewigem Blühen steht.
> Das Ende krönt das Werk, Du krönst das End
> An unsres Endes endenloser Ruh.
> Dem ersten Letzt-End streb ich eifernd zu,
> Nach dem in ernstem Durst die Seele brennt.
> Nun ist es Zeit, macht Herz und Stimme hell:
> *Erlösung naht für jeden, der sie will.*

4.

Am Ende brach die jüngere der beiden Frauen den Zauber der Überraschung und nahm das Baby aus dem Schlauchboot. Valerie Clock hielt es auf den abgewinkelten Ellbogen vor der Brust und schnalzte so lange mit der Zunge, bis es mit einem Auge blinzelte, es dann ganz öffnete und sie anstarrte. Das Kind war ungefähr vier Monate alt, entdeckte gerade die Freude an anderen Menschen, und beim Anblick von Valeries langem, mürrischem Gesicht, das so nah war, weiteten sich seine blauen Augen. Es fing an zu lächeln und wartete verzückt darauf, gefüttert zu werden.

«Mama, so ein hübsches Kind», sagte Valerie und setzte es sich auf die Schulter, als sie zum Strand zurückwatete.

Eunice, die nun das Schlauchboot auf den unkrautüberwucherten Vorplatz der Hütte zog, schwieg still. Sie starrte mißtrauisch aufs Meer hinaus, suchte den leeren Horizont ab, und dann betrachtete sie ebenso mißtrauisch ihre Tochter, die das Baby hielt, als hätte sie selbst eines, als wüßte sie genau, was zu tun war.

In dem großen Haus auf dem Hügel war über Weihnachten niemand, und das hier ging diese Leute sowieso nichts an. Denn dieses Baby hatte einen dunklen Teint und helle Haare, von Gott vermischt, und war vielleicht aus Governor's Harbor hergetrieben, von wo der Club Med busweise Mädchen herankarrte, die auf die Kinder der reichen Touristen aufpassen sollten. Vielleicht hatte so ein Mädchen von einem das Baby bekommen und aus Scham ausgesetzt, vielleicht hatte sie es auch im Schlauchboot von der Brandung schaukeln lassen und einen Moment nicht darauf aufgepaßt, um einem jungen Mann schöne Augen zu machen. Wo das Baby auch herkam, Eunice war klar, daß sie ihren Bruder Sydney fragen mußte, was sie mit dem Kind anfangen sollte.

Sydney Clock war ein Prediger, der sich als Automechaniker etwas dazuverdiente und Taxis und Mietwagen reparierte. Als Eunice kam, um ihn um Rat zu fragen, tauschte er hinter seinem Haus im Schatten einiger Akazien gerade einen Keilriemen aus.

«Ein Baby.» Er kroch unter dem Auto hervor und wischte sich den Sand vom Hemd. Sydney war groß und kräftig und paßte nur mit Mühe unter ein Auto.

«Frag mal rum», wies ihn Eunice an.

Sie wußte, die beste Informationsquelle war der Kreis der Taxifahrer, denn die fuhren den ganzen Tag die Insel rauf und runter und verschwendeten teures Benzin.

Valerie saß auf der Veranda der Hütte unter einem Pflaumenbaum, der mit roten, gelben und leuchtend orangen Fischerbojen behangen war. Es gelang dem Mädchen nicht recht, das Baby mit der Flasche zu füttern – eine Ziege, die brauchten sie jetzt, dachte Eunice. Ziegenmilch war am besten zum Abstillen. Sie hatte Valerie mit Ziegenmilch abgestillt, obwohl dem Mädchen schon damals alles recht gleichgültig war; es war zu verträumt, als daß es auf die Brust bestanden hätte, zu faul – so faul wie bei allem anderen, abgesehen von dieser einen Sache jetzt, und das ärgerte Eunice.

«Komm da weg», befahl sie, «sonst heißt es bald überall, du gibst mit deinem eigenen Kind an.»

Doch Valerie lächelte nur. Normalerweise war es ihr schon zu anstrengend, auch nur die Lippen zu verziehen, doch jetzt versuchte sie, dem Baby Kuhmilch schmackhaft zu machen, hatte sogar die durchnäßte Windel gegen ein trockenes Tuch ausgetauscht.

Mehr noch als die Schwimmweste beunruhigte Eunice die Windel, die das Baby trug, als sie es gefunden hatten. Sie war nicht aus Baumwolle, und das Kind trug auch kein Gummihöschen. Solche Windeln konnten sich nur wenige Frauen auf der Insel leisten. So was hatten sie in dem großen Haus oben zu Dutzenden weggeworfen, als der Neffe und seine

Frau mit ihrem Kind im vergangenen Jahr zu einem einwöchigen Urlaub dagewesen waren. Eunice hatte das damals nicht gefallen. Jetzt gefiel es ihr genausowenig. Diese amerikanische Plastikwindel machte die Sache so rätselhaft.

Das Haus des Lebendigen Gottes, ein kleines stuckverziertes Gebäude, war mit Holzbänken ausgestattet, die irgendwann einmal einen braunen Anstrich bekommen hatten, der längst abblätterte und an manchen Stellen den älteren Cremeton erkennen ließ. An diesem Abend beherbergte es eine Rekordzahl von Betenden: nicht nur wegen der Weihnachtsfeier und Kindersegnung, sondern weil alle sehen wollten, ob Valerie Clock das Baby mitbringen würde, das sie gefunden hatte.

Sydney, der zum Flughafen gefahren war, hatte die Nachricht in Umlauf gebracht. Binnen zwei Stunden hatte sich herumgesprochen, daß auf Eleuthera oder einer anderen der Inseln, die von Fort Lauderdale aus angeflogen wurden, kein Baby, ob weiß, schwarz oder sonstwas, als vermißt gemeldet war. Jedenfalls hatten die Piloten, die zweimal täglich diese Strecke flogen, der Frau von der Post, die sie jedesmal sah, nichts dergleichen berichtet. Sydney lehnte sich gegen den Wagen des Club Med, einen zerbeulten Kombi mit echten Holzbrettern anstelle der fehlenden Verkleidung aus Holzimitat, und diskutierte den Fall mit anderen Fahrern, wobei er mit einer imaginären Zigarette herumgestikulierte.

«Ich werde heute abend die Heilige Schrift befragen», hatte er versprochen und dann ein paar von den Bibelprospekten verteilt, die stets im Handschuhfach lagen. So hatte Sydney die Vorsehung genutzt, um die eindrucksvollste Versammlung seiner Laufbahn zusammenzutrommeln, und jetzt begrüßte er im langsam schwindenden Abendlicht jeden einzelnen Besucher an der Tür. Draußen in der kühlen Luft unter den Palmen flatterten die Geldfledermäuse – riesige Motten mit Flecken wie Goldmünzen auf den Flügeln. Sydney fühlte seine Kraft anschwellen, als er den Mittelgang entlangging. Eunice saß in der vordersten Reihe, mit gesenktem

Kopf und geschlossenen Augen, und ihre Lippen bewegten sich lautlos im Gebet. Neben ihr hielt Valerie das rundliche Baby im Arm, das bereit schien, jeden Moment loszuplärren.

Heute abend fand Sydney es angebracht, seiner Nichte besondere Aufmerksamkeit zu schenken, obwohl er sie nie gemocht hatte und es auch jetzt nicht tat. Er lächelte milde, als er vor ihr stehenblieb, breitete dann die Arme aus, um den Erlöser anzuflehen, und legte ihr schließlich die Hände auf die Schläfen. Vielleicht drückte er ihren Kopf etwas fester als nötig, vielleicht kam auch nur Valeries Starrsinn wieder mal zum Vorschein, wie so oft. Jedenfalls schloß sie nicht die Augen, während er vor ihr stand und betete, sondern starrte ihn an. In ihren Pupillen, schwarz und hart wie Murmeln, sah Sydney Trotz aufblitzen.

Er war erstaunt. Er hätte gedacht, Valerie würde es genießen, im Mittelpunkt des Interesses zu stehen. Später, während der Coda des ersten Liedes, als er Valerie scharf ansah, damit sie das Baby zum Schweigen brachte, mußte er erbost feststellen, daß ihm das Mädchen einfach die Zunge herausstreckte. Es ging so schnell, daß offensichtlich niemand, nicht einmal Eunice, es bemerkte.

Hochmut kommt vor dem Fall, sagte sich Sydney. Das Kind war ganz bestimmt nicht reif, Mutter zu sein, war kein Beispiel einer Gebenedeiten, wenn sie sich ihrem Onkel gegenüber so danebenbenahm. Deshalb beschloß er, bei seiner Predigt besonderes Augenmerk auf die großen Probleme zu richten, welche die Tochter des Pharao verursacht hatte. Wie war den Ägyptern denn letztendlich ihre gute Tat, das Kind aus dem Schilfrohrkörbchen zu retten, gedankt worden, als es erwachsen war? Ihre Flüsse wurden zu Blut, ihr Land wurde von Fröschen heimgesucht, die dann starben und zu stinken begannen. In ihrem Staub wuchsen Stechmücken und andere Insekten heran, dann Fliegen. Jegliches Vieh starb. Die Menschen litten an Blattern und Fieber, und dann kamen ein Hagelsturm, Heuschrecken, drei

Tage und drei Nächte Dunkelheit, der Tod jedes erstgeborenen Sohnes.

Es war ihnen schon ziemlich dreckig gegangen, ehe sie die Israeliten endlich hatten ziehen lassen.

Als die Messe vorbei war, stand Sydney wieder an der Tür und verabschiedete seine Schäflein mit freundlichen Worten. Die Ersten werden die Letzten und die Letzten die Ersten sein, dachte er, als schließlich die Nachzügler aus der ersten Reihe vor ihm standen.

«Das war ein bißchen dick aufgetragen», sagte Eunice, ergriff mit beiden Händen Sydneys Hand und musterte ihn streng, doch ganz offensichtlich teilte sie seine Meinung, daß das Baby besser der Polizei übergeben werden sollte.

Valerie stand neben ihrer Mutter und hielt den Kopf des Babys bedeckt. Als Sydney bemerkte, wie finster sie ihn anstarrte, zog er es vor, auf einen günstigeren Zeitpunkt zu warten, um Eunice vom schlechten Betragen ihrer Tochter zu erzählen. Für den Augenblick heuchelte er wohlwollendes Interesse, indem er sich zu seiner Nichte hinabbeugte.

«Hast du gut auf das Baby aufgepaßt?» fragte er mit seiner freundlichsten Stimme. «Es im Palast mit Milch und Honig gefüttert?»

«Der Unterschied...»

Valerie war ungewöhnlich flink mit ihrer Antwort. Sie zog die Augenbrauen zusammen und schürzte die Lippen. Zum erstenmal sah Sydney etwas von Eunice in ihr.

«Der Unterschied ist bloß, die Tochter des Pharao, *die hat ihres behalten.*»

Valerie hätte noch mehr gesagt, wenn ihre Mutter sie nicht empört an der Hüfte gepackt und den Korallenweg hinuntergezerrt hätte.

Sie liefen direkt einer Touristin in die Arme, die den Weg heraufgerannt kam und dabei ein großes Brimborium veranstaltete. Na ja, war ja auch ihr gutes Recht, meinte Eunice später. Schließlich war es ihr Kind, das da auf dem Meer verschollen und ans Ufer gespült worden war. Nicht daß es fürchterlich weit gewesen wäre: direkt hinter der nächsten Landzunge bei Cobbs großem Haus.

Während die Frau weinend ihre Violet hielt – so hieß das Baby –, endlos daherredete und die zur Salzsäule erstarrte Valerie kaum eines Blickes würdigte, fiel Eunice ein, daß sie einer Freundin einen Gefallen tun könnte. Die hatte nämlich einen ganzen Monat lang für Cobb gekocht und nie Geld dafür bekommen. Als sich die Frau ein wenig beruhigt hatte, sprach Eunice sie auf das Geld an.

Doch es nutzte nichts. Nie verstanden sie einen richtig. Das Gesicht der Frau war rot und verschwollen, und offenbar kapierte sie gar nicht, wie berechtigt diese Klage war, deshalb gab Eunice auf. Sie ging mit der Frau zu Sydneys Wagen, gefolgt von einer kleinen Schar von Eunices Nachbarn, die alle sehen wollten, wie glücklich Mutter und Tochter wieder vereint waren. Später würden sie diese Geschichte weitererzählen, ein Teil davon werden. Und jeder würde damit enden, wie die Frau das Baby ins Auto gelegt, den einen oder anderen erstaunten Einheimischen bei der Hand gepackt und noch mehr Fragen gestellt hatte.

«Haben Sie einen Mann gesehen?» fragte sie. «Einen Mann, um die Vierzig? Groß? Einen weißen Mann? War auch ein Mann in dem Boot? Ist ein Mann ans Ufer gespült worden?»

Da drehten sich alle um, um nach derjenigen zu sehen, die das Boot gefunden hatte. Sie ließen die Blicke zur Kirchentreppe schweifen, wo sie sie zuletzt gesehen hatten, doch Valerie war verschwunden.

Valerie ging um die Kirche herum, durchs Gebüsch, zu einem nahe gelegenen Kliff über dem Meer. Dort saß sie eine Stunde lang, zwei Stunden, und dachte nach. Im Augenblick war alles anders, hatte sich alles verändert, doch sobald sie zurück zu den Leuten oder in die Hütte ihrer Mutter ging, das wußte Valerie, würde es aus sein damit. Und so blieb sie sitzen. In den vierzehn Jahren ihres Lebens hatte sie das Meer noch nicht ein einziges Mal richtig beachtet, sich noch kein einziges Mal Gedanken darüber gemacht. Die Brandung war nichts als ein Geräusch, das sie immer hören konnte, ein Hintergrundgeräusch. Doch jetzt sah Valerie in die Dunkelheit hinaus und öffnete ihre Sinne. Das Wasser lebte, atmete, war voller Fische. Menschen starben da draußen, wurden auf den Grund gezogen. Schiffe versanken. Und manchmal trieb es etwas Wunderbares an.

Sie war diejenige, die die Gnade der See empfangen hatte. Und *ihr* oblag es, die Gnade zurückzugeben – doch die Mutter hatte ihr das Baby einfach entrissen, ohne Dank.

Es schnürte Valerie die Kehle zu, wenn sie daran dachte. Ihre Schultern schmerzten noch immer, weil sie das Baby am Nachmittag so ausdauernd in den Schlaf gewiegt hatte. Und ihre Finger waren verkrampft, weil sie es nicht hatte hergeben wollen. Doch blieb ihr das Wissen, daß – egal was am Schluß passiert war – am Anfang *sie* auserwählt worden war. Das bedeutete, daß ihr auch andere Dinge geschehen konnten, dessen war sie sich sicher.

Es dauerte ein Weilchen, bis Valerie sich das Meer als etwas vorzustellen begann, das man überqueren konnte, aber als sie einmal damit angefangen hatte, konnte sie nicht wieder aufhören.